LOS DEVORADORES
DE PLANETAS

©

Guillermo Presti

I0683146

Advertencia

Este no es un libro de aventuras sino de la fragilidad de la civilización humana. Basta una sola nave espacial en la atmósfera de la Tierra para que el descalabro sea total.

Es el libro del fin del mundo. No hay frágiles doncellas, drogas ni villanos; no se fuma y el sexo se presenta muy complicado.

El ser humano fue creado por Dios..., pero en Marte. La Tierra era un desierto y Marte, un vergel. Allí, en el Jardín del Edén, el barro era de muy buena calidad.

Pero llegaron *Los Devoradores*... El hombre y la mujer fueron expulsados de Marte y enviados a colonizar el árido planeta más cercano. La historia que contaría luego la Biblia fue un ardid para que la culpa recayera sobre las peligrosas criaturas que emergieron de una sola costilla. Eran capaces de enarbolar el miembro del hombre, mientras que Dios, por más que lo intentaba, nunca lo conseguía.

Los hechos aquí relatados sucedieron en la Tierra a principios del siglo XXII. *Los Devoradores de Planetas* provenían de universos sin tiempo y llegaban a destino antes de partir.

En medio de la devastación que sufría entonces la Tierra, yo, el comandante supremo, estaba enamorado. Ella —conviene aclararlo— me admiraba a mí, pero amaba a otro. Todos obedecían mis órdenes. Solo dos ojos negros apuntaban hacia otro lado.

Como bien dijera uno de los alienígenas —que había viajado mucho—, estas cosas sucedían solamente en la Tierra.

Vladimir Sergéevich Popov
General de División
Comandante en Jefe del Estado Mayor Conjunto de la Tierra

ÍNDICE:

Primera Parte

1 - Octubre, 2099... Desayuno con el presidente

La doctora Genoveva llegó a la sede del CNI —Centro Nacional de Inteligencia— a la hora exacta exigida por DDT, su inefable jefe. El llamado lo había recibido la tarde anterior mientras disfrutaba de un momento de esparcimiento en Barcelona. De inmediato y sin ningún preparativo previo, había salido en su coche rumbo a Madrid. Cerca de la medianoche, por no molestarse en buscar hotel, decidió pernoctar en una gasolinera de Alcalá de Henares.

Cubierta con una manta de viaje, durmió cómodamente en el asiento trasero de su coche. La mañana siguiente, tal como prometía, se presentaba diáfana y despejada.

En el CNI, la doctora se encontró con la novedad de que la mentada reunión de científicos se llevaría a cabo en otro lugar. Luego de identificarse, le asignaron un acompañante uniformado que después de saludarla con cortesía, abrió la portezuela del pasajero y se montó a su lado. Genoveva soltó el freno. El automóvil, de transmisión automática, comenzó a moverse con lentitud. Miró a su acompañante. Por lo que sabía de galones militares, creía estar junto a un teniente del ejército de tierra... Era alto, joven, de ojos grises y bastante apuesto.

—Buenos días, doctora. Espero que haya tenido un buen viaje.

—Buenos días... —dudó en mencionar un grado— ¿A dónde voy...?

—Por favor, doctora, un momento... *¡Hola! ¿Me copia? Asígneme una plaza para la doctora Genoveva. Que sea amplia, por favor. Es una persona en silla de ruedas... Gracias.* Siga recto, doctora. Aparque allí donde está el soldado haciendo señas; muy bien, doctora. Lo ha logrado en una sola maniobra. ¿La ayudo a bajar del coche?

—No, gracias..., teniente. Estoy acostumbrada a hacerlo sola.

—Ya veo que se las arregla usted muy bien.

—¿A dónde iremos ahora?

—Un autocar los llevará al lugar de la reunión.

—¿Por qué no, aquí mismo?

—No puedo responder a esa pregunta, doctora.

—¿He llegado muy temprano?

—En hora, doctora. Hay algunas personas aguardando. Permítame ayudarla.

El gentil teniente cogió las empuñaduras de la silla y la condujo con delicadeza. Sus manos se escabulleron debajo de los hombros, lo que le produjo una agradable sensación de intimidad. Además de reputada científica, la doctora Genoveva era mimosa y marrullera. Se felicitó una vez más por conservar su antigua silla de ruedas, una pieza de museo hoy en día, pero que la acercaba al calor de la especie humana. El apuesto teniente de los ojos grises la llevó a un lujoso autocar que, custodiado por dos soldados armados, aguardaba en la salida del aparcamiento. El inconfundible sonido de hélices en movimiento le advirtió que tenían también compañía aérea. Alzó la vista. Dos helicópteros militares sobrevolaban la zona. Le preguntó a su teniente el porqué de tanto despliegue militar. Este no detuvo la marcha, pero disminuyó el paso. Agachándose a su altura —su fresco aliento olía a un reciente y frugal desayuno militar—, le susurró al oído:

—Las mentes más brillantes del país, incluida la suya, doctora, viajarán en ese autocar. Un blanco perfecto para quien quisiera descabezar a España. Mejor tomar precauciones.

No era un comentario para sentirse halagada. La doctora, acostumbrada al sosiego y el silencio del CEMIG, estaba algo inquieta ante el inusual ajetreo. En la soledad de la montaña, ella convivía con el Bien y el Mal de la Naturaleza, no con el de los hombres. Las reglas de juego eran las mismas, pero estaban mejor definidas en la montaña.

El autocar no tenía elevador... Genoveva sonrió. *¡Ja...! Ningún gobierno es perfecto*. Tendrían que subirla a mano. Su teniente se percató de la situación y llamó a dos soldados. Estos colgaron su arma del hombro y entre los tres la subieron. Aunque aparentaba preocupación, a la doctora, en el fondo, le gustaba que los hombres la llevaran en andas. Era otra de las ventajas de una silla a la antigua. La primera butaca estaba reservada con su nombre. Luego de un estentóreo *buenos días* destinado a los ocupantes del autocar, con destreza hija de la experiencia, no exenta de donaire, se acomodó en el asiento. El obsequioso teniente plegó la silla y la dejó junto al conductor.

—¡Ja...! ¡Qué gracia...! También tendrán que bajarme al llegar.

El autocar estaba ocupado por la flor y nata de la ciencia y la tecnología de España. A muchos, Genoveva no los conocía, pero parecía que todos la conocían a ella. La saludaron con formal cortesía, pero enseguida se escuchó un irrespetuoso cuchicheo. La doctora intuyó que hablaban de ella. Sintió que sus mejillas se arrebolaban... y le causó mucha rabia.

A continuación llegaron dos mujeres y un hombre. Este lucía un elegante prendedor de oro con la insignia de la ESA —European Space Agency—. Genoveva nunca lo había visto. Un hombre guapo con gafas de estilo italiano. Reconoció, en cambio, a una de las mujeres. Era la Ministra del Interior. La otra, vestida de forma escandalosa, sería su famosa secretaria. Iban tomadas de la mano, un detalle otrora indecoroso, que no merecía, ya, mayor atención. Los tres saludaron y buscaron asiento en el fondo.

El pasaje parecía haberse completado porque el teniente, que estaba conversando con los soldados, revisó la planilla, consultó el reloj y se sentó ante el volante. La partida era inminente. El reducido grupo se acomodó en sus lugares. Se produjo el típico murmullo de voces, ropas y portafolios. Los soldados dejaron sus armas, se quitaron las gorras, ocultaron su uniforme con una chaqueta negra y ocuparon el puesto del conductor de dos automóviles comunes, similares a miles de la misma marca y modelo. Eran de color gris azulado. En el interior, otros soldados con chaquetas negras se esforzaban en disimular sus armas. Los coches se ubicaron delante y detrás del autocar. Los helicópteros se unieron al grupo.

Partieron de la avenida Padre Huidobro, donde se encuentra la sede del CNI, rumbo a las afueras de la ciudad. Tras unos minutos de marcha, un hombre, que venía del interior del vehículo, saludó a Genoveva y se sentó a su lado. La doctora, sabiéndose liviana e inestable, se había ajustado con fuerza el cinturón de seguridad. No obstante, pudo ver de quién se trataba. Era el que arribó con la ministra: el de las gafas italianas. Olía bien. Respondió el saludo y, cortésmente, se animó a preguntar si sabía por dónde y adónde iban.

—Estamos saliendo de Madrid por la carretera a El Escorial, señora... No tengo ni idea de adónde vamos.

—Gracias, señor.

No volvieron a hablarse. El autocar, escoltado por los automóviles y los helicópteros, continuó su marcha a velocidad moderada. Habría trascurrido una media hora más de viaje cuando, de improviso, tomó una salida a la derecha, cruzó una zona urbanizada y se zambulló en un camino rural de tierra apisonada en muy buen estado que discurría entre una doble hilera de frondosos árboles. Genoveva los reconoció: *Pinus pinea* —pino piñonero—, el legendario productor de los apetitosos piñones consumidos por la humanidad desde tiempos inmemoriales. Un árbol de tronco rectilíneo y vertical que se eleva sin ramificaciones para abrirse en una copa redondeada en forma de sombrilla. Quién sabe cuándo habrían plantado estos. Formaban un exuberante túnel vegetal, aromático y fresco. Informó a su compañero:

—Estos árboles son los que dan piñones.

El hombre giró el rostro hacia ella y levantó sus gafas para verla...

—También dan electrones, protones y neutrones, señora —respondió con sutil ironía. Parecía a punto de agregar algo más, quizás algún piropo, pero se contuvo ante el rigor científico del evento. Solo esbozó una leve sonrisa.

Genoveva, tomada por sorpresa, quiso replicar con una mortífera andanada, pero no se le ocurrió ninguna y dejó escapar valiosos segundos. Lástima que el insolente olía tan bien.

Justo en ese momento, los pasajeros se inquietaron. Estaban llegando. Los coches de escolta desaparecieron y los helicópteros se perdieron en las alturas. El autocar atravesó un arco de piedra rústica con un antiguo farol en uno de los pilares y la leyenda *San Antonio* en el centro. Parecía la entrada de una vieja propiedad rural.

Genoveva ladeó el rostro para echarle un vistazo a su compañero de butaca. No lo había visto antes. Era un tipo agradable, probablemente menor que ella, de unos 45 años. Lucía la expresión de macho desvalido, típica del recién divorciado..., pero había un destello de alegría y buen humor en su mirada. Vestía un traje de buen corte, manos y uñas limpias, cabello moreno con algunas hebras plateadas en la sienes. Miró sus zapatos —en los hombres, el calzado dice más sobre ellos mismos que en las mujeres—: mocasines marrones, limpios y lustrados sin exagerar. Le llamaron la atención los calcetines. Eran de mujer, de *lycra* negra, lo que no decía nada, al menos por el momento. El hombre volvió el rostro hacia ella, entreabrió los labios como tomando impulso para presentarse o disculparse por su comentario, pero otra vez el vehículo detuvo la marcha y lo dejó sin palabras. El teniente se incorporó, reclamó la atención de los pasajeros y anunció la llegada a destino. Genoveva alcanzó a ver dos ojos azules tras las gafas de diseño italiano, unos labios finos que, a punto de hablar, dejaban ver la blanca dentadura, y a percibir el aroma de L'Homme de Ives Saint Laurent...

Todos se apresuraron a descender. La doctora aguardó por ayuda. Los soldados ya no estaban. El teniente le alcanzó la silla de ruedas y, ayudado por el de las gafas italianas, que había permanecido a su lado, se apresuró a cargar a la doctora y a bajarla del autobús. Tras asegurarse de que quedaba en buenas manos, se despidió con una sonrisa.

El hombre continuaba a su lado con las manos aferradas a la silla de ruedas, como si terminara de desembarcar y tomara posesión de las tierras descubiertas. *¡Qué atrevimiento! ¿Creerá que le pertenecen?* —pensó la doctora—. No obstante, el gesto le agradó. No le gustaban los misericordiosos ofertantes de asistencia. Solían causar más molestias que ayuda.

Echó una mirada. Estaban en un predio rodeado por una doble alambrada. La externa era bastante alta. La interior, de seguro, estaría electrificada. Se veían aisladores de porcelana. El día, aunque nublado, permitía el paso de la luz del Sol, que destellaba entre las hojas y el verdor del césped. La fotosíntesis trabajaba a pleno absorbiendo la energía. Una casa de campo de generosas dimensiones se alzaba en medio de la hierba entre un grupo de pinos piñoneros. El aspecto general era el de un establecimiento rural, pero la mirada atenta y perspicaz de la doctora percibía antenas escondidas e instalaciones electrónicas disimuladas. Vestido ahora de paisano, apareció el teniente e invitó al grupo a seguirlo. Otras personas vestidas de *sport* pretendían disimular lo indisimulable: estaban en una instalación militar.

Su desconocido compañero asumió el mando de la silla de ruedas. Ella se dejó conducir. El camino de fina gravilla llegaba hasta la puerta de la casa, que estaba abierta. Parecía de madera, pero era blindada y pivotada en unas robustas bisagras metálicas. El espesor de las paredes sugería una construcción al estilo de los antiguos comerciantes de esclavos que regresaban de las Américas repletos de oro. Pero las marcas que dejaban los moldes de hormigón indicaban un sólido búnker con apariencia de casa de campo.

El grupo ingresó en un amplio salón con gruesas columnas de madera que soportaban las vigas del techo, también de madera, lo único típicamente rural. Abundaban las cámaras, ordenadores, teclados, tableros de instrumentos y pantallas de video. Sobresalía una larga mesa en forma de estirado rectángulo rodeada de butacas, micrófonos y adminículos para tomar notas. La bandera española lucía en la cabecera donde acomodaron las butacas que ocuparían las personas de mayor jerarquía de entre los convocados. Genoveva consideró innecesarias tales diferenciaciones del mobiliario y las insignias. Resultaba obvio que donde se encontrara la bandera estaría la cabecera. A los costados de la mesa principal había otras más pequeñas, probablemente para personal de asistencia. El teniente invitó a los presentes a ocupar los asientos. Mirando a la doctora, retiró una butaca para dejar el espacio libre. El de las gafas italianas percibió la invitación, la llevó hasta allí y se ubicó a su lado. Genoveva era la única en silla de ruedas. Sobraron lugares; el grupo era de tan solo doce personas.

Se hizo el silencio. Alguien más entraba. Todos miraron hacia la cabecera y comprendieron que algo en verdad grave estaba sucediendo. El presidente del Gobierno de España, en persona, presidía la reunión. A su lado, el general Porfirio Díaz Salvater, Ministro de Defensa y Federico Santis Roldán, Secretario de Estado, Director del CNI y la señora vicepresidenta primera del Gobierno, doña Elena Jiménez Caballero. La Ministra del Interior y su pomposa secretaria, tomadas de la mano, permanecían en segundo plano. Todos estaban ataviados al estilo *funcionarios* sobrios y mesurados: traje de uso diario o de chaqueta *sport*; las damas vestían *tailleur* gris, zapatos y medias negras y poco maquillaje. La excepción era la extravagante secretaria de la Ministra del Interior que hacía honor a su fama de chica *cutre*. Maquillada en exceso, lucía un revuelto peinado, y sus afilados pezones se destacaban a través del ajustado jersey de lana. Una escueta minifalda blanca se encogía al sentarse y permitía ver las bragas; tal vez, para dejar en claro que las llevaba. Brillantes medias negras de *lycra* con roturas, grotescas zapatillas deportivas de color rojo y unas enormes gafas oscuras. El abominable atuendo parecía del agrado de la ministra, que sonreía y le acariciaba la mano con ternura. A Genoveva le parecía que sus ojos estaban cargados de lujuria, pero se abstuvo de comentarlo. No había nadie más. Si el ejército vigilaba el lugar, debía de hacerlo con mucha discreción.

Quien tomó la palabra fue el teniente. Parecía ser el factótum del Gobierno. Se ubicó a un costado del presidente. No obstante ir de paisano, lucía su coqueta boina militar. A Genoveva le seguía pareciendo muy guapo.

—Señoras y señores, os saludo una vez más. En unos instantes se dirigirá a vosotros el señor presidente del Gobierno de España, don Alberto Jaramillo Olaizola. La información que brindará está clasificada como muy reservada. Antes, para que todos os conozcáis, haré las presentaciones —cogió unos apuntes de la mesa y continuó— :a mi izquierda, la directora del CEMIG, doctora Genoveva Abelleda Yrizábal, seguida del especialista en vida extraterrestre de la Agencia Espacial Europea, coronel Amable Baltasar Clodovelo; a continuación, el director del Centro de Satélites de la Unión Europea, profesor Ernesto Obregón Santamaría; a su lado, el señor Ministro de Investigación Científica y Desarrollo, licenciado Darío Dominique Trousseau; luego, la directora de la Organización Europea para la Investigación Espacial, doña Inés Galante Mateos; a su vera, el director del Observatorio Astronómico Nacional, doctor astrónomo Jorge Rodríguez Ballesteros; luego, la responsable del Centro Médico de Malformaciones Espaciales, doctora Elena Medina Rocío; enseguida, el ingeniero José Davidson Correa del Instituto de Exploraciones Cósmicas; a mi derecha, el doctor Ernesto Tejada Cornejo, director del Consejo Superior de Investigaciones Científicas; a su lado, el ingeniero Gregorio Orfebres Lucero del Instituto Nacional de Investigación y Tecnología; luego, la licenciada Beatriz Arlene Rodríguez del Instituto Geológico y Minero de España y, por último, a su derecha, doña Patricia Infante Sobrado del Ministerio de Ciencia y Tecnología...

El teniente, algo desorientado, se interrumpió ante el manifiesto jolgorio de la directora del CEMIG, que se divertía sin disimulo.

—¿Qué le causa tanta gracia, señora...?— preguntó el de las gafas italianas.

Genoveva tuvo que dar explicaciones. Todos la miraban.

—Algunas siglas son graciosísimas... Ernesto Tejada Cornejo: ETC; Gregorio Orfebres Lucero: GOL; Beatriz Arlene Rodríguez: BAR; Patricia Infante Sobrado: PIS; Darío Dominique Trousseau, mi jefe, DDT.

Por prudencia, se abstuvo de mencionar las iniciales del señor presidente del Gobierno.

—¿Cómo dijo el teniente que se llama usted?

—Amable Baltasar Clodovelo.

—¡Ja! ABC... ¡Esa sí que es buena! ¡Qué gracia!

—¿Y su nombre, señora?

—Genoveva Abelleda Yrizábal.

Se hizo el silencio. La irreverente científica nunca había reparado en sus propias iniciales. Otra vez se arrebolaron sus mejillas. ABC, a su lado, observó que el rubor que encendía su rostro la volvía bellísima. Como buen caballero español, se abstuvo de hacer comentarios. Ella se ocupó de aligerar la tensión. Soltó una carcajada y, con toda desfachatez, le palmeó el muslo. Todos los presentes, menos el coronel ABC y el teniente conocían la disparatada conducta de la directora del CEMIG. Ella, ignorándolos, se volvió a su acompañante, y apoyando con ternura la mano, ahora quieta, en el brazo del hombre, le dijo con dulzura:

—Desde hoy, ABC, nunca más jugaré con las iniciales de la gente. Lo prometo.

—Una buena idea, GAY, así nadie se confunde.

Se miraron a los ojos. En ese instante, ambos supieron que serían amigos, amantes, compañeros... o lo que fuera que el destino les tuviera reservado; incluso, esposos.

—Señoras y señores —continuó con autoridad el teniente. Se aclaró la garganta para imponer silencio—, con vosotros, el señor presidente del Gobierno de España.

Guardó sus papeles, hizo una leve reverencia y se ubicó en segundo plano. La figura presidencial quedó a la vista de todos.

Aprovechando la tradicional carraspera que padecen los funcionarios antes de comenzar un discurso, la irreverente directora del CEMIG, llamando la atención de su compañero mediante un despiadado codazo, alcanzó a susurrarle al oído.

—¿Coronel? ¡Qué gracia...! ¿De la tierra, del agua o del cielo?

ABC no pudo responder. El presidente había comenzado. Un expectante silencio se hizo en la sala. Hablaba con voz ronca, ansiosa y solemne. Algo importante estaba ocurriendo.

—Buenos días, señoras y señores. Ante todo, agradezco vuestra asistencia. Algunos de los que estéis vinculados con observaciones astronómicas, ya sabréis lo que está sucediendo. No es algo que afecte solo al Reino de España. La humanidad en pleno —el planeta Tierra— se encuentra en estado de máxima alerta. Por primera vez, luego de tantas novelas, películas, conjeturas e investigaciones sobre posibles habitantes de otras galaxias, estamos a punto de contactar, ser visitados o atacados por ignotas criaturas provenientes del espacio exterior.

Un murmullo recorrió la sala. Todos alzaron la barbilla y se acomodaron en sus asientos.

—En estos momentos, cuatro vehículos de origen desconocido y de tamaño gigantesco se están acercando a la Tierra. Sus fantásticas maniobras demuestran la presencia de seres inteligentes en el control. Debido a su enorme tamaño, podrán ser visibles para el público en veinte días, más o menos. No sabemos la razón de su visita ni qué pretenden. No generan temperatura ni emiten radiación de ninguna clase. No intentan comunicarse y tampoco responden a nuestras señales de radio. Han sido fotografiadas desde la ISS (International Space Station) en órbita a 900 *km* y desde el telescopio robótico Hubble IV, a 600 *km*. Son de forma circular, de un espesor ínfimo y de un tamaño descomunal. Las estimaciones arrojan estas cifras: diámetro, 100 *km* y su espesor, por el contrario, no pasa de 10 *cm*. Su apariencia parece ser articulada y formada por varias protuberancias a modo de escamas como si se tratara de una criatura viva, cosa que desconocemos por completo. El hecho de que no se haya detectado desprendimiento de calor no es concluyente. Podría ser una forma de vida que no consume el tipo de energía que conocemos. No hay ningún signo exterior que evidencie la presencia de armamento. Los astrónomos coinciden en que su versatilidad de maniobra responde a la intención de hacerse ver, y, tal vez, de impresionar a la raza humana exhibiendo un colosal control de la energía. Son inmunes a la fuerza gravitatoria. Sobrevolaron la Luna hasta casi tocarla. Luego, formando una cruz sobre un plano que pasara por su centro, se ubicaron dos en los polos y dos en el ecuador lunar. Permanecieron diez días terrestres en esa posición haciendo extraños movimientos alternativos. Supusimos que estarían analizando la superficie lunar. En la posición en que estaban, captaban la totalidad de la esfera.

En la sala había un silencio total. Las palabras del presidente se oían con toda claridad.

—Luego, como si la Luna fuera un cuerpo hueco, se elevaron sin dificultad y volvieron a dirigirse a la Tierra. Navegan sin formación. Unas veces se juntan y otras, se separan. Las imágenes que veréis a continuación fueron tomadas desde la ISS.

Aquí se interrumpió. Giró el rostro buscando al infaltable teniente e hizo un gesto de aprobación. Este accionó varios controles y las pantallas se iluminaron. Luego de unas fugaces rayas ondulantes, se dibujaron las nítidas imágenes sobre la oscuridad del espacio. Todos pudieron ver unos discos que, como negras *pizzas*, oscilaban sobre un eje transversal. A simple vista, en medio de la infinita amplitud del espacio, su aspecto era amenazante.

—El fondo oscuro —señaló el presidente— ha sido retocado para distinguirlas con claridad. El movimiento alternativo que estáis viendo, unido a su variable velocidad de desplazamiento, induce a pensar que desean hacerse notar, tal vez como advertencia para que estemos preparados. Seguid mirando, por favor.

Unas imágenes mostraban las *pizzas* de canto, casi imperceptibles y otras de plano, que parecían gigantescas. Eran visibles los cambios de posición.

—Como observáis —continuó el presidente—, son cuatro naves. Planas, pero de superficie corrugada, como si fueran escamas de alguna extraña bestia. Son de color negro o, al menos, así lo parece. Tampoco se detectan metales en su constitución. El último satélite lanzado por China al espacio antes de la aparición de estas extrañas naves ha informado sobre la presencia de componentes orgánicos. Tanto los científicos como los gobiernos están desorientados con este sorprendente dato. Prefieren atribuirlo a un error de lectura. Los objetos no pueden ser orgánicos; significaría que se trata de criaturas vivas que no necesitan oxígeno y que, de alguna manera, respiran en el espacio.

El presidente hizo una pausa para beber un poco de agua que le alcanzó el omnipresente teniente. Todos estaban pasmados por las revelaciones. El primer mandatario continuó:

—Esta misma información se está proporcionando en estos momentos a científicos de los países miembros de la Unión Europea y de otras naciones. Estamos obrando de común acuerdo con la mayoría de los Estados que conforman el planeta Tierra..., que es el albergue de la raza humana. En unos días más habrá una reunión cumbre en la Sede Central de las Naciones Unidas en Nueva York. Por el momento, nadie sabe de qué se trata con exactitud ni cuáles son las intenciones de los visitantes. Por desgracia, debo informaros que la opinión de los científicos coincide en que la manera silenciosa de acercarse, la carencia de radiación y sus maniobras provocativas no indican intenciones pacíficas. En resumen, señoras y señores, podemos estar en peligro. ¿Deseáis alguna aclaración?

—¿Están seguros de que no se trata de asteroides...?

La insólita pregunta fue hecha por la doctora Elena Medina Rocío del Centro Médico de Malformaciones Espaciales. El presidente, dueño de una paciencia legendaria, que le había valido la relección por dos periodos consecutivos, respondió:

—Esa posibilidad, a esta altura de las circunstancias, ya ha sido descartada. Por lo que se puede ver en las fotografías, nada hay que permita suponer que se trata de asteroides.

—¿Usted nos ha dicho todo lo que se sabe o existe información oculta...?

La pregunta provino del Director del CNI, el hombre sentado a su lado.

—Os he dado la misma información que tiene el Gobierno. Los objetos fueron avistados hace varios meses. Se los mantuvo bajo vigilancia mediante los mayores telescopios del mundo, entre los cuales están los españoles. Podrá haber información técnica como magnitudes, coordenadas, masa, velocidad..., pero nada que altere lo dicho.

—Señor presidente —dijo la científica de la silla de ruedas—, si los objetos son tan grandes de plano, tan pequeños de canto y disponen de una gran capacidad de maniobra, pueden hacernos muchísimo daño obstruyendo la luz solar, creando eclipses artificiales y dañando el proceso de la biosíntesis. Nos quedaríamos sin plantas y, por consiguiente, sin vida en poco tiempo. La única energía real de que disponemos es la que proviene del Sol.

Se hizo un inquietante silencio. El temor a lo desconocido se estaba adueñando de los presentes. El presidente tragó saliva y, con voz entrecortada, respondió:

—Tiene usted razón, doctora. Aún no sabemos sus intenciones, pero si quieren dañarnos de esa manera, creo que lo lograrían sin grandes dificultades.

—¿Han informado a las fuerzas de seguridad? —preguntó el nuevo amigo de Genoveva.

—Aún no he tocado ese tema, coronel —el presidente parecía conocerlo—. Aprovecho para hacerlo y responderle, a la vez. El Consejo de Seguridad de la ONU ya ha tomado medidas. Las fuerzas armadas de los países miembros han sido puestas en estado de alerta. No se iniciará ninguna acción armada hasta que no haya absoluta certeza de conducta beligerante por parte de *Los Visitantes*. Los movimientos militares que hay en este momento son de prevención y se reducen a desplazamientos estratégicos. Adelanto, por si pensabais preguntármelo, que los ejércitos españoles de aire, mar y tierra participan del alerta general de precaución. Solo los altos mandos, en todo el mundo, están al tanto de los hechos. La noticia aún no ha llegado a la prensa. A sabiendas de que en veinte días las naves serán visibles, la ocultaremos solo por el momento. Más que la situación en sí, que es irreversible, nos preocupa la manera de darla a conocer. Debemos evitar un pánico generalizado. No queremos correr riesgos innecesarios. Bastante tenemos con lo que viene del espacio. Vuestra discreción, señores y señoras, será, a partir de este momento, una orden militar…

—Si no hay más preguntas —continuó—, os diré lo que esperamos de vosotros: ideas. Básicamente, ideas que despejen la niebla que envuelve este asunto. Hemos dispuesto que pasen el día como invitados del Gobierno. Mañana desayunaremos juntos y escucharé vuestras opiniones. Ahora debo regresar a La Moncloa. Una ausencia prolongada llamaría la atención de la prensa… Pasad un muy buen día.

Dicho esto, el presidente dio la vuelta y salió acompañado por la Ministra del Interior, abrazada a la cintura de su escandalosa secretaria. El teniente, que surgió de improviso desde algún lugar, tomó la palabra.

—Bien…, damas y caballeros, habéis sido informados de una realidad que pue-de cambiar el devenir de la humanidad. Tenéis el resto del día para que intercam-biéis ideas. Las fotos, informes y videos están disponibles en cada ordenador. El gobierno prefiere que el intercambio de reflexiones sea espontáneo. En las actuales circunstancias, vuestra inspiración científica es tanto o más valiosa que los razo-namientos. Podéis pasear con libertad por los jardines e ingresar a las habitaciones que estén abiertas. Hay salas para reuniones privadas. Las comidas se servirán en el salón, donde también hay un servicio de cafetería. Os alojaréis en el pabellón lindero. Las habitaciones cuentan con baño privado y están señalizadas con vuestros nombres. Podréis utilizar el teléfono móvil a través de una centralita automática. Todas las comunicaciones pasan por ella. La zona está protegida por un escudo inhibidor de frecuencias. Me permito recordaros la orden de discreción. Espero que no obstante la gravedad de las circunstancias, disfrutéis de vuestra estancia. No dudéis en consultarme cualquier inquietud... Una cosa más. Tengo el deber de informaros que los movimientos de personas y sus conversaciones en este recinto son monitoreados de manera constante. Este detalle es puro formulismo y no deberá importunaros. Estáis todos identificados y no seréis molestados.

Dicho esto, volvió otra vez a desaparecer en la nada. De inmediato se soltaron las lenguas y comenzaron los intercambios de opiniones. Al principio, el salón parecía un gallinero alborotado; luego, las mentes más brillantes de España se fueron sosegando. Aun a sabiendas de que se trataba de dependencias vinculadas con la seguridad de la nación, todos comenzaron a relajarse y a sentir la diferencia entre huésped y prisionero. En grupos o parejas se fueron alejando por los jardines. Vistas las cosas, al siempre turístico estilo español, se podía considerar el evento como una escapada a costillas del Gobierno.

Genoveva giró el rostro para enfrentar sus ojos negros con los azules del coronel. Pese a la gravedad de la información recibida, las mentes de ambos científicos estaban en blanco; sus miradas, por el contrario, sonreían, expresaban ansias de conocerse, de andar por el campo brincando como Mary Poppins. ABC habló primero.

—No soy coronel; ni siquiera militar. Me dicen así por un error en una entrega de premios —y agregó sonriendo mientras se ponía de pie y empuñaba la silla de ruedas—. Ha quedado tan grabado, que hasta el mismo presidente está convencido de ello.

—¡Qué gracia...! —Genoveva se dejó conducir— Pues así parece más misterioso; más romántico que si fuera verdadero. ¿Qué se oculta tras la falsa identidad del coronel ABC? ¿Quién es en realidad el apuesto militar? ¿Un *capo* de la mafia rusa? ¿Un pervertido psicoanalista? ¿Un agente del Mossad? Pero ahora que sé que se trata de un apelativo y no de un grado militar, a mí me pareces —ella comenzó el tuteo— más interesante.

—¿Te disgustan los militares...? —él echó a rodar la silla.

—La unidad que mide la inteligencia es decimal y se llama *tar* —Genoveva aplicó el freno; su mirada anunciaba una maldad—. Sus múltiplos son *decatar, hectotar y kilotar* —a esta altura, el sonriente coronel estaba atento al desenlace. Ella continuó—. En el orden inverso, los submúltiplos son *decitar, centitar y militar.*

—¡Ja...! ¡Qué imaginación! ¡Qué malvada eres! —ella quitó el freno. ABC arrancó de nuevo y agregó sin timidez— Me gustan las mujeres malvadas. Te estoy conociendo.

—Eso incluye una cuota de resignación.

—Ya lo creo… Oye, GAY, perdona que te llame así. Ya que nos han dado libertad de movimientos... ¿Qué te parece un paseo por el parque? Déjame conducir tu silla.

—Ya lo estás haciendo y sin permiso. ¡Anda! Vamos rodando.

Su aquiescencia implícita y explícita indicaba luz verde para acceder a su amistad. Era muy celosa de su pieza de museo. No cualquiera tenía el privilegio de llevarla.

A pesar del dramatismo del momento, en que la supervivencia de la especie humana podía estar en peligro, ambos científicos se comportaron como chiquillos irresponsables. Pero las insensateces eran de la boca para afuera. Del lado de adentro, sus mentes trabajaban. En segundo, tercero o cuarto plano…, pero trabajaban.

Recorrieron los jardines jugando a descubrir artilugios electrónicos. Había de todo. Micrófonos, antenas extrañas cuya función no podían definir, pequeñas cámaras giratorias casi imperceptibles, lapiceros de mesa con cámara, sombreros sevillanos colgados de percheros con sensores de movimiento, cámaras de visión nocturna... Uno de los dispositivos llamó la atención de ABC y se lo describió a Genoveva.

—Este lo conozco. Es un ASG-3577F para realizar barridos electrónicos de frecuencias. Localiza hasta las señales más débiles de dispositivos secretos de escucha.

Ella estaba fascinada con *su agente secreto*. Continuaron el juego. Minúsculos micrófonos de alta sensibilidad podrían estar escondidos en cualquier parte: en los enchufes, en los picaportes, cortinados, ordenadores, cerraduras. Ella, desde su silla, revisaba a media altura, y él, al nivel habitual. Luego de una hora, concluyeron que no había en ese lugar, bajo el ojo y el oído del gobierno de España, la más mínima intimidad posible.

—Hasta puedes tener una cámara en el pene —observó Genoveva con desparpajo.

—Es mi parte más inocente —se apresuró a responder él, algo avergonzado.

Junto a las alambradas, había dos barracas provistas de largas y angostas ventanas espejadas. No eran muy grandes. Si bien el Gobierno deseaba crear un clima de distensión, comentó el coronel, dentro de esos recintos habría personal militar de vigilancia.

Ambos pasearon y conversaron durante toda la jornada. ABC se apartó de los senderos de gravilla, incómodos para rodar la silla, y se lanzó a través del bien cuidado césped. La doctora agradeció el gesto, pero no dijo ni media palabra. Por donde iban se encendían leds de colores, sonaban discretos pitidos y las visibles cámaras seguían sus movimientos.

Poco a poco se fue instalando entre los asistentes un clima de tranquilidad y relajación. Al mediodía, el movedizo teniente los invitó al salón donde los esperaba la comida. Nadie hablaba de extraterrestres. Reinaba el jolgorio y la satisfacción de saberse huéspedes del Gobierno. Las comidas eran de buena calidad y de bajas calorías. Por la tarde, el bar quedó abierto hasta la hora de la cena. La civilización humana, tan blindada a través de los siglos, todavía podía permitirse momentos de regocijo. No faltaba mucho para que comenzara a temblar.

Genoveva Abelleda Yrizábal y el coronel Amable Baltasar Clodovelo estaban a sus anchas y hablaron de un montón de cosas. Él se puso al tanto de los diferentes modelos de sillas de ruedas y sus características técnicas, el origen, el peso y la calidad de las distintas marcas, su rendimiento y versatilidad de maniobra, la importancia del respaldo adecuado, el radio de giro, los apoyabrazos abatibles y la facilidad para plegarlas y subirlas al automóvil en menos de un minuto. Había sido lo más natural para él conocerla en silla de ruedas. Así se le dijo.

—Ni bien subí al autocar, me topé con tu mirada. Eras una leona de ojos negros. Me gustan las leonas de ojos negros. Sin pensarlo dos veces, fui a sentarme a tu lado.

Ella tuvo acceso a temas hasta ahora desconocidos: el matrimonio, la rutina sexual y los hijos; la teta, el biberón y los pañales; las escuelas y el divorcio.

—Los chicos crecen. Al principio iluminan el hogar; son fruto del amor, pero luego se apagan las luces. Padres e hijos se convierten en fichas de un juego siniestro. Los hijos compiten por sobrevivir y los padres por destruirse.

—¿Cómo es eso? Explícame.

—Pasado el tiempo de las monerías, comienza una realidad que arranca en la infancia de los padres. Se creen adultos, pero se han vuelto niños. Viene el divorcio y nadie sabe, con exactitud, qué hacer. Todos copian conductas, por lo general, religiosas.

—Ahora te entiendo. Me pareces muy listo. Dime, ¿crees en dios y en todo eso?

—Me eduqué en colegios religiosos donde gotea la sangre de los pecadores; soy católico registrado, pero estoy oculto entre los pecadores sin que nadie repare en mi presencia. Así trascurre mi vida: escondido; y, además, hay algo que debo confesarte: tengo miedo de las mujeres y de los envases que indican *abre fácil*; a veces creo que son la misma cosa; mis luchas con los envases terminan en crímenes violentos...; no es que sea imposible abrirlos, pero no es tan *fácil* como dicen. Me asustan, sobre todo los que dicen *abrir por aquí*.

—¿Y con las mujeres?

—Paciencia y mucha paciencia.

—Es por eso que usas medias de mujer.

—¿Cómo te diste cuenta?

—¡Hombre! Soy una chica lista.

—Me van mejor. Son frescas; no me duelen los pies y despiertan instintos masculinos.

—Todo vale entre adultos que consienten.

Se habían detenido en la hierba. El coronel, aferrado a la silla de ruedas para no caerse, se sentó en el césped al estilo yogui. Ella lo tenía tan cerca que, instintivamente, apoyó las manos en sus hombros. Le contó de su laboratorio subterráneo en medio de la montaña, donde todos los días trabajaba en absoluta soledad.

—No puedo darte la ubicación. Es un sitio estratégico.

—En la ESA se cuentan cosas legendarias del CEMIG. Al menos sé que está en España.

—Aunque no lo creas, no sé dónde queda. Solo puedo acceder por el túnel de la cabaña.

—¿Y lo dejas solo, sin nadie de guardia? —ABC, dichoso de sentir las manos de ella en sus hombros, se aferraba con las suyas a la silla de ruedas para conservar la mágica postura.

—Claro que no —respondió la doctora con toda seriedad—. Todo queda bajo la estricta vigilancia de Esfínter y Escroto.

—Y eso… ¿qué cosa es?

—Son mis perros de asistencia y celosos guardianes.

Él rio con ganas y juró que su próximo perro se llamarían *Trompa de Falopio*.

—¿Cómo harás para distinguir a uno del otro? Tendrás que agregarle *izquierda* y *derecha*. Pero es un hermoso nombre; un nombre de encuentros, citas misteriosas de óvulos y galanes. ¿Qué te parece *Vesícula Seminal* para un solo perro?

Ella, adicta a la cocina vasca, le describió la mejor manera de hacer bacalao al pil pil… y él confesó que era su plato favorito. La clave era un buen desalado.

—Para no cansarte demasiado al conducir de noche, es bueno comer chocolate negro, amargo, con un alto contenido de cacao —comentó el experto coronel.

—Gracias, conduciré de noche más a menudo…, me encanta el chocolate.

Hablaron de infinidad de temas que ocupan la mente de los científicos: remedios caseros, hierbas aromáticas, cataplasmas de acelgas y nebulizaciones con hojas de eucalipto; el nacimiento de ella y su infancia en escuelas diferenciales; y la de él, en costosos liceos, rodeado de padres, madres y seguridad burguesa. Él le enseñó a salar el perejil para picarlo con facilidad y a golpear el ajo con la hoja del cuchillo antes de pelarlo. Coincidieron en que era absolutamente imposible, desde todo punto de vista, y sin excepción conocida, utilizar miel para cualquier cosa sin pringarse los dedos.

Durante la jornada, se cruzaron varias veces con colegas de otros organismos de Estado, inmersos en profundas discusiones. Nadie los consultó ni se detuvo. El astuto coronel percibió la crispación que la atractiva doctora causaba en los medios académicos. Se abstuvo de hacer comentarios. Comprendió que con el desenfado e insolencia con que ella se expresaba, era obvio que personajes acartonados se sintieran irritados en su presencia. A esta altura de la relación, ABC era consciente de estar llevando la silla de ruedas de la directora del CEMIG, la más eminente bióloga de España... y del mundo.

Al llegar la noche, felices de haber pasado el día juntos, Genoveva pensó que podía llevarse al coronel a la cama; que no habría objeciones. Si lo hacía ahora, quizás se echarían ambos un buen polvo, pero cerrarían las puertas de algo mucho más valioso que podría estar aguardando en la penumbra. La mirada azul cielo del coronel parecía estar de acuerdo. Ella, además, deseaba cambiarse de ropa, luego de haber dormido en el coche.

Se despidieron con un par de besos en la mejilla. Él no se agachó para besarla, como hacía todo el mundo, sino que hincó una rodilla para estar a su altura, detalle que a una mujer como la doctora Genoveva —pues de eso se trataba: de una mujer— le halagó sobremanera.

Por la mañana, ni el desayuno con el presidente de España ni las reuniones similares habidas en otros lugares del mundo satisficieron las expectativas creadas. No se consideraron fracasos, pero tampoco aportaron nada. La ciencia, acostumbrada a indagar en lo circundante, ni siquiera podía, en esta ocasión, aventurar conjeturas disparatadas o fantasías, que aunque rayaran en lo ridículo, podrían suponer la punta del ovillo. No había naves de estrambótico diseño ni sofisticados e ignotos armamentos… ni el más mínimo contacto.

En España, eso sí, se vivieron momentos agradables y distendidos entre el presidente y sus más destacados ciudadanos. Se sirvió zumo de naranja, café con leche, *croissants* recién horneados, jamón ibérico de Guijuelo, tostadas, mantequilla y mermelada. La opinión de los científicos españoles fue similar a la de los de otros países. Las experiencias más cercanas eran obras de ficción sobre fantásticos contactos con civilizaciones imaginarias.

Un escenario en medio de un rojizo desierto y dos soles en el horizonte; a lo lejos, restos de ciudades. Una extraña nave ha descendido. Salen enanos de un solo ojo; gaseosos, orugas, simpáticos hombrecillos voladores, furiosos y sanguinarios guerreros, sabios de larga barba y gordos testículos, sacerdotisas de muchas tetas, extraños peregrinos que arrastran una larga cola que, en realidad, es un pene; una religión misteriosa; una zona prohibida; un poder oculto; un mineral codiciado por la galaxia...

Todas eran fantasías. Personajes imaginarios, seres fabulosos, grotescos o hermosos, sensuales o ridículos, pero siempre concebidos desde una perspectiva humana. Tanto sus formas, metabolismo, personalidades y el terror que los acompañaba tenían factura humana.

Ahora, con solo elevar la vista al cielo, se abría el socavón del desconocimiento. Lo racional perdía el sostén de la ciencia. La angustia de la incertidumbre se iba apoderando lentamente de los militares, funcionarios o científicos al tanto de los sucesos. Nadie sabía nada. El menos instruido estaría, quizás, mejor preparado para enfrentar la realidad: podía resignarse. Para un científico, sin dioses a quienes recurrir, una situación desconocida podía llevarlo al punto exacto del precipicio en que cualquier conducta carecía de sentido. Caer o no caer, ser o no ser, morir o no morir eran variaciones de nada en absoluto.

Lo único que podría considerarse concreto eran los datos del satélite chino sobre la presencia de componentes orgánicos en la estructura o en el interior de las naves espaciales. Si bien un error de lectura era posible, resultaba difícil creer que instrumentos cuya exactitud era verificada de manera exhaustiva, arrojara, justo en ese momento, una lectura errónea. Los datos, falsos o verdaderos, pudieron haber sido inducidos desde la misma nave con un propósito desconocido. Orgánicos o no, los seres u objetos que se acercaban a la Tierra, en el supuesto de que tuvieran conciencia, disponían de suficiente energía propia como para moverse en el espacio sin depender de las fuerzas fundamentales que regían el universo.

La disertación de la directora del CEMIG dio lugar a comentarios suspicaces. Sus ideas eran atrevidas, pero tampoco podía esperarse de ella una opinión convencional. La doctora insistió y amplió lo comentado el día anterior.

—Unos discos de tan grandes dimensiones pueden obstruir los rayos del Sol, que mantienen la vida de toda la biomasa, incluida la humana. Un objeto de esa magnitud, que durante una semana privara de luz solar a una superficie sembrada con soja, trigo, maíz, o lo que fuese, de 1 570 800 hectáreas —lo que la sombra podría cubrir—, bastaría para arruinar la cosecha. Si cuatro objetos similares afectan a más de seis millones de hectáreas de cultivos, no creo que la humanidad sobreviva mucho tiempo. Una interrupción en la cadena trófica terminaría afectando los nutrientes de la Tierra. Y si eso no bastara —agregó la doctora—, la gran maniobrabilidad de las naves les permitirá cambiar de una posición a otra, ocultar o mostrar la luz del Sol y alterar las condiciones naturales de la atmósfera para disminuir o aumentar la temperatura, la humedad y las depresiones atmosféricas. En una palabra, señoras y señores —continuó con énfasis—, podrían manejar el clima de la Tierra. No necesitan armas nucleares. Las de la Naturaleza son mucho más letales. Basta con una furiosa tormenta para anegar una nación entera y sus vecinas. Y si eso no fuera suficiente —continuó implacable—, una bacteria es un elemento orgánico cuyos compuestos de carbono pudieron haber sido detectados por los sensores del satélite chino. Esto indica que hay bacterias a bordo de las naves. Los ecosistemas de la Tierra parecen muy fuertes, pero subsisten en un delicadísimo equilibrio que se puede expresar en una sola palabra: fragilidad. La Tierra es débil; muy débil. Supongamos que estas naves traen una carga de microorganismos que desconocemos. Un arma biológica, letal para los humanos, pero inofensiva para ellos. Entonces, si vienen a apoderarse de la Tierra, aunque no sepamos aún para qué, les basta con introducir una sola bacteria nociva en nuestro ciclo del carbono. El daño que podrían causar no sería igualado, ni de lejos, por el efecto del estallido simultáneo de todos nuestros arsenales nucleares.

El coronel ABC, de la European Space Agency, discurrió sobre el posible viaje de vehículos tripulados provenientes de sitios desconocidos del cosmos.

—Suponiendo que partieron de este mismo universo, el que conocemos y estudiamos todos los días, podemos deducir que vienen de muy lejos; como mínimo, de fuera del sistema solar... Sabemos que aquí no hay nadie más que nosotros. Si hubieran estado escondidos en un cuerpo celeste cerca de la Tierra, nuestros sensibles instrumentos habrían detectado su existencia, que suponemos tanto o más antigua que la del hombre. El conocimiento para construir estas naves tan grandes y el dominio que exhiben de la energía les habrá costado un extenso ciclo de historia, tal como a nosotros. No parecen bebés cósmicos haciendo travesuras. Si la distancia que tienen que cubrir para llegar a la Tierra es muy grande en términos astronómicos, la velocidad de sus vehículos podrán aproximarse a la de la luz o, incluso, igualarla. En esas condiciones, sabemos que los cuerpos pierden su masa y el tiempo desaparece. Nos parece poco probable que alguien, extraterrestre o no, viaje a esa velocidad. Podrían llegar a destino antes de partir. Pero si estas criaturas vienen desde un universo desconocido y cercano, cuya existencia no podemos percibir todavía, quizás —aunque parezca ridículo decirlo— pueden llegar caminando a nuestro planeta. A la vista de la extraña conformación de sus naves, que no guardan una razón áurea entre superficie y espesor, podemos fantasear que provienen de un universo de dos dimensiones y una temporal, insertado de canto en el espacio-tiempo e invisible para nuestro concepto de largo, ancho y espesor. Al ingresar al universo *normal*, al nuestro, por decirlo así, adquieren entonces un espesor mínimo. Esto parecerá de ciencia ficción, pero apoyo lo dicho con el detalle de que, pese a su tamaño, las naves recién fueron avistadas cuando la distancia que las separaba de nuestro planeta no era tan grande. ¿Por qué no fueron observadas antes si los telescopios terrestres son capaces de ubicar asteroides mucho más pequeños? Se diría que aparecieron de repente de un día para el otro, como surgidas de la nada... o de otro universo. Aunque hubieran viajado siempre de canto con relación a los observadores de la Tierra, su enorme superficie, mayor que la de los asteroides, hubiera sido detectada por nuestros instrumentos. Además, es imposible permanecer siempre de canto con respecto a observadores de la Tierra. No podríamos verlas de plano, pero sí de perfil. La Tierra es redonda y gira, señores.

—Y, por otra parte —prosiguió— ¿Cómo localizaron la Tierra? ¿Qué saben del planeta azul? ¿Pudo haber sido por el *Mensaje de Arecibo[1]*, enviado hace más de un siglo? ¿Qué es lo que les atrae de la Tierra? El planeta que muchos se empeñan en destruir, ¿representará un codiciado botín para otras civilizaciones?

Estas observaciones, calificadas de interesantes, llamaron la atención en los círculos militares. Sus autores pasaron a ser considerados futuros elementos de consulta, pero ellos nunca lo supieron. Los sagaces militares tampoco supieron que esos eruditos científicos habían utilizado la invitación del Gobierno para intercambiar recetas de cocina y jugar a los espías.

2 - Octubre, 2099... El CEMIG

El Parque Natural de Cadí-Moixeró se encuentra en el Reino de España, dentro de la Comunidad Autónoma de Cataluña, cerca de la frontera con Francia y el Principado de Andorra. La región es montañosa y de espectacular belleza. Dentro del parque está el cerro Pedraforca, una formación rocosa en forma de herradura, peculiaridad de la que deriva su nombre. En sus alrededores hay un auténtico microclima. La atmósfera del lugar, siempre despejada, invita a llenarse los pulmones con el aire puro de la montaña. Una inusual serie de remolinos permite que el azul del cielo sea más diáfano y las laderas nevadas, más blancas.

Cerca están Gósol y Saldes, pueblos de montaña, preferidos por los senderistas. Hacia el sur se encuentra San Llorenç de Morunys, el punto más comercial de la zona.

Allí, en el Parque Natural del Pirineo español, en plena montaña, sin que nadie pueda precisar la ubicación exacta, se encuentra el Centro Europeo de Microbiología e Investigación Genética (CEMIG), institución dependiente de los Servicios de Inteligencia de los países de la Unión Europea. No es posible indicar las coordenadas. Por un lado, porque son secretas y por otro, porque sus instalaciones se encuentran muchos metros bajo tierra, y nadie sabe en qué dirección. No figura en ningún mapa. Muchos creen que es un lugar mítico y que, en realidad, no existe. Nada indica, en medio de la nieve, la presencia de un laboratorio científico en la zona. La toma de aire y los captores de luz solar se colocaron dentro de un cerro artificial creado, *ex profeso,* con los materiales de la excavación. Solo en los más elevados niveles de los Servicios de Inteligencia de la Unión Europea se está al tanto de su localización.

Si los vecinos acostumbrados a deambular por esos parajes quisieran responder a quien preguntara sobre el tema, extenderían un brazo hacia un punto de la montaña y dirán:

—Por allí deben estar las ruinas bajo la nieve.

Se referirían a lo que ellos recordaban como restos de una construcción que comenzó a fines del siglo XX. Se trataba de un túnel que atravesaría los Pirineos por el que pasaría un tren de alta velocidad para enlazar a Barcelona con Andorra la Vella, y de allí, con París. La versión más creíble fue la de facilitar el acceso del turismo a las pistas de esquí y a un complejo hotelero con salas de juego que se instalaría en la zona. Una especie de Las Vegas en los Pirineos. Ya existía una en el desierto y otra en la selva. Solo faltaba otra más en la montaña y, más adelante, quizás, una en el espacio. Las versiones estaban destinadas a crear una imagen positiva entre los vecinos y evitar que el tema principal saliera a la luz.

Los residentes de la región recordaban el período de prosperidad que trajo a la comarca la febril actividad constructora y la abundancia de dinero fresco. Subían las cuestas camiones y maquinaria pesada que acarreaban suministros. Un campamento para los obreros se instaló en las inmediaciones. Se dijo que no había hoteles disponibles, pero la verdadera razón fue mantenerlos separados para evitar cotilleos con los vecinos.

Luego sobrevino el *Golpe de Realidad*. Según la prensa, la obra tuvo que suspenderse debido a filtraciones de agua, amén de otras graves dificultades financieras. Los vecinos escarnecieron a cuanto gobierno cayó en sus fauces. Se ensañaron particularmente con el de España, siempre dispuesta a poner la otra mejilla.

Que los políticos nunca cumplían, que todo estaba negociado, que daba vergüenza, que habría que fusilarlos a todos, que buscaban la tumba de Hitler, que escucharon disparos entre franceses y españoles, que era una maternidad clandestina para que las ministras solteras dieran a luz, que solapaban a la mafia rusa para controlar el tráfico de transexuales, que los Estados Unidos instalaban una base de misiles que apuntaban a Madrid, que estaban construyendo un prostíbulo al aire libre en las cumbres del Pedraforca...

El asunto tuvo gran repercusión mediática. Por último, como es costumbre de los gobiernos cuando les interesa que algo pasara al olvido, se nombró una comisión investigadora.

Todo había sido una ingeniosa *mise en scène*. En medio de tanto palabrerío, el verdadero objetivo de las obras —ya terminadas— estaba oculto bajo miles de toneladas de roca. En algo los críticos estaban acertados: *la política es el arte de la mentira*. Sonreían, satisfechos, los agentes de los Servicios de Inteligencia... Inteligentes, sin duda, lo eran.

El tiempo, inmune a las divagaciones políticas, ayudado por los aludes de nieve y la comisión investigadora, terminó vaciando la memoria de los vecinos.

Un siglo después, el Centro Europeo de Microbiología e Investigación Genética equipado con la más moderna tecnología, continuaba allí, en un búnker bajo tierra, funcionando a pleno. Había un túnel a fin de cuentas. Era la única entrada al complejo. Construido con hormigón antisísmico, abovedado y algo estrecho, pero bien aireado e iluminado, medía dos kilómetros de largo y varios metros de desnivel. Permitía el paso de personas, provisiones y equipamiento. Dos vehículos eléctricos y un pequeño carretón de cargas hacían el recorrido. Comunicaban al CEMIG con una cabaña para turistas en los suburbios de San Llorenç de Morunys. Desde allí comenzaba el descenso hacia las profundidades de la montaña. El tráfico de científicos era poco llamativo. Portafolios refrigerados con bacterias, virus y variopintos microbios iban y venían de los Pirineos a Madrid, París, Londres, Berlín o Bruselas.

El interés del centro era el estudio de los microrganismos e investigar las posibilidades de hallarlos o cultivarlos en el cosmos. Las salas subterráneas tenían distintos niveles de aislación y asepsia. En sus recintos, sellados y esterilizados, había suficiente cantidad de cepas como para aniquilar a la raza humana y dejar el planeta yermo; seco; desértico.

Pero no fue montado con fines bélicos. No se buscaba la muerte de nadie sino evitar la propia. Una infección bacteriológica proveniente del especio exterior era posible. Lo que preocupaba al CEMIG era el ingreso de los que podían traer los astronautas al volver de sus misiones. Los procesos de esterilización de equipos, naves y tripulación, que se efectuaban en gigantescos hangares, podían ser ineficaces frente a microrganismos desconocidos.

Recién comenzado el siglo XXII, las guerras, antaño inevitables, habían dejado de ser la pesadilla de la humanidad. La población mundial, en paulatino descenso, tenía acceso a las riquezas de la Naturaleza... Los recursos energéticos, al alcance de todo el mundo, ya no eran motivo de disputas. La paz mundial comenzaba a convertirse en realidad. El dinero no era el principal objetivo de la vida sino el bienestar de la especie humana. Podía considerarse que no había enemigos. Internet, que comenzó su andadura a mediados del siglo XX, logró, en menos de dos siglos, lo que Dios no pudo en milenios: que los hombres se amaran los unos a los otros. Se consideraba a la Red como el hito más relevante de todos los tiempos. El parteaguas histórico, por excelencia, para ubicar y datar, de manera apropiada, acontecimientos y hechos trascendentales de interés universal. Las abreviaturas de antes o después de Cristo se sustituirían por antes o después de Internet.

En lo que respecta a vida extraterrestre, todavía nada se sabía de lo que podía haber en el espacio profundo. Los vehículos robotizados, enviados dentro del sistema solar, buscaron infructuosamente elementos de una vida similar a la humana o con sus mismas características, que dependieran del agua y contuvieran el ciclo del carbono.

Los astronautas, pese a ser esterilizados antes de partir, podrían llevar consigo bacterias de la Tierra. Cabía la posibilidad de que estas, asociándose con compuestos exóticos, generaran sistemas de vida desconocidos..., que regresarían bajo otra conformación biológica y podrían resultar inmunes a las esterilizaciones a que eran sometidos cuando regresaban.

En el CEMIG, además de salas destinadas al cultivo de bacterias y virus, había también nichos generadores de ecosistemas. Eran pequeñas cavernas aisladas del exterior y expuestas a fuerzas simuladas de la Naturaleza. Además, albergaban sistemas vivos que se aniquilaban entre sí en busca del nexo con la muerte. Cadáveres de universos generaron universos nuevos. Otro nicho contenía materia inorgánica, indefensa y sin conducta, pero obligada a organizarse y a adquirir una por sí misma: consumir energía y transformarse en materia viva. Se tenían cultivos de microorganismos compatibles con la vida tal cual la conocemos, y otros sistemas, sin vida aún, pero con componentes capaces de desarrollarla en circunstancias diferentes. Además, estaban los nichos para sustancias a las que el agua les era ajena. En otros, se alojaba a los compuestos no sujetos a las fuerzas que equilibran el caótico orden cósmico. En otros más, se los exponían a una fuente de energía que imitaba al Sol. Los había también con restos de lava volcánica. Oxígeno, metano y nitrógeno ocupaban otros nichos. Tan desesperadas combinaciones darían lugar a la generación espontánea de una forma de vida, que bien podría no ser como la conocida hasta ahora. Se montó un espacio para que los organismos carentes de los sentidos de vista, olfato, oído, sabor y tacto encontraran otros nuevos por sí mismos.

Y también —¿por qué no?— había una simulación del proceso creativo. Una enigmática inteligencia, infinita y alojada en el ordenador, dice: *Hagamos algo a nuestra imagen y semejanza...* Crea una célula. ¿Sobrevivirá? ¿Es posible que la conformación orgánica de toda la Naturaleza sea, a fin de cuentas, el resultado de una sucesiva cadena de errores en la duplicación de una célula?

No. Así no eres. Volvamos a intentarlo; así tampoco. Otra vez y una más. Esta es la última... Bueno, una más y ya basta... y la última. Sé responsable. Estamos creando el mundo.

Quizás no hubo un creador. La organización de la Naturaleza era una tarea demasiado compleja para una entidad superior por muy inteligente que fuera. Tal vez la vida en sí misma no haya sido tan difícil de surgir como la conducta para conservarla, y todo se debió a que la conducta de vivir, el instinto, fue anterior a la vida. Una célula pudo haberse originado a partir de una partícula inorgánica que adquirió una conducta, es decir, conservarse a sí misma. Así habrán evolucionado y formaron los códigos genéticos. Las especies se reprodujeron y se comieron las unas a las otras. Todos eran comportamientos.

Algunos científicos creían que no era imprescindible una célula para generar vida. Podría haber otras formas de existir que no fueran la de la vida conocida. Sin ir más lejos, un bit podría equivaler a una célula, y sería capaz de generar un sistema de vida virtual, un ecosistema, un cosmos virtual. En ese caso, el creador no usaría barro, sino que sería un ingeniero informático, un humano que diseñaría un diagrama de flujo, un algoritmo, una ecuación, una lógica de comparaciones, una programación. *Enter...* y a descansar porque llegó el séptimo día.

La vida digital no incluiría los errores de Dios sino los del hombre, que serían menos. La infinitud del cosmos era susceptible de ser expresada en códigos binarios, también infinitos. Los seres digitales evolucionarían hasta perder la forma, el diseño y la belleza. Tan solo un bit sería imprescindible. No harían falta los sentidos. Todo era posible con solo un *clic*. La evolución dependería del silicio y no del útero.

El funcionamiento del CEMIG, por otra parte, estaba robotizado por completo. Las copias de seguridad se almacenaban en el mismo laboratorio y en archivos cifrados ocultos en diversas páginas de la web, vinculadas a escenas eróticas. Esto no se hacía por perversión.

Nadie que viera esas páginas y tuviera las manos libres se ocuparía en buscar códigos misteriosos. Para ocultar algo, nada más efectivo que exhibirlo a los cuatro vientos. En una escena pornográfica, podía estar oculta información de vital importancia para la humanidad.

Aparte de que el suelo debía ser totalmente plano, para lo que hubo que efectuar algunas pocas adaptaciones, las instalaciones del CEMIG se completaban con las dependencias para alojamiento y vivienda del personal que, en las actuales circunstancias, estaba compuesto por una sola persona. Una sala de estar, cocina, baño y comedor. Había un dormitorio principal con una cama doble y otro con dos camas individuales.

Hubo más requisitos: un pequeño invernadero bajo luz y atmósfera artificial para el cultivo de hortalizas ecológicas y una granja en miniatura con pollos, gallinas y huevos.

—¿No era usted vegetariana doctora?— preguntó el señor Ministro de Investigación Científica y Desarrollo, licenciado Darío Dominique Trousseau, DDT, el único ser humano de quien recibía órdenes la doctora Genoveva.

—Soy vegetariana cuando como vegetales y carnívora cuando como carne.

—Entonces, usted es omnívora —dijo sonriendo el ministro.

—De vez en cuando no viene mal un trozo de carne fresca— respondió la doctora, con la mirada tan llena de lascivia, que el ministro se abstuvo de hacer más preguntas.

Tales fueron las condiciones exigidas por la doctora Genoveva Abelleda Yrizábal para aceptar el cargo de directora general del CEMIG.

3 - Noviembre, 2099... Genoveva

Un solo profesional de la talla de Genoveva bastaba para dirigir tan sofisticado laboratorio. No solo tenía aptitud para adaptarse a la soledad de la montaña. También poseía idoneidad científica; una mente capaz de *ordenar los ordenadores*. Dueña, además, de una personalidad disconforme consigo misma, podía soportar días y noches bajo tierra con la sola compañía, Internet mediante, del resto del mundo... y de Esfínter y Escroto.

¿Quién era y cómo obtuvo el cargo la actual directora? Describir a la doctora Genoveva Abelleda Yrizábal no era sencillo. Se podía mostrar su carnet de identidad, la fecha de nacimiento y los títulos académicos; pero eso no explicaba su compleja personalidad ni las razones para que desempeñara, en solitario, una función de tal magnitud. Había mucho más. Cuando se creía haberlo dicho todo acerca de ella, aparecía un nuevo detalle, algo desusado, algo más estrambótico que agregar. Se definía a sí misma como una criatura humana... *una habitante de la Galaxia, con residencia temporal en la Tierra.*

Poco le faltaba para cumplir medio siglo en el mundo, pero ya lo había convulsionado bastante. Era la máxima autoridad mundial en Microbiología, Biología Molecular, Genética y Bioquímica. Se doctoró en varias universidades, y otras le concedieron el nombramiento *honoris causa*. Era harto conocida en los círculos académicos. Había discutido —y sin pelos en la lengua— con los científicos más reputados del planeta. Tildada de atolondrada en más de una ocasión, el peso aplastante de los hechos había corroborado sus teorías punto por punto. La comunidad científica se acostumbró a escuchar sus opiniones con el mayor respeto aunque, *prima facie*, parecieran descabelladas. La lucidez mental de que hacía gala no era fácil de seguir, aun en los círculos más preparados. Su teoría más espectacular, todavía resistida en la intimidad de cada científico, era la de que la especie humana sería reemplazada por otra más eficiente cuando se dieran las condiciones para ello.

—Visto que la biomasa de la Tierra siempre es la misma —argumentaba—, es de suponer que una vez agotados los recursos, como sucedió en la isla de Pascua, la especie humana se extinguirá y otra, mejor adaptada, ocupará el hueco.

—¿Cuál será esa especie, doctora?

—Es probable que sea una bacteria, ya que el hombre, al extinguirse, dejará el planeta desértico. Será la peor catástrofe biológica de una historia... que ya no seguirá.

—¿Por qué dice usted que la biomasa es siempre la misma, doctora?

—¡Hombre! Si antes había enormes dinosaurios, hoy la Tierra está atiborrada de humanos que se reproducen sin pausa. En medio del silencio del espacio, se escucha el ruido atronador de la masticación humana. Todos hacen *crunch crunch*. La biomasa mantiene la cantidad crítica de componentes para conservarse a sí misma. En algún momento, el equilibrio se perderá y otros comenzarán su *crunch crunch*. La biomasa crecerá de nuevo, pero ya no habrá humanos. La isla de Pascua estaba sola en medio del océano, y la Tierra lo está en medio del espacio. No creo que una criatura extraterrestre ambicione la Tierra. No obstante, cualquiera que desee adueñársela, solo tiene que sentarse a esperar.

—¿Entonces, somos como soles con patitas, doctora? *(murmullo de risas)*.

—Exacto, señor, soles con patitas como usted, pero algunos son racionales.

—¿Nosotros, la raza superior, seremos reemplazados por bacterias?

—Exacto, señor, por bacterias superiores.

—Es difícil de tragar, doctora.

—No es necesario que lo trague. Más bien, prepárese a ser tragado...

—Y usted, doctora, ¿con qué especie se avendría mejor para ser sustituida? ¿Víboras, insectos? *(murmullo de risas)*.

—Yo, señor, soy amiga de las bacterias. Las investigo y me doy a conocer; propicio que la bacteria me ame, que evolucione y podamos encontrarnos dentro de miles de años.

—Pero usted morirá antes, doctora.

—Detrás de usted, caballero...

Lo que llamamos realidad —decía la doctora— es un estilo de concebir las cosas que no se quieren ver de otra manera. Una costumbre, a fin de cuentas, de la que cuesta apartarse.

La convivencia de partículas —argumentaba—, a cual más diminuta, es la razón de ser de todo universo. Los ojos humanos ven una bacteria, pero la bacteria solo ve su propio universo. No ve al humano, pero es vista por él. ¿Es el tamaño del hombre la justa medida para entender la realidad que nos circunda?; ¿quién nos está estudiando?; ¿no seremos bacterias en un cosmos más grande donde no podemos ver a quien nos está mirando? Estamos equipados para investigar mejor lo pequeño que lo grande. La unión de partículas conforma una realidad que no está quieta: es antagónica y beligerante. Una célula no se aviene con otra. Se alimenta de unas y es alimento de otras. La existencia es tan solo una tregua en la gran conflagración del universo y en la cual sucede la Tierra, nuestro mundo.

Su figura no había trascendido del ámbito científico. Permanecía apartada de la opinión pública. Tampoco había sido homenajeada en lugares de habitual concurrencia periodística. Los académicos eran reacios a permitirle que destacara. Existía entre estos un acuerdo tácito sobre la intención de ocultarla por temor a que su personalidad, la menos científica, fuera conocida por la prensa amarilla, y a que tan estrambótica figura pudiera ser entrevistada y luego se escribieran reportajes, lo que conllevaría exponerla a la voracidad de *la gente de la televisión*..., como acostumbraba decir *la gente de las bibliotecas*.

Desde su inauguración, un siglo atrás, la dirección del CEMIG era un cargo vitalicio. La doctora Genoveva, a sus 48 años, era la cuarta directora. Su designación equivalía a mantenerla alejada del mundillo académico. La condenaban a una especie de ostracismo científico sin necesidad de privarse de su valioso talento.

No era su quehacer profesional lo que empañaba la imagen de la doctora sino su escandalosa vida privada. A finales del siglo XXI, nada parecía asombrar a nadie, salvo la conducta de la doctora Genoveva Abelleda Yrizábal.

La parte vista como *descarriada* eran los rumores sobre sus aberrantes costumbres sexuales. La doctora aparecía en las pantallas mirando tanto a los conferenciantes como a otro ordenador del que jamás se separaba. Parecía exhibir, en público y sin pudor alguno, fuertes estremecimientos orgásmicos ¿Cómo podía debatir complejas cuestiones científicas y regodearse, al mismo tiempo, en sus oscuros placeres? Nadie sabía qué era lo que miraba en la otra pantalla ni podía decir *yo estuve allí*, pero todos opinaban…

Para incrementar el desconcierto, la doctora se movilizaba en silla de ruedas. Carecía de piernas. Fue rescatada, aún en el vientre materno, de entre los hierros retorcidos del automóvil de sus padres. Una tremenda colisión frontal con un pesado camión de transporte les costó la vida. El padre murió decapitado en el acto. La madre, ante su avanzada gravidez, fue trasladada en helicóptero al hospital Ramón y Cajal de Madrid. Felizmente, si se puede decir así, falleció en el quirófano. El denodado esfuerzo de los médicos por salvar a la criatura que todavía latía en el vientre se enfrentó a la desazón de verla malformada. Era media bebita. A diferencia de otros recién nacidos, solo movía sus pequeños bracitos.

Con la única y valiosa ayuda de la hermana de su madre, que la acogió y cuidó, la futura doctora luchó en soledad. La abnegada tía subía y bajaba escaleras de escuelas y universidades arrastrando la silla de ruedas de su talentosa sobrina. Notas, quejas y más notas…

Que no hay ascensor; que deben examinarla en la planta baja; que tiene derecho a la educación; que reclamaré al rector, a la justicia, al gobierno, al papa y a dios; que es un ser humano; que sus calificaciones son excelentes; declare por escrito que no puede examinarla; que su obligación es enseñar y no cortar cabezas; ya le han cortado las piernas…

A los cuarenta y ocho años, era una bella mujer aunque solo se podía describir su parte superior. Rostro de líneas definidas y facciones vivaces. La inteligencia estaba presente en la mirada refulgente de sus ojos negros. Sus largos brazos terminaban en hermosas manos, ágiles y sensuales. Elegante y presumida, estaba siempre impecablemente vestida y maquillada. En el CEMIG no la vería nadie, pero ella no comenzaba a trabajar sin antes acicalarse.

—Hay más cámaras que gente; mejor estar presentable —solía decir.

Atea empedernida, era irreverente y mordaz respecto de las cosas *decentes*. Pero el ateísmo de la doctora no era fanático ni exagerado. Aceptaba la presencia de un creador, una fuente prodigiosa de energía que pudiera haber dado lugar al espacio y al tiempo. Si no había creado la vida de forma directa, esta sería el resultado de una contienda de partículas, bacterias, hongos y gases varios. Si Dios no creó el mundo, el mundo podía haber creado a Dios.

—Para diseñar un ave —decía la doctora—, necesitaríamos un equipo de ingenieros solo para el ala. Otro, para el diseño de un esqueleto hueco, apto para volar.

¿Qué sabe Dios de todo eso? Solo puede estar en la oficina de reclamos, y allí lo han puesto los hombres.

Que quiero alas, diosmío; que estas patas no me sirven para saltar; que necesito plumas; que me hacen falta dientes; que así no puedo caminar; que me atacan todos; que quiero veneno; que me gustan las alas más largas; que necesito que la lengua sea pegajosa para cazar insectos; que no quiero parir a cada rato; que me des una trompa larga; que necesito uñas; que quiero un estómago más grande, una cola más corta, un pico más largo; que necesito ojos en la frente y las patas traseras más largas; que no me gusta arrastrarme por el suelo; que quiero vivir en el agua; que tengo frío; que eso de poner huevos no va conmigo; que quiero comer carne; que las plantas son feas; que no me gusta andar en la nieve, que prefiero dormir todo el invierno, diosmío...

Para la doctora Genoveva, el haber nacido con atributos femeninos era un detalle nimio que, fisiológicamente considerado, no indicaba que fuera mujer, pero sí una artista del sexo. Los cuerpos eran una obra de arte con los que ella se podía relacionar. Algo así como introducirse en un cuadro, un libro o en *el lago de los cisnes*. Consideraba el placer físico como el contacto con la felicidad, una palabra que está en boca de muchos, pero en el cuerpo de pocos.

—Los sentidos nos relacionan con lo circundante. Es en la suma del placer físico con el emocional donde en verdad encontramos la plenitud de existir.

Genoveva rechazaba toda autoridad… terrenal o divina. No creía que Dios fuera un ser superior. Ella lo consideraba, más bien, como un niño que había hecho una travesura y no sabía cómo salir de ella. Opinaba que las religiones construían civilizaciones de eunucos. Buen esfuerzo le habrá llevado al creador, decía, diseñar la sexualidad y el mecanismo reproductivo… ¿Para qué? Para que unos oscuros religiosos lo echaran todo a perder.

—Pero, como quiera que se lo mire…; hubo una creación —afirmaba la doctora—. En algún punto del ciclo intervino una inteligencia, una tilde, un desvío, un electrón menos. La existencia en soledad no es posible. ¿Una sola célula en medio de la Tierra? ¿Una mínima partícula de materia en el espacio? ¿Un átomo suelto? Ni pensarlo. ¿Dios en solitario? Inadmisible. Para acceder a la existencia es imprescindible hacerlo en compañía. No le afectaba estar encerrada en el CEMIG. Disponía de Internet y del SESI (Sistema de Encuentros Sociales Interactivos). No era necesario levantarse de su asiento —la silla de ruedas— para acercarse a otro ser humano. Eso sí, había que estar presentable.

Los antiguos videojuegos habían evolucionado y, junto a las redes sociales, se convirtieron en una mezcla de ambos: el SESI. La antigua consola era ahora un módulo del que se desprendían un conjunto de cables con cascos, pulseras o sensores autoadhesivos. Se aplicaban en las partes del cuerpo que se deseaban estimular según la actividad social elegida. Un partido de fútbol, un concierto, una cena, una película… o una maratón sexual.

El casco, conectado al cerebro, proporcionaba las vivencias emocionales. Los sensores, equipados con membranas vibratorias, eran autoadhesivos y se colocaban en distintas partes del cuerpo. En el caso del sexo —la variante más utilizada del SESI—, se aplicaban en las zonas erógenas habituales: clítoris, labios vaginales, pezones, testículos o penes, o en las no tradicionales según las preferencias de cada persona.

Una vez completado el *atuendo* electrónico, había varias opciones antes de comenzar el *juego*, que viéndolo con objetividad, de juego no tenía nada. O se continuaba desnudo para ir a la cama sin más vueltas o, bien, se vestían las mejores galas para una noche de ópera, cenar en un lujoso restaurante, asistir a una velada literaria, a una partida de póquer. Las opciones eran muchas, y con la mayoría se terminaba en la cama.

El paso siguiente era seleccionar pareja. Se la podía elegir en las bases de datos gratuitas: hombre, mujer, transexual, alto, delgado, moreno, calvo, abogado, filósofo, médico, escritor, camionero... O, bien, en las de pago. Estas tenían nombre y apellido. Alguna figura del cine, del deporte, del clero, de la política, del arte o de la T. V.

En el caso de preferir una fidelidad a rajatabla, la tercera y última opción, el SESI permitía al usuario diseñar su propia pareja y protegerla mediante una compleja contraseña mucho más efectiva e higiénica que los anticuados artilugios de forzada castidad.

El acto sexual en el mundo virtual del SESI era maravilloso. Todas las fantasías, sin restricciones morales ni dolores de cabeza, estaban disponibles. No hacía falta protegerse de nada. Jugara quien jugara, el evento era sano, higiénico e infecundo. La conducta de la pareja era elegida por el jugador o la jugadora. La duración no la determinaba el cansancio sino el tiempo. No era necesario ducharse, hacer costosos regalos, descorchar champaña o preparar el terreno mediante seductoras artimañas. Podía repetirse tantas veces como se quisiera y con quien se deseara. El o la participante era libre de enamorarse y coger una calentura de hostias o, bien, espiar a la propia esposa o esposo haciendo el amor con personas desconocidas a las que, además, se les había dado dinero.

En el SESI, los orgasmos propios, inducidos por las membranas vibratorias, eran fabulosos. Los de la pareja virtual podían ser de dos maneras: automáticos, decididos por el SESI o bien, provocados en el momento deseado con solo un clic. Esta opción era la preferida por el público femenino. En todos los casos, los orgasmos eran estremecedores y exhibidos sin timidez ni pudor. La actividad sexual de los seres humanos estaba al alcance de la mano con solo hacer clic. No hacía falta salir de casa ni vestirse... o desvestirse.

Había muchas maneras de *salir de pesca* con el SESI. Solo o sola, a la buena de Dios, con una pareja elegida, con la actriz de moda o el deportista de éxito, el propio psicoanalista, el cura, la hermana o el obispo. Se podía usar, pagando el precio, la imagen de algún famoso artista, atleta o... un científico de renombre. Cualquiera podía tener relaciones con el presidente, la primera dama o la madre superiora. Todos se prostituían de manera virtual, sana y sin complicaciones. En el interior del casco y en 3D, trascurría el apasionante *juego*.

La doctora Genoveva llevó al CEMIG todas las variantes del SESI, incluso un casco y cables adicionales para jugar en pareja. Ella estaba sola, pero nunca se sabía lo que podía deparar el destino. Lo utilizaba para infinidad de cosas: invitar a un colega a visitar su laboratorio; recorrer los nichos de experimentaciones de otros laboratorios; comentar borradores, corregir pruebas y elaborar teorías. A su vez, respondía a invitaciones para dar conferencias, tesis y pruebas en todo el mundo. Esas serían las funciones didácticas o científicas.

Cuando la acosaban *los calores,* la doctora cambiaba a otro nivel. Vestida y maquillada, montada en su silla de ruedas, se aplicaba los electrodos en el cuerpo, elegía las parejas con las que pasaría la velada y... *voilà.* La elegante científica se zambullía en un prostíbulo virtual. Según su estado de ánimo, optaba por compañía anónima de las bases de datos gratuitas o pagaba la tarifa VIP y seleccionaba algo más ilustrado. No le gustaba arriesgarse con lo que viniera. Ella prefería organizarlo todo antes.

Concurría a la Ópera de Sidney en compañía de un chulo madrileño; cenaba en Bangkok junto a un transexual local. Escuchaba hermosas arias en La Scala de Milán mientras una desconocida lesbiana, casualmente sentada a su lado, le introducía la lengua en el oído. En la Bodeguita del Medio de La Habana, convidaba con daiquiris a las *jineteras* del barrio, chicas de alto nivel académico, con las que intercambiaba caricias y datos científicos. Una era licenciada en química; otra, en economía y la tercera estudiaba derecho marítimo internacional. Nada más excitante… que el sexo ilustrado.

Genoveva, pese a sus carencias físicas, iba más allá que nadie. Participaba en el SESI diseñándose a sí misma como una sensual *femme fatale* equipada con afilados tacones, medias *pantys* y portaligas. Todo lo que ansiaba usar y no podía. Los estímulos, mediante los sensores vibratorios, pasaban de manera directa a su cuerpo, que se estremecía de placer.

Cuando nada más le apetecía una relación carnal, sin artilugios electrónicos, la doctora prefería llamar a una agencia de taxi-boys. Si sus deseos, en cambio, eran de añoranza maternal, caricias, ternura y cuidados femeninos, entonces recurría a un servicio de taxi-girls.

Pero no todo era sexo en la vida de la doctora. Le gustaba, eso sí, mezclarlo con otras actividades. Disfrutaba del SESI invitando a su mesa a un premio Nobel junto a una *jinetera* cubana, un comerciante —si era chino, mejor—, un funcionario y hasta, a veces, en los casos más extremos, podría invitar a un militar.

Tampoco estaba del todo sola en el CEMIG. Había llevado consigo a sus dos perros, los fieles Esfínter y Escroto, producto de competitivas copulaciones caninas, hijos de su madre y otros perros. Negros, de pelo largo y talla media, con un aire al pastor del Pirineo presente en algún punto generacional. Solo un detalle los destacaba como pertenecientes a una afamada científica: su aguda inteligencia. Podían asistir a su ama en infinidad de tareas. Con las patas delanteras apoyadas en el respaldo de la silla de ruedas y, mientras se gruñían con cariño, empujaban el vehículo de la doctora para conducirla adonde ella deseara. También recogían cosas del suelo, abrían y cerraban puertas y cajones, encendían o apagaban luces, buscaban las siempre olvidadas gafas, el pintalabios, ropas y cosas que la doctora, una mujer a fin de cuentas, dejaba por todo el laboratorio, el túnel y la cabaña. Esfínter y Escroto eran felices asistiéndola. Siempre a su lado, competían por llegar primero.

Genoveva, cada tanto, revisaba sus anotaciones y ponía el laboratorio en piloto automático. Entonces, cogía el vehículo eléctrico que la llevaba a lo largo de dos kilómetros por el túnel de hormigón hasta la cabaña de San Llorenç de Morunys. Allí esperaba su coche adaptado. Levantaba el portón y salía rumbo a algún sitio.

Lo más habitual era ir a Barcelona, la ciudad importante más cercana, pero nada le impedía llegar a Zaragoza, a Pamplona o hasta Madrid. Si el tiempo era bueno, podía ir a Andorra La Vella, Toulouse, Perpignan, Marsella o a la mismísima París.

El CEMIG, en piloto automático, quedaba bajo la atenta vigilancia de Esfínter y Escroto.

4 - Diciembre, 2099... Fin de siglo

Rodeados del jolgorio y alegría tradicionales, los habitantes de la Tierra se aprestaban a despedir un siglo y a ingresar en otro. Las calles se engalanaban con hermosas guirnaldas a cual más luminosa. La gente abarrotaba las tiendas. Las canciones de moda resonaban en los altavoces callejeros. Los empleados se reunían con sus jefes; los médicos, con sus pacientes; los jueces, con sus presos y los enemigos, con sus enemigos. Allí donde hubiera un conflicto, se pactaba una tregua. Todos se daban la mano, se abrazaban y se besaban.

A fines del siglo XXI, lo cósmico estaba de moda y los seres humanos se proyectaban al espacio exterior. Un astrónomo podía ser tan famoso como una estrella de la televisión o un jugador de futbol. Se anticipaban apasionantes novedades para el nuevo siglo.

Habría varios eclipses de Sol pertenecientes al saros 139^2, pero uno de ellos, el del 16 de julio de 2186, se destacaría porque sería el más prolongado de los últimos 10 000 años: 7'29'' sobre un máximo teórico de 7'31'', en que la Luna puede ocultar al Sol...

En diciembre de 2117, un pequeño disco negro, Venus, cruzaría la brillante superficie solar cuando ambos estuvieran alineados con la Tierra...

Desde su descubrimiento en 1930, Plutón, el planeta enano, llegaría a su afelio, el punto más lejano del Sol. Como su período de circunvalación es de 248 años terrestres, el año 2178 será el primer *aniversario plutoniano*. ¡Felicidades!, Plutón...

En septiembre de 2197, Venus transitaría por delante de Espiga, la estrella más brillante de la constelación de Virgo, que se encuentra a 260 años luz de la Tierra. El planeta quedaría oculto a los ojos terrestres. La última vez que lo hizo fue en noviembre de 1783...

—En el magnificente esplendor del universo —decía la doctora Genoveva—, no hay duda de que nosotros —los humanos— con nuestro ciclo del carbono y nuestra corte de bacterias, virus y microrganismos somos la mierda del cosmos y no impresionamos a nadie.

Siguiendo las viejas costumbres, los medios —ahora todos, digitales— repasaban los acontecimientos más destacados del siglo que se iba para siempre. Los avances tecnológicos se llevaban todos los laureles.

El teclado virtual, proyectado por una linterna común, mediante infrarrojos sobre una superficie plana, permitía teclear en el acto la búsqueda del dato que se precisaba.

Las pantallas flexibles, similares al papel, se podían llevar en el bolsillo para ver un evento cultural o deportivo en cualquier parte. Solo había que desplegarlas.

En el CEMIG se había desarrollado el Sistema de Tejidos Aplicados, que sustituía a las prótesis en los casos de miembros amputados o ausentes. Células madre, con mezclas de aditivos y polímeros, se inyectaban en el organismo que se sometería a restauración. De inmediato, capturaban la información del ADN y comenzaban a gestar el miembro u órgano faltante descripto en las instrucciones. Piernas, brazos, arterias, tejidos u otras partes del cuerpo —con algunas excepciones como el hígado, cerebro o corazón— eran ahora de desarrollo programable. Sin embargo, la directora del CEMIG se resistía a usar su propio descubrimiento. Su vieja silla de ruedas contenía demasiados valores afectivos para sustituirlos ahora. Ella, sin contar que le gustaba mucho, prefería otorgar a quien amase, el privilegio de llevarla.

Otro logro del CEMIG fue el Sistema de Gestación Asistida. Ya no era necesario matar animales para consumo. Bastaba seleccionar el preferido: ternera, pescado, ave, cerdo o cordero... y las células madre comenzaban a crecer según las instrucciones del ADN. Reproducían los cortes más apetecibles sin necesidad de gestar el animal entero: solomillo de ternera, piernas de cabrito, lomos de bacalao, pechuga de pavo... eran exquisiteces, listas para el consumo, que ahora se podían adquirir frescas, recién elaboradas y envasadas al vacío.

La nueva medicina cuántica permitía —no en todos los casos— retrotraer el cuerpo del enfermo a un estado previo. No se trataba de una cura. Se aprovechaba el principio informático de *deshacer acciones indebidas*. La aplicación consideraba que algunas enfermedades lo eran, y restauraba el organismo al último estado de buen funcionamiento...

Las investigaciones del CEMIG en materia de descomposición de células y tejidos habían perfeccionado la técnica de *deshacer estructuras moleculares*. Dentro del primer mes de gestación, era posible, célula por célula, desarmar un embrión humano y volver a poner todo en su lugar hasta llegar al origen: un óvulo y un espermatozoide. Esta maravillosa técnica ponía punto final al controvertido tema del aborto, que aún continuaba haciendo bulla. El proceso se efectuaba en el vientre femenino, por lo que se debía lamentar una única muerte: la del esforzado espermatozoide original. Una vez separado del óvulo, el susodicho cadáver no podría considerarse un ser humano y no sería necesario dar explicaciones a los obispos.

Mas no todas las noticias del siglo pasado eran para enorgullecerse. El tema acerca del aumento de la temperatura media global y del nivel de los mares no pudo silenciarse. Los esfuerzos por intentarlo tampoco fueron muchos. Algunas poblaciones costeras debieron ser abandonadas ante el avance de los mares. La Tierra había perdido cientos de kilómetros cuadrados bajo las aguas. Los puertos deportivos estaban atestados de embarcaciones, y la mayoría se habían convertido en viviendas permanentes. Algunas mejor equipadas, vivían en alta mar y se acercaban a tierra para reabastecerse de insumos manufacturados. A bordo disponían de huertos y animales de granja...

La hazaña más significativa del siglo había sido la construcción del ascensor espacial que conectaba la Tierra con la ISS —International Space Station—. Fue inaugurado en la base de la Agencia Espacial Europea de Kourou, en la antigua Guayana Francesa, el anterior mes de octubre. El CSG —Centre Spatial Guyanais—, ocupaba un área de 850 km^2. Había una plataforma de lanzamiento, oficinas, montaje de vehículos espaciales, almacenaje de combustible... La base estaba custodiada por la vieja *Legión Extranjera* y la policía militar de la UE. En esa latitud (5°10'N), cerca del ecuador, la velocidad de rotación de la Tierra proporcionaba un empuje adicional de 500 *m/s*. El ascensor, para superar la gravedad terrestre, se impulsaba mediante combustible sólido. Luego, consumía una ínfima parte del hidrógeno que transportaba para abastecer de energía, agua potable y otros suministros a la ISS.

El ascensor espacial estaba construido con un material que, hasta hacía poco, pertenecía a la ciencia ficción: los nanotubos de carbono. Una forma alotrópica de este elemento, como el diamante o el grafito. Era el primer material desarrollado por el hombre capaz de sustentar su propio peso. Podía decirse que era ingrávido. El radio no medía más de un par de nanómetros, y la longitud podía ser indefinida. Eran *superconductores* aptos para su uso en la nueva física e informática cuántica molecular. Su capacidad para transportar electricidad era virtualmente infinita. Unidos en haces, se comportaban como unidades independientes, y en el caso de que uno se rompiese, cosa improbable, la fractura no se propagaría a los otros. Un cable de 1 *cm²*, formado por nanotubos de carbono, podía soportar un peso de 1500 toneladas. Era la fibra más resistente conocida. También, por primera vez en la historia, una construcción humana salía fuera de la atmósfera. El ascensor constaba de dos módulos que se equilibraban entre sí: cuando uno subía, el otro descendía. Potentes rayos láser proyectados desde la Tierra despejaban la atmósfera de nubes en ese tramo mientras el ascensor operaba. La parte más difícil, debido a la gravedad terrestre, eran los primeros 50 *km*. La velocidad que alcanzaba luego, 300 *km/h,* le permitía llegar a destino en poco menos de tres horas. En su órbita geosincrónica, la Estación Espacial Internacional actual daba una vuelta a la Tierra cada 162 minutos a una altura de 900 *km*. Era la distancia que recorría el ascensor.

En el primer viaje, se transportó agua, flores y comestibles frescos. Llegó a la ISS el 21 de setiembre de 2099, día del equinoccio de primavera; no hacía mucho. El módulo quedó esperando turno para descender. El segundo viaje, el de la inauguración oficial, tuvo lugar un mes después. El ascensor arrancó en medio de los vítores del público civil y oficial. Llevaba agua, materiales, abastecimientos y tripulación adicional. Fueron los primeros humanos en utilizarlo. El módulo de regreso trajo a una astronauta que había infringido las instrucciones y estaba embarazada. Fue evacuada para someterla a una corte marcial. Pero luego, considerando que pese a exhibir el *corpus delicti,* no había actuado en solitario, y que, además, era la madre del primer ser humano concebido fuera de la Tierra, se decidió otorgarle una pensión vitalicia. El padre también fue dado de baja. Los registros de códigos genéticos lo identificaron de inmediato. Conservó la paternidad, pero no, el empleo. No obstante, se le concedió otra pensión vitalicia por haber sido la primer eyaculación masculina fuera de la Tierra.

Eran inminentes las salidas del tercero y cuarto viajes a Marte. El primero había culminado con éxito en marzo de 2044. Los astronautas estuvieron un año de viaje y apenas una semana en la superficie marciana. La segunda expedición despegó del cosmódromo ruso de Vostcohny en mayo de 2088, a bordo del nuevo cohete

Pegasus I. Iban cuatro astronautas, una española experta en cultivos bajo gravedad reducida, un norteamericano, un ruso y un francés. Esta vez, tardaron apenas 90 días en ponerse en órbita marciana y aterrizar con suavidad en Cydonia, la primera ciudad humana en Marte. Los astronautas permanecieron 42 días marcianos en el planeta rojo. Dejaron en funcionamiento una instalación automática para elaborar agua potable a partir del hielo marciano. Un invernadero con sistema de riego por goteo, y temperatura y oxigenación controlada además de un *robot campesino,* para cosechar y almacenar las hortalizas. La menor gravedad de Marte ayudaba al rápido crecimiento de las plantas. Baterías solares de última generación abastecían de energía las instalaciones.

El tercero y cuarto viajes programados serían todo un acontecimiento. El siguiente 12 de octubre de 2101, dos cohetes despegarían de diferentes plataformas. El Pegasus II, por primera vez en un vuelo al espacio, lo haría directamente desde la ISS. Gracias al ascensor espacial, se podrían montar los equipos e instalaciones necesarios. El otro cohete, el Shabén II, del proyecto conjunto de China, India e Irán, partiría desde el cosmódromo de Kavoshgar, a 230 *km* al sureste de Teherán. Su tripulación la conformarían cuatro personas: un ingeniero chino, un informático iraní, una bióloga india especializada en situaciones de ingravidez, y una médica de enfermedades del espacio, oriunda de Pakistán. El Shabén II, por haber despegado desde la Tierra, aterrizaría en Marte un mes después que el Pegasus II. Ambas naves llevarían embriones, equipos y pienso supletorio para instalar una colonia de animales de granja e introducirlos en la gravedad marciana. Se intentaría reproducir en Marte, a partir de los vegetales, la misma cadena trófica de la Tierra. Esta vez, los equipos de astronautas permanecerían en suelo marciano dos años terrestres hasta su relevo[3]. El agua y el oxígeno necesarios para crear una atmósfera respirable provendrían del abundante hielo marciano.

Astronautas y animales de granja se alimentarían, en parte, de las hortalizas sembradas, cosechadas y almacenadas en el viaje anterior por el robot campesino, y, en parte, de los animales que comenzarían a reproducirse, y también, de los alimentos llevados desde la Tierra.

No faltarían suministros. A la espera de las necesidades que experimentaran los astronautas y para transportar solo abastecimientos, estaría preparado para despegar un cohete Pegasus de reserva. En caso de emergencia alimentaria, podría partir de inmediato.

Ante la posibilidad de que circunstancias fortuitas les impidieran regresar a la Tierra, las tripulaciones —seleccionadas con esa condición— podrían contar, aparte de con herramientas y equipos de última tecnología, con las dos piezas claves para la supervivencia: óvulos y espermatozoides congelados en envases que no requerían de energía externa.

Las naciones asociados a este evento —la mayor aventura de la humanidad— estaban decididas a establecer un asentamiento humano en el planeta rojo.

El ascensor espacial permitiría ampliar la ISS hasta convertirla en la gran plataforma soñada décadas atrás. Poco a poco, absorbería todo el tráfico espacial. Laboratorios, fábricas y equipos de asistencia se instalarían en la ISS. En un futuro aún lejano, se construiría otra similar, con su correspondiente ascensor, que orbitaría alrededor de Marte. Las naves irían de una estación espacial a la otra y, desde allí, a Marte o a la Tierra, mediante los ascensores.

Pero no todo era jolgorio a fines del siglo XXI. Mientras la mayoría se entregaba al bullicio de los festejos, algunos miraban el cielo, y su expresión distaba de ser alegre.

Los primitivos homínidos, agazapados en sus cavernas, espiaban recelosos los alrededores. ¿Qué peligros acechaban afuera? La cueva era el hogar de entonces y la Tierra, el de ahora. El mismo miedo y la misma pregunta. ¿Qué se escondía en el espacio profundo?

Una red de telescopios y radares formaba un escudo para la detección de objetos en las cercanías de la Tierra. El cielo estaba vigilado. Todo el sistema solar estaba vigilado.

El Gran Telescopio de Canarias (GTC), todavía equipado con el mayor espejo del mundo, había sido el primero en alertar a la comunidad científica de que algo extraño sucedía. Los observatorios del desierto de Atacama, en Chile, enfocaron sus telescopios en la dirección indicada por el GTC. En los Estados Unidos, se informó a los veteranos observatorios de Monte Palomar y Monte Wilson, cerca de Los Ángeles. El aviso llegó también al Observatorio Astronómico Sudafricano, en la meseta de Gran Karoo. Los técnicos del Laboratorio de Hawai, en la cima del volcán Mauna Kea —el lugar de las noches más claras— apuntaron sus instrumentos a las coordenadas indicadas desde las islas Canarias. Todos vieron lo mismo. No eran especulaciones. Las autoridades fueron avisadas de inmediato.

Cuatro objetos no identificados, que en un principio fueron confundidos con asteroides, se acercaban a la Tierra. La red de Radares de Protección Terrestre (RRPP) los había detectado también. Según el año, el mes y el orden de su descubrimiento, fueron designados, a título provisorio, con el código 2099-221/2/3/4.

Los objetos, constantemente vigilados, no demoraron en mostrar su principal y terrible característica: no pertenecían a la naturaleza del cosmos. Tras numerosas especulaciones, observaciones y fotografías tomadas desde la ISS, se confirmó, y de manera unánime, la presencia en el espacio cercano de objetos artificiales con energía propia, de gran tamaño, origen desconocido y cuya trayectoria indicaba que se dirigían a la Tierra.

Tampoco emitían radiación alguna. Tal fue el informe del Gran Radiotelescopio de Arecibo, en Puerto Rico, cuya antena de 305 metros de diámetro podía captar emisiones procedentes del espacio exterior. Desde ese mismo lugar, en un intento de contactar con posibles criaturas del universo, se emitió, en 1974, la señal de radio más potente jamás enviada a las estrellas. Contenía abundante información sobre la Tierra y sus habitantes.

—Quizás no hicieron otra cosa —como diría más adelante el coronel ABC— que divulgar a todos los vientos estelares la ubicación exacta de un apetitoso bocado: la Tierra.

—Y además —agregaría la doctora Genoveva— ningún bicho coquetea con su depredador... salvo el envanecido humano, el racional convencido de que no es presa de nadie.

Los objetos —cuatro en total— estarían a la vista del ojo humano en unos veinte días. Se exhibían con arrogancia, como si quisieran llegar a la Tierra pisando fuerte.

Estas Navidades no serían como las de siempre.

En los comienzos del siglo XXII, nadie imaginaba que las probabilidades que tenía la especie humana de terminarlo... eran casi nulas.

5 - Enero, 2100... ABC, GAY y DDT

El *coronel* Amable Baltasar Clodovelo odiaba su nombre, y razones no le faltaban. Era horrible. Prefería que lo llamaran por sus iniciales. Le gustaba ser como el ABC de todo.

No era su nombre lo único que odiaba. Su propia persona solía ocupar el primer lugar de la lista, pero no siempre; había excepciones. Los períodos de psicoterapia y de florecimiento de la autoestima eran las primaveras de su personalidad. Se sucedían a los depresivos inviernos: los períodos de cucaracha, cuando solo faltaba un pisotón para finalizar una historia que no había empezado. El mentado pisotón no ocurría, y la historia sin comienzo... comenzaba.

Su inestabilidad emocional no obedecía a la inclinación del eje de la Tierra sino a su torcido equilibrio interno. O se sentía demasiado eufórico y arremetía contra toda vagina que encontraba en su camino, incluso la de la propia psicóloga, o se sentía dueño de un pene tan ridículo, que la propia sangre, al intentar erguirlo, no lograba encontrarlo. No es que lo considerara diminuto; más bien, le parecía invisible. Ni aun ofreciendo, en el momento oportuno, una fantasiosa lupa que siempre llevara consigo, las mujeres podrían distinguirlo, de tan escondido que estaba entre sus dos inseparables protectores.

Odiaba con intensidad —y en capítulo aparte— los envases tipificados como *abre fácil*. Cometido que, agravado por la inscripción *abrir por aquí*, jamás lograba cumplir. Salían entonces a relucir salvajes instintos ocultos en su civilizada personalidad. El infeliz envase terminaba sus días acuchillado con tal saña, que solía incluir sus propios dedos.

En su aspecto personal, ABC se creía, a veces un Adonis y otras, un Quasimodo. Su aspecto de macho ingenuo y desvalido resultaba, no obstante, muy interesante a los ojos femeninos. Una mezcla de *Superman* y Clark Kent. Alto, delgado y de porte militar, ABC no era un hombre lindo. De rasgos más bien raros, tenía cara de *demoño*, según decían algunas frunciendo los labios. De ojos azules, gafas de diseño italiano y aliento fresco de no fumador, ABC era un cóctel de *sex appeal*. Un incendiario de pasiones que él nunca percibía a tiempo.

Mientras las mujeres lo amaban, ABC miraba para otro lado. Cuando luego de algunos años de adoración silenciosa, él comenzaba a enamorarse, ellas lo dejaban. Todo al revés.

Tampoco era coronel. Ni siquiera, militar. ABC no era lo que parecía, ni lo que sentía, ni lo que creía. Sin importar que fuese, ABC era siempre otra cosa. El apelativo de *coronel* se hizo popular entre sus colegas de la ESA (Agencia Espacial Europea, *European Space Agency*) cuando recibió una medalla por su informe sobre la posibilidad de vida extraterrestre.

El ensayo galardonado afirmaba, en síntesis, que siendo la vida el resultado aleatorio de una mescolanza de espumas químicas en el espacio-tiempo, la probabilidad de que brotaran fuera de la Tierra otras formas similares de fermentos al azar era muy remota; casi imposible. Sería como ganar dos veces seguidas la lotería. Si, por el contrario, la vida se debía a la decisión de una entidad creadora —comoquiera que se la llamase—, que hubiera diseñado una Naturaleza en equilibrio donde la materia viva conservara su masa, fuera quien fuese la especie dominante... y si esa entidad —tal como se supone— hubiera sido un tanto alocada e irresponsable, podría encontrarse, si se le ocurriera repetir la experiencia, con que había olvidado la receta. Entonces, otras formas de vida surgidas de diferentes recetas en cualquier universo, serían también seres humanos. Un creador que hacía las cosas a la buena de Dios podía haber modelado a su imagen y semejanza a cualesquiera otras criaturas.

—Ya sea por una explosión, una casualidad o una determinación, la energía es el único componente de la Naturaleza —decía— y de cualquier entidad divina. Si de esta, para dejar en claro que existe, se afirma que ocupa todo el universo, entonces cabe la pregunta: ¿Qué cosa es Dios? Si, en cambio, se lo considera una incertidumbre, una conducta incipiente, una partícula virtual, una angustia entre el ser y la nada, entonces es posible que exista, que sea una singularidad de la energía y pueda dársele el nombre que a cada quién se le antoje.

—A la Naturaleza, una vez creada —continuaba—, solo le faltaba, aunque no fuera imprescindible, una criatura que se apropiara de ella, la describiera, intentara explicarla... y la destruyera. La Biblia dice que Dios dijo: *Seréis dueños y señores de la Tierra y de toda bestia que camine, nade o vuele.* Un creador responsable jamás diría semejante despropósito. Nadie, en su sano juicio, dejaría a unos niños —o a unos monos— jugar con ojivas nucleares.

El informe de ABC no agregaba mucho a lo ya sabido, pero lo decía de una manera tan profesional, que le valió una medalla. Enfatizó la palabra responsabilidad en la conducta del creador, sabiendo que era, justamente, lo más ausente de la creación. En el acto de entrega de premios fue llamado al escenario... para coronarlo. Por un repentino escozor de garganta del presentador, la elocución no fue pronunciada con claridad. Desde ese día, adquirió jerarquía militar y pasó a llamarse el coronel ABC... hasta para el propio presidente del Gobierno.

Pese a sus contradicciones, que solo él y su psicóloga conocían, era la máxima autoridad de España y una de las mejores del mundo en estudios de posibles vidas extraterrestres.

En la ESA continuó especializándose sobre la potencial existencia en el espacio de entidades que pudieran considerarse vivas desde el punto de vista humano: que consumieran energía, que se relacionaran con el medio ambiente y que se reprodujeran por sí mismas.

—Dios, o lo que sea que se designe con esa palabra —porque conocemos de sobra la palabra, pero no su significado—, podría ser cero absoluto. Que no exprese nada por sí mismo, pero según donde aparezca, le otorga existencia al Universo, a la Tierra y a la vida.

El coronel ABC, frío e implacable en apariencia, era, en su intimidad, retraído y vergonzoso. Y, también, todo lo contrario. Una discordante personalidad bullía en su interior, un borbotear de lava derretida que no terminaba de erupcionar ni de solidificarse. ABC transitaba por la existencia mirando a todos lados, menos al frente.

—Soy uno de tantos peregrinos —solía decir— que extraviaron el camino.

Gustaba de recorrer el desierto, pero sin alejarse demasiado del oasis. Construyó su propia cortina de hierro para estar protegido de la voracidad de sus semejantes. Subido a una columna, el coronel ABC practicaba la experiencia de vivir. Nadie miraba hacia arriba.

Educado en la Congregación de los Hermanos de Cristo, donde todos eran obispos, sacerdotes, diáconos, clérigos, presbíteros... o pecadores, el coronel acostumbraba masturbarse en el altillo de la iglesia. Con juvenil grosería, manoseaba su propio órgano junto al de la iglesia, y dejaba en el suelo las huellas de sus hazañas. Los guardianes de la fe no tardaron en descubrirlas, y la vigilancia se hizo más intensa. Gracias a sus juveniles eyaculaciones, ABC convirtió en sospechosos a los santos que adornaban las paredes, a los obispos, sacerdotes, diáconos, clérigos, presbíteros, organistas, profesores y ministros de Educación y Cultura.

Su ideal de lo femenino era religioso. Algo sagrado. Un objeto de culto. Las mujeres se enamoraban de su idealismo, pero luego de comprobar que era de verdad, que persistía y que nunca sería un tipo normal, terminaban alejándose. Ellas ansiaban un hombre diferente, pero no demasiado y tampoco por mucho tiempo. Luego de los fuegos de artificio iniciales, esperaban una conducta normal, pero ABC seguía siendo el idealista del primer día.

No hacía mucho, su matrimonio había sufrido un abrupto naufragio. Parecía insumergible como el Titanic, pero se fue a pique con la misma rapidez. Su mujer, del febril enamoramiento inicial, había pasado a la intolerancia total. Una noche, en presencia de los dos hijos, ya mayorcitos, y de él mismo, que le aconsejaba prudencia, ella metió algunas cosas en su maleta y se marchó, casi desesperada. En la contradictoria personalidad de ABC no había lugar para barajar de nuevo. Cuando ella se fue de su lado, él se fue del suyo… para siempre.

Ensimismado, caminaba por las calles de Madrid a la espera de pasar en soledad el único cambio de siglo que le tocaría vivir. Ya había comprado regalos para los chicos y no tenía nada que hacer. Quería una mujer. Pero no una que lo amara apasionadamente y se agotara en poco tiempo. Él quería una mujer que lo comprendiera más… y lo amase menos.

La marcha nupcial de Wagner sonó en su móvil. Había un mensaje de la ESA.

Presentarse mañana 09:00 en oficinas del CNI. Reunión urgente y confidencial.

La doctora Genoveva Abelleda Yrizábal recibió también una citación similar. Fue una llamada personal de su superior, el director del Ministerio de Investigación Científica y Desarrollo. Las circunstancias tampoco fueron las mismas. Genoveva no estaba enterrada en el laboratorio, ni enmarañada entre electrodos conectados a su cuerpo. No estaba cultivando sus huertas ni dándoles de comer a las gallinas. El CEMIG, bajo la estricta vigilancia de Esfínter y Escroto, funcionaba con *piloto automático.*

La doctora, como pensaba pasar las Navidades y la Nochevieja bajo la montaña, había decidido tomarse unas horas de esparcimiento en Barcelona. Así que concertó una cita con Sigfrido, el guapo semental de la calificada agencia *Barna Body Boy.*

Vestida y maquillada de los pies a la cabeza —figuradamente—, Genoveva dejó comida y agua para los perros y se aseguró de que el sistema robótico funcionara bien. Las puertas del complejo permanecían siempre abiertas. Así, Esfínter y Escroto correteaban con libertad y vigilaban desde el laboratorio bajo tierra hasta la entrada de la cabaña.

El túnel de acceso, bien iluminado y ventilado, trascurría en pendiente y línea recta. Medía 2300 metros. Había dos vehículos que circulaban en silencio —y uno más para carga. Eran eléctricos y con ruedas de goma. En la cabaña, cambiaba su silla de ruedas de trabajo por la de salir. Eran iguales, pero esta última estaba enjaezada como el caballo que llevaba la calabaza de cierto ídolo infantil de la doctora que, como ella, se movía entre dos mundos.

Subir al coche requería destreza y la ayuda, no indispensable, de Esfínter y Escroto. Acercaba la silla al costado derecho, destrababa el cierre y abría la puerta. Sujetada de la manija del pasajero, se pasaba al asiento. Giraba para coger la silla, plegarla y subir las dos ruedas delanteras. La mitad quedaba, así, trabada en el interior y las ruedas grandes, en el suelo. Uno de los perros trepaba entonces al asiento trasero y aguardaba a que su ama terminara de acomodarse. El otro permanecía abajo. Ella arrimaba la puerta hasta el primer tope para poder cerrarla más tarde y se cambiaba a la butaca del conductor. Faltaba terminar de subir la silla y cerrar la puerta. Volcaba entonces el respaldo del asiento y le daba a Esfínter (o a Escroto) la orden de subirla. El inteligente animal lanzaba un ladrido a Escroto (o a Esfínter) para avisarle de la maniobra: clavaba los dientes en el asiento de tela — que acusaba las mordidas— y comenzaba a tirar. Escroto (o Esfínter), empujaba con el hocico para salvar el desnivel del suelo. Una combinación de tira y empuja, que dejaba la silla en su lugar. Esfínter (o Escroto) saltaba del coche por el lado derecho. Por último, ambos, mientras meneaban la cola de felicidad, terminaban de cerrar la puerta. Ella bajaba la ventanilla para felicitarlos.

—¡Muy bien! *¡Molt Bé!* Cariños míos, os traeré una sabrosa costilla. Vigilad bien.

El proceso, gracias al entrenamiento, a su obstinación y a sus perros, llevaba menos de dos minutos. Podía hacerlo sola; de hecho, lo hacía al regresar; pero la ayuda de los perros la llenaba de ternura. No sería la jefa de nada si no era capaz de bastarse a sí misma.

El coche tenía transmisión automática. Con la mano derecha ponía la palanca en posición *directa* y, con la izquierda, oprimía el mecanismo del acelerador ubicado en el volante. Luego, soltaba el freno para dejar libre la transmisión. Genoveva iba a los brazos de Sigfrido.

Pero no estaba precisamente en sus brazos cuando sonó el teléfono. La doctora no tenía empacho en disfrutar de cuanto órgano genital le resultaba apetecible. La particular conformación de su cuerpo le proporcionaba algunas ventajas —si se las podía llamar así—, que en algunas ocasiones podían ser importantes. Para quitarse las bragas, por ejemplo, bastaba un simple meneo y la vieja fuerza de gravedad hacía el resto. Además, una vez que había saltado de la silla de ruedas al cuerpo masculino, estaba más cerca de todo que otras mujeres. Su no disimulada lujuria y su estilo personal de hacer las cosas provocaban en el hombre un sentimiento de aprensión... y una descomunal erección. A ella, entonces, le bajaban los calores y agradecía al gallardo miembro masculino su devoción y galantería.

Fue en ese momento, cuando sentía en sus sensibles labios la particular hinchazón previa al clímax, y se disponía a finiquitar el asunto, que sonó el inoportuno teléfono.

Sigfrido cogió el aparato que estaba sobre la mesilla y se lo alcanzó a Genoveva. Debió preguntarse cómo se las arreglaría para hablar. Ella tenía las manos libres. Lo tomó con una, no importa cuál, y miró la pantalla de reojo. Era el número privado del Ministro de Investigación Científica y Desarrollo. No podía ignorarlo. Contó un timbrazo. Disponía de cuatro más para terminar su faena. Recordó las recomendaciones de las monjas en el colegio diferencial de su adolescencia... *no se habla con la boca llena.*

Genoveva arremetió con fuerza. La tarea concluyó antes de que el móvil sonara por quinta vez. El bueno de Sigfrido respondió como siempre, en tiempo y forma.

El *hola* sonó algo gutural y pastoso, sin la musicalidad de siempre. Las cuerdas vocales no estaban libres del todo. El Ministro de Investigación Científica y Desarrollo, licenciado Darío Dominique Trousseau, percibió que algo sonaba raro en la voz de la directora. Prudentemente, guardó silencio. Sabía cuánto le molestaba ser interrumpida en sus momentos de concentración científica. Percibió el *gluck gluck* en la garganta de la doctora. Ya podía hablar.

—Hola, doctora Genoveva. Le habla el licenciado Dominique. ¿Cómo está usted?

—Hola, DDT. ¡Qué sorpresa! Estoy bien, gracias... ¿y usted?

Algunos detalles fueron olvidados en la presentación de la doctora. Que era muy puntillosa con su higiene personal y el cuidado de sus bragas. Que se creía una supermujer en silla de ruedas y que tenía capricho por las iniciales de las personas. *Este es el siglo de la sigla,* solía decir. En los medios académicos era usual llamarse por las iniciales. El ministro le permitía utilizar las suyas, pero no osaba hacer lo mismo con las de ella.

—Siento molestarla, doctora, pero debe acudir mañana a las 9 de la mañana a las oficinas centrales del CNI. Hay importantes novedades. Es una convocatoria ultraconfidencial.

—No se preocupe, DDT. Solo hablo cuando tengo la boca libre. Perdón... No sé si entendí bien. ¿Quiere usted que vaya ahora mismo a Madrid?

—¡Exacto, doctora! ¡De inmediato! Puede coger un vuelo del puente aéreo.

—Gracias, DDT, pero entre que me movilizo y voy al aeropuerto pierdo dos o tres horas. Estoy en Barcelona, iré ya mismo en mi coche.

—Vale, doctora. La reunión podría prolongarse.

—Llevo siempre una muda en el maletero, DDT. Allí estaré.

—Gracias, doctora. Hasta entonces.

Sigfrido estaba en el limbo. Genoveva, con mucha destreza, se deslizó de la cama a la silla de ruedas y guardó el móvil en su bolso. Recogió sus bragas y se metió en el lavabo...

Llegó a Alcalá de Henares poco antes de medianoche. Le quedaba tiempo para una cena ligera, dormir unas horas y estar fresca a la mañana siguiente. Si se ponía a recorrer hoteles, bajando y subiendo la silla, perdería dos horas de sueño, como mínimo. Las normativas exigían rampa de acceso y alcobas adaptadas, pero la realidad era que, de solo verla, preferían decirle que no disponían de habitaciones libres. Lo más práctico sería quedarse en el coche. Con el asiento trasero le bastaba. No necesitaba mucho espacio para dormir. Movería la silla solo dos veces. Para cenar e ir al lavabo y para desayunar e ir al lavabo.

Buscó una gasolinera con buen aspecto y aparcó en una plaza reservada. Como primera medida, requirió la llave del lavabo y verificó su adaptabilidad. Luego, en el bar, pidió un benjamín4 *brut nature* y un bocadillo en pan con tomate de jamón ibérico, pimiento y queso manchego. Comió despacio. En la televisión pasaban un partido de futbol de unos contra otros. Ella prefirió leer el periódico de Madrid.

Regresó al coche, subió la silla, trabó las puertas y se pasó al asiento trasero. Usó el bolso como almohada y arrebujándose con la manta de viaje, que siempre llevaba consigo, se durmió de inmediato. Programó la alarma en su teléfono móvil a las 06:30.

Despertó irritada, como siempre… y no estaban Esfínter y Escroto para quitarle el mal humor. Empleó una larga hora en el lavabo para acicalarse. Su ropa estaba presentable; ella dormía quieta, sin moverse ni transpirar. Lo más inmediato que requería para continuar existiendo era un café con leche, tostadas, mantequilla y mermelada. Aspiró el aire fresco de la mañana. El Sol asomaba la trompita. Un día especial para recibir buenas noticias. Confió en que las hubiera en el CNI. Durante el viaje había visto mensajes de colegas que se referían a un desayuno con el presidente. ¿Estaría pasando algo grave?

Quizás podría conocer a algún apuesto oficial del CNI. Lo que más le gustaría.

Segunda Parte

6 – Febrero, 2100… Miren al cielo

Un acontecimiento de la magnitud del que se avecinaba no podía mantenerse mucho tiempo oculto. ¿Hasta cuándo sería posible conservar el orden? Estas y otras preocupaciones solo afectaban, por el momento, a los organismos de Inteligencia. La población y sus abnegados dirigentes continuaban con su rutina habitual. Los gobernantes elucubraban triquiñuelas para obtener dinero de los gobernados y estos, otras para eludirlas.

La posibilidad de que se desatara un pánico generalizado asomaba con timidez en ciertas oficinas de los gobiernos. Ya no era cuestión de espiar al vecino. El evento que se aproximaba no afectaría a un único país o a una región del planeta. La humanidad, en pleno, no acostumbrada a verse a sí misma como habitante planetario, estaría involucrada, y nadie podría quedar al margen y decir que esas cosas sucedían lejos de casa.

El arribo a la Tierra de criaturas racionales provenientes del espacio profundo, cuyas intenciones se desconocían, situaría a los humanos ante, por lo menos, dos realidades. Una de ellas constituía una insólita novedad; la otra dormía desde hacía siglos en el inconsciente colectivo. Por un lado, contemplarían a enigmáticas criaturas racionales que suponían una alteración de un *statu quo* milenario. Por el otro, considerarían que su propia civilización, aunque encorsetada por dogmas morales, no estaba del todo mal. Se las habían sabido arreglar para tener un poco de libertad, algunos derechos, ciertas satisfacciones y algo de felicidad. La humanidad, tradicional enemiga de sí misma, podría autodestruirse antes de triunfar o de ser vencida, en el supuesto de que se viera atacada. Aunque por el momento fuera improbable, si en efecto cundiera el pánico, no cabría duda de que los resultados serían catastróficos. Luego de miles de años matándose entre sí… ¿Podría alguien fiarse de la especie humana?

El objetivo de los alienígenas tendría que ser beligerante. ¿A qué vendrían si no? No se viaja por el espacio con fines turísticos. Aunque mostraran intenciones pacíficas, alguna cosa querrían hacer: erigir un monolito, plantar una cruz, difundir una idea, predicar otro evangelio. La Tierra era un planeta regido por las leyes de la Naturaleza —las mismas que las del universo— y solo había dos formas de ser incluido en ella: la sumisión o la guerra. Los misioneros que arribaban a remotas tierras exhibían la cruz, pero mostraban la espada.

Por otra parte, el caos y la pavura que se originaría entre los organismos de seguridad, ya fueran funcionarios, policías o militares, era tanto o más temible que la del resto de la gente. En ciertos círculos militares preocupaba más enfrentarse entre ellos mismos, o con la policía, o con las multitudes presas del pánico, que lidiar con posibles enemigos de otras galaxias.

Si los líderes, que siempre surgían para conducir a las multitudes, caían esta vez en la desesperación y, en lugar de señalar el rumbo, se limitaran a deambular por las oficinas sin ideas y sin posibilidades de encontrarlas, podrían conducir a una buena parte de la especie humana al borde del abismo. Una circunstancia como la que se cernía sobre la Tierra, única y sin antecedentes, necesitaría de auténticos líderes y no de cachazudos políticos. Por otra parte, detrás de cada cabecilla de la historia —existiera o no— estuvo Dios, el líder de líderes. ¿Qué conducta asumiría en circunstancias de incertidumbre total?

La extrema fragilidad de la sociedad humana comenzaba a evidenciarse en toda su crudeza. La economía, el orden social, la convivencia y las leyes, cuya sólida apariencia las hicieron confiables durante siglos, dependían, en realidad, de la inveterada costumbre de creer en ellas y obedecerlas. El hombre común, el que constituía una parte anónima de la sociedad, había sido, en toda su historia, dependiente de sus dirigentes. Gregario por su propia inseguridad, en verdad nunca se había bastado a sí mismo. Robinson Crusoe, la figura ideal de la supervivencia en soledad, era una figura de ficción; un mito; una excepción dentro de la realidad cotidiana. Su barco había naufragado, pero la Tierra seguía navegando. ¿Cuántos Robinsones surgirían del naufragio de la Tierra? Las populosas y arrogantes ciudades, tan eficientes y bien organizadas, eran dependientes del normal abastecimiento de agua, víveres y energía, amén de sus organizaciones de seguridad, hospitales y asistencia social. Auténticas legiones de traje y corbata estaban acantonadas en las ciudades para su protección y defensa.

Un sociólogo no podría vaticinar, *prima facie,* la conducta de una población urbana en caso de una quiebra de los valores tradicionales. En cambio, un ciudadano común, sin muchas luces, diría que sí, que podría predecirlo:

—Sucedería lo que tantas veces vimos en el cine: una estampida. Un rebaño aterrorizado de reses humanas y sin líderes que le señalaran el camino huiría desesperado en cualquier dirección, incluso en la del abismo. Cuanto más grande fuera el rebaño, mayor sería la confusión. El abismo ejerce una fatal atracción en las muchedumbres desbandadas.

Las jerarquías militares conservaban el orden y la disciplina de siempre. No obstante, en caso de hostilidad por parte de *Los Visitantes* y de que las fuerzas armadas de la Tierra no pudieran contenerlos, se estudiaban las hipotéticas situaciones a las que podrían enfrentarse. Los ejércitos tendrían que luchar en dos frentes. Uno, quizás el más sencillo, sería pelear contra los enemigos de la Tierra. El otro, probablemente el más espinoso, sería proteger, guiar, evacuar y asistir a la población civil. ¿Qué podría suceder si el fantasma del exterminio total se cerniría sobre la Tierra? No sería ya el de la guerra, el de la muerte violenta o el de un enemigo que disparara rayos a mansalva, sino el fantasma de la aniquilación definitiva. El mismo fantasma que el hombre había lanzado sobre otras especies de la Tierra.

La lava del pánico, aferrada a las rugosas laderas del cráter del volcán, trepaba con lentitud. Encumbrados generales bebían coñac y discutían estrategias militares. No habían despertado aún. No concebían que pudieran encontrarse en un potencial estado de guerra de naturaleza misteriosa. Las batallas de la historia se habían librado en la Tierra. Todo quedaba en familia. Los vencedores de hoy serían los vencidos de mañana. Los humanos nunca se enfrentaron a un enemigo *de verdad*, porque el único enemigo de verdad... es ajeno a la Tierra.

—¿Serán efectivas nuestras sofisticadas armas ante un contendiente desconocido y que, además, parece no tenerlas ni precisarlas? —decía el general Franklin Russeldof Honoré, de los Estados Unidos, candidato a ocupar el futuro comando unificado de la Tierra—. Esta vez no libraremos una guerra de las nuestras en las que la especie no ha corrido peligro. Ahora, nuestra propia supervivencia, que jamás en la historia estuvo en juego, podría estarlo en esta contienda en la que, de seguro, no habría prisioneros.

¿Se podría contar con la policía en caso de pánico...? En las situaciones de disturbios sociales, actuaba con la convicción de que estaba del lado acertado, de la ley y el orden social. Arremetía, entonces, contra los que propiciaban el desorden, los del lado equivocado. ¿Qué sucedería si desaparecía el lado acertado y no se sabía cuál era el orden? La pomposa e inmutable sociedad humana estaba edificada sobre unas columnas que, vistas desde la Tierra, se llamaban el orden, y vistas desde el lado de los extraterrestres, podrían llamarse el botín.

Preocupaba que algunas unidades militares, tras quebrarse la cadena de mandos, se decantaran, como la tripulación de un barco que se va a pique, por un *sálvese quien pueda*.

Las naves alienígenas eran lo bastante grandes como para que con solo sobrevolar donde hubiera una gran masa humana, esta comenzara a desbandarse sin rumbo ni destino. Los hombres, acostumbrados a arrear rebaños de animales desde un helicóptero, podría tocarles estar del lado de abajo y ser arreados hacia el precipicio. Había una sola certeza: en el caso de que se produjera un caos, este sería siempre favorable al enemigo. El despeñadero aparecería de golpe, y ya sería tarde para retroceder. El miedo precipitaría a todos al vacío. No necesariamente tendría que rajarse la tierra para que los cuerpos cayeran unos sobre otros por las laderas de las grietas. Bastaba con desbarrancarse de la civilización.

Manipulada desde las alturas, la humanidad se dispersaría, fragmentada en grupos, tribus o manadas que se destruirían entre sí y regresarían al atavismo del comienzo. En el caso de que en medio de la debacle —como había sido frecuente a lo largo de la historia—, surgieran héroes anónimos que protagonizaran valientes acciones de solidaridad hacia sus semejantes, no incidiría, en absoluto, para paliar el desquicio que se infiere total. Serían excepciones, casos fortuitos, como Robinson Crusoe.

La idea de una aniquilación general tampoco había calado en el ánimo de muchos militares o funcionarios. Una situación terminal no figuraba en las hipótesis de los agentes de Inteligencia acerca del conflicto. El concepto que predominaba en las conversaciones era el del suceso extraordinario. Eso sí. Se consideraba un hito histórico en el devenir del hombre... que no dejaría de ser un evento. Una vez hechas las presentaciones, aclaradas las intenciones y cumplida la cena de agasajo, todo continuaría tal cual. Quizás, avispados empresarios de la Tierra, podrían proponer lucrativos negocios a *Los Visitantes*.

Algunos astrónomos aficionados habían avistado las naves, que aún no eran visibles a simple vista, con sus propios telescopios. La presunción de que fueran objetos artificiales les parecía tan fantástica que no se animaban a considerarla por temor al ridículo. Los más audaces telefonearon a los organismos gubernamentales, y se encontraron con un infranqueable mutismo. El tema quedó circunscripto a charlas de café.

El hombre, el que descubrió América, la energía del átomo y la penicilina estaba recorriendo un largo camino hacia la universalidad de su existencia. Había traspasado la Luna y comenzado la colonización de Marte. ¿Tendría el beneplácito para seguir adelante? En el sistema solar no había nadie más. Más allá, el espacio era infinito y desconocido. La Tierra estaba a punto de sentir el estrepitoso sonido de un despertador cósmico que le quitaría el sueño. La historia de verdad comenzaría recién en el siglo XXII.

Los políticos tampoco habían despertado. Miraban el cielo con un ojo y al vecino con el otro. No se trataba esta vez de ocultar la información sino de darla a conocer sin caer en el alarmismo. Pero el arte de la política consistía, justamente, en mentir con veracidad, y esta vez no habría una mentira que fuera creíble y tampoco se podía disfrazar la realidad. Enfrentarse a una circunstancia irrefutable desorientaba a los políticos acostumbrados al engaño.

En las oficinas y embajadas de las naciones, habituales protagonistas del concierto mundial, había un inusitado ajetreo. Desplazamientos de Jefes de Estado, insólita actividad de vehículos oficiales, restricciones al acceso, traslados de equipos militares... Lo que fuera que estuviese ocurriendo, se decían los reporteros, no estaba circunscripto a un solo país o a una región en particular. Así es que comenzaron a curiosear más de lo habitual. El afán vanidoso de algunos funcionarios de presumir que ellos *sabían*, terminaría mostrado la punta del ovillo.

Fue el *The Daily Utah Chronicle* de Salt Lake City, de Utah, Estados Unidos, el primero que se lanzó al ruedo. En su edición dominical, proyectada en las pantallas de los ordenadores, apareció un titular en grandes letras... *MIREN AL CIELO*. Una breve nota a continuación, anunciaba la inminente llegada a la Tierra de naves desconocidas provenientes del espacio.

El titular dio la vuelta al mundo. No causó mucho impacto. Después de todo, se trataba de un diario de provincia. Al director de *The Daily Utah Chronicle,* que esperaba la fama mundial para su diario de provincia, no se le pasó por la cabeza que podría no haber un futuro en el cual ser famoso. La realidad, que había dado sutiles toques de atención en muchas puertas, aún no había golpeado con fuerza suficiente en las del entendimiento.

Ese mismo día, los telescopios de aficionados escudriñaban el cielo. Muchos ya habían visto las naves. El tamaño era tan desmesurado, que algunos instrumentos no las contenían en sus espejos. La gente de la calle apuntaba a cualquier punto del cielo y decía: *Allí están, allí están...* pero no eran más que nubes. La población miraba hacia arriba, pero como todavía no veía nada, bajaba la vista para ver los resultados del futbol.

Las grandes cadenas mediáticas tildaron al *The Daily Utah Chronicle* de pue-
blerinos con desmedidas ansias de protagonismo. No obstante, reproducían la noticia bajo un título discreto, como algo cotidiano, junto a las policiacas, las deportivas y las del precio del petróleo.

Pero el aguijón estaba clavado y el veneno circulaba. Los periodistas acudían a
las oficinas de los gobiernos en busca de una ratificación o rectificación. No había
declaraciones. El asunto está en estudio —decían—. ¿Qué podía decirse que resultara procedente? En realidad, nadie sabía nada... Y si hubieran tenido información
fidedigna, no estaban autorizados para divulgarla. La ausencia de respuesta estaba
sembrando el terror prematuramente.

Vista la confusión de Estados Unidos, Inglaterra, Alemania, Francia e Italia,
países que, por tradición, confirmaban o negaban los hechos de la historia, otras
naciones se erigieron en árbitros y referentes de la opinión pública. Ucrania fue el
primero en confirmar los hechos. Un escueto comunicado oficial, traducido a varios idiomas, decía:

*El Gobierno de Ucrania confirma los rumores sobre la presencia de objetos no
identificados en el espacio exterior. Se informa al público que dichos objetos son
cuatro vehículos autopropulsados a cargo de entidades inteligentes de origen desconocido. Su trayectoria los conduce a la Tierra. De momento, se desconocen las
intenciones de los visitantes...*

El tema de *Los Visitantes,* lo más extraordinario jamás acontecido en la historia
humana, fue la gran novedad con que comenzaba el siglo XXII. El ritmo de los
acontecimientos crecía y la prudencia para enfrentarlos disminuía. Las naves ya
estaban a la vista. Según avanzaba el día, se las podía ver a distinta altura sobre el
horizonte y desde cualquier punto del globo. Cuatro discos oscuros sobre el azul
del cielo. Aun desde la distancia, su tamaño intimidaba.

La gente de todos los días; la que amanece en la tierra de los campos o en el
frío cemento de las ciudades, la *de la televisión* y la *de las bibliotecas* miraba al
cielo ni bien despertaban. Las naves estaban allí, lejos aún, pero inquietantes y
siniestras. Permanecían inmóviles. Una silenciosa congoja atenazaba entonces el
espíritu. Algo nuevo había irrumpido en su vida.

Con el trascurso de los días, la zozobra se aquietaba y brotaban los comentarios. Refiriéndose a la Tierra, la gente utilizaba el posesivo *nuestra.*

*No parecen tan grandes; una pizza espacial; tanto alboroto para eso; deben
ser buena gente; ¿para qué vendrán a la Tierra?; algo nuestro les atañe; algo
nuestro les importa; algo nuestro les apetece. ¿Cómo serán? ¿Simétricos o deformes? Tendrán orejas en punta. ¿Tendrán orejas?, ¿y piernas y brazos?, ¿manos y
pies?, ¿dedos?, ¿diez, quince, veinte? ¿Serán altos o bajos? Seguro que llevan un
ojo en la nuca. Es lo único que nos falta a nosotros. ¿Andarán erguidos?, ¿serán
como animales? Claro, son animales. ¿Podrán volar como Superman o llevarán
alas? ¿Cómo vivirán en su planeta? Deben trabajar. No se puede vivir sin trabajar. Es posible no producir, pero es imposible no consumir; algo tienen que hacer.
¿Qué comerán? ¿Cómo se reproducirán?, ¿a puro sexo o a pura castidad? ¿Ten-*

drán penes y tetas? ¡Qué ansiedad por conocerlos! Me muero por ver una extrate-
rrestre con una ajustadísima malla dorada y tacones stiletto; sensual, esbelta y de
pechos puntiagudos; debe llevar antifaz como Gatúbela. ¿Y los hombres? De se-
guro que son deformes y feos, tienen mal aliento y escupen al hablar; si es que
hablan, si es que escupen, si es que hieden...

Entonces, las naves se movían, las opiniones se atragantaban, y todo empezaba
de nuevo.

Frente a las negras *pizzas* en el cielo y a la vista de todo el mundo, los gobiernos nada podían agregar. Sabían tanto como los demás. Las cartas estaban a la
vista. No había datos que pudieran definir las circunstancias como pacíficas o beligerantes. No había información secreta, agentes infiltrados, espías, ni los ingre-
dientes novelescos de los acontecimientos humanos. ¿Espiar a quién? Esta vez,
todo era diferente.

La gente de la calle —la *de las bibliotecas* y la *de la televisión*— observaba a
sus líderes a la espera de un gesto tranquilizador. Necesitaban volver a creer. Querían ver alzarse hacia lo alto el brazo protector del Gobierno empuñando una espada, una cruz, un libro, una mentira. El desconcierto dominaba a los líderes. Había
que tomar decisiones, pero no sabían cuáles.

Debemos hacer algo; somos el Gobierno. Necesitamos dar la cara. ¿Qué pro-
cede? ¡Hombre!, pues un comunicado de prensa. Correcto. Pero ¿qué decimos?,
¿quién lo redactará? Digamos cualquier cosa. Se acercan las elecciones. ¿Elec-
ciones? Ni siquiera sabemos si habrá algo para votar dentro de unos meses. Mejor
digamos algo ahora...; algo así como que el Gobierno velará por la seguridad de
sus conciudadanos; que la situación está bajo control... ¡Caray! ¡Con lo fácil que
fue siempre engañarlos!...

Finalizado el gratificante y fallido desayuno con el presidente, la doctora Genoveva y su flamante amigo, el coronel ABC, regresaron en el autocar a las oficinas
del CNI para recoger sus vehículos. Eludían, en sus conversaciones, involucrarse
en la preocupación del Gobierno. No hablaban de temas científicos, pero ninguno
perdió detalle de lo dicho por el otro.

La doctora disfrutaba de sentir que las manos de ABC se escabullían bajo sus
omóplatos mientras la llevaba hasta el coche. Esa especie particular de mimos le
gustaba mucho. Se felicitó una vez más de haberse negado a restaurar su minusvalía. Podría haber experimentado consigo misma y quizás ahora tendría un par de
piernas como todo el mundo. Pero, de seguro, no podría calzar tacones de aguja...
¡Con lo que le gustaban!

Otro gesto imprevisto de ABC la llenó de placer y ratificó su preferencia por la
vieja silla. En el momento del regreso y, antes de subir al autocar, el coronel re-
chazó con gentileza la ayuda del guapo teniente e hizo las cosas a su manera. Sorpresivamente, la tomó por las axilas y la alzó como si fuera una muñeca de pelu-
che. Abrazándose a ella, trepó la escalinata del autocar y la depositó con suavidad
en el primer asiento de la fila. Luego, para darle tiempo de recuperarse de la sorpresa, regresó, plegó la silla, volvió con ella a bordo y se sentó a su lado. Genove-

va aún estaba arrebatada y no lo disimulaba. La doctora era una chica transparente. El coronel lo supo en ese instante. Un sentimiento de ternura lo invadió al ver el rostro arrebolado de la eminente científica.

No hablaron mucho durante el trayecto de regreso. La extrema gravedad de lo revelado por el Gobierno mantenía sus mentes activas y las cuerdas vocales en reposo. Al llegar a las oficinas del CNI, donde estaban aparcados los coches, Genoveva, al verlo bajar primero la silla y desplegarla en el suelo, supo que ABC volvería a repetir el galante gesto, y esta vez aportó lo suyo. Con la excusa de aliviarle el peso, le rodeó el cuello con sus brazos y se apretó contra él. El coronel, encantado, realizó la maniobra con toda parsimonia hasta dejarla en la silla. No ocultó la extrema prudencia con que descendía la escalerilla. La magia de su nuevo amigo llevándola en brazos la elevó del nivel de la tierra, donde era una distinguida científica, hasta el nivel de las nubes, donde era una mujer entre algodones.

ABC, fascinado, observó el ritual para subir al coche. Ella lo hacía del lado derecho. Abrió la puerta y arrojó la llave sobre el salpicadero con tanta precisión que se detuvo frente al volante. Luego, colgándose de la manija del pasajero, se ubicó en el asiento del acompañante, introdujo la parte delantera de la silla y se pasó al asiento del conductor. ABC comprendió el sistema y, con algo de torpeza, por ser la primera vez, plegó el respaldo, la ayudó en el montaje final y se sentó a su lado. Genoveva puso la mano sobre el muslo del hombre, giró el rosto y lo miró con simpatía.

—Esfínter y Escroto se desempeñan mejor, pero no es lo mismo. Me gusta que lo hagas tú —dijo, mientras se acomodaba en el asiento con graciosas sacudidas de culo.

ABC no pudo reprimir una sonrisa. Ella manejaba el culo con destreza y elegancia.

—Gracias. Me esforzaré en alcanzar el nivel de ellos.

Genoveva introdujo la llave en el encendido. El motor comenzó a ronronear.

—Me gustaría volver a verte —confesó él sin preámbulo alguno.

—A mí también —respondió ella con la misma sencillez, evitando mirarlo de frente y sin agregar alguna de las suyas. Sintió cómo se acaloraban sus mejillas.

—Dime cuándo te queda bien.

ABC estaba observando el sistema de adaptación del coche. No advirtió el sofoco. Nunca veía el amor, y esta vez, tampoco.

—Ahora debo regresar al CEMIG —respondió la doctora—. He estado ausente más tiempo del acordado con los ordenadores. Puede ser que el laboratorio esté a la deriva y, entonces, se aplica un plan de emergencia solo para mantener las mínimas condiciones vitales.

—Las bacterias no se enfadarán por unos minutos más.

ABC la miró, pero el rubor de sus mejillas ya había pasado.

—Estiremos nuestro encuentro antes de que te pierdas para siempre bajo las montañas.

La doctora había recuperado su desparpajo. Sus ojos negros brillaban con picardía.

—A ti, que eres un machista, te parecerá poca cosa; pero si sucede algún fenómeno significativo, podré perdérmelo porque el laboratorio está en modo supervivencia. Puede ocurrir el gran hallazgo… y yo, tomando café contigo. Pero en fin, un apuesto *coronel*, aunque sea machista y de mentira bien vale una misa. Arranca tú primero y detente donde te parezca. Tomaremos un café… antes de que te pierdas para siempre en las calles de Madrid —ella miraba al frente, pero se volvió hacia él para rematar la respuesta—.Y para ver culebrones, enciendo la tele. Yo no me perderé bajo las montañas y no permitiré que tú te pierdas en Madrid.

El coronel, mientras bajaba del coche de ella para ir al suyo, sintió ahora su propio sofoco. Sin cerrar la puerta, dijo como quien estuviera pensando en otra cosa:

—¿Les has dejado suficiente comida a Esfínter y a Escroto?

Ella percibió el acaloramiento, pero guardó silencio.

—A estas horas deben estar comiéndose mi vestuario, las bacterias, los virus, los pollos, las hortalizas y los videos de intercambio sexual —la sonrisa de la doctora era deslumbrante.

—Tampoco es tan grave —ABC había recuperado el aplomo—. Razón de más para demorarnos un rato… Así los dejamos comer tranquilos, sobre todo, los videos.

—¡Qué gracia...! Es lo que más lamentaría. Muévete y vamos de una vez.

7 - Abril, 2100... Las pizzas

La 126.ª Asamblea General de las Naciones había finalizado el año anterior, antes de que el tema alienígeno saliera a la luz. El Consejo de Seguridad se abstuvo de convocar un plenario extraordinario dado que la situación se volvía más perentoria día a día, y las eventuales decisiones que era preciso tomar debían ser inmediatas. El asunto, entonces, quedó en manos de los países con presencia en el Consejo de Seguridad.

Brasil —el gigante de Sudamérica, por entonces a cargo de la presidencia— y Rusia —el país más grande de la Tierra— propusieron la creación de un comando único mundial.

—No podemos enfrentar una visita extragaláctica, sea belicosa o pacífica, divididos en naciones. Es un acontecimiento de naturaleza global y debemos actuar de la misma manera.

Así se expresaba la delegada brasileña, una elegante mujer galardonada en fecha reciente con el premio Nobel de la Paz y con cuyo prestigio se pretendía neutralizar las discrepancias que el avezado instinto de los funcionarios preveía. Nadie imaginaba entonces que había sido la última adjudicación de los Premios Nobel.

Francia opinaba que debía haber un consenso político previo. Israel se oponía a la presencia de Irán en un supuesto Estado Mayor Conjunto de la humanidad. La flamante Palestina, nación recién creada, objetaba la presencia de Israel. Italia, sorpresivamente, estaba de acuerdo con quien propusiera algo. Tal como era costumbre en estos casos, los países productores de petróleo, incluso los que todavía estaban ocupados por fuerzas extranjeras, acordaron aumentar el precio del crudo. Alemania y Japón no reclamaban nada. Suiza pensaba pasar inadvertida en su escondrijo de los Alpes. Confiaba en que los alienígenas les trajeran su moneda y que ellos y sus bancos estuvieran a salvo. Los Estados Unidos anunciaron la creación de su propio Comando Unificado e invitaron a otras naciones a unírseles. Rusia no vio con buenos ojos esta decisión y anunció que instauraría el suyo e invitaría a las mismas naciones a unírsele. Nigeria exigía un comandante cristiano; India, un hinduista; Pakistán, un musulmán; China lo quería budista y condicionaba su participación al reconocimiento de su soberanía sobre el Tíbet. La mayoría de los países sudamericanos apoyaron la propuesta y el liderazgo de Brasil. Bolivia, aún encerrada, reivindicaba una salida al mar. Colombia y Venezuela se mostraban los dientes. Argentina insistía en recuperar las islas Malvinas, todavía en poder de los ingleses. Al principio, México consideró reclamar el estado de Texas, pero luego se adhirió al proyecto sin condiciones. España tampoco exigió recobrar Gibraltar, pero su presidente, en comentarios privados que luego salieron a luz, consideraba que no había razones para que el mando supremo no pudiera ser ejercido por un general español.

El extenso continente africano, cuya fragmentación física y política había comenzado en el siglo XX, estaba constituido por un gran número de países de poca relevancia política pero con abundancia de diamantes y materias primas.

Dependían de los grandes para surtirse de los armamentos que pagaban con sus riquezas naturales. Enviaron un solo delegado sin voto.

Pese a todas estas desavenencias, que podrían llamarse cotilleos entre países, la mayoría estaba dispuesta a colaborar en el proyecto ruso-brasileño.

—La Tierra debe ser el único planeta, de entre los de todos los universos, que está subdivido en naciones, con sus dioses y banderas de distintos colores —decía el general Vladimir Sergéevich Popov, también candidato a ocupar el comando en jefe del EMC—. Las criaturas que se acercan a la Tierra no vienen de exóticos países sino de algún lejano cuerpo celeste. La recepción, negociaciones, agasajos o batallas tendrán que ser tal como lo propusimos con nuestros hermanos del Brasil: de planeta a planeta.

En las ciudades, los campos y los caminos del mundo, los habitantes de la Tierra miraban al cielo. El diario trajín ya no merecía la misma atención de siglos. Ni los campos sembrados ni los escaparates de los comercios eran atrayentes. Nadie reparaba en las prostitutas a la vera de los caminos ni en los mendigos a la sombra de los portales. Tampoco en los llamativos anuncios de las autopistas ni en los que adornaban las calles de las ciudades. Nadie se enteraba de las rebajas ni reparaba en mujeres hermosas ni en hombres guapos. El tráfico urbano era un verdadero fárrago de bocinazos, infracciones, violentas frenadas, imprecaciones, insultos y resbalones… Los semáforos funcionaban, pero nadie les prestaba atención. Eran frecuentes los topetazos entre peatones. Por un instante, bajaban la vista, musitaban un *usted perdone* y, elevando de nuevo la mirada, seguían de largo.

A principios del siglo XXII todos miraban al cielo: los pasajeros que subían, los que bajaban, los que quedaban y los conductores. Por las ventanas de los quirófanos miraban los cirujanos, los anestesistas y los auxiliares. Los jueces se asomaban a las de sus juzgados, elevaban la vista y dictaban sentencias. Los viandantes, a punto de sumergirse en el metro, echaban un último vistazo al cielo y descendían con aprensión a las profundidades de la Tierra. Temían encontrar un inmenso y humeante desierto a la salida. También miraban los policías, delincuentes, asesinos y terroristas. Los presos, trepados a sus rejas, los mendigos y los artistas callejeros. Miraban los que cantaban, los que escribían, los que pintaban y los que recitaban. Los bebés, en cambio, miraban la teta, pero las madres, el cielo.

Estados Unidos de América aún era el país con más poder militar. Fiel a su vocación tutelar con respecto a la seguridad del mundo, se sintió obligado a tomar la iniciativa. Se anunció por Internet y las redes sociales que el presidente dirigiría unas palabras en directo a todo el planeta. Se esperaba una revelación espectacular; algo que despejara la vacilación de la ignorancia; una estrella encendida, un… *no problem, no pasa nada, tutto bene, tudo bem, tout est bon, alles gute, все хорошо.* El macho alfa de la Tierra mostraría los dientes.

El mensaje fue traducido y repetido durante un giro completo de la Tierra. Por primera vez, el presidente de un país se dirigía al resto del mundo como si todos pertenecieran a una misma nación, o como si todas las naciones fueran un mismo planeta.

¡Ciudadanos de la Tierra...! Seres desconocidos, criaturas de mundos más allá de la Tierra, están en nuestra atmósfera. Es el acontecimiento más sensacional de nuestra historia. No han hecho contacto ni respondido a nuestras señales. No sabemos sus intenciones. Debéis conservar la calma. ¡Confiad en vuestras autoridades! Nuestras armas son las más poderosas del universo. ¡No dudéis de que os protegeremos!

El líder había hablado. Agradecidos, ciudadanos y funcionarios, creían en sus dichos. Tranquilizar los ánimos era, por el momento, lo más importante. Aunque tachado de arrogante por algunos disconformes, el resultado del discurso fue sorprendente. Era la primera voz que se alzaba en medio de la incertidumbre. Había hablado con claridad y estudiada simpleza. Eran pocos los que percibían la realidad que podría esconder la presencia en la Tierra de criaturas ajenas a ella. Quizás sembró algo de miedo, pero también, mucha confianza en los gobernantes. Los síntomas de un pánico generalizado disminuyeron.

De improviso, cuando todos comenzaban a apaciguarse, las cuatro naves se movieron. Lo hacían a una velocidad pasmosa. Con solo elevar la vista se podían ver sus fantásticas maniobras. Esquivando a los satélites humanos que circundaban la Tierra, se situaron en los polos y comenzaron a orbitar el planeta. Su enorme tamaño inquietaba los espíritus. Durante la noche, no se las distinguía sobre la oscuridad del firmamento, pero se sabía que estaban porque las sombras que proyectaban a su paso ocultaban la Luna o algún grupo de estrellas lejanas. Los observatorios establecían guardias para enfocarlas en todo momento y no perderles pisada.

La manera en que se ubicaron impresionó a los científicos y a las autoridades. No parecían deseosas de hacer contacto con los humanos, pero sí, de perturbarlos. Ya no cabía duda de que había a bordo criaturas inteligentes y de dudosas intenciones.

A gran velocidad, las naves sobrevolaban la Tierra pasando por los polos. Formaban cuatro planos separados: 45° entre sí y sin posibilidades de colisionar entre ellas. Cuando una estaba sobre la longitud de 90° este, la otra se ubicaba a 90° oeste, y las otras dos a 60° este y a 120° oeste. Nunca pasaban juntas por los polos. Los observadores de tierra advirtieron la maniobra. Pero comprobaron algo más. Un escalofrío recorrió a los astrónomos cuando vieron que las naves no seguían la rotación de la Tierra y parecían no utilizar las coordenadas de la esfera terrestre. Se orientaban de distinta manera. En apariencia, la ley de gravedad no les causaba ningún efecto. La exactitud con que se movían y se colocaban en el espacio parecía similar al sentido de orientación de algunas aves o peces, que vuelan o nadan miles de kilómetros sin perder la noción de su derrotero.

Como la costumbre de la Tierra es girar sobre su eje cada 24 horas, y las naves se movían en planos perpendiculares al ecuador, la totalidad de la superficie terrestre quedaba expuesta a su vigilancia. Se podían ver dos naves constantemente en cada hemisferio. Hasta el más mínimo detalle de cuanto acontecía en el mundo era evaluado cuatro veces al día y no les importaba gran cosa lo que opinaran los astrónomos, ingenieros o autoridades.

Esta situación duró lo que restaba del mes de abril y todo mayo. A juicio de los expertos, una semana hubiera sido más que suficiente para monitorear todo el planeta. O bien no tendrían apuro si se guiaban por el tiempo terrestre, o bien, el parámetro por el que medían el tiempo no era el mismo que el humano.

Quizás —como había afirmado el coronel ABC—, provenían de un universo desconocido donde las dimensiones y el tiempo se configuraban de distinta manera. Al ingresar en el nuestro, por decirlo así, solo adoptarían un tiempo exterior para sus grandes naves mientras que en su interior conservarían el de donde procedían. En resumen, nuestro universo —sus leyes y su flecha del tiempo— podría serles ajeno. Es cierto que parecían grandes *pizzas* negras que andaban por el cielo. Pero estaban allí, no eran de broma y tampoco eran *pizzas*.

—Las *pizzas* no son negras —decían muchos.

Los medios de comunicación, contrariamente a su estilo alarmista, informaban ahora con objetividad y mesura. Más que inflar los ánimos, preferían tranquilizarlos. Presentaban los sucesos como un evento, que si bien sucedía en la Tierra, no pertenecía a ella, no participaba en la economía ni seguía las costumbres de la humanidad. Un evento en el que la prensa no servía a ningún poder político ni religioso. No se requería formar opinión para futuras elecciones. Lo importante era que siguiera habiendo elecciones. Los conflictos de poder que pudieran existir quedaban opacados ante la presencia de alienígenas en la atmósfera de la Tierra. Un evento que atemorizaba a todos y del que nadie se atrevía a tomar ventajas porque lo que estaba en juego no era el futuro de la especie humana, sino la propia especie.

El miedo, tan viejo como la vida, comenzó a infiltrarse en el espíritu de los hombres y mujeres de la Tierra. Los de los monarcas y los de la plebe; los de la ciencia y los de los ejércitos; los *de la televisión* y los *de las bibliotecas*.

Las naves permanecían inmóviles. Todos se acostumbraban a verlas en el cielo. Poco a poco, la inquietud inicial cedía paso a la rutina. En tanto una bajaba del norte, la otra, subía del sur. Mientras una se inclinaba por el este, la otra lo hacía por el oeste. Tampoco seguían, como los satélites humanos que pasan por el mismo punto a la misma hora solar, una trayectoria sincronizada con el movimiento del Sol. Los expertos se preguntaban la razón por la que obraban de esa manera. No demostraban estar interesados en las observaciones científicas ni en estudiar el planeta. El coronel ABC pretendió dar una explicación:

—Nos están contando.

Pero nadie le hizo caso. Todos sabían cuántos humanos había en la Tierra.

Los satélites artificiales que la rodeaban disparaban las cámaras al pasar cerca de las naves. Los objetos eran enormes. Solo se los podía fotografiar por partes.

Nada veían los científicos que alterase lo sabido hasta ahora. Una superficie lisa sin interrupciones, inmensa, algo arrugada, como si estuviera construida con papel o cartón. Un gigantesco *puzzle* espacial, armado con infinita paciencia, que se pliega según el movimiento. Ninguna señal indicaba el uso de instrumentos de avanzada tecnología como para navegar por el espacio. Tampoco se advertían indicios o señales de armas… ni habituales ni estrambóticas.

No debéis buscar armas humanas —decían los agentes de Inteligencia— sino armas de cualquier tipo. ¡Usad la imaginación! ¡La fantasía, más que la realidad! No busquéis rayos de colores. No estáis en el cine. Un arma hace daño. Es para lo único que sirve. Buscad armas que destruyan sin matar o que maten sin destruir o ambas cosas…

A tan corta distancia, las naves podían ser examinadas con todo detalle, pero no se agregó nada a lo sabido. No tenían aberturas ni protuberancias. El ansia por saber qué cosa serían esas *pizzas* que daban vueltas a la Tierra se hacía intolerable. El público presionaba a las autoridades, y estas, a los científicos. Los medios de comunicación conjeturaban y también preguntaban. Pero nadie respondía.

En los grandes conglomerados urbanos, la ausencia de respuestas provocaba una ansiedad colectiva que se fue haciendo insoportable. El límite del comportamiento se estiraba cada vez más. Quienes no sabían nada y nunca se preocuparon por ello, comenzaron a molestarse ante la falta de respuestas. Pretendían, o más bien, exigían, que sus dudas fueran satisfechas. Una nueva e incivilizada conducta surgió, de improviso, un curioso fenómeno; un anticipo del pánico que se avecinaba. *La gente de la televisión* se enfadaba cuando las personas a quienes formulaban una pregunta no sabían qué decirles. Creían que los consideraban ignorantes y por eso no respondían. Una consulta podía hacerse a un transeúnte que cruzara la calle, a un desconocido en un bar o a una señora que llevaba un niño a la plaza. No era imprescindible llevar un cartel de científico.

—¿A usted qué le parece el asunto ese de los marcianos?

—No tengo la menor idea.

Quien respondía de esa manera, podía ser insultado, tildado de arrogante y, a renglón seguido, sin que mediara aviso, podía recibir un puñetazo o un carterazo femenino.

Los más avispados respondían con fantasías, como si hablaran con niños o borrachos. Contestar insensateces era preferible a expresar una opinión sincera. Una quimera, por más disparatada que fuese, no podía ser negada, puesta en duda o retrucada en el momento. Había que pensar. No se evitaba el conflicto, pero sí, la inmediata agresión, y les daba unos segundos para alejarse. Luego, los gritos cargados de insultos los seguían por un rato.

Las opiniones novelescas quedaban en la memoria y se repetirían en la siguiente interrupción callejera. La gente preguntaba a los preguntones. En cada ciclo, sufrían un agregado, un recorte o una modificación. La creatividad de algunos competía con los más afamados autores de ciencia ficción.

Viejas películas y series televisivas renacían y se transformaban en realidad. O bien, la realidad se transformaba en una serie televisiva. *Los Visitantes* fueron equiparados a personajes de leyenda. La idea de que todo era irreal; que nadie vivía en los libros o en los cuadros, era un buen refugio para evadirse de la angustia.

No obstante, clamores destemplados se alzaban sobre la superficie de la Tierra. ¿A quién, que no sea Dios, podemos preguntarle?

Durante miles de años, los humanos habían mirado el cosmos, y ahora, desde el cosmos, se miraba a los humanos. Nadie estaba preparado. No había antecedentes. No se trataba de Adán, Colón o de Jesucristo. Era lo más nuevo, lo más inédito que podía sucederle al hombre. Algo que venía del espacio insondable. Algo fuera de la Tierra.

Oscuros sentimientos e instintos ya olvidados comenzaron a aflorar en el interior de las conciencias. La inteligencia, que diferencia al hombre de los otros bichos, se iba desprendiendo del paraguas del raciocinio para exponerse a antojadizas creencias que se introducían en sus mentes con más fluidez que la razón. Lo racional se distanciaba de la milenaria civilización. Frente a esas inmensas naves desconocidas tan cerca de la Tierra, no había un baluarte confiable. La civilización no protegía. En la penumbra del miedo, el impulso de supervivencia —inmolado en el fango de la desesperación— se transformaría en autodestructivo.

Los gobiernos eran apremiados con exigencias que no podían satisfacer... *¡Tienen que hacer algo!* La llama del pánico era débil y asomaba con timidez, pero podía incendiar el mundo. Muchos aficionados a los documentales se proclamaron expertos en cuestiones extraterrestres y opinaban a ciegas. Unos decían que los aliens eran enviados de una supercivilización galáctica que traía la bienaventuranza, la justicia social y el reparto equitativo de la riqueza. Otros, acostumbrados a nutrirse de lo que *decía la tele,* afirmaban que se trataba de piratas, depredadores del espacio, eunucos expulsados de su planeta. Venían a la Tierra para apropiarse de las mujeres humanas y fundar una civilización de castrados quien sabe dónde.

Los terrícolas —ya se designaban así— estaban desorientados como una ama de casa a la que su marido le avisa que llegará en unos minutos con varios amigos a cenar. Nadie estaba preparado para recibir huéspedes del espacio..., a punto de golpear la puerta.

¿Hay alguien en casa?; lo sentimos mucho, pero debéis iros; sois intrusos; este planeta nos pertenece. ¿Podemos empacar? ¿Empacar? ¿Es que no lo entendéis?; ¿dónde iremos?, moriremos. ¡Por supuesto!, ¿qué otra cosa podrías hacer!... Disculpen las molestias.

El hacinamiento ya no otorgaba seguridad ni garantizaba la vida en las ciudades. El viejo instinto de la grey comenzaba a debilitarse. Las miradas estaban teñidas de desconfianza. Buscaban culpables. Alguien debía pagar por no saber qué pasaba. Había que purgar el rebaño de los indeseables que trajeron el miedo. Había que liquidar a unos cuantos para que otros cuantos vivieran sin aprensión. Era la ley de Dios, la ley del primer hombre, la ley del embrión que mata a sus hermanos, la ley de Caín. Solamente con la muerte de unos, otros se salvarían. Es la ley de los conocidos como mesías: morir para que otros vivan.

Cuatro puñales pendían sobre la Tierra para desgarrar sus entrañas. Solo con mirar las naves en lo alto día a día —rodeadas por el azul del cielo, tan cerca del hogar de los humanos y tan ajenas a su historia—, los indestructibles valores culturales y sociales cimentados a través de los milenios de andadura por la Tierra, comenzaban, poco a poco, a resquebrajarse.

Cristianos, católicos, apostólicos y romanos; musulmanes islamistas, hinduistas y ortodoxos; agnósticos, ateos y judíos; mormones y budistas... buscaban una conducta. La necesitaban con urgencia, pero no había tablas de piedra ni humeantes oráculos ni libro de los vedas ni rutas al nirvana. Más allá de la Tierra, no había conductas... o no eran las mismas.

Quienes supusieron que la curiosidad por el *discovery* prevalecería quedaron perplejos cuando fue relegada a un rincón de la conciencia. *Los Visitantes* no habían sido invitados y debían irse. Un instinto de rechazo se mezclaba con la duda, la ignorancia y el miedo.

—La Tierra es nuestra y no queremos a nadie. Que se vayan...

Pero no se iban. La creencia de que los humanos de la Tierra eran la única obra de Dios en el universo se deshacía sin tiempos ni lugares.

Pero, de un día para el otro, todos quisieron lo contrario: ser invitados a las naves, ir al mundo de *ellos*, irse de la Tierra como quien se muda de su casa. Los indeseables, pendencieros y arrogantes eran los humanos, los únicos guerreros del cosmos. Era al revés. De haber en el universo una especie invasora de planetas, esa sería la humana. Una tenebrosa conducta impulsaba a los terrícolas a renegar de sí mismos, a no hacerse ver en malas compañías.

—Yo no soy uno de ellos. No me confundas.

Un afán por causar buena impresión se apropiaba de las conciencias. El día de la rendición de cuentas había llegado. Las naves eran las oficinas de los jueces del espacio. Estaban preparando los papeles. En cualquier momento comenzarían los juicios.

Una acongojante culpabilidad se asentaba en las conciencias. A riesgo de recibir un imaginario rayo ardiente y ser calcinados en el acto, muchos deseaban exhibirse para ser bendecidos por *Los Visitantes*.

La doctora Genoveva y el coronel ABC aún no se habían acostado juntos. Ambos, en la búsqueda de un flanco desguarnecido, daban ingeniosos rodeos para escabullirse a los genitales sin pasar por los cuerpos. En la personalidad del coronel no parecía ser una actitud extraña. No era de los que pretendían ir enseguida a la cama. Audaz y tímido a la vez, se mostraba muy dueño de sí en todo momento, pero sus piernas se aflojaban cuando el fantasma del sexo se insinuaba en el horizonte. Claro que la experiencia con una mujer como Genoveva era, por completo, nueva. ¿Cómo sería desnuda? ¿Y si él no funcionaba al verla? ¿Y si el pene se negaba a asumir sus compromisos? ¿Y si para peor, respondía unos segundos nada más? ABC temía al cuerpo de Genoveva tanto como a su miembro viril. Uno condicionaba al otro. En las situaciones extremas, frente a frente con la vagina, el pene tenía la última palabra y había que respetar sus reacciones inesperadas. ABC se imaginaba el cuerpo de Genoveva desnuda. ¿Sería él capaz de hacer el amor como si todo estuviera en su lugar? Lo importante era que la vagina estuviese donde debería estar. ¿Qué importancia tenían un par de piernas...? De solo imaginar en la intimidad a la eminente científica, sola, sin títulos académicos, indefensa, desguarnecida y sin la escolta de las piernas, ABC se estremecía de impotencia. Demoró en asumir que el cuerpo de esa mujer, incompleto desde un criterio biológico, lo acobardaba. De la cintura para arriba era bellísima. Pero, para abajo no había nada. ¿Cómo sería desnuda? Sea como fuere, en un planeta donde todo el mundo anda en dos, tres, cuatro o más patas, a él le atraía verla rodar en su silla de ruedas…

¿Y qué sucedía con la tradicional lujuria de la doctora? ¿Por qué no atacaba como ella sabía hacerlo? ¿Por qué su libido no se exacerbaba ante la simplicidad del coronel, un tipo pasivo y complaciente? Y justo a ella, la *maitresse*, la dueña de las erecciones; la directora que ponía en su lugar a los personajes, le sucedía ahora ese temor por su propio cuerpo. Podía lucirlo con descaro ante Sigfrido, pero se avergonzaba frente al hombre que amaba. Nobleza, camaradería, ternura, humor… ¡Cuántas emociones regresaban del olvido! Para ella, educada en la escuela diferencial —por monjas que olían a lanolina, y que cuando se portaba mal la obligaban a bajarse de la silla y, apoyada en el culo, a lustrarles los zapatos— ciertos sentimientos habían sido desterrados de la memoria.

Tuvo que reconocer o, más bien, aprender que el coronel ABC era un tipo sencillo, inteligente, seguro de sí mismo, pero sin estridencias. Un macho que merodeaba solitario por la vida rodeado de cosas simples: las que valen por sí mismas. Ella no podría dar rienda suelta a su lujuria en presencia de un cuerpo únicamente masculino sin otros atavíos. Sabía que si pretendía, como hizo otras veces, ir a la cama a lo bestia, podría hacerlo también ahora, pero ABC, asustado, no lo entendería de la misma manera. Ella tampoco, y todo se enfriaría. No perdería la relación, pero sí el encanto y la magia que había adquirido en poco tiempo. Ella lo quería como era: fuerte, decidido, indeciso, ingenuo y angelical. Nunca se había sentido tan a gusto con un hombre, y nunca se había citado más de dos veces con el mismo. Y no solo eso. El coronel, sin ostentosos despliegues de machismo, ejercía una gran influencia sobre ella. De pronto, dejó de sentir atracción por las malditas pastillas que solía tomar para relajarse o estimular su erotismo. No se explicaba cómo era posible que le avergonzara encender un cigarrillo en su presencia, cuando no le importaba escandalizar a los científicos. ¡Otro detalle insólito! Genoveva no sabía qué significaba la vergüenza, pero sentía sus efectos. ABC no fumaba ni le había hecho el más mínimo comentario al respecto, y tampoco se exhibía como un fanático de sus convicciones. El hombre, en silencio y a un costado del camino, andaba en cuclillas a su lado. Estaba en su vida para compartirla y no para cambiarla… y a ella le gustaba así.

Desde el último encuentro en el CNI, se habían visto tres veces. Todas en Barcelona. Genoveva lo recogía en el Aeropuerto de El Prat y pasaban juntos la velada. No se acostaban, pero hacían cosas. Un día, en silencio, se besaron en la boca. El hombre captó su deseo cuando ella abrió sus brazos hacia lo alto y lo miró a los ojos. Él se puso de rodillas para ser encerrado en ellos y que ella lo metiera en su boca mientras él acariciaba sus pechos con ternura. Eran pequeños, pero enhiestos y juveniles. Ella no se animaba a meter mano más allá, y él… de los pechos no pasaba. También iban a comer, a tomar el té y a comer palomitas el cine. Ella corroboró la torpeza del coronel frente a los envases *abre fácil*.

Si se atora con unas palomitas o un saquito de té... ¿Cómo haría para quitarle las bragas? ¿Sería ella misma un abre fácil imposible de resolver para ABC?...

Imaginaba su torpeza en futuros momentos de intimidad: que no acertaba a desprenderle el sujetador. O todavía peor: se atrancaba al quitarse los calzoncillos y, apoyado en una sola pierna, caía al suelo con estrépito... y se fracturaba algún hueso. Genoveva y ABC no veían la forma de llegar a su intimidad sexual sin antes experimentar la comicidad y el ridículo de sí mismos.

La doctora quedó maravillada por lo que, de forma inesperada, le sucedió una tarde. Habían ido al cine. Estaban solos en la última fila, la reservada para minusválidos. Pasaban anuncios que nadie veía. ABC, sentado en la butaca contigua, de improviso y en absoluto silencio —así como acostumbraba hacer las cosas— se ladeó y la alzó en sus brazos. Lo hizo con naturalidad; sin esfuerzo alguno. Ella sintió la fuerza del hombre. Los *calores* aparecieron en el acto y se fueron *para abajo*. ABC la apoyó sobre sus rodillas y comenzó a besarle los labios... metiéndole la lengua hasta el fondo. El cine estaba a oscuras y la película a punto de comenzar. Él volvió a levantarla, darle la vuelta y dejarla otra vez en su regazo de frente a la pantalla. Genoveva se enloquecía por la facilidad con que el hombre la manipulaba. Lo hacía como si ella fuera una bolsa de patatas, pero le gustaba. Así, en la misma butaca —abrazada por el coronel—, vieron la película. Genoveva no se acuerda de qué iba. Dos cosas más interesantes reclamaban su atención. Los brazos que le rodeaban el talle era una... y el empinado promontorio sobre el cual estaba *sentada* —si se puede expresar así—, era la otra. En algún instante de la película que no veía, sintió un fuerte vahído, un estremecimiento... y un clímax. Se contuvo. No dijo nada. El hombre la perturbaba. Él percibió sus espasmos y el esfuerzo por controlarlos. Tampoco dijo nada. Tan solo puso las manos en sus erguidos senos y la abrazó con mayor fuerza. Era un secreto entre los dos: el primero.

El segundo fue la mordida en el culo que le propinó ABC a principios del verano en una tarde de inusitado calor en que ella lo invitó a ir a la playa.

—Algo que no tienes en Madrid— se jactó.

—Tampoco te tengo a ti. Aprovecharé esta ocasión de estar con las dos.

Fueron a la playa del Bogatell. Ella usaba un bañador especial. Era de color rojo y cerraba toda la parte inferior del cuerpo. La silla de ruedas circulaba un tramo por la pasarela de madera puesta por el Ayuntamiento. Más allá, la arena. ABC la cargó en brazos y se metió con ella en el mar. Una leve brisa ondulaba la superficie. Era un día de sol radiante. El coronel avanzó hasta que al agua llegaba por encima de su cintura. Ella, colgada de su hombro advirtió que el pequeño oleaje la salpicaba.

—Suéltame ahora, cariño.

ABC la dejó caer presto a auxiliarla en caso de emergencia, pero se detuvo, asombrado por la extraordinaria flotabilidad de Genoveva. Nadaba moviendo los brazos y jugaba en el agua como una niña. Su medio cuerpo no se hundía... y se alejaba mar adentro. Movido por un siniestro impulso —luego dijo que solo quería jugar al tiburón—, ABC aspiró aire y se zambulló tras ella. Nadó bajo la superficie hasta acercarse. Desde abajo, ella parecía un gigantesco tomate flotando a la deriva. ABC, plantado en el fondo marino, mordió con suavidad la tierna carne de sus caderas. Ella se sobresaltó. El insolente mordedor de culos emergió dispuesto a recibir un severo castigo, pero ella le sonreía con malicia.

—Esta cuenta me la cobraré algún día.

No hablaron más. Jugaron en el mar hasta que comenzaron a sentir frío. Él la alzó de nuevo en brazos en dirección a la silla de ruedas. Pero ella no quiso quedarse allí.

—Llévame hasta las duchas... ya que eres tan fuerte.

ABC la cargó en andas. Deseaba borrar el asunto del mordisco y de paso lucirse como todo macho vanidoso. Las duchas tampoco estaban muy lejos. Había un asiento junto a una de ellas. La dejó allí y fue a buscar la silla de ruedas. Se ducharon juntos. La toalla que había traído Genoveva alcanzó para los dos.

Tras la playa, el cine o el paseo, gustaban de tomar una apetitosa merienda a orillas del mar, y luego, Genoveva lo acercaba al aeropuerto. ABC regresaba a sus oficinas de Madrid y ella al laboratorio del Pirineo. Aún debía recorrer 150 *km* hasta la cabaña de Sant Llorenç de Morunys, pero ella conducía arropada por las nubes espumosas que había dentro del coche.

Otro detalle la desorientaba. Ya no le atraía jugar con el SESI...

—¿Qué me está pasando?— Se preguntaba la doctora.

Ahora, cuando se aplicaba los electrodos, omitía elegir pareja de las bases de datos. Utilizaba la opción: *Diseñe su propia pareja*. Entonces, intentaba reproducir al coronel. El cabello, los ojos azules, las manos sin anillos, las líneas del cuello, las gafas italianas, su manera de caminar... En la soledad del CEMIG, Genoveva pasaba las horas diseñando a su coronel.

No. Así no es; probemos de nuevo. Este mechón de pelo cae para el otro lado. El meñique no es tan grueso. Calza mocasines; huele a L'Homme de Ives Saint Laurent. Siempre está bien afeitado; usa calcetines de mujer. El vello de sus brazos es suave... ¿Está conforme? No. Empecemos de nuevo. Es más alto, vientre plano, la arruga en la frente... ¿Está conforme? No... Algo falta... Claro, el pene. ¿Cómo es? No sé. Nunca lo vi...

Durante los paseos por Barcelona, ambos elevaban la vista al cielo y contemplaban las naves del espacio. Siempre había una. Guardaban silencio. Algo siniestro se interponía en su relación; algo que venía de afuera; que no era humano y no permitiría que se amasen. No hacían planes para el futuro. No sabían si habría futuro. Solo pactaban el siguiente encuentro.

ABC la invitó a Madrid. Se encontrarían en el Aeropuerto de Barajas en el primer vuelo del día. La mayoría de las estaciones del metro estaban adaptadas. En cualquier caso, el coronel la cargaría en sus brazos. Desayunarían chocolate con churros y luego harían la ruta de los tres museos: el Reina Sofía, el del Prado y el Thyssen... Luego se irían de tapas...

—¿Qué te parece? ¿Vienes?

—Sí voy.

—*Cuando vengas a Madrid, chulapa mía, te voy a hacer emperatriz de Lavapiés, alfombrarte con claveles la Gran Vía y a bañarte con vinillo de Jerez.*

Ante la sospecha, cada vez mayor, de que las intenciones de *Los Visitantes* no eran amistosas, el Consejo de Seguridad de las Naciones Unidas, ahora en asamblea permanente, había asumido el control de la situación. Se aprobó, como primer paso, la creación del Estado Mayor Conjunto de la Tierra, cuyo comandante sería elegido entre sus miembros.

Los ejércitos de los países con capacidad militar para combatir en la atmósfera fueron puestos bajo la autoridad del EMC. No había muchos: Estados Unidos, Rusia, China, India, Irán, Brasil y la Unión Europea. Los ejércitos de las demás naciones, también bajo potestad del EMC, se ocuparían de controlar a la población en caso de eventuales situaciones de pánico. Habría dos posibles frentes de batalla: uno encararía al enemigo del exterior, y otro, al del interior. El Consejo de Seguridad temía el caos social y le asignaba máxima prioridad. Tanto para la lucha por la supervivencia como en caso de una inmolación final.

El General de División Franklin Russeldof Honoré, de los Estados Unidos, fue el primer comandante en jefe. Su designación no se debió a presiones diplomáticas. Las cosas no estaban para juegos de guerra. La foja de servicios del norteamericano era impresionante. Solo le faltaba haber combatido contra los rusos. Se podría decir, si las circunstancias no fueran tan trágicas, que su currículo emulaba al de *Superman.*

Franklin Russeldof Honoré tenía el aspecto clásico de un general norteamericano: alto, enjuto, seco de carnes como el Quijote, boina ladeada, escasos cabellos grises, ceño fruncido y sonrisa torcida. Su fría mirada imponía respeto. Los ojos, entrecerrados, miraban a lo lejos, a la distancia, a un lejano enemigo. Era un estratega de primer nivel; el último descendiente sin descendencia de una familia atiborrada de medallas militares. En fin, cosas que antes sucedían en Roma y ahora, en los Estados Unidos de América.

El coronel ABC, en representación de la Agencia Espacial Europea, formaba parte de la delegación española del Consejo de Seguridad. En el ámbito científico, sus comentarios eran escuchados con sumo interés. La conocida relación que mantenía con la directora del CEMIG aumentaba el valor de sus opiniones. Las palabras de ambos en el histórico desayuno con el presidente permanecían en la memoria de los encumbrados generales. Sabían que las palabras del coronel eran también las palabras del CEMIG… y que ambas no eran moco de pavo.

—¿A qué han venido…? —Disertaba el coronel en el salón del Consejo— No son turistas del espacio. Para llegar a la Tierra, de cuya ubicación estaban al tanto, habrán recorrido una distancia que desconocemos, pero barruntamos que no es pequeña. ¿Qué les interesa de la Tierra? Si, como sospechamos, son beligerantes, quizás su objetivo podría no ser la Tierra sino algo que hay en ella. Solo la especie humana andaría por el espacio conquistando planetas sin saber para qué. Otra civilización podría tener valores culturales y objetivos diferentes al tradicional de los terrícolas: exterminio, colonización, saqueo, despojo... Entonces, nada más hay dos posibilidades: el planeta o su contenido. En el planeta podría haber alguna sustancia que desean. En tal caso, surgen varios interrogantes: ¿Cómo lo saben? ¿Habrán estado aquí antes? ¿Tendrán tecnología capaz de analizar la constitución de la Tierra o lo saben desde hace milenios, antes de que lo supiera el hombre? ¿Y su contenido? Pues es uno solo: la vida. ¿Para qué podría interesarles la materia viva? ¿Sabrán que la Tierra está superpoblada? Nos han estado contado uno a uno. ¿Son cazadores espaciales? ¿Será la energía de los humanos una apetitosa presa? No estamos seguros de que conozcan el concepto de poder o del dinero. Pero así como nosotros, al amparo de la civilización, hemos sojuzgado a muchos pueblos de la Tierra, también podemos ser las víctimas de un *discovery* del espacio. ¿Nos querrán para que labremos la tierra y ellos cosechen los frutos?

La realidad que se cernía sobre el planeta no terminaba de aclarar las cosas. El hombre recelaba del hombre. Ninguna nación deseaba exhibir sus arsenales. La niebla de la desconfianza envolvía a los políticos. No obstante, cada una de las naciones más poderosas del mundo puso a disposición del EMC una parte proporcional de las fuerzas mínimas requeridas.

El general Franklin Russeldorf Honoré tomó tres decisiones: La primera consistió en disponer que toda la información referida a *Los Visitantes* se concentrara en la oficina de Inteligencia del EMC. Los laboratorios de todo el mundo debían informar sobre sus estudios, conjeturas o conclusiones. También se instaba al público a enviar sus opiniones, aunque parecieran antojadizas y fantasiosas. Un portal, especialmente creado en Internet, estaría dedicado a coordinar, recibir y brindar toda la información sobre el tema. La segunda fue nombrar director de la oficina de Inteligencia del EMC al coronel Amable Baltasar Clodovelo, cuyo buen juicio y raciocinio era muy apreciado por los generales, aunque de momento desconocieran sus inseguridades sexuales.

La tercera decisión fue más militar, más contundente. La Tierra entraba de lleno en la carrera por la supervivencia. El general dispuso la creación de un Escudo Estratégico Preventivo. Una gran flota de submarinos nucleares del tipo SSBN5, fue aprestada para operar en los océanos y mares del mundo. Los sumergibles, provenientes de los países miembros y dotados de instrucciones para decidir en caso de acefalía, zarparon de sus bases y comenzaran a patrullar los océanos. Cada unidad era una parte y el todo de la humanidad. Las tripulaciones fueron seleccionadas con rigor estratégico para asegurar la supervivencia en caso de aniquilación total. La proporción era de dos mujeres por cada hombre. No obstante, además de un minihospital e información científica para reconstruir la civilización, los submarinos llevaban una reserva de embriones congelados. Valdría sonreír con ironía ante el importante protagonismo que adquirieron las mujeres de un día para el otro. Eran el elemento infaltable de toda estrategia militar. Se reivindicaba, ahora, la importancia que les había negado la historia. En una guerra espacial no cabría la derrota. Solo estaba en juego el amanecer de todos los días. Y la única arma que garantizaba la supervivencia de la humanidad era el útero.

El submarino nuclear modelo SSBN fue diseñado para no hacer nada. Podía permanecer oculto e inmóvil bajo la superficie de los mares durante dos años sin emerger ni ser detectado. Su objetivo era la disuasión nuclear final. Era, por decirlo así, la última garantía de supervivencia…, sin aclarar de quién.

La Suma Total igual a cero o Destrucción Mutua Asegurada —*Mutual Assured Destruction*— permitía mantener una frágil paz en la que nadie atacaría primero por temor a la represalia. Si el enemigo era extraterrestre, el concepto podría importarles un cuerno. Las guerras de la Tierra se libraban entre humanos, y cada uno sabía dónde le apretaba el zapato. *Los Visitantes* no procedían de la Tierra. Quizás no sabían nada de energía nuclear y el ser humano podría ser aniquilado sin el consuelo de arrastrar consigo a los invasores. El análisis de las hipótesis sobre diversas estrategias de combate arrojaba conclusiones pesimistas. Sea como fuere, veinticuatro submarinos, con treinta cabezas nucleares cada uno eran de temer…

—Imagínense lo que quedaría de los extraterrestres… y de nosotros.

¿Se lucharía en la atmósfera? ¿Habría combates en tierra? Del enemigo no se sabía nada. Ni siquiera si existía o se trataba de naves robóticas venidas desde los confines del espacio para apropiarse… ¿de qué?, ¿qué habría en la Tierra que provocara su codicia?

—Es nuestro hogar. ¿Os parece poco? No lo cuidamos como deberíamos, pero es nuestro hogar. A fin de cuentas, Dios nos ha dado la Tierra y solo él nos echará de aquí.

Cuatro submarinos rusos del tipo SSBN, pertenecientes a la Flota del Mar del Norte, se hicieron a la mar desde el puerto de Severomorsk, en el área del Óblast de Múrmansk. Otros cuatro, pertenecientes a La Flota del Pacífico, zarparon de Vladivostok.

Tres norteamericanos, del mismo tipo y de última generación —los Seawolf—, se hicieron a la mar desde la Base Militar Bahía de Reyes, en el Atlántico. Otros cuatro lo hicieron desde la Base Naval de Point Loma, en San Diego, y dos más, desde la Base de Pensacola, en Florida.

Dos submarinos chinos del tipo SSBN, pertenecientes a la Flota del Mar del Norte (Weihai Jiandui) zarparon del puerto de Qinqdao, provincia de Shandong. Otros dos, de la Flota del Mar del Este (Donghai Jiandui), salieron del puerto de Ningbo, en Zhejiang y dos más, de la Flota del Mar del Sur (Nanhai Jiandui), lo hicieron de la base de Zhanjianq.

En América Latina, la alianza estratégica de Francia y Brasil permitía que submarinos nucleares franceses tuvieran su apostadero en la Bahía de Marajó, cerca de la desembocadura del Rio Pará, junto a la Flota de Brasil y a pocos kilómetros del ascensor espacial. Uno de los paisajes más bellos de la Tierra. Un santuario ecológico de islas e islotes, bañados por las aguas del río Pará y las saladas del Océano

Atlántico. De allí partieron dos submarinos nucleares de la Marina Francesa del tipo SNLE, *Sousmarin Nucléaire Lanceur d'Engins*.

Todos iban equipados con misiles rusos SS-N-18, o con el Tridente II, estadounidense, o con la serie M45 SLBM, francés, o con los JL-1 y JL-2 de China y los recientes modelos iraníes de la serie Shabén. Cada uno portaba cien megatones en cabezas nucleares. Su misión era preventiva y de supervivencia. De ser posible, no entrarían en combate.

Los humanos no se rendirían con facilidad, pero si debían caer, lo harían con honor. Una respuesta atómica desde el fondo de los mares dejaría a los invasores con un planeta desértico y suficiente radiación para que permaneciera contaminada por milenios. Los extraterrestres se tendrán que ir con las manos vacías... o compartir la misma tumba.

Faltaba mencionar la Base Naval de Rota, en España. Situada cerca del estrecho de Gibraltar. Servía de apostadero permanente a la Sexta Flota de los Estados Unidos. De allí, con dieciocho misiles nucleares del tipo Tridnet II, zarpó el submarino SSBN con la misión de asentarse en el fondo del Mediterráneo.

El General Franklin Russeldof Honoré consideraba que el escudo estratégico equivalía a tener un as bajo la manga. Restaba esperar la evolución de los acontecimientos. *Los Visitantes* tendrían que dar el próximo paso. Ya verían lo que les caería encima si sus intenciones no eran las mejores. Sus resecos labios y su boina ladeada, ya de por sí, ambos retorcidos, se retorcían más aún cuando sonreía socarronamente y en sus ojos brillaba la astucia del zorro.

8 - Junio, 2100... Nueva York

Los acontecimientos iban por delante de las previsiones. De repente, las cuatro naves, con su asombrosa facilidad de maniobra, cambiaron de posición, de altura y de rotación. Aunque se las veía más lejos que antes, su enorme tamaño no dejaba de estremecer.

Como ya se había observado, eran ajenas a la gravedad de la Tierra. Se mantenían en el espacio mientras esta seguía girando sobre sí misma. En cada aurora, desde cualquier punto del planeta, se las veía sobre el horizonte junto al Sol. Refulgían como las estrellas; como si quisieran anunciar un espectáculo a punto de comenzar. La gente tejía cada vez más fantasías.

Quietas sobre el azul del cielo, si se unían las cuatro naves con imaginarias líneas exteriores se formaba un rombo. Pero si eran interiores, resultaban perpendiculares entre sí, y entonces aparecía la cruz. Pero no una lejana —como la Cruz del Sur— sino en el límite mismo de la atmósfera terrestre. A un paso de casa. Una cruz amenazante, como la empuñadura de una espada a punto de herir a la Tierra. *Las pizzas* parecían ahora bocas hambrientas...

Entonces, sin que fuera posible evitarlo o, por lo menos, entenderlo; a la vista del símbolo máximo del cristianismo, se desató el frenesí místico. La cuestión adquirió una dimensión religiosa. Por fin, todo quedaba aclarado y se sabía de qué iba la cosa. Un fervor religioso, fanático, enajenado, hizo presa de la gente. Algunos funcionarios y autoridades, ya desquiciados a esta altura de los sucesos, se unieron a la exaltación popular. Por doquier, aparecieron adivinos, nigromantes, augures, hechiceros y mentalistas de toda índole.

Miren al cielo; allí están los clavos. ¿Los veis? Se distinguen claramente. ¿Distinguís las espinas? ¡Contempladlas! Habéis pecado. El señor del cielo os avisa. ¡Observad como gotea la sangre del costado! La hora se acerca ¡Blasfemos, pecadores, miserables, repugnantes herejes! ¡Confesad!; ¡confesadlo todo!; ¡postraos ante la magnificencia del señor del cielo!

La muchedumbre, fuera de sí, imbuida de fervor religioso, se arremolinaba alrededor de los iluminados profetas con la boca abierta y la mirada crédula. Tenían miedo de todo; miedo de dioses, ángeles y demonios. Los augures predicaban en las esquinas, en las calles y en las plazas de las ciudades. No había que buscarlos en Internet. Eran de carne y hueso. Estaban al alcance de la gente, y se podía no solo verlos y oírlos sino también tocarlos. Las multitudes escuchaban palabras sombrías, cuchicheaban, murmuraban y regresaban a sus casas. Entonces las divulgaban por las redes sociales y en cada ciclo se agregaban o quitaban palabras. Las preferidas eran las de significado tenebroso: inimaginables horrores, foso infinito, perdición del alma, sufrimiento inmisericorde, soledad del abismo.

La fama de los iluminados iba en aumento. Montados a horcajadas sobre algunos asistentes para que todos pudieran verlos, invitaban a la humillación, al recogimiento y a la oración mientras profetizaban desgracias y castigos inminentes. Encendían velas, mostraban iconos sagrados y quemaban figuras malignas. Surgían las lágrimas. La gente, de rodillas, pedía perdón, y algunos se golpeaban el pecho. El fervor místico de los comienzos derivaba con rapidez hacia un oscuro fanatismo.

De súbito, la multitud comenzaba a moverse. ¿Dónde iban? El chamán los guiaba. Había coches policiales cerca; vigilaban, pero no intervenían…

Iban a las iglesias, capillas, conventos, sinagogas o mezquitas. Todos estaban enardecidos: elegían una, elegían otra y se aglomeraban en cualquiera. El chamán alzaba el bazo y los detenía. Observaba el lugar. Era una iglesia católica. Luego bajaba el brazo y se metía dentro con la muchedumbre detrás. El párroco, aterrorizado, intentaba cerrar las puertas, pero, resignado ante lo inevitable, bajaba los suyos. Vacío de autoridad eclesiástica, sus esfuerzos por calmar a la multitud eran inútiles. Los espíritus a los que se dirigía ya no habitaban los cuerpos que ultrajaban su iglesia. El chamán, a gritos, decía que Dios hablaba por su boca y no por la del párroco. La gente lo creía y profanaban todo. Rodeaban el altar, se trepaban, encendían velas, quemaban incienso, golpeaban las cruces, los iconos y los símbolos sacros. De las sacristías sacaban las ropas litúrgicas y se vestían con ellas. Clamaban por algún dios, no importaba cuál, pero ninguno respondía. El miedo había vencido a los dioses. Se golpeaban el pecho, el propio y el ajeno. Entonaban cánticos, discutían y hablaban y gritaban. Se daban puñetazos. Hombres y mujeres, con los rostros desencajados y la mirada extraviada, comenzaron a manosearse los genitales. Era un aquelarre de piadosos cristianos. Alguien trajo bebidas; otros, música y otros iban a por más. Danzaban y bebían copiosamente. Entraban en trance. Las mujeres aullaban, se transfiguraban, y sus oscuros instintos despertaban. Deseaban ser poseídas por el dios del cielo, el de *las pizzas*. Alguien trajo un animal vivo. Era el loro de la casa, el de la última cena. Un siniestro impulso comenzaba a exacerbarlos. Aparecían palomas, gatos y el mejor amigo del hombre: cuzcos pequeños que agitaban la cola. Los más grandes desconfiaban; olían la sangre y mostraban los dientes. Se defendían, pero de nada les servía. Muchas manos sujetaban a la víctima, se dirigían al altar y la elevaban como hacía el párroco con la eucaristía. Brillaba la navaja y, a la vista de todos, alguien cortaba una garganta. La cola del noble cuzco seguía mostrando su alegría un segundo más. Traían más animales. Los brazos se alzaban al cielo y los cuchillos bajaban sobre las víctimas. Hombres y mujeres caían de rodillas orando y revolcándose en la sangre de los sacrificios. Culminaba la velada en un delirante frenesí sexual… Los policías no intervenían. Comían hamburguesas con bebidas azucaradas. ¿Para qué iban a intervenir?, ¿qué orden debían restaurar…?

Los transeúntes miraban. Algunos se unían a la fiesta. Otros, los *de las bibliotecas*, conservaban la razón, pero no sabían qué cosa podría ser ahora la razón. Alzaban la vista al cielo y contemplaban las naves del espacio… *¿Estarán viendo lo que ocurre en la Tierra?*

Los gobernantes intentaban tranquilizar a la multitud, pero no podían calmarse a sí mismos. El miedo a lo desconocido, a la rendición de cuentas, a la furia de

Dios estaba presente en los espíritus. Los ateos, tantas veces irreverentes, ahora dudaban.

—Parece que, al final, toda esa historia de Dios era cierta. Existe de verdad, es severo, castiga, atormenta y causa el pánico. Nos odia.

Un miedo misterioso avanzaba con sigilo. Camuflado con otros sentimientos, reptaba como una serpiente y se escurría dentro de los seres humanos. Hacía bulla y sorteaba los prejuicios. No hacía distingos de cuna o educación, pero la cultura de las bibliotecas impedía todavía el desborde total. El pavor lo infectaba todo y renegaba de la civilización. Irrumpía en la población mundial como un furibundo tsunami.

Comenzaron los suicidios espontáneos. Algunos se adelantaban al fuego que debía caer del cielo…, pero el fuego ya no purificaba como antes. Crepitaba y olía a chamusquina. La sangre estaba de moda. Personas de apariencia normal, dispersas por todas partes, dejaban de serlo en cuestión de segundos y ponían punto final a sus vidas de una manera dramática y aparatosa. Lo hacían en la calle, a la vista de los viandantes; en medio de una fiesta o de un importante discurso. Subían a un rascacielos para arrojarse al vacío desde cualquier ventana, luego de pedir permiso. Se lanzaban a las vías del metro y el servicio se interrumpía hasta que removían los restos. Los suicidas se las ingeniaban para morir de una manera espectacular para que quedara grabada en las memorias. Lo hacían hombres y mujeres. Se inmolaban en público, abriéndose el vientre de un tajo. Compraban una pistola en una tienda, y allí mismo, frente al dependiente, introducían una bala y se disparaban en la boca. Venía la policía, la tienda cerraba y dejaba de vender pistolas. Una morbosa pasión los poseía: dejar el propio cadáver a la vista, en el suelo, para incordiar a sus semejantes. Los cuerpos recibían insultos y patadas, pero ya estaban muertos, y alguien tendría que hacerse cargo. Los testigos de estos suicidios exhibicionistas se preguntaban por qué ellos seguían vivos... ¿por qué no morir así, de manera aparatosa? Era la moda del momento. Desangrarse en un bar o frente a los compañeros de la oficina; en el consultorio, mientras el médico los auscultaba. Lanzaban gritos espeluznantes cuando lo hacían en el cine. Los espectadores debían esperar a que retiraran el cuerpo y limpiaran la sangre para terminar de ver la película. La gente se hacía eco de los rumores que corrían como el viento: informes extravagantes, rituales secretos, sucesos aterradores, tétricas defunciones, enterramientos de personas vivas…; rumores de toda índole, a cual más disparatado. Los profetas, visionarios y agoreros, que surgían por encanto, azuzaban el fuego. Decían las palabras que debería haber dicho Dios. Anunciaban el fin de todos los mundos posibles. Los pecados se castigarían desde el principio. No se podría eludir la justicia de las naves del cielo: la verdadera justicia. No hacía falta que resucitaran; los muertos serían juzgados en sus propias tumbas, en los panteones, las pirámides, los mausoleos o en la misma tierra. La hora de la eternidad había llegado. Los desaforados líderes, en medio de la multitud, se reían con estrepitosas carcajadas de los gobernantes y de sus peticiones de calma. La gente los obedecía y la prensa les abría las puertas. No lo hacían por afán de protagonismo sino por miedo; por la necesidad de encontrar un líder. Los brujos salían en la televisión y pregonaban el fin de los tiempos. Esa era la verdad. Lo decía la *tele*. Muchos de los presentes se suicidaban allí mismo, y otros, en sus casas, lo hacían en frente a sus familiares. En la oscuridad de las conciencias, se sentían culpables; sabían que lo eran. Pero no todos los seres vivos. Solo la raza humana. Los energúmenos devenidos en profetas reclamaban más ofrendas.

Concluía la era del conocimiento. Las sombras se adueñaban de las conciencias. Otra vez en la historia de la humanidad, luego de la cruz, aparecía la oscuridad. Todo se repetía, pero mucho, muchísimo más rápido. La caza de brujas, apóstatas, herejes y sacrílegos se reiniciaba con mayor ferocidad. Era el privilegio del discernimiento. Alguien había llamado a la Justicia. Alguien era culpable. La sed de sangre se apoderaba de los espíritus. El fuego ya no atraía a nadie. Ahora era la sangre, tibia, roja y viscosa.

—Nada es más bello que la vida en la Tierra —decía la doctora Genoveva en la soledad de su laboratorio—; vida de la carne, de las flores y el canto de las aves.

—Pero a mí, que estuve en Sodoma y Gomorra… y también en Hiroshima y Nagasaki, me gusta ver morir a los niños en masa —decía Dios.

El rostro de la humanidad se exhibía sin cosméticos frente al poder omnímodo del miedo. Comenzaron a prevalecer las conductas primarias: las de los ancestros. Parecía que el terror venía del cielo, pero estaba acurrucado en los hombres. No era miedo a los extraterrestres. Las naves del espacio solo quitaron los cerrojos. El humano sentía que alguien le arrancaba la piel y quedaba tal como había sido creado: de barro, desprotegido y a la vista de sus semejantes. Ningún león hambriento pasaba por allí. El terror al canibalismo era peor.

La organización social humana, la del orden y las escalas jerárquicas comenzaba a resquebrajarse. Las advertencias de los gobiernos eran motivo de burla. La aparición de un líder, tan decisiva en otros momentos de la historia, ahora, en medio del actual vacío, se estrellaba con la desesperanza de encontrarlo. No surgiría un Napoleón, un Julio César o un Jesucristo...

—Estamos solos frente a Dios —decían los agoreros— y él quiere sangre.

Las autoridades del siglo XXII respetaban el orden, las leyes y los derechos humanos. La gente gozaba de un alto nivel de vida. Pero, el desconcierto por la presencia de seres provenientes de los confines del universo fracturaba la organización social y debilitaba la autoridad de los gobiernos. Un tsunami se gestaba en lo profundo de las conciencias. Muy poco se podía hacer frente a una estampida humana. Las tablas de las leyes no estaban donde deberían estar. Rotas o quebradas, aún hubieran servido.

En el ámbito del catolicismo, la presión de las devotas multitudes era tremenda. La gente saltaba sin freno de una autoridad religiosa a otra. Acudía primero a sus clérigos de siempre, al cura amigo, el que cuidaba el rebaño del barrio y al que saludaban los domingos. Buscaba, luego, a otros sacerdotes, a los diáconos, presbíteros, obispos, arzobispos y cardenales... Pero el cristianismo no tenía respuesta.

La creencia general de que el hombre era obra de Dios y de que estaba solo en el universo ya no se sostenía ni con los viejos dogmas de la fe.

El papa, exhortado por los cardenales, se dirigió *ex cathedra* a la expectante muchedumbre de fieles que desde hacía meses estaba congregada en la plaza de San Pedro y dio a conocer, bajo el dogma de la infalibilidad papal, su famosa encíclica *Deus Ad Portas*.

... Dios ha creado al hombre y a la mujer a su imagen y semejanza y los puso en el huerto del Edén y los bendijo diciéndoles: Esta es mi casa y os la cedo. Sed fecundos, creced, multiplicaos, henchid la tierra y sometedla. Dominad a los peces del mar, a las aves del cielo y a todos los cuerpos vivientes que se mueven sobre la tierra. Yo soy Jehová, vuestro Dios y no tendréis otro Dios más que a mí, y yo no tendré otros hombres más que vosotros... La Tierra es la casa de Dios y este la cedió al hombre, que es el único dueño del universo...

Nadie sabía de donde salieron las citas evangélicas del Papa, pero eran tantas las versiones de lo mismo y había trascurrido tanto tiempo, que Dios no recordaría qué fue lo que en realidad había dicho. No obstante, la encíclica *Deus Ad Portas* calmó los ánimos y los cubrió con un manto de enajenamiento religioso.

A todo esto, en el Consejo de Seguridad de las Naciones Unidas, los países debatían la extraña propuesta presentada por Israel.

—Hay que mostrar los dientes —decían los israelitas— La Tierra no es un planeta a la deriva; tiene dueños. Que nadie se relama antes de tiempo. Así como cada nación extiende su soberanía al espacio aéreo y hasta 200 millas mar adentro, extendamos nosotros la soberanía de la Tierra hasta una altura de....

—¿De cuánto?, ¿metros, kilómetros o años luz?

—Hasta el límite de la atmósfera.

—¿Y por qué no hasta que la gravedad de la Tierra sea igual a cero?

—Buena idea, en ese punto cualquier extraterrestre podría irse para otro lado.

—¿Y la Luna...?

—Debemos incluirla, hemos estado allí; es nuestra, dejamos una bandera.

—¿Y Marte...? Marte ya es de la Tierra, estamos yendo a cada rato.

—¿Y el Sol...? Si el Sol nos da la vida, debemos cuidarlo, protegerlo, hacernos cargo de sus necesidades. ¡Seamos dueños del Sol!

—¡Hombre! ¡Entonces, seámoslo también de los planetas que giran en torno suyo!

—¡Correcto! Qué todo el sistema solar sea propiedad de la humanidad.

—¿Y cómo lo justificaremos?

—¡Hombre! ¡Qué pregunta! Muy fácil. Dios nos lo ha dado.

—¿Y qué banderas izaremos en el cosmos?

—¡Hombre!, pues un color que nos represente a todos.

—Están todos ocupados.

—Los mezclaremos.

—¿Y para qué nos servirá una bandera en el cosmos?

—¡Hombre!, ¡qué pregunta! Para que todos sepan quién es quién en el cosmos. Que somos nosotros los dueños de todo el espacio que circunda a la Tierra.

—¿Hasta el infinito?

—¡Pues claro, ¡hombre!, hasta el infinito.

—¿Y cómo pondremos una bandera en el infinito?

—¡Hombre! ¿Qué afán de buscarle el pelo al huevo! ¡Ya nos las apañaremos!

—¿Y frente a quién izaremos nuestra bandera?

—Pues frente a los *aliens*. Con solo acercarse, ya sabrían que es propiedad privada.

—¿Y si a ellos no les importa?

—Tendrá que importarles. Tenemos armas nucleares.

—¿Y si a ellos no les importa?

—¡Hombre! ¡Que el átomo lo es todo y solo a nosotros nos obedece. Lo dice Dios.

Luego de varios días de exponer la cruz en el cielo, tres naves desaparecieron de la vista. Nadie recordaba haberlas visto moverse. Los más autorizados dijeron que estaban de canto; que no se podía verlas, pero que continuaban cerca; que no se habían alejado mucho. No solo eran invisibles a los ojos humanos; tampoco los telescopios las encontraban. Pero la Tierra era redonda. Si las naves estaban de canto, alguien tendría que verlas, por lo menos de perfil.

La otra nave se acercó a la Tierra, y se agrandaba a medida que lo hacía. El mundo, estupefacto, pudo sentir el poder de su enorme tamaño. Una isla, como la de Creta, estaba acercándose desde el espacio. Como un lago, el Titicaca, por ejemplo. Como un archipiélago, el de las Galápagos, por ejemplo.

Difícil creer que algo así estuviera sucediendo. Que objetos de manufactura artificial, pequeñas a escala universal pero inmensas en la cercanía de la Tierra desafiaran el poder del Sol y se mantuvieran suspendidos en el aire, tan cerca del hombre. Una nueva pavura, la del aplastamiento, irrumpió en el alma humana saturada de miedos y terrores. Morir ya no era tan angustiante; pero ser aplastados como insectos sobre la propia tierra, sí lo era.

La gigantesca nave se paseaba a sus anchas. Se interponía entre la luz del Sol y arrojaba sombra en extensas zonas del mundo. Un juego de chiquillos. Detenerse sobre una populosa ciudad del planeta y, luego de oscurecerla unos segundos, irse a otra. Parecía buscar una que fuera de su agrado, como quien va de tienda en tienda, probándose prendas en cada una. Subía y bajaba a gran velocidad y modificaba el cono de sombra que proyectaba sobre la Tierra. Su tamaño alcanzaba para oscurecer una urbe del tamaño de Nueva York y sus alrededores.

Finalmente, esa fue la elegida. La nave, a muy escasa altura, suficiente para sumirla en la penumbra, se estacionó sobre Nueva York. La ciudad y sus aledaños quedaron a oscuras. En las periferias se asomaban los reflejos del Sol, pero la mayoría no los veía.

En tan solo un momento, los habitantes de Nueva York experimentaron el cambio más profundo de sus vidas. No era lo mismo decir que la noche cayó sobre la ciudad... que la oscuridad se adueñó de ella. En un caso amanecería y en el otro, no.

Pese a tantos consejos que recomendaban mesura y prudencia, ni bien pasaron los primeros instantes de estupor, el pánico desenfrenado se apoderó de la población. Las autoridades —civiles, eclesiásticas y militares, servicios secretos y policías—, tomadas por sorpresa, no atinaron a reaccionar ante un suceso de tal magnitud. Todo era peor a oscuras. Los primeros minutos fueron de desconcierto. La ciudad seguía funcionando, pero sus habitantes, no. El pánico se desató de golpe. Las personas salían de sus casas, fábricas y oficinas y se arrojaban a las calles. Corrían, gritaban, reclamaban y miraban a lo alto. No veían nada. La nave estaba allí, muy cerca, pero no era visible. Algo oscuro en medio de la oscuridad.

No había luna, nubes ni estrellas. Tímidamente al principio, y con desusado frenesí, luego, comenzaron a encenderse luces. Las de las calles, de las casas, comisarías, automóviles... iglesias, buses, trenes y hospitales. Las luces automáticas del aeropuerto John F. Kennedy se encendieron de inmediato. Los pocos aviones que estaban en maniobra de acercamiento lograron aterrizar de emergencia mientras la gigantesca nave se interponía entre la tierra y el cielo. Otros vuelos esperaban instrucciones en el aire. Sus pilotos pudieron desviarse antes de colisionar con la enorme estructura. Había una inmensa mancha negra donde debería estar el aeropuerto, la ciudad, y todo lo que estaban acostumbrados a ver en la Tierra. Aterrorizados, volaron varios minutos sobre la mancha negra hasta volver a ver el familiar paisaje de la Tierra. Pudieron aterrizar en el aeropuerto de Toronto, Canadá.

La oscuridad no venía sola. El invierno la acompañaba. El calor del recién llegado verano, que mantenía los aparatos de aire acondicionado funcionando, se esfumó de repente para dar paso a un frío glacial, que no esperó la traslación de la Tierra ni la posición del Sol. En pocos segundos, sin lluvia, ni viento ni nieve, sumergió a la ciudad en la desolación.

La gran demanda de energía pronto saturó la capacidad de las centrales eléctricas y comenzaron cortes rotativos de corriente. El estridente ulular de las sirenas se escuchaba en toda la ciudad. Grandes sectores quedaban, por completo, a oscuras durante varias horas. Algunos hospitales, escuelas, bancos, policías, bomberos..., funcionaban y otros no.

Aparecieron grupos electrógenos para aliviar la emergencia, pero Nueva York, la capital del mundo, era muy grande. Había muchos equipos, pero no los suficientes. Una emergencia como esa no figuraba en las previsiones de ningún Ayuntamiento... En algunos hogares aún contaban con velas de la época de los abuelos. Tenían luz, pero faltaba calefacción. Pequeñas fogatas comenzaron a verse por las ventanas de los rascacielos. La gente hacía fuego con sus muebles para cocinar los alimentos y aliviarse del frío que asolaba la ciudad. Nueva York, de un plumazo, había sido enviada al Paleolítico. No era simplemente la baja temperatura de todos los inviernos nevados. Era el frío absoluto, gélido y sin vida del vacío sideral.

El Ayuntamiento, estupefacto, no atinaba a sacar de la galera un plan de asistencia. A la hora del naufragio, los botes salvavidas nunca eran suficientes. Los habitantes de la ciudad, privados de sus comodidades diarias, no encontraban la conducta de supervivencia que lucieron sus ancestros para adueñarse de la Tierra. La víctima estaba paralizada por el miedo. Un gato grande jugaba con muchos ratones.

La gente salía a la desbandada para proveerse de agua y comestibles. Al principio, mientras duró el desconcierto inicial, todos pagaban y los comerciantes se frotaban las manos. Luego, sin que hubiera trascurrido mucho tiempo, los mismos que habían pagado, regresaban unidos a grupos que saqueaban y robaban. Los comerciantes cerraron sus tiendas. Reservaban para sus familias lo poco que les quedaba.

Nadie sabía nada de lo que estaba sucediendo. La penumbra podía durar horas, años o ser definitiva. En el frenesí del pánico, la consigna de los más sensatos era conservar una calma civilizada y sobrevivir hasta donde fuera posible.

Nueva York, capital del mundo, protagonista de cientos de películas y series televisivas, estaba sumida en el frío y la oscuridad del espacio. Los sitios más emblemáticos perdieron su fulgor. *La Quinta Avenida*, la de los millonarios, estaba desierta. *Central Park*, grande, solitario y silencioso. *Wall Street*; *Lady Liberty, Manhattan... Times Square*, aún brillaba pero solo para mostrar el desmesurado terror de sus vecinos. La pérdida más notoria, ante los ojos del mundo, que no podían ver nada de lo que sucedía, era la del orgullo.

Las cortinas cerradas de los comercios, lejos de apaciguar los ánimos, enardecieron a los saqueadores. No podía decirse que había desabastecimiento, pero la oscuridad despertaba el salvajismo. Los grupos comenzaron a organizarse. Quienes hasta hacía unas horas ni se conocían, ahora formaban pandillas. Llevaban el rostro cubierto por un pañuelo. Solo el brillo enfermizo de sus miradas delataba la barbarie. Unidos en manada, destruían los vallados y se entregaban al pillaje y a la destrucción. Si los propietarios se habían refugiado en sus hogares, tanto mejor, porque toda criatura viva que encontraban era agredida, vejada y muerta en el acto... tuviera las patas que tuviera. Ya no se trataba de rapiñar para sobrevivir, sino de apoderarse de otras vidas para salvar la propia...

Todas las comunicaciones, incluso Internet, quedaron interrumpidas o desfasadas. Las ondas electromagnéticas del *lado de arriba* —por decirlo así— no podían atravesar una materia desconocida. Del *lado de abajo,* las cosas eran peores. La nave actuaba como un gigantesco reflector de ondas electromagnéticas que rebotaban y se confundían entre sí. Las frecuencias se mezclaban. Los dispositivos electrónicos seguían en funciones, pero no funcionaban. Al menos como se esperaba. Las llamadas de los teléfonos móviles y las ondas de radio rebotaban en el enorme techo e iban a cualquier destino. Los códigos de frecuencias se mezclaban. Los equipos de televisión, radios, computadoras e, incluso, los más sofisticados equipos militares, dependían de la suerte que tuvieran al recibir o enviar señales. Ninguna onda electromagnética conservaba su derrotero dentro de la penumbra. La esposa que llamaba al esposo encontraba en la línea a un desconocido, que llamaba a otros hijos, a otras esposas.

El pánico y el descontrol se fueron generalizando. Nueva York estaba a la deriva. El resto del mundo miraba sin ver lo que acontecía en la ciudad más emblemática de la Tierra.

Por fin y de a poco, las autoridades reaccionaron. Los viejos teléfonos por cable resucitaron. Ágiles mensajeros montados en motocicletas cumplían la heroica tarea de comunicar a las autoridades de ambos lados: las que estaban bajo las sombras y las que aún disfrutaban del sol, las nubes y el viento. Muchos no llegaban a destino. La iluminación escaseaba, la distancia por recorrer era mucha y las carreteras estaban atestadas de coches inmovilizados. Pero, y eso era lo peor, entre las multitudes desorientadas, no faltaban, al amparo de la oscuridad, bestiales agresores de mensajeros. Los que habitaban cerca de los límites de la penumbra y podían ver la claridad del día, se apresuraban a abandonar la ciudad del caos. Un cinturón de refugiados se formó en los alrededores.

Aviones militares sobrevolaban el inmenso objeto. Su espesor era insignificante, pero el diámetro se perdía en el horizonte. Varias patrullas de cazas volaron por encima y regresaron. Ahora, al menos, podían ver las naves del lado de arriba.

Enterado de esta circunstancia, que podría ser considerada una flagrante agresión a la Tierra y a los Estados Unidos de América, el General de División Franklin Russeldof Honoré, Comandante en Jefe del EMC, decidió actuar en consecuencia. Su beligerante personalidad lo impulsaba a emprender una temeraria acción militar. Reunió a su Estado Mayor para trazar una estrategia de defensa. Un ataque nuclear contra la nave que oscurecía la ciudad causaría muchas víctimas humanas y había demasiadas personas en Nueva York para que murieran todas a la vez. Aunque la acción militar resultase victoriosa y destruyera la maldita nave, destruiría también la ciudad, sus habitantes y su infraestructura. Y aún quedaban otras tres dando vueltas por ahí. Era probable que esas enormes naves, tan delgadas, estuvieran vacías. ¿Qué cosa podría caber en diez centímetros? Por otra parte, una ofensiva convencional, sin el uso de armas nucleares, requeriría un gran despliegue de fuerzas de tierra. ¿Cómo se accedería a la nave para invadirla? La propuesta de atacar por *el lado de arriba,* dejando caer una división de paracaidistas, fue pronto descartada. Por un lado, harían falta varias divisiones para el abordaje de una nave cuya superficie era de 7854 *km²*. Y por otro lado, si la nave se elevaba de repente hasta más allá de la atmósfera, morirían todos.

El general Franklin Russeldof Honoré, triunfante de cuanta invasión de países extranjeros comandara, se irritaba consigo mismo ante lo dificultoso de esta. No se desanimó. Era de los que llegan al final. Un ataque aéreo podría dar resultados, pero había un alto riesgo de sufrir un descalabro. Los cazas tendrían que volar sobre una extensa superficie, y necesitarían varios minutos para recorrerla a la velocidad del sonido. Estarían a merced de una potencial respuesta antiaérea. Si bien ni del lado de abajo ni del de arriba se veía armamento, no había certeza de que pudiera haber armas desconocidas ocultas. Si atacaban por debajo, podrían herir a la inocente población neoyorquina. Si lo hacían desde arriba, los aviones abatidos caerían encima de las naves. Al no poder eyectase, los pilotos serían apresados o aniquilados. Se ignoraba la posible existencia de un campo magnético que atrapara los aviones en el aire y los derribara con toda impunidad. Eso sucedía en las películas. Además, la extraordinaria capacidad de maniobra de las naves era infinitamente superior al más veloz de los cazas. Ni por aire ni por tierra era aconsejable acceder al enemigo. La posibilidad de sufrir una severa derrota con un gran número de bajas era muy alta. La mejor opción, como una acción disuasiva, a título de demostración de fuerza, era el lanzamiento de misiles tierra-aire sin cargas nucleares ni explosivas de ninguna clase...

—Solo para que sepan que estamos preparados.

La única precaución, en caso de victoria, era que la gigantesca nave no se dejara caer sobre Nueva York. Cualquiera que fuera el material con que estuviera construida, el impacto sería terrible, y la ciudad quedaría destruida o, por lo menos, una gran parte.

Aprovechando la coyuntura de que la nave *yanqui*, como se dio en llamarla, estaba a muy baja altura, el general Franklin Russeldof Honoré, de común acuerdo con sus colegas del EMC, aprobó un lanzamiento disuasivo de misiles sin carga explosiva.

En medio de la oscuridad, varias unidades del ejército ingresaron a Nueva York. Llevaban baterías M-1097 Avenger para lanzar misiles FIM-92 Stinger de comprobada eficacia. Provenían de la base militar de Fort Dix, en Nueva Jersey. Los misiles no portaban cargas explosivas. Solo se trataba de enseñar los dientes.

Era preferible que la población civil no se enterase de la acción militar, así que la maniobra se desarrolló en silencio y en la oscuridad. Los soldados llevaban equipos de visión nocturna. Tampoco se deseaba alertar a los cada vez más peligrosos grupos de saqueadores y ser atacados por ellos. Una refriega entre humanos echaría todo al diablo.

El operativo fue un fracaso total. La trayectoria de los misiles podía seguirse a simple vista por los destellos de luces que dejaban a su paso. En total, se dispararon 16. El blanco estaba muy cerca; casi al alcance de la mano.

Justo cuando estaban a punto de impactar, sucedía un hecho asombroso: en la superficie de la nave, se formaba de improviso un pequeño hueco por donde pasaba un fino rayo de sol. Era muy pequeño, del diámetro exacto del misil..., que atravesaba la nave, seguía su trayectoria y se perdía en las alturas.

El general Franklin Russeldof Honoré era muy astuto. Por algo lo apodaron *el Zorro*. Le daba la impresión, dijo más tarde, que los tripulantes de las naves estaban al tanto de lo que iba a suceder, como si vieran y escucharan cuanto se hacía o decía en la Tierra.

Todo duró unos segundos. Para los neoyorquinos, fueron 16 destellos de luz. Los misiles pasaron de largo a través de los orificios que se abrían a su paso. Retornaban a tierra una vez agotada su carga impulsiva. En el regreso, algunos volvieron a atravesar la nave de la misma forma e impactaron en distintos sitios de la ciudad. Otros cayeron en los alrededores. Eran misiles pequeños. Como no llevaban explosivos, no produjeron bajas. Solo resultaron dañados los techos de tejas de dos viviendas que fueron perforados. El ejército de los Estados Unidos se apresuró a indemnizar a sus propietarios antes que se divulgara el incidente. No fue este el único fracaso del belicoso general Franklin Russeldof Honoré, pero sí el primero. La orden de perpetrar semejante ataque fue muy criticada. Sus colegas, que la habían refrendado, lo dejaron a merced de las quejas. No obstante, conservó el nombramiento.

Ese mismo día, el general había ordenado otras acciones que resultaron más eficaces. Envió equipos de generadores de energía eléctrica de uso militar a la ciudad en penumbra para que se acoplaran a la red principal. La situación se alivió un poco. Así y todo, rotativamente, un tercio de la gran ciudad estaba a oscuras día y noche, por decirlo de esa manera. También el general ordenó, por fin, patrullar la ciudad. Y no lo hizo con reducidos destacamentos de vigilancia. Varias divisiones de infantería con equipos blindados y armas de guerra intervinieron para evitar los saqueos. La población, en medio de la congoja general, los recibió con júbilo y emotivas demostraciones de afecto.

Los estrategas militares, luego del desgraciado episodio de los *Stinger*, afirmaron que, salvo las maniobras intimidatorias, los alienígenas no habían agredido a nadie de manera directa. Todas sus acciones eran indirectas. Actuaban sobre el espíritu humano y no sobre los cuerpos. Las pocas víctimas conocidas hasta el momento las causaron otros humanos. Lo más prudente, pues, era esperar el desarrollo de los acontecimientos.

Así, entre indecisiones y las dificultades para tomar alguna, transcurrió una semana. Al mediodía del octavo día, cuando la atmósfera estaba despejada de nubes y el sol brillaba en todo su esplendor, la nave, sin aviso previo, se alejó raudamente y la luz penetró de golpe en la ciudad. Fue enceguecedor. Nueva York demoró un rato en poder mirar a su alrededor. Algunas desarrapadas figuras humanas, embozadas y con la cabeza gacha, fueron vistas escabulléndose a toda prisa de los rayos del Sol.

Entonces vino lo peor. A la luz del día se hicieron terribles hallazgos. La barbarie se había manifestado en todo su descontrolado salvajismo. Los primeros ciudadanos que salieron a las calles tropezaron con cadáveres tirados en cualquier parte, desnudos, mutilados y decapitados. De inmediato, vecinos y policías se unieron para patrullar la ciudad. Encontraron más cuerpos descuartizados y amputados. Las extremidades, cercenadas, habían sido dejadas en su lugar, pero separadas del tronco. Había cadáveres en las esquinas, en las plazas y parques, en las entradas del metro o junto a los árboles. En las escalinatas de la Catedral de San Patricio, los policías hallaron, en medio de charcos de sangre, los cuerpos sin vida de varios adolescentes. Estaban boca abajo, sin mutilar, en una postura desesperada, como intentando trepar los escalones para buscar una ayuda, que no llegaría. En la gran extensión de *Central Park* fue donde se encontraron más cadáveres desnudos: en las rocas de los estanques, colgando de alguna rama, ocultos en los matorrales; en el agua, bajo los puentes; acostados de espaldas en el suelo, con los brazos en cruz o encorvados de rodillas, sin cabeza y en medio de grandes charcos de sangre seca.

Todos eran adolescentes. Doncellas y mancebos mutilados y degollados. Los varones, decapitados y castrados. La cabeza, el pene y los testículos, colocados con esmero entre las piernas abiertas. Las jóvenes, desnudas, de espaldas en el suelo y las piernas unidas pudorosamente. El vientre estaba abierto de un profundo tajo... y vacío. Algunas tenían una terrible herida en el pecho y en el hueco del corazón no había nada. Los juveniles senos conservaban su frescura. No habían sido tocados. Durante ese mismo día, y dispersos por las calles de Nueva York, la policía encontró numerosos órganos humanos.

Entremezclados con ellos, había ropas y zapatos de hombre y mujer, tarjetas de crédito, carteras con dinero, documentos de identidad... La mayoría de los cuerpos, según confirmaron las autopsias, habían sufrido violencia sexual.

Pese a su experiencia en espectáculos macabros, los policías no podían disimular el terror que los embargaba. Tomaban fotos, anotaban datos, preguntaban a los vecinos e investigaban. No había motivos razonables para tanta maldad. Algunos testigos afirmaban haber escuchado aullidos espeluznantes junto a misteriosos cánticos y plegarias jamás oídas antes. La ciudad estaba a oscuras y nadie, aunque necesitara agua o alimentos, se animaba a salir fuera de la seguridad de sus hogares. La policía concluyó que fueron asesinatos rituales, cacerías de víctimas indefensas, ofrendas humanas perpetradas al amparo de las sombras. Oscuros grupos fanáticos habían hecho su aparición. Sembraron el terror y ofrendaron sacrificios de sangre joven para apaciguar la ira de una sanguinaria deidad de su propia invención. Durante el apagón, habían aparecido dioses nuevos por todas partes.

El mundo quedó aterrorizado cuando se divulgaron estos excesos. Era inconcebible que semejantes atrocidades sucedieran en el comienzo del siglo XXII de la era cristiana. La policía de Nueva York y los médicos forenses, con equipos para análisis de ADN, se dedicaron a la ingente tarea de identificar y completar los cadáveres. La ciudad se estremeció de horror cuando los médicos forenses comprobaron que no siempre los miembros cercenados y vueltos a poner en su lugar correspondían al mismo cuerpo. Para conformar un cadáver debían ser identificados los órganos dispersos por la ciudad. Una ingente tarea que, incluyendo documentación, dinero y ropas, se pudo completar en la mayoría de los casos.

¿Quiénes eran los enemigos? Los problemas reales no venían del espacio. Se alzaron voces de justificación. Los extraterrestres eran defendidos. Las naves no habían atacado a nadie. No abrieron fuego ni lanzaron rayos sobre ningún miembro de la especie humana. Solamente se exhibían en lo alto, formaban cruces, daban vueltas o creaban un eclipse. ¿Eso era ser enemigo? Es cierto que asustaban, que generaban pánico, pero no mordían ni lastimaban a nadie. No violaban, no mataban ni mutilaban ni decapitaban a las jóvenes promesas de la humanidad. El espíritu del hombre era el que creaba el terror. El mal existía en las conciencias.

Los extraterrestres no eran el enemigo. El salvajismo de algunos sí lo era. Habían matado a gente sana, alegre y deseosa de vivir. También era cierto —reconocían con pesar— que cualquier dios que ansiara un poco de sangre, los preferiría, tal como sucedía en la antigüedad. ¿A quién sacrificar si no, a los dichosos? Su sangre era pura.

Luego de abandonar Nueva York, la nave cruzó el Atlántico, y en pocos segundos se estacionó sobre Londres. Permaneció allí otra semana. La ciudad quedó a oscuras... Las circunstancias fueron similares a las de Nueva York.

9 - Julio, 2100... Ataque nuclear

La noticia sobre la aparición de las otras tres naves demoró dos horas en llegar al EMC. Las trágicas circunstancias que rodeaban el hallazgo agravaron aún más la situación. Las naves no habían andado jugando a las escondidas en el espacio. Se encontraban en la Tierra y a muy corta distancia de ella. Tan cerca como la altura de un aparcamiento. Cubrían extensas zonas de cultivo ubicadas en áreas poco pobladas. Lugares en los que la tierra y el humano —madre e hijo—, se ponían de acuerdo. A una le gustaba que le revolvieran las entrañas y al otro, cosechar sus frutos. Una nave estaba en Brasil, otra en Rusia y la tercera en China.

La de Brasil se había asentado sobre los extensos cultivos de soja del grupo multinacional Brasoja, en el estado de Mato Grosso. Era la mayor plantación de soja del mundo: más de cien mil hectáreas. La dimensión de la nave alienígena excedía la extensión del campo de Brasoja y cubría, incluso, los de sus vecinos. Listos para comenzar la cosecha estaban todos sembrados de la proteína vegetal. En pocos segundos se vieron privados del Sol y el clima tropical del Brasil. El frío, la oscuridad y la falta de oxígeno harían de las suyas.

La otra nave eligió las praderas de la provincia de Fujian, China, cerca de la ciudad de Fuzhou, sembradas de uno de los alimentos básicos de los seres humanos. Miles y miles de hectáreas de arroz estaban bajo el nocivo efecto del frío, la oscuridad total y el CO_2.

La tercera se encontraba en Rusia, en la República de Tuvá, una de las que componían la Federación Rusa, y no muy lejos de su capital, Kyzyl. Se había apostado sobre miles de hectáreas de tierra fértil regadas por el río Yenisei y sembradas de trigo. Las doradas espigas, privadas del calor y de la luz, no demorarían en marchitarse. La población y la economía de Rusia se las verían negras. Una por hambre y otra, por dinero. La inminente crisis del mayor proveedor de trigo arrastraría a otros países.

Por lo que se pudo saber, las naves, en absoluto silencio, se habían acercado durante la noche a los solitarios campos. Hubo que lamentar algunas víctimas. Quienes dormían o vivían en medio de los campos, y no pudieron salir a tiempo, murieron congelados.

En China, los campesinos tenían programado iniciar la cosecha al día siguiente. Como era costumbre, para poder comenzar al alba, pernoctaban en medio de los campos, dentro de sus máquinas. Menuda sorpresa se llevaron cuando despertaron en plena noche. Sus viejos relojes de cuerda indicaban las seis de la mañana, pero aún no había amanecido. El Sol no estaba en su lugar y la cálida temperatura del verano bajaba rápidamente. Tampoco se había hecho de noche: no se veían la Luna ni las estrellas de siempre. El oscuro cielo no era otra cosa que la nave alienígena suspendida sobre sus cabezas. Los aterrorizados campesinos conservaron la calma. Estaba tan cerca, que trepados a sus máquinas, podían alcanzarla. Los equipos de radio y los teléfonos móviles no funcionaban. Desesperados y, en medio de la oscuridad, solo atinaron a poner en marcha sus cosechadoras y largase a toda prisa, guiados por sus faros. No tenían la más mínima orientación para volver a sus casas. Tampoco sabían si estaban en el centro de la nave o cerca de la periferia. Solo había que salir de allí en línea recta… y con cualquier rumbo. La zona era una gran llanura. La cosechadora no era el vehículo ideal para una huida desesperada a través de un campo de arroz. Luego de dos horas, alcanzaron a ver una delgada línea de luz en el horizonte. Las cabinas de las máquinas estaban equipadas con calefacción. Así y todo, el frío se metía en los huesos. Llegaron al límite tras otras dos horas de marcha, con el mínimo de combustible y cuando la respiración se hacía dificultosa. Si hubieran demorado su partida, la repentina caída de la temperatura no hubiera permitido que arrancaran los motores. Tampoco habrían podido respirar y, por supuesto, estarían muertos. Algunos vecinos aguardaban en el límite. El sitio por donde habían salido estaba lejos de sus casas. En ese momento, era lo menos importante. Podían respirar, seguir vivos y sentir el calor del Sol. Otro equipo de cosechadores había pasado la noche bajo la misma nave, pero en un campo más lejano. También consiguieron salir.

Por desgracia, en Rusia y Brasil, los grupos de trabajadores que fueron sorprendidos dentro de los campos no lograron escapar a tiempo. Sus cadáveres congelados fueron encontrados más tarde, luego de que las naves, tras arruinar las cosechas, abandonaron el lugar. En Brasil, una avioneta que estaba fumigando se vio atrapada por la repentina oscuridad. El piloto no pudo maniobrar en un espacio tan reducido y, la pequeña aeronave, después de revolcarse en los surcos, acabó por destrozarse.

A juicio de los expertos, las inmensas naves, suspendidas a una distancia tan corta de las plantaciones, no solo las privaba de la luz y el calor del Sol, sino también de oxígeno. El aire permanecía quieto y no soplaba ni la más leve brisa. Una vez absorbido el calor residual de la tierra, la temperatura bajaba en forma abrupta y alcanzaba niveles nunca registrados. El espacio entre la nave y el suelo era tan mínimo, que el anhídrido carbónico de las plantas absorbía el oxígeno, y no solo impedía que se efectuara la fotosíntesis, sino que toda la plantación y cualquier hombre o animal que anduviera por allí moría envenenado en pocas horas. Las máquinas cosechadoras chinas alcanzaron a salir con el oxígeno justo. Durante el apagón de Nueva York, con la nave suspendida a mayor altura, se reportaron 25 $^{\circ}C$ bajo cero. Aunque la intensidad del frío no constituía el máximo récord registrado en la ciudad, distaba mucho de los rangos de temperatura habituales del invierno neoyorquino. Las bajas térmicas en los campos sembrados de Brasil, China y Rusia fueron mucho más drásticas.

Estas noticias se difundieron por todo el mundo, pero a una parte del público no pareció importarle gran cosa. Sucedía en campos apartados, lejos de las ciudades. No había sangre, dioses, demonios o chamanes. Tan solo la tierra —la madre tierra— había recibido una puñalada profunda. *La gente de la televisión* sonreía frente a la pantalla mientras bebía una cerveza y se atiborraba de patatas fritas. Su despensa estaba repleta de alimentos y latas de conserva. Además, si eso no bastara, había dos *súper* en las cercanías. Por otro lado, *la gente de las bibliotecas* concurría a ellas en busca de información para el cultivo de cereales y hortalizas en el balcón, el comedor, el baño o los dormitorios de la casa.

En total, según datos recopilados por el EMC, las tres naves habían dañado una superficie sembrada de casi dos millones y medio de hectáreas. No era poco. Los generales del Estado Mayor, que se reunían a diario para charlar y beber coñac, se sacudían la modorra. Dejaban las copas y se miraban sin saber qué decir. La cosa iba en serio. No era una visita turística. Comprendieron que la Tierra, como una ciudad amurallada de la antigüedad, podía ser sitiada por hambre. ¿Qué pasaría, entonces, con el otro elemento vital para los humanos, el agua. A los alienígenas parecía no interesarles. Al menos, eso parecía.

Aunque todavía no se supiera el motivo, estaba claro que querían doblegar, si no exterminar, a la especie humana. Los funcionarios que estuvieron presentes en el recordado desayuno presidencial evocaban las proféticas palabras de la directora del CEMIG que anticipó esa situación. Por la mente de algunos curtidos generales pasaba la imagen de la doctora Genoveva cruzando el disco lunar mientras sobrevolaba el mundo en su silla de ruedas. Recordaron cuando sus nietos les mostraban los vídeos de *ET, el extraterrestre*.

El mundo pasaría hambre en menos de un año. A corto plazo, las reservas cubrían las necesidades de la población mundial, pero la tragedia que se avecinaba era peor que las diez plagas de Egipto juntas. No solo el fantasma de la falta de alimentos se cernía sobre el mundo, sino también el descalabro de las economías mundiales que, inevitablemente, desembocarían en más hambre. Los estrategas coincidieron en que los alienígenas no mataban de forma directa, pero sus intenciones eran hacerlo de cualquier manera.

Si las cosas fueran como antes, la escasez de cereales o de cualquier otra cosa sería beneficiosa para la elite financiera. Podría traducirse en una escalada de precios y en una nueva crisis que, al final, pagarían los más necesitados. Pero ya nada iba a ser como antes. La crisis que se avecinaba no pertenecía al trajinar de la Tierra. La pirámide del poder político de los humanos era, esta vez, ajena a la historia. No la protagonizaría el hombre. Los precios dejarían de indicar el valor de alguna cosa… y no significarían nada. El dinero, que esclavizaba a los humanos, no parecía ser de especial interés para *Los Visitantes*.

En las reuniones del EMC sobre posibles hipótesis de pánico por falta de alimentos, los estrategas preveían que en las zonas urbanas, las personas precavidas se abocarían al cultivo de huertos privados. Tendrían que mantenerlos fuera de la vista de los saqueadores que aparecerían por todas partes. En las zonas rurales, las cosas serían más o menos parecidas. Algunas fincas podrían suministrar alimentos a una comunidad no muy grande. Todo funcionaría bien si no existiera la amenaza del saqueo. Vecinos y piratas lucharían a muerte. Sería, a fin de cuentas, una guerra entre manadas. El vencedor podría alimentarse hasta que tuviera que enfrentarse a los siguientes piratas. Sin los diques de la civilización, varias manadas de lobos hambrientos constituirían la sociedad humana. Entre los estrategas cundía la indecisión.

Qué hacer? ¿Atacar otra vez? ¡Ni pensarlo por ahora. Hay que estudiar sus puntos vulnerables. Mejor aguardar el contacto. Tarde o temprano nos dirán algo. ¡No esperemos más! Hay que atacar ya mismo. ¿Cómo lo haremos?, ¿con o sin bombas atómicas?; ¿cuchillos o fusiles, bacterias, gases o misiles? ¿Qué persiguen oscureciendo las ciudades? Solo amedrentarnos; nos pondrán condiciones una vez que estemos bien asustados. ¿Qué condiciones? Querrán el oro, el uranio, la rueda, el fuego...

En las ciudades, y ahora también en los campos, lo místico se anteponía a lo racional. Los sufridos habitantes de la Tierra, que habían vivido durante siglos con la amenaza religiosa de infinitas condenas que caerían sobre sus cabezas, descubrían que no había sido suficiente.

Un castigo es inminente. ¿Castigo por qué? ¿Qué leyes hemos infringido?, ¿qué daño hemos hecho?; solo nos hemos agredido a nosotros mismos. Hemos contaminado la Tierra nada más. El Sol y los planetas siguen tal cual. Nadie ajeno a la Tierra ha sido dañado por el hombre. ¿Y si estos resultan ser también humanos? ¿Están seguros de que vienen del espacio? ¿No será un montaje de Rusia, Israel, Suiza o Uruguay? Cualquiera puede ser. Mejor empecemos un ataque. Nos vencerán. No veo cómo. Estas naves están repletas de ejércitos. Ocuparán las ciudades; aniquilarán toda la vida de la Tierra y la nuestra también.

En Londres, al igual que en Nueva York, la excesiva demanda de energía obligó a las autoridades a dosificar el suministro por sectores. Al amparo de la oscuridad y del descalabro, los asesinatos rituales se repitieron. Inocentes jóvenes de ambos sexos eran interceptados por las calles y sacrificados por el fanatismo y la obsecuencia religiosa de esotéricos grupos que se deslizaban entre las sombras. El *Hyde Park* fue el escenario de los mayores desmanes. Aparecieron cadáveres despatarrados y arrojados por encima de las alambradas, sentados en los bancos contemplando las flores... Algunos estaban picoteados por los pelícanos. Los *aliens* parecían elegir ciudades con grandes parques. Muchos, precavidos y advertidos por lo sucedido en Nueva York, se parapetaron en sus hogares, provistos de fusiles, pistolas, espadas y toda clase de armamentos. La enloquecida turba de fanáticos, aun en medio de los disparos que impactaban en ellos, rompía las puertas y arrancaba a los jóvenes del brazo de sus familiares para degollarlos en la vía pública. Los aterrorizados vecinos disparaban sin descanso, pero la muerte de algunos no salvaba la vida de otros. Por la prontitud con que aparecieron en Londres, se diría que estaban agazapados aguardando el oscurecimiento. El fanatismo era tal, que se exponían a las balas de quienes defendían a sus hijos. Los cadáveres de los saqueadores, que no eran pocos, se acumulaban encimados en las calles o en los contenedores de basura. Ni ellos mismos los mezclaban con los de las víctimas. La sangre de las ofrendas debía conservar su pureza. Un espectáculo indigno, una conducta atávica irrumpió con desusada furia en una de las urbes más civilizadas del planeta.

Pero el ejército del Reino Unido, visto lo sucedido en Nueva York, estaba sobre alerta e intervino a tiempo. Apenas trascurridas seis horas de oscuridad, las tropas, fuertemente armadas y con equipos de visión nocturna, salieron a patrullar las calles a bordo de vehículos blindados y dotados con potentes reflectores. Alcanzaron a enfocar patéticas figuras humanas, asesinos en potencia, que se escondían ante el rayo de luz. Los militares dispararon en algunos casos. No mataron ni apresaron a nadie, pero los repugnantes asesinatos se interrumpieron. La gente civilizada, la gran mayoría, aplaudía al paso de las patrullas.

Las noticias se difundían por todo el mundo. Las poblaciones de otras grandes ciudades, presas del pánico, aguardaban la visita de la nave de las sombras. La venta, el saqueo o el obsequio de armas eran como un virus que contagiaba a todos. Agotadas las de fuego, se vendían, robaban o regalaban puñales, azadas, picos, hachas, bates de béisbol, herramientas..., todo lo que pudiera servir para defenderse de los asesinos en las sombras.

En los campos de Rusia, China y Brasil, todo seguía tal cual. Las naves estaban a muy corta distancia del suelo. Acercándose a pie, se las podía examinar con toda tranquilidad en la orilla del manto sombrío. Bastaba treparse a una escalera para tocarlas, pero nadie lo hacía. Su espesor era ínfimo, pero la mirada se perdía en la lejanía al querer abarcarlas. Como medida de precaución, los ejércitos de Rusia, Brasil y China decidieron rodearlas con tropas de infantería. Un operativo que dicho en palabras parecía fácil, pero puesto en práctica requería casi dos millones de soldados. La vigilancia sería, pues, meramente simbólica. Así que los heroicos centinelas, en el límite de la luz y de la sombra, estaban a diez kilómetros uno del otro. Con el paso de las horas y el agobiante calor del campo, algunos se animaron a cobijarse bajo la sombra de la nave. Una agradable temperatura se disfrutaba con solo dar un paso, pero la visión desde allí era apocalíptica. La terrible oscuridad se extendía hasta donde llegaba la vista. Un paso más y se sentía el amenazante frío que venía del interior como una niebla siniestra. Uno más, y se comenzaba a respirar con dificultad. Ese era el límite máximo. Ningún soldado, oficial, vecino o científico se alejaba más de tres pasos de la luz del Sol.

La orden del EMC era de no internarse por debajo de las naves. El frío y la oscuridad no serían problemas insalvables para una unidad militar. Lo peligroso, estando la nave a tan baja altura, sería la falta de oxígeno. Solo un grupo de hombres equipados con reservas y provisiones para tres o cuatro días de marcha podría intentarlo, con dudosos resultados. Habría que recorrer cien kilómetros para llegar al otro lado. Los expertos hablaban de temperaturas, que tras veinticuatro horas de oscuridad, podrían llegar a los 85 $^{\circ}C$ bajo cero. Los órganos internos y la sangre de quien, hipotéticamente, quisiera respirar allí, se congelarían en el acto. Los cazas militares sobrevolaban las naves, pero nada había en la superficie digno de ser mencionado..

Un general de la Fuerza Aérea de Brasil perdió la mesura propia de su alto rango y se desequilibró por completo. Intentó sobornar a uno de sus pilotos para que aterrizara en la nave y sobornara, a su vez, a los *aliens* que levantaran el cerco. El piloto respondió que el dinero ya no aseguraba el futuro de nadie y que lo haría solo por la especie humana. Despegó junto con otros cazas para realizar una misión de reconocimiento. Al recibir la orden de regreso, se quedó rezagado. Se escabulló de sus compañeros y ejecutó una audaz maniobra para posarse en la nave del espacio. La superficie era rugosa, tal como se veía en las fotografías. El endeble avión carreteó dando tumbos y parecía que se desintegraría. Una cámara instalada en la nariz del caza grababa la maniobra. Tras la sucesión de trepidantes saltos, se hizo el silencio. Fue el último mensaje. La cámara se nubló. El piloto y el avión desaparecieron. No fueron vistos ni siquiera en los siguientes vuelos de reconocimiento. Las grabaciones no aportaron gran cosa.

El general fue juzgado por una corte marcial que lo sentenció a ser degradado y fusilado por traición. Los terribles acontecimientos que sobrevendrían en los próximos días impedirían la ejecución de la sentencia o, mejor dicho, la cambiarían por otra. El degradado general, que permanecería aún aterrorizado en su celda, pediría, a grito pelado, ser ajusticiado, pero ya nadie lo escucharía. Para entonces, la prisión militar estaría desierta.

Luego de permanecer ocho días sobre Londres, la nave levantó vuelo y dejó de eclipsar el Sol en las grandes ciudades. Tampoco hubo más oscurecimientos ni asesinatos litúrgicos. Mientras las otras tres continuaban marchitando las cosechas, la nave de Londres y Nueva York cambió de actitud. Ahora se limitaba a recorrer las urbes a mayor altura, y se detenía unos segundos sobre cada una para originar un cono de sombra y seguir de largo. De Londres pasaba a París, Roma, Madrid, Berlín. Iba recorriendo las capitales de Europa, Asia, América y África. Saltaba de un hemisferio al otro. Demoraba unos segundos de Helsinki a Buenos Aires. Quienes comandaban la enorme *pizza*, mantenían horrorizada a la población mundial.

Los satélites humanos la seguían en todo momento. Se observó que, al cruzar los océanos, descendía hasta cerca de la superficie, se detenía dos o tres minutos y arrojaba su sombra sobre las aguas. Luego se elevaba al nivel de vuelo de un avión transoceánico y allí permanecía inmóvil por otros tantos minutos. Una conducta misteriosa a la que no se encontraba explicación. Los que aún conservaban el buen humor decían que estarían pescando para proveerse del sustento diario o para rezarle a algún dios del espacio.

El general Franklin Russeldof Honoré, enterado de esas momentáneas detenciones, decidió aprovechar la oportunidad para descargar un golpe decisivo. Ordenó el lanzamiento de un misil equipado con una ojiva nuclear de tan solo cinco megatones. No prestó atención a las acertadas objeciones que le hicieran los otros generales del Estado Mayor Conjunto.

Las naves, tengan o no radares, saben de la inminente llegada de un elemento ofensivo y actúan en consecuencia. Si pudieron eludir los pequeños FIM-92 Stinger de tierra-aire, no tendrían ningún problema en esquivar un SS-N-18 de los rusos...

Pero el general, con la boina más ladeada que nunca, en la actitud característica de quien estaba a punto de entrar en combate —o una inequívoca señal de obcecación—, se salió con la suya asumiendo la total responsabilidad del operativo.

Un estado de alerta roja fue enviado a los submarinos nucleares. La nave que estaba sobre Buenos Aires iría, seguramente, a Ciudad del Cabo. Cruzaría el Atlántico y era muy probable que se detuviera en medio del trayecto. El sumergible Boley K-141, clase SS-244, de la Marina Rusa, que navegaba en aguas del Atlántico Sur, el más cercano, recibió órdenes de lanzar un misil SS-M-18 con una carga nuclear de potencia mínima en el momento en que la nave se detuviera en medio del océano o a cierta altura. La orden del disparo se daría cuando se tuviera la certeza de que el blanco se encontraría inmóvil sobre el mar y a la altura prevista. La navegación civil fue desviada con la excusa de violentos temporales en la zona. Un impacto nuclear en esas latitudes no aportaría demasiada radiación a la atmósfera ni causaría víctimas humanas. A lo sumo, los vientos podrían llevar algunos polvos radiactivos a las costas africanas o a la Patagonia. Y a cambio, era probable que la Tierra anotara su primera baza.

Las naves del espacio eran frías. No emitían calor ni radiación. El disparo debía hacerse con base en las coordenadas de posición. El satélite polar Meteosat-6, que vigilaba el océano Atlántico, dio aviso al Boley del instante en que el blanco se detenía, de su altura y posición exactas. El comandante del submarino no perdió ni un segundo. Ordenó el disparo.

En medio del silencio del océano, se escuchó el rugido de un SS-M-18, aun antes que saliera a la superficie en medio de una gruesa columna de espuma. El engendro humano brotó de las profundidades del Atlántico en busca del blanco asignado.

La nave extraterrestre había tomado altura. No se colocó de canto como podría haber hecho para eludirlo... Quedó inmóvil tal como estaba. El misil se dirigía al centro de la enorme *pizza*. El impacto parecía inevitable.

Pero volvió a suceder lo mismo que en Nueva York. La delgada estructura de la nave se abrió en el centro y, en instantes, quedó conformada como un anillo, una rosquilla, por cuyo centro pasó el cohete rumbo al espacio y volvió a cerrarse de inmediato....

El misil no salió de la gravedad terrestre. El mecanismo de seguridad, que lo hacía detonar en la atmósfera, lo más lejos posible de la Tierra, no estaba activado.

Esta vez, la humanidad tuvo suerte, pero el General de División Franklin Russeldof Honoré tuvo que renunciar a su cargo. No le sirvió como justificante la prudencia de haber ordenado tan solo cinco megatones. La explosión, gracias a la rotación de la Tierra, se produjo en el mar Antártico, una reserva ecológica protegida de la caza y de la pesca y donde no se permite nada, salvo ahogarse. Las especies marinas se estaban recuperando. No hubo bajas humanas ni de extraterrestres. Nada más algunas toneladas de *krill*, ballenas, delfines y pingüinos. Era una bomba de baja potencia. Solo para impresionar.

La doctora Genoveva Abelleda Yrizábal estaba encantada con su *discovery*. Nada menos que Madrid en buena compañía. Había concurrido varias veces por motivos profesionales, pero nunca porque le apetecía. Siempre apurada, en un taxi del aeropuerto a la conferencia y vuelta, tomando apuntes y consultando el ordenador. Otra cosa era rodar en la silla de la mano del coronel ABC, en un hermoso día de verano. Había otro Madrid, el de las castañuelas, del domingo en El Rastro, del Oso y el Madroño, del Museo del Jamón, la plaza Cibeles, la puerta de Alcalá, el chocolate con churros en San Ginés…

En el caso de Genoveva, pasear de la mano adquiría un significado más complicado. Ella colocaba su mano derecha sobre el hombro izquierdo y empujaba la silla con el otro brazo. El coronel, a sus espaldas, le acariciaba la mano utilizando el brazo izquierdo y empujaba la silla con el otro. Los vectores se equilibraban y podían andar un buen tramo tomados de la mano… en línea casi recta y sin desviarse demasiado.

Una parte del cerebro del coronel estaba en la ESA, y suponía, si bien no hacía preguntas, que una parte del de ella estaría en el CEMIG.

Los móviles de ambos sonaban con frecuencia. La mayoría de las consultas carecían de respuesta. Tan solo suposiciones o conjeturas. El vacío de información los desesperaba. No se diferenciaban en eso de sus congéneres. Saber era prioritario, aun en las puertas de la muerte. La comunidad científica parecía esperar el contacto con *Los Visitantes* como la única forma de aclarar los puntos sin respuesta… antes de que comenzara la guerra.

Si bien era raro que tocaran temas científicos, la relación con Genoveva le daba mucha tranquilidad al coronel. La consideraba una especie de teta llena de sabiduría. Ella no hablaba mucho de su profesión, pero él sabía que estaba allí, ahíta, repleta de saludable información, tal como debería estar una buena teta.

En su afán por encontrar datos más o menos coherentes, ABC había recurrido a los escritores de ciencia ficción que, a bordo de una audaz imaginación, incursionaron en temas desconocidos. Esperaba encontrar algo ya pensado, alguna portentosa fantasía que le permitiera, mediante alguna alucinación, acercarse a la nueva realidad. En las obras consultadas, se incursionaba en la robótica, los viajes en el tiempo, el poder de la tecnología, las maquinas dominantes, la invencible informática, la anulación del individuo por una sociedad robotizada y en muchos otros temas. En todos los casos, observó ABC, los componentes humanos estaban siempre presentes y las leyes de la manada se imponían a las individuales.

Lo dicho en el desayuno presidencial seguía vigente. Toda conjetura podía ser válida, incluso que las naves estuvieran vacías o que fueran una sola criatura viva.

Una civilización extraterrestre podría carecer de componentes humanos y existir de una manera completamente nueva. La materia viva, aunque fuera inorgánica, se diferencia de la otra por la conducta. La vida comenzó a partir de una conducta. Pudo haber sido casual, pero se convirtió en habitual. Había nacido la vida: una sucesión de conductas. Algunas partículas se movían y otras no. La cosa comenzó a desequilibrarse hasta que ¡Pum! El tiempo y las conductas comenzaron su andadura en el universo.

Otras criaturas podrían ser diferentes, hasta en el imaginario caso de que hubieran sido creadas a imagen y semejanza del hombre. Una fuente de energía tan vigorosa no tendría en su espiral evolutiva ninguna forma de repetirse. La energía fluye como las aguas de un río y está escrito que *no podemos ser los mismos dos veces en él.* Claro que el río fluye en una circunstancia que lo contiene: la Tierra. Un universo no está contenido en ninguna circunstancia, salvo que otro universo desconocido contenga a el que habita la especie humana.

La única manera de existir, en verdad, sin verse envuelto en los ciclos eternos de los universos, es salir de ellos. Los humanos, por ahora, no deseaban irse del suyo. Otras criaturas, quizás, querrían venir al de los humanos. Tal como ir de compras a un supermercado, cualquiera que fuera el universo elegido, tampoco encontrarían el todo.

Es sabido que un solo día en Madrid no basta para recorrer el paseo del arte; la ruta de los tres museos. Genoveva se empeñaba en pagar la entrada que incluía los tres grandes: el del Prado, el Thyssen-Bornemisza y el Reina Sofía. Un itinerario que ya era grato de por sí, lo era mucho más si el coronel llevaba la silla de ruedas. Genoveva se había vuelto mimosa y, salvo en las pendientes, ya no ayudaba con los brazos.

Pese a las amenazas que pendían sobre la Tierra, y luego de una velada tradicional madrileña: arte pictórico, paseos, refrescos, tapas y flores... Genoveva, invocando la sabiduría y lealtad de Esfínter y Escroto, no regresó esa noche al CEMIG. Se quedó a dormir en la casa del coronel, un coqueto ático elegante, luminoso y con una barbacoa en la terraza rodeada de macetas de hierbas aromáticas y... espárragos. La finca estaba en la calle Del Mesón de Paredes y ocupaba el octavo piso.

Los hijos del coronel estaban en casa. Dos jóvenes dicharacheros, de mirada transparente, agradables, y a punto de ingresar a la Universidad Complutense de Madrid. La recibieron con curiosidad por la silla de ruedas. ABC, conmovido ante el improvisado ambiente de cariño, se ofreció a cocinar una cena familiar y se metió en la cocina. Genoveva se quedó platicando con los chicos. Desactualizada del mundillo adolescente, no tardó en buscar una excusa.

—Iré a ver qué está cocinando vuestro padre...

En la cocina se encontraba el apuesto coronel luciendo un delantal con la imagen del Quijote de la Mancha..., junto a otras manchas de aventuras culinarias. Enternecido, ABC estaba enfrascado entre cuchillos, condimentos, jamones, patatas y otros comestibles... Había también espárragos de la huerta casera.

—¡Qué gracia verte de cocinero! Te queda muy sexy... ¿Qué harás de rico?

Entre las manías del coronel, que no eran pocas, estaba la de diseñar sus recetas según los elementos disponibles y lo que se ocurriera a cada instante. Nunca sabía con exactitud qué iba a cocinar. No le agradaban las preguntas. Como ya se sabe, era tímido y audaz a la vez...

— Pues verás, es mi receta favorita..., catetos al cuadrado con salsa de hipotenusa.

Genoveva no dijo nada. Rodó hasta encontrarse a sus espaldas. Su altura y el nivel del trasero de su amado coincidían a la perfección. Abrió la boca como una vampira y se lanzó sobre la redondeada nalga del coronel y le aplicó un mordisco, que no fue suave, en la parte más tierna. Ofuscada por proclamar su venganza, en una gangosa mezcla de castellano, catalán e inglés, dijo que la vieja cuenta quedaba saldada y que el gracioso tiburón mordedor de culos había caído en sus redes. El coronel, sin entender nada, lo entendió todo.

Los chicos, aburridos de estar solos, decidieron ir a la cocina. Por supuesto, no se anunciaron. Así que encontraron a la prestigiosa científica de la silla de ruedas mordiendo el culo de su no menos prestigioso padre... Todo quedaría en familia.

Tampoco se acostaron juntos esa noche. El sexo, en profundidad, aún no se había asentado en el ánimo de los amantes. El coronel, como sucedía en las películas, quería ocupar el sofá. Genoveva intentó disuadirlo con el argumento de que ella era más corta y se conformaba con muy poco espacio. ABC insistió en cederle la cama. Las idas y venidas de la cama al sofá eran presenciadas por los asombrados jóvenes, que no entendían la razón de tanto ajetreo. Los inconscientes amantes lo complicaban todo para que fuera imposible un deslizamiento nocturno. Si el coronel dormía en el sofá, podía escabullirse hacia el dormitorio... Pero los chicos dormían en el cuarto contiguo. Genoveva, si dormía en la cama, tendría que levantarse, coger su silla e ir al sofá. Claro que nada sería un obstáculo para dos amantes decididos, si ellos lo fueran. Pero el momento no había llegado.

Se despidieron luego de un magnífico desayuno: chocolate con churros en San Ginés... Ella regresaba a Barcelona, en cuyo aeropuerto había dejado aparcado su coche. La esperaban el CEMIG, las bacterias, Esfínter y Escroto.

10 - Octubre, 2100... El paquete

Se cumplía el primer aniversario del legendario desayuno presidencial. Como en esa misma fecha se celebraron reuniones de la misma índole y con idéntico motivo en varios países, se tomó como el punto de arranque del drama que envolvía a la humanidad y que, un año después, aún generaba miedo e incertidumbre. No se había avanzado nada, y encima de tanta pavura desatada, una explosión nuclear en la superficie de la Tierra, la primera en más de un siglo, dejaba una buena cuota de polución radioactiva y, sobre todo, de bochorno cósmico. La Tierra pasaba a ser el primer planeta del cosmos en avergonzarse de sí mismo.

Los científicos y técnicos recordaban con nostalgia el histórico desayuno como una de las imborrables vivencias de la infancia. El añorado *evento* se convirtió, por tanto, en el mojón que señalaba la frontera entre la vida de siempre... y la inseguridad de conservarla.

La desafortunada acción del general norteamericano no solo le costó el puesto, sino que tuvo que retirarse de la sala en medio de una lluvia de abucheos. El misil debió haber explotado fuera de la atmósfera. Su foja de servicios recibió una llamativa señal roja. Pero luego, merced a sus meritorios antecedentes y al hecho incuestionable de que el enemigo era desconocido, le fue remplazada por una amonestación.

De inmediato, sabiendo que los norteamericanos terminaban por hartar a todo el mundo, los rusos reclamaron la jefatura del Comando de las Fuerzas Armadas. Los otros países, en tácito apoyo a la solicitud, se abstuvieron de presentar postulante. En esos momentos, el puesto vacante no era apetecible. La propuesta rusa fue aceptada en la primera votación. Los países integrantes del Estado Mayor Conjunto de la Tierra designaron comandante en jefe al general Vladimir Sergéevich Popov, un veterano soldado de 61 años, descendiente de los legendarios cosacos, de cabellos blancos, ojos claros de mirada dura, cargado de medallas y famoso por su astucia, sobriedad y mesura. En su brillante foja de servicios, solo le faltaba haber combatido contra los norteamericanos. No usaba boina sino *Shapka-Ushanka*, el gorro ruso con largas orejeras para abrigar los oídos del crudo frío invernal. El general, en lugar de prenderlas por encima, como era la costumbre, prefería dejarlas colgar al descuido. Así, cuando caminaba, habitualmente apurado, las dichosas orejeras se mecían al compás de sus zancadas y le daban un seductor aspecto de perro sabueso. La expresión de sus ojos no correspondían a la de un implacable y victorioso soldado. Más bien, al de alguien que tiene el diablo en el cuerpo. Luego de las mujeres y el vodka —en ese orden—, lo que más le gustaba al general Vladimir Sergéevich Popov era bailar *Kalinka-Malinka,* la danza tradicional de los cosacos. Por su habilidad para localizar al enemigo, había sido bautizado como *el Sabueso.* Mas luego, como también era muy astuto y el apodo parecía aludir a las orejeras de su *Shapka-Ushanka*, fue reconocido como *el Zorro...,* de momento, sin ningún otro agregado.

Sus instrucciones fueron terminantes. Ninguna unidad militar debía iniciar un ataque hasta que no existiera absoluta certeza de que la actitud del enemigo era beligerante.

¿Y cómo se puede reconocer una actitud beligerante? Son seres de otros mundos. Definimos como actitud beligerante los gestos, ademanes, mohines, conductas, muecas o acciones de una criatura, terrestre o extraterrestre, cuya finalidad sea obstruir, impedir, disminuir o aniquilar la vida humana, su patrimonio y su desarrollo sobre la Tierra... ¿Una agresión a los ecosistemas de la Tierra o al medio ambiente se califica como beligerante? ¡Por supuesto! ¿Y cómo se está seguro de que una postura es beligerante? ¡Hombre!, basta que una sola criatura de la Tierra —un humano, un elefante, una paloma o una sabandija— sea muerta, herida, golpeada o pisoteada por alguien para que lo consideremos enemigo.

Aclaradas esas cuestiones, el general Vladimir Sergéevich Popov asumió el mando supremo en medio de una lluvia de aplausos. Todos confiaban en su legendaria sagacidad. Los camareros sirvieron champaña francesa *brut nature* acompañada por algunos entremeses. El general prefería siempre una copa de su vodka favorito.

A partir del fallido episodio del misil nuclear, la conducta de los extraterrestres parecía mostrar una faceta más condescendiente. Las tres naves que habían estado inmóviles sin hacer otra cosa que arruinar las cosechas, levantaron vuelo tras dejar los campos desérticos y con una gruesa capa de hielo. Dieron varias vueltas a la Tierra. Solo demoraban menos de cinco minutos en cada una. Giraban sobre sí mismas y se ladeaban haciendo piruetas en tirabuzón, como aviones en un festival aéreo. Considerando el enorme tamaño, su capacidad de maniobra resultaba espectacular. La actitud jactanciosa no fue del agrado de los terrícolas. Luego de varias pasadas festivas, volvieron a desaparecer. Las cabriolas y payasadas se interpretaron como un gesto de alegría; como un guiño de picardía destinado a los humanos. Pero... ¿Qué era lo que celebraban? ¿La asunción del general ruso? ¿O estarían paladeando el bocado que les esperaba? Más bien —opinaban los estrategas—, estaban alborotando el gallinero como anuncio de la inminente llegada del gallo. Se acercaba el momento del ansiado contacto, y era mejor estar preparados. Los más pesimistas, en cambio, ensombrecían los ánimos.

—Si no se es dueño de lo que se ha de perder, ¿qué importa perderlo antes o después?

La otra nave, la *jefa*, la misma que había oscurecido Nueva York, Londres y esquivado el misil atómico, se detuvo sobre Ciudad del Cabo, en Sudáfrica, a las doce del mediodía de un nuboso día de la incipiente primavera en el hemisferio sur. Lejos de oscurecer la ciudad, se elevó con rapidez, y se redujo el área sombreada y luego, a la vista de todos comenzó a ladearse hasta quedar de canto. Vista desde abajo, era una finísima línea negra casi imperceptible de cien kilómetros de largo. Aparentaba ser un huésped temeroso de incomodar.

Entonces fue cuando los científicos y aficionados que la observaban hicieron un notable descubrimiento que aumentó la perplejidad general. Estando en posición vertical sobre la Tierra, la nave no hacía sombra, cualquiera fuera la inclinación del Sol... ¿Cómo podía ser?, ¿se volvería transparente? Desde Durbanville, una localidad situada a cincuenta kilómetros, la nave, en posición vertical, no estaba visible. Los telescopios alcanzaban a vislumbrar, en el sitio donde debería estar la nave, una larga línea en espiral como si fuera una larguísima salchicha arrollada. O bien era transparente, según la posición que adoptara, o bien se desmaterializaba a voluntad. ¿Y la larga línea en espiral...? ¿La terrible nave del espacio era, a fin de cuentas, una salchicha arrollada...? Más interrogantes sin respuesta.

Como quiera que fuese, el gesto parecía amistoso. Así lo interpretó la población de *Cape Town,* agradecida de que no la hubiera sumido en penumbras. Cada actitud de *Los Visitantes* despertaba sentimientos de rencor o simpatía. No todos entendían que la presencia en la Tierra de criaturas extraterrestres era un hito histórico que influiría de manera decisiva en el porvenir de la humanidad... en el caso de que lo hubiera. *La gente de la televisión*, pese a que todo podría cambiar bruscamente de la noche a la mañana, actuaba como si se tratara de un espectáculo, de una película o de una serie de aventuras. La expresión *cuando esto haya terminado*, no se asociaba con la posibilidad de que... todo terminaría. La opinión pública, según el día, se identificaba, ora con los *aliens,* ora con los humanos.

Las reacciones eran emocionales e independientes de un contexto planificado. El grueso de la gente no se detenía a pensar que las actitudes de *Los Visitantes* podían ser parte de un premeditado plan de acción. Muchos respondían al estímulo del momento sin tener en cuenta el pasado y, mucho menos, el futuro. El alimento de hoy y no el hambre de mañana. Cada amanecer comenzaba la historia. Los sociólogos afirmaban que la humanidad estaba en el límite de la civilización. Las conductas culturales podrían desaparecer en cualquier momento.

Las cuatro naves se esfumaron de la vista. Todo el mundo sabía que estaban allí, pero nadie las veía. Otra vez, se dijo que estaban de canto; que no tenían espesor y que provenían de un universo de solo dos dimensiones y una temporal ¿Qué hacían entonces en el espacio-tiempo? ¿Transgredir las leyes de la física? También era posible que existiera otra física con otras leyes y las cosas se estuvieran mezclando. Pero la Tierra era redonda y giraba. No podrían ser invisibles para todos los puntos de la esfera terrestre.

Los telescopios las encontraron. Estaban lejos de la Tierra, mimetizadas con el fondo oscuro del espacio. Un disco sombrío obstruía la visión de las estrellas. ¿Qué hacían allí? ¿Estarían en conciliábulo? ¿Qué sucedería? Proliferaban las conjeturas, a cual más descabellada.

¿Estamos realmente ante engendros de dos dimensiones? ¿Y si esas naves están vacías y son manejadas desde una estrella remota? ¿Qué pretenden? ¿Cómo maniobran con tanta rapidez? Si son de este universo... habrán recorrido una distancia de varios años luz. ¿Y por qué no de un universo desconocido, pero más cercano? ¿Qué extraños seres habrá a bordo? ¿Desde cuándo nos estarán observando? ¿Cómo se propulsa una nave que se ríe de la ley de gravedad? ¿Qué armas tienen? ¿Por qué son transparentes?¿Para qué querrán la Tierra?

Por todas partes surgían nuevos expertos en cuestiones extraterrestres y opinaban:

—Son agentes de una enigmática autoridad galáctica encargada del mantenimiento del sistema solar y tienen órdenes de enviar la Tierra al fondo del cosmos para su limpieza y descontaminación.

—La autoridad galáctica ha decidido trasladar la Tierra a las inmediaciones de un agujero negro para que sea devorada y terminar, así, de una vez por todas, con la pesadilla de sus insoportables amaneceres y auroras boreales, con sus colores, sus árboles, sus flores y el canto de sus ruiseñores que incordian a todo el cosmos.

Los días que siguieron fueron de sosiego y tranquilidad. La Tierra, rodeada de nubes, lluvia y viento, seguía girando como si nada ocurriera. Aún quedaban sembradíos de soja, viñedos, olivos y maíz. Las espigas de trigo reflejaban los rayos del Sol, que nunca, en millones de años, había dejado de brillar. Las cosas parecían volver a la normalidad. Se reanudaban las discusiones; las fábricas volvían a operar y el dinero, a circular. Pero todos miraban al cielo.

Las autoridades reclamaban información a los científicos. Las reuniones se sucedían, pero no había nada nuevo que agregar. Todas eran presunciones. En el sistema solar solo estaban los humanos. Eso era lo único cierto. *Los Visitantes* provendrían de un punto ignoto del espacio. Mostraban una conducta errática, sin pies ni cabeza. Habían oscurecido las ciudades y destruido las plantaciones tal como anticipara la directora del CEMIG. Pero no habían provocado desastres climáticos ni habían arrojado bacterias nocivas a la atmósfera.

El mundo intentaba seguir su ritmo febril. Las fábricas, bancos, transportes, comercios y hospitales continuaban con su diaria tarea. El dinero circulaba poco y en menor cantidad, pero seguía viajando de un banco a otro; de un bolsillo a otro. El temor a un *crack* atormentaba a los financistas. Los expertos creían que los *aliens* contactarían, por fin, con la humanidad. Los militares, en alerta máxima, esperaban encontrar un hueco por dónde asestarles una buena.

El triste episodio del misil fallido ponía otras cuestiones en el tapete.

¿Cómo dar en un blanco tan grande y tan difícil de vulnerar? Su capacidad de eludir los proyectiles, alterando su conformación, era asombrosa. De canto era imposible, y no emitían radiación ni calor. ¿Para qué sirven nuestras mortíferas armas si no podemos usarlas...? ¿Será verdad que vienen de un universo sin materia ni tiempo...

El general Vladimir ordenó movilizar tropas y equipos. Confiaba en que la presencia de unidades militares contribuiría a tranquilizar los ánimos. Así que los países sacaron sus regimientos a las calles. No eran desfiles ceremoniales. Las tropas, fuertemente armadas, fueron emplazadas cerca de los centros urbanos. Carros blindados que —según se rumoreaba— portaban misiles con ojivas nucleares apuntaban al cielo. Sofisticado armamento de última generación era exhibido deliberadamente. El impresionante equipo militar al alcance de la mano trajo algo de calma. Pero luego, la visión, a diario, de tanto armamento, generaba un estado de permanente ansiedad.

Se presentía que el contacto era inminente. La nave solitaria había vuelto. El público sabía diferenciarlas. Esta era la *jefa,* la de Nueva York y Londres. Parecía ser la nave insignia. Se acercó otra vez a la capital del mundo, pero se ubicó de canto. Nadie la veía hasta que, de improviso, se puso de plano. ¿Repetiría el numerito sobre la castigada Nueva York? Pero no sucedió nada. Sin dar tiempo a que cundiera el pánico y tras oscurecer la ciudad unos segundos, volvió a cambiar de posición y dejar que los rayos solares continuaran acariciando a los neoyorquinos. Permanecía de canto, inmóvil y a baja altura. Una larga línea recta y fina, que apenas se veía a simple vista. Del amanecer al crepúsculo, la nave no hacía sombra y no era visible desde otras latitudes. Su actitud, interpretada como un gesto de cortesía, fue bien recibida por la población. Los telescopios que la enfocaban por encima de Nueva York veían otra vez la *salchicha arrollada.*

Los expertos afirmaban que las misteriosas naves estarían construidas con larguísimos conductos de un metal desconocido en la Tierra, y que debía de ser muy elástico. El ínfimo espesor de los conductos les permitía pivotear sobre sí mismos para adoptar una posición vertical u horizontal, según les interesara o no dejar pasar los rayos del Sol... o los misiles. Los alienígenas circularían libremente por una superficie de más de 700 km^2.

Los negocios en el mundo comenzaban a atascarse. Nada era como antes. La gente solo se preocupaba por el momento actual; por el gasto del día. No se sabía si habría un mañana. No se notaba el afán desmesurado de acumular provisiones, como solía suceder en otras ocasiones y por causas menos dramáticas. Así y todo, algunos alimentos comenzaban a escasear.

La economía se tornaba imprevisible. Las estadísticas mostraban cambios radicales en los hábitos de los consumidores. El sentido de propiedad comenzaba a ser incierto. Poseer algo parecía innecesario. Los bienes no eran tan importantes como el deseo de permanecer con vida. No se ambicionaban bienes: no se renovaba el coche, el televisor ni los muebles. La economía del consumo, motor del aún vigente capitalismo, se topaba con una inesperada realidad. ¿Para qué poseer lo que ha de perderse? ¿Qué era, en verdad, lo imprescindible?

Había, eso sí, una fuerte demanda de elementos de supervivencia; cosas que hasta hacía poco pertenecían al turismo de aventura: puñales, machetes, picos y palas, mantas, linternas... Productos otrora considerados imprescindibles, como cigarrillos, maquillaje, vestidos, zapatos, relojes... pasaron a ser superfluos. Las costumbres habían dado un vuelco completo. Quienes antes gustaban de aparentar prestigio, poder o riqueza, ahora intentaban pasar inadvertidos. Nadie se vanagloriaba de poseer joyas u obras de arte. Hábitos tradicionales como ir al cine, al teatro, a conciertos o, simplemente, a comer fuera, habían sido olvidados. Las atemorizadas familias se recluían en sus hogares. Cada tanto salían al exterior para echar un vistazo o sentir la temperatura de la calle. Ese era el principio de una cadena anímica que comenzaba en las escaleras de las fincas, en los barrios y, luego, mediante las redes sociales, se extendía al resto del mundo.

Los empleados ya no se detenían en los bares antes o después del trabajo. Tampoco las ausencias o retrasos llamaban la atención. Si un empleado no daba señales de vida, nadie se preocupaba por indagar los motivos. Un gran fantasma, un espíritu de resignación, se paseaba sobre la sociedad y aparecían nuevas conductas de convivencia. Actitudes como ayudar a un ciego, ceder el asiento a una anciana u orientar a un extraviado habían desaparecido. Si al finalizar la jornada, un empleado no se levantaba de su escritorio por la sencilla razón de que estaba muerto, nadie se preocupaba. Farfullaban un *hasta mañana* y retornaban con rapidez a sus casas. No había despidos generalizados, pero cada vez eran menos los que acudían a trabajar. Presentían que ya no cobrarían sus sueldos, o que en caso de cobrarlos, no les servirían para nada. Empleados y empleadores compartían un oscuro pesimismo. No había juicios laborales ni reclamaciones. El dinero no compraba la supervivencia, pero aún circulaba.

El crédito había desaparecido y no había crisis financieras. La economía se reducía a seguir con vida. Hubo quienes malvendieron su casa por el ansia de irse a alguna parte. Otros aprovechaban para comprar en río revuelto. Pero en la intimidad de compradores y vendedores anidaba la certeza de que nada de lo hecho serviría. No había alguna parte donde ir. Todo sucedía en la Tierra. En cuanto a la causa del desinterés por atesorar dinero, surgía, ahora, de la misma pregunta: ¿para qué?

Muchas veces en la historia humana, se liberó mediante una bolsa de oro, a una ciudad sitiada por un caudillo enemigo. Otras veces, se pagó rescate a los piratas para recuperar a algún familiar secuestrado. El dinero era el incentivo de guerras, saqueos o secuestros. No pasaban de ser líos de familia. Pero ya no se trataba de disputas domésticas. Los alienígenas estaban sitiando al planeta. ¿Cuál sería el precio de la especie humana?

La fiebre del consumo innecesario se había revertido. No se veía basura por las calles de las ciudades. Unos vecinos dejaban algo que no les servía y otros lo recogían. Tarde se supo que el hombre no poseía la Tierra. Dios y la Biblia lo habían engañado. Los títulos expedidos por papas, reyes, príncipes o notarios no eran válidos.

En un oscuro futuro, podría ser más codiciada una lata de guisantes que una obra de arte universal. ¿Y qué pasaba con las instituciones como la Iglesia, el Gobierno, las Naciones Unidas, la Justicia, el Banco de España, la Reserva Federal? Los bancos no parecían tan sólidos y los opulentos edificios de las instituciones religiosas eran más bien castillos de naipes. Nada era valioso aunque fuera carísimo. Solo valía la ansiedad de sobrevivir… y no tenía precio.

Era la segunda vez que la nave se posaba sobre Nueva York, pero ahora dejaba pasar la luz. Las autoridades estaban alertas, pero no hubo robos ni crímenes. La población, con escasas excepciones, conservaba la calma. Luego de más de un año de tensiones, un resignado conformismo habitaba en el ánimo de los terrícolas.

Tampoco había información que fuera creíble. Los comunicados gubernamentales no inspiraban confianza. Circulaban rumores y noticias estrambóticas. Nuevos dioses y nuevos demonios amenazaban con desplazar a los de siempre. Eran amigos de la gente, más fáciles de invocar, estaban de buen humor, siempre dispuestos a escuchar y les daba igual el bien y el mal. Servían para todo. Las nuevas creencias eran divulgadas por las redes sociales, y se diferenciaban por barrios, sectores o grupos. Por todas partes surgían comunidades cerradas y logias herméticas. Los que pertenecían a una o a otra podían salvarse o condenarse. No quedaba claro de qué se podían salvar o condenar. Todos creían en un terrible mal que aún no había llegado.

De manera sorpresiva, la nave se puso de plano y tomó altura, levantó el sitio sobre Nueva York y desapareció en dirección este. En medio del Atlántico, se encontró con las otras, y las cuatro juntas terminaron de cruzar el océano. Segundos más tarde, estaban sobre la Península Ibérica. La *jefa,* que encabezaba la escuadrilla, se ubicó en las alturas y de plano sobre Madrid. Las otras la rodeaban a una altura mayor. Por primera vez actuaban juntas. Todo indicaba la inminencia de un contacto. El disco de sombra que incidía sobre la ciudad era pequeño y la recorría a medida que avanzaba el día.

No había equipo militar internacional en Madrid. El ejército español, que estaba listo para trasladarse a Nueva York, tuvo que cambiar de planes y permanecer a la expectativa.

Comenzaron las conjeturas. ¿Sería Madrid la ciudad elegida para el contacto...? ¿Por qué Madrid estando disponible Nueva York? Algunos mandatarios se mostraron incomodados por esto. ¿Por qué no Tel Aviv, París o Pekín?, decían otros, y agregaban:

—Estos ignorantes extraterrestres deberían saber quién es quién y cuál es cuál.

No faltaron comentarios peyorativos. Las razones para elegir Madrid no eran comprensibles para los angloparlantes. Pero al general Vladimir Sergéevich Popov, un cosmopolita, le pareció que cualquier ciudad del mundo podía recibirlos.

—Madrid también tiene lo suyo…, como Moscú.

La nave *jefa…* o *la de Madrid,* como también se la conoció a partir de ese momento, descendió un poco más y se detuvo de plano sobre la ciudad. El presidente del Gobierno, reunido de urgencia con sus ministros, propuso que fueran las propias fuerzas españolas las que controlaran la situación… en cuanto a lo que a humanos se refiriera. La ministra del interior apoyó la decisión, y agregó mientras le metía mano a su espantosa secretaria que, además, sería ridículo luchar a tontas y a locas contra los extraterrestres. Había que actuar al estilo español. La moción fue aprobada por unanimidad. Nadie deseaba que los norteamericanos desataran en España una conflagración nuclear de dudoso resultado. El recuerdo del fallido misil estaba presente. El presidente, orgulloso de sus ministros, tomó nota para cuando llegara el momento de agradecer a los *aliens* el privilegio de haber elegido Madrid.

Los integrantes del EMC se trasladaron a la capital española. Se alojaron en el palacio de la Zarzuela junto a los reyes de España. Esta actitud fue interpretada como una confirmación del inminente contacto. Madrid pasaba al primer plano. Era la capital del mundo.

Los españoles no hacían distinciones. Recibían a todos con su habitual gracia, salero y buen humor. Rusos, yanquis, iraníes, israelíes, chinos y africanos eran bienvenidos.

No obstante, el aeropuerto de Barajas solo recibiría aviones oficiales. Los vuelos de turismo fueron desviados a Barcelona y a Valencia. Nadie se quejaba. La cosa no estaba para actitudes mezquinas y, después de todo, Barcelona o Valencia no eran malos destinos.

En medio del padecimiento que reinaba en el mundo, los españoles, fieles a su tradición, se pasaban al bando de la alegría. Los ayuntamientos, en honor a *Los Visitantes*, organizaban verbenas en distintos puntos de Madrid y alrededores. La ciudad no solo estaba poblada de turistas sino también de funcionarios, mandatarios, militares, asesores y espías. El espíritu hispano resurgió como el Ave Fénix y contagió al resto del mundo. Engalanaron los barrios...

... y colgaban de un cordel, de esquina a esquina
un cartel, y banderas de papel, verdes, rojas y amarillas.

La gente se emperifollaba y salía a festejar lo que fuese. Aparecieron los abanicos, las sombrillas y la moda del siglo XX. Los varones, con sombrero de chulo madrileño, y las mujeres, haciendo sonar las castañuelas, lucían sus atavíos de vistosos colores. El flamenco, la seguidilla, la jota, los fandangos y pasodobles se escuchaban en las calles. Todos vivían el momento sin preocuparse por el futuro. Se organizaron encierros. Los toros corrían tras los pañuelos rojos que lucían militares, políticos, dirigentes de estado y turistas, que seguían llegando, nadie sabía por dónde. Los extraterrestres eran objeto de burla. Viejas canciones, resucitadas del olvido, fueron adaptadas a las circunstancias y se tarareaban en las calles.

...Del cielo bajó San Juan, de la mano de San Pedro
y al ver humanas tan guapas, ya no volvieron al santo cielo.

. Las naves estaban fuera del alcance de los aviones. Los satélites tomaban fotos. Todos observaban a la más cercana, la *jefa*. Luego de una semana suspendida sobre Madrid, en el amanecer de un día cualquiera, todos —vigías, militares, curiosos y público en general—, los que se habían levantado temprano o regresaban de alguna verbena, podían ver en la incipiente claridad matutina el nacimiento de un nicho de luz intensa justo en el centro de la nave. Pequeño, pero muy brillante. Parecía que hubieran encendido una potente lámpara. Muy despacio, como un globo, fue creciendo en tamaño e intensidad lumínica. En un momento, pareció a punto de estallar, pero solo cambió de forma. Se volvió oblongo. En la punta se configuró una protuberancia que se alargó más y más. Un rayo de luz, que parecía hueco, se estaba moldeando. Comenzó a crecer. Un extremo estaba anclado en el centro de la enorme *pizza*. El otro empezó a extenderse. Instantes más tarde, se hizo evidente que el rayo de luz venía a la Tierra. ¿Comenzaría el ataque? Las autoridades fueron avisadas de inmediato.

Mientras los estrategas evaluaban si era un gesto beligerante, el luminoso rayo tomaba la forma de un conducto hueco, una especie de túnel de luz, que avanzaba poco a poco hacia la Tierra. Parecía hacerlo con timidez, como procurando no alarmar más a los ya alarmados terrícolas. Demoró dos días en llegar. Suficiente para alertar a todo el mundo.

Uno tras otro, arribaban aviones a Madrid con generales, presidentes y comitivas. El conducto de luz, la nave *jefa* y las otras en las alturas eran objeto de vigilancia constante. Se dispuso un alerta general que incluía a los submarinos nucleares. Desde el fondo de los mares del mundo, cientos de misiles con cabezas nucleares apuntaban a Madrid. Las flotas de guerra zarparon rumbo a la Península Ibérica. Sus baterías lanzamisiles también apuntaban a Madrid. España estaba rodeada. Los miembros del Gobierno transpiraban copiosamente: cualquier nervioso general podría, en un momento de enajenamiento…, cambiar el mapa de Europa.

A medida que la luz avanzaba, la posibilidad de un ataque se desvanecía y los ánimos se iban calmando. Todos preferían el contacto. La expectativa mundial aumentaba a cada minuto. El sitio que eligiera el rayo de luz para tocar tierra sería el lugar de la cita… Así opinaban los expertos. Parecía ir hacia el centro de Madrid, con una ligera desviación hacia el noreste. Una multitud de madrileños, junto a turistas, militares, gobernantes y curiosos del mundo, se había volcado en las calles. Gente de todos los matices aguardaba con inquietud. La luz estaba muy cerca y, pese a su manifiesta potencia, no encandilaba.

—Está sobre el Paseo del Prado…

—Que no, hombre. ¿No lo veis rodar por la Calle de Alcalá?

—Que no, hombre… Es la avenida de Menéndez y Pelayo.

—¡Va al Retiro…!

En efecto, el rayo apuntaba en dirección al Parque del Retiro.

Como un disparo en el silencio, la noticia se difundió velozmente y provocó la estampida de la muchedumbre. Nadie sabía en qué lugar del inmenso parque sería el encuentro. Mientras corrían, todos miraban hacia dónde se movía la luz. Los tropezones y revolcones eran muchos y los que caían recibían insultos y patadas de quienes se mantenían de pie. La policía y fuerzas del ejército corrían en refuerzo de los soldados apostados en el parque.

—¡Va al monumento de don Alfonso…!

A pocos metros de la superficie, y ya sobre el conjunto escultórico en homenaje a Alfonso XII, el conducto de luz se iba agrandando como si quisiera contener la figura ecuestre del rey. Muchos enajenados con los brazos abiertos, se ofrecían a los *aliens* a modo de trofeo. La policía y el ejército se apresuraron a expulsarlos.

El conducto se fue expandiendo como un embudo invertido. Se acercó aún más y, a orillas del Gran Estanque, en pleno centro de los Jardines del Parque del Buen Retiro, entre el Paseo del Prado, la calle de Alcalá y la avenida de Menéndez y Pelayo, envolvió de arriba abajo la figura ecuestre de Alfonso XII y se detuvo en el suelo.

La orgullosa estatua del rey y su caballo quedaron dentro del tubo de luz, que agrandó aún más su tamaño y selló los bordes. Dejó el conjunto escultórico herméticamente cerrado... aunque había espacio suficiente para algún misterioso evento aún por llegar.

Luego de más de un año de avistadas las naves, criaturas venidas de otros universos estaban a punto de contactar con los terráqueos. Después de tantas vueltas en busca del mejor sitio para su cita, los alienígenas —opinaban los madrileños— no podían haber elegido mejor.

En el corazón del parque, rodeado de cientos de árboles, del sosiego, el silencio y la quietud de la naturaleza, se erguía el imponente anfiteatro a orillas del Gran Estanque. Alfonso XII y su brioso corcel habían quedado encerrados en el tubo de luz, pero no perdieron su dignidad. El conducto no era del todo transparente. La estatua lucía borrosa.

El momento había llegado. Todos respiraron aliviados. ¡Por fin! En menos de una hora, Madrid fue invadida por agentes de seguridad, altos funcionarios, reporteros, científicos y expertos en cuestiones extraterrestres, una especie de reciente aparición. El habitual letargo que rodeaba a Alfonso XII no sería duradero. Gente de toda clase —empleados, enfermeros, deportistas, músicos, reporteros, profetas, eclesiásticos, diáconos, rabinos, nigromantes y agoreros— se movilizaban hacia el sitio del contacto.

El Parque del Retiro, que ya estaba enrejado desde mucho antes, fue acordonado a todo trapo ante la inminente llegada de la turba. El ejército español tomó cartas en el asunto. El sector del Gran Estanque y el anfiteatro de Alfonso XII fueron rodeados por una fila de soldados muy bien entrenados, equipados con los legendarios AK-47, de manufactura rusa y preferidos por el general Vladimir.

Los madrileños se agolpaban al paso de las fuerzas de seguridad dando vítores de aliento y portando pequeñas banderas deportivas de sus equipos favoritos. Por razones de decoro, se había dispuesto no exhibir banderas de países, ni siquiera la española.

De inmediato, se procedió a la colocación de una cerca perimetral de refuerzo. Gruesas barras de hierro con mallas de acero y alambres de púas rodearon el Parque del Buen Retiro, que no era pequeño. Mientras tanto, los agentes y soldados contenían a la enloquecida multitud. Fue necesario efectuar disparos intimidatorios con balas de goma para mantenerlos a raya hasta terminar de levantar el cercado. Quienes estaban dentro del parque —paseantes, ciclistas, vendedores, quirománticos, músicos, malabaristas y mendigos— fueron echados sin miramientos

Una comisión de protocolo, a las órdenes directas del general Vladimir, fue creada de inmediato. Se permitía acceder al recinto cercado a oficiales de alto rango, reporteros con acreditación, Jefes de Estado y sus esposas, los reyes y príncipes de España, el candidato de la oposición, los técnicos de la ESA, miembros acreditados de academias de ciencia y técnica... A la señora Ministra del Interior se le permitió el ingreso, pero no, a su desfachatada secretaria. Irritada, pretendió reclamar, pero quien estaba al mando era nuestro conocido teniente, el de los ojos grises, que le susurró:

—Son órdenes del general Vladimir, señora ministra. Una cuestión de imagen.

El acceso al reducido sector del anfiteatro, donde estaba Alfonso XII dentro del túnel de luz, fue aún más restringido. Un cerco humano de soldados unidos codo a codo se formó de inmediato. El espacio se reservó para los presidentes de gobierno y sus esposas.

El comandante saboreaba su vodka vespertino. Si bien era un aguerrido soldado, consideraba este asunto de los extraterrestres, al menos por ahora, como de naturaleza más filosófica, científica y política que militar. No preveía acciones bélicas.

El Parque del Retiro era grande, pero no bastaba para contener a tanta gente. El acceso estaba limitado a los países miembros del EMC, cuyos dirigentes anunciaban su inminente llegada. Otros jerarcas de la Tierra, que solían viajar con una nutrida comitiva, tendrían que conformarse con presenciar los hechos en la televisión. El recinto cercado, donde estaba el conducto de fotones, era aún más pequeño, y su acceso estaba severamente restringido. El astuto general ruso no quería hacer demasiada alharaca. Más bien pretendía hacer ver a los *aliens*, que las visitas de extraterrestres eran cosa de todos los días.

Se construyó a toda prisa una serie de palcos y tribunas al otro lado del estanque, justo enfrente del anfiteatro. Los mandatarios y acompañantes que no pudieran ingresar al sector reducido, podían presenciar los sucesos a la distancia.

El monumento al rey Alfonso XII de España estaba formado por varias esculturas y un grandioso hemiciclo de mármol que rodeaba la estatua ecuestre del rey, fundida en bronce. Unas escalinatas lo introducían en la intimidad de las cristalinas aguas del lago.

Con rapidez, los soldados colocaban butacas adicionales. El presidente del Gobierno español y varios jefes de Estado, junto a sus esposas, estaban ubicados en la galería del hemiciclo. La majestuosidad de la obra escultórica daba solemnidad al encuentro. Todas las miradas apuntaban a su majestad y a su caballo, aprisionados en el interior del tubo lumínico. En las afueras del parque, el público empujaba las vallas. Muchos se zambulleron en las aguas del Gran Estanque, pero fueron desalojados. El número de efectivos desplegados parecían suficientes. El alud de primeras figuras que cayó sobre Madrid había sido tan repentino que no se pudieron disponer todas las medidas de seguridad necesarias. Felizmente, la conducta del público, en contraste con la barbarie de días anteriores, fue ejemplar. Esas cosas, decían los madrileños, sucedían en otras ciudades.

El rayo continuaba allí. Un túnel luminoso unía a la Tierra con la gigantesca nave. Para los técnicos presentes, era una versión mejorada y ultrasencilla del ascensor espacial terrestre. En vez de nanotubos de carbono utilizaban luz para crear un conducto con mayor ingravidez que el ascensor espacial terrestre. Fotones en lugar de fibras... ¡Extraordinario!

Al día siguiente, el conducto de fotones continuaba allí. Un extremo en la Tierra y el otro se perdía en las entrañas de la gigantesca nave, estacionada a cierta altura y sometida, esta vez, a la rotación de la Tierra. Las comitivas de recibimiento se iban turnando. Todos cumplían su guardia, tal como lo había dispuesto el general.

En el amanecer del segundo día, cuando le tocaba el turno al presidente de los Estados Unidos y una fina llovizna caía sobre Madrid, los observadores, público y políticos presentes, pudieron ver con toda claridad que un objeto había sido desprendido o arrojado desde la nave y descendía lentamente por el interior del túnel. De inmediato, varios helicópteros trajeron al Estado Mayor Conjunto, funcionarios y agentes de servicios de inteligencia. El objeto que viajaba dentro del túnel lo hacía a una velocidad moderada.

Es muy liviano, decían algunos. Eso no tiene importancia, decían otros. La gravedad es la misma para todos. Conociendo el valor de la gravedad, se puede deducir el peso de lo que cae por el interior del túnel y su velocidad. Pero las cifras no coinciden. El objeto se acerca a una velocidad que no concuerda con la que debía tener si la gravedad funcionara como dios manda. Vaya uno a saber qué cosa rara han hecho estos con la ley de gravedad...

A medida que el extraño objeto se acercaba, podía vérselo con mayor claridad. La propia luz del conducto lo iluminaba. Parecía un paquete atado con un hilo cruzado. De no ser por la solemnidad del momento, cualquiera diría que un regalo navideño venía del espacio.

El extremo del conducto se adhería a la base de la magna escultura recortando todas las irregularidades. El tubo de fotones era hermético. Cuando *el paquete* había sobrepasado las patas del caballo y estaba cerca del suelo, perdió el extraño sustento que lo mantenía en vilo y rodó por las escalinatas. El ruido que hizo al tocar la superficie de la Tierra fue escuchado en todo el planeta. El conducto de fotones se retiró de inmediato, la luz desapareció y *el paquete* quedó solo. Los agentes de inteligencia notaron que la fina llovizna cesó repentinamente en el mismo instante en que desapareció el tubo de luz. Las luces de la Tierra alumbraban *el paquete*. No era muy grande. Un poco más que una caja de zapatos.

En el primer año del siglo XXII y en medio de un profundo silencio, la humanidad presenciaba el evento más extraordinario de su historia. Sea lo que fuere, amigo o enemigo, regalo o atentado, era el primer envío que recibía la Tierra desde el espacio exterior.

11 - Noviembre, 2100... Los chamanes

La noticia del *paquete* dio la vuelta al mundo, pero no causó el impacto que cabía esperarse. Los ánimos no eran los de un año atrás. La gente, curiosos todos como chiquillos en el día de su cumpleaños, lo consideró un gesto de buena voluntad. Parecía que pretendían congraciarse con los humanos.

¿Qué nos habrán enviado?; ¿bombas, misiles, perfumes, videojuegos?; después de los desastres que causaron, ahora quieren hacerse amigos. ¡Claro! El mes que viene es Navidad; pues que manden elefantes cargados con oro y joyas, uno para cada uno...

A todo esto, el general de división Franklin Russeldof Honoré farfullaba improperios en su despacho. Aceptaba la derrota, pero quería la revancha. Su salida del salón de conferencias del EMC, abucheado por sus propios camaradas, hubiera significado un bochorno para cualquier militar de alto rango. Pero él, dando a entender que estaba por encima de todo y de todos y que seguía siendo el mejor, había recorrido, con la barbilla alzada y la vista al frente, la corta distancia que lo separaba de la puerta. Pero, desde ese día, la enigmática sonrisa se borró de sus labios y la legendaria boina dejó de ser el clarín que tocaba a rebato.

No todas las explicaciones fueron dadas en la asamblea. La orden de no activar el mecanismo de seguridad del misil había sido suya. Nadie lo sabía. De lo contrario, habría perdido también el grado, el uniforme y estaría frente a una corte marcial o un pelotón de fusilamiento. Fue un gesto de jactancia del que se arrepentiría el resto de su vida. Sus lugartenientes lo rodeaban de un protector silencio.

El general, decidido a recuperar su prestigio, no se alejaría del EMC. Tomaría café y cerveza con los mismos generales que lo expulsaron y se enteraría de todo acerca de los malditos bichos que estaban sobre la Tierra. En cualquier momento, tendría una oportunidad.

En el mundo, por otra parte, no todo era desesperanza. La aceitada maquinaria de la humanidad seguía funcionando. Su formidable estructura social, pese a haber sido gravemente dañada, aún conservaba su solidez. Nada era tan brillante como antes, pero tampoco se podía hablar de *grave crisis*. La economía acusaba el impacto de las cosechas arruinadas. El dinero circulaba más despacio, pero circulaba y eso era lo importante. Las grandes corporaciones conservaban sus monopolios. Las fábricas trabajaban media jornada. Producían bienes que muy pocos compraban. Los *stocks* acumulados eran enormes. Se esperaban bajadas de precios, pero que eso incrementara las ventas, era cada vez más dudoso. ¿Hasta qué punto podrían bajar? El capitalismo no había tenido en cuenta ese detalle. La gente no corría tras el dinero con la desesperación de antaño. Tener o no tener daba lo mismo. Los bancos recibían pocos depósitos, y muchos cambiaban sus activos de dinero por oro, joyas u obras de arte. Nadie pensaba en la posibilidad de un gobierno alienígena o en el fin de la edad del dinero y sus valores aledaños. La llegada de los *aliens* había complicado las cosas —muy cierto—, pero no, impedido su continuidad. Los extraterrestres ladraban, pero no mordían. Por el momento, había clientes y proveedores. Claro que el advenimiento de una economía desinteresada en el consumo traería terribles consecuencias para la elite financiera.

En los laboratorios y universidades se investigaban los secretos de la misma Naturaleza, de la que los alienígenas formaban parte. Las autoridades no habían soltado las riendas, pero ya no las sujetaban con la misma firmeza. Los líderes estaban desorientados. Había servicios de agua, luz, teléfono e Internet para quienes los pagaban y para quienes no. Los monopolios no se animaban a efectuar un corte generalizado del suministro por temor a un vaciamiento de clientes. No podrían penalizar a todos. Los vuelos que surcaban los cielos para llevar y traer a turistas y mercaderes habían disminuido, pero salían y llegaban todos los días. En las amplias autopistas se podía circular sin atascos y no faltaban billetes para viajar en los veloces trenes. La orgullosa humanidad estaba más cerca de Dios que nadie en el universo, y no se iba a detener por cuatro extrañas naves llegadas quién sabe de dónde.

El desmesurado crecimiento demográfico del siglo XX se había frenado. La calidad y esperanza de vida era muy alta. Los primeros automóviles con motor de hidrogeno ya circulaban por las calles. Lo que la Tierra producía a la Tierra volvía. Los países pobres continuaban pobres, pero solo lo necesario para sostener a los otros. Las estadísticas eran reconfortantes: habían disminuido los divorcios, los robos, los accidentes de tráfico, los abortos, el consumo de estupefacientes y la prostitución.

Los deportes favoritos convocaban multitudes, pero entre jugada y jugada, todos miraban al cielo. Los vuelos de acercamiento a las naves eran carísimos, pero no faltaban interesados. Los turistas recorrían el mundo y cuidaban del orden y la limpieza. No había basura en las playas de Barcelona, ni en las Pirámides, ni en el Taj Mahal, ni en la Torre Eiffel. Madrid, donde en esos momentos se estaba acumulando una buena parte de la humanidad, se convertiría, sin duda, en la nueva capital mundial de la basura.

Estados Unidos, Rusia y la Unión Europea culminaban los preparativos para la colonización de Marte. Las muestras de hielo y minerales marcianos traídos por las expediciones robotizadas indicaron que podía haber abundancia de agua potable. El camino estaba expedito.

Los cohetes del tercero y cuarto viajes habían sido lanzados al espacio con éxito el anterior 12 de octubre. El de la serie Pegasus partió desde la ISS y arribaría a la base de Cydonia, Marte, en noventa días. El otro cohete, el Shabén, había despegado desde el cosmódromo de Kavoshgar, a 230 kilómetros al sureste de Teherán. Por supuesto, llegaría después del Pegasus. Las tripulaciones de ambos se encontrarían en Marte.

China, India e Irán, los gigantes de oriente, que también habían enviado misiones tripuladas a la Luna, seguían su propia agenda con respecto a Marte.

En la plataforma flotante de lanzamientos que dichos países compartían en aguas del océano Índico sobre la línea del Ecuador, se estaba construyendo una obra faraónica: la Estación Espacial Oriental (EEO)... con su ascensor de nanotubos de carbono.

La expedición del Shabén se instalaría en el Cráter Holden de 140 *km* de circunferencia en las tierras altas del sur de Marte, una zona potencialmente habitable con grandes reservas de agua congelada. Cydonia no estaba cerca. Los astronautas, a bordo de sus vehículos solares, irían de uno al otro y colocarían señales en el camino. Por el momento, no habría regulación de tráfico en Marte y no se aplicarían multas.

La última vez que Marte estuvo a tan solo 56 millones de kilómetros de la Tierra fue hace 62 000 años, cuando los hombres de Neandertal empezaban a recorrer Europa. Volvería a acercarse otra vez en el año 2287.

Es el hermano pequeño de la Tierra. Tanto su edad como el eje inclinado, que genera cuatro estaciones, son los mismos. Pero la atmósfera es débil, su temperatura promedio es muy fría y tiene un solo continente.

Las futuras colonias marcianas dependerán de las cosechas y la adaptabilidad de animales de granja. La menor gravedad impulsará el crecimiento de las plantas. Quizás, serán desmesuradamente altas al principio. A medida que la atmósfera marciana se enriquezca del oxígeno y nitrógeno contenidos en el abundante hielo, las selvas invadirán el planeta. Comenzará la fotosíntesis, las cadenas tróficas, los ecosistemas y el ciclo del carbono. Esta vez habría un creador plenamente identificado: el hombre.

Ningún país quería quedar rezagado en el reparto de los apetitosos pasteles que significaban la Luna y Marte. Había metales desconocidos y de propiedades asombrosas: el methanolum, la sulfita, el rutilo, la meridianita y el bótulus. Más livianos que el aire, resistentes a temperaturas elevadísimas, rígidos y maleables, superconductores, transparentes, más duros que el diamante... y no contaminantes.

Una extraña reacción de los terrícolas ante la llegada de los *aliens*, y que demoró en conocerse, fue la repentina interrupción de los conflictos armados. Tampoco eran muchos. Estaban focalizados en algunas regiones cuyas riquezas naturales eran aún codiciables. De un día para el otro, los contendientes, hastiados de lo que había sido, durante milenios, el *leitmotiv* de su existencia y, sin que hubiera mediado un acuerdo de paz, dejaron de combatir y nadie se aprovechó de la situación. La presencia alienígena en la atmósfera le quitó todo el sentido a los conflictos terrestres. Lo que estuviese en disputa formaba parte de la Tierra y a ella pertenecía. De solo saber que afuera había un enemigo, todo otro desacuerdo se volvía absurdo y no aportaba laureles. Las armas de la Tierra, como instrumentos de una orquesta en receso, guardaban silencio, pero se preparaban para ejecutar la sinfonía del espacio.

La gente se reunía en los bares, en las casas, en las plazas; bebía cerveza, café, refrescos. Algunos fumaban marihuana; otros, cigarrillos. Todos comentaban:

¡Nos han estado observando! ¿De cuántas cosas se habrán enterado? ¿Verían lo que hizo Jesucristo, Carlomagno y Hitler... Julio César y Luther King? ¿Saben que somos los malos del universo?; ¿que entregamos a Juana de Arco y matamos

a JFK?; ¿que adoramos a demasiados dioses?; ¿que usamos la energía del átomo
para destruir ciudades con niños?; ¿que hemos comido del fruto prohibido?; ¿que
no apresamos a Jack el Destripador?; ¿que matamos a Lincoln y a Mahatma
Gandhi?; ¿que conquistamos, robamos, pillamos, saqueamos y asesinamos bajo el
signo de la cruz o de alguna bandera de colores?...

Los credos religiosos perdían sustento. La fe cedía paso a las supersticiones. Ya
no había pensamientos racionales sino impulsos atávicos. El raciocinio era desplaza-
do por la inquietud, la zozobra y el miedo. En la oscuridad del entendimiento, la
inteligencia, como pálidas luciérnagas de la noche, apenas destellaba en la impo-
tente soledad de la luz frente a las tinieblas.

Surgieron nuevos estratos sociales. Lo instintivo, el arraigo a viejos rituales fe-
tichistas, mitos y brujerías se imponía a lo cultural. El súbito liderazgo de siniestros profetas era el punto inicial de los nuevos niveles. En el de la bestialidad, se
podían encontrar médicos, abogados e ingenieros. Ellos sabían cómo afilar un cuchillo y dónde clavarlo. Un eminente académico o un respetable filósofo podían
estar entre los más abyectos. Otra vez, la humanidad perdía su lucidez a manos de
brujos y hechiceros, que decretaban la imposibilidad de salir indemnes de la ira de
un dios surgido del miedo.

Los chamanes adquirieron un sorprendente poder. Prohibían lo permitido y
permitían lo prohibido. El salvajismo, que tras la fachada cultural, había permanecido al acecho, irrumpía en la gente con la fuerza de una feroz puñalada. Quienes
seguían cultivando su espíritu no podían creer que esas cosas estuviesen sucediendo en el siglo XXII.

Los espurios chamanes eran venerados por *la gente de la televisión*, que los escuchaba con la boca abierta y la mirada oscura. No pregonaban la propia virtud,
pero señalaban el vicio ajeno; repetían el juego del culpable necesario. Hablaban
mucho… *Que traigan a dios o que propongan uno nuevo,* pero no decían nada.
Claro, hablaban siempre de dioses menores. El grandote estaba muy lejos; eso
todos lo sabían. Las conductas civilizadas eran reemplazadas por otras, más triba-
les, más del pueblo.

La inteligencia, producto del intenso sufrimiento humano, no estaba sola. El fanático impulso de la autodestrucción la acompañaba. Solo el hombre era capaz de
ofrendarse a sus dioses sanguinarios. Algunos grupos exhortaban a la inmolación.

La muchedumbre no confundía a los chamanes con los sacerdotes. Parecían
iguales, pero eran diferentes. El chamán era de la gente y el sacerdote era de Dios.
No cuidaba al hombre; cuidaba a Dios y estaba tan lejos como él. Las miradas de
los chamanes refulgían de odio. Hablaban en voz baja y clamaban por la redención
de los pecados. Había que estar cerca para oírlos, escuchar sus palabras y hacerlas
rodar como una bola de nieve que se incrementa con el odio. El tiempo del perdón
se había acabado. Era la hora de la sangre.

Los chamanes rodeaban a sus adeptos de dioses menores, de súcubos procaces
que danzaban alrededor de una vela. Cualquier terrícola podía viajar al mundo
espiritual, irse de la Tierra y, entonces sí, convertirse en un alienígena de verdad.

La creencia de que la salvación vendría del exterior se asentaba en los espíritus. Había que irse de la Tierra.

—El huerto del Edén no está aquí. Nunca estuvo. Hemos perdido el tiempo.

El culto a la Pachamama, a la Tierra en peligro, renació con inusitada virulencia. La Pachamama era una deidad inmediata. Estaba donde la gente esperaba que estuviese y escuchaba a todos. Se la podía invocar, solicitar su perdón y apaciguar su furia. Eso sí, había que satisfacerla. Siempre tenía hambre, y si no se la nutría, provocaba desgracias. Le gustaba ver brotar la sangre tibia y sentirla fluir sobre ella. La Pachamama bebía y la Tierra reverdecía.

Los chamanes permitían las cosas prohibidas, pero prohibían un montón de otras: comer perros, alcachofas, bananas, leche de hembra humana, orinar en público, espiar debajo del hábito de las monjas, extasiarse frente al fuego, usar anticonceptivos, lamer genitales, aplastar insectos, romper vasos de cristal. ¿Y el sexo con mujeres? Solo en su período de sangre.

—Necesitamos un dios de la gente —decían—, no un dios del universo.

Gracias a los chamanes, el hombre del siglo XXII, acosado por los *aliens* en el cielo de la Tierra, pudo comprobar que Dios no se había ocupado solamente de él y de su soberbia.

Los ritos mapuches de la lejana Patagonia reverdecieron con la *Machi*, una deidad entremetida, mentirosa y chafardera. Sentada junto a los dioses, los engatusaba con su charla interminable. No quería sangre, pero daba vuelta a las palabras para hacerse la ofendida. Lo mejor era decirle que su belleza no tenía parangón en el universo. No le gustaba la realidad; prefería las mentiras y el engaño. Podía confundir los ordenadores y hacer que los astronautas se perdieran en el espacio y jamás pudieran regresar.

Cuatro eran las naves y cuatro los jinetes que vendrían para el final de los tiempos: la Peste, la Guerra, el Hambre y la Muerte. Blandiendo la espada de fuego, la sacerdotisa del cielo anunciaba a la prostituta de Babilonia, la gran meretriz, la gran Señora de la Nave Espacial. Era el tiempo de ajustar las cuentas. Se había perdonado demasiado...

Los relatos de los terribles crímenes rituales de Nueva York y Londres, descriptos por los mismos vecinos, recorrían el mundo. La policía neoyorquina solo mencionaba catorce asesinatos. Un estudiante de Mitología y Ocultismo Satánico de la Universidad de Michigan realizó una investigación a fondo. Envió mensajes a los habitantes de Nueva York y Londres donde solicitaba información...: *Si han sabido de un asesinato, si han visto uno o si conocen a quien haya visto uno, digan qué día, dónde y a qué hora. Solo tres datos.*

Recibió 1986 respuestas, de las cuales 536 tenían un dato repetido. Así se supo que en Nueva York, durante la semana de la penumbra, murieron 1450 jóvenes de ambos sexos, descuartizados, mutilados, mordidos, con faltantes y con sus partes cambiadas. En Londres, el ejército salió a la calle el mismo día, y nada más reportaron 89.

No se podía hablar de ritos satánicos. Satanás no hubiera sido capaz de igualar el salvajismo de los que pretendían salvarse bebiendo sangre de inocentes. Acciones aberrantes ejecutadas por quienes en vez de victimizar a sus hijos, eligieron los ajenos.

Llamaban a la puerta... Se oía un siniestro jadeo del otro lado. Al principio, todos confiaban. ¿Quién es? Soy yo, don Jaime, su vecino. ¿Puedo hablar con usted? Ni bien se abría la puerta, el vecino y una banda de forajidos, desencajados, armados de cuchillos y hediendo a muerte, lo arrollaban todo. *¿Dónde están los chicos, don Jaime?* Se los llevaban en silencio. Nadie hablaba ni gritaba. Eso era lo peor. No llegaban a la planta baja de la finca cuando ya los habían ejecutado. Arrastraban los cadáveres por las calles y dejaban las huellas de su paso por la calzada. Entonces, alguien del grupo decía: *Conozco uno que tiene una hija adolescente. Vamos a por ella...*

En silencio, los barrios de las ciudades se iban transformando. Las mudanzas eran cosa de todos los días. Nadie, en su sano juicio, querría convivir con semejantes vecinos. Aprendieron a reconocerlos. Llevaban la cabeza gacha y evitaban mirar de frente. Por las noches, reunidos en algún rellano de las fincas, se los escuchaba hablar en susurros. Grupos de padres ultrajados irrumpían en las reuniones cuantas veces podían y los mataban a garrotazos. Los policías, encargados de preservar el orden, seguían de largo.

Circulaban relatos escalofriantes sobre crucifixiones de víctimas imberbes, de óvulos infantiles y testículos atascados. Decían que habían ocurrido en España, en Australia y en la India, pero no había evidencias ni se encontraron cuerpos. De momento, la evolución cultural de la especie humana estaba interrumpida.

La doctora Genoveva había recibido, hacía apenas unos instantes, una comunicación del EMC sobre la presencia en la Tierra de un extraño *paquete* enviado por la nave del espacio a través del túnel de fotones. Las órdenes del comandante eran las de proceder a su asepsia y esterilización antes de investigar el contenido.

El comunicado incluía un mensaje privado del general Vladimir. Enviaba sus saludos personales y manifestaba su deseo de conocer a la atractiva doctora, de cuya fama y prestigio estaba imbuido... y solicitaba el suministro urgente de material de alto poder desinfectante, capaz de provocar la muerte del más resistente microrganismo y que pudiera ser aplicado mediante nebulización al vacío. La entrega del material era de absoluta prioridad. El helicóptero ya estaba a la espera en la terraza de la cabaña.

Genoveva se sonrojó ante la galante osadía del ruso. Obedeció la orden y lo proveyó del mejor antiséptico que tenía. Nunca lo había usado. Su trabajo no era exterminar la vida sino conservarla. Salió del sector esterilizado de su laboratorio, donde se encontraba cuando recibió el mensaje, pasó por la cámara de purificación y fue al almacén de tóxicos. Cogió una caja de F-TRO2, un compuesto de indigotindisulfonato de titanio, eritrosidina hidrocloruro y tamsulosina sódica. Verificó la fecha de caducidad y puso la caja en el vehículo eléctrico para que la recogiera el helicóptero enviado desde Madrid y que debería estar aguardando en San Llorenç de Morunys. Esfínter y Escroto, ladrando como cachorros, acompañaron el envío. No era necesario que ella lo entregara. Había un dispensador automático de muestras. Los perros cuidarían de que todo saliera bien.

Genoveva prefirió ir a la cocina, prepararse un café con leche y ocupar la mente en su organismo biológico favorito: el coronel ABC. La situación imperante, aunque no fuera un tema cotidiano entre ellos, les tocaba de lleno. No solo como profesionales vinculados con los organismos de defensa, sino también como seres humanos. La Tierra era una sola.

—Los *aliens* son más avispados que los humanos —le decía Genoveva al coronel—. El planeta que habitan es su única patria y no lo fraccionan en naciones de distintos colores. Un terrícola tendría que decir soy de la Tierra y no... vengo de España.

En el siglo XXII no había cartas de amor, ni serenatas de mariachis a la luz de la Luna ni palomas mensajeras. Genoveva y ABC querían acariciarse, olerse y besarse. Por ahora, esas cosas debían hacerse cara a cara.

—Hola, cariño mío. He aprendido a cocinar buñuelos de cuaresma...

—Ahora no estamos en cuaresma, tonto.

—No me importa la cuaresma.

—A mí tampoco... Comeremos buñuelos en enero; qué gracia.

—¿Cómo se encuentran Esfínter y Escroto?

—Bien. ¿Y tú?

—¿Cuándo podré visitar tu laboratorio?

—¿Has ido al podólogo para que te arregle los pies?

—Respóndeme a lo otro.

—Hombre, ¿cómo nos veremos si te duelen los pies?

—Tú ruedas; no caminas.

—Ruedo, pero uso tacones.

—¡Qué excitante!

—¿Cuándo quieres que nos encontremos?

—Hay colas para volar; salen pocos aviones.

—Vale. Iré en mi coche.

—Faltaba más; yo iré a tus brazos.

—Tú tienes compromisos con la ESA.

—Es cierto. Estoy muy atareado estos días.

—Me han pedido desinfectante.

—Estoy enterado; enviaste una caja de F-TRO2.

—No se te ocurra abrirla; no es un *abre fácil*.

—Gracias por avisarme.

—Dime dónde nos vemos y salgo ya mismo.

—Se me ocurre una idea fantástica.

—¡Qué bueno! Dime.

—Nos encontraremos en el Parque del Retiro. Te dejarán pasar con tu credencial; igual, yo estaré cerca. Veremos qué sucede con nuestros visitantes del espacio…

—Vale. Salgo en diez minutos. Los móviles funcionan más o menos; así dicen.

—Tú haz una llamada, y si no me pongo, estaré en la entrada de la Avenida de Menéndez y Pelayo: la puerta de América. Podrás ingresar con tu coche y dejarlo dentro del parque. Yo hablaré con la guardia. ¿Anotaste todo?

—Saldré en cuanto acomode las cosas. Tú ve abriendo los brazos.

—Ya los tengo abiertos...

12 - Diciembre 2100... ¡Hosanna!

Los madrileños —que no perdían la chispa— bautizaron el objeto envido por los *aliens* como *el paquete*. Pero no *el de Madrid* o *el del espacio*, sino *el paquete de Alfonso XII*. La figura del joven monarca adquirió renombre cósmico. Había sido elegido por una civilización extraterrestre como destinatario del obsequio enviado a la Tierra. ¿Acaso ignoraban que había muerto hacía más de dos siglos? En el sentir popular de los madrileños, la relevancia del *paquete*, cualquiera fuese su contenido, no radicaba tanto en que constituía un regalo de Navidad para la especie humana sino un homenaje póstumo del universo dedicado a Alfonso XII.

Nadie salió a la calle a vender banderines, biografías o anécdotas del difunto. Las cosas ya no eran como antes, y tampoco el horno estaba para bollos.

El público presente, una parte de la flor y nata de la humanidad, estaba estupefacto. Ni por asomo, se esperaba algo semejante. La sorpresa, difundida en directo a todo el mundo, fue general, y la curiosidad por abrir *el paquete* no iba a la zaga.

¿Sabrían los *aliens* el significado de la Navidad en la Tierra? Parecían estar muy al tanto de las cosas humanas, mientras que los humanos lo ignoraban todo acerca de ellos.

El paquete de Alfonso XII parecía una caja de zapatos. Estaba envuelto en un papel ordinario y atado con un hilo, también ordinario. No era una manera elegante de contactar con una civilización como la humana que, aunque habitara un planeta perdido en la inmensidad del cosmos, no era poca cosa... *Los Visitantes* no parecían gente de mundo. Mejor habría sido envolverlo en un papel de regalo con ilustraciones del espacio, lejanas galaxias, cometas iridiscentes, flores o exóticos rinocerontes.

¿Qué aspecto tendría un ser de otra galaxia? La fantasía popular los diseñaba extravagantes: gusanos con ojos que giran, cabezas con varias bocas y pezuñas a lo Lucifer. ¿Qué tan grotesco podía ser un *alien*? La realidad era que nada. El universo y la Tierra compartían la misma Naturaleza y sus diseños eran bellos y eficientes. Una figura grotesca no sobreviviría; no sería funcional. Cualquier bicho que habitase en un planeta de origen volcánico como la

Tierra, y estuviera sujeta a la fuerza gravitatoria, no podría tener mejores formas que las provistas por la Naturaleza. Tendría que ser parecida al humano, o a los demás animales, o a los insectos de la Tierra cuyos sistemas de adaptación eran prácticamente perfectos.

Las piernas, por ejemplo, servían para todo. Los brazos no tenían desperdicio. Las manos fueron la mejor herramienta desde el principio de los tiempos. Los sentidos no podrían ser menos que cinco. ¿Se habrían tenido en cuenta esos mismos imponderables fuera de la Tierra, o en otros lugares las cosas se hicieron a la bartola? Tal vez no había barro, pero un buen creador se las apañaría con lo que encontrase a mano.

Tras recuperarse de la sorpresa, las autoridades y acompañantes aguardaban, expectantes, el desarrollo de los acontecimientos con los ojos puesto en el general Vladimir.

El paquete de Alfonso XII fue puesto bajo custodia permanente. Nadie podía acercarse. Potentes reflectores iluminaban la escena. Los expertos lo enfocaban con sus escáneres. Parecía un paquete común olvidado en alguna calle de Madrid. De no ser por las especiales circunstancias de su llegada, se le podía haber dado un puntapié al encontrarlo en el camino. Era rectangular, envuelto en papel de estraza, o algo parecido, con un hilo que podría ser de cáñamo común anudado en el medio. No había dedicatorias. Ninguna etiqueta que dijera: *Para Alfonso XII...* o *Para los terráqueos, con amor.*

Los escaneos no arrojaron resultados. Parecía vacío. Las imágenes mostraban lo que parecía ser otro paquete más pequeño o, simplemente, papel o cartón doblado.

El objeto fue aislado dentro de una carpa de doble cámara de desintoxicación. Era profiláctica, hermética, impermeable y aséptica. Se accedía por una abertura con cierre de cremallera. El conjunto se asemejaba a una enorme tira de esparadrapo. En la espera del equipo sanitario, el propio general Vladimir, valiéndose de sus prismáticos, observaba el objeto a través de aberturas trasparentes ubicadas a lo largo del vendaje. Había dejado su *Shapka-Ushanka*, de largas orejeras para lucir un coqueto gorro ruso de piel de oveja color gris y con las iniciales del ejército rojo. Un detalle folklórico con el que pensaba impresionar a *Los Visitantes...*

Ocho individuos de blanco con trajes estériles, escafandra y guantes entraron al recinto.

Eran los agentes biológicos de la ESA y de la NASA. Arrastraban un pequeño remolque con equipo sanitario. El general les facilitó el acceso. Con presteza, y cubriéndolo por completo, los agentes montaron alrededor del objeto otra pequeña tienda sellada y fijada al suelo. Luego, por una pequeña abertura en la parte superior, conectaron los equipos de esterilización. El procedimiento era similar al que recibían los astronautas a su regreso del espacio. *El paquete* fue bombardeado con una lluvia de microondas, otra de radiación ultravioleta y otra de F-TRO2, antiséptico provisto por el CEMIG. Luego cerraron la abertura y se retiraron. Ningún microrganismo que cumpliera con las condiciones de vida incluidas en el ciclo del carbono podría haber sobrevivido.

El general decidió que permaneciera 24 horas sumido en la atmósfera aséptica. Luego, tras un nuevo escaneo preventivo, la humanidad sabría su contenido.

El sector del anfiteatro comenzó a poblarse de espectadores. En comitiva, con los jefes de Estado de Francia, Alemania, Rusia y el Reino Unido —que eran los que se encontraban en Madrid—, el presidente del Gobierno español, fue el primero en llegar. Los últimos lo hicieron acompañados de sus cónyuges. Prolijamente afeitados, vestían impecable traje gris, corbata al tono, camisa blanca y zapatos negros. Sus esposas se habían ataviado como para una ceremonia oficial. La oficina de protocolo había recomendado no hacer ostentación de pieles de animales salvajes, joyas o pedrería. Las primeras damas, bajo sus abrigos de piel sintética, iban de largo, sobrias y elegantes con finas sandalias de tacón mediano. *Nada de escotes llamativos ni vestidos de lamé ni tajos hasta la cintura ni tacones stiletto.* Fue esa una especial recomendación del comandante, que no tenía nada que ver con los *aliens*. El sagaz militar se preocupaba de que nada lo distrajese de sus funciones.

Había prohibición de fumar en presencia de los extraterrestres. Los expertos en explosivos curioseaban por todas partes y efectuaban misteriosos análisis. Se ordenó que un solo equipo de prensa, el de la RTVE, transmitiera en directo a todo el mundo. Las quejas fueron silenciadas. No había espacio para todos.

Se colocaron varias sillas plegadizas dotadas de confortables cojines. La intendencia del ejército de tierra proveyó de estufas portátiles. En honor a la tradición del país y al frío del invierno, se sirvió a los presentes una taza de espumoso chocolate caliente con churros madrileños recién hechos. Una confortable placidez se instaló en el ánimo del público.

Entre los presentes se destacaba el coronel ABC, cuyo apasionado romance con la directora del CEMIG era el comentario infaltable en toda reunión de autoridades. El general Vladimir Sergéevich Popov, comandante en jefe de la Tierra, le hizo un guiño cómplice al estrechar su mano... como envidiándole la suerte. De inmediato, sin darle lugar a una respuesta, se acercó a las damas haciendo una expresiva reverencia al estilo ruso.

El plazo había vencido. Desde que se avistaron las naves, hacía más de un año, por primera vez, el hombre tomaba la iniciativa. El general, vistos los resultados de los escáneres, que no indicaban novedades, autorizó la apertura del *paquete*.

La percepción de los humanos estaba condicionada a la costumbre. Habían visto un envoltorio de papel atado con hilo y eso es lo que parecía. Pero el astuto general ruso intuía que *el paquete* no era un paquete, ni el *hilo* era hilo.

La tienda del esparadrapo fue desmontada con rapidez. El objeto estaba aún dentro de la más pequeña. Un círculo de soldados, armados con sus AK-47, permanecía alerta. De los expertos que desinfectaron el envío, se destacaron dos agentes armados con lanzallamas y equipados con trajes, escafandras y guantes protectores. Otros dos levantaron la tienda pequeña y se retiraron. *El paquete* quedó expuesto a la vista de todos.

Con el lanzallamas en la mano, uno de los agentes permanecía atento a cualquier contingencia. El otro se acercó al *paquete* y, casi tocándolo, se puso en cuclillas a su lado. Dejó el arma en el suelo y estiró los brazos. Muy concentrado, tomó con una mano lo que parecía ser el nudo, y con la otra, cogió el extremo del *hilo*. Todo indicaba su intención de desatarlo.

Pero el *hilo,* ni bien fue tocado por la mano humana, dio un salto como si fuera una serpiente y comenzó a desatarse con rapidez. El veloz movimiento, acompañado, para peor, de un sibilino pitido, tomó por sorpresa a los agentes. El que estaba más cerca, sobresaltado, intentó erguirse, pero tropezaba en cada respingo. Consiguió recoger su lanzallamas, alejarse unos pasos y quedar de pie junto a su compañero. Este, presto a disparar, activó el arma. Todos contuvieron la respiración. La voz calma y serena del comandante Vladimir sonó con claridad en medio del silencioso recinto.

—Calma, oficiales, esperad...

Sus palabras tranquilizaron a los agentes. No obstante, se apartaron unos pasos más sin dejar de apuntar con los lanzallamas.

La *serpiente*, una vez en movimiento, no se detuvo al desatar el nudo. Restallando como un látigo, y sin dejar de pitar, siguió en movimiento hasta dejar libre todo *el paquete*. Al mismo tiempo, el extremo suelto comenzó a arrollarse sobre sí mismo hasta formar una espiral compacta. El otro extremo quedó sujeto al borde del papel con que estaba envuelto *el paquete*. El espiral quedó inmóvil y comenzó a emitir luminosidad. El irritante silbido cesó.

Entonces, en medio del silencio sepulcral de la humanidad, sucedió algo inverosímil.

El papel —o lo que fuera— comenzó a desplegarse por su cuenta. Muy despacio, mientras se escuchaba el ruido característico que produce cuando se desarruga, *el paquete* se desenvolvía. Esta vez, nadie se sobresaltó. La textura era más bien gruesa, muy pulida y abrillantada, como papel fotográfico. Daba la impresión de ser muy resistente. La *caja de zapatos* estaba envuelta en sentido longitudinal como era habitual en la Tierra. Primero se extendió un pliego, que se apoyó en el suelo; luego otro y otro más, cada vez más grandes. Se veía que su tamaño final no sería pequeño. Había sido plegado varias veces para que tomara la forma rectangular. Las marcas desaparecían al quedar en posición horizontal. Cuando quedó extendido se pudo ver —según fue medido más tarde—, que era bastante grande: 3.62 por 1.85 metros.

El regalo de Navidad no había resultado tal. Un murmullo de desencanto desplazó al silencio. No partió solo del público presente, sino también del resto del mundo. Fuera del papel extendido en el suelo, no había más nada. Los que esperaban un marsupial venido de remotas galaxias quedaron decepcionados. Las primeras damas, boquiabiertos sus rojos labios, se miraban sin entender y se arrebujaban bajo los abrigos de piel sintética. Sus encumbrados esposos se miraron también sin saber qué actitud adoptar. Pese a la prohibición, algunos cigarrillos se encendieron. No había *aliens* a la vista y estaban al aire libre. Todos intercambiaban miradas interrogantes. ¡*Un trozo de papel!* ¿*Qué nos habrán querido decir?*

Los zorros más astutos de la Tierra viven en las frías estepas de Rusia, de donde también era oriundo el general Vladimir Sergéevich Popov. En el corto tiempo que llevaba en sus funciones, había aprendido que en asuntos galácticos, las cosas no eran lo que parecían ser. En medio de la perplejidad general, demostrando que no en vano era el comandante en jefe de la Tierra, se acercó al papel que estaba en el suelo con el hilo arrollado. Se agachó. Con una mano sujetó su gorro del ejército rojo y, con la otra, sin ninguna protección, cogió la luminosa espiral y levantó el papel como si quisiera examinarlo. Luego, se volvió hacia el público y las cámaras de televisión. Mostró el conjunto colgando de su mano... y lo soltó.

Entonces sucedió lo más extraordinario. La espiral, que emitía ahora una luminosidad más intensa, comenzó a levitar por su cuenta con el papel colgando de ella. El conjunto se desplazó hacia uno de los lados y se estacionó en posición vertical, a unos dos metros de altura y a la vista del público y del comandante. Todo indicaba, y así lo habría intuido el ruso, que la espiral era la fuente de energía, el soporte antigravitatorio del cual colgaba *el papel* a dos metros del suelo. Visto así en posición vertical, parecía la pantalla de un televisor o la de un cine al aire libre.

Los cigarrillos fueron apagados. Sobrevino el silencio. No se percibía ni el paso del aire por los pulmones. Se presentía que algo grandioso estaba por comenzar.

La espiral inició la acción. Su resplandor se fue incrementando. Luego de unos segundos la rutilante luminosidad comenzó a deslizarse por el hilo que la unía a la pantalla de papel, y se desparramó sobre ella. No era una luz que fulguraba hacia el exterior, sino una iluminación interna, atenuada, como la del monitor de un ordenador. Seguidamente, como en los primeros tiempos de la televisión, la pantalla se fue llenando de puntos en blanco y negro que vibraban en completo desorden. Boquiabierta, la humanidad contemplaba el fenómeno.

Poco a poco, como si una pluma invisible estuviera escribiendo, los puntos fueron tomando forma de signos. Al principio se veían borrosos, pero se fueron definiendo luego de unos segundos. Eran signos conocidos: caracteres lingüísticos. Se estaban acomodando en un orden determinado. El idioma aún no podía identificarse. Por fin, la pantalla emitió un fuerte resplandor y dejó de vibrar. El fondo se volvió de color claro. Los signos, grandes, negros y definidos, se vieron entonces con total claridad, y la especie humana experimentó la mayor sorpresa de la historia. Escrita en latín, y con perfecta caligrafía, había una sola frase.

Gloria in altissimis Deo,
et super terram pax in hominibus bonae voluntatis 6

Lenta y detenidamente, en medio del silencio, la frase fue leída… por toda la humanidad. Entonces sí, un sordo murmullo comenzó a elevarse en el mundo cuando todos, a la vez, para estar seguros, volvieron a deletrearla en voz alta. Algunos se restregaron los ojos. Los presentes, gente *de las bibliotecas*, reconocieron el idioma y entendieron el significado. El murmullo cesó. Hasta las máximas jerarquías del cristianismo —que parecían, prima facie destinatarias, del mensaje—, se habían quedado paralizadas.

Era una frase litúrgica, religiosa, una frase cristiana. Se enviaron urgentes consultas a las oficinas del Vaticano, a los patriarcados de Constantinopla, de Moscú, Alejandría, a los imanes más esclarecidos del Islam y a los obispos de las iglesias evangelistas.

Las respuestas fueron de naturaleza mística y no coincidían en nada, salvo en que fueron palabras dichas y escritas por los hombres para glorificar a Dios. *¿Cuál Dios? Pues hombre, ¿cuál va a ser?, el único. El dios de los cristianos. El del cielo y de la tierra.*

El comandante y los demás estrategas acordaron no hacer comentarios sobre un supuesto mensaje transmitido por medio de una cita bíblica, que nada tenía que ver con el cometido militar o político. Sabían que las astutas iglesias cristianas aguardarían el desarrollo de los acontecimientos para ponerse del lado más ventajoso.

La traducción del latín fue revisada y consensuada. La frase decía lo que debía decir. Glorificaba a Dios en las alturas. Los dioses estaban siempre en las alturas. Eso quedaba claro. El espíritu de sumisión de *Los Visitantes* parecía ser idéntico al de los humanos. Luego concedía la gracia de la paz a los hombres de buena voluntad; es decir, a los que tributan, consumen y votan a ciegas. Pero a los militares del siglo XXII, agnósticos y belicistas, la frase les parecía más bien la jactanciosa bravuconada de quien se cree vencedor.

A criterio del comandante, la cosa no podía estar finiquitada con una sola frase. Faltaba otra. El general Vladimir hizo un guiño de picardía a sus oficiales. Luego, su mirada se perdió en el infinito. Luego, bebió un trago de vodka y, luego de chasquear la lengua, agregó:

—Esperaremos la segunda parte.

La intensidad de la luz de la pantalla disminuyó. O bien entró en estado de bajo consumo, o bien, anunciaba el fin del espectáculo. La jornada, de fuerte carga emocional, había sido extenuante. Los presentes bostezaban. Las primeras damas fruncían el ceño, tomaban a sus esposos del brazo y se arrebujaban aún más en sus abrigos. Poco a poco, se fueron todos a dormir. La inscripción no se borró de la pantalla.

El anfiteatro de Alfonso XII permanecía cercado. Una división de elite lo rodeaba día y noche. Al tercer día, cuando todos los expertos y funcionarios continuaban discutiendo el tema de las alturas y de la buena voluntad, se recibió un aviso urgente. Había novedades. Militares y funcionarios salieron a todo trapo y se formó otra fila de espectadores frente a la pantalla. Dado lo urgente del llamado, faltaron algunos gobernadores y sus esposas. Salvo el presidente del Gobierno español y su colega francés, ambos divorciados, y que arribaron de nuevo entre los primeros, otros jefes de Estado, presentes en España, decidieron ver la ceremonia arrellanados en los sofás y al abrigo de la calefacción. A sus consortes no le agradaban los escenarios castrenses ni vestirse a los apurones.

La pantalla, con la frase escrita, había permanecido durante dos días pálidamente iluminada. Pero, una hora antes, cuando los guardias dieron la señal de alarma, había vuelto a reverberar con intensidad, y una nueva frase, escrita con pasmosa lentitud y a continuación de la otra, hizo su aparición y terminó de desorientar a los humanos. Tal como suponía el general Vladimir, la segunda parte completaba el enunciado.

Gloria in altissimis Deo,
et super terram pax in hominibus bonae voluntatis...
Hosanna filio David! Benedictus, qui venit in nomine Domi-
ni! Hosanna in altissimis.7

Esta vez, todos estuvieron de acuerdo. Alguien, en nombre del Señor o el propio Señor en persona, anunciaba su próxima llegada a la Tierra. El revuelo fue general.

La novedad, trasmitida en directo, fue interpretada y anunciada como el inminente arribo del Señor Dios del universo…, o alguien que venía de su parte. Podía ser el hijo del rey David, el propio rey David, Jehová, un embajador o el mismo Mesías.

El inestable equilibrio interno de la sociedad humana, ya de por sí resquebrajado por los acontecimientos, se alteró hasta los cimientos. La anunciación de la llegada de Dios, lejos de traer tranquilidad, llevó a la gente al borde de la desesperación. Aunque el caos reinante fuera tremendo, nadie podía suponer, entonces, que el futuro que se cernía sobre la especie humana sería muchísimo peor.

Los países de oriente no dependían de un dios externo como en el cristianismo. Sus creencias estaban relacionadas con la iluminación del espíritu y el encuentro con una divinidad interna. Dios confirmaba su existencia. Su inminente llegada a la Tierra era una sonora bofetada que ponía punto final a muchos siglos de dudas, incredulidad y ateísmo.

Para los judíos, el que vendría dispuesto a exterminar a los enemigos de Israel, sería el mismo Jehová. El fuego y el azufre que destruyera Sodoma y Gomorra se derramarían ahora sobre los infelices cuya sangre no tuviera algún vestigio del ADN del rey David.[8]

Los musulmanes anunciaban la llegada de Alá, el que reveló a Mahoma los textos sagrados. Al frente del Islam, comandaría la guerra santa contra el resto del mundo. Los enemigos serían aplastados. Una lluvia de fuego y azufre caería sobre Israel…

Cada grupo se disputaba la propiedad de Dios. *¡Ahora veréis lo que es bueno!* El escarmiento total, la rendición de cuentas estaba próxima, y sería terrible.

Los católicos, fieles a su estilo, adoptaron una actitud conciliadora, menos amenazante y más ladina. Ya habían muerto los que debían morir y, de momento, aunque no hubiera demasiados devotos, no eran tantos los herejes como para volver a encender las hogueras y limpiar el mundo de ellos. Ante una multitud de fieles reunida en la Plaza de San Pedro, el Santo Padre abría los brazos al cielo y repetía una y otra vez… *Dominus vobiscum.*

Los cardenales ofrecían a las autoridades el apoyo de la Iglesia frente a una nueva llegada del Señor de los Cielos. Debían purificarse y confesar sus pecados para ser elegidos por el Señor… *porque muchos serán los llamados y pocos los escogidos.*[9]

La erupción de fanatismo religioso provocó un torrente de lava humana que fluía en dirección a Madrid. Un solo grito recorría el mundo de este a oeste y de norte a sur: *¡Vamos a Madrid!* Los peregrinos portaban palios con iconos variopintos, cruces, signos del cielo, estandartes, pancartas, alabardas, cuchillos, pistolas... o lo que encontraban a mano.

Vista la marabunta que se les venía encima, las autoridades madrileñas pidieron la ayuda de las fuerzas armadas. La ciudad fue blindada y sus accesos, controlados. Barajas quedó habilitado solo para militares, reyes o presidentes. El aeropuerto de El Prat en Barcelona y el de Manises en Valencia debieron ser cerrados también. Las multitudes que arribaban a ellos buscaban transportes para ir a Madrid. Muy pronto se cerraron todos los aeropuertos españoles. La Guardia Civil comenzó a interceptar el paso de vehículos, pero la gente, enfebrecida, los dejaba abandonados y seguía a pie. El atasco era tan tremendo que los controles no fueron necesarios. Las autopistas estaban obstruidas por vehículos abandonados. Los peregrinos marchaban a través de pequeños poblados, campos sembrados, huertas, granjas, corrales y monasterios. La gente de las zonas rurales les bridaban cristiana hospitalidad al principio. Luego, los alejaban a balazos. No les soltaban los perros por miedo a que se los comieran.

Las tropas del ejército se desplegaban en las afueras de la ciudad con órdenes de no dejar pasar a nadie. Dentro del ejido urbano, había piquetes de control en calles, plazas y avenidas. En los alrededores del Parque del Retiro hubo que reforzar la cerca con alambre de púas y afiladas cuchillas. Se despejó un claro alrededor para sembrarlo de piedras puntiagudas. Imposible caminar sobre ellas sin ser vistos por los centinelas que, sin miramientos, disparaban sus fusiles cargados —la primera vez— con balas de pintura.

El Parque del Buen Retiro, el lugar del regocijo y la espiritualidad de los madrileños, se convirtió, de la noche a la mañana, en una fortaleza amurallada e inexpugnable.

Los ferrocarriles, buses y otros transportes terrestres, eran detenidos en las fronteras de Francia y Portugal. Los servicios de guardacostas se desplegaron para impedir el incesante flujo de peregrinos desde el Cercano Oriente, Italia, Sicilia y el norte de África. Muchos fanáticos se lanzaban a nado por el estrecho de Gibraltar. La marea humana, que venía a recibir a Dios, no respetaba barricadas, alambrados o fusiles.

Cuando se avistaron embarcaciones procedentes del otro lado del Atlántico, el Gobierno español, abrumado, pidió ayuda a sus aliados. La Sexta Flota de los Estados Unidos en el Mediterráneo, apostada en Base Naval de Rota, se hizo a la mar para patrullar las costas españolas. Otras fuerzas armadas de Alemania, Francia, Italia y Gran Bretaña tendieron un escudo de protección por aire, mar y tierra. La zona de exclusión se estableció en la ciudad de Lille en la frontera con Alemania y en la línea de playas de Italia y el norte de África.

La gente portaba palmas, ramas de olivo y laurel para recibir al Señor. Los ánimos estaban exaltados. Si bien la conducta era normal, por decirlo así, se veía en el brillo desaforado de las miradas la fragilidad de la frontera con la barbarie. Los agentes no sabían cómo explicarlo, pero aseguraban que se aspiraba olor a sangre.

Algunos jefes de estado, sus esposas y comitiva aprovecharon la coyuntura para regresar a sus países. Madrid se volvía inhabitable.

Las autoridades de la ciudad estaban enloquecidas. Se intentó, como maniobra desesperada, dar cien euros —con cargo a las arcas públicas— a quienes decidieran regresar. No hubo interesados. La suma fue elevándose hasta los diez mil, sin éxito. El destino de la humanidad estaba ahora en las manos de Dios. El dinero ya no servía.

El hambre y la sed se harían sentir en breve, y la capital de España estaba desabastecida. Los proveedores temían los saqueos y se negaban a surtirla. Los que habían traído provisiones para su propio sustento fueron asaltados y despojados.

Los alrededores del Parque del Buen Retiro eran un chiquero de basura, orines y excrementos humanos. Los peregrinos dormían y hacían sus necesidades en cualquier lado.

Un funcionario del Ayuntamiento, devoto católico y afecto a la lectura de la Biblia, sugirió pedir consejo al Vaticano para multiplicar los panes y los peces.

—Bien que nos vendría un milagro. Estos nos van a comer a todos. Lo único que se multiplica en Madrid es la basura— así se expresaba la alcaldesa de la ciudad.

La doctora Genoveva Abelleda Yrizábal, conduciendo su propio coche, tuvo muchas dificultades para llegar a Madrid. Ni bien salió de Barcelona, la detuvo un piquete de la policía autonómica catalana. Sus credenciales estaban en regla. Era una funcionaria de alto nivel con credenciales del CNI. La dejaron pasar. No tenía cara de fundamentalista, iba bien vestida y era muy guapa. Le avisaron que había merodeadores rondando por la autovía y le aconsejaron tomar un camino secundario. Genoveva optó por desviarse en Fraga, antes de Zaragoza y seguir por la N 225 que pasa por Teruel. Aunque era un poco más larga, tenía poco tráfico y estaba en buenas condiciones. Pudo circular a razonable velocidad un par de horas. Repostar combustible fue otra hazaña. Las gasolineras estaban cerradas. Nadie quería atenderla por miedo a los pillajes. Tuvo que bajar la silla de ruedas del coche para solicitar ayuda. Cuando vieron que era una persona, en realidad, impedida, se apresuraron a reabastecerla.

Encontró más piquetes policiales cerca de Madrid. Su documentación y su minusvalía visible por la placa que llevaba en el parabrisas le facilitaron el paso. Luego de dos controles más, pudo entrar a la ciudad. La ruta al Parque del Retiro estaba vallada. Había clavos *miguelitos* en la calle para impedir el paso de vehículos y barricadas militares para los peatones. En el primer control, si bien advirtieron que no tenía cara de fundamentalista, iba bien vestida y era muy guapa, la demoraron hasta que verificaron su documentación. Habrían recibido órdenes al respecto, porque no solo la dejaron pasar, sino que le adhirieron al parabrisas un salvoconducto y emitieron un comunicado a los demás destacamentos para que le facilitaran el paso. Genoveva, a trancas y barrancas, se iba acercando al Parque del Retiro.

Quedó impactada por el cambio que había sufrido desde su última visita, no hacía mucho, cuando ella y el coronel, enamorados, hicieron el paseo del arte. Ahora, el lugar se había convertido en un campamento militar, con alambre de púas, equipos antidisturbios y soldados armados. Los oficiales iban de aquí para allá dando órdenes a gritos. Alcanzó a distinguir unos ojos grises. Eran los de su teniente, siempre tan activo, metiéndose en todos lados y dando indicaciones a quien lo escuchara y a quién no. Él la vio y vino a saludarla.

—Hola doctora, ¡qué placer volver a verla!

—Gracias teniente. Por lo que veo, usted está en todas partes, como dios.

—Doctora, en este momento, esa es una palabra peligrosa.

—Digamos entonces que se lo ve muy guapo.

—Gracias, doctora, eso suena mejor.

—Adiós, teniente.

Conducía a marcha muy lenta. Los controles eran constantes, pero al ver la oblea en el parabrisas, le cedían el paso. Encontró la avenida de Menéndez y Pelayo. En la puerta de América había un pesado portón con gruesas barras de hierro. Estaba cerrado.

Pero del otro lado, algo alejado, alcanzó a distinguir la espigada figura del coronel ABC junto a la oficina de vigilancia. Genoveva no disimuló la alegría que le produjo verlo. Hizo sonar la bocina para llamar su atención. ABC estaba acompañado de otra persona. El pesado portón se abrió. El coronel, con una tierna sonrisa de bienvenida, le indicó dónde aparcar y se acercó para ayudarla en el complicado proceso de descender. Ni bien estuvo en tierra, se agachó para prenderle una credencial en el pecho.

—Te presento a Mardoqueo, mi amigo y colega. Es uruguayo y experto de la ESA. Solemos trabajar juntos en algunos casos. Quería conocerte.

—Hola Mardoqueo— dijo ella ofreciéndole la mano. No quería ser besada.

—Mucho gusto, doctora Genoveva. Es un honor saludarla. Cuando supe que ABC era amigo suyo, insistí en que me permitiera conocerla. Su fama ha cruzado el Ecuador... Perdón, doctora... Me están llamando. Nos veremos en un momento menos dramático.

—Adiós…, encannntada...

Quedaron solos. ABC tomó el mando de la silla y se inclinó para decirle al oído.

—Eres una antipática. Ahora sé formal, por favor. Nos están mirando.

Se alejaron en dirección al monumento de Alfonso XII. No había un solo lugar libre de miradas para darse un beso. El ingenioso coronel la condujo a la antesala de los lavabos públicos. Allí pudieron apenas besarse por unos segundos. La fragancia no inspiraba el intercambio de arrumacos.

Luego de una recorrida, admirando —de lejos— el monumento de Alfonso XII y las esculturas que adornan el Paseo de la Argentina, se instalaron en el hemiciclo frente a la pantalla de los extraterrestres. Genoveva estaba nerviosa, pero entusiasmada y honrada de poder estar en la primera fila. Vería con sus propios ojos la famosa pantalla, cuya imagen rodaba por el mundo. Igual que muchos, ella se preguntaba qué aspecto podría tener Dios o quien fuera su delegado. El coronel le hizo un hueco para que acomodara su silla.

—¿Te encuentras bien? Tienes mirada de chica preocupada.

—Me parece que al verte perdí la cabeza y no he cerrado el coche.

—Yo también perdí la mía al verte y no te lo he recordado.

Le encantaba la habilidad del coronel para escurrirse de sus redes.

13 - Enero 2101... El Señor del Cielo

El nuevo año se iniciaba con importantes novedades. Los *aliens*, por fin, habían hecho contacto. Expectante, la humanidad aguardaba el próximo paso.

El tema había tomado ahora un sentido religioso. Luego de tantas hipótesis y disquisiciones científicas que, a fin de cuentas, no habían aportado nada concreto, surgía de improviso la imagen de Dios como el núcleo de todo lo sucedido. Podía ser el mismo Dios genérico del que se habla mucho, pero del que poco se sabe o un Dios nuevo, desconocido por el hombre, que en plena campaña de promoción, viene a la Tierra para sustituir al otro.

Lo místico se adueñaba de la situación y la niebla comenzaba a despejarse. El Dios genérico, si de él se trataba, asumía el mando de su propia creación. Las naves alienígenas traían a los humanos la misma incertidumbre de los comienzos de la historia. ¿Habría futuro? Todo indicaba que la pregunta tendría pronta respuesta.

La enorme nave *jefa,* la de Nueva York y Madrid, la de Alfonso XII —como también se la llamaba ahora—, seguía estacionada sobre la ciudad. Los militares, la multitud de peregrinos, madrileños curiosos y huéspedes variopintos la vigilaban día y noche. Unos veían una amenaza para la supervivencia y otros, una ilusión de bienaventuranza.

Donde sí reinaba la mayor consternación era en el Ayuntamiento de Madrid. No era para menos. De ser el símbolo de España, la ciudad de las verbenas, la tortilla de patatas y las corridas de toros, de un día para el otro se había convertido en la capital mundial de los desperdicios, el hacinamiento y la mugre.

La población estable de Madrid podía haberse decuplicado. En todo momento y lugar, se podían encontrar peregrinos merodeando. Revolvían en los desperdicios y allí mismo comían, meaban, defecaban... y todo a la vez. Luego se iban a buscar más basura. Dejaban una porqueriza por donde pasaban.

Proteger a Dios de sus fervorosos creyentes no sería una tarea sencilla. El Parque del Buen Retiro fue rodeado de pesados bloques de hormigón. Los mismos que se usaban para construir escolleras, pero puestos de punta, a modo de rombos. Formaban un muro de picos puntiagudos sobre el que no se podía andar de pie. Enseguida, formaron otra franja con piedras afiladas; luego colocaron varias capas de alambre de púas y cuchillas y, por último, la vieja reja de hierro. Alfonso XII parecía estar a buen resguardo.

Por otra parte, la acción alienígena sobre las cosechas había calado más hondo de lo que los gobiernos suponían. Ningún medio había informado de la posible escasez de alimentos, pero las entrañas de los hombres ya lo sabían.

Los madrileños hacían acopio de provisiones y agua potable en sus fincas, sótanos o pisos. Los propietarios de tiendas de alimentos los guardaban para sus familias y cerraban sus negocios. Pese al escaso interés por el dinero, el precio de los comestibles en el sur de Europa comenzaba a subir a una velocidad de vértigo. Bajo la excusa de las cosechas destruidas por los *aliens*, la renacida codicia humana se extendía al resto del mundo.

Era una buena manera de ilustrar a *Los Visitantes* —que estarían observando— cómo funcionaba el sistema capitalista de los humanos, que tampoco demoraría mucho en irse al garete. La lucha por la supervivencia sería más despiadada en las ciudades que en la selva. Todos serían presas, y todos, depredadores.

Para alimentar a los *peregrinos*, que afloraban como hongos, el Gobierno, a instancias de la Unión Europea, siempre celosa de los derechos humanos, decidió distribuir un pan de harina de soja por la mañana, y al atardecer, otro de trigo con chicharrones. Hidratos de carbono y proteínas. Los camiones del Ayuntamiento aparcaban donde hubiera aglomeraciones de peregrinos. Estos formaban una fila y aguardaban su turno.

De un día para otro surgieron grupos de misioneros que predicaban el evangelio. Abrían los brazos al cielo en agradecimiento y decían que era el *maná* del siglo XXII.

El civismo no duraría mucho. Las turbas de peregrinos, que al principio habían celebrado la llegada del *maná* y formaban colas con orden y respeto, comenzaron a incitar al saqueo indiscriminado. A grito pelado reclamaban más abundancia y variedad en el menú. Las ordenadas filas, transformadas, de súbito, en turbulentas muchedumbres, volcaban los camiones del Ayuntamiento y los vaciaban de todo lo que hubiese dentro. Los misioneros dejaron su prédica de lado y regresaron con rapidez a la frugal comida del monasterio.

Los abundantes desperdicios y excrementos constituían otro serio problema. Poderosas barredoras mecánicas recogían las inmundicias. Detrás, venían camiones hidrantes que limpiaban las calles y... a la muchedumbre. Todos eran lavados sin miramientos a pesar del frío invernal. Los tenues rayos del Sol secarían sus cuerpos.

El caos se cernía sobe Madrid y las bebidas alcohólicas, muy codiciadas y consumidas, lo incrementaban. Las vallas, rejas o cortinas metálicas no servían de nada ante la muchedumbre embravecida. Las posibilidades de controlar la situación disminuían con el paso de las horas.

Los vecinos se exasperaban. Los merodeadores ensuciaban las calles, plazas y paseos. Violentaban los coches aparcados; se cobijaban en ellos y amenazaban a sus propietarios. Ingresaban a los museos o a los centros comerciales en el horario de atención al público y luego se negaban a salir. Allí donde hubiera un hueco arquitectónico se acomodaban varios de ellos. Algunas obras en construcción debieron ser abandonadas ante la horda de peregrinos que desalojaba a los obreros. El tránsito de vehículos por calles y avenidas cruzadas por puentes o viaductos era interrumpido por quienes se cobijaban debajo.

El metro de Madrid, uno de los más extensos y modernos del mundo, fue invadido por las turbas, que comían, pernoctaban, vomitaban y hacían todo en los vagones, en los andenes o las escaleras. Más de un alcoholizado terminó destrozado por dormir la mona sobre las vías. El Ayuntamiento requirió la ayuda del ejército, y los peregrinos fueron expulsados con brutalidad. Tropas armadas en los accesos al metro les impedían el regreso.

A pesar de autodefinirse como cristianos, los peregrinos no ofrecían, precisamente, *la otra mejilla.* Prepotentes y agresivos, robaban a quienes se cruzaran con ellos. Aguardaban la entrada o salida de vecinos para introducirse por la fuerza dentro de una finca o de un *parking.* Los madrileños comenzaron a protegerse por sí mismos. Recluidos en sus casas, atrancaban puertas y ventanas. Arrojaban cubos de agua caliente desde los balcones y, en algunos casos, usaron la violencia para desalojar a los indeseables de los rellanos y escaleras. Armas de todo tipo comenzaron a relucir en ambos bandos. Una rama de árbol, un garrote, agua o aceite hirviendo, un cuchillo, una escopeta de caza o una pistola.

Las normas de convivencia habían desaparecido. Los propios encargados de velar por su cumplimiento abandonaban el principio de autoridad y se dejaban llevar por el instintivo: policías, custodios, soldados y algunos oficiales desoían las órdenes y sonreían a la turba como si autorizaran sus desmanes. Creían que así ganaban su buena voluntad y ellos estarían a salvo. Pero cuando algunos fueron vejados y privados de sus armas y abrigos, optaron por acogerse a la consigna survivalista de... *Sálvese quien pueda.* Madrid mostraba las señales del salvajismo descontrolado que pronto se extendería al resto del mundo.

Lo que no era regalado, se tomaba con violencia y sin agradecimiento. Las tiendas de la zona del Retiro habían sido saqueadas. Salvo la comida, el agua, las bebidas y las prendas de abrigo, que se conservaban, los demás artículos robados se entregaban al destrozo colectivo. Pisotear y machacar objetos de lujo era motivo de jolgorio para la turbamulta alcoholizada. Una vez devastada una tienda, los forajidos acampaban en ella.

La ofuscación de las autoridades llegó al extremo de que algunos propusieran gasearlos con sustancias tóxicas.

—¿Por qué les dicen peregrinos si son maleantes...?

—¡Hombre! Eso es el espíritu del cristianismo.

—Con tal que los gaseemos, llámelos como quiera.

—¡Hombre! Eso es guerra química. ¡Está prohibida!

—Hagámoslo y luego pedimos perdón. Todos lo hacen.

—¿Y si al final resulta que Dios en persona viene del espacio?

—¡Ja...! El pobre los bendecirá antes de que lo maten.

—No creo que vuelvan a hacerlo.

—¿Usted cree que van a ser bendecidos?

—¡Pues claro, hombre! Y después regresarán a sus tierras.

—¿Y si no quieren regresar?

—Pues que Dios nos proteja.

—Entonces, comencemos a gasearlos ya mismo.

—Le dije que eso es anticristiano.

—En la raza humana nada es cristiano.

—Usted es un ateo.

—Usted es un ingenuo.

Los jerarcas religiosos de otros países tenían sus maletas preparadas y listas para viajar a Madrid en vuelos militares. Los dignatarios cristianos habían solicitado estar presentes en la recepción del Señor del Cielo. El general Vladimir aceptó encantado. Un recalcitrante impío como él no quería exponerse al fanatismo de la gente.

—Mejor así —dijo—. Que se cocinen en su propia salsa.

Se anunció que no se permitirían vuelos no autorizados de helicópteros sobre la ciudad. Los que infringieran esta disposición serían obligados a retirarse o se expondrían a ser derribados. Así que las terrazas y balcones aledaños al monumento de Alfonso XII fueron alquilados a precios exorbitantes por los medios de comunicación, para instalar poderosos teleobjetivos. La expectativa generada por la llegada de Dios a la Tierra justificaba el desmesurado costo que representaba ocupar un simple balcón. Los propietarios no querían billetes de banco. Solo aceptaban oro, diamantes, perlas legítimas o metales raros. Los más previsores preferían cargamentos de comestibles y de agua potable.

El tiempo de los *aliens* no se correspondía con la impaciencia humana. Todo estaba listo para recibir al Señor, pero, otra vez, el momento llegó cuando nadie lo esperaba.

Sin previo aviso, a primera hora de la mañana, cuando un político que se precie de serlo, recién estaría levantándose de la cama, un nuevo conducto de fotones comenzó a formarse en el centro de la nave *jefa*. El proceso era lento. Probablemente, a decir de los observadores, en esta ocasión, el túnel sería más grande.

Tenían razón. El nuevo tubo demoró dos días en formarse antes de emprender su viaje a la Tierra. Ya todos conocían el procedimiento. Colgando de la nave como un globo, una bola de luz crecía y crecía hasta alcanzar el tamaño crítico. Entonces, una protuberancia surgía de la base y comenzaba a estirarse en dirección a la Tierra tomando la forma de un embudo. El incipiente conducto, definido con claridad, se hacía cada vez más gordo y, a medida en que se acercaba a la Tierra, adquiría forma rectangular con las aristas redondeadas. Esta vez, el conducto era de gran tamaño y se movía más despacio.

No se podía precisar lo que había dentro, pero algo había. Un conglomerado de criaturas salía del centro justo de la nave y se atascaban en su intento de pasar de uno en uno. Parecía un alumbramiento múltiple, como si la nave estuviera desovando miles de extraterrestres. No se distinguía bien cómo eran. Había que esperar, pero algo ya era cierto: el conducto de fotones estaba lleno de ángeles, bichos, animales o algo con apariencia humana.

Algunos de los que miraban con sus telescopios alarmaban a la población.

—¡Es una invasión!

Otros, más sensatos, añadían…

—Hay muchos —sí—, pero están desnudos y no llevan armas.

Los aviones militares que aterrizaban en Barajas traían autoridades de todo el mundo. El papa, Justiniano IV, declinó la invitación a asistir. Su precaria salud no soportaría verse frente al mismísimo Señor del Cielo y de la Tierra. Podría detenerse su corazón, y el Señor, viendo su avanzada edad y dado que no hacía milagros sin repercusión mediática, se negaría a resucitarlo, puesto que tampoco así duraría mucho. En su reemplazo, asistiría el Cardenal Moscherini, considerado, en los círculos del Vaticano, como el próximo papa.

Por las Iglesias cristianas de Oriente, vinieron los patriarcas de Constantinopla, Moscú y Alejandría, SS. SS. Mar Dinja IX, Ilía IV y Mar Addai V, respectivamente. La señora obispo de Frankfurt, Alemania, Margot Wolfgang Huber, de 47 años —una elegante mujer que calzaba zapatos de tacón. Tenía cinco hijos, era dos veces divorciada, y, en la actualidad, estaba casada de nuevo con un agnóstico recalcitrante— fue elegida por las iglesias protestantes, adventistas y evangelistas como su representante ante el EMC. El obispo de Canterbury, primado de la iglesia de Inglaterra, le cedió también su representación. El gran rabino del Rabinato de Israel, Yona Yisrael Meir Lau, se agregó en el último momento. Los musulmanes dijeron que aunque fuera para recibir a Dios, si entraban de nuevo en España, sería para no volver a salir. Esta respuesta provocó una crisis diplomática, que en las actuales circunstancias no significaba nada en absoluto.

Jamás en la historia se había congregado una cantidad tan grande de líderes mundiales. El general ruso había solicitado a los jefes de estado y patriarcas de iglesias a concurrir con un séquito reducido. No sobraba el espacio en el recinto de Alfonso XII y, por la misma razón, no se podían desplegar demasiadas fuerzas de seguridad para salvaguardar la integridad de los ilustres visitantes… de este mundo o de cualquier otro.

El otrora paradisíaco paseo del Retiro, orgullo de los madrileños y preferido del turismo internacional, era ahora una base militar; un recinto fortificado. La muchedumbre agolpada en las inmediaciones era tanta, que impedía el acceso de las autoridades por tierra. Con toda urgencia, se habilitó un helipuerto en el interior del parque.

Los helicópteros, que iban y venían llevando mandatarios, se identificaban en la panza con las insignias del país correspondiente. La enfervorizada muchedumbre, desde la calle, los aclamaba al verlos pasar sobre sus cabezas. Al principio aplaudían a cualquiera. Luego, los saludaban de acuerdo con sus detalles folclóricos. Cada paladín del mundo recibía un homenaje según la fama de su país en el deporte o la televisión. El helicóptero de Francia fue agasajado con *La Marsellesa;* el de Italia, con una *canzonetta* napolitana; el de Brasil, con una *samba;* el de Argentina, con un *tango*… En otros casos, como los de China, Japón o Alemania, no se entendía con claridad la música ni la letra. La similitud que la plebe veía entre Estados Unidos y el viejo Imperio Romano quedó evidenciada cuando una estruendosa ovación brotó al paso del helicóptero: *¡Salve César, Imperator!*

El presidente del Gobierno español, don Alberto Jaramillo Olaizola, tuvo que afrontar algunos abucheos, pero no les concedió importancia.

—España y yo somos así, señora, respondió a una reportera de RTVE.10

El túnel de luz se acercaba. Comenzaba a oscurecer y a sentirse el frío del invierno. Una importante empresa fabricante de estufas y cocinas, proveedora del ejército, instaló, por gentileza publicitaria, un sistema de climatización de uso militar.

El coronel ABC y la doctora Genoveva, cada uno en sus respectivas sillas, nerviosos y tomados de la mano, aguardaban desde temprano en el interior del hemiciclo.

La desordenada improvisación organizativa no impidió que las cosas funcionaran. El conducto de fotones, por encima de Alfonso XII, estaba a punto de tocar tierra. Todas las miradas se concentraban en él. El asombro de los terráqueos no tenía límite. Si era el Señor quien estaba dentro del tubo, no venía solo. Había más personas, seres con ojos y atributos humanos apretujados como sardinas en lata y desnudos. Se distinguían cabezas, brazos, manos y piernas. Imposible saber si eran de un mismo cuerpo. Tampoco se veían armas de formato conocido o que se llevaran en las manos. Había una verdadera muchedumbre. El túnel estaba repleto de extraterrestres... o de ángeles. Una cantidad asombrosa.

¿Qué es esto? ¿Cuántos dioses vienen esta vez? ¡Qué dirá su santidad cuando se entere de esta payasada! Es una división de ejército completa. ¡No! Vienen solos; están todos desnudos. ¿Se ven mujeres?¡Hombre!, usted siempre con lo mismo... Sí. Pero ¿hay mujeres? Pues para mí son todos iguales; algo les cuelga en la entrepierna. ¿Tienen armas? Le he dicho que están todos desnudos. Entonces, ¿con qué armas nos van a conquistar?

Por fin, el conducto, sin hacer ninguna maniobra de adherencia, tocó el suelo de la Tierra, delante de la escultura de Alfonso XII y de frente a los dirigentes reunidos en el hemiciclo.

Notoriamente, sobresalía, una figura de apariencia humana. No se parecía en nada al Dios de las imágenes que rodaban por la Tierra desde hacía siglos. Sería un subalterno o alguien de su entorno. Por encima de la figura, apeñuscadas una encima de la otra, había una verdadera multitud de *sardinas* con aspecto humano. Si la imagen principal era la del mismísimo Dios —murmuraban algunos—, esos serían los ángeles de su comitiva.

Tal como como cuando llegó *el paquete*, no se oía ni la respiración. La humanidad estaba sobrecogida, y no era para menos. Por primera vez desde la creación del hombre, una criatura viva, habitante del mismo u otro universo y proveniente de un sitio desconocido, acababa de tocar el suelo de la Tierra. Eso no sería nada comparado con lo que podría ser la presencia, en persona—por no decir en carne y hueso—, del mismo Creador de todas las cosas.

Las sorpresas continuaron. El conducto, con mucha lentitud, comenzó a cerrarse desde los costados… lo que empujaba a las *sardinas* hacia lo alto. Lo hacía con delicadeza; con ternura; como si fueran suaves palmadas de madre que persuade a sus crías. El túnel se contraía y formaba una refulgente bolsa que las llevaba hacia arriba con el claro propósito de que la criatura principal, apoyada en la Tierra, quedara sola.

Apenas dos metros por encima se detuvo. El interior del túnel no parecía estar afectado por la gravedad terrestre. Las apeñuscadas *sardinas* flotaban apretujadas una encima de la otra. Conformaban una multitud imposible de contar. Partiendo desde la Tierra, llegaban hasta el vientre de la nave, a muchos kilómetros de altura. Nadie quería imaginar qué sucedería si el conducto no resistía tanto peso, salvo que, en verdad, fueran seres sin masa, etéreos

Las *sardinas* tampoco mostraban actitud de ángeles guardianes. Más bien, parecían divertidas con esa aventura de bajar a la Tierra. Los telescopios informaban que la nave había dejado de desovar y ya no salían más. El recién llegado quedó solo. Por encima de él, el enjambre de *sardinas*, ángeles, o de lo que fuera, se perdía en las alturas.

Conmovidos y en absoluto silencio, los presentes —y el resto del mundo— observaban, pasmados, la escena. Algunas lágrimas rodaron por las mejillas. Constituía un hito histórico. Alguien que no había nacido en la Tierra estaba frente a todos los nacidos en ella.

Las miradas convergían en quien podría ser el Dios del universo, aunque a simple vista parecía solo un alienígena. Por encima de la cabeza, la brillante luz del túnel lo iluminaba. Tras unos segundos de estupor, los humanos recuperaron la calma y salieron a relucir cámaras, teléfonos, tabletas y equipos fotográficos.

La criatura carecía de la solemnidad que debería mostrar si, en realidad, se trataba del Señor. Su apariencia, más bien, inspiraba simpatía y no mostraba sorpresa por la de los humanos. Tras un año y pico dando vueltas a la Tierra, parecía conocerlos de sobra.

Según había afirmado la doctora Genoveva durante el legendario desayuno, quizás desde hacía muchísimo tiempo sabrían de la existencia de un planeta donde había criaturas dependientes de la química del carbono y algo de ese proceso les interesaba. En tal caso, la Tierra —continuaba la doctora— sería una especie de reserva de la cual podrían aprovisionarse cada tanto. En aquel momento, nadie le había asignado importancia a esas palabras. Eran dichos de una prestigiosa científica, sí…, pero de costumbres licenciosas.

El *alien* parecía estar muy a gusto. Igual que una hermosa mujer, sabía el impacto que su presencia causaba y se dejaba observar. Al cabo de unos segundos, comenzó a exhibirse. Se ponía en puntas de pie, movía los brazos y las manos como invitando al público a examinarlo. Con los brazos en jarras, meneaba la cintura y posaba como modelo en la pasarela.

Las sorprendidas autoridades de la Tierra pudieron observarlo con detenimiento. Quedó claro, en primer término, que no se trataba de Dios ni de ninguno de sus ángeles, arcángeles, querubines… o familiares. Los hombres no saben, ni supieron nunca, ni sabrán jamás, como es Dios pero su instinto les decía, que este individuo, con seguridad, no lo era.

Se trataba de un ser humano, sin duda alguna. Su conformación, a primera vista, era igual. Tenía cabeza, tronco y extremidades en la misma proporción y armonía que cualquier criatura de la Tierra. Parecía que ese era el estilo del cosmos. Estaba desnudo, si cabía la expresión. La de vestirse, era una conducta propia de los terráqueos. Los demás andaban desnudos por la vida. El color de la piel, o lo que fuera, era de un gris oscuro, casi negro, liso, pulido y brillante. El cuerpo no parecía estar compuesto de carne, pero era de apariencia sólida y maciza. No parecía transpirar ni emitir fragancias. O quizás habría que acercarse un poco más.

El extraño individuo comenzó a girar lentamente dispuesto a dar una vuelta completa para ser visto en todos sus detalles. Fueron apareciendo, entonces, importantes diferencias. El cuerpo humano, tal como el resto de los animales, plantas e insectos, no seguía una disposición rígida de líneas. Había rectas y curvas. En este individuo, en cambio, predominaban las formas rectas. Sus proporciones, aunque irregulares, eran simétricas y adaptadas al medio en que habitarían. Los órganos —entrañas, pulmones, tripas, intestinos, huesos, arterias y corazón— si los hubiera, serían del mismo formato.

El aspecto del extraterrestre era humano, pero poco gracioso. Una figura geométrica y rectangular. El *alien* carecía de las hermosas curvas que otorgaban la belleza a los terrestres.

Las aristas, sin embargo, no terminaban en un ángulo vivo sino que estaban redondeadas. Cabeza cuadriforme, lisa, sin cabello ni barba. Vértices y aristas redondeados. Los ojos, nariz y boca eran equidistantes y ubicados en los mismos lugares que los de los humanos de la Tierra. Salvo los ojos, que se movían de manera constante, no parecían tener las mismas funciones. Daban la impresión de ser elementos decorativos. Las orejas, si eso es lo que eran, no sobresalían. Parecían dibujadas. Resultaron ser estas, las aristas y los órganos de los sentidos, las únicas formas curvas de toda la criatura.

Los ovalados ojos sobre el rostro cuadrado expresaban buena voluntad. Tenían una mirada festiva y amable. Los finos labios, estirados en las puntas, daban la impresión de querer sonreír aunque permanecían cerrados y no se veía una línea divisoria. ¿Cuál sería la función de una boca que nunca se abría? El delgado cuello era un prisma rectangular formado por una serie de planos cuadrados, redondeados en los bordes y yuxtapuestos. La criatura giraba el rostro y los planos pivotaban ordenadamente, de mayor a menor, sobre un eje central. Para ladear la cabeza, se estiraban como el fuelle de un acordeón. El tronco también era de forma rectangular o, más bien, trapezoidal, algo más ancho en los hombros que en la cadera. Los brazos colgaban de forma simétrica: izquierdo y derecho, con manos y dedos, cinco en cada mano y sin uñas, solo que... todo rectangular. No había diferencia entre el izquierdo y el derecho. El sujeto extendía los brazos y mostraba cómo abría y cerraba el puño hacia adentro o hacia afuera. Los dedos terminaban en un cuadrado de aristas suavizadas. La primera conclusión era la de un ser geométrico, sin bordes afilados que lo delimitaran, pero tampoco con las curvas que embellecerían los contornos. Cualquiera fuese el sitio de donde este señor provenía, el concepto de belleza era diferente.

Genoveva lo miraba absorta. Mediante un codazo en el costado, llamó la atención del coronel y le susurró al oído.

—¡Obsérvalo y dime si respira! A mí me parece que no.

ABC, masajeándose el costado, respondió que, efectivamente, el *alien* no respiraba.

Las piernas eran también prismas rectangulares, similares la izquierda y la derecha. La articulación de la rodilla, análoga a la del cuello, tenía una serie de planos yuxtapuestos para girarla en un sentido, y un fuelle para flexionarla. Parecía que tanto el cuello como la rodilla podían girar en redondo. El *alien*, como si leyera los pensamientos, hizo una demostración práctica: realizó una vuelta completa del cuello y de la rodilla. Lo hizo tan rápido que no se pudo apreciar cómo eran del otro lado. Tampoco llevaba calzado. Las piernas terminaban en una especie de pie plantar, rectangular y sin dedos. Tenían la posibilidad de flexionarla de una sola forma, como un fuelle a partir de lo que podía llamarse el metatarso. Era un pie muy curioso. No tenía talón, sino que terminaba en una planta doble como una letra T invertida. Si se trataba de un pie, en realidad, cada uno equivaldría a dos, como si la criatura tuviera marcha atrás. Para despejar dudas, el sujeto se puso en puntas de pie y sin girar el cuerpo, lo hizo de nuevo, pero al revés, como si dijéramos en *punta de talón*.

A pesar de exhibir entre las piernas un órgano como el falo de los hombres, la impresión que causaba era la misma que la de la boca, la nariz o los oídos. Un cuerpo anodino sin identificación sexual. Este detalle despertó la morbosidad de los humanos presentes. Algunos, luego de mirar con detenimiento el extraño colgante de la entrepierna, sacaron sus conclusiones.

—Si no oye, no habla ni huele…, seguro que tampoco mea o copula.

Vista en conjunto, la figura no era grotesca, pero carecía de la gracia, la voluptuosidad y elegancia del humano de la Tierra. Todo era una cuestión de gustos. Las líneas rectas y las aristas, un poco redondeadas, no eran el tipo de belleza a la que los terráqueos estaban acostumbrados. El geométrico conjunto tenía, no obstante, su propia armonía. Era otro diseño de la misma Naturaleza. Se utilizaron los elementos que ya funcionaban bien. Sacrificaban las líneas curvas, que no serían necesarias para la distribución interna de sus órganos y se lograba también un conjunto elegante. La criatura había sido creada a la misma *imagen y semejanza* que el hombre. Se trataba de una creación anterior, puesto que las articulaciones de cuello y rodilla, aunque no pudieran girar en redondo, estaban mejor resueltas en los humanos de la Tierra. En resumen, un ser geométrico y regular, cuyas proporciones conservaban el equilibrio estético. La razón áurea parecía ser la misma que en la Tierra.

No quedaba claro el género del personaje: ¿andrógino, hermafrodita o asexuado? Lo que pasaba por un órgano genital, constituía un enigma. El sujeto, aunque hubiese leído el pensamiento, no hizo demostración alguna en esta ocasión. ¿Qué otra cosa podía ser un falo que se articula en el medio del pubis? Si se tratara de un simple pene, como el de los hombres, debía sufrir de priapismo, porque estaba en erección permanente. Era un prisma rectangular, redondeado en las aristas, más bien pequeño, algo alargado y sin testículos o cosa similar. Colgaba del medio de su entrepierna por una especie de horquilla y se articulaba hacia adelante y hacia atrás. En el extremo presentaba un segundo rectángulo interior más pequeño aún. La criatura no podía agitarlo en todas direcciones como lo hacen los jactanciosos hombres, sino que lo balanceaba como un péndulo. Su aspecto distaba mucho de ser un órgano genital. Parecía una especie de enchufe parecido a un terminal USB de los que se insertaban en los ordenadores antiguos para enchufarse a alguna cosa.

—Quizás se reproduzcan mediante un contacto eléctrico —dijo la doctora susurrándole a su compañero—. Se conectan… y listo. Nada de fluidos químicos.

Al coronel le pareció poco gracioso el comentario, pero no alcanzó a responder. En ese momento, la criatura comenzó a girar de nuevo y, al quedar de canto, se detuvo. Una exclamación de asombro recorrió entonces a los presentes y al resto del mundo. Todos comprendieron entonces la razón de la chatura de las naves alienígenas.

El espesor del cuerpo no pasaría de cuatro centímetros; seis, como mucho. En la parte del rostro, se veía el dibujo del oído, una oreja alargada y fina, que estaba encastrado en el mismo. Lo que se dice un tipo chato, un naipe, una baraja. El número cuatro estaba presente en estas criaturas. Se oyó un fuerte murmullo de consternación de la multitud...

¿Cómo respiran y digieren los alimentos? ¿Dónde están las entrañas, si es que tienen? ¿Serán solo pulpa de carne? Y la sangre, ¿por dónde circula? ¿Qué órganos pueden caber en tan poco espesor? ¿Qué es eso que cuelga entre las piernas como el badajo de la campana?

Pero eso no era todo. La mayor sorpresa se vio al final, cuando el individuo terminó de dar la vuelta. La espalda era una réplica del frente. En realidad, no era una espalda sino un doble frente. Todo igual. Era un individuo de doble faz, frente y dorso. Los mismos brazos, pero del otro lado, el derecho pasaba a ser izquierdo y las manos, en ese caso, agarraban al revés. Se explicaba también el detalle del pie doble, servía tanto de un lado como del otro. Como quiera que fuese la criatura caminaría siempre hacia delante.

Cuando los presentes se encontraron con el rostro trasero, no pudieron reprimir una exclamación de espanto. Era el mismo semblante del frente —aunque no se supiera con exactitud cuál era uno y cuál el otro— pero su expresión era horrorosa. La mirada, torva y siniestra, parecía la de un vampiro sediento de sangre. Una mueca de maldad arrugaba los labios. Nada en ese rostro indicaba ternura, hospitalidad o bondad. Era la cara del demonio. Si de un lado era el Bien, del otro era el Mal, o al revés.

Por primera vez, los terrestres sintieron miedo.

—No deja de ser una ventaja —comentó el coronel a su compañera, anticipándose a un nuevo codazo—. Están juntos pero separados. Cada uno con cara propia. Al menos puedes saber con quién estás hablando. Nosotros, en cambio, nos escondemos tras el mismo rostro.

Genoveva, en su silla de ruedas, estiró la mano y cogió la del coronel acariciándola con ternura. Ella y el coronel, tomados de la mano, fueron enfocados por la cámara de RTVE y vistos por toda la humanidad. La hermosa científica en silla de ruedas y el apuesto coronel de la *European Space Agency* eran la nueva versión de los amantes de Verona. En la Tierra, el amor de las criaturas que la habitaban continuaba siendo lo que distinguía a sus especies —a la humana también—, de cualquiera otra del universo.

El cuerpo de los humanos del espacio era geométrico, regular y simétrico. Las diferencias más importantes con respecto a los de la Tierra eran la expresión opuesta de sus rostros, el extraño espesor... y el pene, que estaba en el lugar del pene, pero no parecía un pene. Una nueva palabra se agregaría a la lista de figuras geométricas: el *humaniedro*.

La criatura continuó su giro hasta volver a la mirada pacífica... que produjo un nuevo murmullo, esta vez, de alivio. La ceremonia se había desarrollado en silencio. El personaje no emitió sonido alguno, como si estuviera privado del habla o de la capacidad de emitir sonidos.

Pero no había venido a perder el tiempo. Terminada la presentación de sí mismo, y sin mostrar el más mínimo interés en los terrestres, alzó el brazo en dirección a la pantalla, aún encendida. Apuntando al espiral destellante y, con un movimiento de la mano, la cambió de posición. Quedó un poco más alejada, pero a la vista del público y de él mismo. Otro gesto, y se borraron las inscripciones. La pantalla quedó en blanco. Algo iba a suceder.

Con el tronco rígido y las piernas ligeramente abiertas, bajó el brazo y, por primera vez, miró a los humanos de la Tierra. Paseó la vista con lentitud por el hemiciclo, de un lado a otro y regresó. Su aguda mirada —la del lado manso— se detenía una fracción de segundo en cada uno de los terráqueos, como si penetrara en su interior para tomar radiografías. Genoveva y ABC sintieron un escalofrío cuando esos ojos se posaron en ellos. Oprimieron sus manos con fuerza. Un gesto que, aunque fuera antiguo, expresaba la determinación de dos seres que se aman. Más tarde, Genoveva y el coronel estuvieron de acuerdo en un punto: jamás olvidarían esa mirada. La criatura completó su recorrido, miró otra vez en dirección a la pantalla y volvió de nuevo la vista hacia los hombres de la Tierra. Alzó entonces el brazo extendió un dedo y apuntó a la pantalla iluminada.

Ese fue el terrible momento en que se inició el drama de la humanidad. Comenzaba el final de la historia. El sujeto permaneció con el brazo apuntando a su objetivo.

La mirada del público, como en un partido de tenis, iba y venía del *alien* a la pantalla. En su brillante superficie, comenzaron a delinearse letras. La extraña criatura, a pesar de que su brazo extendido permanecía inmóvil, las estaba escribiendo. Los signos eran legibles, del alfabeto latino, y formaban palabras en idioma español. La gente, boquiabierta, las deletreaba con los labios. Cuando terminó de escribir bajó el brazo.

Los presentes y todo el mundo, luego de más de un año de dudas, supieron entonces a qué habían venido los alienígenas a la Tierra. Leyeron una y otra vez.

—*Esto ordenar Dios a los terráqueos... ¡Abandonad la Tierra...! ¡Idos a Marte!... Marte crecer y ser verde otra vez.*

En medio del profundo silencio, una dolorosa angustia, una congoja desesperada, se fue adueñando de los presentes. ¿Sería una broma de mal gusto?

Una cosa quedaba en claro. Dios, como era su costumbre, no se había presentado. Un extraterrestre había asumido su representación. Las semejanzas con la Tierra eran evidentes. ¿Se habría repetido la misma historia en otras galaxias? El Creador del universo era, por lo visto, un objeto de intercambio. Cualquiera podría decir que lo representaba. Los humanos de la Tierra ya lo habían hecho. Nada tenía de extraño que lo hicieran otros.

¿Qué responder a una orden de Dios? Nadie lo sabía. De repente, tan solo unos minutos después de saber que los hombres no estaban solos en el universo; tan solo unos minutos después de experimentar la admiración que ese evento despertara, de un solo bocado, un espantoso vacío se había engullido la historia humana. Un abismo se abría en la Tierra y amenazaba con fragmentarla en miles de asteroides... con su gente repartida en ellos.

Jamás el hombre fue conminando por Dios a desalojar la Tierra que él mismo le había dado... *Creced y multiplicaos y henchid la Tierra. Que tiemblen ante vosotros todos los animales y los peces del mar y las aves del cielo y todo cuanto se mueve os servirá de alimento, y todo ello os lo entrego.*[11]

No se conformaba con haber echado a Adán y Eva del Jardín del Edén, que para esa época tan remota, era probable que hubiera estado en el propio Marte. Enviaba ahora a sus ángeles para expulsarlo también de la Tierra. El *alien* actuaba como un emisario, pero bien podría ser el propio Dios disfrazado. No sería de extrañar.

La doctora Genoveva pensaba en el sistema de comunicación. Era como un avanzado video interactivo. Ente los alienígenas y los terráqueos, no solo faltaba un idioma común sino también un lenguaje. En la Tierra, las ideas, luego de miles de años, se hicieron palabras. ¿Cómo habría sucedido en el mundo de ellos? El sistema traducía ideas a palabras y viceversa. Las ideas hablaban el lenguaje del universo. Las palabras, solo el de la Tierra.

La expulsión del Paraíso, la humillación sufrida por el hombre hacía miles de años y tan estudiada por los psicólogos, podía haber sido por el rechazo que su propia obra le inspiraba al Creador. Tan arrepentido estaría de haber creado al hombre, que en su afán de destruirlo lo perseguía implacablemente por todo el cosmos.

El *alien* miraba al público con ojos inexpresivos.

De pronto, en medio del silencio, en la pantalla comenzó a escribirse una nueva frase:

—¿Este quién se cree que es?

Entonces, todos comprendieron. Se podía dialogar con la mente. Debía escribirse letra a letra, como quien toma la pluma para redactar una carta, pero en vez de escribir en papel, lo hacía en el pensamiento y se dirigía a la pantalla. La vieja caligrafía, un arte casi olvidado, resucitaba desde el infinito. Alguno de los presentes había escrito ese comentario mental con la vista fija en la pantalla...

El presidente de los Estados Unidos de América levantó la mano y un dedo...

—Yo he sido, señores.

El astuto general Vladimir se percató de cómo iba la cosa y dijo en voz alta:

—Que nadie mire la pantalla mientras piensa. Y si lo hacen, no piensen palabras. De inmediato, volvió el rostro en esa dirección y mostrando su autoridad, escribió.

—Dinos quién eres, a quién representas y qué pretendes.

El *alien* permaneció en silencio. Su mirada se tornó dubitativa. Parecía que no había entendido. El general lo percibió. Repitió la pregunta algo más abreviada.

—¿Tú eres Dios?

Nadie esperaba la respuesta que sobrevino. El extraño ser dio medio giro. Enfrentó a los humanos con el rostro pérfido, el de la mirada infame y enseguida escribió:

—*Obedecer orden de Dios. La Tierra no pertenecer a ustedes.*

Dicho esto, volvió a girar. El rostro bueno parecía sonreír. Todos respiraron aliviados. La frase había sonado como un anuncio del fin del mundo.

De pronto, de la boca del cardenal Moscherini o de su mente, surgió esta frase:

—Dices que eres Dios... Danos una prueba.

Los patriarcas cristianos y el rabino hicieron un gesto de conformidad para respaldar la audacia del cardenal. Los presidentes aplaudieron discretamente y no miraron la pantalla. El presidente de los Estados Unidos no lo pensó, sino que lo dijo en voz alta.

—¡Je...! ¡Ahora te quiero ver!

El extraño ser levantó el brazo, apuntó y escribió:

—*¿Non scriptum est, Domus mea domus orationis vocabitur omnibus gentibus? Vos autem fecistis eam speluncam latronum.*[12]

El cardinal Moscherini, los patriarcas cristianos y el gran rabino se quedaron helados. Eran palabras de Dios. Tradujeron del latín. Intervino el general Vladimir.

—¿Puedes esperar mientras consultamos entre nosotros?

El *alien* no hizo ningún gesto. El general insistió.

—Aguarda un momento.

Luego, dio la vuelta y se dirigió a los directivos de la Tierra.

—Y bien… ¿Qué les parece esto? No vienen a conquistarnos. No nos quieren ni muertos ni prisioneros. Quieren la Tierra y traen una orden de Dios. ¿Habrá cambiado de idea y nos la quita a nosotros para dársela a ellos? ¿Acaso puede hacer lo que le dé la gana? Claro. Es el dueño de todo. ¿Servirán nuestras armas contra Dios o tendremos que irnos?

Las palabras del comandante constituyeron un golpe de realidad que dejaron a todos los jefes de estado sumidos en tenebrosos pensamientos. Los alienígenas, en cambio, lo tenían claro. Los humanos debían irse de la Tierra e ir a colonizar Marte. Era una orden de Dios.

Luego de un rápido conciliábulo, concluyeron que necesitaban ganar el mayor tiempo posible para evaluar la realidad estratégica. El general se dirigió al *alien* en estos términos.

—Nuestra raza está formada por varias naciones. Necesitamos tiempo...

Otra vez, el *alien* se quedó en ascuas. Las fases debían ser lo más sencillas posibles. El léxico de estas criaturas no debía ser muy variado. El general repitió.

—En este planeta hay naciones, países.

—*No interesar países; querer Tierra de Dios.*

—¿Puedes aguardar dos vueltas de la Luna a la Tierra?

—*Aguardar una y comenzar extracción.*

Dicho o escrito esto, alzó el brazo hacia el conducto de fotones que, lleno de *sardinas*, permanecía encima de su cabeza. El tubo descendió para recogerlo en su interior a medida que se abría por su extremo como un embudo al revés.

Entonces, ni bien absorbió al *alien* principal, y justo en el instante en que se estaba elevando hacia la nave, sucedió algo imprevisto. Como su intensa luminosidad era más que suficiente para alumbrar el entorno y, además, daba una impresionante solemnidad al espectáculo, alguien decidió no encender las luces del recinto o, quizás, alguno de los alienígenas había inutilizado el sistema. En las cosas galácticas, nada sucedía por casualidad.

El tubo se apagó y todo el sector de Alfonso XII quedó sumido en la oscuridad. Los presentes aún no habían reaccionado. Fueron tomados por sorpresa.

—¡Enciendan las luces! —se escuchó la perentoria voz del general Vladimir.

En ese momento, se escuchó un fuerte golpe, como si alguien o algo hubiera caído al suelo. Un brevísimo silencio y luego dos golpes más suaves. En menos de un segundo, antes de que las fuerzas del EMC pudieran accionar los reflectores, el túnel se había encendido de nuevo. Todo estaba tal cual. Suspendidos en el aire, y a poca altura, estaban la figura central y la multitud de *sardinas* apeñuscadas dentro de la bolsa de luz. Imposible saber si faltaba alguien o si los que estaban a la vista eran los mismos de antes.

¿Qué significaría el súbito apagón? ¿Qué habían sido esos golpes? El general Vladimir sospechó que algunos *aliens* pudieron haber bajado a tierra y para escabullirse por el parque. Parecía que la atmósfera de oxígeno los tenía sin cuidado. También había observado que no respiraban. Instruyó a su edecán para que trasmitiera la orden de patrullar en silencio los alrededores. Debían evitar hacer fuego, salvo en caso de fuerza mayor. Había que prestar atención a criaturas parecidas a un naipe, aunque de apariencia humana. Doce soldados de elite, armados, y con equipos de visión nocturna, trajes y máscaras estériles, se desplegaron en silencio.

En el escenario, todo continuaba tal cual. La luz atrajo de nuevo la atención y nadie advirtió la maniobra ordenada por el comandante.

El conducto de fotones comenzó a elevarse y fue aumentando su velocidad a mediada que lo hacía. Paralizados por el estupor, todos lo seguían con la mirada. A una velocidad pasmosa, desapareció dentro de la nave y el espacio quedó a oscuras.

El recinto de Alfonso XII estaba ahora iluminado por las luces de la Tierra. El general ruso fue el primero en romper el profundo silencio. Así habló a los presentes.

—¿Qué habrá querido decir con eso de la extracción? ¿Piensan ordeñarnos? ¿Qué cosa de la Tierra les interesa tanto que no nos quieren ni muertos?

No hubo respuesta. Todos pensaban en lo exiguo del plazo. El presidente de los Estados Unidos tomó la palabra. Un traductor instantáneo colgaba de su cuello.

—Lo que está en juego, señores, no es la supremacía de uno o varios países de la Tierra. Esta vez se trata de nuestra propia estirpe. No podemos ni debemos cometer el más mínimo error. Necesitamos montar de inmediato un sistema de comunicaciones con nuestros asesores de gobierno. No hay tiempo para ir cada uno a su país o a la asamblea de la ONU. El Estado Mayor Conjunto, presidido por el general Vladimir Sergéevich Popov, debe deliberar ahora mismo en Madrid. Solicitamos, por lo tanto, la anuencia del gobierno español.

—Mi país colaborará con vosotros y con el resto de Europa y el mundo —respondió el presidente español y agregó— Ha pasado el tiempo de los recelos y resquemores. Desde este momento, somos la raza humana y habrá una sola bandera. Daré instrucciones para que aquí mismo se monten tiendas de campaña donde podamos reunirnos y tomar decisiones.

El resto mostró su acuerdo aplaudiendo a los dos presidentes. Tomó la palabra entonces el cardenal Moscherini. Dirigiéndose al general ruso, dijo:

—Hemos conversado con sus santidades los patriarcas de Oriente, la reverenda obispo de Alemania y con el gran rabino judío. Deseamos interrogar a estas personas que dicen venir en nombre de Dios.

La idea era muy buena y mereció la aprobación de todos. Pero los extraterrestres ya se habían ido. ¿Cómo hacer para que volviera el tipo de la baraja?

La doctora Genoveva aportó una brillante idea, pero como era atea sin remedio, se dirigió a los patriarcas omitiendo el tratamiento protocolario de las jerarquías eclesiásticas.

—Señores religiosos... ¿Por qué no intentáis comunicaros por medio de la pantalla? Aún está encendida y en el aire. Debe estar en conexión permanente. Interrogadlos ya mismo si os parece bien. No tenemos mucho tiempo.

Otra buena idea. El cardenal Moscherini miró a la pantalla para iniciar el interrogatorio. Pero luego cambió de idea y le cedió el turno a la obispo de Franfkurt, Margot Wolfgang Huber. Esta, acompañada de su agnóstico marido y dispuesta a todo, hizo la primera pregunta:

—Decidnos quiénes sois y quién os ha creado.

La respuesta no demoró.

—*Nosotros creados por Dios a imagen y semejanza.*

—¿A cuál Dios os referís? ¿Al de los cristianos o al de los judíos?

—*Al Creador de los cielos, las estrellas y las criaturas del espacio.*

—¿Cuál es vuestro libro sagrado?

—*La Biblia.*

—¿Nuestra Biblia?

—*Nuestra Biblia.*

La atractiva obispo, del brazo de su marido —que había encendido un cigarrillo—, se quedó sin preguntas y encendió uno para ella. Le hizo señas al gran rabino Yona Yisrael Meir Lau, que abrió su Biblia al azar y preguntó con astucia:

—¿En qué libro está escrito: «Los labios de la mujer ajena destilan miel y su paladar es más suave que el aceite; pero al final, ella es amarga como el ajenjo, cortante como una espada de doble filo. Sus pies descienden a la Muerte, sus pasos te precipitan en el Abismo; ella no tiene en cuenta el sendero de la vida, va errante sin saber adónde»?

—*Proverbios, V3 - 7*

El gran rabino cambió de página y continuó:

—¿Qué dice el Deuteronomio, 11-8.9...?

—*Observen los mandamientos que hoy les prescribo. Así tendrán fuerza necesaria para ir a conquistar la tierra de la que van a tomar posesión y podrán vivir largo tiempo en la tierra que el Señor juró darles a sus padres, tierra que mana leche y miel.*

El gran rabino se quedó sin preguntas. Le hizo señas a S. S. Mar Dinja, patriarca de Constantinopla. Este abrió su Biblia al azar y preguntó.

—¿Quien dijo… «El que posee los siete Espíritus de Dios y las siete estrellas, afirma: Conozco tus obras: aparentemente vives, pero en realidad estás muerto…»

—*El Ángel de la Iglesia de Sardes. Apocalipsis, 3.1*

Su Santidad, Mar Dinja, patriarca de Constantinopla, cambió de página.

—¿Quién le habla a Dios cuando dice esto: «¡Lejos de ti hacer semejante cosa! ¡Matar al justo junto con el culpable, haciendo que los dos corran la misma suerte! ¡Lejos de ti! ¿Acaso el Juez de toda la tierra no va a hacer justicia»?

—*Abraham.*

—¿Cuál Abraham?

—*El de la Biblia.*

El patriarca de Constantinopla se quedó sin preguntas. Los otros dos hojearon la Biblia e hicieron una sola.

—¿Qué dice Dios de la mujer y dónde?

—*El hombre es la imagen y el reflejo de Dios, mientras que la mujer es el reflejo del hombre. No es el hombre el que procede de la mujer, sino la mujer del hombre. No fue creado el hombre a causa de la mujer, sino la mujer a causa del hombre. (1 Corintios 11.7 -9)...*

No sabían cómo seguir el interrogatorio. Se volvieron al cardenal Moscherini.

—A la disposición de su eminencia reverendísima.

En ese instante, sonó el teléfono del general Vladimir. Debía ser algo urgente. Atendió con un lacónico ¡Ya!... Escuchó el mensaje, cortó y se dirigió a los presentes.

—Señoras, Señores, el papa Justiniano IV ha fallecido en Roma. A sabiendas de la grave situación por la que atraviesa la Tierra, el Colegio cardenalicio de la Iglesia, ha elegido por unanimidad al cardenal Moscherini como nuevo obispo de Roma, Sumo Pontífice de la Iglesia y Cabeza del Estado Vaticano. Aceptará el cargo con el nombre de Isaías I.

El cardenal, que estaba en su silla, profundamente emocionado por la noticia, hincó su rodilla en tierra y agachó la cabeza hasta tocar el suelo. Los otros jerarcas cristianos abrieron los brazos en señal de oración. Se acercaron al nuevo papa y lo ayudaron a levantarse para, enseguida, besar su anillo. Los demás asistentes, salvo Genoveva y el coronel que tomados de la mano miraban para otro lado, se levantaron de sus asientos para homenajearlo. Los más devotos se arrodillaban ante el nuevo pontífice antes de besar su mano. Luego de recibir el homenaje de los presentes, el papa Isaías I impartió la primera bendición *Urbi et Orbi*.

La doctora Genoveva se preguntaba: *¿Cuál será la utilidad de una bendición que incluye a los que vienen a echarnos de la Tierra? ¿Será ese el significado de poner la otra mejilla?*

Pasado el momento emotivo, el general ruso, recordándole las circunstancias, lo invitó a proseguir con el interrogatorio. Entonces el nuevo Papa, Biblia en mano, escribió:

—¿Dios ha creado más humanos en el universo?

—*Sí. Haber humanos.*

—¿Habéis tenido un Mesías?

—*Sí. Tener Mesías.*

—¿Quién ha sido vuestro Mesías?

—*El Hijo de Dios.*

—¿El qué vino a la Tierra?

—*El que acudir a humanos del universo.*

—¿Lo habéis matado?

—*Todos haberlo matado.*

—¿Quién fue el primero?

—*Nosotros ser primeros.*

—Malditos seáis.

—*Vosotros ser últimos.*

El papa cayó rendido ante la inestabilidad de su piedra. Ocultó el rostro entre sus manos y se estremeció en sollozos. Los presentes guardaron silencio. El Santo Padre se repuso, alzó el rostro con orgullo, cruzó las manos sobre el pecho y se dirigió al general Vladimir.

—La Iglesia de Roma no puede responderos ahora. Debo orar en conjunto con los padres de otras iglesias cristianas. Os ruego un poco de paciencia.

Dicho esto, abrió los brazos e invitó a los patriarcas, al rabino y a la obispo, con su marido, a reunirse en privado. Todos se dirigieron a una de las tiendas recientemente montadas.

El coronel ABC, un religioso revisionista, rompió el silencio que siguió a la partida.

—Señores —comenzó, pero Genoveva lo tironeó de su chaqueta; entonces, agregó—… y señoras. De niño me enseñaron que Dios nos creó. Pero luego, nos portamos mal y fuimos expulsados del Paraíso. Si alguien, en nombre de Dios, viene del espacio infinito para echarnos, será para preservar aquello que nosotros hemos descuidado. Cuando estemos en Marte, miraremos este mismo planeta azul y sentiremos añoranza. Nuestros hijos sabrán que nos hemos portado mal otra vez y sentirán vergüenza de sus padres.

Los presentes aplaudieron con fervor. La doctora Genoveva, desde su silla de ruedas, se unió a los aplausos, y luego, atea empedernida y sin pelos en la lengua, agregó:

—Señoras y señores… Esta vez no podremos invocar la protección de Dios. Aunque por fin hayamos comprobado su existencia, nunca supimos en qué bando estaba. Ahora por fin lo sabemos. Aquel que ha creado tantos mundos puede que nos haya dado la vida… Sí, pero la civilización la construimos en soledad. Dependemos de las ciencias que hemos desarrollado a lo largo de la historia. El creador, por el contrario, ha entorpecido los avances científicos y culturales como si temiera que llegáramos hasta él y conociéramos su mezquina realidad.

La doctora terminó de hablar. Todos se aprestaban a aplaudir cuando se escucharon tres disparos de armas de fuego. Sonaban cerca. El general se levantó de un salto y fue en busca de información. Los demás aguardaban en silencio.

El coronel ABC, aprovechando que estaban distraídos, se animó a ponerse de rodillas junto a Genoveva. Ambos unieron sus labios en un largo beso. Pero el general Vladimir no demoró en volver con su informe. El beso fue interrumpido. El comandante, cuya primera mirada apuntaba siempre a Genoveva, no había perdido detalle.

—Hemos abatido a tres de ellos. Se estaban comiendo las esculturas de la Avenida de las Estatuas. No entendieron la orden de alto e intentaron comerse otra. Los soldados dispararon a sus piernas para detenerlos, pero, al solo impacto de la bala, las criaturas se deshicieron por completo y quedaron convertidas en polvo. No sabemos si había más. Escuchamos solo tres golpes. Ya están actuando los equipos de investigación analizando los restos.

—¿Les harán la autopsia? ¡Qué gracia!

El coronel ABC le tapó la boca.

14 - Febrero, 2101... El papa

Pasado el momento de desconcierto, algunos se detuvieron a reflexionar y otros se desesperaron. Era extremadamente dificultoso conservar la lucidez.

En medio de la confusión, un inesperado suceso vino a complicar aún más las cosas. Ante el terrible ultimátum que había recibido la especie humana, sería natural esperar una unánime tendencia de estrechar filas. Pero no sucedió así. La primera claudicación vino de donde menos se esperaba y de manera por demás prematura.

El flamante papa, Isaías I, acompañado por todos los prelados del cristianismo, convocó a las autoridades políticas y al general Vladimir a una urgente reunión en la tienda de campaña. Haría un importante anuncio. La convocatoria generó gran expectativa. No era para menos, las Iglesias cristianas reunidas bajo el liderazgo del papa, representaban al Creador de los seres humanos: los de la Tierra y de los que estaba en su atmósfera.

Los líderes necesitaban un líder. Abrigaban la esperanza de que el papa les alumbrara el camino, de que señalase la punta del ovillo. Más que nunca, ansiaban una bandera, una estrella que los guiara, una encíclica que inflamara los espíritus.

La actitud del cristianismo era de suma importancia. Esta vez no se trataba de extender un plano sobre la mesa ni de trazar estrategias de combate en un simulador virtual mientras se bebe café jamaiquino, brandy francés y se fuman cigarrillos egipcios. Una orden de Dios no era moco de pavo. Falsa o verdadera, le daba a las circunstancias un componente místico que la unía al ámbito militar. En el fragor de las batallas, la fe era tan importante como las armas. Dios arengaba a los combatientes, condecoraba a los vencedores y arropaba a los vencidos. Victorias o derrotas, le daban igual. Jugaba siempre, cuando menos, en dos bandos.

Pero las esperanzas se esfumaron ni bien entraron a la tienda de los prelados. Todos temieron lo peor cuando vieron al papa de rodillas frente a una imagen de Cristo en la pantalla de su ordenador. Ocultaba el rostro entre las manos y oraba con la cabeza inclinada. Su cuerpo se estremecía. ¿Estaría llorando? En respetuoso silencio, los convocados ocuparon sus asientos. El papa no se movió ni prestó atención al murmullo de voces ni al arrastrar de sillas. Cuando ya no vendría nadie más y cesaron los cuchicheos, Isaías I dejó de orar y se incorporó, asistido por los patriarcas. Miró a los asistentes. Sus ojos estaban enrojecidos. Aspiró profundamente. Intentó hablar, pero la congoja le atenazaba la garganta. Se esforzaba en vano por mantenerse erguido. Su lastimoso aspecto presagiaba una caída. Abrió la boca como para comenzar a hablar, hizo un intento desesperado para serenarse, pero de inmediato estalló en un llanto desconsolado. El agnóstico esposo de la obispo de Alemania se adelantó con presteza para llevarlo de vuelta a su silla y regresar junto a su mujer. A la vista del conmovedor dolor del papa, los compungidos patriarcas y el rabino tampoco pudieron contener las lágrimas. Ninguno estaba en condiciones de hablar. Solo se oían los sollozos de los prelados. Los jefes de Estado se interrogaban con la mirada. No entendían qué cosa tan grave podría estar sucediendo para trastornarlos de esa manera.

Entonces, en medio de tanta congoja, la señora obispo de Alemania, controlando la suya propia, se desprendió del brazo de su marido, tragó una bocanada de aire, dio un paso al frente, giró el cuerpo y, en voz alta, sin ningún preámbulo, espetó la terrible noticia:

—El papa dice... Es una orden de Dios. Hemos pecado... Debemos irnos.

Si el ultimátum de los *aliens* aterrorizó a las autoridades de la Tierra, las palabras del vicario de Cristo, refrendadas por las Iglesias Cristianas, las sumergieron, como un navío que acababa de impactar contra un iceberg, en la más completa desolación. El propio general Vladimir, que nunca contó con Dios en sus batallas, también fue presa del desasosiego.

Por el lado de la fe, y sin intentar siquiera elevar una plegaria, la causa estaba perdida. Sumergidos en tenebrosos pensamientos, muchos guardaron silencio. Los enviados de los países de oriente, ajenos a la fe cristiana, prorrumpieron en sonoras lamentaciones.

Antes de que finalizara el plazo otorgado por los alienígenas, la humanidad se vio privada de su mejor aliado. Indestructible durante milenios, la Piedra se había roto en menos de una hora. La claudicación del cristianismo fue un duro golpe para la humanidad.

Desde el punto de vista científico de la doctora Genoveva, atea recalcitrante, la situación parecía tan ridícula, que ella misma no podía creer lo que estaba sucediendo. Se asombraba de lo vulnerable que era la civilización del hombre. Una leve brisa bastaba para tumbarla. Las personas que ejercían el liderazgo espiritual del mundo —abatidas e incapaces de afrontar los hechos—, reaccionaron como niños. ¡Claro! ¡Ese era el fondo del problema…! ¡Eran niños! Crecieron por afuera nada más. La doctora Genoveva, inconmovible ante los vientos divinos e ignorante del protocolo eclesiástico, intervino con su habitual desparpajo mientras el coronel, en señal de apoyo, le pellizcaba el culo por detrás de la silla de ruedas.

—Señor papa. No se acongoje. Que su Dios no es de fiar, era cosa ya sabida. ¿Creyó que ahora sería diferente? ¿Ha pensado señor papa cómo nos vamos a ir...?

Por toda respuesta, el papa y los patriarcas, que aún permanecían con el rostro oculto entre las manos, estallaron al unísono en un llanto irreprimible. Parecían a punto de caer desmayados. Aunque no fuera del bando cristiano, el gentil esposo de la obispo de Alemania no podía socorrerlos a todos. Algunos militares y funcionarios acudieron en su ayuda. Los afligidos patriarcas, con la cabeza gacha, mirando al suelo y las palmas de sus manos unidas en oración, salieron de la tienda uno tras otro. El pontífice cerraba la marcha. Ninguno se volvió a contemplar el desamparo que dejaba a sus espaldas.

El cristianismo abandonaba la lucha. Otras religiones, tanto las cobijadas bajo su tutela como las enfrentadas a sus creencias, no tardarían en seguir su ejemplo.

Los militares y líderes políticos, algunos llevando del brazo a sus entristecidas esposas, los siguieron. Abrumados, caminaban sin ver. Hubo algunos traspiés, pero sin consecuencias. La situación había empeorado con suma rapidez. Privados de la fe, su mejor aliada, los humanos de la Tierra estaban más solos que nunca para enfrentar a los humanos del espacio.

Entonces, en medio del padecimiento general y, como para traer de regreso a la huidiza esperanza, los soldados a cargo de la cocina militar sirvieron un temprano desayuno. Los jefes y jefas de Estado, sus consortes, militares y expertos, entre los que se encontraban Genoveva y ABC, a la vista del chocolate caliente y los churros madrileños, aunque solo fuera por un momento, dejaron sus pesares de lado. El oficial cocinero que tuvo tan brillante idea fue propuesto para una condecoración… que no llegaría a recibir.

Tras el reconfortante refrigerio, las lenguas se soltaron. Autoridades de todas las naciones debatieron —online y en vivo— los aspectos de lo que ya era una tragedia mundial. Políticos, militares y científicos conservaban la mente fría y analizaban los hechos. Los eficientes traductores automáticos funcionaban a pleno.

—No me convence el papa. Se retira ahora para volver junto a los vencedores.

—O pedir perdón en la Plaza de San Pedro.

—Cree que seremos derrotados.

—Aún no ha comenzado la batalla.

—Ahora estamos seguros. Los extraterrestres son enemigos… y de cuidado.

—Y enarbolaban el estandarte de Dios, tal como hicimos nosotros.

—Ahora estamos del lado contrario.

—¡Correcto…! Pero ¿cuál será nuestra bandera? ¿Combatiremos contra Dios? ¿Lucharán los soldados contra él? ¿Qué diremos a los creyentes?

—Hombre, muy fácil, hay que decirles que todo era una gran mentira.

—¡Correcto! Pero ¿cuál era la mentira? ¿Dios o nosotros?

—¡Correcto! Tiene razón. Cualquiera podría ser.

—Pensándolo bien, eso nos facilita las cosas. Que se queden en la Tierra.

—¿Quiénes…?

—Todos: creyentes y no creyentes. Cuando no tengan que comer, se olvidarán de Dios para matarse entre ellos por un pedazo de pan.

—Es decir, entre nosotros.

—Dejémoselos que se desangren. Nosotros equiparemos los Pegasus y nos largaremos.

—Los no creyentes son muchos.

—Se unirán a los otros. Desnudos, sin dioses ni atavíos culturales son todos caníbales.

—Digamos que somos.

—Usted es un pesimista… Siempre con lo mismo.

—La realidad es pesimista.

—Sobreviviremos. Tenemos gente en Marte. El Pegasus I y el Shabén han aterrizado con éxito. Los informes son positivos. La cosa va bien por ese lado.

—Hay dos mujeres allí.

—Tenga en cuenta que nosotros comenzamos con una sola…

—Les diremos que se queden en Marte, que construyan invernaderos, que rieguen, aren y siembren el suelo marciano para que haya cosechas cuando vayamos nosotros.

—Pero que no se dividan en naciones.

—¡Correcto! Serán los precursores de la nueva especie humana.

—¿Y cómo haremos para trasladar a toda la humanidad? Si se pusieran todos en fila demoraríamos un siglo entero... y solo tenemos menos de treinta días.

—Para ser exactos, poco más de veintisiete.

—¡Correcto! Además, Marte es más pequeño que la Tierra. No cabrán todos.

—¡Correcto! Tampoco hay ciudades dónde alojarlos.

—¡Correcto! Ni comida con qué alimentarlos.

—¡Correcto! Ni atmósfera para que respiren.

—Solo unos pocos podrán llevar nuestra simiente. Tendremos que seleccionar genes.

—Eso suena fuerte, pero es la realidad. Algunas razas desaparecerán... No está mal.

—Eso suena peor.

—¿Qué sucederá con los que se queden? Prácticamente, todos; usted y yo también.

—¡Correcto! Será el caos total. La turba enfurecida asaltará las plataformas de despegue y terminarán destruyendo todo.

—El ejército protegerá las instalaciones.

—¿Usted cree que obedecerán las órdenes de sus superiores? Las jerarquías no serán respetadas, máxime si Dios está en el bando contrario.

—¡Correcto! Nadie obedecerá órdenes. Soldados y oficiales se entregarán a la barbarie y al salvajismo. Usarán sus armas contra cualquier cosa viva.

—¡Correcto! La cosa se descontrolará por completo. No podremos planificar viajes a

   Marte. Las fábricas dejarán de funcionar, y no habrá más Pegasus ni equipos. Tendremos que arreglarnos con lo que tenemos ahora.

—¡Correcto! La evacuación total o parcial de la Tierra es una utopía. Solo podrán irse veinte o treinta personas.

—Necesitaríamos ganar tiempo para intentar ensamblar algún cohete más.

—Para eso hay que controlar a las masas.

—¡Correcto! Y solo podremos hacerlo durante un tiempo, que se me antoja breve.

—Apenas haríamos uno o dos viajes antes de que todo se desmoronara. Debemos seleccionar a quiénes llevaremos.

—¿Llevaremos? ¿Usted y yo estamos incluidos?

—¿Por qué no? La lucha por la supervivencia ha comenzado.

—Nadie sabe del ultimátum. Si pudiéramos demorar que saliera a la luz, tendríamos más tiempo para salvarnos. La situación es muy grave.

—Ya lo creo. Ganaremos un par de meses como mínimo.

—En estos momentos es un siglo.

—¿Usted quiere ir a Marte y empezar una nueva vida?

—¿Por qué no?

—¿Qué hará con su mujer y sus hijos?

Los técnicos y directivos de la NASA, la ESA y las agencias de China, India e Irán, invitados en el último momento, daban por irrealizable cualquier intento de evacuar la Tierra. Solo se podían aumentar las plantillas marcianas y morir con dignidad. La expresión «evacuar» estaría referida, exclusivamente, a un mínimo de genes seleccionados para garantizar la preservación de la especie. Una magnífica ocasión —dijeron los más exaltados— para hacer una limpieza étnica. Estos dichos fueron muy criticados. Nadie les prestó atención, pero las nefastas palabras quedaron grabadas en las mentes. Algunos políticos decían cosas terribles:

Que estamos en la misma bolsa; que no seremos obedecidos; que no habrá civilización y tampoco reyes o faraones. El ser humano será carne de cañón. Nos disputaremos un sitio en los cohetes y cuando reine el caos final, nos devoraremos entre nosotros.

Cuantas más conjeturas se barajaban, menos posibilidades de supervivencia quedaban.

—Hay dos vehículos Pegasus que podrán despegar en unas tres semanas.

—Nosotros demoraremos tres meses en preparar otro Shabén, siempre y cuando las condiciones actuales se mantengan.

—Cosa dudosa. Será imposible conservar el orden social más de tres meses.

—¡Correcto! Tendríamos que fijarnos al menos ese plazo: tres meses.

—Si evitamos que la situación trascienda, hasta podríamos preparar otra nave adicional.

—Las masas descontroladas serán temibles.

—¡Correcto! Son humanos. Los más salvajes de todos.

—Digamos que somos.

—Hay una nave de carga Pegasus de reserva. Hace semanas que está cargada y lista para despegar con provisiones. Solo espera la orden.

—¡Perfecto! Podemos enviarla ya mismo... ¿Habrá sitio para un pasajero?

—No diga tonterías.

—¿Están en condiciones de sobrevivir los astronautas que hay en Marte?

—Sí. Hay dos mujeres allí. Dos úteros no es mucho, pero es mejor que ninguno. Habrá que cuidarlas. La raza humana estará a salvo.

—Una vez más, nuestra historia depende de las mujeres.

—¡Correcto! Los que ya están en Marte y los que consigan viajar se salvarán.

—Pero nosotros no.

—Alguien tiene que morir.

—En este caso, todos.

—Debemos acumular equipos y materiales. Aunque no volviera ninguno, tendríamos que disponer dos o tres Pegasus más... Podremos enviar diez astronautas en cada viaje.

—Significa que solo unas treinta personas dejarán la Tierra ¿Serán suficientes?

—Seleccionaremos más mujeres que hombres.

—No se confíe demasiado.

—¿Por qué?

—La hembra humana está en celo cada 28 días. En un siglo, Marte estaría superpoblado.

—Una verdadera orgía. Guárdeme un lugarcito. Soy joven, sano y apuesto.

—No diga tonterías ¿Qué haremos con la información de la humanidad? Si debemos comenzar de nuevo, hay que conservar nuestro acervo cultural y científico.

—Eso no es tan difícil. Enviaremos a Marte toda la información que tengamos. Podemos comenzar mañana mismo. Las bibliotecas del mundo están en formato digital.

—Suficiente para reconstruir la raza humana.

—No será tan fácil. Habrá que volver a empezar con la rueda, el fuego, la electricidad, el petróleo y todas esas cosas.

—No creo que haya petróleo en Marte.

—Antes era un vergel, quizás también hubo dinosaurios.

—Quizás estos mismos que nos echan ahora nos habrán echado antes de Marte.

—Se lo comieron todo y dejaron un desierto… buena observación la suya.

—Querrán que reverdezcamos Marte para volver a comérselo.

—Y así estaríamos *in aeternum* entre Marte y la Tierra, alimentándolos a ellos.

—Dejemos las fantasías. Vayamos a nuestra realidad actual.

—Tiene razón. ¿De qué estábamos hablando?

—De la energía y del petróleo.

—La energía solar será muy abundante. Necesitaremos equipos…

—… que no podremos llevar.

—… pero sí los planos.

—Correcto. Sea como sea, habrá que volver a empezar.

—Desde el abecedario hasta la literatura.

—Del hierro al uranio.

—De la aguja a la máquina de coser.

—Sin electricidad, nuestras bases de datos no servirán de mucho.

—¡Correcto! Llevaremos pilas hasta que volvamos a descubrir la electricidad.

—De todas maneras, habrá que empezar de nuevo.

—Mil años por lo menos.

Genoveva y ABC, todavía tomados de la mano, escuchaban las opiniones. Las noticias les habían afectado como a los demás. Tenían miedo. ¿Habría un futuro?

—Esta gente nos necesita para algo que no termino de entender. Dime cariño, ¿por qué quieren que vayamos a Marte?, ¿por qué no nos matan a todos?, ¿por qué aún estamos vivos? Esperan que hagamos algo allí de lo que ellos tendrían beneficio. Pero no se me ocurre cuál podría ser esa tarea. En Marte todo está por hacerse, comenzando por la atmósfera. Es como empezar la historia de nuevo. Adán, Eva y toda la monserga.

—Quizás sea eso lo que esperan que hagamos. Si colonizamos Marte, podrán venir dentro de algunos siglos para echarnos otra vez. Siempre se quedarían con un planeta vivo.

—¿Y para qué quieren un planeta vivo como es la Tierra ahora?

—Pues no sé. Lo único que hay aquí que no hay en Marte es la vida.

El general Vladimir encabezaba la reunión del EMC.

—¡Aleluya, señores! Caen bajo las balas y se convierten en polvo.

—¡Aleluya! Solo debemos sacarlo de esas enormes naves. Cuando estén con sus extraños pies sobre la tierra, los balearemos sin asco.

—¿Cómo haremos para que bajen a tierra? ¿Los invitamos a cenar?

—No haga bromas. Recuerde que Dios está con ellos.

—Ahora es nuestro enemigo. ¿Y si hacemos una alianza con Satanás?

—Donde está él está Satanás. Son inseparables.

—¿Qué armas podremos usar?

—Todavía tenemos los sumergibles en el fondo de los mares. Ni bien salgan de sus naves, les espera una buena.

—Hace más de un año que están sobre nosotros. Solo salieron una vez… y para decirnos que nos fuéramos a Marte.

—Dejamos pasar una buena oportunidad de fusilar a unos cuantos. ¡Haberlo sabido!

—Si *ellos* se adueñan de la Tierra, los submarinos, una vez que se agoten las provisiones y todos hayan muerto, continuarán navegando hasta que el reactor nuclear se detenga por sí solo. Puede durar cientos de años.

—No quiero ni pensar en eso.

—Si no les interesa desembarcar. ¿Para qué quieren que nos vayamos a Marte?

—Si los envía Dios, algo se traen entre manos.

Así discutían reyes, presidentes, científicos, militares, el coronel ABC y Genoveva.

A todo esto, en las recién arribadas dotaciones marcianas, los astronautas comentaban los sucesos de la Tierra y se juramentaban que no regresarían en caso de una hecatombe final. Las condiciones mínimas para sobrevivir en Marte estaban ya dadas con anterioridad. Podrían perpetuarse. Había una mujer en cada grupo. No podrían tener más de un hijo por año, siempre y cuando ellas estuvieran de acuerdo, que era lo más probable. Si de la Tierra alcanzaban a enviar otro vuelo tripulado antes de que todo se desmoronara —comentaban los astronautas— lo más indicado sería incluir más mujeres sanas y fértiles. No estaba de más recordar las ventajas de un régimen poligámico en este tipo de situaciones. Es sabido que el útero se aloja en el cuerpo de la mujer, pero su funcionamiento lo determina la especie.

Así opinaban los astronautas, pero las astronautas afirmaban que era más conveniente enviar solo mujeres… y semen congelado.

Los marcianos —como se comenzó a llamarlos— solicitaron que se les enviara cuanto antes el vehículo de reserva, que estaba listo para despegar, con abundante equipo de supervivencia. Hicieron una lista para refrescar la memoria de los técnicos.

Alimentos sintéticos, semillas de hortalizas y frutas para aumentar las áreas sembradas, embriones congelados de mariscos, peces, pollos y conejos, otro grupo electrógeno que funcione con energía solar, equipos de reproducción artificial de animales, semillas de caña de café, azúcar, trigo y maíz, abrigos, trajes espaciales, material traslúcido para invernaderos bajo presión atmosférica, estrógenos y progesterona, música romántica, pienso para animales de granja, harina, levadura y bacterias leudantes, leche en polvo, café instantáneo, azúcar, cuchillos, bazar y menaje, suministros médicos, analizadores de agua, regeneradores atmosféricos, libros digitales, ropa de abrigo, películas, discos grabados con información técnica y científica, ordenadores, equipos de transmisión, repuestos y recambios... equipos adicionales para extraer nitrógeno y oxígeno del hielo y comenzar a producir, con el vapor de agua y el abundante CO_2 marciano —una atmósfera artificial—, comenzando por los invernaderos...

Visto el cariz que tomaban las cosas, en la base de la Tierra agregaron material sanitario y una maternidad desmontable, fresas congeladas, chocolate, tortas de crema y más estrógenos para la dieta de las astronautas en caso de embarazo. Las instrucciones acerca del cuidado y asistencia de las mismas eran terminantes. Debían serles consentidos todos los caprichos. Aunque no se decía de forma expresa, en todo el material adicional, que se enviaría, se escondía una antigua orden: *Creced y multiplicaos... otra vez.*

El cohete de abastecimiento, equipado para transportar solo carga, estaba en su plataforma de lanzamiento. La orden de despegue se dio esa misma semana. A pedido de las mismas dotaciones marcianas no se incluyó material religioso. No tendría sentido seguir venerando en Marte al mismo Dios que los había traicionado en la Tierra.

Los gobiernos decidieron crear una red de comunicaciones dentro de Internet, blindada y a prueba de desastres. También se ordenó ampliar los antiguos refugios previstos para una eventual guerra atómica y construir otros nuevos, más grandes, como para contener tropas, armamento y autoridades. Los refugios debían ser herméticos y contar con suministros para un año, como mínimo. En esta orden política, las poblaciones civiles fueron dejadas de lado. No habría más elecciones y no valía la pena tenerlas en cuenta.

En países como Estados Unidos y en los de la UE, los refugios eran abundantes y estaban distribuidos a lo largo del territorio. En otros, solo había en la capital y en algunas provincias... Y en los demás, no había en ningún lado. Los trabajos de construcción de refugios se iniciaron a todo trapo. La población se preguntaba qué cosa estaría sucediendo.

No era tarea fácil construir refugios. Las empresas no lo hacían por dinero, sino por una plaza para ellos y sus familias. Para asegurarse la mano de obra, recurrían a engaños, artimañas y mentiras que solo servirían para apresurar el caos.

Que los refugios eran para los obreros; que los soldados querían echarlos; que los oficiales querían echar a los soldados; que los políticos querían echar a los oficiales...

Sobrevivir era el nuevo motor de la economía, y eso no se conseguía con dinero sino con mentiras, astucia, crueldad y salvajismo.

Para evitar que se conociera el ultimátum, se optó por lanzar información ficticia. Una larga serie de mentiras y eventos inverosímiles sembraron la duda de tal modo, que la realidad estaba más escondida que nunca. Pocos sabían lo que estaba pasando. El engaño, una conducta habitual entre los terrícolas, ahora era el elemento fundamental de todo comunicado.

El acceso a los refugios no sería fácil. Habría un triple control, que se efectuaría mediante el mapa de los vasos sanguíneos de la retina, el ADN y la huella digital. La selección fue muy rigurosa y secreta. Instrucciones confidenciales fueron enviadas a las autoridades militares que estaban a cargo de administrar los refugios. La primera prioridad —no mencionada en las instrucciones— era consultar las bases de datos de ADN y seleccionar los mejores. La segunda prioridad, menos oculta, eran las mujeres jóvenes y fértiles. La tercera eran los sementales, de ser posible, médicos, ingenieros, arquitectos, cocineros, albañiles... La justicia, en los principios de la vida, ya fuera en Marte o en la Tierra, no sería imprescindible. Jueces, abogados y notarios no fueron incluidos, pero sí, las bibliotecas virtuales de derecho.

ABC recibió una tarjeta de supervivencia y también otros agentes de la ESA, entre ellos, su amigo Mardoqueo. Pero los hijos del coronel, su madre y la directora del CEMIG no recibieron ninguna. Esto solo dejaba expuestos a los chicos y a la madre, puesto que la doctora disponía del CEMIG, el mejor de todos los refugios.

Genoveva, acompañada del coronel, se presentó ante el general Vladimir, que la saludó besando su mano e hincando, aparatosamente, una rodilla en tierra. Halagada, mostró sus credenciales y le pidió una muestra de polvo extraterrestre para analizarlo en el laboratorio.

—En Moscú sabemos quién es usted, doctora —el general omitió... *y en mi corazón también.* Sus seductores ojitos brillaban con una intensidad desacostumbrada. Se apresuró a dejar su copa de vodka a un lado— Aunque sea bajo estas terribles circunstancias, es un honor conocerla en persona. Aguarde un momento, doctora. Se lo traeré yo mismo.

El general Vladimir, a paso vivaz, fue en busca del pedido. Tan entusiasmado estaba por complacer a la doctora, que olvidó su copa de vodka. Al coronel ABC no se le escapó el brillo de la mirada del general, y se prometió estar alerta.

El comandante regresó con una pequeña cajita de acero precintada.

—Sírvase, doctora. Dentro de esta, hay otra cajita con lo que usted ha pedido.

—¡Qué gracia, general! Como una *matrioska.*

Genoveva agradeció con tono profesional. Había percibido la incomodidad de ABC, y no deseaba irritarlo. En la siguiente genuflexión, permitió que el general la saludara con los tres besos —al estilo ruso—, pero bajó la cabeza en el tercero y lo recibió en la frente. La mirada satisfecha de ABC le reconfortó el ánimo.

Ya no había fórmulas para las despedidas. Las posibilidades de volver a verse eran casi nulas. Genoveva se volvió hacia el coronel.

—Cariño, debo regresar al laboratorio. ¿Cómo nos comunicaremos? Hay un equipo de radio, pero no sé cómo funciona.

—¡Aleluya! ¡Por fin algo femenino! ¡Acudiré en tu auxilio, débil doncella! —ABC se golpeaba el pecho como un gorila, pero en seguida se puso serio—. Usaremos teléfonos, Internet, móviles, palomas, señales de humo... Vamos, te acompañaré hasta tu coche.

—Gracias. Vete a ver a tus hijos, que pueden necesitarte. Esto no tardará en explotar y se convertirá en un pandemónium.

Se besaron en la puerta del coche de la doctora. El coronel se marchó a paso rápido en busca del suyo. Genoveva lo vio alejarse. Sintió miedo.

Comprobó que, efectivamente, había dejado el coche abierto. Desconfiada, echó un vistazo al habitáculo. En los asientos delanteros todo estaba tal cual, plegó el respaldo y se fijó en los traseros. Reparó entonces en las marcas que el uso de la silla de ruedas había dejado en el tapizado. Un problema a la hora de renovar el coche. En resumen, todo en orden.

Los caminos para salir de Madrid estaban despejados. A medida que se alejaba de la ciudad, encontraba menos peregrinos. La euforia por la llegada de Dios había cedido. Pero todo parecía una gigantesca caldera que acumulaba presión. Por el momento, había tranquilidad. Las últimas noticias aún no habían llegado al grueso de la gente.

Genoveva regresó sin problemas a Barcelona y de allí a San Llorenç de Morunys. Estaba bastante cansada cuando accionó el mando del *parking* de la cabaña. Esfínter y Escroto, agitando la cola, la estaban esperando. Le ayudaron a bajar la silla de ruedas. Felices por ver a su ama, la acompañaron junto al vehículo eléctrico trotando por el túnel hasta el laboratorio.

Era reconfortante regresar al hogar. Genoveva pasó al lado del SESI que la llamaba destellando sus coloridos leds para que se pusiera al mando, pero ella siguió de largo. Antes se hubiera sentado a jugar al sexo ni bien llegara, pero ahora ya no le atraía. Estaba enamorada.

Ansiaba hacer el amor con el coronel y suponía que él lo deseaba también. Pero ninguno se atrevía a dar el primer paso. Ella, que antes era capaz de saltar encima de un desconocido, ahora estaba inhibida como una adolescente. Había leído en las memorias de una prostituta de alto vuelo que las mejores relaciones sexuales las tenía cuando estaba enamorada. Genoveva tenía temor de su propio cuerpo, el que debía ofrecer a su amado. Solo lucía la mitad superior. ¿Sería eso un obstáculo para la libido del coronel? ¿Estaría seguro de responder como si ella fuera normal? De niña usaba la palabra normal para referirse al resto de las personas, a las que ansiaba parecerse. Genoveva, pese a considerarse satisfecha en lo que a autoestima se refería, intuía que ABC temía el choque con su cuerpo desnudo.

Las decisiones adoptadas o las que adoptaron las autoridades para enfrentar la situación no podrían calificarse como acertadas, pero tampoco como erróneas. Que la historia se repetía era sabido porque las circunstancias también se repetían. Pero la actual no tenía precedentes.

Si la humanidad bajaba los brazos, perdería la Tierra. Eso significaba la desaparición de la especie humana. Los *aliens* habían sido terminantes: no habría prisioneros ni esclavos.

En Marte aún no estaban dadas las condiciones para sostener la vida fuera de las colonias presurizadas. Muchos años transcurrirían para ver el verde de los bosques y el azul del cielo. El papel de pioneros de una nueva humanidad solo podría asumirlo una ínfima minoría.

En la Tierra, los pronósticos eran pesimistas. Cuando los sobrevivientes comenzaran a salir de sus refugios, ya no habría selvas, ni animales, ni frutos, ni vida… ni alternativas. Volverían a ser bestias salvajes sin futuro, porque tan solo prolongarían un tiempo más la agonía. La salida marciana, según el criterio de los expertos, parecía mejor opción que quedarse en la Tierra. Y eso, inexorablemente, implicaría una selección genética.

En una lucha armada, el resultado podría ser también la desaparición o la supervivencia. Pero una posibilidad entre miles era suficiente motivo para intentarlo. Si había que caer, mejor que fuera luchando. Tampoco era cosa de mostrar las cartas antes de tiempo.

A instancias del general Vladimir, los gobiernos decidieron no hacer nada. Dejarían vencer el plazo a ver que hacía el enemigo. Ahora sí era el enemigo.

Los medios de comunicación aún no habían captado la realidad. La gran noticia de la historia no aportaría lectores ni publicidad. En caso de que hubiera un futuro, no figuraba en él la posibilidad de vanagloriarse. La costumbre inclinaba a los más cándidos a ver todo como una aventura y a los más patéticos, como un cataclismo. La crisis de *lo acostumbrado*, el vacío de conductas era, a juicio de los sociólogos, lo que desencadenaría el caos final.

Los peregrinos de Madrid comenzaron a desbandarse por España, Francia, Italia, Portugal o por donde pudieron. Les daba lo mismo ser pobres en Europa que en cualquier otro lado. Sin el aliciente de la manada, se volvieron mendicantes y no hubo desmanes.

El ultimátum de los alienígenas y la muerte de tres de ellos, con la posible fuga de un cuarto, del que no había certeza de su existencia, fueron conservados en secreto. El renunciamiento del cristianismo, en boca de todos, fue una excelente tapadera. La jactanciosa sociedad de los terrícolas, sin la *piedra* ni las conductas establecidas, empezaría a desmoronarse.

El hueco dejado por Iglesia de Cristo fue ocupado de inmediato por la barbarie que el cristianismo se había esmerado en domeñar y luego terminó por adoptar. Los charlatanes, gurús o embaucadores surgieron por doquier. Se instalaban en una esquina o una plaza y difundían el advenimiento del reino del cielo: la verdadera fe. Reunían a una abigarrada multitud que los escuchaba con devoción, y luego marchaban en procesión al son de loas al Señor del Espacio. En su peregrinar sin rumbo no faltaban las vejaciones sexuales, los hurtos y las rapiñas a los comercios o personas. La férrea moral instaurada al abrigo de las Tablas de la Ley se quebraba en mil pedazos. En ausencia del pastor, las ovejas se unían a los lobos.

Así, en tensa alerta, tras miles de años de civilización trabajosamente construida, privada de la fe —con submarinos nucleares en el fondo de los océanos, los ejércitos en pie de guerra intentando conservar la herencia genética, con sus autoridades refugiadas en búnkeres de hormigón—, la especie humana enfrentó el advenimiento de la nueva realidad.

No hubo trompetas ni jinetes, ni sellos ni corderos, ni pestes ni hambruna, no vinieron prostitutas de Babilonia ni cayó fuego del cielo. No fue apocalíptico… fue mucho peor.

Tercera Parte

15 - Abril, 2101... La guerra

Las cuatro naves, la de Madrid y las del espacio, permanecían inmóviles desde el día del ultimátum. Los generales del EMC deliberaban a puerta cerrada. El plazo estaba vencido y no había pasado nada. La tensión de la espera los inquietaba.

El cielo era barrido por radares, satélites y telescopios. Los observatorios profesionales y los *amateurs* dejaban de lado el espacio infinito para vigilar las cercanías de la Tierra. Una red de vigilancia abrazaba el planeta como una madre protectora. Darían aviso de cuándo y de dónde podría venir un ataque..., pero no protegían a la Tierra. Nadie protegía a la Tierra.

Los medios de comunicación y el público no sabían que se había recibido una amenaza. Callarlo fue una decisión arriesgada, pero la única posible. ¿Cuál otra podría haberse tomado?

No era necesario que los *aliens* comunicaran sus intenciones a los terrícolas —opinaban los estrategas del EMC—. Lo hicieron por puro formulismo, como una gracia concedida antes de una ejecución. No se trataba de un ultimátum sino de una sentencia. La exigencia planteada no se podía cumplir, y ellos lo sabían. No les interesaba esclavizar a los hombres. Querían la guerra. Tampoco sería, en estricto sentido, una guerra —aunque doliera decirlo—, sino una campaña de exterminio, y la Tierra, a criterio de ellos, no tendría ninguna posibilidad de sobrevivir. Era como una presa encadenada a la espera del cazador. Parecía como si todo fuera la repetición de acciones anteriores... de las que habrían salido triunfantes.

Sabían que era imposible trasladar a toda la población humana y, también, que Marte no estaba en condiciones de albergarlos. La supervivencia de una selecta minoría destinada a la reproducción, ya estaría en sus planes. En resumen, querían conservar la especie humana, pero no en la Tierra. Esclavos, sí..., pero en Marte.

—Todo lo hecho —decía el general Vladimir a sus subordinados— parece parte de un plan para apropiarse de nuestro planeta con algún propósito que desconozco. Son como fieras que cazan en manada. Una siembra el pánico y las otras atrapan a los que huyen. La especie humana está a punto de salir de estampida... y caer en sus garras.

Los generales aguardaban que ocurriera algo sin tener ninguna idea de qué podría ser.

Por otra parte, entre la gente, las murmuraciones eran más convincentes que la realidad. Se rumoreaba de sacrificios humanos en China, crucifixiones en la India, masacres en Australia, canibalismo en África, pero nada pudo confirmarse. Los rumores recorrían el mundo más rápido que las naves alienígenas. A *la gente de la televisión* no le atraían las noticias serias. Preferían las otras; las que circulaban por los portales de Internet en los que siniestros chamanes o improvisados profetas promovían la superchería, la brujería y toda clase de antivalores. La influencia de nuevos dioses podría haber servido para aunar fuerzas tras el vacío que dejara el cristianismo. Pero estas comunidades estaban conducidas por ominosos personajes que, sin habérselo propuesto, pasaron a ser líderes de fanáticas multitudes. La docilidad de la turba los inducía a predicar el pillaje. Ausente el grandote, cualquier dios les venía bien.

La sociedad se polarizaba en dos grupos. El nivel de bestialidad y no el cultural los distinguía. De un lado, estaban *los griegos,* como se dio en bautizar a *la gente de las bibliotecas.* Personas que conservaban conductas civilizadas. Del otro, estaban *los bárbaros*, nuevo apelativo de *la gente de la televisión.* Analfabetos o profesionales, no los unía el grado universitario sino el afán de preservar su sangre, bebiendo la ajena. Todos tenían sus puntos de vista.

—Tomad y bebed, este es el cuerpo y la sangre de Dios —decían los cristianos.

—El canibalismo subyace en vuestras almas —decían los impíos.

—¡Limpia tu sangre de impurezas y serás salvo en Marte! —decían los chamanes.

—¡Vosotros, hijos del pecado arderéis en la Tierra! —decían los augures.

Los bestiales arrebatos del espíritu humano no podían mostrarse así, al desnudo, sin atavíos. Los chamanes, brujos y nigromantes, involuntarios sucesores del cristianismo, se convertían en piadosos maquilladores de feroces instintos.

La esperada réplica de los alienígenas se produjo al fin. Las predicciones de la doctora Genoveva comenzarían a cumplirse. Ya no se trataba de arruinar cosechas ni de oscurecer ciudades. Esta vez, el ataque vendría directamente de Dios.

Las tres naves que se mantenían a mucha altura sobre Madrid —encima de la *jefa*, pero mimetizadas con el espacio—, aparecieron, de súbito, al amanecer del 9 de abril de 2101, un hermoso día de primavera, en el hemisferio norte. Como era habitual, dieron varias vueltas a la Tierra antes de entrar en acción.

Luego se dirigieron al Atlántico Norte, por debajo del círculo polar Ártico; al norte de Islandia y al sur de la solitaria isla de Jan Mayen. Una zona de escaso tráfico marítimo. No había tierra habitada en las inmediaciones. Al este estaba la península escandinava y el continente europeo. Al oeste, la isla de Groenlandia y el continente americano. En medio del océano, las tres naves se estacionaron a muy baja altura, casi al ras de las aguas. El cielo se encontraba despejado y el mar, en calma. El Sol comenzaba a elevarse.

Se colocaron juntas, tan juntas, que parecían tocarse o, en verdad, se tocaban. Las tres *pizzas* formaban una inmensa figura triangular de bordes redondeados y de doscientos kilómetros por lado. En el centro dejaban un gran círculo descubierto. En esa posición, se interpusieron entre los rayos del Sol y el océano Atlántico. Una gran penumbra cayó sobre la superficie del mar y su temperatura comenzó a bajar en un área de 40 000 km^2.

Por el hueco que dejaban las tres *pizzas* al unirse actuaba como una gigantesca lupa que concentraba los rayos del Sol y elevaba la temperatura de las aguas en ese punto. Las *pizzas* comenzaron a girar a gran velocidad sobre el centro del triángulo. Parecían una enorme rosquilla. La radiación solar en el foco aumentaba peligrosamente. La periferia estaba cada vez más fría y el centro, más caliente. Los rayos del Sol, en el cenit, caían a plomo sobre el espacio libre. Al mediodía del 9 de abril de 2101, un día despejado y con el Sol en lo alto, una extensa área del

Atlántico Norte se encontraba bajo la oscuridad, el frío y el intenso calor provocado por las naves alienígenas.

Un viejo carguero, el Westfors, de bandera sueca, que se dirigía a Groenlandia, se vio, de golpe, navegando bajo las *pizzas* y sumido en la penumbra. Emitió un aviso de alerta amarilla por probable cambio de clima en la zona. Al poco rato, envió un radiograma de alerta meteorológica de nivel naranja, seguido casi de inmediato, por otro de nivel rojo.

El mar había comenzado a agitarse. Grandes olas se formaban en la superficie. Se estaba gestando una tromba marina de extraordinarias proporciones. Lejanos destellos de luz en el horizonte interrumpían la penumbra del mar. El capitán del Westfors tenía la piel de gallina. Sabía que no era el cielo lo que estaba encima de él, pero no quería verlo. Necesitaba conservar la calma, saber qué estaba ocurriendo. ¡Maldita oscuridad que no le dejaba ver nada! El capitán ordenó encender los reflectores. El aspecto del mar era sobrecogedor. La temperatura había subido a niveles inconcebibles. En las cartas marinas, los vientos predominantes eran del oeste, pero las ráfagas calientes que el capitán sentía en su rostro provenían del este. Conocía a fondo esas aguas: era su mar. Navegaba por él todos los días.

Observó dos hechos alarmantes y se felicitó por haber encendido los reflectores. El viento, encajonado entre el mar y las gigantescas naves sobre su cabeza, había comenzado a soplar con furia inaudita. Las grandes olas iban en dirección contraria y estaban formando, delante del barco, un remolino de gran tamaño que comenzaba a elevarse. Era un enorme torbellino cuyo diámetro no podían abarcar la luz de los reflectores. Una gigantesca columna de agua estaba tomando altura. Por encima del capitán, las gigantescas naves ganaban altura para dejar lugar al inminente tornado. La oscuridad disminuía.

Sin ser un consumado meteorólogo, pero con la experiencia de miles de millas en ese mar, el capitán comprendió que estaba frente a un huracán marino en formación y cuyas proporciones tendrían que ser abrumadoras. A punto casi de ser absorbido por el embudo de agua, el capitán pudo virar a tiempo. El Westfors abandonaba la zona a toda máquina.

Las naves rompieron su formación de rosquillas. Se elevaron junto con la columna de agua y volvió la luz del día. El capitán, presa del pánico, miró hacia atrás. Una gigantesca tromba se estaba elevando a sus espaldas. Envió aviso urgente de evacuación a cualquier buque que pudiera estar en las inmediaciones. Algunos barcos pudieron alejarse rumbo al sur. El tráfico aéreo fue suspendido ni bien se recibió el primer aviso del Westfors. El Atlántico Norte se estaba vaciando con gran precipitación.

El capitán del Vikingland, un navío de gran porte y bandera noruega, navegaba a cierta distancia con destino a Islandia. Su capitán decidió regresar a la seguridad del puerto de Trondheim. Fue una decisión desafortunada.

No era el Atlántico Norte zona de trombas marinas. Las advertencias del capitán del Westfors despertaron algunas suspicacias, pero los satélites meteorológicos confirmaban sus dichos. Era algo nunca visto. Una enorme columna de agua, un gigantesco torbellino con vientos huracanados de diámetro y altura impresionantes, se estaba elevando sobre la superficie del mar. Entonces, de súbito, libre del techo de las naves, cambió la dirección del viento, y la descomunal tromba se dirigió al este, hacia Europa.

La alerta roja permitió que las poblaciones del norte de la península escandinava tuvieran tiempo de buscar refugio, pero fue inútil. Nada ni nadie podría salvarlos de la furia que les cayó encima: un fenómeno atmosférico de magnitud apocalíptica. Las fotos de los satélites eran aterradoras. Las pérdidas materiales y de vidas, serían sin duda, incalculables.

La monstruosa columna de agua y viento ingresó en el continente por el norte de Noruega. En sus entrañas ya llevaba al Vikingland y todo lo que había encontrado en el camino. El diámetro de la base, informaban los satélites, era de trescientos kilómetros, y los vientos —horizontales y verticales— que soplaban en su interior, alcanzaban la escalofriante velocidad de 600 *km/h*, una cifra registrada en otros planetas del sistema solar, pero nunca en la Tierra.

La destrucción sería completa. Ciudades, pueblos, camiones, trenes, bosques, carreteras, animales… todo quedaría arrasado. Ningún refugio podría resistir. Quienes huyeron en sus automóviles no lograron salir y cayeron aplastados a centenares de kilómetros al este.

La borrasca recorrió el norte de Noruega, Suecia, Finlandia e ingresó en Rusia. Se metió en el mar de Barents, cruzó las islas de Zemlya, para, por fin, debilitarse en el mar de Kara.

Devastó un área de trescientos kilómetros de ancho por más de tres mil de largo. Como si la trayectoria hubiera sido diseñada con cuidado, el puerto y la populosa ciudad de Murmansk, en Rusia, no fueron afectados. El tornado pasó más al sur y arrasó otras ciudades de la península de Kola. Las poblaciones en la costa de Noruega y las que encontró a su paso en el norte de Suecia y Finlandia fueron destruidas y asoladas por completo. Por la mañana aún caían restos de camiones, vehículos, embarcaciones y maquinaria diversa.

Los bosques del norte de Suecia, Finlandia y Rusia; los rebaños de renos y los *sami,* las poblaciones laponas, simplemente, desaparecieron. En su lugar, solo había un desierto de nieve, basura y despojos de ciudades. El Vikingland, un carguero de gran porte y más de treinta mil toneladas de desplazamiento, fue achatado como una lata de gaseosa y cayó a tierra en la frontera rusa a más de dos mil kilómetros del Atlántico Norte. Había intentado escapar, pero se mantuvo en la trayectoria del furioso meteoro. Aprisionados entre los hierros retorcidos estaban los cuerpos seccionados e irreconocibles de su tripulación o parte de ella. El Westfors y otros barcos que optaron por escapar con rumbo sur fueron más afortunados.

Los satélites —en órbita polar— tomaron fotografías del fenómeno desde el momento en que las tres naves se juntaron hasta que se creó la gigantesca tromba. La extraña forma en que se generó y el viento, que de repente cambió de dirección y la desplazó hacia el este, no respondía a causas conocidas por los meteorólogos. Y en el Atlántico Norte nunca se había registrado un tornado.

A la vista de las imágenes, los agentes de Inteligencia militar sintieron un miedo desconocido. El miedo de la indefensa cucaracha. Concluyeron que el ataque había sido de extraordinaria magnitud, y que la Tierra estaba en guerra. Esta vez podría hablarse, con toda propiedad, de guerra mundial. Las observaciones de los agentes se mantuvieron en secreto. Solo las máximas autoridades del EMC y de la Tierra supieron la realidad. La noticia pasó a los medios como un gravísimo fenómeno meteorológico. El día siguiente amaneció claro, diáfano y soleado. Suecia, Noruega y Finlandia habían sido arrasadas casi por completo. El número de bajas humanas sería muy elevado.

Pero eso no era todo. Las horas siguientes fueron horripilantes. Las patrullas de auxilio de los servicios sanitarios internacionales y las de Rusia salieron de inmediato una vez que el tornado se disolvió para asistir a heridos y sobrevivientes.

Pero no encontraron ni lo uno ni lo otro. Nadie a quien socorrer; ningún quejido entre las ruinas. Un terrible silencio reinaba en los páramos dejados por el mortal torbellino. No se escuchaba ni el gemido de los moribundos ni el ladrido de un perro herido. Lo que aterrorizó a los equipos de rescate, fue que no encontraron cadáveres. Se podía hablar de desaparecidos, pero no de víctimas. No había cuerpos muertos ni despojos humanos. Los pocos encontrados estaban atrapados, encajonados entre los hierros de automóviles, camiones, buses, o bajo las ruinas de hospitales y residencias. ¿Dónde estaba el resto de los cuerpos, que debían ser innumerables? Un ciclón de tal magnitud tendría que haber dejado miles, millones de cadáveres diseminados por todas partes, pero había apenas unos cuantos y estaban atrapados en restos de vehículos, barcos o bajo las ruinas de los edificios.

Una hora más tarde, se anunció que tampoco había restos de animales ni de vegetales. A medida en que las patrullas recorrían la zona del desastre, las sospechas se iban confirmando. No había rastros de nada que hubiera estado vivo. Donde pasó el tornado era un inmenso desierto repleto de ruinas de barcos, fábricas, casas, hospitales, automóviles, enseres, maquinaria, ferrocarriles... procedentes de distintos lugares. Nada entero; todo a trozos, cayó en cualquier parte. Un espantoso silencio reinaba sobre tanto despojo. Un tren de pasajeros fue levantado en vilo y estrellado varios kilómetros más adelante. En los destrozados vagones solo había restos de equipaje y algún muerto atrapado. ¿Dónde estaban los cadáveres?

Lo supieron más tarde, cuando proyectaron las imágenes captadas por los satélites. Eran tan escalofriantes, que los experimentados militares, acostumbrados al horror de la guerra, sintieron en carne propia el miedo de las trincheras. Los humanos de la Tierra, que se creían los más despiadados guerreros del universo, estaban frente a un terrible enemigo, que no respetaba ninguna ley de la Naturaleza, de Dios o de los hombres.

Una de las naves se había ubicado encima del vórtice de la tormenta. Mediante un tubo de fotones con forma de embudo invertido aspiraba los cuerpos que afloraban por encima de la borrasca: hombres, animales, árboles y plantas. El tornado, con sus vientos verticales de abajo arriba, chupaba los cuerpos para entregárselos a los tubos de fotones.

Una maquinaria de guerra más terrorífica que el arsenal nuclear del que alardeaban los terráqueos. Los cuerpos capturados por el embudo eran engullidos través de un hueco abierto en el centro de la nave. No todos estaban enteros. La crueldad del espectáculo era imposible de describir. Los militares, paralizados por el espanto, veían cómo pasaban del tornado a la aspiradora y terminaban en el interior de la nave. El único alivio, si podía ser considerado alivio, era creer que estarían muertos, pero no había certeza de ello. Algunas imágenes mostraban cuerpos que agitaban los brazos. Parecían vivos. ¡Los chupaban vivos! ¡Allí, en el interior de la nave alienígena, estaban los cadáveres que faltaban en la Tierra. Eran devorados con la misma facilidad con que una gigantesca ballena se zampaba bancos enteros de kril.

Llevarse los cuerpos de los terráqueos, con algún repugnante propósito, fue una sonora y dura bofetada para la especie humana, tan amiga de venerar a sus muertos… Una soberbia patada en el culo a la orgullosa criatura que estaba colonizando Marte.

—Un cadáver humano no es un cuerpo muerto del que se alimenta todo el mundo —decía don Alberto Jaramillo Olaizola, presidente del gobierno de España, a sus ministros—. Un cuerpo humano ha tenido existencia; ha sido alguien. Llevamos minuciosa cuenta de nosotros mismos. Sin cadáveres no hay historia; no hay pirámides ni mausoleos; ningún rastro de existencia; nada que reciclar —y agregó—. Caer en un abismo sin fondo, como estamos cayendo, no es una figura literaria. Es no estrellarse nunca; es terminar sin haber empezado; es irse del tiempo y, en la caída, no encontrar ni siquiera la muerte…

La ausencia de restos humanos dejó un gran vacío en la ya atribulada sociedad.

—¿Tan insignificantes somos, *diosmío*…?

Los generales del EMC estaban paralizados. *¿Cuánto más podremos aguantar…?* Los alienígenas no habían venido a destruir la Tierra sino a devorarla, a llevarse la vida. Solo en Marte, sin saberse aún el motivo, estaría permitida la supervivencia del hombre.

Hubo dos hechos adicionales que llamaron la atención. Uno era el polvo gris que cayó al día siguiente en la zona devastada y que fue absorbido por la tierra. Algunas muestras, sin embargo, pudieron ser recogidas, pero mezcladas con tierra, sedimentos y minerales. Otro era el tamaño de la nave que había aspirado los cuerpos. Los astrónomos aficionados alertaron sobre el hecho insólito de que parecía haberse achicado un poco.

Estos dos extraños sucesos no pudieron ser explicados. La pérdida, por cuatro naciones de la Tierra, no solo de una porción de su población sino también de sus cadáveres, era una noticia imposible de ocultar. No fue mencionada por los medios pero se divulgó de boca en boca por las redes sociales y los numerosos sistemas de comunicación modernos. Se disparó el pánico. No era una guerra sino una operación de exterminio.

Los ejércitos, todavía bajo disciplina militar, se debatían elucubrando estrategias para combatir a un enemigo invencible. Pero los pueblos de la Tierra, la gente de paz, la gente comúnmente llamada común —campesinos, obreros, modistas, artesanos, músicos y pintores— supieron que no serían protegidos. La disciplina, tan útil a los ejércitos, no serviría en absoluto para las grandes masas de seres humanos que se encontraban a la deriva.

La primera reacción de las autoridades fue prepararse en previsión de un segundo ataque. Pero el feroz tornado no se repitió. A juicio del general Vladimir, algo no había salido bien. De cualquier manera, la humanidad ya no dispondría de las largas demoras con que los *aliens* movían sus fichas. El tiempo de vivir se terminaba. El fin del mundo había comenzado.

Al siguiente día del tornado, la cuarta nave, la *jefa,* que estaba sobre Madrid, comenzó a elevarse y a girar en círculos a gran altura. Los madrileños, aún mudos de espanto por lo sucedido, la miraban, paralizados. Las vueltas a gran velocidad de la enorme nave sobre sus cabezas no era un espectáculo para entretener a nadie. Algo se traían entre manos. Era probable que estuvieran creando condiciones atmosféricas favorables, un embudo de aire o algo parecido para que lo que pudiera suceder, sucediera con mayor eficacia.

La nave se detuvo. Un pequeño orificio se abrió en el centro. La ciudad observaba. Automóviles, buses, trenes, metro, fábricas, comercios se quedaron quietos. Todo el mundo interrumpió su andadura por la vida. En absoluto silencio, miraban al cielo.

De las entrañas de la *pizza* comenzó a fluir un delgado y potente chorro de fluido anaranjado. Un gas que se iba expandiendo y formaba una notoria nubosidad sobre el azul del cielo. El chorro continuaba fluyendo. La nube anaranjada crecía de tamaño y se iba evanesciendo por la periferia hasta confundirse con la atmósfera de la Tierra.

Las naves que habían causado la tormenta aparecieron entonces y se pusieron todas en fila. Ahora sí, al verlas juntas, se pudo ver que una de ellas se había achicado. ¿Qué sucedió? ¿Por qué se redujo su tamaño? Otro dolor de cabeza para los agentes de Inteligencia.

Como fuera, la diferencia era insignificante en relación con su tamaño.

La *jefa,* expulsando el maléfico fluido, se puso en movimiento hacia el este. Quizá iría a otras ciudades de Europa. Madrid quedaba atrás. Parecía una avioneta fumigando un campo sembrado. Pero el campo era la Tierra y estaba sembrado de hombres, mujeres y niños.

Las cuatro naves marchaban en línea. Delante iba la más pequeña, detrás, la *jefa*, vomitando el gas anaranjado, y por último, las dos restantes. No se sabía por qué marchaban en formación. Alguna cosa estarían haciendo con el clima para dispersar la nube de gas. Volaban a poca velocidad. La nube de gas se esparcía. Antes de desparecer en el horizonte, se pudo observar que las otras naves comenzaban también a expulsar el fluido.

Los madrileños, boquiabiertos, seguían mirando al cielo. Vagabundos y empresarios, médicos, peregrinos y reporteros. Todos, en silencio, elevaban la vista. El día lucía despejado y se podía ver con claridad cómo se expandía el gas hasta evanecerse y volverse incoloro. Cuando ya las cuatro naves habían desaparecido de la vista y la muchedumbre no atinaba a reaccionar, alguien en medio de la multitud lanzó un grito desgarrador.

—¡¡¡Es gas venenoso!!!

Entonces se desató el caos. El grito fue el detonante de la anarquía que se adueñaría de Madrid y del mundo entero. El estentóreo alarido había quedado grabado en varios teléfonos móviles. De inmediato, fue colgado en Internet y se reprodujo en todas partes de Madrid y del mundo. La población dejó sus hogares, oficinas, fábricas y tiendas para salir a la calle y mezclarse con la muchedumbre. Unos seguían a otros y ninguno sabía adónde iba. El pánico los impulsaba. Se quitaban las camisas, las faldas, los vestidos y arrancaban trozos de tela para improvisar mascarillas. Sonó otro grito desgarrador.

—¡No respiréis la ponzoña!

La nube ya no era visible. Se había difuminado en el aire. La gente se tapaba la boca para no respirar. Pero enseguida debían abrirla para absorber grandes bocanadas de aire. Los gritos de espanto comenzaban a escucharse de todas direcciones. La desesperación inducía a sentir cosas, padecer ahogos, síntomas extraños o ardientes dolores.

¡Me ahogo! ¡No puedo respirar! ¡Mi garganta! ¡Me quema! ¡Auxilio, diosmío!

En su ignorancia, imploraban la ayuda del mismo que enviaba el veneno. Traspasado el límite de la cordura, el pánico se adueñaba de los rincones desconocidos del alma. La muchedumbre había aumentado. Era una marea humana que cambiaba abruptamente de dirección como una marabunta de hormigas legionarias. A falta de líderes, predominaban las conductas ancestrales que arrollaban todo a su paso.

Ferreterías, pinturerías, farmacias y tiendas de artículos medicinales fueron saqueadas en busca de barbijos o mascarillas. Pero tampoco vacilaban en arrebatar lo que encontraban. Luego, en su desesperanza de no hallar las mascarillas, pisoteaban y destruían todo aquello que no lo fuera. Los propietarios de las tiendas intentaron defenderse, pero no fueron respetados. Hubo que lamentar lesiones, heridos y el deceso de un anciano farmacéutico que murió sin entender qué pasaba. Algunos comerciantes se saquearon a sí mismos y ocultaron las mascarillas para ellos y sus familiares.

Muchos peregrinos todavía deambulaban por Madrid. Despreciaban el *maná* del gobierno, dormían en las calles y se lanzaban al pillaje. Buscaban bebidas alcohólicas, comida y prendas de abrigo, pero robaban cualquier cosa que les atrajera para luego abandonarla.

Interceptaban y saqueaban sin contemplaciones las ambulancias que acudían en socorro de los heridos. Arrancaban las masacrillas de médicos y enfermeras y dejaban sus marcas de sangre en los indefensos rostros. Las clínicas y hospitales no se salvaron de la turba. Luego de asolar los almacenes, se abalanzaban sobre los médicos y el personal de servicio. Interrumpían en los quirófanos, golpeaban a las auxiliares y les arrancaban las mascarillas.

—¡Encendamos fuego. Vendrán los bomberos con más barbijos...!

De un lado, una parte de la sociedad, *los griegos*, conservaba un mínimo de solidaridad y prestaban asistencia a quien la precisara. Del otro, *los bárbaros*, cada vez más numerosos se guiaban solo por arcaicos instintos de autodestrucción. A los que conseguían un barbijo no les duraba mucho. Cientos de manos se abalanzaban sobre su rostro hasta arrancárselo. Rostro y barbijo terminaban destrozados.

La policía, desbordada por el torrente de desesperados, terminó involucrándose en el pánico. Un grupo policial, que había quedado aislado, solicitó refuerzos. Cuando estos llegaron, la turba ya se había ido. Los cuerpos desnudos de sus compañeros malheridos y magullados estaban abandonados en la calle. Les habían arrebatado sus armas y ropas. Uno falleció antes de que pudieran socorrerlo. Los agentes de refuerzo, ofuscados por la tropelía, persiguieron a la multitud y, desde sus vehículos, abrieron fuego a mansalva. Los muertos y heridos, algunos graves, quedaron abandonados en la calle. Ya no circulaban ambulancias.

Entonces, en medio del desborde, las mujeres de la turba se unieron y fueron mayoría. Su instinto las guiaba. A cual más salvaje, incitaban a los hombres a violar sin freno. Fuera como fuese había que fecundar vientres, decían. La marabunta cambió de rumbo. Ahora buscaban úteros fértiles: monjas, enfermas, madres, mendigas, asesinas, minusválidas... Al ser rodeadas por la multitud quedaban aisladas y privadas de toda protección. En el interior de la *manada* no había leyes. Las mujeres, enfebrecidas de pasión, sujetaban a las víctimas y llamaban a los violadores. *Para salvar la raza,* decían. La presencia de quienes pugnaban por una ración de semen cambió el objetivo de la manada. El pillaje y las destrozadas mascarillas dejaron de interesar. *Salvar la raza* pasó a primer plano. Perdido todo recato, algunas mujeres, luego de la ayuda, exigían su parte y rapiñaban con la mano el fluido masculino para introducírselo en el cuerpo. Los hombres se entregaron al desenfreno, pero luego fueron cercados por las mujeres y victimizados. Los manoseaban para obligarlos a eyacular sin importar dónde. Una súbita necesidad de procrear se había apoderado de la turbamulta. En una frenética carrera antes de la desaparición final, pretendían reproducirse a ciegas.

Mientras la muchedumbre se entregaba a sus aberraciones, en el Parque del Retiro, ahora convertido en base del ejército, los equipos militares analizaron las muestras de aire tomadas por las patrullas en distintos puntos de la ciudad. Conocidos los resultados, se emitieron comunicados para tranquilizar a la población. No había veneno. El aire era puro.

Los *griegos* creyeron que sería suficiente para que el orden regresara a la ciudad. Pero los chamanes dijeron que todo era una mentira. La gente creía en sus palabras. La desconfianza en las autoridades estaba arraigada en la sociedad desde mucho antes.

El día tocaba a su fin. Los desmanes continuaron toda la noche. Los grupos de exaltados se formaban sin otra motivación que la sed de sangre. Retornaron los crímenes rituales. Beber sangre era el antídoto para el veneno que enviaba Dios, decían los gurús del apocalipsis. Se oía el chiflido del acero que penetra en la carne y los espeluznantes alaridos de las víctimas. Los *griegos*, aterrorizados, ya no ayudaban a nadie. Estaban atrincherados en sus casas. Los cuerpos se desangraban arrastrados por las calles. Los desaforados hundían las manos en la sangre y se chupaban los dedos. Madrid, que se había librado de la barbarie de Londres y Nueva York, la veía ahora en sus calles.

El coronel ABC, enterado de los sucesos habidos en su propia ciudad, no pudo evitar reflexionar sobre la actitud del ser humano ante el miedo. Un ataque a su propia persona no lo asustaba. Se lamería sus heridas y lucharía hasta el fin. Pero un ataque a la especie lo volvía contra sí mismo y se autodestruiría en beneficio del enemigo. La civilización, cultivada en milenios, era rápidamente olvidada. En el límite final de la conducta, la propia inmolación era más importante que la supervivencia. Tras asesinar a uno de sus congéneres para beber su sangre, el humano se ofrecía en sacrificio para que otros bebieran la suya. Un enemigo venía del cielo, era cierto; pero otro estaba instalado en la Tierra desde el instante mismo de la creación. Dios, empecinado en dar al traste con su propia obra, había creado a los humanos para que antes del fin de la eternidad arrasasen con el universo entero. Eran la mejor garantía de la destrucción final, incluyendo la del propio Dios.

Pero el humano jamás comprobaría estas cosas. La certeza de existir no estaba a su alcance ni al de Dios. La hecatombe llegaría primero.

La policía ya no intervenía. Las tropas del ejército se hicieron cargo de la ciudad y no se anduvieron con vueltas. Vehículos blindados avanzaban por las calles. Potentes chorros de agua disolvían los grupos. Los soldados repartían palos a diestro y siniestro. Los facinerosos huían en desbandada. Algunos asesinatos fueron interrumpidos y las víctimas, rescatadas a tiempo. Los militares, asqueados frente a semejante barbarie y sin esperar la orden de sus superiores, abrían fuego sobre los asesinos.

Con la claridad del amanecer, luego de una noche interminable, la gente aún respiraba. Algunos tenían los labios manchados de sangre. Hombres y mujeres caídos en las calles se incorporaban con sus ropas empapadas de basura, sangre y excrementos. Dando la espalda al amanecer y avergonzados de sus desmanes, se fueron retirando con la cabeza inclinada.

Cuando salió el Sol, Madrid respiraba. Las calles estaban cubiertas de las inmundicias que dejó el tornado humano. Los carros del Ayuntamiento arrojaban chorros de agua con lejía. No respetaban a los vivos ni a los muertos. Ni siquiera se fijaban si alguno respiraba. Así pasó ese día fatídico. Madrid seguía respirando.

En el CEMIG, había mucha faena. Lo primero que hizo la doctora al regresar fue recorrer sus preciadas cepas y cultivos. En un rápido vistazo, comprobó que todo coincidía con lo informado por los ordenadores. Prefirió entonces, relajarse. Se dedicó a regar y cuidar sus hortalizas, cortar tomates y algunos espárragos para la comida del día. En la alacena, comprobó, alarmada, que las provisiones habían disminuido bastante. Debido a su pereza por cocinar, solía alimentarse con comidas enlatadas mientras trabajaba o jugaba al SESI.

Ansiaba unos sabrosos huevos fritos caseros, pero ya no tenía gallinas. En un impulso de celos, Esfínter y Escroto habían dado cuenta de ellas. No las comieron; las dejaron muertas en el suelo. Genoveva se atrevió a desplumarlas y hervirlas, pero no pudo comerlas. Eran sus gallinas. Volvieron a los perros, que, así, cocidas, no las reconocieron.

Sin arrepentirse de sus crímenes, pero fieles a su ama, Esfínter y Escroto empujaban la silla de ruedas, recogían cosas del suelo, encendían y apagaban luces, abrían y cerraban cajones y puertas. Les alcanzaba el tiempo para gruñir, darse mordiscones y babosear a la eminente científica. Una familia feliz en un mundo en agonía.

Genoveva, con la cajilla de acero que le diera el general Vladimir, se dirigió al laboratorio esterilizado. Lo llamaba así para diferenciarlo del otro, el *esmerilado*. Eran iguales. Se trabajaba bajo una atmósfera aséptica y había que pasar un filtro al entrar y al salir. La sustancia de la cajita ya había estado expuesta a la atmósfera de la Tierra. Así y todo, las precauciones no estaban de más. Los perros la acompañaron hasta la puerta de acceso y se quedaron aguardando. No entraban a los laboratorios ni participaban en las investigaciones.

Calzó los guantes, cortó los precintos y abrió la cajita. Dentro, tal como una matrioska rusa, había otra más pequeña. La segunda no estaba precintada. Genoveva recogió una mínima parte de material. Un polvo no demasiado fino como si fueran minerales triturados, arena de una playa de Barcelona o granulado de obras.

Le llevó más de diez horas analizarlo y someterlo a distintas pruebas. Sus conclusiones no despejaban las dudas. Si se trataba de seres vivos, su composición era, por completo, diferente a los de la Tierra. Ni una sola molécula de azúcares, glucosa, ribosa, ni un lípido, ni un solo aminoácido biológicamente importante.

Los compuestos orgánicos terrestres contenían carbono en enlaces covalentes: carbono-carbono y/o carbono-hidrógeno y, en otros casos, oxígeno, nitrógeno, azufre, fósforo, boro, halógenos y otros elementos. Estos compuestos, sintetizadas por seres vivos, se llamaban biomoléculas. No todas eran orgánicas ni liberaban energía cuando se oxidaban.

Genoveva encontró carbono inorgánico, pero ni el más mínimo rastro de materia orgánica, como si los *aliens* fueran petróleo viviente o momias resucitadas. No había indicios de las funciones básicas de la vida: nutrición, relación y reproducción. Ni hablar de ADN o ARN. Nada. Ningún vestigio de vida tal como se la conocía en la Tierra. Sin embargo, estaba frente a una estructura de moléculas inorgánicas que podían relacionarse con el medio ambiente e intercambiar energía, tal como hiciera la criatura que ella había visto con sus propios ojos. ¿Sería posible que existiera en ese polvo de minerales una organización de moléculas capaces de funcionar y actuar como un ser vivo...?

Tampoco había signos de oxidación. ¿Cómo obtenían la energía? ¿De una fuente externa como las plantas de la Tierra? ¿O podrían generarla por sí mismos como si fueran un pequeño reactor nuclear? Es lo que hacen las estrellas, alimentarse de sí mismas. Genoveva había visto a la criatura utilizar energía: moverse, alzar los brazos, ponerse de puntillas, girar el cuerpo... Además, pudo captar algo que pocos vieron y que el coronel había confirmado. No consumía oxígeno. Salvo que lo absorbiera por el cuerpo y se produjera una oxidación del material inorgánico con liberación de energía..., pero no parecía ser una teoría sostenible. La temperatura del sujeto era la misma que la del entorno. ¿Tendría calor propio o lo absorbía del exterior como un reptil? ¿Y su forma de naipe, a qué obedecía? Si no circulaban fluidos en su interior, las líneas curvas podían suprimirse. Los cantos, eso sí, estaban redondeados. Un detalle gracioso, obra de un fino artesano. Le confería al naipe una cierta elegancia.

La biomasa terrestre se surtía de energía a través de los vegetales que transformaban moléculas inorgánicas en sustancias orgánicas que ingresaban en la cadena trófica de la que se nutrían todos, incluso el hombre. Tras la muerte, la materia orgánica era degradada y regresaba a su origen inorgánico para reiniciar el ciclo. Vista de esa manera, la vida sería un préstamo que debía devolverse a su vencimiento. En el caso de esas criaturas, parecía que el vencimiento era muy lejano. Claro que se salteaban una etapa. No necesitaban de las plantas. Producían su propia energía mediante un sistema de fusión nuclear, tal como el sol y las estrellas. Tal vez no nacen de una criatura anterior, ni necesitan agua y, de seguro, no mueren, al menos con la misma rapidez que las criaturas de la Tierra. ¿Sería posible algo así?

Genoveva encontró los cuatro bioelementos que estaban en todos los seres vivos: carbono, hidrógeno, oxígeno y nitrógeno. La vida, fuera de donde fuera, procedía de un antecesor común o de un creador. Los *aliens* no habían mentido en ese aspecto. Eran humanos. Solo que recorrieron la mitad del camino. De las biomoléculas orgánicas —glúcidos, lípidos, proteínas y ácidos nucleicos—, Genoveva no encontró ni rastros. Tampoco se podía afirmar si eran más o menos evolucionados que los terráqueos. En resumen, toda criatura racional procedente del mismo antecesor o creador se consideraba humana, ya fuese en la Tierra o en el infinito.

¿Se reproducirían de alguna manera? Saber quién se es y qué se debe hacer para copiarse a sí mismo es característico de los organismos dependientes del ADN y del ARN. Mejor que explicar la vida, era comprender la conducta que cada especie observaba sin poder alterarla en lo más mínimo. La biodiversidad en la Tierra equivalía a la diversidad de las conductas y respondía a la presencia de un solo material genético dispuesto en diferentes combinaciones y permutaciones. En el material analizado, Genoveva no encontró rastros de ADN o de ARN.

Arribó, en ese punto, a una idea fantástica. Se trataba de un fósil, una piedra, una momia. Una criatura que quizás tuvo existencia orgánica hacía miles de años, y ahora estaba fosilizada. ¿Cómo podría ser? Demasiado inverosímil, salvo que lo fuera desde el primer momento. ¿Cómo comienza una vida inorgánica? Con seguridad que no saldría del vientre de un antecesor. Alguien pondría las piedras en su lugar, las esculpiría o las moldearía. Si no oxidaban el carbono, ¿cómo obtenían la energía? ¡Qué extrañas criaturas! ¿Serían obra de Dios? ¿Por qué no? A unos los hacía de barro y a otros, de piedra.

La ausencia de biomoléculas sería suficiente para negar la vida. Pero un ente podía estar vivo atendiendo solo a su organización interna. Un automóvil, por ejemplo, era un conjunto de piezas inorgánicas organizadas para cumplir una conducta. En medio del espacio, podría ocurrir algo similar, ya fuera una organización espontánea, diseñada por otros humanos o por un creador. Un automóvil no estaba vivo, pero consumía energía; tenía una conducta, y los más modernos también pensaban. Aún no se reproducían por sí mismos, pero se desgastaban, morían y eran reemplazados. Los *aliens* podrían ser, en ese caso, entidades inorgánicas dotadas de conducta y raciocinio. Mediante el concepto de autopoiesis, se podía definir un sistema viviente por su organización final, más que por sus funciones.[13]

OK. Era posible... ¿Para qué? ¿Para hacer qué? ¿Para qué transformar piezas sueltas en una criatura? Vivir no era razón suficiente para existir. Solo era posible la existencia por la intervención de un creador. ¿Por qué? Porque la Naturaleza seguía las leyes de la energía. Un creador, en cambio, hacía lo que le daba la gana y no tenía por qué hacerlo bien.

Una vez decidida la cuestión de la existencia, habrán comenzado las conductas. En el universo de entonces habría un tremendo desorden de cosas sueltas que estarían bajo la presencia del tiempo, una novedad para la época. La única conducta era organizarse y generar nuevas conductas. Semejante universo podía estar vivo. Uracilos, ribosomas, citoplasmas, células, tejidos, órganos... insectos, peces, leones y humanos podrían haber sido el resultado de una sucesión de partos cósmicos.

Si hubo un solo creador —pensaba Genoveva—, toda forma de vida era humana y ninguna sería ajena a la otra.

—¿Para qué existimos, si no somos necesarios? Si desaparecemos nosotros, el resto del universo no lo notará. Pero si desaparece el universo, nosotros sí lo notaremos.

Solo un creador diabólico habría introducido, en el silencio del universo, criaturas que se movían y hacían un barullo infernal. Transformaban la energía sirviéndose de la luz de las estrellas y la usaban para pensar, matar y amar. Luego de contribuir a una dudosa civilización, debían devolver el préstamo y regresar a la tierra. La vida, entonces, era un videojuego: el de la historia. El hombre hacía de protagonista y el que jugaba era Dios.

Estas observaciones consiguieron excitarla y ponerla inquieta. Tenía que conversar de esto con ABC, pero no estaba en línea Le envió un mensaje pidiéndole que se conectara en cuanto pudiera y fue a prepararse un té con leche y a darles de comer a Esfínter y Escroto. Luego recogió la basura y las deposiciones de los perros en una bolsa que dejó a la vista para recordar llevarla en la próxima salida. Planchó algo de ropa para la semana y puso otras prendas a lavar. Cuando volvió, el coronel aún no se había conectado.

Debía juntar información. Concibió otra idea. Localizó en su ordenador los datos de la Agencia Espacial China y envió un *mail* a su directora. No la conocía. Comenzó identificándose antes de solicitar la siguiente información. ¿Cuál era la sensibilidad del instrumento que detectó la existencia de sustancias orgánicas en las naves del espacio? ¿Cuál era la unidad mínima de materia orgánica que podía percibir? Ahora debía esperar. Regresó al ordenador. El coronel no estaba en línea. Llegó antes la respuesta de Pekín que la de Madrid...

—Gracias por solicitar nuestra ayuda doctora Genoveva Abelleda Yrizábal. Respondemos: el sensor del satélite enviado al espacio hace más de un año era lo bastante sensible como para captar compuestos de carbono cuyo tamaño mínimo fuera de un nanómetro.[14]

El coronel ABC se conectó. Luego de los requiebros de cortesía, ella le informó acerca de lo que había averiguado.

—¡Qué extraño lo que dices: por un lado, son criaturas fósiles y por el otro, hay elementos orgánicos en sus naves!

—Perdón. He usado el vocablo «fósil» porque es el que me vino a la cabeza, pero las criaturas están vivas y se mueven aunque sean inorgánicas.

—Lo hemos visto. Dime, ¿cómo se reproducen?

—No tienen códigos genéticos.

—Claro. Si no son orgánicos, no los necesitan; deben vivir mucho tiempo.

—Qué gracia. Van saliendo por trozos de las rocas: *levántate y anda...*

—Entonces ¿qué es lo que sucede? Me parece que las dos cosas pueden ser reales.

—¿Cómo dices? ¿Crees que hay más pasajeros en las naves?

—Es probable que haya bacterias a bordo. Sospecho que así debe de ser. Los chinos han detectado compuestos de carbono. Todo empieza a encajar. ¿Recuerdas la nube de gas rosado que despedía la nave en Madrid?, la vi en Internet. Ahora parece que tiene un sentido.

—¿Nos están lanzado bacterias? El aire estaba limpio según los militares.

—Solo buscaban una toxina, un veneno, no un organismo desconocido.

—Creo que tienes razón.

—Han infectado la atmósfera. Aún no sabemos qué efecto causa en nuestro organismo.

—¿Cómo podremos estar seguros?

—Analicemos el aire de nuevo. Tengo equipos de gran sensibilidad.

—¿Podrás tomar muestras?

—Sí, pero tengo que ir hasta San Llorenç de Morunys.

—Igual, no hay más remedio que esperar.

—¿Esperar a que alguien se muera para analizar los restos?

—Algo así cariño. ¡Es horrible, en realidad!

—Espera. Se me ha ocurrido una idea. Desde el laboratorio puedo alzar un sensor por encima de la superficie como el periscopio de un submarino y analizar el aire en movimiento.

—Hazlo. También pediré análisis a otros laboratorios.

—Yo haré lo mismo.

—Vale, adiós, ¿y los chicos?

—Están con la madre. ¿No te olvidas de nada?

—Te amo.

—Yo también.

De inmediato, el CEMIG y la ESA enviaron comunicados a otros laboratorios de España, Europa, Asia y América... *Sospechamos posible contaminación atmosférica con bacteria o microrganismo desconocido. Sugerimos analizar cada hora. Gracias...*

La sala de instrumental del CEMIG era hermética como todo el complejo y parecida al puente de mando de un submarino. Genoveva elevó el analizador del aire, accionó el *switch* y miró la pantalla. La aguja, tras dar varios saltos, se detuvo en la zona verde.

Comenzaron a llegar respuestas. La atmósfera de Madrid estaba altamente contaminada y el corredor que se formaba entre los paralelos que contenían a España, Italia, Grecia, Turquía, Georgia, norte de China, Japón y el centro de Estados Unidos estaba también contaminando. La concentración de un elemento patógeno desconocido iba en aumento. No fue posible identificar el microrganismo. Las zonas del hemisferio norte más cercanas a los polos parecían, por el momento, libres de infección, y también todo el hemisferio sur. Pero los vientos no tardarían en contaminarlas, o las mismas naves darían otra vuelta.

Los científicos sospechaban la presencia de un microrganismo, de una bacteria, un virus o una toxina que atacaba los compuestos de la biosfera. Algunas opiniones eran pesimistas; casi alarmantes. Decían que si esa situación comenzaba a crecer, la atmósfera de la Tierra podría desaparecer en poco tiempo o perder la mayor parte de su volumen.

—Ellos no necesitan el oxígeno, pero nosotros sí.

Los gobiernos fueron informados de inmediato. Las reuniones de urgencia eran convocadas una tras otra. Los medios de difusión aún no lo sabían. Para no alertar a los reporteros, se había dispuesto utilizar canales codificados para las comunicaciones y frenar las nerviosas actitudes de los funcionarios.

Genoveva volvió a pasar por su puente de mando. En el exterior del CEMIG, el aire continuaba puro. Revisó a continuación el estado de las tomas del aire que surtían al laboratorio. Desde la silla de ruedas comprobó, *prima facie,* que todo estaba en orden. Fue en busca de los comprobantes de mantenimiento. La última revisión databa de hacía seis meses, y los filtros fueron cambiados. De momento, podía respirar. El clima de los Pirineos hacía honor a su fama. Los remolinos que se formaban en la cumbre del Pedraforca mantendrían la zona despejada. Al menos, por un tiempo.

Las cosas sucederían ahora a un ritmo de vértigo. Había llegado la hora de *la extracción.*

6 - Abril, 2101... «La bacteria»

El general Vladimir Sergéevich Popov estaba solo en la tienda del EMC. El ajetreo diario le otorgaba un respiro: un intervalo en la historia del mundo. El general, pese al desparpajo que exhibía, era tímido, introvertido y de hábitos solitarios. Se quitó el *Shapka-Ushanka* y mojó sus labios en su vodka favorito. No era un gran bebedor. Una copa le duraba toda la jornada de trabajo. Tomaba pequeños sorbos... *para oxigenar mejor la sangre*, solía decir.

Ejercer el comando de la Tierra era una pesada carga. A veces, el general sentía que su cometido lo sobrepasaba. Añoraba el silbido de la brisa entre las espigas de trigo de los campos de su vieja Rusia, las sopas calientes en invierno, el Samovar del hogar paterno y el caviar beluga del mar Caspio. En Rusia, todos lo conocían pero nadie lo esperaba. Sus padres habían muerto y no tenía hijos, al menos, reconocidos. Vladimir no solo era soltero sino que nunca había estado enamorado. Las terribles circunstancias por las que atravesaba el mundo lo agobiaban, pero no lo dejaba traslucir. Se sentía como un presidiario que, confinado en su celda, evocaba los buenos tiempos en que merodeaba por las calles y se tiroteaba con la policía.

Pero el comandante supremo de la Tierra no estaba exactamente solo. Su Majestad, Alfonso XII, montado en su brioso corcel, permanecía junto a él. La figura del soberano, el mullido sillón y el aroma del vodka le reconfortaban su alicaído ánimo. Admiró la apostura del monarca, del que no conocía nada, salvo su apodo —*El Pacificador*— y que había muerto joven. Su aspecto le gustaba. Lo sentía cercano, como a un compañero de batalla venido de sitios remotos, al que, en víspera de una contienda, se siente unido por una entrañable amistad. El general, liberado por unos momentos del mando supremo, se dirigió a Alfonso XII.

—¡Cuánta suerte tienes, majestad! ¡Eres de bronce!

La pantalla de los alienígenas también estaba presente, pero ya no reverberaba. El general, repantigado en el sillón, le confió a don Alfonso sus más caros pensamientos.

—Nada está saliendo bien, majestad... y encima, cuando la especie humana está a punto de desaparecer, al amor, que jamás reparó en mí, se le ocurre cruzarse en mi camino. ¡Vaya momento para enamorarse! ¿No te parece ridículo, majestad, que una mujer le quite el sueño al comandante supremo de la Tierra? *¿Qué cómo es?* Ni siquiera es una mujer completa, don Alfonso. Pero la mitad de ella es el doble para mí.

—Es morena, de ojos negros y mirada de fuego. *¿Qué cómo se llama y qué hace?* Genoveva es su nombre, señor, y es bióloga. *¿Qué si tiene novio?* Claro que sí, majestad. Es mi amigo el coronel ABC... que ya se dio cuenta de todo. *¿Qué dices, majestad? ¿Qué en menudo lío estoy metido?* No, señor, no libraré esa batalla. Prefiero amarla en libertad sin competir con mi amigo. Una vieja canción de amor de mi tierra habla de eso. ¿Quieres oírla, majestad? La cantaré para ti. Se llama *Ochi chornye*...

Очи черные, очи страстные

Очи жгучие и прекрасные

Как люблю я вас, как боюсь я вас

Знать, увидел вас я в недобрый час

(Ojos negros, apasionados / Ojos ardientes, hermosos / Cómo os quiero, cómo os temo / Os conocí en un momento maldito)

—Te he distraído con mis sentimientos, perdóname, majestad. No hay lugar para el amor en mi vida. Debo salvar la Tierra. Si supieras lo que nos está sucediendo ahora, los problemas que hayas tenido en tu reinado, te parecerían juegos de niños.

—Me gustaría pasar página, majestad, y que la vida siguiera como era..., que era muy linda. Cerrar el libro y que todo resultase una aventura con final feliz. Pero no es una aventura, majestad, en absoluto. Si lo fuera, sería la única posible, la aventura de la humanidad. En la Tierra, majestad, combatíamos entre nosotros. Muchos morían, muchos vivían y todo volvía a empezar. Esta vez no habrá sobrevivientes. Tarde he aprendido, señor, que el verdadero enemigo nunca estuvo entre nosotros.

—Más de un año nos han estado estudiando, majestad. Nosotros, en cambio, lo ignoramos todo. ¿Cuál será su nivel de civilización? Si pueden controlar esas naves tan grandes, deben estar muy adelantados. Ellos nos consideran una molestia que hay que eliminar. Eso indica un bajo nivel cultural. Si fuera a la inversa, nosotros conservaríamos algunos ejemplares para estudio. Claro, seríamos conquistadores, majestad, pero ellos no lo son.

—¿Se te ocurre qué cosa pueda ser lo que pretenden? *¿Que la Tierra es un buen bocado para cualquier extraterrestre, dices? ¿Que lo que nosotros no cuidamos es un tesoro para otros? ¿Qué no hay en otro planeta igual en el Universo?* Ya lo creo que sí, don Alfonso.

—Ellos dicen que son obra de Dios. El mismo que tú conocisteis. Deben creer que la Tierra es el Paraíso, donde todo es bello: los árboles, los animales, los peces y las aves. Para nosotros, en cambio, el Huerto del Edén estaría en Marte. Allí fuimos creados y expulsados por hacer lo que nos daba la gana. Dios quiere que regresemos. ¿Qué te parece, don Alfonso? ¡Ahora que Marte es un desierto, se le ocurre que volvamos! ¿Crees que los planetas están invertidos? ¿Que nosotros deberíamos haber habitado Marte y ellos, la Tierra? ¿Crees que Dios se equivocó al expulsarnos... o que se le trabó la lengua?

—No hemos estado de brazos cruzados, majestad. Estudiamos sus actitudes para sacar algo en limpio. Por un lado, sucede un hecho histórico: criaturas de otro universo nos visitan. Por el otro, estas criaturas pretenden echarnos de la Tierra. ¡Triste destino el nuestro! Nuestra brillante historia, majestad, habrá terminado en los próximos días. Solo Dios nos recordará y no creo que le importemos mucho. Sin pensarlo dos veces dará vuelta la hoja. No podremos ni siquiera intentar adaptarnos a la idea de compartir el universo. Y, lo peor de todo, don Alfonso, es que si sobrevivimos a esta, ya no tendremos ningún dios al que recurrir. No sé si eso será bueno o malo. *¿Cómo dices, majestad? ¿Qué será excelente...?*

—Todo se nos escapará de las manos. No podremos controlarlo. Junto al impacto que nos ha causado enterarnos de que no estamos solos en el universo, recibimos uno mayor: el anuncio del fin de la raza humana. ¿Crees, majestad, que ellos también se habrán asombrado de nosotros? No parece cosa fácil eso de verse las caras. ¿Cómo sabían dónde estaba la Tierra? Dios debe haberlos guiado. Nos ha traicionado, señor. ¿Cómo será su historia? Dijeron que tuvieron un mesías y que lo habían matado. Algo en común tienen con nosotros: el pecado. ¿Por qué los humanos creados por Dios precisaron de un mesías? ¿Lo sabes, majestad, tú que fuiste tan católico? ¿Por qué todos matan a sus mesías? Claro. Si Dios anda por el universo creando humanos al troche y moche, debe ser difícil que alguno le salga bien ¿Qué clase de Dios nos ha tocado? ¿Qué cosas pasarían por su cabeza? ¿Estaría solo en sus eventos creativos o lo acompañaría el demonio? *¿Qué dices, majestad? ¿Que esos dos son culo y calzón?*

Un grupo de generales que conversaban animadamente, irrumpió en la tienda. El encanto se esfumó. Vladimir y don Alfonso enmudecieron.

Aunque hasta ahora no haya servido de mucho, la creación del Estado Mayor Conjunto era todo un acierto. Las naciones de la Tierra acataban sus órdenes. Tampoco había ya tiempo para reuniones ni consultas. Lo que importaba era salvar la Tierra.

El general Vladimir Sergéevich Popov no estaba solo en la toma de decisiones. Su Estado mayor lo conformaban los más expertos estrategas del mundo. Pero la solución del conflicto —esta especialísima vez— dependía más de los laboratorios que de los ejércitos.

El EMC, con la firma del comandante, emitió una serie de órdenes e instrucciones operativas —precedidas por un breve preámbulo— destinadas a los gobiernos y comandantes de las fuerzas de seguridad dispersas por el mundo.

Señores Jefes y Jefas de Estado. La humanidad está acorralada. Podemos entregarnos al infortunio o luchar. La lucha, aunque no sepamos cómo enfrentar a un enemigo desconocido, nos abre una puerta a la esperanza. En algunas horas más cundirá un pánico descontrolado, y la situación, que ya de por sí es grave, se nos irá de las manos. El general Vladimir Sergéevich Popov, comandante en jefe, dispone:

1.º) Marte es el único nicho de supervivencia en caso de exterminio total. El Pegasus de reserva despegará de inmediato y llevará suministros a nuestra colonia marciana. Los astronautas no regresarán. Ellos constituirán las raíces de una nueva humanidad. Desde allí saldrá en el futuro, el ejército que reconquiste la Tierra.

2.º) Quedan dos naves Pegasus disponibles. Los preparativos para despegar comenzarán con urgencia. Embarcarán diez astronautas en total. Seis serán mujeres. Enviaremos semen congelado. Además de científicas, necesitaremos hembras jóvenes, sanas y fértiles.

3.º) La VII División del Ejército de Estados Unidos, equipada con armamento nuclear, custodiará el ascensor espacial en la base de Kourou. El abastecimiento de la Estación Espacial Internacional es fundamental. Los nuevos viajes a Marte despegarán desde allí. Es la otra esperanza de la raza humana y la única en la órbita de la Tierra.

4.º) Una parte de la humanidad podrá sobrevivir en los refugios. Aunque sea doloroso decirlo, solo accederán quienes estén capacitados para luchar por la supervivencia.

5.º) A partir de este momento, los laboratorios, universidades y academias científicas del mundo quedan a las órdenes directas de este Comando en Jefe. Cualquier información, aunque no fuese considerada de importancia, se nos hará llegar de inmediato. Por el momento, nuestros sistemas de comunicaciones funcionan con normalidad.

7.º) Ante el inevitable caos que se avecina, debemos conservar el raciocinio antes de que la vorágine del pánico nos arrastre.

8.º) Queda terminantemente prohibido rezar, invocar la protección de Dios o brindarle información confidencial. Es nuestro enemigo.

9.º) Los técnicos de la Agencia Espacial Chino-Indo-Iraní acelerarán el montaje de la nueva estación espacial y el envío de otra nave Shabén a Marte. Las instalaciones de la base de Kourou en la Guayana Francesa estarán a su disposición en caso de que sus plataformas de lanzamiento no logren estar en operación a tiempo.

10.º) Que Dios se apiade de nosotros...

El último punto fue borrado. Era una ironía del comandante. Podría ser malinterpretada.

Estas disposiciones enfervorizaron a los terrícolas. La bandera del EMC, una enseña blanca con el planeta azul en el centro y el sol en un extremo, flameaba en los edificios de los gobiernos y bases militares del mundo. Era la bandera de la especie humana. El hombre se enorgullecía de la libertad con la que había sido creado, aunque luego se hubiera considerado pecaminosa. En ese entonces, Dios hacía lo que le daba la gana y decidía quién se iba y quién se quedaba. Pero las cosas habían cambiado. Los humanos de la Tierra no se dejarían humillar y expulsar de nuevo.

Presentar una formal denuncia contra Dios y los aliens por crímenes de lesa humanidad y por la violación de los derechos humanos de los terrícolas, sería lo más apropiado... si hubiera una instancia donde hacerlo.

La primera y más insólita reacción fervorosa por la supervivencia de la Tierra provino, otra vez, de la cúpula del cristianismo. La terrible contundencia de la exigencia divina, que no dejaba escapatoria, había alterado a los patriarcas cristianos, a varios cardenales, al Sumo Pontífice... y, quizás, el equilibrio psíquico de todos ellos. Estaban convencidos de que los extraterrestres eran los mismísimos ángeles del Apocalipsis. Ante el inevitable final, solo cabía implorar clemencia. El papa, conforme con haberse sometido a la voluntad divina, intentó asumir, sin armas ni ejércitos, un protagonismo decisivo en la salvación de la Tierra. ¿De qué manera? Al estilo del cristianismo: suplicar la clemencia divina humillándose ante el Señor. Pretendía imitar a su antecesor, el que con solo la cruz, detuvo a Atila en las puertas de Roma.

Sin aviso previo, se abrieron las puertas de la basílica de San Pedro, y el mismo Isaías I, engalanado de blanco, con las insignias de su alta investidura y acompañado de algunos patriarcas cristianos, encabezó una procesión de fieles dispuestos a honrar al Creador, doblegarse como nunca lo habían hecho antes y rogarle clemencia: *¡Señor..., apiádate de nosotros!*

Emprendía la última cruzada. A su manera, hacía lo correcto: apelar a la bondad divina. El general Vladimir y las demás autoridades —aunque consideraban que no serviría de nada— lo dejaban hacer. A lo mejor, algo bueno saldría.

La procesión cruzó la plaza y se sumergió en las calles de la ciudad santa. Algunos fieles se sorprendieron de ver al propio vicario de Cristo encabezar la marcha y lo siguieron. Poco a poco, a medida que avanzaban por las calles de Roma, la columna se iba engrosando. No iban quietos ni en silencio. Arrastrándose de rodillas, se flagelaban unos a otros, cantaban loas y alabanzas al Señor y pedían indulgencia. Portaban velas, palios, iconos y quemaban incienso en los botafumeiros. Al paso de la procesión, muchos dejaban sus casas para unírseles. Algunos llevaban niños en brazos. Otros empujaban las sillas de ruedas de sus ancianos.

Mientras el papa peregrinaba por las calles de Roma, en el Vaticano, los cardenales dieron a conocer la nueva Encíclica *Homo Novus Orbis Terrarum*. Su Santidad había firmado el documento antes de emprender la cruzada redentora.

La paciencia del Señor está colmada. Ha llegado la hora del castigo. El fuego del cielo caerá sobre la Tierra tal como cayera sobre Sodoma y Gomorra. Yo, Isaías I, Sumo Pontífice de la Iglesia, ofrezco mi propia vida y la de los prelados que me acompañan para atemperar la ira divina e implorar el perdón. Que el exterminio de la humanidad sea lo menos doloroso posible. Los bienaventurados que están en Marte preparando el advenimiento del Homo Novus edificarán otra vez la Iglesia de Dios sobre la rojiza tierra marciana...

Este insólito documento pontificio, que proponía la inmolación colectiva, provocó una reacción de inquietud, miedo y pánico desesperado. Fue comparado con la actitud —diametralmente opuesta— del general Vladimir, al tender una mano solidaria a China, India e Irán, que fue motivo de efusivas alabanzas por su alto espíritu humanista. Los teólogos afirmaron que el primer mandamiento nunca había existido.

La procesión papal, cada vez más numerosa, continuó su marcha por las calles de Roma. Unas devotas mujeres se las ingeniaron para conseguir un palio. Enarbolando cirios encendidos y arrastrándose de rodillas por el suelo, llevaban en andas al pontífice.

Los cristianos estaban más desorientados que nunca. Una vez más, el hueco fue ocupado por chamanes, adivinos y agoreros, que se erigieron en auténticos mesías. Los otros cardenales y dignatarios de la Iglesia, carentes de la fe del papa, permanecían en la seguridad del Vaticano y optaban por consultar en secreto a los chamanes. Una herejía sin duda. Pero las cosas no estaban para martirios patéticos. La cristiandad iba a la deriva.

Enterados de la nueva encíclica, los directivos de la NASA y de la ESA revisaron los expedientes de los astronautas afincados en Marte. Respiraron aliviados. Tal cual se exigía en las condiciones de ingreso, todos eran laicos.

Pero, en algo el Papa estaba acertado. No había escapatoria. Una acción de tan aplastante eficacia y urdida a la perfección para que nadie se salvara, solo podía ser obra de Dios. La orden de evacuación de la Tierra era, a fin de cuentas, una fantochada.

Otra novedad provino de los laboratorios. La mentada *bacteria* había sido aislada antes de conocerse sus efectos. Su tamaño era de 1.09 nanómetros. Tampoco era una bacteria exactamente. Se trataba de materia inorgánica desconocida. Las micrografías se distribuyeron en el ámbito científico. Este aparente éxito no pasó de allí. Faltaban numerosos datos. Había que hacer exhaustivos análisis y observar las reacciones del extraño cuerpo frente a diferentes cultivos. Pocos eran los laboratorios equipados con el complejo instrumental para llevar a cabo una tarea de esa precisión. En la Unión Europea, los estrategas apuntaban al CEMIG.

El tiempo ya no ayudaba a los terráqueos. Lo que no pasó en un año y medio, se precipitaba ahora de forma vertiginosa. El *sálvese quien pueda* comenzaba a insinuarse.

Los efectos de la *bacteria* se conocieron pronto. No sucedió en Madrid, que estaba muy contaminada, sino en Kastamonu, una pequeña población de la Turquía asiática. Los informes enviados al EMC fueron rechazados en un primer momento. Eran imposibles de creer. Con seguridad, decían los agentes, se trataba de uno más de los fantásticos reportes que se recibían a diario. Ridículas historias que derivaban de mentes delirantes.

A los tres minutos, llegaron más reportes de Kastamonu. A los ocho, comenzaron a recibirse desde otras partes. Al cabo de una hora, venían de todo el mundo y de manera constante. En Madrid aparecía un caso tras otro. Nadie lo creía. Los informantes apenas podían articular sonidos. Las palabras se les ahogaban por el terror. Los desorientados expertos del EMC pedían explicaciones que nadie era capaz de darles.

—¿Cómo dijo? ¡No puede ser! ¿Está seguro? Repítalo, por favor.

Al cabo de dos horas, toda la franja mundial que habían recorrido las cuatro naves en formación estaba repleta de infectados por la *bacteria*. También llegaban informes de zonas ubicadas al sur y al norte de la franja. Los síntomas coincidían. Eran horripilantes. Hasta los más curtidos científicos, policías, sepultureros o patólogos, acostumbrados a ver y diseccionar cadáveres humanos, se atragantaban a la vista de las imágenes recibidas.

Si bien se esperaba algo desusado, cruel, insólito y espectacular, nadie estaba preparado para afrontar una acción de semejante virulencia. Los militares sintieron en sus entrañas el verdadero sentido de la palabra «exterminio». No se trataba de simple retórica. La guerra del espacio no figuraría en las crónicas de la historia. Nadie la escribiría.

Comparando las imágenes con los escalofriantes relatos, los agentes del EMC pudieron confeccionar un cuadro de los hechos. Imposible dudar o suponer algún tipo de infección terrestre. Los síndromes, claramente definidos, estaban a la vista, eran contundentes y siempre los mismos. El contagio no comenzaba como el de cualquiera otra enfermedad, de la Tierra, —con sintomatología leve, que luego se va agravando— e, incluso, da margen a crear alguna vacuna o antídoto. Todo sucedía de golpe y en pocos segundos. El infectado no tenía tiempo ni para una aspirina. Se desfiguraba de repente y comenzaba a comportarse como un autómata. Había cambiado de estado... En unos segundos, alguien normal se transformaba en un apestado. Sucedía en cualquier momento.

Una persona, por ejemplo, que estuviera conversando con otra u otras, se veía frente a un espectáculo horripilante: esta —o todas— se convertían en otra cosa. Eran seres humanos, pero no los mismos de siempre. De súbito, la actividad bilógica se atascaba como si los conductos por donde circulaba la vida hubieran sido cerrados inopinadamente. La boca abierta no terminaba de pronunciar la palabra que había comenzado, la mirada perdía el brillo, las constantes vitales se interrumpían y el metabolismo quedaba detenido.

Todo volvía a arrancar de inmediato, pero ya no se podía decir que fuera la misma persona. Una violenta succión interna, como una ventosa, chupaba el cuerpo desde adentro. Ocurría de repente. Se escuchaba un ronco sonido: ¡glup!, y el cuerpo era atraído por el esqueleto, como si ya no hubiera órganos internos. Por los ojos, la boca, los orificios naturales y los poros de la piel chorreaban fluidos fétidos y viscosos: una mezcla de sangre, linfa, saliva y secreciones. A los pies del apestado se formaba un charco maloliente. La piel, repentinamente seca y arrugada, se adhería al esqueleto y adquiría un cadavérico tono morado. El rostro se aplastaba contra el cráneo y los ojos se iban al fondo de la oquedad craneal. Dejaban de parpadear y quedaban fijos en el vacío, sin mirar a nadie. Labios, nariz y oídos, aplastados, resecos y agrietados. El cabello se desprendía, desmadejado, y solo quedaba una calva reseca. Las reducidas extremidades conservaban una mísera parte de su volumen. Las manos y pies se asemejaban a raíces vegetales. El cuerpo, deshidratado, succionado por una fuerza interior, se contraía sobre sí, y el pobre infeliz se achicaba en el acto. Los órganos internos, hígados, pulmones o corazones se vaciaban de fluidos y se aplastaban contra el esqueleto. Nada circulaba por las venas y arterias desecadas. Los fluidos vitales abandonaban el cuerpo. La fría lividez del cadáver sustituía la cálida tersura de la piel. En pocos segundos, la tradicional belleza del cuerpo humano cedía su lugar a una criatura repugnante.

Entonces, ya casi al final, aparecían grietas en la piel que se movían como culebras en todas direcciones. Se unían entre sí y formaban una red que envolvía el cuerpo... o lo que de él quedaba. Mantenía, así, los huesos unidos y evitaba que se disgregaran.

Cuando las grietas dejaban de serpentear, el proceso de fosilización estaba concluido. Quienes hacía unos segundos fueran criaturas frescas y lozanas, ahora, sin haber perdido la vida, eran entes raquíticos, esqueléticos y macilentos. Cualquiera podía pincharlos y apuñalarlos repetidas veces. Ni una gota de nada saldría de sus cuerpos. Eran cadáveres que no habían muerto todavía. La infección se interponía entre la vida y la muerte. Impedía que una se apropiara del cuerpo y que la otra lo dejara en sus manos.

Pero allí no terminaba el proceso. Los infectados adquirían una conducta específica. Era como si pertenecieran a una especie nueva y supieran que hacer. Si nada los sujetaba ni estaban encerrados, entonces, con los ojos muertos apuntando al vacío, comenzaban a moverse. Les bastaba una ínfima energía residual. Libres de fluidos, su peso era ínfimo. Tan solo huesos huecos y piel disecada. Como siguiendo antiguas instrucciones y sin voluntad propia, se movían de manera automática. Inclinaban el cuerpo a un lado; una pierna quedaba suelta en el vacío, oscilaba como un péndulo y su propio peso la impulsaba. Luego se inclinaban al otro lado y el proceso se repetía. Solo requerían energía para ladearse porque la pierna caía sola. Avanzaban con torpeza y lentitud. Su andar bamboleante recordaba al de los pingüinos.

Emitían sonidos guturales y hedían a carne putrefacta. No respiraban, no requerían alimento y el agua los aterrorizaba. Las ropas caían al suelo en jirones. El individuo quedaba irreconocible. Su aspecto era repulsivo. En el cuerpo, retenido por la red de grietas la vida aún palpitaba latente, sin sangre, cerebro ni corazón.

Quienes daban cuenta de estos sucesos se atragantaban por el llanto y la desesperación. Algunos, empero, se esforzaban por conservar la calma. Un anhelo de supervivencia; un sentido de comunión con la especie los impulsaba a enviar el informe lo más detallado posible. El temor a ser el próximo los inducía a ejecutar conductas insólitas o, mejor dicho, heroicas. Gente *de la televisión, de las bibliotecas*, de las iglesias, de los palacios acompañaban sus informes con un juicio adjunto, un comunicado propio, un diagnostico personal. Los infectados eran como seres que estuvieron vivos pero que aún no estaban muertos.

Hombres y mujeres —alegres, frescos y sanos—, se fosilizaban en segundos. Conservaban la vida, pero perdían su condición biológica. Parecía algo paradójico, y en cierta forma lo era, pero no había otra definición posible. Una criatura viva sin funciones biológicas era como una pila agotada. El organismo se vaciaba por dentro, la humedad desaparecía y la piel, reseca como un pergamino, se adhería al esqueleto. La vida no terminaba de irse y la muerte no terminaba de llegar. El sujeto, sin calor ni energía, y sostenido por la macabra red de las grietas, comenzaba a moverse como un *zombie*.

A medida que aparecían casos, se iban conociendo más detalles. Los enfermos no perdían la conciencia. Tenían raciocinio, y aunque limitadísima, conservaban su actividad cognitiva. La fosilización detenía la actividad biológica del cuerpo y de la psique, pero no toda. Dicho en otras palabras, ni el alma era la misma ni el mismo cuerpo la alojaba. Ya no actuaban juntos. El infectado podía sufrir su destino, pero no aferrarse a la esperanza.

Los *zombies* no respiraban. Los intentos por retornarlos a sus hogares fracasaban uno tras otro. Algunos, creyendo que podían reconocer a la familia, la casa o el barrio, los cargaron en andas, pero no lograron ni una imperceptible respuesta. Pese al hedor y la repugnancia, los hijos portaban a sus padres —y los padres a sus hijos—, pero no se reconocían.

Tenían una única conducta y era imposible desviarlos: irse a otro lado. Era el final del proceso de fosilización. Cualquiera fuera el sitio donde se infectaban, no permanecían quietos. Parecían ajenos a todo, pero, los ojos, hundidos en el cráneo, apuntaban en una dirección: la calle. Algo les revelaba si estaban atados, encerrados, o si, por el contrario, el camino estaba expedito. Cuando se veían libres de impedimentos, comenzaban a moverse en busca de la calle. Entonces, luego de uno o dos segundos de vacilación, marchaban donde hubiera otros grupos de *zombies* formados en filas. En absoluta disciplina, esperaban el paso de la columna para unírseles, y sincronizar su andar pendulante. Pegados unos a otros, se balanceaban y oscilaban sus piernas al mismo ritmo. ¿A dónde iban? ¿Cómo se orientaban? ¿Quién los dirigía? ¿Cómo se movían si parecían muertos? Nadie se les acercaba. Su aspecto era repulsivo y pisoteaban sus propios líquidos. Hedían a cementerio; a cadáver insepulto.

Pasaban las horas y el pánico aumentaba. Los que no habían sido infectados suponían que se trataba de una enfermedad. Abrumados por el miedo al contagio, se amontonaban en las puertas de los hospitales y reclamaban atención médica. Si entonces se oía el fatídico ¡glup!, todos huían espantados. El pobre infeliz, columpiando las piernas, se ponía en marcha para unirse a la fila de *zombies* más cercana. La multitud, aglomerada ante el consultorio médico, empujaba hasta que las puertas cedían.

Sentado en el escritorio, estaba el doctor con el blanco uniforme adherido a su esqueleto, los ojos en el fondo del cráneo; la piel, seca y agrietada. Ni bien se abría la puerta, fosilizado y entumecido, se levantaba y, columpiándose grotescamente, marchaba hacia la calle.

Los aún sanos miraban desesperados a su alrededor. Otras consultas estarían disponibles. Sin orden alguno, atropellándose entre sí, recorrían los pasillos. Una larga procesión de enfermeras, médicos y pacientes, meciéndose de un lado al otro, goteando fluidos, hediendo a muerto y emitiendo ruidos guturales, les salían al paso. Buscaban la salida. Solo les interesaba unirse a cualquier fila de *zombies*.

Los servicios de asistencia funcionaron los primeros minutos hasta que los mismos profesionales de la salud comenzaron a infectarse. El estridente ulular de las sirenas, que de alguna forma, aunque molesta, indicaba una sociedad organizada, dejó de escucharse en las calles de Madrid y de otras ciudades del mundo. Los equipos sanitarios que habían salido al principio no regresaron. Las ambulancias vacías estaban abandonadas en las calles.

El terror enmudecía a todos. Ya nadie gritaba ni se desesperaba y tampoco corrían sin rumbo de un lado al otro. En absoluto silencio, tirados en algún portal o sentados en una plaza, esperaban el ataque. Deseaban que pasara de largo, pero una ansiedad tan intensa ahogaba toda esperanza y no alteraba el silencio que los rodeaba. La potencia de la *bacteria* era tan abrumadora que el intento por eludirla se volvió inútil, y la desesperación se transformó en silenciosa sumisión. En las calles, solo se escuchaba, y con demasiada frecuencia, las succiones de cuerpos: ¡glup!

Muchos se lavaban, escupían, sacudían sus ropas, defecaban, aspiraban cualquier espray, se revolvían en el charco fétido de los infectados, comían ranas vivas o se zambullían en aguas fecales. Los antídotos populares eran muchos, pero ninguno servía.

Las *bacterias* que infectaban la atmósfera de Roma encontraron un suculento botín. Nada menos que una extensa procesión de fieles católicos encabezados por su líder. La peste comenzó en el fondo. Los cuerpos de los últimos peregrinos, uno tras otro. Cuando el que iba delante escuchaba el ¡glup!, ya era demasiado tarde. Sería el siguiente.

Isaías I, sentado en el palio, feliz de implorar el perdón de los pecados, marchaba delante en oración. Alzaba los brazos al cielo e imploraba a la madre de Dios que intercediera por la Tierra… *Mater Dei, ora pro nobis peccatoribus*. Tan enfrascado estaba en sus plegarias, que no percibió lo que sucedía a sus espaldas ni que las mujeres que sostenían el palio ya no se arrastraban. Fue el último en infectarse.

La mitra papal, la casulla, la estola, las sagradas insignias del cristianismo cayeron al suelo junto con el anillo del pescador y el sello papal, que se deslizaron de sus dedos. Sus fluidos corporales mojaron las calles de Roma. El resto de la procesión de *zombies* les pasó por encima. Columpiaban el cuerpo y la pierna caía como un péndulo. Paso a paso, avanzaban como pingüinos. El papa encabezaba la marcha… Ya no rezaba.

Los cardenales no eligieron otro pontífice. Era más importante conseguir mascarillas.

En pocas horas, los infectados se contaban por millones. Enfermaban en la calle, en los hogares o en el trabajo. Padres, hijos, abuelos, tíos, sobrinos y nietos. Curas en las parroquias, profesores y alumnos en las escuelas. Monjas en los conventos y médicos en sus consultas. Choferes, pilotos, capitanes, conductores y maquinistas. Todos en sus puestos. El metro, el tren, el coche, el avión quedaban, de improviso, fuera de control. En las primeras horas hubo algunos accidentes graves. Por desgracia, no todos los heridos morían. Hubiera sido mejor.

Solían fosilizarse antes de que el avión se precipitara a tierra o el ferrocarril se estrellase. Debido a que las serpenteantes grietas formaban redes que contenían los cuerpos, se erguían y comenzaban su andar, bamboleantes, hasta unirse a la columna más cercana. Los no infectados corrían mejor suerte; morían destrozados.

Los aviones dejaron de volar, los trenes y automóviles, de circular, y los barcos, de navegar. El hombre ya no conducía sus máquinas. Abigarradas peregrinaciones de fantoches marchaban por las calles de las ciudades del mundo. Llevaban sus fosilizadas mascotas, peces, canarios, lagartos, perros y gatos, plantas y flores. Sabían adónde ir; conocían el camino. Las columnas de *zombies* convergían en las plazas o lugares abiertos. Eran los sitios de encuentro. Entonces detenían la marcha. Apretujados y abrazados a sus mascotas, de frente, de espaldas o de costado, inmóviles y sin hacer ni el más mínimo gesto, permanecían acurrucados. Parecían reses, pero eran compactos bloques de materia orgánica seca. Aguardaban algo.

Nadie sabía cómo ingresaba la *bacteria*. Se suponía que era por inhalación. La terrible certeza de que toda la Tierra estaría pronto infectada se intensificaba en la mente de todos.

Los búnkeres disponían de filtros que retenían corpúsculos de un nanómetro, y la *bacteria* medía 1.09. Por el momento, estaban a salvo. De todas formas, aunque no hubiera contacto con el medio ambiente y los refugiados vivieran herméticamente encerrados, la vida en estas fortificaciones no estaba garantizada para períodos demasiado largos.

Los funcionarios que no recibieron tarjetas de supervivencia permanecían en sus oficinas con las ventanas cerradas. Las nuevas mascarillas de uso militar eran efectivas, pero no alcanzaban para todos. Disponían de algunos minutos para ponerse a salvo, pero nadie sabía dónde ni cómo podrían estar a salvo. Muchos ya no tenían familia. En realidad, las familias habían dejado de existir. La sola visión de un infectado en medio del charco de supuraciones borraba todo parentesco o vínculo de sangre.

El pánico previo al naufragio no tardaría. En el inminente descontrol que se avecinaba, la *bacteria* saldría favorecida. Libre de impedimentos, andaría a sus anchas por toda la atmósfera e ingresaría en cualquier ambiente.

El EMC fue el primer organismo en ocupar un búnker de supervivencia. La ubicación era secreta. Recibían informes de todas partes del mundo. El portal de Internet estaba abierto a todo el público. Ningún mensaje se pasaba por alto. Todos eran leídos en busca de una panacea, por extravagante que pudiera ser. La certeza científica no era suficiente.

Seis horas después del reporte del primer caso en Kastamonu, los ordenadores del EMC contabilizaban 12 114 225 contaminados en todo el mundo. Las infecciones crecían de forma exponencial. El general Vladimir, veterano de tantas lides, no pudo evitar la congoja. La humanidad estaba al borde del abismo. Añoraba su reciente amistad con don Alfonso XII.

Pero eso no era todo. La extrema debilidad de los ecosistemas de la Tierra quedaba a la vista de una manera escalofriante. El humano solo era una parte del botín. Otros compuestos orgánicos, plantas, peces, animales o insectos se contraían y fosilizaban también. En las ciudades y en el campo había perros, caballos, vacas, gatos, lagartos, tortugas, cerdos, conejos..., marchando en largas y macabras columnas de fósiles que se juntaban con las de los humanos. Las patas de los cuadrúpedos se columpiaban por pares.

Las procesiones de *zombies* formaban filas larguísimas. Convergían en plazas o sitios descampados y comenzaban a arrollarse entre sí hasta formar una masa compacta. Permanecían apretujados sin distingos de especie. La jerarquía biológica ya no definía nada. Los árboles perdían su señorío. El verde de sus hojas pasaba a ser materia orgánica en estado fósil. La biomasa de la Tierra se estaba momificando.

Cuando un espacio estaba lleno, los *zombies* se dirigían a otro. Esa conducta dio pábulo a pensar que conservaban algo de conciencia, ya fuese propia o la indispensable para seguir instrucciones. En Madrid pretendieron acceder al Parque del Retiro, pero los soldados, equipados con mascarillas militares, y dispuestos a dispararles, consiguieron alejarlos sin necesidad de hacer fuego. Con suma docilidad, cambiaban de rumbo. Se dirigían ahora a la Plaza Mayor. No servía apuntarles con las armas. Bastaba con ponerse delante e impedirles el paso. Eso requería cierta presencia de ánimo. El viraje se producía frente a frente, a escasos centímetros de los soldados. Estos, aterrorizados, miraban esos ojos muertos y cruzaban sus fusiles como para protegerse del inminente contacto que, por fortuna, no se producía.

La Plaza Tiananmen de Pekín, la Vía Véneto de Roma, la Quinta Avenida de Nueva York, la de los Campos Elíseos de París, la Plaza de la Constitución de México, Trafalgar Square de Londres, la Plaza Roja de Moscú, la Avenida 9 de Julio de Buenos Aires. Los paseos, calles y plazas más prestigiosas del mundo, escenario de fastuosos eventos de la historia, estaban abarrotadas de *zombies*, animales, árboles y plantas. Una gigantesca masa de fósiles abigarrados que, simplemente, aguardaba. Los animales salvajes, infectados en las junglas, se juntaban en los claros o descampados de las selvas.

Pero el verdadero terror, como si lo sucedido fuera tan solo un preámbulo, vino más tarde. Comenzó al atardecer de ese fatídico día.

Antes del crepúsculo, cuando el Sol estaba a punto de desaparecer tras el horizonte y la luz las enfocaba de través, aparecieron las naves del espacio. Parecían más gigantescas, más negras, más sombrías y más amenazadoras. Revoloteaban a baja altura cubriendo las grandes urbes de Europa: Madrid, Londres, Atenas, Estambul, París... Del centro de sus entrañas, brotaban los conductos de fotones. Ahora eran rápidos y certeros. Potentes, refulgentes y luminosos surgían como un ramillete de luces. Tenían la misma forma de embudo invertido que los que habían succionado los cadáveres del tornado. Iluminaban el crepúsculo de Europa. Los embudos se proyectaban hacia la superficie y se movían de aquí para allá como si buscaran algo. Nada de paciencia, nada de cortesía ni protocolo; no traían paquetes ni mensajes divinos. Ahora le tocaba el turno al pillaje: el saqueo de la Tierra.

Desde el aire, los tubos localizaban las áreas donde había concentración de *zombies* e iban directo a ellas. Los infelices aguardaban en los corrales. Entonces todos los seres humanos, aun los que creían que nada peor podía suceder, presenciaron lo más abominable acaecido en la historia del hombre.

Los potentes tubos de luz se detenían sobre los corrales. Formaban de inmediato un cerco y sellaban los bordes. Luego, producían vacío en el interior y succionaban los fósiles, que liberados de las grietas que los sostenían, se golpeaban y perdían extremidades o se quebraban. Ya no importaba que se despedazaran. Todo era materia orgánica e iba al mismo destino. Los absorbían con fuerza, sin delicadeza, uno tras otro, y varios a la vez. No diferenciaban hombres de animales, insectos o plantas. Se llevaban todo. La succión, dentro del tubo, era violenta. Los enviados de Dios devoraban la vida de la Tierra a una velocidad espantosa.

Los conductos de fotones, como pajitas de refrescos, succionaban a los *zombies*. No había la más mínima resistencia. Las víctimas, apretujadas en alguna plaza, se apresuraban a ser incluidas como si temieran quedarse abandonadas. Las columnas de refugiados apresuraban el paso si percibían un conducto de luz a punto de tocar tierra y pugnaban por meterse dentro antes de que los bordes fueran sellados. Si llegaban tarde y ya no podían ingresar, quedaban fuera, pero volvían a juntarse a la espera de la próxima chupada. La cosecha de fósiles duraría un tiempo. Aún quedaba en la Tierra mucha materia viva.

El espectáculo bien podía ser definido como apocalíptico. Los cuerpos, rara vez seguían enteros. La tremenda succión los destrozaba. Fragmentados, los engullían con más rapidez.

Cual siniestros tentáculos luminosos, los tubos de las naves localizaban las áreas de concentración de materia fosilizada y chupaban sin descanso. Los *zombies* tenían capacidad de juntarse entre sí y dirigirse a un punto de concentración para ser succionados.

El hombre acostumbraba reunir a sus animales de consumo en grandes corrales para trasladarlos a los mataderos. Tal cual, pero a una escala infinitamente mayor, hacían los *aliens* con las criaturas de la Tierra. Eran el botín de guerra. La avanzada tecnología del hombre, el rey de los depredadores, no podría jamás aniquilar la vida de una manera tan atroz.

Dos naves se ubicaban sobre las ciudades. Sus tubos de fotones se lanzaban en picada donde hubiera asentamientos. Luego de recoger la cosecha cambiaban de ciudad y repetían la operación. Las otras naves sorbían la vida en los alrededores, en los campos, los mares, los desiertos y en las selvas del mundo. La recogida duraba, en total, unos veinte minutos. Desde el comienzo del crepúsculo hasta que el Sol se escurría en el horizonte. Pese a la extraordinaria luminosidad de sus conductos de fotones, los alienígenas no trabajaban de noche.

Pero la recogida no terminaba por eso. Las naves se adelantaban al Sol. Iban contra el tiempo. Se corrían hacia el oeste hasta el siguiente huso horario y empezaban de nuevo.

Los satélites enviaban fotos espeluznantes. Los conductos de luz revoloteaban por todos lados. Recorrían el planeta y succionaban la biomasa disecada que encontraban a su paso. Las selvas del Amazonas, de África, Indonesia y Australia, donde abundaba la vida, eran devoradas. Los claros en la espesura, cada vez más grandes, mostraban las pérdidas. Los bosques de Siberia, Estados Unidos, Canadá y Alaska sufrían el mismo destino. Los despojos del furibundo tornado que asoló el norte de Europa no fueron recogidos. La materia orgánica que quedaba estaba muerta. No les interesaban los cadáveres.

El general Vladimir, sentado en su despacho, a la vista de estas imágenes, comprendió entonces la enigmática frase del *alien* cuando otorgó un plazo a la Tierra y dijo... *Luego comenzar extracción...* Por fin sabía lo que buscaban. La biomasa de la Tierra. La energía del universo. El ciclo del carbono. Los *aliens* estaban decididos a llevarse hasta el último átomo de carbono. A eso vinieron. De los campos petroleros más grandes mundo —Irán, Irak, Arabia Saudita, Venezuela, Brasil...—, los conductos de luz chupaban el codiciado líquido, causa de innumerables y sangrientas contiendas, que ahora se antojaban absurdas.

Estaban devorando el planeta y a sus habitantes en las propias narices del EMC y nada podían hacer para evitarlo. En algún momento no muy lejano, el mismo general sería parte del festín. ¿Habrá esperanza para la raza humana? Los ordenadores mostraban más de cien millones de infectados en todo el mundo y aún no había trascurrido 24 horas.

El comandante en jefe de la Tierra era un luchador nato. Nunca se daba por vencido, pero tampoco creía en las hadas milagrosas. Las probabilidades de salvación eran cada vez más escasas. Los misiles nucleares no servían. Los disparos de fusil demostraron su eficacia, pero en la lucha cuerpo a cuerpo. Los extraterrestres lo sabían y no tenían la más mínima intención de salir de sus naves. Allí estaban a salvo de las balas.

El general recordó su calurosa conversación con Alfonso XII y su breve encuentro con la doctora Genoveva, hermosa y talentosa mujer postrada en silla de ruedas. El futuro de la humanidad no dependía de las armas sino del conocimiento; de la ciencia. El general estaba consciente de ello. ¿Podría ayudar la doctora? Ella tenía muestras de los *aliens*. Información era lo que más se necesitaba y con urgencia. Internet funcionaba. El general le envió un mensaje. Lo hizo a su estilo. Era un ruso ceremonioso. Claro que mezclaba un poco sus funciones militares con su impulso personal, pero en el siglo XXII, el amor seguía siendo ciego.

Distinguida doctora Genoveva Abelleda Yrizábal. El general Vladimir Sergéevich Popov es quien la saluda. Nos conocimos en circunstancias aciagas para la humanidad. Nuestra situación es desesperada. Le ruego, por el bien de la raza humana, que extreme sus esfuerzos para encontrar una vía de salvación. Nuestras modernas armas no nos sirven. Le garantizo una pensión vitalicia y una medalla de honor si aporta alguna información para salvar la Tierra. Siento recordarle, doctora, que usted y yo estamos en el menú. La saludo con la máxima consideración...

La respuesta no demoró. Cada uno a su estilo.

No te desanimes, Rasputín. Bebe un trago de vodka y descansa. Mami cuidará de ti y del mundo. Recién empiezo...

El general esbozó una sonrisa. La primera desde que asumió el cargo.

17 - Mayo, 2101... Las manadas

Muchos eran los que seguían al rebaño y pocos los que se preguntaban para qué. Las sólidas conductas habituales eran ahora resabios de una vieja civilización, nostalgias de procederes que habían funcionado, pero que ya no servían. El vacío de conductas sería el detonante del retorno a comportamientos atávicos que no eran dictados por los gobiernos ni los chamanes sino por la Naturaleza. Ella también estaba amenazada y asumía su parte.

El límite con la bestialidad total del *sálvese quien pueda* estaba a un paso. El triste destino de Isaías I y todo su séquito lo estrecharía aún más. La civilización, que hasta entonces descendía la cuesta con cierta reticencia, comenzaba a despeñarse a gran velocidad. Cada vez era todo más primitivo. Las serpenteantes grietas que recorrían el mundo no eran para conservar a la sociedad unida. De nuevo había dos bandos. Ya no importaba que fueran *griegos* o *bárbaros*. De un lado estaban los depredadores y del otro, las presas. Solo el hambre los separaría. Cualquiera podía estar en uno u otro. Para los humanos de la Tierra, no había una separación categórica como podría ser la de herbívoros o carnívoros. La actitud era lo único que variaba. Masticar por la mañana y ser masticado por la noche.

El fuego ya no se usaba para los castigos divinos, decían los chamanes; la *bacteria* lo sustituía y atacaba solo a los pecadores. Su acción sobre el obispo de Roma y su corte de devotos patriarcas fue interpretada como el castigo al patriarca de los cristianos por su secular conducta herética. Dios, no solo le retiraba su representación por haber infringido sus mandamientos, sino que también le arrancaba la piel de oveja, y el viejo lobo quedaba al desnudo.

Para los fieles cristianos, que aún eran multitudes, la desidia de los cardenales en elegir un nuevo papa equivalía a privarlos de las enseñanzas de Dios que, por tradición, hablaba por su boca. Sus designios eran como los oráculos de la antigüedad: oscuros, complicados, inextricables y difíciles de comprender. El papa era el encargado de volverlos entendibles para los fieles. Dios usaba pocas y muy concisas palabras, y las de ahora, sin necesidad de que se las explicaran, y aunque no las entendieran, sonaban apocalípticas.

—Vuestro destino y el de la Tierra ya están escritos.

Parecía que las doctrinas de Oriente, más cercanas al enriquecimiento espiritual que a la postración ante un dios externo, no se verían afectadas por la crisis del cristianismo, pero no fue así. Por un lado, el Dios de los cristianos había dado pruebas concluyentes de su existencia y de su decisión de exterminar lo que había creado. Por otro lado, las doctrinas orientales eran de índole terrenal. La iluminación del espíritu necesitaba de lugares bucólicos, del verdor de los prados, de la fragancia y colorido de las flores y del canto de los ruiseñores en el bosque. Nada de eso había ya en el mundo. Ni prados verdes ni flores fragantes y, mucho menos, melodía de ruiseñores. La música fue la primera de las artes perdidas. En el espacio ya no se oían los armoniosos sonidos que habían hecho de la Tierra el sitio más placentero del universo. Ahora eran aullidos quejumbrosos, lamentos desgarradores y estridentes amenazas. Nadie ahuecaba el oído en dirección a la Tierra. Un destemplado murmullo de angustia la envolvía. Pronto se escucharía el terrorífico alarido de las manadas humanas lanzadas al saqueo.

Ante la amenaza del extermino, las criaturas vivas sufrieron una regresión en el tiempo, cuando conformaban una sopa de células en el caldo del metano. Allí, las conductas respondían a lo esencialmente vital. Existía el Mal, pero no el Bien.

Algunos medios de prensa eran conscientes de la situación y procuraban mantener la calma. Otros, imbuidos de un fanatismo mesiánico —el dinero ya no interesaba—, actuaban como viejas chismosas a las que solo les interesaba echar más leña al fuego. En su afán por saber algo, espiaban los movimientos de los gobiernos y los de las bases militares. Los comunicados de prensa oficiales no coincidían con el ajetreo que reinaba en los cuarteles y oficinas. Algo se estaba cocinando, y los botes salvavidas no alcanzarían para todos. Los humanos, atrapados en lo que creyeron su hogar, estaban tan solos en medio del espacio como los náufragos del Titanic lo estuvieron en medio del Atlántico. Los reporteros, con su gran destreza en el habla, enredaban a los funcionarios de menor jerarquía.

Al mismo tiempo, en algunos niveles militares había surgido un sentimiento de orgullo, y pedían la inmediata activación del escudo nuclear.

—Un ser humano no es Dios, pero le sigue en jerarquía —decían y agregaban—: Que los submarinos lancen los misiles... y arrasen la Tierra de una vez por todas.

Para ellos, era mejor la muerte que ser chupados por los tubos de fotones. Esa desatinada propuesta fue, no obstante, analizada a fondo por los estrategas del EMC.

Concluyeron que aplicando el programa MAD (*Mutual Assured Destruction*) tampoco se lograba nada. El ciclo del carbono continuaría tal cual. Sería como ahorrarles trabajo. De haber una salida a esta situación extrema, se insistió una vez más, sería encontrada en los laboratorios de investigación, antes que en los cuarteles militares. Los científicos trabajaban día y noche buscando un antídoto contra la *bacteria*.

Los extraterrestres querían la energía orgánica de la Tierra. No se fijaban —y tampoco les importaba— que se llevaban también los pensamientos de la civilización, las grandes sinfonías, las bibliotecas y las obras de arte. La inteligencia de los hombres no les inspiraba el más mínimo respeto. La *bacteria* no hacía distingos de clases. Los humanos, tradicionales devoradores de criaturas terrestres, estaban corriendo la misma suerte. En la cadena trófica del universo, todo formaba parte de otra cosa, y la Tierra ya no era una excepción. Un diminuto planeta del espacio dejaría de ser azul y nadie se percataría de ello.

Cuando aún no se cumplía una semana de haber comenzado la infección, los curiosos reporteros difundieron tres noticias que no aportaron nada y, en cambio, terminaron con los pocos restos de cordura que quedaban. La información reservada salió a la luz.

El público supo la primera. Que la Tierra había recibido un ultimátum y que fue ignorado. Que las autoridades esperaron a ver qué pasaba, como si la suerte de la gente les importara un cuerno. Que la escasez de alimentos se debía a la destrucción de las cosechas por las naves alienígenas. Que la tromba marina que asoló el norte de Europa y Rusia se generó por un ataque extraterrestre. Que la contaminación de la atmósfera era otro, más mortífero aún. Que habían partido dos cohetes a Marte para asegurar la supervivencia de la especie humana, pero solo con los genes que los gobiernos seleccionaron. Que una dotación de mujeres había sido enviada a la Estación Espacial Internacional para ser fecundadas con la simiente humana. Que allá estaban todos a salvo, respiraban, comían, bebían y fornicaban a lo bestia. Que las naves alienígenas estaban devorando la biomasa de la Tierra. Que no mataban a nadie, pero engullían a todos. Que vinieron a por la energía del carbono. Que los succionados por los conductos de luz eran almacenados para su posterior consumo, como quien carga las pilas de repuesto. Que los gobiernos tenían refugios a prueba de la *bacteria* y que estaban repletos de alimentos y bebidas. Que el resto de la población mundial se lo dejaban a los invasores como si echaran huesos a los lobos.

Los más miserables, que no faltaban, se atrevieron a sugerir la existencia de un pacto secreto y denigrante con los extraterrestres. Los gobiernos entregarían a la indefensa población a cambio de que los alienígenas no atacaran los refugios.

La segunda se originó en el cuartel del EMC. El ordenador que sumaba los casos de infectados suspendió la tarea cuando la cifra alcanzó dos mil quinientos millones. Podía sumar más, pero nadie enviaba informes. Casi la mitad de la especie humana, sin contar el resto de la biomasa, estaba ya almacenada en las entrañas de las naves.

La tercera fue la más aterradora. Los fosilizados conservaban una vida latente y una conciencia rudimentaria. Sabían que los estaban devorando pero, al parecer, no sentían angustia.

Estas noticias, divulgadas por Internet —el único medio de comunicación en funcionamiento—, unidas a la defenestración del cristianismo, aceleraron el caos total que sobrevino entonces. Las viejas leyes, cada vez más lejos de la realidad, servían en una estructura social civilizada. Ya no tenían razón de ser. Los servicios públicos dejaron de existir. No se podía contar con médicos, policía, ayuntamiento ni bomberos ni nada de nada. El personal que no se infectó había huido. El estricto orden de jerarquías, base del funcionamiento de una sociedad civilizada, se había derrumbado. La humanidad involucionaba, prácticamente, a la carrera.

En las novelas y películas sobre invasiones extraterrestres, la salvación llegaba sin necesidad de que los hombres y mujeres perdieran sus atributos civilizados. Las cosas funcionaban antes y después de la salvación. Había agua, energía y alimentos en las ciudades. Las ambulancias circulaban, la policía defendía las leyes y los hospitales curaban a la gente. Claro que eran novelas, películas, obras de ficción.

En el Paleolítico, los hombres vivían temerosos de la noche, las fieras, el Sol, la Luna y las estrellas. Lo ignoraban todo. Se organizaban en manadas para subsistir y reproducirse. En el siglo XXII, la involución los llevaría de regreso con una única diferencia: lo sabían todo. Sabían del fuego, de la rueda y de los circuitos integrados. Conocían los eclipses y las vueltas de la Luna. Regresaban al Paleolítico con su inteligencia y dos millones de años de experiencia y erudición encima. Los seres humanos volvían a ser recolectores y cazadores. Pero ahora eran ilustrados. Sabían leer y escribir, conocían el sistema solar y llevaban armas de fuego.

Privados de Dios, los hombres y mujeres de la Tierra abandonaron el futuro, el orgullo de la especie y retornaron a la bestialidad. El regreso al Paleolítico se desató casi al unísono en las ciudades, pueblos y aldeas del mundo. La carne humana era la misma, pero la tecnología los diferenciaba. Todo lo demás, si es que alguna vez estuvo, había desaparecido.

En los comienzos de la historia, podía prosperar la idea de un ente superior que habitaba en el Sol o en la Luna, pero en las *manadas* del siglo XXII había médicos, ingenieros, biólogos, informáticos, astrónomos y demás profesionales.

Los brujos y chamanes despotricaban contra el Dios de siempre, pero no inventaban uno nuevo. Era comprensible… ¿Qué dios inventar, justo ahora que no hacía falta ninguno?

Sobrevivir era la única conducta posible. La reproducción y perpetuación de la especie ya no interesaba a nadie. La *bacteria* no había cambiado las reglas del juego; solo las ponía en práctica. Escondida durante milenios en la sopa del metano, la pulsión autodestructiva, acompañaba, ahora, a la de supervivencia. La especie humana, ante la amenaza de extinción, dejaría de reproducirse y destruiría las fuentes de alimentos.

Cuanto más grande era una urbe, más rápido desaparecía el orden, las autoridades, los alimentos, las leyes, ordenanzas y normativas de convivencia. Las fastuosas ciudades representaban lo que nadie quería ver: cuánto era lo perdido… y cuán rápido se había perdido. Las reservas de harina, de trigo y de otros cereales estaban agotadas o habían sido saqueadas. Ya no se elaboraba pan ni otros derivados. Los criaderos de pollos, conejos, mariscos o peces de los alrededores se paralizaban al infectarse los animales, el personal y los propietarios.

En los puertos había grandes silos de almacenamiento de cereales. La turba, ignorante o no de la ausencia de oxígeno en su interior, engolosinada ante tanto alimento, trepaba por las rampas sin pensarlo dos veces. Morían asfixiados, pero con la panza llena. Quizás fuera ese su deseo. Otros, destruían las compuertas y el cereal se desparramaba como la lava de un volcán, y la horda se revolcaba entre los granos. Los hombres competían con las aves, las ratas y los insectos. Todos se lanzaban al ataque. Lo que no se consumía en el momento se abandonaba.

La energía proveniente de la electricidad, el gas natural o los combustibles líquidos, tan al alcance de la mano hasta hacía muy poco, ya no estaban disponibles en las ciudades. Infectados, los empleados y directivos de las plantas transformadoras, se alejaron bamboleándose como pingüinos. Los sistemas funcionaban solo unos segundos más. Luego, ante la ausencia de control humano, los mecanismos de seguridad detenían todos los procesos.

No había energía en las ciudades, ni calefacción ni refrigeración. Nada que sirviera para cocinar, hacer café, encender una bombilla, esterilizar los biberones o instrumental médico.

Para hacer fuego, la desesperación se cebaba con los muebles de madera y no todas las chispas eran obedientes. Las explosiones e incendios abundaban. Se apagaban por sí solos o por quienes los habían provocado. No caía una gota de lluvia. Había servicio de bomberos pero las instalaciones hedían a muerto. Sus rojos uniformes, empapados de sus pestilencias, se deshilachaban y caían al suelo mientras ellos se columpiaban por las calles.

Los hombres ansiaban el fuego. La energía era lo más deseado. Grupos de sobrevivientes, armados de palos, azadas y cuchillos asaltaban las plantas de gas envasado y se llevaban las bombonas. Disfrutarían durante algunos días de un baño caliente o de una comida cocida. Otros, cuyos artefactos no se adaptaban al gas licuado, pretendían canjear las bombonas por alimentos o agua. Vejados y robados, a su vez, quedaban abandonados sin bombona y sin comida. El libre comercio, otro hito evolutivo de la civilización, dejó de existir. No había seguridad de comerciar sin exponerse a ser ultrajado. Las leyes promulgadas durante los siglos de civilización, ya no protegían a nadie.

La ansiedad de que nada sería permanente no había variado con los siglos. Era la misma de la civilización: que quebrara la compañía de seguros de pensiones, que violaran a la hija o que una invasión extraterrestre acelerara el fin del mundo. La única certeza que se tenía en el Paleolítico, era la de que saldría el Sol. Lo mismo que en el siglo XXII.

El agua era escasa. Según fluyera por gravedad, salía un delgado chorro por los grifos de las fincas y arrastraba cada vez más sedimentos. Las plantas potabilizadoras dejaron de prestar servicio luego de que el personal y los directivos fueron infectados. Los profanos sobrevivientes carecían de las claves, y no podían —ni sabían— operarlas. Y, sin corriente eléctrica, nada funcionaba. La intemperancia que predominaba en los saqueos había agotado también las existencias de agua embotellada. Todos bebían hasta hincharse, y luego, si sobraba algo, lo derramaban. Llevarse una botella escondida entre las ropas equivalía a ser atacado. Para sobrevivir en las *manadas* del siglo XXII no había que poseer nada... ni siquiera la vida.

Los efectivos policiales o sanitarios no recibían denuncias ni atendían los teléfonos... que tampoco sonaban. Estaban recluidos en sus edificios con las puertas y ventanas atrancadas y selladas. Usaban mascarillas rudimentarias hechas con sus propias ropas.

La evolución tecnológica había convertido a las ciudades del mundo en dependientes absolutos de la electricidad. Las cámaras frigoríficas, neveras familiares, equipos de diagnóstico, ordenadores, máquinas y otros artefactos, que apenas unos días atrás, solo era necesario enchufarlos, dejaron de funcionar. En algunos casos, por ejemplo, a un equipo de Rayos X sin servicio, o a un sistema bancario sin operar, nadie le asignaba importancia. Las neveras y frigoríficos, en cambio, eran cosa seria. Los alimentos frescos, que estaban fuera de ellas, podían estar contaminados y no era conveniente consumirlos. No se sabía si la *bacteria* actuaba dentro de una nevera, una cámara frigorífica o congeladores familiares o industriales, pero sí, que los alimentos que estaban dentro se pudrirían en pocos días. La desesperada población se atiborraba de comida hasta que el hedor de la fermentación no solo impedía seguir comiendo sino que provocaba el vómito de lo ya ingerido. Vaciados los depósitos, algunos se alojaron en las grandes cámaras industriales. Creían que allí estarían a salvo de la *bacteria*. Quizás fuera cierto, porque el oxígeno, de seguro, no entraría. Las cámaras eran herméticas. Tampoco saldrían las pestilencias. ¿Quién iba a preocuparse por algunos muertos que no apestaban? Daba lo mismo dejarlos allí que llevarlos… a otra parte.

En las ciudades, la muerte, tal como sucedía antes, seguía siendo cosa de todos los días. Pero ahora, privada de dramatismo, era un suceso que aún no había venido o que ya había pasado. Solo quedaba un cadáver y eso era lo que complicaba las cosas. No se sabía qué hacer con ellos. En las oficinas de las empresas de sepelios no había nadie.

Al principio, los deudos los transportaban —no había ataúdes— en el maletero del coche, o los llevaban en hombros hasta el cementerio más cercano. Arrojaban los cuerpos cerca de la entrada o, bien, formaban promontorios en las inmediaciones. Las rejas habían sido forzadas, pero nadie se adentraba debido a tanta fetidez.

Algunos cavaban en parques públicos o en el fondo de sus casas y los enterraban sin más ceremonias. A los menos conspicuos los depositaban en las calles. Una respetuosa minoría los dejaban pudrirse en sus casas y se iban ellos. Otros, menos respetuosos, los ataban en los bancos de las plazas en postura sentada. Los niños ya no aparecían por ellas. Los contenedores de basura estaban desbordados y rodeados de desperdicios que ningún Ayuntamiento recogía. No había en las ciudades un sitio decente para dejar a los muertos, así que los abandonaban en cualquier lugar. Al principio, los cubrían con la abundante basura disponible. Luego, nadie se preocupaba de otra cosa que no fuera conseguir alimento.

El aire de las ciudades hedía a efervescencia de cuerpos insepultos. Los viejos habitantes de las alcantarillas, que, tradicionalmente, se ocultaban a los ojos de la gente de la ciudad, salieron a la luz ante la abundancia de víveres en descomposición. Pero, así de rápido como se alimentaban, así de rápido los cazaban para alimentarse a su vez o bien, tras infectarse, se unían a los grupos de *zombies* y marchaban juntos a los puntos de encuentro.

Como si la mortífera *bacteria* no bastara, otras, más conocidas por el hombre, andaban sueltas por las calles. El cólera, la disentería, el tifus y otros viejos flagelos de la humanidad reverdecían con toda virulencia.

Las alcantarillas estaban obstruidas y no había tratamientos de aguas fecales. La gente arrojaba cualquier cosa indeseable por las tuberías. La ausencia de agua corriente precipitaría los atascamientos y el aire se volvía cada vez más irrespirable.

Las fábricas, oficinas y comercios estaban desiertos y con sus puertas abiertas. Empleados, directores y gerentes, bamboleándose como *zombies,* se iban sin despedirse. No había nadie a quién saludar. Los bienes, canjeables hasta hacía poco por dinero, ya no tenían ningún valor de referencia. Los precios eran solo números. Nada valía, pero una lata de guisantes, de atún en aceite o una botella de agua podían constituir un buen motivo para matar.

Los grandes museos de Madrid, París, Londres, y de otras grandes ciudades, estaban ocupados por sobrevivientes y no había agua en los lavabos.

Muchos directivos y empleados de bancos, compañías de seguros o empresas estaban encerrados en sus oficinas. Eran liberados por la primera *manada* que entrara con intenciones de saquearla. Al verse libres, se iban bamboleando, y las cajas de seguridad quedaban abiertas. Las acciones de grandes empresas, bonos del Gobierno, títulos, billetes de banco e importantes contratos revoloteaban a merced del viento. En las calles, cualquiera se podía tropezar con joyas de oro, piedras preciosas y artículos lujosos abandonados en la desesperación por huir a ninguna parte. Nadie los recogía ni siquiera con el ánimo de guardarlas para cuando todo esto terminara. Quienes integraban las *manadas* del siglo XXII sabían que cuando todo esto terminara, todo habría terminado.

No obstante, el terror en las ciudades había desaparecido. No se cometían asesinatos rituales ni había hordas de fanáticos. Eran tiempos de realidades. Solo se mataba para comer o quitar un comensal del medio. Derramar la sangre ajena y no obtener beneficios de ella era una acción contraria a la costumbre. No resolvía nada.

Ser aceptado en una *manada* era la única opción de supervivencia. Hombres y mujeres, otrora habitantes de populosas urbes, y ahora, sobrevivientes, comenzaron a unirse en pequeños grupos que se agrandaban y formaban hordas cada vez más salvajes. No era tanto el temor a la *bacteria* lo que los unía, como el impulso de saciar sus apetitos, incluyendo el del amor, sin preocuparse de la culpa, del bien, del mal, de la moral o de toda restricción que imperaba durante la civilización, ahora desaparecida.

Las *manadas* se alejaban de los centros urbanos. Allí no había reservas y estaban saturadas de cadáveres y basura. En las zonas rurales, las cosas aún funcionaban. Día a día, las gallinas ponían huevos, las vacas daban leche y los hortelanos recogían las verduras.

Las manadas del Paleolítico luchaban para sobrevivir, pero las del siglo XXII estaban en el filo de la navaja. Por un lado, donde encontraban alimento, se atiborraban hasta reventar y, por el otro, una vez saciados, destruían o abandonaban los sobrantes como si quisieran evitar la continuidad de la vida. No atinaban ni a enterrar a sus presas como haría cualquier depredador que se precie de serlo. La actitud previsora de guardar para mañana había desaparecido. La *bacteria* llegaba en cualquier momento. En las *manadas* del siglo XXII, el impulso ciego de la autodestrucción primaba sobre el de la supervivencia.

El cristianismo, aunque tildado de cruel y represivo, había mantenido en pie a la humanidad durante dos milenios. La decisión papal no era tan descabellada después de todo. Inmolarse era la única manera de evitar la infección. Los *aliens* no querían cadáveres.

Los tubos de fotones habían succionado todo el petróleo orgánico que estaba en la superficie y en proceso de almacenamiento. Grotescamente, algunas máquinas funcionaban en seco y daban la triste impresión de ser una teta flácida y vacía. En los tanques había reservas de combustibles refinados para un año de consumo. A la humanidad no le faltaría gasolina. Pero, ¿adónde ir antes de un año, un mes o un día?

Algunos pueblos pequeños, equipados con colectores solares, tenían electricidad. Eso significaba escuchar música, conectar los ordenadores, neveras, cocinas y hasta una bombilla de luz. Los vecinos se organizaban para mantener el suministro. Muchas residencias rurales disponían también de energía propia: eólica, solar o geotérmica. Pero todos sabían que la paz no duraría mucho y se procuraban armas. En cualquier momento, podían ser atacados. Quizás lograran pasar inadvertidos. O quizás, no.

La manada, una ancestral organización social, propia de algunos animales, había demostrado, sobradamente, su eficacia depredadora y, por ende, la expansión de una especie en desmedro de otras. En ellas regía la costumbre del rebaño. Menos libertad y más seguridad.

Pero una *manada* de salvajes ilustrados era más feroz que cualquiera otra. No había líderes a la vista. El más fuerte no inspiraba obediencia, pero sí el más ilustrado. El poder estaba fragmentado y se ejercía a través de una red de comunicación extrasensorial. Una red de estímulos químicos muy antiguos mantenía en contacto a sus miembros. No era una red tan compleja como Internet, pero muy eficiente. El liderazgo podía estar oculto en un reducido grupo de *griegos* que se erigía en intérprete u oráculo del sentimiento general. Las conductas, no dictadas, surgían entre sus miembros como si todos estuvieran leyendo el mismo libreto. No había mucha información que compartir. Alimento, agua y peligro.

Las *manadas* desviaban sus caminos para no cruzarse. No porque fueran enemigos sino para no comenzar a serlo. Un enfrentamiento significaba la Destrucción Mutua Asegurada. En el fragor de la lucha se mordían y masticaban entre sí. La muerte era lo menos importante. La consigna era masticar aunque el siguiente golpe que se recibiera fuera el último.

La *bacteria* continuaba haciendo estragos. En los alrededores de las vacías ciudades las caravanas de *zombies* marchaban, día tras día, a sus puntos de concentración. Los *zombies* dejaban las puertas abiertas y las fincas eran saqueadas varias veces. Siempre aparecía algo.

Los alimentos que se encontraban en los saqueos eran devorados en el acto. Nadie miraba la fecha de caducidad. Los enlatados inspiraban más confianza. Había que comer con rapidez a la vista de todos. Miles de ojos se vigilaban. Desgraciado quien intentara escabullir algo entre sus ropas. Esconder un alimento era jugarse la vida. No había castigos. Se mataba a quien infringiera la *costumbre*. Siempre sería un comensal menos. La justicia no estaba sujeta a ningún código escrito ni a jueces imparciales. Lo acostumbrado era la ley. Las sentencias surgían en silencio. Nadie las dictaba, pero un brazo cualquiera se erigía en el ejecutor.

La muerte sí que evitaba el contagio. Algunos se esforzaban por ser ajusticiados. En las zonas rurales se podía enterrar a los muertos y el aire era respirable.

Las fábricas de jamones, embutidos, dulces o golosinas eran saqueadas una y otra vez. Lo que encontraban estaba cada vez en peor estado. Los alimentos envasados al vacío eran tan seguros como los enlatados. En las *manadas,* era fundamental el cuidado en la elección de los comestibles. Se aseguraban de que fueran sanos. Los médicos que las integraban exigían la máxima asepsia. No había una total certeza de que la *bacteria* ingresara por las fosas nasales. Podía ser que también lo hiciera por el sistema digestivo.

En las zonas rurales había aire, granjas, campos de pastoreo y bosques. Los herbívoros, ignorantes de la amenaza que se cernía sobre ellos, pastaban con toda tranquilidad hasta que eran capturados por alguna *manada* o por la *bacteria*. No era bueno hacer fuego para no alertar a otros grupos que podían rondar cerca. Tampoco se podía conservar. Había que comer rápido y en silencio. Salvo el cuchillo, que era de acero y no de piedra, todo era igual que en el Paleolítico. Si otra *manada* había olido la presa, se acercaba y aguardaba en silencio a que la primera le cediera el turno. Evitaban atacarse. El plazo de la espera se definía por el hambre. Si la demora resultaba excesiva, se alzaba el atroz alarido del asalto.

Por más que se defendían a tiro limpio, las granjas y los pueblos pequeños eran vencidos. Las *manadas* destruían todo lo que no fuera consumible en el momento. Los equipos de energía solar, ordenadores, neveras y todo artefacto eléctrico eran volcados, pisoteados e incendiados. El pueblo —o la hacienda rural— quedaba arrasado, y la *manada,* reforzada con los sobrevivientes, abandonaba el lugar.

Los asesinatos no eran frecuentes, pero nadie movía un pelo por la vida de otro. La presa y el depredador se unían en una nefasta relación. Matar no representaba un triunfo sino el comienzo de una cadena: un asesino podría ser víctima de otros asesinos. La vida refulgía como efímeras luciérnagas en la noche de las *manadas*. La mejor conducta era pasar desapercibido. Había que mirar al suelo, al aire o poner expresión de bestia. La sospecha del mal de ojo podía ser motivo para matar. Las disputas surgían y desaparecían de súbito. Raro era que alguien quedara tendido en el suelo. No se decidían por la fuerza sino por el convencimiento.

No obstante, los terribles ¡glup!... se escuchaban a diario y desde todos los ángulos.

Quienes sufrían el ataque de la *bacteria* eran guiados sin miramientos hacia las afueras de la *manada* y dejados a su suerte. Cualquiera fuera el lugar donde eran abandonados, los *zombies* sabían el rumbo que debían seguir para unirse a la fila más cercana.

En la acción de matar, ya fuera a un animal o a un semejante, había vivencias muy primitivas. Era algo que se podía hacer por propia voluntad y no dependía de la costumbre, las circunstancias o la *bacteria*. Hundir un chuchillo y ver salir la sangre era una forma de autodeterminación; de tomar una decisión, de elegir por uno mismo, de ejercer la libertad. En esas vivencias en que las conductas eran determinadas por el atavismo de los ancestros, hacer un alto, detenerse y tomar una decisión, equivalía a volver a sentirse civilizado. La vida adquiría valor, y la muerte, también. Matar o matarse pasaba a ser, entonces, una acción civilizada. Entre la muerte o la infección, todos, hasta los más brutos, ya habían elegido.

La sexualidad era un recreo, una fiesta, un evento circunstancial no reproductivo, un acto de esparcimiento mutuo entre adultos. En medio de un círculo abierto, que se formaba en el interior de la horda, hombres y mujeres desnudos se regodeaban. No había pudor, vergüenza o diferencias de identidad sexual. Quienes estaban en la periferia, se rotaban con los del centro, y todos accedían al festejo. El amor no estaba mal visto, pero frente a la posibilidad de infectarse en cualquier momento, nadie le asignaba importancia. Cualquiera que inspirara amor a otra persona, podía estar infectado en un minuto o en una hora. El sexo fugaz era lo más parecido al amor, y había que hacerlo rápido. La *bacteria* podía llegar antes que el clímax.

En las *manadas* no había ilusiones, niños, ni nada que significara futuro. Eran mundos sin esperanzas; tan solo de supervivencia. Nada era importante. Lo individual había desaparecido. Nadie valía nada. Solo el grupo estaba vivo.

Al contrario que unos días atrás, ahora había terror a reproducirse. El furor de quitarse de encima cualquier vida en ciernes originaría avalanchas de abortos en todo el mundo. Un aullido que venía desde muy lejos. No se aceptaban niños. Las mujeres se desesperaban por vaciar sus entrañas y los hombres las ayudaban. Las que no se quitaban la vida con su hijo en el vientre, se agolpaban en los saqueados hospitales o recurrían a los médicos de la *manada*. Una acción irracional, desesperada, incompatible con la Naturaleza, pero también una efectiva estrategia. No dejar suministros al invasor.

En los hospitales de las ciudades o en los centros médicos de los suburbios había abundancia de vendas, antisépticos, instrumental quirúrgico, anestesia y todo material sanitario no orgánico. Los médicos de las *manadas* atendían en esos lugares y las embarazadas podían abortar con cierta tranquilidad, aunque sin análisis previos. No había electricidad.

En algunos casos, la *bacteria* llegaba primero. La infección de las preñadas era tan espantosa que las palabras se negaban a describirla. La orgullosa pancita quedaba reducida a una ligera prominencia.

Los héroes anónimos, personas solitarias que suelen aparecer en las catástrofes de la humanidad, surgían del anonimato y, en condiciones precarias, atendían a miles de mujeres. Hubo algunas infecciones y decesos, pero no fueron muchos. Fuera de eludir la fosilización y no parir un hijo que podría ser infectado, nada más nacer, ninguna otra cosa era preocupante. La ansiedad de abortar era comprensible. ¿Quién querría dar a luz en esos momentos?

El lenguaje tampoco tenía relevancia. Se emitían gruñidos, gritos, gestos o sonidos obscenos. Las comunicaciones las iniciaba uno cualquiera mediante un alarido que ponía en alerta al resto. Seguía un informe gutural en una mezcla de idiomas. No más de cuatro o cinco palabras: comida, mierda, frío, abrigo... Tampoco era necesario que se entendieran. Bastaba seguir la costumbre del rebaño. En medio de los campos, de día o de noche, se movilizaban en completo silencio. Solo en los momentos de saqueo descontrolado, se escuchaban los feroces aullidos que llegaban hasta el espacio.

En las noches de mayo de 2101, la Luna, aún derramaba su reflejo plateado en las desiertas calles de las ciudades y sobre las *manadas* que pernoctaban al aire libre. Para ella, nada importante había pasado en la Tierra que la distrajera de su diaria circunvalación. En esas noches de luna, se podía escuchar el melancólico cantar de los hombres. Eran antiguas canciones mal entonadas, nostalgias de un mundo que se había ido. Voces roncas, desesperadas, que recordaban las canciones de los esclavos hacinados en las bodegas de los barcos, allá por el siglo XVII. En algo los chamanes estaban acertados. Los humanos de la Tierra estaban rindiendo cuentas de su historia.

Los cuarteles militares y policiales estaban abandonados. Aullando como bestias, las *manadas* penetraban a saco en ellos. Se guardaban muchas cosas en esos lugares. Había *zombies* encerrados en los calabozos y centinelas fosilizados, que aún seguían en sus casillas. La energía residual no les alcanzaba para abrir la puerta. En medio del desesperado afán de rapiña, nunca faltaba un personaje anónimo que buscara las llaves de los calabozos o abriera las puertas a los centinelas. ¿Por qué hacían eso? No parecía que fuera por solidaridad. Los *zombies* ya no pertenecían a la especie humana. Daba lo mismo dejarlos donde estaban que abrirles las puertas. Sin embargo, decidían liberarlos. Los infelices marchaban hasta el centro de concentración más cercano. Esa era su libertad.

La base naval de Rota, en España, estaba desierta. Su guarnición fue una de las primeras en fosilizarse. En menos de una hora, la base entera quedó infectada. Algunos oficiales habían salido de estampida rumbo al aeródromo, pero no llegaron ni al más pequeño helicóptero.

Las *manadas* cercanas no tardaron en desvalijarlo todo. Les siguieron las de Cádiz, Huelva y Sevilla. Era una presa apetecida. En cada embestida, cambiaban de preferencias, pero a los alimentos y a las raciones de guerra les daban, siempre, prioridad. Luego podrían interesarse en ropas, herramientas, mascarillas, armas, medicinas, zapatos...

Los víveres frescos se infectaban en sus envases, pero eran aptos para el consumo, en caso de que alguien se atreviera. La carne fosilizada no mataba a nadie, decían los médicos, pero tampoco aportaba ni una extraviada proteína... y hedía a muerto.

Los barcos en alta mar eran buenas presas para la *bacteria*. Nadie escapaba. Los infectados se concentraban en las cubiertas a la espera del tubo devorador. El navío quedaba al garete y a merced de las olas hasta que, acosado por ellas, dejaba de flotar. Los grandes cruceros de turismo, repletos de ansiosos pasajeros, constituían un suculento botín.

Los puertos eran un conglomerado de grúas caídas y contenedores saqueados. Algunos barcos estaban atracados en los muelles. Otros, sueltos y sin amarras, se golpeaban al compás de las olas. Las especies cercanas al hombre —ratas, perros y gatos— fueron las primeras en desaparecer. Las que no se fosilizaban, caían presa de las *manadas*.

En la tierra, el aire y el mar, la vida fragante, fresca y colorida se volvía piedra, polvo aglutinado y desecado. Peces, tiburones, ballenas y calamares flotaban a merced de las corrientes, que los juntaba en las áreas de recogida.

Los grandes sembradíos de trigo, maíz y soja de Argentina, Brasil, Canadá, Rusia y Estados Unidos, convertidos en extracto de carbono, fueron recogidos por las cosechadoras de fotones. Paso a paso, la Tierra perdía su capacidad de producir alimento. Las *manadas* que vagaban fuera de los refugios debían subsistir con lo que ya estuviera elaborado, cocido, cosechado, enlatado o vivo.

Quién tenía una tarjeta de supervivencia corría a los refugios custodiados por centinelas electrónicos. Había que exhibir la tarjeta y demostrar la identidad mediante el registro de la retina y el ADN. Una primera puerta permitía acceder a un espacio hueco. La segunda, menos resistente, despejaba el paso cuando se cerraba la primera.

En Täby, un suburbio cerca de Estocolmo, había un lujoso búnker para cobijo de las autoridades de Suecia. Ingresaron los reyes, las cortes y los más altos funcionarios, todos con sus familias. Estaba casi lleno. Algunos pocos rezagados que figuraban en las listas, aún no habían llegado. Escondidos entre los restos de nieve, los miembros de una *manada* vieron llegar a dos hombres, una mujer y dos niños. Uno de ellos pasaba la tarjeta por el lector óptico, arrimaba el ojo a otro y colocaba su dedo en el sensor del ADN. La puerta se abrió, pero solo dejó pasar al grupo familiar. Eran los autorizados. El otro individuo quedó a la intemperie en medio de la nieve mezclada con el barro de comienzos del verano.

Desconsolado, miraba a su alrededor hasta que divisó al grupo que se acercaba. Entonces comprendió. Las tenebrosas miradas lo perforaban. No era un fósil. El círculo se fue cerrando en silencio. No hubo gritos. Las tibias gotas de sangre en el fango nevado eran lamidas antes de que se enfriaran. El grupo se alejó sin dejar rastros.

Pero no quedaron satisfechos. Eran ingenieros y técnicos, sabían cómo hacer las cosas. Escondidos entre los arbustos y en absoluto silencio, pasaron la noche agazapados. El ruido de un automóvil los puso en alerta ni bien amanecía. La carretera estaba barrosa. El coche se acercó a baja velocidad. Era un todo terreno. Conducía una mujer mayor. No había nadie más. El grupo aguardaba al acecho. La mujer, seguramente una alta funcionaria del gobierno sueco, se asomó por la puerta del coche. Solo llevaba calcetines, le gustaba conducir sin zapatos. Comenzó a calzarse para andar en el lodo. Iba enfundada en un abrigo de piel de foca permitida. Tenía la etiqueta de las islas Feroe. Ella percibió algo extraño y lanzó un desesperado grito para alertar a nadie antes de caer bajo un solo golpe de machete. Los asesinos cogieron el abrigo de piel y lo lanzaron hacia sus compañeros, que comenzaron a despedazarlo a dentelladas. No perdieron el tiempo. Podría enfriarse la sangre y los lectores ópticos efectuarían una lectura falsa. El grupo cargó con el cuerpo, se acercó al portero electrónico, mostró la tarjeta, los ojos del cadáver y un dedo índice. La segunda puerta no resistió la presión. Los desaforados ingresaron al refugio aullando como lobos, más hambrientos que nunca. El último no cerró la puerta. Se lanzaron sobre las provisiones y el agua potable. Lanzaban cuchilladas a diestro y siniestro. Mataban sin fijarse a quien. El griterío dentro del refugio era ensordecedor. Los reyes de Suecia y los demás refugiados fueron pillados por sorpresa. Había algunas armas, pero no les alcanzaría la vida para llegar a ellas. Los forajidos comieron y bebieron hasta saciarse. Se regodearon con hombres y mujeres. Los desnudaron y manosearon. Las mujeres fregaban un pene hasta lograr endurecerlo. Entonces se reían a carcajadas y lo soltaban. Los hombres penetraban a sus víctimas pero no eyaculaban en ellas. No lo hacían en ningún lado. Luego de unos segundos retiraban el miembro y se desternillaban de risa. Finalizado el jolgorio, comenzaron a salir del búnker. El rey de Suecia y su familia encabezaba el cortejo, seguido por el primer ministro y la suya. Eran pura energía. Andaban despacio sobre la nieve, inclinaban el cuerpo a un lado para que la pierna pudiera balancearse y luego al otro. La piel y las ropas pegadas a los huesos y los ojos hundidos en el cráneo. El clima no les afectaba y no miraban a ninguna parte. Se juntaron en la cercana estación del tren donde permanecerían apretujados hasta la llegada del conducto de fotones.

En Madrid, el orgulloso palacio de la Moncloa estaba herméticamente sellado y con todas sus aberturas tapadas. Algunos funcionarios buscaron refugio allí. Los que aún tenían familiares intentaron ponerlos a salvo, pero no había filtros ni equipos de renovación del aire. La puerta principal por la que ingresaron tantos reyes y presidentes fue abierta desde adentro. Ministros, secretarios de Estado, ordenanzas y funcionarios, caminando como pingüinos, comenzaron a salir en dirección al área de concentración más cercana. Encabezaba la comitiva la Ministra del Interior, fosilizada y abrazada a su desarrapada secretaria. Seguía el director del Centro de Satélites de la Unión Europea, detrás la directora de la Organización Europea para la Investigación Espacial, luego el jefe del Instituto de Exploraciones Cósmicas y, por último, doña Patricia Infante Sobrado —PIS, según la doctora Genoveva— del Ministerio de Ciencia y Tecnología. El presidente del Gobierno de España no estaba entre los infectados, pero tampoco se sabía su paradero. No había ingresado a ningún refugio. España, acéfala, no le importaba a nadie.

Hubo dos descubrimientos. El segundo podía haber cambiado la historia si se hubiera sabido a tiempo. El primero, insólito y casual, se divulgó con excepcional rapidez. Los cadáveres no se fosilizaban. En una granja abandonada, una manada se topó con los cadáveres de un grupo de monjes budistas que, evidentemente, había pactado suicidarse. Se estaban comenzando a fermentar, pero conservaban los atributos de los cadáveres.

No eran fósiles, sino muertos. Esta noticia fue muy bien recibida. Morir en la Tierra era preferible a convertirse en un fósil y conservar la conciencia. La creencia en vidas futuras, reencarnaciones y mitos de esa índole, motivaba a la gente a inmolarse para reencarnar en cualquier universo como otras criaturas de Dios: humanos del espacio, humanos de la Tierra, sapos, mariscos, langostas o vegetales.

El segundo fue muy interesante. Si uno se cubría el rostro con una mascarilla mojada o un trapo de algodón o cualquier cosa que estuviera mojada, era muy probable que la bacteria no ingresara. De inmediato se divulgó la noticia de que el agua era el remedio para evitar la infección. Sin embargo, algunos enfermaron igual. Las *manadas* no disponían de laboratorios, pero sí, de biólogos. Dijeron que solo algún tipo de agua rechazaba a la *bacteria*. De todas formas, con más de la mitad de la población mundial contaminada, este descubrimiento se consideró no más que superchería popular, salvo en el refugio del EMC, cuyo comandante solicitó que algunos voluntarios se prestaran a experimentos. El resultado fue alentador. Cierto tipo de agua era un eficaz antídoto contra *la bacteria*. Otros refugios en el mundo corroboraron la buena nueva. Era el primer tanto a favor de la Tierra.

El tráfico aéreo estaba interrumpido. Las inmensas aeronaves habían sido desvalijadas en los aeropuertos y servían de refugio a las *manadas*. Las comidas envasadas de los servicios de catering fueron devoradas sin mirar el contenido. Mientras comían a la desesperada se espiaban entre ellos. Las conductas estaban más controlada en una *manada,* que lo que habían estado en las ciudades atestadas de cámaras de vigilancia.

La cadena trófica se había roto. Las plantas ya no iniciaban el ciclo. Quedaba en evidencia la extrema fragilidad de los ecosistemas de la Tierra. Sucumbían ante una sola *bacteria* proveniente de alguno de los universos que Dios había creado.

Así comenzaba el primer verano del siglo XXII en el hemisferio norte y del invierno en el sur. París, Buenos Aires, Río de Janeiro, Moscú, Pekín, Sídney eran ciudades desiertas que, no obstante, volvían a ser asaltadas de tanto en tanto. Las *manadas* acumulaban los cadáveres putrefactos y les prendían fuego. Una humareda pútrida y nauseabunda infectaba el aire mientas los desesperados revolvían y volvían a revolver lo ya revuelto varias veces. La humareda alejaba a la *bacteria,* decían algunos que se tildaban de expertos.

Por supuesto que hubo canibalismo. No podría esperarse otra cosa. Pero tampoco fue tanto ni tan generalizado. Lo que llamamos civilización era una ventana abierta hacia el futuro, que en ese entonces estaba cerrada. Muchas *manadas* estaban compuestas por *griegos,* personas instruidas, cultas, si cabe el término. El canibalismo no tenía acceso a ella. No estaba prohibido porque no había leyes. Lo que se hacía o no se hacía lo determinaba el hábito.

En otras, la actitud frente al canibalismo era más flexible. No estaba permitido, pero nadie se involucraba en el tema, salvo por un pequeño detalle; una exigencia no escrita. Todos comían carne cruda, pero *la otra* debía ser asada al fuego. En algunas *manadas*, el canibalismo era reservado para ceremonias esotéricas a la luz de las fogatas nocturnas. Solo participaban los agoreros con pretensiones de líderes, resabios de chamanes o restos de profetas.

En otras partes había permisos y prohibiciones. Algunas zonas de África, Centro América y la Polinesia, retomaban las antiguas costumbres que fueran reprimidas por la civilización. Eso sí, los médicos examinaban los cadáveres y otorgaban el visto bueno...

Para ese entonces, sucedió un episodio, que dentro de lo trágico de sus detalles, aportó una leve cuota de regocijo a la sufrida sociedad. El general Franklin Russeldof Honoré, soldado de un país no acostumbrado a las derrotas y, obsesionado con los extraterrestres por haber esquivado su misil atómico, no se quedaba quieto. Sin el conocimiento del EMC, había formado una logia compuesta por oficiales de Estados Unidos, Dinamarca, Bolivia y Japón. Habían jurado salvar la Tierra, aun a costa de la propia vida. No eran muchos, pero todos, pilotos de guerra, estaban imbuidos de una profunda fe en la especie humana. Solo creían en el hombre. *Era el principio y el fin de todas las cosas*, decían.

Bautizaron a la logia con el nombre de *Ecce Homo*. No se supo cómo —el general estaba lleno de artimañas—, pusieron en el aire una escuadrilla de seis cazas fuera de servicio y repletos de artefactos explosivos. Así equipados, se lanzarían contra las naves terrestres al estilo kamikaze. La explosión las dejaría fuera de combate. Pero el operativo no funcionó. La fantástica maniobrabilidad de las enormes naves y su rapidez para convertirse en anillos lo hicieron fracasar una vez más. Los pilotos aterrizaron en un desolado campo de Minnesota. Descubierto el operativo, lejos de ser castigados, fueron considerados héroes. El general Franklin Russeldof Honoré, que no participó del operativo, si bien recibió una severa reprimenda por parte del EMC, también obtuvo un disimulado aplauso y los plácemes de sus colegas por su audacia y temeridad.

Pero allí no terminó el asunto. El astuto general siempre se guardaba algo. No había mencionado una parte del operativo. En realidad, los aviones que levantaron vuelo eran ocho. Seis con la misión kamikaze. Los otros debían sobrevolar por encima de una nave enemiga, aterrizar en ella y colocar un artefacto nuclear, que tampoco se supo cómo lo consiguieron. Estos no regresaron. Los sobrevivientes juraron guardar silencio.

En medio del descalabro mundial, el inquebrantable espíritu humano seguía luchando. No en vano era una obra divina. El general Vladimir estaba sentado a la mesa con sus colegas en el confortable búnker hermético del Estado Mayor Conjunto. Daba pequeños sorbos a su copa de vodka. Los demás generales preferían un buen coñac francés. Habían cenado frugalmente: *entrecôte con salsa béarnaise y crepé au chocolate,* que acompañaron con una botella del buen *Château Lafleur-Gazin.*

A la vista de las imágenes de los satélites, el general comentó a sus subordinados:

—No debemos escandalizarnos por estas cosas. Si hemos arribado al primer puesto en la escala biológica, ha sido gracias a la inteligencia, la barbarie y el canibalismo. Por delante del hombre, solo está Dios… Al menos, lo estaba hasta hace poco.

Las oportunas órdenes del general Vladimir se cumplían a rajatabla. Los técnicos, operarios, ingenieros y astronautas encargados de acondicionar el Pegasus II, trabajaban a la desesperada. Los equipos y el material se trasladaron a la base de Kourou en la Guayana Francesa. El índice de contaminación allí era inferior al de las ciudades. Las instalaciones fueron cerradas con absoluta hermeticidad y se colocaron filtros mojados en las aberturas. Todos ejecutaban sus tareas provistos de mascarillas que humedecían de manera constante. Algunas inspecciones de control de calidad, en particular cuando ya había datos suficientes, debieron suprimirse para no demorar demasiado el proyecto. Por lo demás, todos se esmeraban en desempeñar su parte con máxima responsabilidad. El cumplimiento de cada etapa del programa Pegasus II podría definirse como heroico. Cualquier leyenda mitológica quedaba opacada por la bravura, tesón y coraje del equipo técnico que llevaría esta misión a buen puerto.

El Pegasus II, seccionado en varias partes, fue izado hasta la ISS en los módulos del ascensor espacial. Los técnicos que las acompañaron procedieron a ensamblarlas de nuevo y a colocar el cohete en la plataforma de lanzamiento.

No podía embarcar demasiada tripulación. Tampoco había tiempo para reformas. Los suministros ocupaban el mayor espacio disponible. Tres astronautas mujeres fueron rápidamente elegidas: una ingeniera especializada en construcciones bajo escasa gravidez, una médica de enfermedades del espacio y una técnica en alumbramientos e inseminación. Pasaron todos los exámenes y, aunque no fuera un requisito importante, eran solteras. El cohete Pegasus II, bautizado con el nombre de *Kharites*[15], despegó desde la ISS el 22 de julio de 2101 con rumbo a Marte. Se esperaba su ingreso a la órbita marciana en noventa y cinco días. La tripulación era exclusivamente femenina.

No iban solas. En sus equipos, aparte de semen congelado, se incluyeron artículos considerados, hasta ahora y con cierta suficiencia, de mínimo valor y como simples frívolos recursos de seducción, pero se demostró que, en muchos casos, eran de vital importancia: perfumes, maquillaje, pintalabios, flores, lencería, calzado… El eterno femenino. En el despegue los científicos cruzaban los dedos.

El general Vladimir, a todo esto, conservaba la imagen de la doctora Genoveva. ¡Hermosa mujer! ¿Será rusa? Miró la estatua de su amigo Alfonso XII, y le pareció que este, desde arriba del caballo, le guiñaba un ojo. Se decidió a enviarle otro mail…

Distinguida doctora Genoveva, tengo el honor de invitarla a visitar la sede de este Comando. Podemos beber una copa de buen vodka. Tengo una botella reservada para casos especiales, como podría ser este. Si acepta, enviaré un helicóptero esterilizado y hermético para trasladarla. Atentamente suyo… General Vladimir Sergéevich Popov…

La respuesta no demoró.

En mi próxima vida vendré por ti, Rasputín. Esta ya la tengo ocupada…

18 - Junio, 2101... El primer informe

El CEMIG era, sin duda alguna, el mejor de los refugios. Hermético, estéril y purificado. Fue diseñado un siglo atrás, para que los microrganismos permanecieran en cepas aisladas, sin posibilidad de salir al medio ambiente o de recibir visitas. Nada salía ni entraba. Las ondas electromagnéticas pasaban por un filtro que analizaba su frecuencia y origen. El sistema informático estaba blindado por claves y circuitos de *fire walls*.

Una emergencia de seguridad generaría, si no fuese resuelta en los siguientes treinta segundos o se solicitara una ampliación del plazo, un protocolo de destruccion biológica. Ondas de alta frecuencia eliminarían todos los microrganismos. El procedimiento afectaría solo al material biológico. El valioso equipamiento no sufriría daño alguno. Habría treinta segundos adicionales para evacuar la zona de destrucción biológica.

El área de investigación y cultivos estaba protegida, además, por otras estrictas medidas de seguridad. Parecían excesivas, pero estaban perfectamente justificadas. Si se liberaran a la atmósfera terrestre los millones de microrganismos de los cultivos, los efectos serían castastróficos. Aún así, la contaminación nunca llegaría al nivel actual que se registraba en la Tierra. Si antes debía protegerse al mundo del CEMIG, ahora sucedía a la inversa.

Todo el resto del área bajo tierra constituía una sola unidad funcional bajo atmósfera controlada. El aire que ingresaba al laboratorio pasaba por filtros capaces de interceptar partículas de 0.4 nanómetros. Las áreas de cultivos poseían filtros propios para la renovación del aire interno. La atmósfera dentro del exclusivo sector de investigación era estéril. Para entrar o salir, debía pasarse por una cabina de desinfección. El personal científico que operaba los cultivos usaba bata, calzado, máscara y guantes esterilizados. En el caso de la actual directora, ella cambiaba su silla de ruedas por otro modelo, aséptico, eléctrico y modificado para operar en los laboratorios. Se manipulaban los microrganismos mediante brazos robóticos. Si un elemento orgánico no autorizado —como por ejemplo, Esfínter o Escroto— era detectado en áreas estériles, se detenían los equipos, sonaban las alarmas y se activaba el protocolo de destrucción biológica. Las otras dependencias del CEMIG —vivienda, huerta, granja, sala de estar— disponían de una pureza ambiental del 92 %. La cabaña de San Llorenç de Morunys y el conducto de dos kilómetros que comunicaba con el laboratorio estaban también bajo atmósfera controlada.

El túnel —por donde correteaban Esfínter y Escroto— y la cabaña se utilizaban, además, como depósito de suministros. Había un pequeño apartamento para huéspedes, pero la actual directora nunca había tenido invitados. Ella, impaciente y de pocas pulgas, prefería concurrir a un sitio e irse cuando le diera la gana, en vez de esperar a que un invitado se despidiera. La doctora se consideraba a sí misma como, definitivamente, antipática. A su juicio, con esa sola definición, quedaban explicadas todas las cuestiones... y no habría más preguntas.

Las corrientes de aire que rodeaban la cumbre del Pedraforca eran una ayuda gratuita de la Naturaleza. El microclima del exterior aseguraba, aún más, la pureza del aire interior.

Solo había una sola forma de ingresar o egresar del CEMIG, y era por la cabaña de San Llorenç de Morunys. En caso de emergencia, había una compuerta accionada por tornillo, como la de los submarinos, que servía de vía de escape. Decían que daba directo a la montaña, pero no especificaban dónde. Nunca se había utilizado. Solo se podía abrir si estaba activado el protocolo de destrucción biológica. La actual directora no podría servirse de ella. Un detalle en el que nadie había reparado a la hora de su designación, o todo lo contrario.

En el *parking* de la cabaña cabían tres vehículos. Discretamente señalizado en la azotea, había también un pequeño helipuerto. Quien viniera del exterior debía pulsar el timbre como un turista cualquiera y cumplir con el complicado procedimiento de acceso.

Entrar o salir del complejo no era sencillo. Un sistema de compuertas controladas por el sistema informático aseguraba la hermeticidad. Ninguna puerta se abría si la opuesta no estaba cerrada y su atmósfera, renovada. Cada vez que ingresaba algo o alguien del exterior, el sistema forzaba la renovación y esterilización del aire.

Solo cuando el sensor de microrganismos consideraba el aire aséptico, se activaba la puerta. Los envases especiales destinados al transporte de cepas bacterianas estaban sellados, precintados y provistos de su propia atmósfera estéril.

El procedimiento, registrado en un soporte informático, similar a las cajas negras de los aviones, debía efectuarlo Genoveva cada vez que salía o regresaba de alguna parte. Para acceder a los sistemas, había dos claves dobles: una se encontraba en posesión de la dirección, y la otra, en las oficinas de la UE, que, en este caso de emergencia mundial, estaba bajo las ódenes del EMC.

La provisión de energía era independiente del exterior. Equipos solares y eólicos proveían a las baterías que surtían de electricidad al complejo. Había también colectores que absorbían el calor del núcleo de la Tierra para convertirlo en energía eléctrica.

La doctora Genoveva, concentrada en sus pensamientos y acompañada de Esfínter y Escroto, se encontraba en la sala de estar, fuera del área de investigación. Se había pasado de la silla de ruedas al mullido sofá de cuero, dispuesta a hacer un alto en su agobiante investigación. Disfrutaba de unos bizcochos de avena y un té con leche. Con la miraba perdida en el vacío y el corazón galopando en su pecho, dejaba que la mente se ocupara de un solo organismo: el coronel ABC.

Lo deseaba. Ansiaba su cuerpo y sabía que él ansiaba el suyo. Pero también sentía que el miedo la poseía y creía que a él también. Era miedo a la intimidad de los cuerpos. Mejor dicho, de un solo cuerpo: el suyo. A ella le gustaba acariciarlo por debajo de las ropas y sentir la calidez de su piel. ABC también le metía mano,

Genoveva las sentía pasar por su cuello, los senos y la cintura. Pero luego, las manos del hombre, hacían lo mismo que las marionetas, que *dan tres vueltas y luego se van.* ABC se retiraba y comenzaba de nuevo. Daba tres vueltas y luego se iba. Era entonces cuando ella, a pesar de sentirse, últimamente, más confiada y segura de sí misma, sentía el miedo de él a continuar. Su propia mano, que se había metido bajo la camisa del hombre…, tampoco iba más allá que las marionetas.

Genoveva, cuya conducta sexual había sido agresiva y avasallante, se encontraba inhibida como una colegiala, algo que nunca le había sucedido. ¿Qué era lo que tanto temía? ¿Que todo se viniera abajo o solo el miembro del coronel?

Cuando estaban juntos, las cosas iban de maravillas. Él le rodeaba el cuello con las manos y empujaba la silla de ruedas, un gesto que le gustaba mucho y la hacía sentirse amada. Genoveva continuaba con sus miniorgasmos espontáneos cuando, por ejemplo, ocupaban el banco de una plaza y él, como si fuera una niña, la alzaba en brazos para dejarla en sus rodillas y ella se acaloraba de repente. En pleno clímax, conversaban frente a frente, boca a boca. Ocurría en la calle delante de todo el mundo, también en un bar, en el cine e, incluso, había sucedido en su casa de Madrid, frente a los chicos. Genoveva sospechaba que él era consciente de lo que ocurría allí abajo pero nada decía al respecto, ni variaba lo más mínimo su expresión. Una sexualidad no figurativa; casi surrealista. Sea lo que fuere, era un arte, una forma más de hacer el amor. Ella creía, ¿o sería una ilusión?, que esos miniorgasmos espontáneos formaban parte de un ritual establecido por el coronel para compensar la falta de una relación en toda forma. A ella la satisfacía. ¿Y qué ocurría con él? Se imaginaba un sinfín de cosas: desde que tenía una amante o buscaba una prostituta, hasta que se masturbaba ni bien se separaban, o lo que sería peor, que no hacía nada, como si estar o no con ella, le diera lo mismo. La malformación de su cuerpo la volvía diferente, y esa diferencia, estando enamorada, podría ser demasiado apabullante.

Genoveva, en lugar de replegarse con humildad, había hecho de su anomalía una eficaz palanca para hacer notar su presencia y destacarse con arrogancia. El sexo no era una excepción. En sus primeras experiencias eróticas, mientras se desnudaba, miraba temerosa al hombre. El sujeto, que ya estaba desnudo y en erección, parecía que tropezaba de repente con una piedra. La pasión se detenía, la erección se atrancaba y todo comenzaba a retroceder. Ella, antes de que el desastre se consumara, aprendió a tomar la iniciativa e intervenir con rapidez. Se apropiaba del indeciso miembro y lo amasaba como si hiciera pan. El soldado, obediente por su propia naturaleza, respondía presentando armas, firme, gallardo y orgulloso. Así se hizo experta en asuntos masculinos. Tampoco se aferraba a una conducta ideal por parte del hombre. Dominaba la técnica de la propia satisfacción y no se quedaba con las ganas. Asumía la dirección de la obra desde el primer momento. Ella daba las instrucciones y no ocultaba ni disimulaba los resultados. Acostaba al varón sobre el lecho y, desde la silla de ruedas, le saltaba encima sin avergonzarse de su tronco, cabeza y brazos. En esta posición, la ausencia de las piernas era venturosamente favorable. Una trágica ventaja a fin de cuentas, que le permitía moverse con agilidad. Las piernas no estaban, pero sí lo necesario para disfrutar de una plena relación. El ultrasensible gusano eréctil cumplía su función y los labios vaginales se ocupaban del miembro masculino. Nadie se aburría.

Pero una cosa era hacer el amor con Sigfrido y otra desnudarse frente al hombre que amaba. Que lo amaba ya lo sabía. ABC era el hombre que le faltaba conocer. No se trataba de calentura o de una pasión irresistible. El amor había nacido en su intimidad. Un sentimiento mesurado, decidido y sin estridencias. Una decisión tomada con seriedad, como un experimento científico. Genoveva no tenía una personalidad proclive a experimentar emociones no comprobadas empíricamente. Con ABC, todas las pruebas habían sido superadas. Solo faltaba la del sexo, casi nada. Ella sentía que las pasiones borboteaban al borde del cráter y la temperatura estaba en el límite. En cualquier momento entraría en erupción.

Pero solo a ella, y a nadie más que a ella, se le ocurría enamorarse cuando el tiempo de la humanidad llegaba a su fin. Un amor sin futuro. Genoveva, una loba solitaria en medio de la estepa, no hablaba con nadie de sus cosas íntimas. Muerta la tía que la acunó en sus brazos y la acompañaba por los claustros universitarios, ella no tenía confidentes.

Pero le había sucedido algo muy extraño hacía poco. El día de la llegada del extraterrestre, mientras ABC permanecía a su lado, absorto en el increíble espectáculo, ella, consciente de su soledad y de que nadie reparaba en su presencia, había fijado su mirada en la estatua del rey ecuestre. Admiraba su gallardía. En un momento en que el resto de la especie humana se agitaba asombrada, ante la presencia de la criatura del espacio, ella había tenido la maligna ensoñación en la que su majestad la miraba con *intenciones*… mientras bajaba del caballo y exhibía un prominente bulto en la entrepierna, que no sería de bronce. Si eso le ocurría con solo haberla mirado… ¡qué no le sucedería al verla desnuda! El tamaño de la escultura anticipaba un imponente miembro viril. Genoveva hubiera jurado que Alfonso XII la miraba con un desmesurado brillo de lujuria en sus ojos, y que su mirada era la causante de la portentosa erección que exhibía. Hasta el airado corcel había dado un respingo al sentirla… ¿O todo sería producto de su fantasiosa calentura?

La cosa era que, desde ese día, el miedo de estar desnuda frente al hombre que amaba había disminuido. Si su cuerpo excitaba a uno de bronce, cualquiera de carne y hueso sería un obediente *partner*. El día del *alien,* como dio en llamarlo Genoveva, había asumido una importante deuda con Alfonso XII. Pero eso nadie lo sabía.

En realidad, no estaba tan sola como creía. El coronel ABC también había conocido el amor cuando en pocas semanas más, ya nada significaría nada. Y tampoco los dos estaban solos. El general Vladimir, un guerrero invicto, también había confesado el amor que lo embargaba ante la mirada comprensiva del rey ecuestre. Alfonso XII era el confidente de Genoveva y de Vladimir, pero ellos no lo sabían. ¿Lo habría consultado también ABC…?

¿Cuánto tiempo les quedaría? ¿Valdría la pena arder ahora? ¿Qué sentido tendría una relación de amor en medio de tanta incertidumbre? Ni siquiera podían estar juntos para morir abrazados bajo las fauces de los miembros de una *manada*. El amor era una ilusión, un anhelo, una promesa, un ansia desesperada de futuro.

Carecía de noticias de ABC. No había recibido mensajes. Internet era lo único que funcionaba. Salir del CEMIG sería suicida. No había tráfico aéreo ni ferroviario; ni autobuses ni medios de transporte confiables. Viajar en coche por las autopistas desiertas, en el caso de conseguir gasolina, equivalía a ser localizada por cualquier *manada* que anduviera por allí.

Los extraterrestres esperarían a que las *manadas*, que no se alejaban demasiado y eran cada vez más pequeñas, se fueran infectando y acomodando por sí solas en las áreas de recogida. Su promiscuidad facilitaría el contagio. De momento, no peleaban entre sí, pero a medida en que escasearan los alimentos, definirían territorios, se irían eliminando y exponiéndose a la *bacteria*. La infección total era tan inevitable, como sencilla la cosecha final.

Genoveva, como no viniera un helicóptero a buscarla, no estaba en condiciones de viajar. Estaba muy bien protegida en el CEMIG y esa era una buena razón para negarle un vuelo de rescate. Además, cualquier persona, militar o civil, con capacidad de conducir una aeronave, un tanque, un submarino o empuñar un fusil, y que, además, estuviera sano, habría sido puesto a salvo en uno de los refugios de la UE y a las órdenes del EMC. Por otra parte, mejor no llamar la atención o le llenarían el CEMIG de refugiados, y ella solo quería a uno. Aguardaría en la soledad de la montaña a que su príncipe, que luego de sortear mil obstáculos y peligros, vendría a despertarla con el beso de la vida. Mientras tanto, lo más indicado sería ir a trabajar. El apuesto príncipe podría demorarse.

Había recibido consultas de otros laboratorios y del CNI le habían enviado una muestra de polvo del extraterrestre. Ignoraban que ya tenía la que le dio el general Vladimir. Llevaba dos días estudiándolas y analizándolas bajo diferentes condiciones.

La doctora no pertenecía a la generación de científicos encorvados sobre el microscopio. El CEMIG estaba equipado con la última palabra en dispositivos de aumento. Un MFA (Microscopios de Fuerza Atómica) resolvía detalles de hasta de 0.3 nanómetro de magnitud. No ampliaba las imágenes utilizando lentes ópticos o magnéticos como los microscopios convencionales o los electrónicos. Un MFA podía formar una imagen de los átomos de la muestra mediante el escaneo de una aguja nanométrica que registra las variaciones en la fuerza vertical ejercida por la partícula sobre dicha aguja, que, a su vez, está acoplada a una microscópica palanca. El ordenador reconstruye una imagen tridimensional aumentada millones de veces. Gracias al MFA, se había podido desarrollar la tecnología de los nanotubos de carbono y la construcción del ascensor espacial.

Genoveva tenía el informe ante sí. Lo había leído varias veces. Faltaba un último vistazo; el último de verdad. Los análisis arrojaban resultados tan asombrosos, que su metabolismo no podía reaccionar científicamente. Ella era capaz de concebir otras realidades —un concepto expuesto reiteradas veces—, pero el verlas ahora en su propio laboratorio, tan cercas de sí misma, se había desorientado. Una especie de flojedad mental le impedía seguir avanzando.

La ansiedad la desbordaba, y un voraz apetito de golosinas se apoderó de ella. Pero en el CEMIG no las había, así que fue a prepararse un té con leche en polvo, miel y bizcochos de avena. Un paréntesis —un refrigerio— era imprescindible.

Volvió a releer el documento por quincuagésima vez. Esta sería la última.

CENTRO EUROPEO DE MICROBIOLOGÍA E INVESTIGACIÓN GENÉTICA

ANÁLISIS QUÍMICO-BIOLÓGICO

INFORME: Para el general Vladimir Sergéevich Popov, del Estado Mayor Conjunto de la Tierra, con copia al señor Federico Santis Roldán, Director del CNI, España.

Objeto: MATERIAL EXTRATERRESTRE DESCONOCIDO

He logrado reproducir, a escala microscópica, lo que está sucediendo en nuestro planeta: un ataque devastador.

Las muestras analizadas, que no pertenecen a la Naturaleza de la Tierra, las he recibido de la siguiente manera: la primera, de la mano del general Vladimir Sergéevich Popov. La segunda me fue enviada por el Director del CNI, don Federico Santis Roldán.

Los descubrimientos de la Física y de la Química han necesitado décadas enteras para ser comprobados con certeza. Por lo tanto, huelga decir que nada de lo asentado en este protocolo es completamente cierto ni concluyente, y que es más especulativo que empírico. La trágica situación actual de la Tierra no admite demoras. Las decisiones que el EMC pueda tomar luego de la lectura de este informe estarían basadas en hechos investigados cuya probabilidad de certeza es muy alta, pero aún sin corroborar. Sea como sea…, *alea hóminum genus jacta est* 16

Las características organolépticas: aspecto, olor, color, consistencia, textura de ambas muestras resultaron ser idénticas. Haré, por lo tanto, un solo informe en dos idiomas: castellano e inglés. Usaré terminología de fácil comprensión, dado que el ámbito de los destinatarios de este documento es el militar y no el científico.

La muestra proviene de un ser inorgánico al que podríamos considerar no solo en estado vivo, sino dotado de inteligencia y voluntad para definir su propia conducta según los objetivos que se haya fijado. Entiendo por «estado vivo» la capacidad de moverse por sí mismo, de dialogar mediante un ingenioso sistema de escritura mental, de viajar por el espacio, de erigirse en mensajero divino, de considerarse nuestro enemigo y de amenazarnos con el exterminio de la especie humana y el vaciamiento de la Tierra, hechos estos que están siendo ejecutados.

El objetivo de la visita ha quedado claro: abastecerse de la materia viva de la Tierra. No vienen a destruir la vida, sino a llevársela para su propio consumo. Son viajeros siderales que se detienen en un planeta para repostar combustible. En este caso, el combustible es la propia vida de la Tierra, es decir, el carbono orgánico.

Si bien he visto lo que parece un órgano genital, no he observado distinción de sexos. Deben seguir una conducta para su reproducción, pero dadas las peculiaridades de estas criaturas, este punto carece de utilidad militar, por lo que no lo he investigado.

No ingieren material orgánico para alimentarse. Descomponen la estructura atómica de la materia y extraen de allí la energía necesaria. Al revés de nosotros, que somos grandes consumidores de energía, ellos precisan de muy poca cantidad. La que se lleven de la Tierra les alcanzará para miles de años. Son pequeños reactores nucleares. La producen por fusión nuclear y la aprovechan sin desperdicios. No emiten calor residual como sucede con las criaturas orgánicas. Es la misma energía que enciende el Sol y las estrellas. Están bajo el dominio del tiempo y se agotarán en algún momento. Pero como son inorgánicas y no desperdician nada, deben de vivir —o funcionar— durante siglos.

Se autodefinen como «humanos». Hemos observado juntos a una de esas criaturas. Podía moverse, mostraba capacidad racional, autosuficiencia y arrogancia frente a las autoridades de la Tierra. Estos atributos son similares a los de la raza humana, a la cual dicen pertenecer por proceder del mismo Creador, cuya real existencia no viene al caso discutir ahora.

La vida en la Tierra depende del carbono y sus compuestos. La muestra analizada exhibe características asombrosas y extrañas a nuestro conocimiento. Se observan enlaces moleculares con capacidad para autorganizarse para definir lo que llamamos «estado vivo». Estas estructuras interactúan entre sí para generar conductas. Puedo definirla como «vida inorgánica», algo que, fuera del ámbito terrestre, admito como posible.

Utilicemos como ejemplo un automóvil. Habría que suponer que diferentes piezas inorgánicas se organizaran por sí mismas, adquiriesen una conducta y, a partir de allí, una inteligencia. Sería entonces, un automóvil en estado vivo cuyas piezas interrelacionadas extraerían energía del carbono orgánico, tal como nosotros la extraemos del petróleo. Funcionar o vivir, para este caso, sería lo mismo. Semejante situación —por su excesiva complejidad— resulta tan inverosímil de que haya sucedido por obra de azar, como lo es nuestra propia vida. La existencia de una fuente de energía que haya diseñado tanto un tipo de existencia como el otro no ha sido demostrada, pero es probable que sea el origen del universo. El acto de diseño y creación debe haber sido simultáneo a la gran explosión conocida como el Big Bang. En el instante mismo de la formación de uno o varios universos, ya estaría todo decidido por dicha fuente de energía, llamada, genéricamente, «el creador». De existir una entidad semejante, estaría dotada de una clarividencia tal, que no podríamos llamarla «inteligencia» sino algo más que solo puede ser nombrado por una nueva palabra ajena a la Naturaleza, que no se me ocurre cómo encontrar y, mucho menos, pronunciar sin perder el equilibrio emocional que me sustenta. Si yo perdiera la cultura moral, que pone tantos obstáculos a la inteligencia, sería una entidad similar al creador, y podría introducirme en el lenguaje de la energía, de la luz y de las infinitas partículas de la materia. Podría dialogar con quienes hablan el idioma de los universos y determinan un equilibrio cósmico que funciona a su manera. Más o menos en equilibrio o más o menos en desequilibrio.

Lo más fantástico ha sido lo siguiente: añadí a una parte de la muestra pequeñas cantidades de elementos orgánicos con bacterias en fermentación: yogurt natural y levadura de cerveza. El material de la muestra, en contacto con tales sustancias, no se alteró en absoluto, mientras que los componentes orgánicos reaccionaron rápidamente: se convirtieron en polvo seco. Vuelto a analizar, una y otra vez, los resultados seguían siendo los mismos. Conclusión: la materia orgánica se fosiliza al entrar en contacto con el material del espacio. Pierde su condición biológica. El material venido del espacio, aunque resulte aterrador decirlo, detiene el ciclo del carbono, le retira la vida activa y la deja en estado latente, como suministro de carbono futuro.

La muestra no reacciona frente al ácido sulfúrico, pero sí lo hace y borbotea con violencia ante el agua destilada. Parece disolverse o, bien, nada más desaparece, puesto que analicé el agua resultante, y no encontré ni el más mínimo vestigio de la sustancia original. Si la retiraba a tiempo del proceso de ebullición, la sustancia recuperaba sus características originales. La misma efervescencia se producía con agua común del grifo. Luego, a sabiendas de que el agua de los mares está contaminada con otras sustancias y los peces flotan fosilizados, he probado con una imitación artificial del agua marina. En este caso, no hubo ninguna reacción. Luego de tres pruebas sucesivas, he comprobado que el hervor se produce solo con el agua destilada o el agua potable común, no contaminada con detritus. Conclusión: el agua de lluvia es una sustancia tremendamente tóxica para este material. No puedo definir si el material estaba vivo antes de la ebullición o si estaba muerto después. No hay un instrumento capaz de definir si algo está vivo. Solo se pueden encontrar las circunstancias para que ello ocurra. Puedo afirmar o negar la vida mientras esté referida a compuestos de carbono y en la Tierra.

Estos individuos inorgánicos, a la par que consumen muy poca energía, deben tener una capacidad de almacenamiento casi infinita. El material animal y vegetal —evitemos la palabra «humano»— que esta sustancia fosiliza y que es recogido por los conductos de fotones, puede durarles varios miles de años. La sustancia orgánica detectada en sus naves por el satélite de la República Popular China bien puede ser el carbono que moviliza las naves. La producción de desechos como resultado de un proceso metabólico no existe en ellos y no necesiten lavabos. La energía transita sin desprendimiento de calor ni residuos. Son algo así como superconductores vivos. Aprovechan el ciento por ciento del carbono que rapiñan. Evidentemente, no hay carbono en su lugar de origen y tienen que buscarlo donde sea.

Con respecto al material llamado *bacteria,* que se encuentra contaminando nuestra atmósfera y que forma parte de este informe, puedo afirmar que no es ninguna bacteria; ni siquiera es un organismo biológico. Se trata de un elemento inorgánico simple y desconocido en la Tierra. No es un compuesto. La contaminación de la atmósfera de la Tierra ha sido causada por una sustancia extraída de sus propios cuerpos. En el análisis de la muestra aparece este elemento en una proporción ínfima. Supongo, entonces, que habrá habido un proceso de concentración de la sustancia para que resultara letal.

Ignoro si estas criaturas mueren. La sustancia a la que me refiero ha sido extraída de los cuerpos en estado vivo. En resumen, nos han arrojado un extracto concentrado de ellos mismos. No obstante su aparente inocuidad en bajas concentraciones, aconsejo manipularlo con mascarilla humedecida en agua y equipo aséptico.

He aislado e identificado este elemento: *eka-Torio o dvi-Cerio*. No existe en la Tierra y es el número 140 de la Tabla periódica de los elementos ampliada, cuya denominación es *Unquadnilio*, símbolo *Uqn*, de la serie, superactínidos, *Grupo 2, Período 8, bloque f,* supuesta masa atómica de *372 u,* configuración electrónica, *Uqn $5g^{18}$ $6f^2$ $8s^2$.* Es un elemento con una capa de electrones del tipo *G*, con 18 electrones, y dos más en el orbital *f*. Su configuración alcalina es muy reactiva en el agua destilada. Es un elemento transuránico, es decir, su masa atómica es más pesada que la del uranio. El agua lo desintegra y desaparece sin dejar rastros.

Si sobrevivo a esta calamidad, solicitaré al IUPAC (Unidad Internacional de Química Pura) le sea adjudicado al *Unquadnilio* el nombre definitivo de *Genovian*.

No reacciona con el oxígeno ni con el ácido clorhídrico y sí, con el agua destilada de la forma ya descripta. Para comprobar su acción sobre la materia viva, introduje un solo átomo de *Unquadnilio* en una solución orgánica, previamente analizada. De inmediato comenzó a fosilizarse. Vuelto a analizar el mismo material, ahora en estado fósil, comprobé que las moléculas de ADN habían perdido su estructura helicoidal. La conclusión es una sola: el *Unquadnilio* desarma la molécula de ADN. No la destruye, la desarma. No sé qué es peor. El ADN desarmado interrumpe su actividad biológica y se convierte en un fósil. La célula pierde su identidad y deja de sintetizar el carbono. No sabe quién es ni qué debe hacer para seguir viva. El ciclo del carbono, que ha conservado la vida en la Tierra desde su origen, queda interrumpido. Trasladado este efecto a un ser humano o a cualquier criatura pluricelular, queda en claro que la desmembración de la molécula de ADN convierte al organismo en un fósil. Deja de ser una criatura biológica para convertirse en una inorgánica de vida latente. Comprendemos ahora la conducta *zombie* de los infectados. Han perdido la conducta que les hacía funcionar sus cerebros, penes y vaginas, estómagos y pulmones. Dicho de una forma coloquial, han perdido el sistema operativo.

Asombra pensar que la conservación o destrucción de toda la biomasa de la Tierra dependa de una sustancia incapaz de sobrevivir, a su vez, si se la rocía con simple agua pura. También queda clara la tremenda sabiduría de la Naturaleza. El *Unquadnilio* no existe en la Tierra. Es incompatible con nuestra vida. El agua, esencial en la Tierra, es veneno en el mundo de los alienígena*s*. Quienes introdujeron este elemento en nuestra atmósfera sabían muy bien lo que hacían. Desarmando el ADN, todo el planeta quedará desierto. La biomasa fosilizada conservará la energía, y ellos se la llevarán consigo a donde vayan.

Si lloviera, como es habitual en la Tierra, entonces el *Unquadnilio* desaparecería. Pero, de alguna forma, las naves que rodean la Tierra, interponiéndose entre el Sol y el mar habrán interrumpido el ciclo del agua. No creo que acciones aisladas de ese tipo sirvan para todo el planeta. Las naves son inmensas, pero no lo bastante para bloquear toda la Tierra. Actuando en conjunto no alcanzarían a impedir la lluvia. A lo sumo, podrán hacerlo en una proporción que desconozco o, bien, habrán movilizado las nubes para vaciarlas donde no puedan afectar al *Unquadnilio*. Para salir de dudas, pedí informes a los Servicios Meteorológicos de todo el mundo. El resultado es aterrador.

Desde el 9 de abril pasado, en que comenzó la dispersión del *Unquadnilio,* solo ha llovido en los desiertos más áridos del planeta. El de Atacama, en Chile, donde no había caído una gota en los últimos 400 años, ha quedado anegado por un copioso diluvio. También en el norte de África; en el Valle de la Muerte, Estados Unidos; en el desierto de Gobi, Mongolia; en Namibia, en el desierto de Al-Rub al-Jalí, en Arabia. En Takla Maklan, en China, se registraron abundantes precipitaciones. Los *aliens* se han cuidado muy bien las espaldas.

Esta vez podemos decir que realmente tenemos un enemigo muy peligroso. Despiadado, implacable, carece de cultura y no hace distingos. Somos una presa como todas, quizás algo más dificultosa de manipular. Deben ignorar el Bien y el Mal. Mejor dicho, ignoran el Bien, puesto que el Mal habita en la misma Naturaleza a la ellos y nosotros pertenecemos.

Son inorgánicos, una forma de vida desconocida. Admito, que tal como afirman, pueden haber sido creados por Dios. No me extrañan esas contradicciones.

El Creador, si es que hay uno, ha actuado a través del tiempo como una entidad imprevisible e irresponsable como si todo fuera el resultado de una serie infinita de coincidencias. ¿Por qué no podría ser todo como sacarse la lotería varias veces seguidas? ¿Por qué no?

Sean o no obra de Dios, eso no libra a los humanos del espacio de la maldad que exhiben. En eso también se parecen a los humanos de la Tierra. Ambos utilizan el nombre de Dios para sus intereses. Los sentimientos o valores éticos no se juntan como en el humano. En la criatura que nos interpeló en el monumento de Alfonso XII vimos como el lado malo se imponía al bueno, tal como Caín mató a Abel según relata nuestra Biblia y la de ellos también.

Utilizan el *Unquadnilio* para desarmar el ADN, detener el ciclo del carbono y llevárselo en estado fósil como fuente de energía para movilizar sus enormes naves. Parecen provenir de puntos del espacio donde el agua no existe. Lo que para nosotros es la clave de la vida, para ellos es la de la muerte. No he podido averiguar su edad ni su antigüedad en el universo. La muestra no reacciona con el carbono 14. No descarto que en una época muy remota, hayan expoliado otro planeta rico en carbono, como pudo haber sido Marte, por ejemplo, y ahora han vuelto a por la Tierra. Esta, si no encontramos una solución, quedará expoliada igual.

Ellos, no obstante, conservan nuestra vida como quien hace yogurt con una cucharadita de otro antes de comérselo. Si han devastado Marte y ahora se disponen a hacerlo con la Tierra, es evidente que no pueden prescindir del hombre. ¿Quién si no implantará de nuevo el ciclo del carbono? Nosotros, los más inteligentes del universo, seremos eternos colonos trabajando para los más brutos. Nuestra tarea será introducir la química del carbono en planetas desérticos para que vengan a aprovisionarse cada treinta o cuarenta mil años. Es decir, nos la pasaremos entre la Tierra y Marte el resto de la eternidad. Cuando algún filósofo os pregunte para qué existe el hombre y cuál es el sentido de su existencia, ya podréis responderle.

Si fueron creados por Dios, a estos los ubicó en un universo con ausencia de carbono para ponerle un tope a la expansión humana. Esto significaría, lisa y llanamente, que el destino no existe. El devenir de la humanidad está predeterminado. Nosotros también somos conducidos como *zombies* a un área de eliminación. Cada cierto período de miles de años, la humanidad será aniquilada y sustituida por otra especie, cada vez más sumisa y menos agresiva. Esta sería la razón de ser de Dios. Pero la razón de ser de ellos es otra. Pretenden que los humanos reimplanten la vida en Marte. Otra vez crecerá la atmósfera y la biomasa volverá a expandirse por la rojiza tierra marciana. Cuando esté todo floreciente, volverán a por su carbono. Quieren que trabajemos para ellos y gratis. Dios los ha enviado y el papa se lo ha creído.

Atentamente, los saluda
Genoveva Abelleda Yrizábal

19 - Junio, 2101... El «Unquadnilio»

Nada había salido bien desde el legendario desayuno con el presidente, recordó Genoveva mientras fechaba el documento... Pero no todo. Recordaba cuando sus ojos y los de coronel se encontraron por primera vez y, cuando más tarde, sus manos le rodeaban el cuello.

La única buena nueva, desde entonces, era que el agua eliminaba la *bacteria*, pero para limpiar la atmósfera, haría falta otro diluvio universal, y si algo se podía afirmar con absoluta certeza es que no llovería en las zonas habitadas. El ciclo del agua estaba manipulado, y los alienígenas controlaban el clima de la Tierra. El uso de mascarillas mojadas era, sin duda, una importante ventaja, pero transitoria. No garantizaba la supervivencia definitiva.

La vanidad de la doctora estaba satisfecha, pero ella hubiera preferido que todo sucediera de otra manera o que no sucediera. No era la primera vez que su inteligencia, lejos de halagarla, le causaba un desasosiego total, una angustiosa impotencia. No le servía de nada llegar más allá que los demás y ver el futuro con las manos atadas. Tener razón antes de tiempo no era tan importante. Había que esperar que el resto de la humanidad también la tuviera.

Finalmente, tras haberlo revisado decenas de veces y en cada una, incluir o quitar algo, Genoveva se declaró conforme con el informe. Procedió a traducirlo al inglés y grabarlo en un archivo bajo clave. Luego, conservando las formas protocolares, redactó un sencillo mail. Deseaba la amistad del general, a quien admiraba, pero también estaba decidida a rechazar sus galanteos. Simpatizaba con él, pero no le hervía la sangre. Solo ABC era capaz de tanto. Utilizó el diminutivo de Vladimir y el tuteo.

Apreciado amigo Volodia:

Espero que te encuentres bien de salud, dinero y amor, aunque en las actuales circunstancias, esto no pasa de ser una perogrullada.

Te envío en archivo adjunto —bajo clave que obra en poder del EMC— el primer informe acerca de las criaturas del espacio. No está completo, pero te permitirá evaluar la situación desde mejores perspectivas. Va una copia en castellano y otra en inglés. Estudiaré ruso para la próxima vez. Seguiré investigando. Afectuosamente. Genoveva.

Nota: ¿Sabes algo de Amable Baltasar Clodovelo...? He perdido contacto con él.

Después de enviar el mensaje, Genoveva tuvo otro acceso de ansiedad. A la espera de la respuesta del general, aunque fuera un simple acuse de recibo, seguiría ocupándose de su organismo biológico privado. Así que fue a prepararse otro té con leche y bizcochos de avena. La respuesta, sin ceremonias, llegó en seguida.

Querida Genoveva, gracias por el informe. Lo leeré con detenimiento. Acerca del coronel ABC (sus amigos, entre los que me incluyo, lo llaman así), siento darte malas noticias. Su exesposa ha sido infectada. La vio cuando salía de su casa y se

unía a una caravana de zombies. Los hijos, que habían ido a verla, no estaban con
ella. Los está buscando. Es todo lo que sé. Lo siento. Un abrazo. Volodia.

La noticia terminó de derrumbarla. Fuera de los refugios y el CEMIG, reinaba
el caos en todo el mundo. Las abandonadas ciudades eran foco de infecciones y
nadie se acercaba. En los refugios había energía eléctrica, medicinas, alimento y
agua potable. En el resto del mundo, los humanos sobrevivientes se agrupaban en
manadas, el único tipo de sociedad que subsistía y que tampoco duraría mucho.
Pero, de momento, eran la reserva biológica de la humanidad. No tenían nada,
salvo lo que consiguieran en sus correrías. A veces daban con alguna propiedad
rural con sus sótanos provistos de alimentos y se quedaban hasta agotarlos... o
hasta que los atacaba la bacteria. No se ahorraba para el futuro. En los refugios aún
regía, por ahora, lo más parecido a un orden civilizado. Fuera de ellos, todo se
reducía a estar vivo, fosilizado o muerto. La noticia de que el agua destruía la bacteria no habría llegado a todas las *manadas,* algunas, agotadas las pilas y baterías,
carecían de electricidad.

Así que nada de intentar una aventura desatinada. Genoveva, una científica de
renombre, debía pensar con frialdad... Razonemos, se dijo a sí misma.

ABC tenía un barbijo militar. No era factible, pues, que se hubiera infectado y
ya estaría enterado de la conveniencia de humedecerlo. Eso sí, podrían haberlo
arañado y golpeado para quitárselo. Con el rostro sanguinolento y múltiples heridas por todo el cuerpo, estaría arrastrándose por las calles de Madrid. Las *manadas*
habían olido su sangre. Desesperado, buscaría refugio en un contenedor de basura,
milagrosamente vacío. Estaría quieto, inmóvil y en silencio para que su olor se
confundiera con la basura. Y si así no fuera, ¿por qué no la había llamado? Quizás
estaría pensando en ella, aunque podría haber elegido un lugar más adecuado. ¡Justo en medio de la inmundicia se le ocurría añorarla! Claro que si le arrancaron el
barbijo, seguro que se había infectado y ahora era un *zombie* andando a los tumbos. ¡Por eso no la había llamado! ¡Era un *zombie*! Puede que todavía estuviese en
la casa de su exesposa. ¿Qué tendría que hacer allí? ¡Mujer, pues buscar a los chicos! Eso espero, pero ¿tenía necesidad de ir a buscarlos justamente allí? Seguro
que ella, antes de infectarse, en un arranque de celos, lo había asesinado con el
cuchillo de la cocina. Y si así no fuera, ¿por qué no la llamaba? Quizás estuviera
desangrándose en el suelo de la cocina. Las *manadas* ni siquiera se fijarían si se
encontraba vivo o, por lo menos, limpio. Se lo comerían tal como lo encontraran.
Y si así no fuera, ¿por qué no la llamaba? Tal vez haya venido a San Llorenç de
Morunys en el helicóptero militar que le deben haber asignado y fue abatido por
alguna *manada* y se lo deben de estar merendando en este momento. No había otra
explicación. Claro, le gustaba preocuparla. Los hombres son todos iguales. ¡Espero
que esté bien muerto! ¡Ya me escuchará si no! Genoveva dejó de hacer fantasiosas
conjeturas. No pudo evitar la congoja de pensar que ABC había sido el almuerzo
de alguna *manada*. Se llevó las manos a la boca para contener la náusea.

Al erguirse de nuevo, vio que destellaba la luz del ordenador. En pleno Apocalipsis, Internet era la única vía de unión entre los seres humanos. Desesperada,

empujó la silla. Miró la pantalla. Era el *nick* de ABC. ¡Se había conectado! Eso no significaba que estuviera vivo. Podía ser un impostor. El mismo que terminaba de comérselo le habría robado el ordenador y estaba llamando a su lista de contactos en busca de más víctimas. No obstante, Genoveva, conmovida ante una mínima posibilidad de que estuviera vivo, oprimió el botón de aceptar.

—Hola, cariño ¿cómo estás?— era la voz del coronel.

Estaba vivo y ella no lo sabía. Tanta preocupación y el señorito ni siquiera se había muerto. ¿Por qué no estaba muerto? ¿Es que pensaba volverla loca? Aturdida, respondió.

—No me hace gracia que no me hayas llamado hasta ahora.

—Luego te explicaré... Dame ahora las coordenadas del CEMIG... ¡Rápido!

Genoveva continuaba aturdida. No sabía las coordenadas del CEMIG; nunca las supo, pero era una chica inteligente y no se desanimó por eso. Después de todo, las coordenadas del CEMIG no existían. No servían para nada. Todo era pura nieve. Buscó las de la cabaña de San Llorenç de Morunys, y se las dictó de inmediato.

—42°8′19″N - 1°35′30″E... ¿Para qué las quieres?

—¿Tienes lo brazos abiertos?

—Sí, cariño.

—Abrázame, pues.

Genoveva salió rodando a la disparada a la sala del túnel donde estaban los carros eléctricos. Trepó al suyo y se lanzó hacia la cabaña seguida por Esfínter y Escroto, que corrían a su lado alborotando con sus ladridos. No era habitual que los perros ladrasen si no había una razón valedera. Esta era una. Mientras esperaba en el salón de acceso, Genoveva sintió el ruido inconfundible de las aspas de un helicóptero sobre su cabeza. *Ojala que no lo hayan visto...* El motor se detuvo. Siguieron unos instantes de silencio. *Ojala que no haya nadie cerca...* Luego se escucharon unos pasos. Alguien golpeaba la puerta y oprimía el timbre a la vez. Genoveva, del otro lado de la abertura acristalada, lo vio por la cámara de seguridad y accionó el mando. El pesado portón comenzó a abrirse. Afuera, sobre el horizonte, brillaba el Sol a sus espaldas. La sombra del coronel ABC se extendió por el salón como una pincelada de oscuridad. Detrás, el cuerpo irrumpió a paso firme. Alto, guapo y gallardo como siempre. El apodo de coronel le sentaba de maravillas. Su fascinante porte militar la volvía loca. Se lo veía más delgado, cansado, barbudo y ojeroso, con la ropa arrugada y desprolija. Las rotosas alpargatas que calzaba serían producto de algún pillaje, fantaseaba la doctora. En el laboratorio no había nada de ropa masculina ¿cómo se las arreglaría para vestirlo? Solo ella, en las condiciones actuales del mundo, se iba a fijar en el atuendo del coronel.

Pero, a corta distancia detrás de ABC, por la abertura de la puerta aún sin cerrar, un grupo de facinerosos corría para alcanzarlo. La doctora, atolondrada en las cosas del amor, era muy firme y decidida en las de seguridad. Accionó el mando del cierre con rapidez y, con la otra mano, oprimió el *switch* de gas pimienta previsto para este tipo de contingencias. El portón empezó a cerrarse. Los forajidos, por efectos del gas picante, retrocedían, se tapaban los ojos y caían al suelo. Un rostro sucio, desaliñado y barbudo, con expresión de bestial ferocidad que había estirado el brazo para coger al coronel y ahora se revolcaba en el suelo junto a los demás, le pareció conocido. ¿Podría ese rostro desencajado ser el del señor Ministro de Investigación Científica y Desarrollo, licenciado Darío Dominique Trousseau, DDT, el único ser humano de quien recibía órdenes la doctora Genoveva...? No podía asegurarlo. El portón ya se había cerrado.

El coronel no percibió el drama que se desarrolló a sus espaldas, pero sintió el chiflido del gas. Siguió andando mientras se quitaba la mascarilla. No la veía a ella. La ventana era espejada de un lado. Pero su experiencia le decía que detrás del espejo estaba la doctora y su mundo de maravillas. Apuntó la mirada y su rostro se iluminó con una gran sonrisa. Ella, sin siquiera saludarlo, le dijo por el altavoz:

—Cariño, este es un sitio estratégico. No puedes entrar sin autorización.

La mirada de él lo decía todo. Ella se arrepintió de haber hablado. Su organismo favorito estaba al alcance de la mano y eso era lo que importaba.

—Está bien. No diremos a nadie que has venido. Presta atención, cariño. Voy a activar el proceso de esterilización para que se abra la puerta. Espero que estés limpio, porque no sé cómo abrirla. Ponte una mascarilla para respirar.

—Hace días que no me ducho. Tendremos que abrirla a tiros.

—Sí, cariño. La abriremos a tiros. Mientras tanto, ten paciencia.

Parecía que estaba limpio. Luego de cumplido el protocolo de esterilización, la puerta se abrió. Sollozando, de rodillas uno y en su silla de ruedas, otra, se confundieron en un abrazo.

—Te creía muerto y comido por las turbas hambrientas. Menudo susto me has dado.

—Había una cerca de aquí. Me vieron aterrizar.

—No sabes cuán cerca estaba.

El coronel recordó el chiflido del gas, y presintió, entonces, que algo había sucedido, pero no dijo nada. Se volvió hacia Genoveva. Volvieron a abrazarse con más fuerza aún.

Esta vez sucedió al revés. Ella, empujándolo por los codos lo incitó a incorporarse. Luego lo hizo dar la vuelta y sentarse en su falda. El pequeño espacio, que la ausencia de las piernas dejaba libre en el borde de la silla de ruedas, hacía las veces de un cálido regazo. De espaldas a él, volvió a abrazarlo con fuerza. Pecho con espalda. La tensión aumentaba. El clímax desembocó en atropellados orgasmos *mini*. El coronel, algo inseguro en esa posición, no percibió lo que sucedía allí abajo... Esfínter y Escroto sí. Felices con su ama, daban vueltas alrededor de la silla de ruedas y agitaban las colas.

Rodaron un trecho en esas condiciones. El coronel, sentado a medias, se sujetaba a la silla y levantaba los pies. Ella empujaba con fuerza. No pensaba dar el brazo a torcer. Así, seguidos por los perros llegaron a los vehículos eléctricos. ABC, al poner pie en tierra, fue olfateado y examinado a conciencia. Él se dejó inspeccionar. El filtro de Esfínter y Escroto era el más exigente. La pregunta que hizo fue desconcertante:

—¿Cuál es Esfínter y cuál es Escroto...?

—Uno de ellos es uno y el otro es el otro.

—¿No será al revés, cariño mío?

—Calla de una vez, tonto. Bastante he sufrido contigo. Ven, sube. Conocerás mi refugio y te invitaré a beber un café… o un té. Creo que se terminó el café… y también el té.

De los dos vehículos disponibles, uno estaba adaptado para la silla de ruedas. Genoveva le indicó el otro y le mostró los mandos. Se pusieron en marcha. Ella arrancó primero y él detrás. En fila, recorrieron los 2,3 kilómetros hasta el laboratorio.

Al llegar a destino, les sorprendió el repentino silencio. Ella se percató de que los perros no la habían seguido con la alegría de siempre como era su costumbre. Miró a ABC.

—¿Y los perros, cariño?

—No han venido. Supuse que lo sabías.

Se miraron, intrigados. Al recién llegado coronel, todo le parecía normal. Pero Genoveva preocupada. Esfínter y Escroto jamás la habían dejado sola.

—Quizás estén celosos de mi presencia.

Ella se sonrió. Conocía a sus perros. Si el coronel los hubiera puesto celosos, pues se la habrían tomado contra él. Ambos giraron la vista apuntando al vacío túnel.

El sepulcral silencio no duraría mucho. De súbito, se escucharon impresionantes aullidos que venían de la cabaña. Nunca antes se habían comportado de ese modo. El túnel comenzó a llenarse de desesperados ladridos de alarma. Los perros venían al galope. El eco del túnel aumentaba la resonancia. El ruido se volvió ensordecedor. En un segundo, estuvieron a la vista. Corrían desesperados, con las lenguas colgando a un costado y al otro, ladrando y aullando como lobos. No se miraban entre ellos. Apuntaban a su ama. Jadeantes, comenzaron a rodear la silla de ruedas y se empinaban a su lado y le lamían la cara. Ella, confusa, intentaba calmarlos. Entonces, los perros se treparon al coronel. Iban de uno a la otra ladrando, gimiendo y gruñendo. Era obvio que algo los había alterado.

Hicieron algo extraordinario. Treparon por detrás de la silla de ruedas e intentaron empujarla de regreso. Querían volver a la cabaña. Genoveva miró al coronel. Este asintió. Los perros se tranquilizaron cuando ella y ABC subieron a los vehículos y emprendieron el regreso. Entonces, partieron a toda carrera. En la cabaña, el coronel la ayudó a bajar y fueron juntos hasta la entrada. Esfínter y Escroto, gimiendo inquietos, aguardaban a que les franquearan el paso. Genoveva volvió a abrir la puerta interior. Los esperaba otra sorpresa. Los perros se abalanzaron dentro, pero no se quedaron allí. Ladrando como locos se dirigieron a la otra puerta: la de acceso al *parking*.

—¿Qué es lo que hay allí dentro, cariño?— preguntó el coronel.

—Mi coche. Nada más.

Los perros se trepaban, ladraban y gemían apuntando al *parking*. La puerta del garaje era levadiza y se abría a mano o a distancia. Genoveva no tenía el mando consigo. Le hizo señas al coronel, que la levantó con facilidad. Esfínter y Escroto, ni bien vieron una incipiente rendija, se escabulleron por debajo. ABC terminó de abrirla y echó un rápido vistazo. Genoveva aguardaba detrás. Tuvo el buen tino de encender la luz. En el lugar solo estaba el coche de ella. Esfínter y Escroto, sin dejar de meter bulla, se habían abalanzado sobre él y estaban raspando la puerta del maletero. Uno de los dos —no importaba cuál—, se trepó al techo y, apoyado en la inclinada tapa acristalada, comenzó a ladrar con fuerza. Algo había allí que los alteraba en exceso. ABC sacó una pistola del bolsillo, le quitó el seguro y se arrimó al coche. La doctora venía rodando tras él. Le advirtió con la mano que se acercara con prudencia.

Esfínter y Escroto, exasperados, rayaban la pintura y gruñían con ansiedad. Los perros, sin saber cómo, puesto que no habían entrado al *parking*, percibieron la presencia de algo fuera de lo habitual, misterioso y acechante. Quizás un olor o un ruido, algo imperceptible para el oído humano. ¿Un peligro que nadie había advertido? El coronel la interrogó con la mirada.

—El coche está aquí desde que regresé del Parque del Retiro. No he vuelto a salir desde ese día. Nadie me ha visitado. He permanecido sola todo el tiempo.

—Tranquila, no parece nada peligroso. Los perros a veces alborotan por nada. ¿Tienes la llave del maletero?

—Tengo el mando.

—Ábrelo pues, cariño, no temas.

Ella se acercó junto a su amado y oprimió el mando. ABC empuñaba la pistola con el dedo en el gatillo. Sintió el *clic* que destrababa el pestillo y la tapa se movió unos centímetros por la acción de un muelle. El Coronel terminó de levantarla. Ambos quedaron atónitos. Lo que estaba a la vista era increíble. Si en la Tierra habían sucedido cosas inverosímiles, ninguna era tan asombrosa como lo que había en el maletero.

Recostada en el fondo, había una figura humana, geométrica, rectangular, plana como una baraja y con una expresión de sorpresa e ingenuidad en su rostro. Sin parpadear, los miraba con los ojos agrandados por el asombro. Un extraterrestre gracioso y simpático; un personaje de películas infantiles. El espectáculo a su alrededor era más asombroso aún. El tapizado del maletero, roído en su mayor parte, estaba hecho jirones. La cobertura del equipo de auxilio había desaparecido. En su lugar, y a la vista, estaba el neumático, que acusaba huellas de mordiscos o algo similar. Faltaban trozos. El envase de las herramientas también estaba carcomido; la llave de hierro para aflojar las tuercas mostraba señales de roeduras o la acción de algún material abrasivo. El gato hidráulico para elevar el coche estaba destrozado. Sus piezas se encontraban sueltas, y no había manchas de aceite. ¿Se lo habría bebido? La bandeja abatible cubreobjetos era una piltrafa. El asiento trasero había comenzado a desaparecer.

Frente al repentino golpe de luz, el sujeto cambió su expresión de sorpresa por otra de inocencia, que podría interpretarse como... *lo siento, pero no tenía nada que comer.*

Los perros daban vueltas en silencio. Su misión estaba cumplida. Aguardaban el veredicto de los humanos. Genoveva y el coronel no se alarmaron. Estallaron en una sonora carcajada, como quien se encuentra con un viejo conocido en el sitio más insólito del universo. Claro que no todos los días uno se topa con un extraterrestre en el maletero del coche.

El visitante del espacio, el supuesto cuarto individuo del que nada se sabía, estaba desde hacía cinco meses, descansando a oscuras en el baúl del coche de la directora del CEMIG. Había eludido los disparos y pasado inadvertido. Se había comido todo el material inorgánico del interior. Por lo menos —pensó la doctora, científica al fin de cuentas— una pregunta ha sido respondida. Captan la energía de la materia inorgánica. A falta de estatuas, les encantan los automóviles. Eso sí, las partes más sabrosas: el gato hidráulico, las herramientas, el tapizado, la rueda de repuesto, el asiento trasero. Todo regado con un buen aceite mineral.

Genoveva no salía de su estupor. También podía decir cosas desconcertantes.

—Quién haya dicho que la energía es igual a la masa por el cuadrado de la velocidad de la luz, estaría encantadísimo de conocer a uno de estos reactores nucleares vivientes —y agregó—. Ese día había olvidado cerrar el coche con llave. ¿Lo recuerdas?

—Sí, cariño. Este buen señor lo encontró abierto y se metió dentro. Ahora tenemos que saber por qué lo hizo.

—Eso y muchas cosas más —agregó la doctora.

—Llevémoslo a la cabaña, cariño. Intentaremos interrogarlo.

—Espera un momento. No lo toques. Su cuerpo es tóxico. Contiene *Unquadnilio.*

—¿Unnn... qué?

—Una sustancia que desarma el ADN. Nos puede infectar y volver inorgánicos.

—¡Cuántas cosas sabes! He sido muy sabio al elegirte.

—Escucha con atención, cariño. Este individuo es peligroso. Podemos fosilizarnos. Me pregunto cómo pasó los controles de seguridad.

—El general Vladimir te dio una muestra de sus cuerpos... ¿La has analizado?

—Claro que lo hice. Contiene *Unquadnilio,* que desarma el ADN. Ya te lo dije, tonto.

—Ya me contarás qué es el *unquan...illo* ese. Escúchame tú ahora. Puede que el cuerpo vivo no sea tan tóxico y por eso pasó los controles de tu inexpugnable laboratorio. Debemos conservarlo vivo.

—Eres un genio. He sido muy sabia al elegirte. Ven, llevémoslo a casa.

—Lo primero sería levantarlo —El coronel extendió la mano.

—¡Espera! Hay guantes descartables en el salpicadero.

El sujeto los miraba con aires de no entender nada. No mostraba signos de rebeldía. Su expresión continuaba siendo apacible. El coronel calzó los guantes y volvió a ofrecerle la mano. La criatura comprendió. Extendió la suya y tomó la del coronel. Luego de cinco meses de inmovilidad, supusieron que tendría dificultades para incorporarse, pero no fue así. El ente saltó como una gacela.

—¡Claro! Se bebió todo el aceite del gato hidráulico. Menudo tío este.

Los tres estaban ahora frente a frente. Esfínter y Escroto revoloteaban en silencio olisqueando al extraño. No mostraron agresividad. El *alien,* más bajo que el coronel, apenas sobrepasaba la altura de Genoveva en la silla de ruedas. Miraba hacia el suelo como avergonzado. Dadas las circunstancias en que se producía este encuentro entre seres intergalácticos, se podría decir que el siguiente gesto del *alien* era más propio de un personaje de opereta que el de un ser del espacio. Observó con atención la silla de ruedas y se dirigió a ella. Con un brazo doblado delante y el otro a la espalda, se inclinó en una profunda reverencia a lo D'Artagnan. Genoveva, vanidosa como era, sonrió halagada, pero al punto se dio cuenta de que el saludo no iba dirigido a ella sino a la silla de ruedas.

—Parece que aún no conocen la rueda. Debe ser la primera vez que ve una.

En seguida recobró la compostura, asumió el mando y comenzó a dar órdenes.

—Los carros son para una persona. Mejor que no haya contacto físico hasta que hayamos estudiado un poco más esta situación. Ve tú caminando con él. Solo son dos kilómetros. Les hará bien un poco de ejercicio. Yo iré delante. Llevaré a los perros.

El coronel intentó aportar alguna idea, pero ella lo atajó de inmediato. Era la directora del CEMIG y debía ser obedecida aunque se tratara del apuesto coronel ABC... El *alien,* que recibió una indicación para que comenzara a marchar, debió de comprender, entonces, quien mandaba en la Tierra. La caravana de regreso la encabezaban, a paso lento y meneando la cola, Esfínter y Escroto. A un costado, sobre el riel de seguridad, el vehículo de Genoveva y, por detrás, el *alien,* cuyo andar, pese a ser una baraja, era ágil y elegante. El coronel cerraba la marcha. No se fiaba del sujeto y continuaba apuntándole con la pistola. El impacto de la bala lo convertiría en polvo si se le ocurría alguna cosa rara.

Los perros marchaban en silencio ahora, pero ellos no. Dialogaban como amantes que recién se encuentran. Claro que a la distancia y a gritos. La resonancia del túnel retrasmitía sus dichos al resto del mundo, pero nadie escuchaba.

—Me parece que a este tío lo he visto antes. ¿A ti qué te parece?

—A mí también me parece conocido, pero debo verlo mejor.

—Siento lo de tu mujer. Me lo contó el general.

—Gracias, cariño, pero era la madre de los chicos. Mi mujer eres tú, si quieres.

—Claro que quiero. ¿Y los chicos? ¿Qué sucedió con ellos?

—Mardoqueo, el que tú conoces, al ver que yo no ingresaba al refugio, se preocupó por buscarnos, a ellos y a mí.

—¿Y qué pasó?

—Pues que yo renuncié a mi tarjeta para venirme contigo y, gracias a las triquiñuelas de Mardoqueo, los chicos ingresaron al refugio en mi lugar. Por ahora están bien. Pero en algún momento, tendrán que salir, y si no resolvemos este entuerto, nadie quedará vivo en la Tierra.

—He hecho algunas averiguaciones.

—Ya me contarás.

—Nada definitivo aún, pero nos hemos ilustrado bastante acerca de ellos.

—Tal como van las cosas, la infección total es inevitable. Eso dicen en el EMC.

—Te daré a leer el informe que le envié a Volodia.

—¿Volodia? ¿Eso qué cosa es?

—Vladimir... El general Vladimir.

— ¡Ahora le dices Volodia…! ¿Por qué no me llamas a mí *abecechucho*...?

Ella no respondió. Así llegaron al laboratorio.

Tan solo dos meses habían trascurrido desde que se iniciara la extracción. Más de la mitad de la población humana, absorbida por los tubos de fotones y en estado de vida latente, había sido trasladada a las enormes naves. La vida, que distinguía a la Tierra de los demás cuerpos celestes, estaba diezmada. Si en lugar de decir *más de la mitad de la población humana*, se dijera que *más de la mitad de la biosfera* estaba en las entrañas de las naves, el impacto resultaría aterrador.

Para comentar el informe del CEMIG, se habían reunido los integrantes del Estado Mayor Conjunto. Luego de un animoso debate, el general Vladimir tomó la palabra.

—No nos queda mucho margen de maniobras, señores. La Tierra está en las diez de últimas, como dicen en España. Gracias a este informe, sabemos ahora un poco más acerca del enemigo, pero no lo suficiente para vencerlo. Ellos esquivan los misiles. No salen de sus naves y no podemos dispararles. Somos organismos compuestos por células, cuyo nexo de unión y de memoria es el ADN. Estando este desarmado, y *out of service,* no tenemos opciones de lucha. La infección total de la materia viva parece inevitable. El ciclo del carbono ha sido interrumpido. No se me ocurre qué cosa podamos hacer para sobrevivir. Dentro del búnker estamos a salvo, pero el refugio no es un ecosistema que se renueva. Con suerte, podríamos sobrevivir hasta que ellos se fueran. Y entonces, encontraríamos un planeta desértico y con los océanos vacíos de toda criatura orgánica. Ni un soplo de vida, tal como está Marte en la actualidad. Tendríamos que esperar miles de años para que todo volviera a suceder y no sabemos si será de la misma manera. Agotadas nuestras provisiones, no habrá modo de subsistir sin vegetales que sinteticen la energía del Sol. Terminaremos comiéndonos unos a otros, como las *manadas* que rondan afuera. Las tripulaciones de los submarinos que aún navegan bajo los mares estarán igual que nosotros. El último ser humano, si tiene certeza de ser el último, se arrojará de un acantilando cuando sepa que no hay nadie más en la Tierra. Quizás sobreviva una bacteria en los hielos antárticos. Estará allí desde hace millones de años y no se ha enterado de nada. Según el informe del CEMIG, la única esperanza es el agua. La sustancia que para nosotros representa la vida, en el caso de ellos es un verdadero veneno…

—Sea como fuere —continuó— estamos en la misma situación que cuando intentamos atacarlos con misiles. Podemos llegar hasta sus naves con nuestros aviones, pero no arrojarles agua mientras permanezcan dentro de ellas. Ni mojarlos ni dispararles. La única esperanza, que no sería un triunfo militar, sino una manera de sobrevivir, sería otro diluvio universal. Pero, mientras las naves estén donde están, señores generales, eso no sucederá...

—Desde el día 9 de abril en que comenzó el ataque, no ha caído ni una gota de agua sobre tierra habitada. Consultamos esta información con otros laboratorios y podemos confirmarlo. Algunas nubes se forman, pero son manipuladas y llevadas a zonas desérticas. La enorme tromba marina que asoló el norte de Europa y produjo tantas muertes sin cadáveres tenía un objetivo que no comprendimos entonces. Creímos que era para amedrentarnos, pero una intimidación de esa magnitud no servía de nada cuando la suerte ya estaba echada. Ahora creemos que el verdadero motivo fue alterar el clima de la Tierra para interrumpir el ciclo del agua. La extraña costumbre de detener sus naves en medio de los océanos y permanecer allí cerca de una hora puede tener el mismo objetivo. No sabemos cómo lo hacen, pero el hecho concreto es que no hubo ni habrá lluvias en tanto ellos permanezcan sobre la Tierra...

El general acercó su copa de vodka, aspiró su aroma, se mojó los labios y prosiguió.

—Si no llueve, el *Unquadnilio* será invencible y la vida de la Tierra, de la que estábamos tan orgullos y que creíamos única, estará abarrotada en sus naves. Nuestro terrible arsenal de armamentos, capaz de destruir un planeta entero, no nos sirve para defender una sencilla molécula de ADN. Y sin ella, señores, dejaremos de existir. Hemos descubierto muchos de los terribles secretos de la materia y desarrollado armas capaces de triturar una sola de esas enormes naves... si pudiéramos alcanzarlas.

—Por último —el general tragó saliva. Su voz se volvió ronca—, les informo que en mi oficina hay disponibles cápsulas de cianuro, una antigua tradición militar para no caer en manos del enemigo. Se llevan bajo la lengua. Solo hay que morderlas.

—Si alguno de ustedes —finalizó— tiene alguna idea, este es el momento de exponerla.

El general Epifanio Tulio Rodobredo y Díaz, representante de España ante el EMC, se puso de pie y dijo con toda calma.

—Después de muchísimos años, ahora venimos a descubrir, gracias a estos señores del espacio, que Dios, en verdad, existe y que no le importamos una mierda.

La señora general Marjorie Esther Andrews, representante de los Estados Unidos de América ante el EMC —una atractiva mujer que lucía falda militar y calcetines rojos sobre las medias negras de *nylon* y que parecía bastante engreída—, respondió:

—En caso de ser nosotros los atacantes, ellos dirían lo mismo. Queda claro, entonces, que a Dios no le importa una mierda nada.

No obstante el pesimismo reinante y con base en los informes del CEMIG, se decidió por unanimidad seguir luchando hasta el final. Se dispuso enviar aviso a todos los refugios del mundo. Comunicarles la buena nueva e invitarlos a mojar las mascarillas y aplicar filtros húmedos en los accesos del aire exterior.

Lamentablemente, ya no había forma de comunicarse con las últimas reservas de la especie humana en libertad: las *manadas*. No tenían suministro eléctrico y las pilas de los ordenados portátiles, radios o teléfonos se habían agotado. Solo en algunos puntos aislados, con paneles solares o eólicos, podía haber energía y conexión a Internet. La mayoría de estos lugares habían sido saqueados y destruidos. En otros, con reserva de combustibles líquidos para hacer funcionar los generadores, se prefirió usarlos para incendiar los campos y los bosques y, así, alejar la *bacteria*. Se creía, entonces, que el humo la repelía.

Pero tampoco el agua potable, único antídoto conocido, estaba disponible de una manera tan abundante como antes. La que estaba almacenada en los refugios debía ser administrada con prudencia. Nadie saldría al exterior a buscar agua pura, potable o destilada. Cada salida, de dudoso resultado, significaría utilizar mascarillas empapadas. Tampoco se sabía si, en realidad, había agua pura fuera de los refugios. Las plantas potabilizadoras de las ciudades estaban abandonadas y plagadas de otras bacterias. La extrema reducción a que se vio expuesta la biomasa humana había detenido, paradójicamente, la expansión de epidemias. No había abundancia de agua, era cierto, pero tampoco de cólera, disentería u otros flagelos.

Pero en algunas *manadas* ya se habían percatado del detalle del agua. No en vano había en ellas técnicos, ingenieros y científicos. Lo que faltaban eran resultados de laboratorio. A falta de otra mejor, todos bebían del agua que encontraban en los lagos, tanques de reserva para el ganado, arroyos o cursos naturales, que cada vez estaban más secos. Para inmunizarse con efectividad, en caso de poder hacerles llegar la información, necesitarían potabilizar o destilar el agua. La lluvia, a la que tan acostumbrados estaban los humanos, ya no estaría disponible, pero en las *manadas*, ese detalle aún no se sabía.

Pese a todas las contrariedades, la información aportada por el CEMIG era de una importancia fundamental. No todo estaba perdido. Había un arma. Humedeciendo la mascarilla se podía respirar con tranquilidad. La bandera de la Tierra aún no había sido arriada. Las fuerzas armadas de todos los países, equipadas con mascarillas húmedas, podían asumir operaciones al aire libre. Claro que las fábricas estaban paralizadas. Los elementos había que juntarlos entre los abundantes rezagos industriales.

Una luz brillaba en la oscuridad. Era posible salir de los refugios. Los seres humanos podían revolver entre la basura e ingeniárselas para confeccionar mascarillas. Con suerte, hasta podrían también encontrar algo de agua envasada en las ciudades abandonadas.

La humanidad no podía aún vencer a la *bacteria*, pero tenía ahora una quijada de asno, un hacha de piedra, una lanza de bronce, una espada que empuñar.

Los militares se habían levantado con intenciones de ir al bar en busca de un trago, cuando, sorpresivamente, el general Isaac Menajem Olmert, representante de Israel, los llamó al orden. Firme y erguido, se puso de pie y, con toda solemnidad, les habló así:

—Señores generales, les ruego atención. Hemos sabido, por dichos de estos extraterrestres, que Dios ha creado otros seres humanos. De momento, sabemos de dos. Esto significa que entre los que aún no conocemos, alguno ha sido elegido como el predilecto, el que le importa al Creador más que los otros. Debo informarles pues, que en el medio del cosmos hay un planeta preferido de Dios. Es el planeta de Israel, el pueblo elegido, la Tierra Prometida. Así reza la Nueva Biblia... del universo.

Oído esto, lo generales presentes con Vladimir a la cabeza, ya levantados de sus asientos, fruncieron el entrecejo y se fueron al bar. Uno a beber vodka y los otros, coñac.

20 - Julio, 2101... El juego del sexo

Sabemos que los protagonistas de la historia pueden llegar a comportarse de manera irresponsable. El mismo Dios, por ejemplo, creaba humanos al troche y moche y luego los mandaba a paseo. Genoveva y ABC no eran una excepción. Adoptaban actitudes de chiquillos inconscientes en los momentos de mayor dramatismo.

Pasado el primer momento de estupor y, aunque en algún momento tendrían que hacerlo, no dieron aviso a nadie. Ni se les pasó por la cabeza informar al EMC. Se habían topado con un disidente, que por más simpático que pareciera, no dejaba de ser un enemigo y podría aportar valiosa información. Era, pues, un prisionero de guerra, y como tal debía ser tratado. Dar aviso y entregarlo a la autoridad competente era lo que debían haber hecho dos personas sensatas, pero incluyendo a la doctora y al coronel, ya no quedaban personas sensatas en la Tierra. Ellos estaban ahora juntos, y juntos podían enfrentarse hasta a Dios.

En el perfecto búnker que constituía el CEMIG, que albergaba millones de bacterias, virus y toxinas, había una criatura del espacio exterior que ninguno de los sistemas de seguridad detectó. Y no era cualquier criatura. Esta contenía en su cuerpo el elemento más mortífero que hubiera afectado jamás a la humanidad. Al menos podía decirse que vino a parar al sitio indicado. Genoveva y el coronel lo observaban con atención.

—Ahora que lo veo bien —dijo la doctora— dime, cariño, ¿no es el mismo individuo que salió del conducto de fotones y nos dio el ultimátum?

—Sí A mí también me parece, pero fue el único que vimos. Quizás sean todos iguales. Aquél tenía una expresión horripilante del otro lado. Veamos cómo es la de este.

La mirada del *alien* seguía siendo mansa y también su actitud. ABC lo hizo girar. El rostro opuesto al del frente tenía una expresión anodina, más bien, ninguna. La mirada hueca, sin brillo, parecía la de un muerto al que no le han cerrado los ojos o la de alguien drogado.

—O es muy astuto y se hace el tonto a ver qué pasa, o no sabe aún del Bien y del Mal, como tampoco sabía de la rueda. Debe ser un adolescente de tan solo algunos siglos de edad.

—Si es el mismo sujeto, algo pasó con su otra personalidad.

—Hemos tenido suerte. Nos ha tocado la buena.

—Quizás puedan elegir.

Ante todo, decidieron someter al huésped —no lo llamarían prisionero— a una ducha desinfectante. No sería con agua, por supuesto. La doctora sospechaba que los procedimientos profilácticos habituales no servirían con estos entes inorgánicos.

El *alien* se dejaba hacer. No puso objeciones al ser introducido en la cápsula de esterilización. ¿Sabría de qué se trataba? Parecía que no entendía nada. Cerraron la puerta e iniciaron el proceso. Su expresión de baraja no varió en ningún momento mientras era bombardeado con ondas electromagnéticas de alta frecuencia. Si las radiaciones le causaban calor al agitar sus moléculas, no lo demostró. Por otra parte, terminado el procedimiento, el panel luminoso no arrojó resultados preocupantes. Al parecer, el sujeto estaba limpio y sano. Claro, si es que podía afirmarse eso de un extraterrestre inorgánico, del cual se ignoraba qué podía ensuciarlo y qué, enfermarlo. Los procedimientos de laboratorio habituales en la Tierra no serían de mayor utilidad en un caso como este: un ser sin actividad biológica.

—Necesitaríamos un geólogo o un experto en mineralogía— dijo Genoveva.

La conducta del *mineral* seguía siendo tranquila y se dejaba conducir por el coronel. Lo invitaron a salir de la cápsula.

Faltaba una prueba decisiva. Genoveva susurró al oído del coronel.

—Vamos a ver cómo reacciona con el agua, pero con mucho cuidado.

—Vale, cariño. Lo haremos, pero no hace falta que susurres. No sabemos si entiende el castellano o si oye siquiera.

—No haces gracia. No quiero que oiga la palabra «agua». Es un veneno para ellos. Quédate tú con él. Yo iré a buscar un poco de agua.

Los oídos de la criatura estaban incrustados en el pequeño espesor de su cuerpo. Durante la exhibición junto a Alfonso XII, no había dado muestras de escuchar sonidos.

Oculto en su falda, Genoveva regresó con un pequeño frasquito lleno de agua. Lo vació en el suelo a cierta distancia del *alien* y sin tocarlo. Fue una acción imprudente.

Pese a que la cantidad era ínfima, que no le salpicó ni una gota, que el piso era plano y que el agua estaba quieta, su reacción fue peor y mucho más violenta que la esperada. No abrió la boca, pero, de alguna parte de su cuerpo, salieron unos alaridos roncos y guturales. Parecía el tronar de piedras cayendo por la ladera de una montaña. Presa de una tremenda pavura, comenzó a tironear del brazo de ABC. Pretendía huir; estaba desesperado. El coronel lo asía con todas sus fuerzas con una mano y procuraba calmarlo con la otra, pero el sujeto, tras un violento forcejeo, terminó por soltarse. No se volvió contra ABC ni intentó agredir a nadie. Enloquecido por completo, sin dudar un segundo, salió disparado en dirección a la cabaña. Corría dando largas zancadas que golpeaban el suelo y resonaban en el túnel.

De inmediato, Esfínter y Escroto se fueron detrás ladrando furiosamente. El coronel, a la carrera, se unió al grupo y llamó a los perros. Genoveva, sin poder moverse con tanta rapidez, los llamó también a grito pelado desde donde estaba. Al oír su voz, los animales se apaciguaron, detuvieron su carrera y dejaron de ladrar. Daban vueltas y miraban ansiosos al fugitivo. Genoveva, antes de que se recuperaran, repitió la orden. Esta vez fue tajante. Tras unos instantes de vacilación, regresaron con la cabeza gacha y meneando la cola. Eran celosos de su ama, pero no agresivos. Ella los acarició y les dio bizcochos de avena. No creía que los perros le hubieran hecho daño, de haberlo cogido. Tampoco sería fácil hincarle el diente. Podían haber salido con el hocico lastimado o con un colmillo fracturado en el encuentro, pues, a fin de cuentas, era una piedra. Ignoraba, por otra parte, las reacciones del *alien,* una criatura tan imprevisible como un niño. ¿Y si se convertía en polvo? Debían cuidarlo.

El coronel corría más rápido. Alcanzó al pequeño fugitivo en la mitad del túnel. Jadeando, lo cogió del brazo. Intentó tranquilizarlo con ademanes, como se hace con los niños al acercarse a ellos. Pugnaba por soltarse. Todavía estaba bajo los efectos del pánico, pero algo estaría entendiendo, porque ya no tironeaba con tanta intensidad. El coronel, sin soltarlo, aflojó también un poco la presión sobre el brazo. Era pequeño, pero tenía fuerza suficiente para desasirse. ABC no podría sujetarlo mucho tiempo. La piel, o lo que fuera, era tan bruñida que los dedos se escurrían. Su forma achatada y de aristas redondeadas le impedía cogerlo con firmeza. Además, no quería hacerle daño.

De su interior surgió entonces un impulso desesperado. Una brillante idea de esas que subyacen en lo más profundo de la conciencia y aparecen de súbito. Apostó por los cinco sentidos de la Naturaleza. El *alien* debía distinguir los sonidos. Y la música de la Tierra, como todos saben, es oída con fervor en todo el cosmos. Instintivamente, recurriendo a su melodiosa voz de barítono, comenzó a entonar una vieja canción infantil, la primera que vino a su memoria. Recordó que su abnegada madre se la cantaba a su hermanita menor.

Tengo una muñeca vestida de azul, con su camisita y su canesú.
La saqué a paseo y se me enfermó.
Por la mañanita me dijo el doctor, que le dé jarabe con un tenedor.
Dos y dos son cuatro, cuatro y dos son seis,
seis y dos son ocho y ocho dieciséis y ocho veinticuatro y ocho treinta y dos...

El *alien* dejó de tironear y se quedó inmóvil. ABC lo soltó, pero no permaneció quieto. Sin dejar de cantar, comenzó a danzar a su alrededor con pasos saltarines, como colegiala bailando la ronda y haciendo gestos de menear una inexistente falda. El extraterrestre, luego de mirarlo con fijeza, se puso a girar sobre sí mismo siguiendo los pasos del coronel. Sus ojos tomaron la expresión cándida de un niño. Primero una pierna y un saltito, luego la otra y otro saltito. ABC danzaba y saltaba como una niña a su alrededor.

Genoveva, rodando su silla con energía, venía detrás. En medio del túnel se detuvo para presenciar el insólito espectáculo. No podía creerlo. Su amado coronel, un sobreviviente de las batallas de la vida, estaba bailando al son de... *Tengo una muñeca*, la canción favorita de su niñez... El *alien* parecía conmovido. La mirada de la doctora se humedeció. Emocionada, se acercó despacio a la pareja, y acompañó el estribillo con su voz de soprano.

La criatura seguía la ronda y se fue tranquilizando. Parecía que se quedaría dormido de pie, pero ocurrió algo insólito. Detuvo la danza y se acercó al coronel, cogió su mano, aún enguantada, y se la llevó a la boca cerrada. Luego de un grotesco gesto parecido a un beso, la dejó caer sin gracia, como si la tirara a la basura. No se conformó con eso. Dio otro paso más y lo abrazó con vehemencia. ABC, algo dubitativo, lo abrazó a su vez y le palmeó la espalda. La imagen del apuesto coronel estrechando en sus brazos a una criatura chata como un naipe resultaba bastante cómica. Si el sujeto, un enemigo a fin de cuentas, contenía *Unquadnilio,* ese era el momento de utilizarlo. Pero no se escuchó el siniestro ¡glup!...

El coronel se quitó el guante, lo cogió de la mano, y regresaron al laboratorio; eran amigos. Genoveva, embobada como científica y mujer no se quedó fuera. Rodó al lado del coronel y tomó la mano que este tenía libre. Con la que le quedaba, empujaba la silla.

La sala de estar era el lugar favorito de la directora. Allí acostumbraba, en sus momentos de fervor sexual, jugar al SESI. La mesa de juego estaba a la vista con el tabique divisor, los cables, el casco y la consola de mando. El coronel, acompañado del huésped, que marchaba a su lado, entró primero.

ABC nunca había visitado el CEMIG, un sitio legendario para cualquier agente de la ESA. Era, también, el templo sagrado de la mujer que amaba. Todo lo que allí había, a la vista y sin disimulos, describía su fuerte personalidad. Libros de biología, de química, de sexo, la pequeña cocina, galletas de avena, azúcar, restos de comida, objetos de maquillaje, ropa, aceite para la silla de ruedas, una linterna, un libro de cocina, silbato para perros, enseres sin fregar en el lavadero, un destornillador, papeles sueltos, pintalabios, formularios, una tijera, un cargador de móvil, perfumes, toallas, preservativos, dinero. El mundo femenino en todo su esplendor... y nada en su lugar.

Genoveva estaba atareada con Esfínter y Escroto. Los perros no se habían tranquilizado del todo, pero a su criterio, se habían portado bien. Por lo tanto, esperaban una ración extra de pienso, mimos y alguna golosina.

El coronel vio la mesa del SESI con el tabique y la consola de juego.

—¿Y esto..., ¿qué cosa es?

Ella levantó la vista y se sonrojó. No es que estuviera avergonzada de sus apetencias sexuales en los viejos tiempos de soledad. Eran cosas del pasado cuando la Tierra aún no estaba en peligro y una podía dedicarse al regodeo. Se sonrojó al recordar que tenía un pasado: el trascurrido antes de conocer al coronel. También echó un vistazo por los alrededores. La sala era un caos, como si un enorme bolso femenino, proveniente del espacio estelar, hubiera sido volcado y vaciado de infinidad de cosas. Claro. Ella tuvo que salir a la disparada para recibir a ABC y no tuvo tiempo de ordenar nada. El único culpable, sin lugar a dudas, era el propio coronel por presentarse de improviso.

En lugar de replegarse frente al hecho consumado, salió al frente con firmeza.

—Es para jugar al sexo, cariño.

—¿Cómo funciona...?

—Diseñas una pareja a tu medida y te revuelcas con ella.

—Eso suena un poco guarro en boca de una eminente científica.

—Digamos que haces el amor, señor melindroso. Te aplicas los electrodos en los sitios del cuerpo que más te plazca. Esos que tú ya sabes. Y luego te pones el casco. Sientes hasta los olores. No es necesario usar preservativo. ¿Quieres probar?

—¡Qué fresca eres! ¿Puedes jugar con quien amas o es solo para doctoras pervertidas?

—A una doctora pervertida le gustaría mucho jugar con quien ama.

—Gracias. ¿Lo utilizas a menudo?

—Lo utilizaba…

—¿Y ahora?

—Ahora te amo a ti.

El coronel ya estaba espabilado y sonrojado. Las sencillas respuestas de Genoveva lo dejaban indefenso. El planeta Tierra se fue esfumando en la oscuridad del espacio hasta desaparecer por completo. Ya no existía ni el universo. Le enseñó al *alien* como sentarse en el sofá. Le acarició el rostro rectangular indicándole que debía esperar. Se dirigió a Genoveva.

—¿Quieres jugar conmigo?

—Suena como un pedido de mano…

—Lo es. ¿Aceptas mi mano…?

—¡La mano y todo lo demás!

—Ven. Enséñame.

—Trae una silla para ti.

La consola tenía dos controles. El otro descansaba aún en el fondo de la caja. El ansiado momento había llegado. Si no lo podían hacer en la cama, lo harían en el SESI.

—Coge el otro control de la caja, cariño. Nunca lo he usado.

ABC obedeció y lo enchufó en la consola. Ella acercó la silla de ruedas y se ubicó en un lado de la mesa. Indicó al coronel que se sentara enfrente. Un tabique de madera, lo bastante grande para que no se vieran entre sí, separaba a los jugadores.

—Ahora debemos despedirnos, cariño. Volveremos a encontrarnos en el mundo virtual. Atiende a las instrucciones. Tú y yo seremos nosotros… y el otro.

Le explicó cómo se aplicaban los electrodos y el casco. Los cables para los genitales eran diferentes y tenían pequeños vibradores. Los contactos eran distintos según el sexo de los jugadores. Se destacaban dos: uno consistía en un tubo de siliconas de interior mullido y dedos con uñas pintadas de rojo en el exterior para uso masculino. Otro, llamado mariposa, cubría los labios de la vulva y el pequeño gusano eréctil. El resto de los sensores servían para estímulos a nivel dérmico y se aplicaban donde le apeteciera a cada uno, dependiendo de sus zonas erógenas. Ella los distribuyó en sus labios, cuello, pezones y axilas. Él, un hombre a fin de cuentas, situó todos en un solo lugar.

—Ahora colócate el casco, cariño.

Era el principal elemento de estímulo. Hermético como el de un astronauta, conectaba la consola con la mente y las emociones. Tenía sensores para los labios, nariz y oídos. Un diminuto difusor esparcía feromonas con las esencias disponibles en las bases de datos y la consola de mando. Tenía una visera a modo de pantalla visual. Debía cerrarse antes de comenzar. Ella encendió el aparato.

—Sigue las instrucciones, cariño mío. Ahora debemos diseñar a nuestras parejas. Cuando estés listo, oprime la tecla verde para comenzar.

Escogieron elementos de las bases de datos: cabellos, ojos, boca, rostro, brazos, manos, uñas, piel, maquillaje, *bijouterie*, ropa, fetiches, zapatos. Se podía probar el perfume antes de decidirse. Había varias expresiones del rostro para diseñar una personalidad acorde a la imagen: pasiva, agresiva, lujuriosa, ingenua, azafata, militar, bombero, detective, enfermera, profesor de esquí, chica babosa, colegiala tonta, bruja malvada o camionero.

—Estoy listo.

—Arriba el telón...

Se encontraron en el ciberespacio. Genoveva había diseñado al hombre ideal sobre el cual, por supuesto, ejercía un fuerte control. Un guapo caballero alto y espigado. Nada similar a un galán de cine. Tampoco, lindo. De rasgos más bien perversos. Un tipo con *sex-appeal*, de unos 45 años, con expresión de enamorado. Ojos azules, labios finos a punto de hablar, aroma de L'Homme de Ives Saint Laurent y gafas de diseño italiano. Las manos y uñas limpias, cabello moreno y sienes plateadas. Lo calzó con lustrados mocasines marrones y calcetines femeninos. Eligió un informal e impecable conjunto sport: americana y pantalón de fino corte inglés, tal vez de origen chino. La chaqueta, sin abotonar, era de color blanco y tenía grabadas las siglas ABC distribuidas por todas partes y en distintos tipos de letras y colores. Se veían detrás, en una camisa blanca, bordadas también las mismas letras en diferentes estilos y tamaños. Completó el atuendo varonil con una pajarita negra. En la mano izquierda le colocó un anillo de casado. Genoveva revelaba que le gustaban los hombres varoniles y desvergonzados de la cintura hacia arriba, pero afeminados y pasivos hacia abajo.

Esperó con paciencia la aparición de la figura que él había diseñado. Debía costarle algún esfuerzo porque se demoraba bastante. Claro. Era la primera vez que jugaba al SESI.

Apareció una hermosa mujer, bellísima, de ojos negros, cabellos también negros que caían a los costados, despeinados y salvajes. Brazos largos y esbeltos. Lucía, en el antebrazo derecho, una pulsera de oro al estilo egipcio, con una cobra erguida, presta a lanzar su veneno. En las muñecas, un conjunto de pulseras plateadas tintineaban suaves melodías. Manos de dedos finos y uñas rojo sangre. Una piedra de negrísimo azabache, engarzada en un anillo de oro, emitía fascinantes reflejos. De una cadena de plata, que rodeaba su cuello, colgaba una enorme uña, con seguridad, de algún gran felino. No estaba desnuda pero tampoco llevaba vestido. La piel de la cintura estaba pintada en tonos metalizados imitando las escamas de un pez. A los pechos, enhiestos y orgullosos, los envolvía una brillante espiral verde sobre la piel morena. En la cumbre, unos desafiantes pezones, sombreados en degradé, apuntaban como fusiles. Así, hasta la cintura. De allí para abajo, ella era... una sirena. Estaba fuera del agua, por supuesto, reposando en un trono dorado y con ruedas de silenciosa goma blanca, muy pequeñas, pero no tanto como para que no pudieran rodar. La cola de la sirena era de escamas brillantes, metalizadas, en tonos dorados y plateados, que reverberaban con la luz. Lo más sorprendente era la aleta caudal, al final de la cola. Amplia y estilizada, estaba bifurcada. Cada extremo terminaba en finas y sensuales sandalias *stiletto*.

Genoveva estaba maravillada. Él había diseñado una mujer que estaba presente, pero no existía. Se comportaría, pues, como una sirena. Torpe y desgarbada bajo el embrujo del amor, pero de reaccionar fascinante. Él la imaginaría en el agua, pero ella estaría en la tierra. Cantaría como una sirena para atraerlo a las rocas y clavarle los tacones de su aleta caudal.

El lugar elegido fue una coincidencia. Una pradera cubierta de pasto fresco, con matas de flores y árboles frutales en un día de sol radiante. En el centro, una vertiente de aguas cristalinas descendía de una lejana montaña nevada y caía en un estanque de madréporas y nenúfares. Un lugar ideal para el amor, como los que había en muchas partes de la Tierra no hacía más de dos años. Se encontraron junto al estanque. El murmullo del agua acariciaba sus oídos.

El aroma del pasto verde, mezclado con el de las flores, llenaba los pulmones de frescura. Él se arrodilló frente a la sirena, inclinó su tronco hasta el césped y besó la sandalia de la aleta caudal. Siguió luego por la cola del pez. Un ascenso empinado. Buscaba a la mujer que estaba en la cumbre. Con las manos acariciaba las escamas a favor y, con mucha ternura, las volvía a acariciar en contra. Masajeó su cintura, besando con mayor énfasis el punto de encuentro de las escamas con la piel y continuó arrullándola con melodiosa suavidad. Cubrió los pechos desnudos con las manos masculinas, dejando florecer los pezones entre el índice y el pulgar. Acercando sus labios, comulgó con ellos con devoción. De rodillas y a su misma altura, se enfrentó entonces con los ojos refulgentes de la sirena.

Esta, que se dejaba adorar con placidez, perdió de golpe la compostura y mostró la pasión que anidaba en su alma. Con súbita energía, estiró los brazos y lo cogió por las solapas. Abrió la chaqueta, la echó hacia atrás, forzándola a pasar por los brazos y la dejó caer. El macho estaba inmovilizado. Luego, con las afiladas uñas color sangre rasgó la camisa de arriba abajo, cortó la pajarita y el cinturón. Los jirones de la camisa fueron arrancados y el pantalón cayó hasta las rodillas. Él se puso de pie para que siguiera cayendo. Los calzoncillos, al alcance de la bella sirena, eran blancos. Faltaba solo un corte, y ella, antes de que él volviera a arrodillarse, lo hizo sin titubear. Del gallardo mástil, erguido y orgulloso, pendía la bandera.

A ella le gustaban así, indefensos. Alzó los brazos y, rodeando el cuello del hombre, estampó unos labios contra otros. La serpenteante lengua se zambulló en la cavidad masculina revolviéndola toda. Sosteniéndose del mismo cuello, ella tomó impulso y saltó del trono hacia él. Las escamas se adhirieron al pubis desnudo del varón. La bandera de guerra, el ansiado trofeo, flameaba en el mástil. La ansiosa sirena se abalanzó sobre ella.

Rodaron por el mullido pasto de la pradera e hicieron el amor una y otra vez. El Sol calentaba sus cuerpos. Se revolcaron en la hierba húmeda, aspiraron el olor de la tierra, de las flores y de las lombrices que pululaban por el césped. Un revoltijo de genitales, escamas, testículos, clímax, aletas, orgasmos, eyaculaciones..., hasta que la consola dijo *Game Over*.

El profundo silencio que siguió duró un buen rato. El tabique los separaba. Ninguno quería volver a la realidad. Ambos estaban exhaustos. El coronel comenzó, con desgano, a desarmar el conjunto de cables. Golpeó suavemente el tabique. Genoveva respondió con delicadeza. Era el momento de verse las caras. El coronel rodeó la mesa para acercarse. Eludió la mirada de ella. Se arrodilló y hundió la cabeza en su regazo. Ella puso sus manos encima y lo acarició con los dedos.

Permanecieron así hasta que el *alien* se puso a golpear el brazo del sofá y los sacó de su ensueño. La Tierra estaba a punto de quedar desierta. Las palabras de Genoveva no fueron muy románticas. Emocionada, contemplaba la humedecida entrepierna de ABC.

—Estás hecho un asco con esa ropa. Te daré una bata descartable de las que se usan en el laboratorio. No hay otra cosa, cariño, lo siento. Mientras, pondremos esos trapos a lavar. Tú también te darás una ducha. No hueles a *L'Homme* precisamente.

Así terminó ese día... Todo en la lavadora.

21 - Julio, 2101... Abel

Para darle la vuelta a la tortilla, era de vital importancia interrogar al huésped. Claro que no sería fácil. No podrían intimidarlo con una luz enceguecedora como a cualquier sospechoso. Ni siquiera parpadearía. Además, no había luces enceguecedoras en el CEMIG. Por otro lado, no se trataba de un delincuente sino de un enemigo... y de otro universo. Genoveva y ABC sabían que veía. Creían que también oía, pero ignoraban si tenía olfato. Además, ¿cómo entablar un diálogo sin la pantalla antigravitatoria? Tampoco convenía amedrentarlo con agua. El huésped, aterrorizado, podría diluirse o convertirse en polvo. Los que estaban amedrantados, en verdad, eran los terrícolas. Las únicas veces que los extraterrestres decidieron conferenciar, lo hicieron mediante un sistema telemático que transforma ideas o sensaciones en imágenes o textos. ¿Cómo reproducir tal cosa en el CEMIG?

Lo sucedido el día anterior había sido excepcional. No era frecuente encontrar a un extraterrestre en el maletero del coche. ¿Y qué hicieron ellos? Se ocuparon de cierto asunto personal que habían estado postergando...

Una distinguida científica y un galardonado investigador de la vida extraterrestre no tuvieron mejor idea, en esos momentos, que dedicarse al sexo. Y ni siquiera a la manera convencional sino mediante un artefacto electrónico. Mientras tanto, proveniente del espacio exterior, la raza humana sufría el ataque más devastador de su historia. Y uno de esos mismos alienígenas aguardaba en el sillón de la sala de estar. Para colmo, fue él mismo —el enemigo— quien los llamó al orden.

Lo pasaron de maravillas, era cierto. Lo estaban deseando desde hacía tiempo, era cierto. Pero también lo era que un cuarto de la población de la Tierra aún estaba sana y a la espera de una vacuna o de algún pase mágico que la rescatara del inevitable exterminio.

Se podía justificar la alocada conducta si se tomaba en consideración la misión que se habían asignado tan extravagantes personalidades. No tenían la más remota idea de cómo comunicarse con la criatura. Con buen criterio científico, optaron por purgar primero sus mentes y sus cuerpos del primitivismo sexual del que estaban atiborradas para que luego, lúcidas y frescas, pudieran entregarse a la tarea de salvar el mundo.

A la mañana siguiente, luego del desayuno, preocupados, pero no arrepentidos, de haber cedido a la lujuria, decidieron intentar comunicarse con el *alien*. Habían dormido juntos. El coronel, a modo de pijama, se vistió con una de las batas descartables de las zonas de investigación. Lucía ridículo con ellas. Sus velludas pantorrillas —algo que nunca vieron— despertaban la curiosidad de Esfínter y Escroto. Calzaba las raídas alpargatas a las que solo pudo pasarles un cepillo. En ese lugar, obviamente, no había zapatos. Salvo la doctora, los perros y los millones de bacterias, nadie más lo veía en tales trazas. El *alien*, por supuesto, no opinaría. Él estaba tal como vino al mundo, cualquiera que este fuera

—Se hace mención de estos extraterrestres —pensaba ABC en voz alta al pie de la cama— bajo el género masculino, pero no sabemos si en su mundo existe el sexo. ¿Cómo se reproducirán siendo inorgánicos? ¿Será posible una piedra macho y otra hembra?

A la doctora, estas reflexiones le parecieron poco serias, pero no dijo nada.

El ingreso al CEMIG en tiempos normales estaba restringido, pero a los que corrían no se les podía llamar normales. Nadie sabía que ABC estaba allí y él no pensaba divulgarlo. Genoveva, como hemos visto que hacía cada día luego de despertarse, se estaba acicalando. El coronel, pues, disponía de tiempo. Preparó el desayuno con lo que encontró a mano. Hizo un recorrido por las dependencias. Observó los sistemas, procesos y protocolos. Al encontrar la despensa casi vacía, inspeccionó la que había en la cabaña. Fue y volvió trotando.

Allí donde hubiera electricidad —una rareza por entonces— o un ordenador con la batería cargada, Internet seguía en funciones. Resultaba deprimente ingresar a los portales de antes —apenas unos meses, semanas o días— y ver la realidad de ahora. ABC echó un vistazo a la pantalla por si había noticias recientes. Las únicas eran las que difundía el EMC. Simples archivos de texto que aparecían en cualquier momento y permanecían hasta que sucediera algo nuevo. Las únicas noticias eran las referidas a la supervivencia.

En esta, que podría ser la última, etapa de la historia humana, tanto en los refugios como en las *manadas*, no había desigualdades sociales. Podía haber *griegos* en unas y *bárbaros* en los otros. El grado de civilización consistía en la esperanza de vivir unos días más. No se hablaba de años o meses. La unidad más larga de tiempo no pasaba de una semana. Las personas aisladas, los independientes, los individuos sin manada, ya no existían.

El acervo cultural de los profesionales no impedía que se integraran a las *manadas*. Los informáticos, mientras duraban sus baterías, buscaban sitios para rapiñar. Los médicos daban el visto bueno a los alimentos. A la hora de construir armas o atravesar un río, la opinión de los ingenieros era esencial.

Las canciones a la luz de la Luna ya no despertaban las nostalgias de una civilización perdida. Ahora eran sonidos desprendidos de la sequedad de las gargantas. La esperanza de encontrar alimentos en el trajinar diario. En los silos de cereales había más cadáveres putrefactos que granos. Las cosechas no fueron recogidas. No había tiempo. Echados en la tierra, todos comían lo que en ella había crecido sin preocuparse de sembrar para el mañana.

En el panel de ese día, había dos novedades. Algo había sucedido. ABC leyó la primera.

Cuartel general del EMC, julio 5, 2101
Según informes de distintos refugios y de las pocas manadas con las que hubo comunicación, se asegura que es posible evitar o ralentizar la infección con el uso de mascarillas humedecidas o trapos mojados en agua potable. Son datos sin confirmar...

ABC ya estaba enterado. Era una buena nueva. El primer tanto a favor de los terrestres, se dijo a sí mismo No evitará la infección, pero la retrasará un poco. La

Tierra gana algo de tiempo y se aviva la mustia llama de la esperanza. El coronel leyó la otra.

Kourou, Guayana Francesa, julio 5, 2101

Le Centre Spatial Guyanais, sede del ascensor que comunicaba la Tierra con la Estación Espacial Internacional, plataforma de lanzamiento de los cohetes del programa Pegasus, ha sido asaltada por manadas de forajidos provenientes de toda América. Desde hacía unos días, hombres y mujeres, famélicos y enardecidos, se estuvieron concentrando en las inmediaciones. La base se encontraba fortificada con triple hilera de alambre de púas —la interior, electrificada—, barricadas, trincheras y bloques de hormigón. Era custodiada por la VII

División de Ejército de Estados Unidos —equipada con tanques blindados y misiles nucleares— y también la legendaria Legión Extranjera, provista de lanzallamas y gases paralizantes. Lamentamos informar que una parte de esas fuerzas, en lugar de reprimir a los atacantes y proteger las instalaciones, se plegaron a ellos. Los soldados abandonaron sus puestos y se unieron a la turbamulta, y los oficiales, además, pusieron a disposición de los sediciosos, armamento, municiones, vehículos blindados... y asumieron el mando. Los tanques destruyeron las alambradas y dispararon misiles sobre los bloques de hormigón. Avanzaron hacia las instalaciones científicas y arrasaron con todo lo que encontraron a su paso. Detrás de los tanques marchaba la tumultuosa manada en estado de enajenación total: una piara de cerdos salvajes. Querían irse de la Tierra, pero estaban cavando su propia fosa. La enfebrecida multitud, dando salvajes alaridos y al mando de los renegados oficiales, asaltaron las instalaciones sin orden ni disciplina. Algunos científicos y técnicos murieron aplastados. Los grandes hangares, donde se había desarrollado el proyecto femenino Kharites, fueron destrozados por completo. Los técnicos huyeron a la selva. La sala de mando del ascensor espacial quedó fuera de control. Los sediciosos comenzaban a tocar palancas y botones sin ton ni son en un desesperado intento de hacerlo funcionar. Ante tanta sucesión de errores, el sistema de seguridad interpretó que se había presentado una situación de máximo riesgo y sonaron las alarmas. Se activó el protocolo de destrucción total. El área se estremecía con el ulular de las sirenas. Todos salieron en estampida, como hipopótamos presas del pánico. A los cuatro minutos exactos, una tremenda explosión, seguida de un pavoroso incendio, sacudió el sector. Los cuerpos despedazados volaban por los aires. Las dependencias del ascensor espacial fueron arrasadas. Del manojo de nanotubos de carbono, que se perdían en la atmósfera, colgaban los extremos agitados por la brisa. El fracaso no hizo más que aumentar la desesperación. Algunos, fuera de sí, treparon por el manojo de nanotubos. No llegaban muy lejos... Agotados por el esfuerzo perdían el sustento y se estrellaban contra el suelo. Los que se toparon con la bacteria en las alturas, se rompieron en pedazos al estrellarse. Enterados de estos desmanes, en la ISS se apresuraron a desenganchar el extremo del ascensor, y los nanotubos quedaron sueltos en el aire. La poca gravidez de este material los hizo caer muy lentamente. La enfurecida turba se volvió entonces contra los militares. A cuchilladas y disparos, se aba-

lanzaron sobre ellos creyendo que los habían conducido al desastre. Los oficiales y soldados, tan salvajes unos como otros, viendo que no podrían con todos, los aplastaban con sus tanques lanzados a la carrera..., pero terminaron asesinados. Los salvajes tironearon de los 900 km de nanotubos de carbono, orgullo de la tecnología humana. Nadie saldría de la Tierra. Entonces, sucedió lo peor. La turba se entregó a una desenfrenada orgía de libertinaje y canibalismo. Se volvieron unos contra otros y lanzaban gritos escalofriantes a la par que se arrancaban las ropas. Perdido todo resto de civilización, hombres y mujeres se acometían a dentelladas y se arrancaban trozos de carne que luego escupían frente a la víctima. La sangre fluía a torrentes. El tremendo dolor que debían sentir los enloquecía más todavía. Como la muerte demoraba en llegar, se fregaban los cuerpos para embadurnarse de sangre. Las mujeres se arrojaban sobre los hombres para extirparles el miembro a mordiscones y escupirlo luego. Nadie masticaba, todos mordían y escupían. Los hombres, mientras perdían su sangre, les desgarraban el vientre a las mujeres y se revolcaban todos en el fango ensangrentado. Las salvajes risotadas sonaban a épocas muy remotas; a aullidos de una naturaleza en gestación. La muerte comenzaba a regodearse con los cuerpos desangrados o aplastados. Asesinar y ser asesinado era lo único que les interesaba. La bacteria se apresuraba a infectar a quienes aún estuvieran con vida. Los conductos de fotones recogieron al anochecer el material orgánico y el carbono de los nanotubos. La zona, salvo los cadáveres, quedó desierta por completo. Se veía la negra silueta de los lanzamisiles con ojivas nucleares. Los revoltosos habían intentado accionarlos, pero quienes sabían las claves ya estaban muertos o infectados. El área del río Amazonas, la Guayana Francesa, Surinam, la República de Guyana y la ciudad brasileña de Manaos estaban fosilizándose con gran rapidez. La gran selva amazónica, el pulmón de la Tierra, presentaba extensas zonas invadidas por la bacteria. De la base espacial, las plataformas de lanzamiento y de la misma ciudad de Kourou, no quedaba piedra sobre piedra. El ascensor espacial, la más grandiosa obra de la historia, fue destruido en pocas horas. La ISS quedó librada a su suerte ¡Qué Dios se apiade de ellos!...

Este informe ha sido enviado, vía Internet, por el teléfono móvil de uno de los técnicos, que huyó a la selva. Se ignora su nombre. Reproducimos sus últimas palabras:

«Miles de muertos me rodean. Mastico algunas hojas verdes que encuentro. Le quité el barbijo al cadáver de un oficial que vestía el uniforme de los Estados Unidos y que se unió a los revoltosos. Mis compañeros ya no están en la Tierra; han sido fosilizados y recogidos por los tubos de luz. Estoy vivo aún, pero sin conducta. La única es la muerte y los muertos hieden. Ya no hay otra cosa que hacer en la Tierra. En la boca del oficial había también una cápsula de cianuro. La limpié cuidadosamente antes de ponerla en mi boca. No sé por qué lo hice. Aquí todos muerden. ¡Dios salve a la humanidad!».

ABC, consternado, no podía creer lo que acababa de leer. ¡Todavía imploran al verdugo encapuchado que no oye los ruegos, no ve los muertos ni huele la carroña!

Con el ascensor espacial destruido, ya no se podía salir de la Tierra ni abastecer a la ISS. Tampoco habría cohetes. Los últimos estaban en Marte o a punto de llegar. Las industrias aeroespaciales habían quedado desmanteladas. Era probable que los mismos mecanismos de seguridad terminaran destruyéndolas.

Las conductas civilizadas ya no existían. La Naturaleza, tras el vaciamiento de la fe y las normas morales, se erguía como la única entidad confiable.

Desarmado su ADN, la especie humana perdía con celeridad la conciencia de sí misma y, lo que era peor, la memoria de la especie. Ignoraría qué era un hombre, qué era vivir y qué, morir. La supervivencia se limitaría a conservar una sola molécula de ADN con la configuración biológica de la especie humana. Un hombre y una mujer.

La dotación de la ISS, sin agua ni oxígeno, estaba condenada a muerte. Solo había cultivos experimentales. Tan cerca de la Tierra y sin manera de abastecerlos.

Si los submarinos nucleares pudieran emerger y surtirse de los frutos del mar, quizás la vida volvería a desarrollarse en los océanos.

En Marte, en el mar o donde fuere, una nueva humanidad demoraría siglos en viajar de nuevo al espacio aunque dispusiera de la información necesaria, cosa que ahorraría un milenio, por lo menos. La sabiduría de la humanidad significaba solo eso: un milenio ganado al futuro. El ataque alienígeno no eliminará a la especie humana del universo, pero sí, de la Tierra. Habría que comenzar una nueva historia... *Pero sabemos leer y escribir*.

Se divulgaba por Internet la *Teoría de la Inmolación*. Una hipótesis descabellada no carente de lógica. Se ejemplificaban varias maneras de inmolarse. Como la vieja estrategia de tierra arrasada. No había que dejar nada que fuera útil al enemigo. El carbono era lo que les interesaba. Los cadáveres a ellos no les servían, pero a la Tierra, sí. Aquellos querían a los humanos fosilizados y esta, fermentados. Una inmolación dejaría sin suministros al enemigo y, en cambio, la degradación de los cuerpos conservaría la energía en casa.

Ellos tendrían que irse en algún momento, pero los millones de cadáveres comenzarían el nuevo ciclo de la vida aunque no se supiera quién heredaría la inteligencia. Claro, eso no sería de la noche a la mañana. Pero, para entonces, la población marciana tendría una atmósfera, habría desarrollado industrias y fabricaría cohetes para ayudar a la Tierra.

La supervivencia final sería la de la especie, no la de los individuos. La *Teoría de la Inmolación* concluía que, para ganar esta guerra, los humanos debían morir cuanto antes. Todos. No había que dejarle al enemigo ni una molécula de carbono.

ABC tenía hambre y la doctora aún no había terminado de *arreglarse*. Iría a ver a su nuevo amigo. Él y Genoveva, luego de los apasionados encuentros en la consola del SESI, habían dormido en la habitación de la directora, pero no hicieron nada más que dormir. El huésped pasó la noche en la habitación contigua. ABC dudaba de si debía golpear la puerta. Optó por entrar sin avisar. La criatura se encontraba en la misma posición en que la dejó cuando se despidieron la noche anterior. El coronel le había mostrado la cama y explicado su función, pero estaba visto que no le interesaba. Siendo inorgánico, era obvio que cualquier postura le daba lo mismo. Su expresión seguía siendo bonachona con destellos de buen humor. ABC sonrió y le hizo un saludo desde la puerta. Le pedía, además, un poco más de paciencia. Escuchó ruidos en el comedor. Genoveva ya habría concluido.

Desayunaron té con leche y bizcochos de avena. ABC la puso al tanto de las novedades. Para aumentar la desazón, el coronel agregó:

—No hay muchas provisiones en tu despensa.

—He olvidado hacer compras. Debe haber algo más en el almacén de la cabaña.

—Ya estuve también allí. Está repleta de pienso para los perros. Para los humanos solo encontré unos paquetes de leche en polvo. También hay algo de agua embotellada.

Ella reaccionó con una de sus sonoras carcajadas.

—¡Qué gracia! Comeremos pienso. Esperemos que Esfínter y Escroto lo compartan. Es de buena calidad. Contiene muchos nutrientes. Sabrá delicioso mojado en la leche. ¿Lo has probado alguna vez, cariño?

—La carne humana y la de Esfínter y Escroto es lo único que me falta probar.

—Oye, cariño, tenemos animales de experimentación. Ratas y cobayos. ¿Te gustarán?

—¡Qué asco!

—Son sanos, engendrados y conservados en condiciones controladas, y se alimentan de pienso puro y libre de patógenos.

—Gracias, cariño. En caso de emergencia, nada mejor que una buena costilla de doctora en Biología condimentada con pienso para perros y leche en polvo.

—Gracias a ti, cariño. Yo prefiero jamón de agente de la ESA, relleno de cobayos y salsa bechamel.

—Confío en que no te caiga pesado.

—Seguro que no. Sobreviré más tiempo que tú.

—¿Te parece?

—Obvio, hombre... Tengo menos carne.

Esta macabra respuesta puso fin a la no menos macabra conversación. Estos profesionales, de quienes el planeta esperaba algún gesto heroico, tras haber jugado al sexo, jugaban a los caníbales... En fin, cosas que solo sucedían en la Tierra... o en el CEMIG.

Lo importante era interrogar al extraterrestre. Algún dato, por pequeño que fuera, podría sacar las castañas del fuego, pero ¿cómo hacerlo? ¿Sería lo mismo la pantalla ingrávida de Alfonso XII que un ordenador? No había otra cosa.

El coronel trajo al *alien*, que seguía de pie junto a la cama. Se ubicaron todos en la sala de estar. Esfínter y Escroto, Genoveva, ABC, la criatura y el ordenador portátil.

El personaje que había descendido en el Parque del Retiro debía de ser el mismo que estaba en el CEMIG. Nadie más que él podía haber hecho la pantomima de abandonar el tubo de fotones y dejarse caer. También era cierto que había sido el único que vieron de cerca.

Aprovecharon la cercanía y la buena luz para examinarlo a fondo. Reconfirmaron que su cuerpo era rectangular, con aspecto de naipe. Midieron el espesor: 4,7 centímetros. No tenía cabello ni se le veía vello en alguna parte del cuerpo. La piel, aunque más adecuado sería decir «la superficie», tenía una textura lisa y bruñida de color oscuro. El cuerpo, cabeza, tronco, piernas y brazos conservaban la misma conformación y armonía que la de un ser humano. Las aristas redondeadas le daban cierto atractivo estético. No olía ni transpiraba. Su temperatura era la del ambiente. Cabeza plana y cuadriforme. Los ojos, nariz y boca eran equidistantes, de líneas curvas, y su ubicación era similar a la de los humanos de la Tierra. La boca y la nariz parecían de adorno. Estaban siempre cerradas. Lo que fuera que hiciera con ambas, no sería hablar ni respirar. No pudieron ver si había una lengua. Los oídos, angostos y curvilíneos, ocupaban una hendidura del espesor del cuerpo. Salvo los ojos y oídos, no se sabía qué funciones cumplía el resto. Siendo superconductores, la energía circularía por sus cuerpos sin desperdicio. Conservaba la misma expresión apacible en una de sus miradas, pero la otra seguía como si no tuviera vida. El cuello, como las demás articulaciones, parecía el fuelle de un acordeón. El sujeto no respiraba, al menos, no como una criatura orgánica.

Pudieron observar a sus anchas lo que les había parecido un miembro masculino pero no lo era. Ambos se habían calzado los guantes estériles. Genoveva estiró la mano...

—¿Qué haces...? —Saltó ABC— No pretenderás manosearlo.

—Tenemos qué saber qué es esa cosa.

—Está bien. Hazlo, pero pon la mente en blanco.

Ella lo examinó. El objeto se unía al cuerpo por medio de una horquilla que le permitía un movimiento articulado como una bisagra. Tampoco estaba adelante sino que colgaba en el medio. Parecía más bien un elemento de conexión, un enchufe, una ficha de contacto. Rodearon al *alien* y se pusieron a sus espaldas. El rostro del otro permanecía como el de un muerto. ¿Cuál sería el bueno y cuál, el malo? El detalle les seguía llamando la atención, pero no se detuvieron en eso. El coronel se agachó. Ambos examinaron lo que podría llamarse el trasero, que era igual al delantero. No se veía nada. ABC metió las manos entre las piernas del individuo para que las abriera un poco más. Luego, hizo presión en su cintura para que se agachara hacia adelante. No se veía nada. Genoveva y el coronel se miraron.

—Espera un momento, cariño.

El coronel trajo una linterna y le dio un empujón al supuesto miembro masculino haciendo que se balanceara de un lado al otro. Entonces lo vieron con toda claridad. El supuesto pene, tal como habían visto, se articulaba por medio de una horquilla. Al balancearse dejaba a la vista, justo encima, un orificio similar al ano de los terráqueos, pero de forma rectangular. Igual al pene, pero al revés, como una ficha hembra. Genoveva y el coronel se miraron asombrados. Estas criaturas estaban vivas, eran racionales, inorgánicas, no tenían sexo y, además, se enchufaban unas con otras. Energéticamente hablando, eran hermafroditas.

Cada unidad funcional, un *alien*, era una pila de energía. Si se enchufaban unos con otros quedaban conectados en serie, y la suma de las energías en el punto final podía alcanzar cifras muy altas. Ambos estaban boquiabiertos. Ella rompió el silencio.

—¡Qué gracia! ¡Se enchufan como una tostadora! ¿Para qué les servirá?

—Lo ignoro, cariño, pero si la cantidad de ellos es tanta como parece, la energía que alcanzarán a generar puede ser mucha. ¿Será energía eléctrica?

—Buena pregunta. No usan electricidad. Son pilas nucleares. Absorben el calor que generan, pero no desperdician nada. Es energía fría, si cabe la palabra.

—Gracias, cariño. Sigamos con lo nuestro.

El detalle los había turbado. Tal como no le prestaron atención al otro rostro, dejaron este punto también de lado. Estaban impacientes por comenzar el interrogatorio.

—Debemos darle algo antes de empezar —dijo Genoveva—. Lleva dos días sin comer. Coge el carro eléctrico y trae algo de lo que quedó en el coche. Sabemos que eso le gusta. Lleva tijeras, hay una sobre la mesa —y agregó con una sonrisa—… por favor, cariño.

El coronel trajo un trozo de tapizado, otro de la rueda de auxilio y una herramienta. De postre, cortó una ración de alfombra cubreobjetos. Dejó todo en la mesa frente al *alien,* que estaba en el sofá. El sujeto, que permanecía sentado como si nada le importara, ni bien vio los objetos, se abalanzó sobre ellos y comenzó a comer de una manera extrañísima. No usaba la boca. Cogía un trozo de alfombra y lo frotaba con mucha fuerza por su cuerpo. Se generaba un intenso calor y el alimento desaparecía. Hizo lo mismo con la goma de la rueda de repuesto. El calor era tan fuerte y rápido que el material no se quemaba ni despedía humo u olor. No sabían si tendría sentido del gusto, pero dada la rapidez con que asimilaba, podría entenderse que le gustaba. El trozo de hierro, frotado furiosamente, alcanzó una elevada temperatura y desapareció. Con el postre sucedió lo mismo. El *alien* parecía satisfecho. No se podía hablar de combustión. Todo sucedía muy rápido y a temperaturas tan elevadas que no dejaba rastros ni olor a quemado. Genoveva se asombraba ante la brusca generación de un calor tan intenso que lo podía percibir en la piel, y que luego se enfriaba inmediatamente.

El coronel encendió el ordenador, buscó un procesador de texto y comenzó a escribir. No podía utilizar la mente. Tecleó despacio… *q u i é n   e r e s* … y le señaló la frase. El *alien* la miró y volvió la vista hacia él. La pantalla ni mosqueó. Todo quedó tal cual.

El coronel guardó silencio. Genoveva, aunque lo había visto conmovido al escuchar la canción infantil, golpeó no obstante la mesa con el lápiz y el *alien* se volvió hacia ella. Le señaló el ordenador. Los ojos de la criatura brillaban. Probaron otra vez con idéntico resultado. Allí terminó todo.

—Estamos fritos. Solo tenemos ordenadores.

De pronto, Genoveva pegó un salto. Sí, pegó un salto sobre la silla de ruedas. No era un salto grande por supuesto. ABC, Esfínter, Escroto y el *alien* la miraron.

—¡Ya está...! Tenemos el SESI... Vamos a probar.

—¡Bien! Eres una genia. Hagámoslo.

—Sustituiremos la pantalla ingrávida por la del ordenador.

—Será como jugar a otra cosa.

Tan solo mencionar el SESI y mirarse el uno al otro bastó para que un violento rubor encendiera sus mejillas. Ambos sonrieron y, sin proponérselo, se dijeron al unísono.

—¡Vamos, cariño, que también somos científicos!

Mientras él preparaba los cables, ella reflexionaba sobre el sistema con que los alienígenas se comunicaban con los terráqueos y su similitud con el SESI.

Los sensores que había en el casco enviarían las ondas cerebrales del *alien* a la consola, que actuaría como interfase y las desviaría al monitor del ordenador. Claro que no serían ondas cerebrales de los habitantes de la Tierra. Pero si las criaturas del espacio exterior son humanas, alguna similitud debía de haber. Se trataba, después de todo, de la misma Naturaleza y el mismo Dios. Lo de escribir letra por letra sin pluma ni teclado era solo para transformar las palabras en ideas o viceversa. Comunicarse de la Tierra al espacio sería más sencillo que al revés. Como los antiguos egipcios, ellos se comunicarían mediante ideas, sin necesidad de letras o signos similares. El ordenador tendría que interpretar exóticas imágenes no conocidas en la Tierra y convertirlas a textos, con letras y palabras de un mismo idioma. El SESI no era un videojuego sino un sistema virtual de practicar actividades sociales... La consola era muy potente y disponía de extensísimas bases de datos. La comunicación con el *alien* sería, sin duda, menos complicada que las relaciones sexuales de los terráqueos. Ella y el coronel habían recurrido a fantasiosos personajes para hacer el amor en un universo virtual. El destino final, el orgasmo físico, seguía siendo el mismo; lo interesante era lo que sucedía en el camino. Los *aliens* eran humanos, tendrían cierto grado de emotividad, y las ondas cerebrales serían comprendidas por el sistema. Quizás el mecanismo para convertir ideas en palabras, y viceversa, sería algo lento, pero podría funcionar.

Tuvieron que recortar el casco para adaptarlo a la chatura de su cabeza. Los sensores los conectaron a las manos, a la boca, a la nariz y a los oídos. El conector principal, dado que el *alien* carecía de sexo, lo dejaron suelto. La interfase de la consola tenía salida para que los exhibicionistas pudieran proyectar las imágenes en la pantalla del ordenador. En este caso, serviría para el diálogo. Si el sistema funcionaba, podían ver, leer y grabar los resultados. ABC, por deferencia, ofreció el otro casco a la directora.

Encendieron el dispositivo. Ella obvió elegir pareja o buscar personajes. No pensaba acostarse con el *alien* sino interrogarlo. Ingresó directo a la zona de juego. Los sensores del casco funcionaban. Escribió con la mente, despacio y con buena caligrafía.

—¿Q u i é n   e r e s...?

La frase apareció en la pantalla del ordenador. ABC le hizo el signo de OK. Pero no hubo respuesta. El *alien* permanecía impasible. Tenía el casco puesto y no se le veía el rostro. En el ordenador aparecían rayas grises. Tras una moderada espera, tampoco hubo respuesta. ABC le hizo señas de que se quitara el casco y le dijo:

—¿Lo has diseñado y puesto en la base de datos?

Genoveva no respondió. La observación era pertinente. Volvió a calzarse el casco y comenzó a buscar información para incluir al *alien* en la base de datos. No fue fácil. Era un extraterrestre. Algunos puntos no eran sencillos. El espesor del cuerpo, la configuración inorgánica o el miembro electrónico —por llamarlo así— no figuraban como opciones. La doctora no se amilanó por eso. En las casillas donde debía elegir y que, por supuesto, no figuraban las del extraterrestre, ella utilizaba la opción *otros*.

El coronel aguardaba impaciente. El a*lien*, con el casco puesto, miraba sin ver. Ella se quitó el suyo y le dijo:

—He diseñado una pareja. Espero que te guste.

Una pálida sombra de celos oscureció fugazmente la mirada del coronel. Respondió:

—Volvamos a probar.

Genoveva repitió el proceso. En el ordenador aparecieron de nuevo las rayas grises. ¿Qué podrían significar? ¿Que el sujeto estaría parpadeando? Pasaron unos segundos. Genoveva se quitó el casco, sonrió a su amado e impaciente coronel y le dijo:

—Cálmate, cariño. El sistema está procesando.

Pero tampoco hubo respuesta. ABC le hizo señas de que esperara. Hizo algo insólito. Recogió el cable suelto cuya terminal era un tubo de siliconas dentro de una mano con las uñas pintadas de rojo y lo aplicó en lo que llamaban el miembro electrónico del alien. Este no demostró darse cuenta. Parecía no tener sentido del tacto.

Genoveva, dispuesta a hacer una crítica, se quitó el casco; pero el coronel se adelantó.

—Lo usaremos al revés, cariño, como fuente de energía y no como receptor de estímulos. Es aquí por donde fluye. De un lado entra y del otro sale. Prueba de nuevo.

Genoveva hizo un gracioso mohín que podía interpretarse como... *creo que tienes razón,* y repitió la pregunta. Los siguientes segundos parecieron horas. Las rayas se borraron y la pantalla se iluminó.

— *Yo Abel.*

El coronel aplaudió a rabiar. Genoveva no se quitó el casco, pero aplaudió también. En seguida, señalando a cada personaje con la mano, prosiguió.

—Tú, Abel. Yo, Genoveva... él, ABC.

—*Yo, Abel; tú, Genoveva; él, ABC.*

—¿Eres el que bajó a la Tierra?

—*Yo el jefe.*

—Date la vuelta, Abel.

Abel obedeció. El otro rostro tenía ahora los ojos cerrados. Estaba lívido y presentaba algunas manchas amoratadas, como las un cadáver. Imposible saber quién era el Bien o el Mal.

—¿Qué ha pasado con el otro? Parece muerto.

Abel dio un leve respingo. La palabra le había gustado.

—*Estar muerto*.

—¿Qué ha pasado?

—*Yo matar*.

—¿Por qué lo hiciste?

—*Yo solo bueno*.

—¿Cómo matáis vuestra mitad?

—*Si no querer, otro morir*.

—¿Se llamaba Caín?

—*¿Tú saber?*

El coronel le hacía señas. Ella suspendió el interrogatorio y se quitó el casco.

—Cariño, hay un error. Fue al revés, Caín mató a Abel.

—No, tontín… Esta vez ha triunfado el Bien. Es Caín el que está muerto.

—¿Estás segura?

—No.

—Entonces, nos han engañado.

—Claro, cariño, donde anda Dios, alguien sale engañado.

—Lo que quise decirte es que no han leído la Biblia.

—Es lo mismo, cariño. Uno mata y otro muere.

—Basta con darse vuelta.

—Si este mató al hermano, tan bueno no será.

Genoveva estaba exultante con el interrogatorio. Elegía con cuidado las palabras para acercarse a la cultura de Abel, que ella y ABC consideraban rudimentaria.

—¿Caín era tu hermano?

Abel vería una imagen que representaba la palabra hermano. ¿Sabría de qué se trataba?

—*¿Hermano?*

Genoveva respondió con otra expresión más complicada:

—Cuando dos tienen la misma sangre.

—*¡Ahh…!*

—O cuando estás muy unido a otro.

—*¡Si, hermanos! Ahora, Abel no hermano*

—¿Qué harás sin Caín?

—*Yo bueno*.

—¿Crees que podrás?

—*Caín no en la Tierra*.

—¿Y tú…?

—*Yo venir solo la Tierra*

—¿Serás bueno en la Tierra?

—*Sí.*

—¿Y cuando regreses?

—*Sí regresar, Caín volver.*

—¿No volverás con los tuyos?

—*Yo quedar y ser bueno.*

—¿Cómo sé que lo eres?

—*Yo saber.*

—¿Y yo?

—*Importar cuerno.*

—¿Puedo confiar ti?

—*Yo bueno.*

—Yo también.

—*A veces.*

ABC le hacía señas. Era una vía muerta. Genoveva cambió de tema.

—¿Qué sois vosotros?

—*Humanos.*

—¿Qué significa eso?

—*Obra de Dios.*

—¿Cuál es vuestro planeta?

—*¿Planeta? No tener planeta.*

—¿De dónde venís?

—*Espacio grande.*

—¿Cuál es vuestro hogar?

—*¿Hogar? No hogar.*

—¿Dónde vivís, entonces?

—*Espacio grande.*

—¿En qué parte…?

—*Todo.*

—¿Sois vagabundos del espacio?

—*¿Vagabundos? Sí… ¡Vagabundos!*

Genoveva, asombrada, miró al coronel.

—Ahora entiendo sus necesidades de energía. Viven dentro de sus enormes naves y en constante movimiento. Son nómades; piratas del espacio. Van de un lado a otro esquilmando los planetas de la gente decente.

—¡Maravilloso! Cada nave es un pequeño planeta. Para moverse no dependen de la ley de gravedad ni de ninguna otra. Van donde les da la gana. Para eso necesitan mucha energía. Sigue preguntando, cariño. Lo estás haciendo muy bien.

—Gracias…

—Pero solo cabría una pregunta ¿Cómo, dónde y cuándo habrán construido esas naves gigantescas que utilizan para todo?

—Ya lo averiguaremos, cariño —Ella se volvió a Abel.

—¿Por qué has dejado a los tuyos?

—*Ser malos.*

—¿Los has traicionado?

—*Sí. Yo quiero humano.*

La interpelación continuó de la misma manera: mezcla de incoherencia y curiosidad.

Genoveva y el coronel inventaban preguntas. Se turnaban en el uso del casco. Abel, muy

Predispuesto, respondía sin dificultad. Pero más tarde comenzó a ponerse reticente.

—*Yo no decir más.*

—¿Por qué?

—*A menos que...*

—¿A menos que qué...?

—*Quedar la Tierra con Genoveva y ABC.*

—¿Te gusta la Tierra?

La mirada de Abel pareció adquirir un brillo inusitado... ¿O serían fantasías científicas?

—*Sí... Tierra gusta. Haber fuego, haber flores, ruiseñores y elefantes.*

—Sí, Abel, es cierto. Hay muchas cosas bellas en la Tierra.

—*Vosotros no verlas.*

—Sí, Abel, es cierto también. Nos espiamos tanto que no vemos la Tierra.

—*Yo enseñar cosas bellas.*

—¿Quieres quedarte con nosotros?

—*Sí, quedar.*

—¿Por eso te has escapado?

—*Sí, escapar*

—¿Y los que bajaron contigo?

—*Ser malos.*

—¿Los has expuesto solo para escabullirte tú?

—*Importar cuerno.*

—No eres bueno, Abel.

—*¡Sí! Malo y luego bueno.*

—¿Y lo del ultimátum también era mentira?

—*¿Ultimátum...?*

—Esperar una vuelta de la Luna.

—*Sí. Mentir terráqueos.*

Genoveva y el coronel se miraron. Era lo que habían supuesto desde el principio y los estrategas militares también. ¿Por qué un ultimátum si venían a devorar la Tierra?

—¿Y las órdenes de Dios, también eran mentira...?

—*¡Sí...! Dios mentir terráqueos.*

—El miente a todo el mundo, Abel.

—*Nosotros hermanos.*

—¿Por qué nos destruyes si somos hermanos…?

—*Dios equivocado. Dar la Tierra a los humanos.*

—¿Pretendéis que la Tierra sea vuestra…?

—*Tierra de vosotros… carbono de nosotros.*

—¿Habéis usado a Dios como excusa?

—*¡Sí…! Vosotros hacer mismo.*

—¿Has montado toda esta pantomima solo para venir a la Tierra…?

—*Abel mirar la Tierra bailar en el espacio. Ver colores, ver flores y ver elefantes. ¡Ser tan lindo meneo de Tierra alrededor del Sol! Muchas veces mirar y querer venir la Tierra. ¿Tener que matar humanos de la Tierra? Importar cuerno. Yo vivir y mirar flores. Escuchar canto de pájaros. El espacio ser oscuro. No frío, no calor, no primavera, no sueños… Miserable vida en espacio.*

Genoveva y el coronel se miraron, asombrados. Abel se había explayado a gusto. Además, exhibió una vena poética que no esperaban que existiera en un ser tan elemental.

Pero Abel quería la Tierra para él solo. De no ser tan terribles las noticias que venían de afuera, se podría afirmar que todo era obra de un extraterrestre poeta, cuya mayor ambición había sido llegar a la Tierra.

Ya no usaban el casco. Con escribir las palabras en el ordenador bastaba para que Abel recibiera la imagen. Ahora podían interrogarlo los dos. ABC preguntó:

—¿Qué sucedió con el avión que aterrizó en vuestra nave?

La mirada de Abel se transformó. Ahora tenía una expresión de glotonería.

—*¡Je…! Asimilado.*

—¿Devoráis seres humanos…? —El coronel tragó saliva.

—*Ser energía.*

—¿A qué habéis venido a la Tierra?

—*Llevar carbono.*

—¿Y tú?

—*Yo quedar la Tierra.*

—¿Pero queríais que nos fuéramos a Marte?

—*Cultivar Marte.*

—Así podréis volver a devorarlo.

—*Necesitar carbono.*

—¿Crees que todo les saldrá bien?

—*La Tierra pronto desierto.*

—¿Y nosotros?

—*Asimilado.*

—¿Y los pájaros, las flores y los elefantes…?

—*Asimilado.*

—¿Por qué quieres, entonces, quedarte en la Tierra?

Abel guardó silencio. No había pensado en esa circunstancia. ABC prosiguió:

—¿Cómo sabes de nosotros?

—*Yo leer libros.*

—¿Has estado en la Tierra antes de ahora?

—*Yo leer desde espacio grande.*

—¿A tanta distancia?

—*El jefe ver.*

—Ahora veo la razón de enchufarse unos a otros —acotó ABC—. Suman energía. Pueden ver y oír a distancias siderales. ¡Es asombroso!

Lo que había comenzado como el interrogatorio a un enemigo, se había convertido en un debate existencial. Los *aliens*, después de todo, eran solo depredadores. En la Naturaleza no se puede subsistir sin enemigos. No odian a los terráqueos, son sus presas.

—Padecen la misma angustia que nosotros, cariño —dijo la doctora—. Así se explica que pretendan la vida de la Tierra y no signifiquemos nada para ellos. Dios ha creado a los humanos del cosmos para que, inevitablemente, se destruyan entre sí.

—Tienes razón. Si salimos de esta, seremos nosotros los depredadores y el ciclo se repetirá —respondió ABC—. ¿Este será este el *jefe* de todos o solo de una nave? Es bastante desalmado. Si así son los buenos, no quiero imaginar cómo serán los malos.

—Abel —le dijo el coronel— en la Tierra hay agua y llueve. Morirás en poco tiempo.

—*Aquí no agua.*

—¿Quieres quedarte en el CEMIG?

—*¡Sí...! ¡Cemig!*

ABC y Genoveva no dejaban de asombrarse. La humanidad unía su destino al de una criatura inorgánica, una roca con patitas que ambicionaba la Tierra. Abel estaba planteando una unidad familiar. Algo inconcebible. Pero, si eran obra del mismo creador, nada impedía la convivencia. Después de todo, había dicho algo de amarse los unos a los otros. ¿Estarían incluidos estos que vienen a exterminarnos? No parecía una persona sucia ni de malas costumbres. Su otro yo estaría inactivo. No dejaría de ser una experiencia alucinante convivir con alguien bueno del todo. De aceptar la propuesta, tendrían que mantenerlo oculto. Los humanos de la Tierra no pararían hasta crucificarlo.

Los ojos de Genoveva estallaban de amor a la vida, a la dicha, al fuego, a las flores y a los elefantes. Quería adoptarlo, quería ser madre. El coronel comprendió el llamado de la hembra. Esfínter y Escroto ladraban, entusiasmados.

—Está bien, te quedarás con nosotros.

—*¿Aceptar?*

—Sí.

Continuaron a este ritmo hasta que comenzaron a sentirse cansados. Dentro del CEMIG no había una clara noción del tiempo. La luz del Sol ingresaba por un sistema de espejos, pero apuntados a los cultivos de hortalizas. El día y la noche eran estados de ánimo.

Haciendo gala de su madurez, decidieron quedarse a redactar un informe para el general Vladimir con todo lo averiguado, cuidando de no faltar a la palabra empeñada a Abel.

En los informes que ABC redactaba para la ESA, le gustaba remontarse hasta la sustancia inicial, al origen de las cosas. Incluía, a modo de introducción, alguna referencia a la epistemología, la disciplina del conocimiento. Luego le parecía haberse extendido más de la cuenta y, una vez entregado el informe, se arrepentía de sus disquisiciones. La autoestima de ABC tenía sus altibajos. Creía que quien lo leyera, se saltaría esa parte por insípida y aburrida. Pero muy pocas veces sucedía eso. Sus informes despertaban interés. Lo que sí sucedía, era que solían preguntarle de dónde había sacado tal o cual idea, y entonces la autoestima de ABC se derrumbaba. No se animaba a decir que eran suyas y no citas de otros autores.

22 - Agosto, 2101... Los devoradores de planetas

Los generales, en respuesta a una nueva convocatoria del comandante para ser informados de importantes novedades, estaban reuniéndose en el refugio del EMC. En la mesa del salón había coñac, vodka, café, leche y pastelillos de crema. El Sol brillaba en todo su esplendor y la luz entraba a raudales por los amplios ventanales de cristal blindado.

En los extremos de los rayos, las antiguas pinturas egipcias mostraban delicadas manecillas que acariciaban las pieles de los faraones. Las de los generales del siglo xxi —y la de muchos seres humanos— añoraban sentir esas mismas caricias. Eran la bienvenida al mundo a la vida de cada día. Escondido en el corazón de los aguerridos militares palpitaba la nostalgia de los campos verdes, del olor húmedo de la hierba, del zumbido de las laboriosas abejas, del bullicio de los niños en las escuelas, del aroma de la leche fresca en las granjas y del amor que dispara flechas con los ojos vendados.

Intrigados, cuchicheaban entre sí. Algunos, ya resignados a una inevitable derrota y a su propia muerte, se dedicaban a holgazanear y a atiborrarse de bollos de crema. Todos habían decidido llevar la pastilla de cianuro bajo la lengua. La morderían en el último momento. La Tierra había llegado a las puertas del infierno. Solo faltaba un paso. Ya sentían el calor abrasador, la luz enceguecedora y el crepitar de las llamas.

El grupo estaba completo. La puerta se abrió una vez más, y el general Vladimir hizo su ingreso en la sala de reuniones. Se lo veía algo más canoso y demacrado, pero conservaba su estampa de toro bravo y la mirada llameante de un aguerrido soldado, el que siempre está al acecho de una ocasión, un milagro, un giro del destino, para aprovecharlo en beneficio de su bandera, en este caso, la de la Tierra. Vestía su uniforme diario de general del ejército ruso: guerrera de corte cruzado con detalles en rojo, impecable camisa caqui, corbata azul oscuro, con los galones de su alto rango militar y, por supuesto, la *Shapka-Ushanka*. De haber estado presente la doctora Genoveva, habría exclamado: *¡Qué guapo!* Creemos que lo mismo hubieran dicho muchas mujeres si las circunstancias hubieran sido otras. El general hizo un gesto de saludo e invitó a sentarse a los generales, que se habían puesto de pie. Permaneció erguido y orgulloso en la cabecera de la mesa. Con pasmosa lentitud, cogió la cafetera y la tocó con la mano para verificar la temperatura. Enseguida sirvió café en un pocillo, le agregó un corte de leche y unas gotas de edulcorante. Aun en extremas circunstancias, cuidaba la línea. Tomó un pastelillo de crema —el más pequeño— y comenzó a mordisquearlo con delicadeza entre sorbos de su café cortado. Mientras tanto, miraba a los presentes, que lo miraban a él. Terminó su golosina, dejó el pocillo en su plato, limpió sus labios con una servilleta, aspiró profundamente, miró a la única mujer presente —con rango de general— y comenzó.

—Señora... y señores generales. Os he reunido para compartir con ustedes una información recibida hace unos momentos y que amplía nuestros conocimientos acerca del enemigo. Nos aclara muchas dudas y pone de manifiesto el modo caprichoso con que la Naturaleza diseña a sus criaturas. Por desgracia, el informe tiene gran valor científico y escasa utilidad militar. No nos proporciona ningún dato que podamos utilizar para atacarlos. ¿Alguna pregunta antes de empezar?

—¿De dónde sale la información? —preguntó el general Fabio Oliveira Nascimento, representante de la República Federativa del Brasil.

—Siento no poder responder. He dado garantías de absoluta confidencialidad.

—Pues debería informarnos. Es su deber —acotó la señora general Marjorie Esther Andrews de los Estados Unidos de América, siempre dispuesta a buscarle el pelo al huevo. Llevaba falda militar, galones en las hombreras y el pelo suelto. Los enhiestos pezones se insinuaban tras la ceñida chaqueta color caqui. Calzaba lustrados zapatos militares y calcetines rojos sobre las brillantes medias *panty* de *nylon* negro. Todos lo vieron mientras descruzaba las piernas y las volvía a cruzar hacia el lado contrario.

El general ruso la miró directamente a los ojos. Su mirada parecía inexpresiva. Solo una avezada observadora como la doctora Genoveva hubiera notado un brillo imperceptible. No era la mirada de un militar sino la de un hombre.

—Por fortuna, señora —no la llamó general— sé cuál es mi deber. No obstante, gracias por recordármelo—. Luego, dirigiéndose a los asistentes, continuó:

—Confío por completo en mi fuente de información. ¿Desean escucharlo, pues?

El general Vladimir no se andaba con vueltas. La extrema gravedad de la situación no daba lugar a formalidades protocolares. Ante el silencio aprobatorio de los demás, comenzó.

—Lo que van a oír es tan fantástico, que parece obra de un imaginativo autor del siglo XIX. Aun a riesgo de aburrirlos, haré algunas consideraciones epistemológicas sobre el concepto de «materia viva» y «materia inerte».

El general se interrumpió. Buscó ayuda en su ordenador portátil y continuó. Le gustaba, como a su amigo el coronel ABC, iniciar sus exposiciones con una introducción.

—A ese fugaz instante entre la nada absoluta y la existencia —a ese trascurrir entre dos infinitos— lo designamos con el nombre de Dios porque no podemos, de momento, explicarlo de otra manera. No creemos que se trate de una entidad de contenido místico sino de una transición, una interacción de energía entre el ser y la nada. El dios de los religiosos no existe. Un dios que no existe carece de sentido. La inteligencia de la Naturaleza y el devenir del tiempo, es decir, Dios, fue la primera consecuencia de la descomunal energía liberada por lo que conocemos como el Big Bang. La gradual transformación de la energía liberada en materia estelar no hubiera sido posible sin el aporte de una inteligencia contenida en sí misma, que organizó la existencia, que, a fin de cuentas, no es otra cosa que el compendio de conductas de la energía. Más correcto que decir que todo explotó, sería decir que nada explotó, y la palabra «todo» tiene sentido desde ese instante. Una vez iniciada la expansión de la energía, la flecha del tiempo apuntaba al futuro y ya no había retorno. La tragedia de Dios es que no puede dejar de ser Dios. La aparición de la vida —una escoria del Big Bang— era inevitable en esas condiciones. Solo una inteligencia prodigiosa pudo diseñar semejante triquiñuela para alejarse de la infinitud de la energía. La vida y la muerte son fundamentales para conservarse entre ambos infinitos. Es el mismo proceso de la materia inerte, pero a una velocidad de vértigo.

El general, entusiasmado, introducía sus propias reflexiones. Además de un destacado militar era un ávido lector. Su perspectiva de las cosas era más amplia que la de sus colegas.

—La vida ocurre en cualquier universo y circunstancia. Puede ser orgánica como la que conocemos; inorgánica, como la de nuestros enemigos, virtual, gaseosa, mental o de una forma aún desconocida. Decir que lo infinito puede ingresar en la mente humana es una expresión cultural. Lo que no puede ingresar es la cifra que podría cuantificarlo. Algún día, señora y señores, seremos parte de él. La inteligencia, de la que estamos tan orgullosos, no es lo que nos distingue del resto de los animales. Cualquier especie puede cultivarla. De hecho, muchas lo hacen. Es nuestra relación con la eternidad lo que nos hace diferentes. Las demás criaturas habitan la Tierra; nosotros habitamos el universo, o por lo menos, nuestra galaxia.

Mientras hablaba, recorría la sala con su vista de halcón intentando leer en las expresiones de sus generales el efecto de sus palabras. Cogió otro pastelillo de crema...

—He aquí el golpe de la realidad. Nada es como creímos que era. No caigamos en la trampa de Dios cuando afirma que nos ha creado a su imagen y semejanza. A todos les dice lo mismo. El Big Bang cambió la apacible estabilidad de la energía en un conglomerado de materia en perpetuo antagonismo. La Naturaleza no está en equilibrio como creemos; está en conflicto permanente. Tiende a la autodestrucción. Y los humanos, dondequiera que se encuentren, son sus ejecutores. Hay universos escondidos. Nosotros conocemos solo uno. Es de cuatro dimensiones: tres espaciales y una temporal. Sabemos la distancia que nos separa de las estrellas y lo que demora la luz en recorrerla.

El general mordió el bocadillo. Quiso beber su café cortado pero ya no quedaba nada.

—Las criaturas que están devastando la Tierra son obra de la misma fuente de energía que nos creó a nosotros. Provienen de un universo de dos dimensiones espaciales y una temporal. Carecen de espesor y no habitan ningún cuerpo celeste. Se insertan como una cuchillada en nuestro espacio-tiempo y adquieren un grosor mínimo. Entonces, despliegan sus enormes naves y recorren el espacio en busca de su presa favorita: el carbono. No son otra cosa que devoradores de planetas, depredadores de la vida, buitres del espacio, merodeadores, piratas del cosmos. Sabemos de dos especies humanas: una cultiva el carbono para que la otra se lo lleve. En ese macabro juego, que a Dios no le preocupa en absoluto, se aniquilarán entre sí.

La cafetera estaba fría. El general hizo una seña al camarero y prosiguió:

—Para obtener el carbono, ellos desarman el ADN mediante el *Unquadnilio*. No se alimentan de materia fresca como nosotros, pero sí de la misma en estado fósil. *Spaguettis* o petróleo. Nosotros preferimos uno y ellos, otro. Los mismos nutrientes. No les interesa el arte, la filosofía, las ciencias o la medicina. Carecen de cultura. Solo existen. Es lo único que hacen. Nada de sexo, pasión o calenturas. Son semiconductores, pero, a diferencia de nosotros —grandes consumidores de energía—, ellos necesitan muy poca. Su longevidad puede durar varios siglos antes de agotar su capacidad de transportar energía. La que se lleven de la Tierra les alcanzará para varios miles de años.

El general se comió el bocadillo que aún tenía en la mano. El camarero no había vuelto.

—Recorren las galaxias rapiñando el carbono. Han devastado Marte, que antiguamente era un vergel, y lo convirtieron en un desierto. Allí estaba el Jardín del Edén y allí se creó al hombre. No fuimos expulsados por desobedecer a Dios sino por la llegada de los devoradores. Lo que pretenden hacer ahora en la Tierra lo hicieron en Marte hace más de 30 000 años. Una parte de la humanidad, el *Homo Sapiens*, con información y tecnología, fue enviada a la Tierra. Construyeron pirámides y autopistas. Así fue como nuestra raza se afincó en la Tierra y la llenó de vida animal y vegetal…

El camarero trajo café. El comandante estaba impaciente. Tras una pausa, continuó:

—Los alienígenas se proponen ahora devorar la Tierra, un planeta abundante en carbono. Nosotros mismos los invitamos con las transmisiones del radiotelescopio de Arecibo en 1974. No solo les dimos nuestra posición exacta sino que les entregamos un inventario del carbono en la Tierra. ¡Estúpida humanidad jactanciosa! Pretenden ahora que volvamos a desarrollar la vida en Marte. ¿Para qué? Para volver a servirse cuando se agote lo que se lleven de la Tierra. Han engañado al papa y a los patriarcas de todas las religiones.

El general probó el café. Le agregó edulcorante y un corte de leche. Siguió hablando.

—Tienen dos estilos de vida. Durante los tiempos de abundancia de carbono, permanecen separados. Unos representan el orden y otros el desorden. Forman grandes círculos de dos dimensiones en el plano de su peculiar universo. Lo que parecen órganos genitales son enchufes para sumar la energía de sus cuerpos. Cuando necesitan carbono, comienzan a moverse. Se yuxtaponen entre sí, adquieren identidad y la tercera dimensión. Se enchufan y viajan de un universo a otro. Forman un interminable gusano de millones de kilómetros de largo...

—¿Cómo se trasladan?— Preguntó uno de los asistentes.

—Eso es lo más inverosímil… Caminan.

—¿Caminan? ¡No puede ser!

—Pues sí, señores… y señora, caminan sin detenerse jamás. A ritmo rápido, hacen 7 *km* por hora, 168 al día, 61 320 al año. En 15 000 años —una bicoca para ellos— han recorrido 919 800 000 *km*, el equivalente a 15 viajes de la Tierra a

Marte. Como son dobles, sin frente ni espalda, no se detienen jamás. Si se agota uno, giran sobre sí mismos y sigue el otro. De un lado son el bien y el orden. Del otro, el mal y el caos. Dos en uno como el humano, pero separados. No se puede saber quién es quién, salvo por las acciones que ejecutan o por lo que dicen. Hay que ser muy perspicaz para identificarlos. Ni ellos mismos deben saberlo...

El general hizo una pausa. Miró los bocadillos de crema. Estiró la mano para tomar uno pero, como si hubiera visto al diablo, la retiró en seguida y apartó la bandeja.

—Esto es todo por ahora, señores. ¿Alguna pregunta?

—¿Qué le hace suponer que su fuente de información es confiable?

La sutil pregunta salió de los labios de Zhao Jingmin, el joven general representante en el EMC de la República Popular China.

El general Vladimir permaneció unos segundos en silencio. ¿Cómo responder sin dejar escapar información privada? Por fin, dijo:

—Muy buena pregunta. El origen de esta información es un laboratorio científico de prestigio que se encuentra en un lugar aislado, en medio de un remolino de aire y donde no se ha detectado el *Unquadnilio*. Por la cantidad de datos aportados, que no responden a la imaginación sino a una información objetiva, puedo suponer, sin ningún fundamento, que han hecho contacto con un disidente. En Madrid creímos que eran tres los que habían bajado a la Tierra y que luego fueron abatidos. Puede ser que haya habido un cuarto que se habrá escabullido al amparo de la confusión que se generó por el repentino apagón. En estos momentos estaría aportando información. Su supervivencia debe resguardarse como la de un testigo protegido. No me parece que sea una tarea sencilla dialogar con ellos en privado. Creo, señora... y señores generales que tendremos pronto alguna punta del ovillo para comenzar a tirar de él.

Con esta respuesta, elaborada bajo la imaginaria mirada de unos ojos negros, el general dio a entender que el lugar secreto estaba al aire libre y no en lo profundo de la montaña.

Pero la señora general Marjorie Esther Andrews de los Estados Unidos de América, sin cambiar de postura, pero balanceando el pie derecho, se quitó la gorra militar, acomodó nerviosa sus cabellos, volvió a calzársela y acotó.

—Finalmente, general Vladimir, los disidentes eran cuatro y solo tres fueron los abatidos. Si el cuarto está en alguna oficina secreta, opino que debería darnos la información completa.

—De momento, general —esta vez no la llamó señora—, esa información es reservada.

23 - Setiembre, 2101... El Bien y el Mal

El tiempo del regodeo, aunque fuera virtual, había pasado. ABC y Genoveva no repitieron sus aventuras electrónicas. Habían jugado al sexo, habían tenido orgasmos, pero, en definitiva, no lo habían practicado. El fantasma seguía haciendo bulla. La aparente obligatoriedad de refrendar el amor con el sexo los perturbaba. Ambos carecían de fe en sus propios cuerpos. Preferían eludir el tema y, al estilo monacal, andar en silencio por los claustros con el rostro escondido sin ver ni oír el mundo que los rodeaba. Solo se dispensaban ligeros arrumacos, palabras susurradas al oído, caricias superficiales... y nada más. Ella no se animaba a estirar la mano hasta donde debía estirarla, y él no iba más allá de los presumidos pechos.

La consola del SESI continuaba en la sala de estar. El rubor encendía sus mejillas cada vez que la usaban para dialogar con Abel. Los cascos, uno ahora recortado, eran los restos visibles de la no repetida francachela.

Abel había proporcionado una buena cantidad de información que ya estaba en poder del general Vladimir. Genoveva y el coronel sabían que nada de lo averiguado tenía importancia estratégica, pero también sabían que no debían ir muy de prisa. Habían logrado establecer un contacto, un puente emocional con una criatura de otro mundo o de otro universo. Los diálogos aún estaban en precario equilibrio. La consecuencia de bloquear a Abel, del que se ignoraban los posibles imprevistos de su personalidad, podía ser la sentencia definitiva de la Tierra. Si existía una mínima esperanza, esta se escondía en su interior.

ABC y Genoveva iban y venían por los pasillos, salas, laboratorios y túneles. Evitaban verse de frente. ABC se abstenía de ingresar en las zonas restringidas, y la doctora, de invitarlo. Para ir hasta la cabaña, ella utilizaba el transporte eléctrico y él lo hacía al trote. Se enviaban besos si se cruzaban. Cuando iban en la misma dirección, el coronel adelantaba el paso y corría a su lado musitando palabras de amor. Ella sonreía con deleite.

El amor, en los humanos de la Tierra, se proyecta hacia el futuro y, de manera paulatina, va construyendo recuerdos. El momento actual carecía de futuro; no era el más indicado para vivir un romance. La pasión de ABC y de la doctora Genoveva hablaba por sí solo del inquebrantable espíritu humano... y de la tozudez de algunos individuos.

El coronel, a instancias de la doctora, accedió al correo de ella y leyó el primer informe enviado al general Vladimir. Se enteró de todo acerca del *Unquadnilio*. También vio el mail en que Volodia la invitaba a tomar vodka... Lejos de enfadarse, sintió admiración por la actitud del ruso. Galanteaba a Genoveva de frente y sin ánimo de pescar en río revuelto. Un rival no era un enemigo. Competir por la hembra formaba parte del atavismo con que la Naturaleza dotaba a sus machos. ABC y Vladimir no andarían a las cornadas ni berreando como ciervos encelados. El coronel llevaba ventaja, pero le entusiasmaba la presencia de un rival de la talla del que tenía. Las respuestas de Genoveva le parecieron fascinantes. ¡Qué habilidad para dejar al hombre del otro lado de la puerta... sin necesidad de cerrarla!

Cuando terminó la lectura, estaba más enamorado que nunca. Luego analizó el segundo informe, el que enviaron juntos gracias a la información que aportó Abel.

Pensó que quizás se había extendido demasiado en consideraciones filosóficas. De seguro, Vladimir omitiría esas partes cuando diera a conocer el informe a su Estado Mayor.

Lo que él no sabía era que el general quedó muy impresionado con el reporte, y que comprendió que no tenía muchas opciones para acceder al corazón de Genoveva. Estaba frente a un rival de peso, y sabía que una mujer como la doctora admiraba la inteligencia por encima de otros atributos. El comandante se dijo, que si ganaba esta guerra, esos ojos negros, y los del resto del mundo, brillarían de admiración.

ABC había constatado el tremendo poder que obtenían los *aliens* con solo enchufarse entre sí. Suponía que ignoraban qué había pasado con Abel y la existencia del CEMIG. Ambos estaban bajo una gruesa capa de rocas que la ciencia actual no podía atravesar, y la portentosa visión de ellos, casi con seguridad, tampoco.

Abel, ya desde cuando estaba junto a Alfonso XII, había obrado con una astucia digna de encomio. Después de causar el apagón, saltó al amparo de la oscuridad. Un ruido era apenas más fuerte que los demás. Abel se habría abrazado a uno de sus compañeros para evitar que se escuchara un cuarto golpe. Era creíble suponer que, en la actualidad, ellos no sabrían nada de Abel. Pero Abel era el *jefe*. Así lo había dicho. El puesto correspondería al primero de la lista: el que recibía la suma total de la energía. Los demás integrantes de la pila energética no podrían ver ni oír. Solo el *jefe* sería el ojo y oído de todos y no podría faltar. Si Abel desaparecía, el siguiente en la hilera asumiría sus atributos y lo remplazaría en el acto. No harían falta dotes especiales; bastaba ser el primero de la fila y recibir la energía de todos los demás; del pueblo, por decirlo así. El título lo adquiere el único que no transporta energía y que acumula la de todos. Si falta, el siguiente queda desenchufado; automáticamente, se convierte en el *jefe,* y no se preocupa, en absoluto, por saber algo de su antecesor. Era difícil, por tanto, que la ausencia de Abel hubiera sido un episodio relevante. Y, por otra parte, ¿cuántos *jefes* había? Ellos procedían de un universo ajeno al tradicional. No habría, pues, un Gobierno o Estado Mayor al cual dar cuentas. En cada nave, el primero de la lista —o el último, según como se viera, era el *jefe*. ¿Alguna sería la nave insignia o las cuatro poseían similar jerarquía? ABC intuía que no habría un comando conjunto, sino que la energía de las naves debía sumarse también, y que uno de ellos, tan solo uno, recibiría el mayor caudal y sería el *jefe* supremo... Quizás el mismo Abel podía haberlo sido. Por la firmeza que empleaba en sus dichos, ABC lo consideraba probable. La organización política de los *aliens* le parecía maravillosa. La autoridad suprema era el destinatario de la energía del pueblo. Se aseguraban así su absoluta idoneidad sin necesidad de votar, de hacer componendas o chanchullos políticos.

Abel debió haber elegido esconderse en el maletero del coche para que no lo localizaran. En lo profundo de la montaña, su presencia pasaría inadvertida. Si sumaban la energía, deberían también sumar la memoria. Así como era solamente uno el que veía y oía, también tendría una impresionante capacidad para almacenar datos. Durante el tiempo que estuvieron orbitando la Tierra, habrían estudiado a fondo todos sus sistemas defensivos y seguido la pista de quienes podían crearles problemas. Contemplar la actividad de la Tierra fue para ellos, quizá, como un divertido *reality show*. Abel, probablemente, el *jefe* supremo, sabría quién era Genoveva y de donde iba y venía.

La habría visto moverse por la cabaña de San Llorenç de Morunys. Dedujo, entonces, dónde estaba el mejor refugio y se guardó la información. Tampoco era descabellado creer que pudo haber escuchado todas las conversaciones. El sistema de enchufes hacía del *jefe* una figura divina, un soberano que podría equipararse a todas las consultoras internacionales de asesoramiento político o de investigación operativa. Si, además, contenía la suma de la energía de las cuatro naves, sería no solo el ojo de Dios, sino también el oído, el olfato, todos los sentidos y la inteligencia. No habría información en la Tierra a la que no hubieran podido acceder. Aun así, había algunas dudas... ¿Lo que sabía el jefe lo sabrían los demás? ABC creía que sí, pero la información estaría fragmentada y el nuevo *jefe* tendría que recibir la suma de la información que le trasmitieran. Y, por último, ¿conservaría Abel la memoria de lo vivido tras desconectarse? ABC suponía que de lo ocurrido sí, pero no de lo que estaba sucediendo.

El *Unquadnilio* no ingresó al CEMIG. Los sensores no lo detectaban y los filtros eran humedecidos de forma constante mediante un sistema de goteo, que él mismo había instalado el día anterior, dada la imposibilidad que tenía la doctora de acceder a ellos. Los *aliens* no tendrían, ni de lejos, la cultura de los humanos de la Tierra, pero hacían gala de una milenaria astucia. Sabían más de los terráqueos que estos de sí mismos.

La única posibilidad de salvar a la Tierra había que buscarla en las oquedades de la mente de Abel. La dificultad consistía en bucear en ella. El humano de la Tierra versus el humano del espacio. Uno se distinguía por su inteligencia y el otro, por su marrullería.

Abel se atrancaba cuando no entendía algo. Lo mejor era mantener el diálogo con un ritmo vivaz y coherente. Hacer preguntas cortas tipo *ping pong*. Necesitaban evitar tanto un atasco como un vacío, un silencio repentino, una sorpresa o un bloqueo. Había que conversar el mayor tiempo posible sin interrupciones ni tropiezos. Abel contestaba con espontaneidad hasta que, por cualquier motivo, aparecía un obstáculo y debía restablecerse el contacto. Por otra parte, él no tenía desperdicio de energía y no se cansaría nunca, pero el humano de la Tierra sí. La única ventaja de los terráqueos era poder oscilar como un péndulo entre el Bien y el Mal. Podían mentir, mientras que Abel, siendo un tipo bueno, no.

Los interrogatorios se hicieron frecuentes, imprevistos y nada ceremoniosos. Genoveva y ABC atendían sus tareas como si su presencia les fuera indiferente. Abel pasaba el día y la noche siempre en la misma posición. Si lo cambiaban de lugar, era más por la incomodidad de ellos. Llevaba el casco puesto con la visera abierta. Podían verle el rosto, pero su expresión no indicaba nada. Su mirada era inexpresiva la mayoría de las veces. En alguna de las pasadas, en que lo veían sentado e impasible, le hacían preguntas ingenuas con ánimo de obtener algún dato valioso. Abel, asumido como el Bien absoluto en el universo, respondía sin malicia ni picardía. Hasta el momento, por más ingenio que aplicaran al formular las preguntas, no habían conseguido nada provechoso. Se enteraron de sus orígenes, dimensiones y conductas, pero de ningún detalle sobre cómo derrotarlos.

Genoveva sospechaba que entendía las palabras y garabateaba mensajes en papel.

—Abel está solo, cariño —le explicaba el coronel—. Solo cuenta con la energía que él mismo extrae de la materia que ingiere, no recibe otra. Ya no es la suma de las demás. Si pudiera volver a sumarlas, seguro que entendería nuestro lenguaje. Para comunicarse con nosotros, solo cuenta con la ayuda que recibe del SESI. La muerte de ellos debe suceder cuando agotan su capacidad de almacenar y transportar energía como una pila común. Más que morir, deben extinguirse... que es lo mismo.

Genoveva no dijo nada. Su mentalidad científica coincidía con lo dicho por el coronel, pero en alguna de sus partes glandulares, había un sentimiento hacia el alienígena.

La mejor excusa para hacer preguntas repentinas era traerle algún bocado, una sorpresa, una golosina, algo que le agradara. Solo era necesario recoger un objeto inservible al pasar. Abel asimilaba pequeñas cantidades de cualquier cosa inorgánica, y lo hacía con satisfacción. Las imprevistas *delicatesen* le encantaban: un peine partido, media pinza de ropa, esmalte de uñas, medicinas caducadas, bolígrafos, tijeras rotas, tazas de cocina... Las pilas —cargadas o agotadas— eran su postre favorito, así es que rescataron todas las que había en el cubo de material para reciclar y las disponibles en el almacén, aún frescas y sin uso.

Frotaba vigorosamente su bocado contra el cuerpo hasta lograr la fusión y los nutrientes se integraban en su organismo de baraja. La elevadísima temperatura aparecía y desaparecía en milésimas de segundos. El proceso de masticación estaba sustituido por el ciclo frío-calor-frío-calor. Abel comía en seco. Ignoraba cuán cerca de él estaba el agua. Genoveva y ABC se acostumbraron a beber a hurtadillas. A no lavar ni pasar el estropajo.

El SESI enviaba al ordenador las preguntas y respuestas para grabarlas en un archivo. Al final del día, ABC y Genoveva se reunían para repasar el material. Si venía al caso, elaboraban un nuevo informe para... *Volodita*, según ironizaba ahora el celoso coronel.

Una cosa sería emigrar por el mundo de país en país —reflexionaba ABC sin poder evitarlo— y otra, hacerlo de un universo a otro para terminar afincándose, sin ninguna posibilidad de regreso, en un mundo de tres dimensiones y una más. Si esta aventura terminaba mal para los terráqueos, ABC y Genoveva estarían muertos —fosilizados, jamás— y era probable que a Abel lo capturaran los suyos y lo crucificaran por traidor. ¿Y si todo se daba vuelta y terminaba bien? Serían entonces la doctora y el coronel los crucificados por traidores. Ningún humano era de fiar, ya fuera de la Tierra o del espacio. Tendrían que esconder a Abel de los ojos del mundo. ¿Cómo mantener oculto a un tipo que nunca se mueve de su sitio, que es como un mueble o un florero? ¿Moriría algún día? ¿Se rompería en pedazos si se cayera?

—Nos sentaremos juntos a la mesa, cariño —decía la doctora—. Él comerá restos de automóviles, y nosotros, *Spaghetti alla checca*. El postre podría ser un espejo retrovisor y una *Omelette surprise*. Eso sí, nada de agua, vino o cosas parecidas.

En caso de que la Tierra resurgiera de sus cenizas, Abel, ABC, Genoveva, Esfínter y Escroto estarían unidos por el mismo destino: todos serían fugitivos.

En otro orden de cosas, Genoveva y el coronel estaban preocupados por la escasez de provisiones. Un nuevo contratiempo la aumentó aún más. Los seis cobayos que quedaban para experimentar aparecieron muertos. El dispensador automático de pienso y agua se había trabado, y los animalitos murieron de inanición. El mal estado de sus restos indicaba que llevaban varios días muertos. Genoveva lamentó mucho este suceso. En medio de tanta vorágine, olvidó su rutinaria inspección al bioterio; una habitación hermética cuya atmósfera no estaba bajo el estricto control de las zonas de investigación. A su manera, aunque tuviera que experimentar con ellas, Genoveva amaba a sus criaturas. Eran parte de su vida profesional. Aislada en la soledad de la montaña, ella amaba cuanto la rodeaba: instrumentos, herramientas, libros y ordenadores, Esfínter y Escroto... Solo el coronel ABC había recibido el plácet para ingresar al mundo privado de Genoveva Abelleda Yrizábal, que se podría definir como el estiramiento de su infancia… Porque sabia era, pero adulta, aún no.

Recorrieron todos los sectores en busca de lo que fuera comestible e hicieron un inventario. Quedaban seis latas medianas de guisantes, cuatro de maíz en grano, dos de atún de las más grandes y tres paquetes de bizcochos de avena. En la mesilla de noche apareció una bolsa abierta de palomitas de maíz y una tableta de chocolate mordida. En el neceser del baño encontraron un frasco sin tapa de nueces a la miel. Un misterioso envoltorio de plástico que había en el congelador contenía cuatro raciones de lentejas con chorizo.

Revolviendo en los rincones de la cabaña, ABC halló junto a un sobre de levadura, un kilo de harina invadido por los gorgojos. Ambos se preguntaron cómo pudo haber sucedido tal cosa en el CEMIG, donde una sola larva detectada habría causado la renovación y desinfección de todo el complejo. Los bichos fueron eliminados utilizando un simple colador para tamizar la harina. Esta, agradecida, quedó dispuesta, con la ayuda de la levadura y un poco de agua, a cambiar de estado y a convertirse en pan para una semana. El intenso calor del horno terminó con los descendientes no visibles de los gorgojos. Así y todo, las barras de pan fueron analizadas por la doctora antes de autorizar su consumo. La sal y el azúcar se habían terminado. Quedaba abundante leche en polvo, agua y, sobre todo..., pienso para perros. De la granja del CEMIG, orgullo de su directora, no había ni una pluma… Nada. Ni el huevo ni la gallina. Restaba la posibilidad de cosechar algo en la huerta, pero debían esperar unos días.

Genoveva venía, justamente, de verificar sus plantaciones. Al pasar junto a Abel, que jamás se movía, le dio una vieja moneda agujereada de veinticinco pesetas que llevaba en el bolsillo de la silla de ruedas. Recordó la tromba marina que asolara el norte de Europa, y comenzó a hacerle preguntas.

—¿Ustedes causaron la tormenta?

—*Sí, furia del mar, Sí.*

—¿Quién absorbía los cuerpos?

—*Yo jefe furia del mar.*

—Pero algo no salió bien, ¿no?

—*Sí. Furia del mar problemas.*

—¿Qué pasó?

—*Cosas de terráqueos golpear.*

Genoveva se dirigió al coronel.

—La tromba era tan fuerte, que los barcos y camiones chocaban con las naves. El agua de mar no era tóxica y podían mojarse. Por eso, una de las naves se había achicado.

—Entonces el polvillo blanco eran virutas de las naves. ¡Haberlo sabido a tiempo! Quizás hubiéramos encontrado una forma de sacarlos de allí dentro.

—Ya es tarde para eso, cariño mío. Prosigamos. Pregunta tú.

—¿Qué edad tienes, Abel?

—*¿Edad? ¿Qué ser edad?*

—El tiempo que Abel está en el universo.

—*No saber de tiempo.*

Había peligro de atascamiento. Genoveva debía pensar con rapidez.

—¿Eres viejo o joven?

—*Viejo y joven.*

—Dime un recuerdo, el más reciente.

—*Mmm… Cuando llegar la Tierra, planeta Venus pasar delante estrella Espiga. Terráqueos no poder verla.*

Genoveva rodó a su ordenador. El mencionado tránsito de Venus todavía no había ocurrido. Estaba previsto para el 2197. Faltaban 96 años. ¿Cómo presenció Abel un suceso que aún no había ocurrido? Claro. Él no tenía existencia en el espacio-tiempo de la Tierra. Venía de otro universo y se había proyectado en este antes o después de una cierta fecha. ¿Es posible que existan universos interrelacionados cuyos tiempos se sucedan de forma sincronizada con el pasado o el futuro de otro? Abel podría entonces haber llegado al de la Tierra antes de haber iniciado el viaje. O bien, Abel no existía todavía o era algo así como un embrión del futuro, un prematuro. Pero siguió leyendo. El tránsito anterior por delante de Espiga sucedió en noviembre de 1783 —hizo un rápido cálculo— hace 319 años.

—O este sujeto no está en la Tierra en este momento o, bien, estamos 319 años adelantados. Hubiera sido mejor no haber hecho la pregunta.

El coronel ABC, que no había olvidado su educación en escuelas religiosas, estaba curioseando en Internet en busca de recetas cuyo principal ingrediente fuera el pienso para perros. Como no encontró nada, se volvió hacia Abel y, mirándolo con fijeza, le ofreció un CD roto e inició una serie de preguntas sobre el tema que lo obsesionaba desde niño.

—¿Qué es eso de Dios?

—*¿Dios?*

—Sí, Dios.

—*Dios ser Dios.*

—¿Crees en esas cosas?

—*¿Qué cosas creer?*

—Dios... ¿existe?

—*Dios crear a Abel, a Genoveva y a ABC.*

—Sí..., pero ¿existe?

—*¿No existir Dios?*

—Quizás haya dejado de existir.

—*¿Por qué hacerlo?*

—Por vergüenza.

—¿Vergüenza? ¿Qué vergüenza?

—Cuando algo no sale como uno quiere

—*¿Ustedes...?*

—Mejor, yo hago las preguntas.

—*Pregunta tú.*

—¿Crees en Dios?

—*Sí, creer.*

—¿Por qué?

—*Abel hijo de Dios.*

—Nosotros también.

—*Nosotros crear cada vez.*

—¿Cómo es eso?

—*Señalar coordenadas y aparecer.*

—¿Ustedes morir?

—*No morir.*

—¿Has visto a Dios?

—*No ver a Dios.*

—¿Cómo sabes que existe?

—*Aprender.*

—Yo tampoco he visto a Dios.

—*A Dios no verlo... a Dios aprenderlo.*

—¿Dios es bueno como tú?

—*Dios es como humanos.*

—¿Destruye lo que ha creado?

—*Dios destruir todo.*

—¿Por qué lo hace?

—*Por vergüenza.*

Genoveva, atenta a esta extraña conversación, intervino con otra pregunta sorpresa.

—¿Qué será de Caín?

—*Vivir si regresar.*

—¿Por eso quieres quedarte con nosotros?

—*Yo siempre bueno.*

—Nosotros no siempre lo somos.

—*Ustedes no estar*

—¿Y tú?

—*Yo... no perder oportunidad.*

—¿Qué pasará con Dios?

—Después de esta, no querrá hacerse ver por un tiempo. No obstante, tendrá que salvarnos, aquí o en Marte. Sin los humanos, él no tendría razón de ser.

—¿Y el Mesías, entonces, a qué vino a La Tierra?

—Vino a salvar a Dios, no a los hombres.

—¿Cómo será el nuevo hombre o la nueva mujer? Espero que ahora use siliconas en vez de barro. Y nada de andar mezclando las costillas. Que salga primero la mujer.

—¡Eso es! Sin deudas de género.

—Y dar a luz al hombre del futuro será sin gestación ni parto. Todo por abiogénesis[17].

—Ni falta que sea humana. Puede ser una hermosa bacteria con tacones y minifalda.

—Te acostarás tú con ella. Yo elegiré un apuesto microbio moreno.

—¿Cómo haremos para morir?

—Tengo de todo, pistolas, cuchillos, bacterias, virus, veneno…

—Cuando yo era niño y escuchaba a los mayores hablar de la muerte, me juraba que..., *a mí eso no me iba a pasar.*

—Cuando yo era niña, mis tutores me ponían sobre la mesa para que me bamboleara y cantara como un payaso. Todos se reían y yo clamaba por la muerte. Pese a todo, seguimos vivos. Antes ansiaba morir joven. Ahora prefiero estar junto a ti, viva o muerta.

El coronel se conmovía ante la sencillez de ella en declarar su amor. Dejó su asiento y se arrodilló a su lado. Extendieron los brazos para abrazarse con frenesí y unir sus labios en una promesa de amor que firmaban, vivos, para, quizás, cumplirla muertos. Genoveva reaccionó.

—Cariño, debemos saber cuál es la situación actual en el mundo. ¿Qué hay de la especie humana? ¿Cuántos vegetales quedan? Ven, vamos a escribirle a *Volodia*.

El general se había anticipado. La doctora encontró un informe del EMC en su casilla de correo. Había un anexo con fotografías que mostraban, a primera vista, grandes claros en las zonas verdes de la Tierra.

Lo que les resultó terrorífico y los dejó sin aliento fueron los dos mapas satelitales enviados por Vladimir. Mostraban la radiación del calor registrada por la actividad biológica. Entre uno y otro mapa había seis horas de diferencia. Un planisferio mostraba, en distintos colores, las zonas de irradiación térmica de los seres de sangre caliente. Los que respiran y producen calor. De eso se trataba: era un mapa de la vida.

La graduación iba del blanco puro con que se indicaba una zona fría —ausencia total de actividad biológica— hasta el rojo carmesí, donde la biomasa continuaba en acción: respirar y reproducirse. Entre ambos extremos había colores intermedios. El segundo mapa solo detectaba la actividad biológica en proporción suficiente para perpetuar las especies. Grupos muy reducidos de animales —humanos o no— podrían no haber sido detectados.

Genoveva y ABC sintieron un nudo en la garganta al ver los mapas. Era aterrador. Las islas del Caribe: Cuba, Jamaica, República Dominicana, Haití, Puerto Rico y otras —una gran zona en medio del océano— estaban frías. Ni en la superficie del mar se detectaba vida. Las selvas y las frondosas palmeras que antaño bordeaban las playas habían desaparecido. Solo piedras, arena y rocas. Carecían de vida humana, animal o vegetal. Ni siquiera se detectaban *manadas* de sobrevivientes, o eran muy pequeñas. Recorrieron América Central, Méjico, Panamá, Nicaragua, Costa Rica... Antiguos destinos de turistas, ávidos de la exuberancia de la flora y fauna de esos lugares, estaban ahora salpicados de manchas blancas, suaves, intensas, rosadas y amarillas. Norteamérica y Canadá tenían menos del 48 % de actividad biológica. Los árboles más grandes de la Tierra, las famosas Sequoias gigantes, del Sequoia National Park en Sierra Nevada, California y de una longevidad superior a 3000 años, ya no estaban allí. Los grandes bosques de Estados Unidos —la Reserva Shoshone en Wyoming, el bosque Black Hills en Dakota del Sur, el Parque Nacional Gila de Nuevo México, el bosque Kootenau en Montana— se encontraban semiáridas. Extensas áreas boscosas de Alaska, la legendaria zona del Yukón, los parques nacionales de Chugach y el Tonga**ss,** con más de 100 000 km^2, habían desaparecido. La península de Florida era casi un desierto. Se podían ver automóviles, fábricas, viviendas, rascacielos, ferrocarriles y aviones, pero nada funcionando... y ni un perro suelto. La presencia de *manadas* se señalaban con un tono rosado, que indicaba actividad biológica mínima: solo respiraban. En el caso de las criaturas humanas, eso era lo más habitual. La reproducción no estaba prohibida en las *manadas* —nada se prohibía o permitía— pero formaba parte de un siniestro código de supervivencia. ¿Para qué perpetuarse?

Bajaron hacia el sur. La selva amazónica, pulmón del planeta, estaba salpicada de zonas frías sin ningún tipo de vida. Aunque agonizante, aún latía. Los países de América del Sur tenían un 43 % de actividad térmica. La Guayana Francesa, donde hasta hacía poco se hallaba la base aeroespacial de Korou, era una gran mancha blanca en el mapa.

Pasaron a África. El inmenso continente, reserva de la vida salvaje, presentaba extensas zonas frías, y el resto, una actividad reducida del 35 %. Así fueron recorriendo los continentes. *La bacteria* parecía ensañarse en áreas con limitaciones naturales. Islas o lugares definidos por fronteras geográficas, penínsulas, bahías... Japón, la península de Corea y las islas de Indonesia eran una gran mancha blanca. Solo en los bordes marítimos se veía un mínimo de actividad biológica. La visión de Australia y Nueva Zelandia, refugio de la más abundante biodiversidad de la Tierra, era terrible. Estaban desertificadas en un 62 %. Su actividad biológica era muy pobre. Casi no se registraba temperatura. Tantos esfuerzos de las autoridades australianas por proteger su flora y fauna para enfrentarse ahora a la aridez del desierto. Todo el continente asiático, India y Europa tenían un porcentaje bastante razonable, cerca del 55 % de actividad biológica. En los océanos, las islas estaban representadas en color blanco. Ya no había vida en ellas. Los casquetes polares tenían pequeñas manchas rosadas. Los sitios más desolados del planeta eran las grandes urbes del mundo. No se detectaba actividad biológica alguna. Estaban listas para funcionar. Solo faltaban quienes las habían construido. El promedio vital, es decir, de irradiación biológica de la Tierra, era de 35 %.

Hubo otras dos observaciones aún más espantosas. La primera fue comprobar que no había zonas teñidas de rojo carmesí, el tope máximo de actividad biológica. Esto indicaba que la biomasa de la Tierra había detenido su marcha; que la evolución estaba paralizada. Un resumen global de todo el mundo, confeccionado por el ordenador, arrojaba datos aterradores... La biomasa total era del 44,25 %. Considerando que la tromba marina comenzó el 9 de abril y la fecha actual era 12 de setiembre, quería decir que en 152 días, los alienígenas se habían llevado el 55.75 % de la materia orgánica de la Tierra.

La otra era el nivel de oxígeno del aire. Había descendido a casi la mitad. La severa devastación de las selvas afectaba la atmósfera. Pero, paradójicamente, la ausencia de vida animal y humana compensaba, de forma trágica, esa diferencia con un menor consumo de oxígeno. La atmósfera continuaba en equilibrio. Los planes alienígenas eran perfectos. A medida que avanzaba la fosilización de la biosfera, disminuía la concentración de oxígeno en la atmósfera. Poco a poco, se eliminarían una a la otra. Así había sucedido en Marte hacía miles de años y así estaba sucediendo en la Tierra.

Los arqueólogos de Marte observarán, maravillados, la magnificencia de las ciudades del hombre enterradas bajo la arena de los desiertos.

Desde que comenzó la guerra, que tampoco era una guerra, sino una acción de rapiña y aniquilamiento, ni una gota de lluvia había caído donde hacía falta. Las nubes eran dirigidas como un juguete de control a distancia. Solo se descargaban sobre los arenales deshabitados. Los *aliens* no controlaban el ciclo del agua, pero manipulaban el clima. *La bacteria* se paseaba a sus anchas por la seca atmósfera de la Tierra, y el vulnerable ADN era desarmado sin miramientos. La infección total era cuestión de unas semanas más.

La cúpula de dirigentes, atrincherados en sus refugios, conservaban aún la entereza de ánimo y el espíritu de lucha, pero nadie sabía cuánto les iba a durar. Quizá, decían los escépticos, mientras hubiera provisiones. Luego, la desesperanza se haría cargo de todo. El vaciamiento de la Tierra avanzaba según lo previsto por los *aliens*. La mitad la aportaba la propia desesperación de las víctimas.

Ya no regía la ley del más fuerte. Este podía ser fosilizado en segundos tras escucharse un espeluznante ¡glup…! La mayoría de la gente común, en medio de una vida que todavía latía, estaba entregada a la autodestrucción. Nacer era el camino hacia la muerte. Antes, estaba jalonado de cosas asombrosas. Ahora, en cambio, la muerte no era el final sino el camino.

Tan temible era la soledad a la que se enfrentaban los humanos, que morir era una opción de vida. La *Teoría de la Inmolación* cobraba fuerza. Sucumbir era la mejor forma de ganar esta guerra y reiniciar el ciclo del carbono.

Genoveva y el coronel se miraron desorientados. Los acechaba la incertidumbre de la conducta. ¿Qué hacer en el límite de la vida si aún no se ha muerto? El fantasma del suicidio estaba cerca. Era una salida razonable ¿La única?

—Mataremos a los perros primero y luego a nosotros. Nos abrazaremos fuerte, cariño. Cada uno disparará sobre el otro. Dos asesinatos y ningún suicidio. Abel quedará solo como a él le gusta. Pero antes, liberaremos los virus y bacterias.

Esta vez el coronel reaccionó primero.

—Estamos al borde del abismo, cariño, pero todavía no hemos caído. Ven, vamos a interrogar al bueno de Abel. Dejemos de tenerle simpatía. Es un enemigo y el peor de la historia. Hagámoslo como algo habitual, sin impaciencia. Él no quiere regresar. Aunque sea de manera figurada, pongamos nosotros las condiciones. Si quiere quedarse en la Tierra, deberá responder las preguntas. Pero no hagamos nada de manera directa; seamos falsos y sutiles. Halaguémoslo. La vanidad es uno de los pecados capitales. Él es bueno y no creerá que abrigamos segundas intenciones. Estará obligado a ser lo que es y nos dirá la verdad. El Mal habita en nosotros, pero no en él. Llevamos ventaja. Y, además, cariño mío, es la única carta que podemos jugar: ser falsos, mentirosos, intrigantes y traicioneros. Solo Caín puede vencer a Abel.

Fueron a la cocina a preparar café. Abel miraba desde la sala. En realidad, simulaban que lo hacían para aparentar indiferencia. No había café. Pusieron los pocillos en una bandeja y llevaron todo a la mesa. Ella arrimó su silla de ruedas y él se sentó en el borde delantero. Una costumbre que les gustaba mucho. Ella, por atrás, abrazaba la espalda del coronel y le susurraba cosas o lo besaba en el cuello, en la nuca o detrás de las orejas. En esa posición, él ayudaba a rodar la silla empujando con las piernas y haciendo el payaso con los brazos, como si estuviera remando. Se acercaron haciendo pantomimas adonde estaba Abel. Este parecía impresionado al verlos juntos y felices. ¿Sabría algo del amor? El SESI estaba encendido. Genoveva y el coronel creían haberse apuntado un tanto presentándose en pareja. Las preguntas las harían sin turnarse y a la desordenada. Quizás lograran colarse en la rígida estructura de Abel. Ella le ofreció una pila gastada y fue directo al grano.

—¿Cuál es la debilidad de ustedes?

—*No debilidad.*

—¿Cómo podemos vencerlos?

—*¡Je...! No vencer.*

—¿Por qué has desertado tú?

—*Yo querer Tierra.*

—No podremos protegerte si somos vencidos.

—*Ustedes proteger de terrestres.*

—¿Y los tuyos...?

—*Cuando tener carbono, irse.*

—Notarán tu ausencia.

—*Yo insignificante.*

—Te quedarás solo en la Tierra.

—*Sí, desear.*

—¿Y Genoveva y ABC...?

—*Importar cuerno. Vivir en desiertos y ser especie. Pedir Dios descendientes y matar lado malo. La Tierra hogar del Bien. Cuidar planeta. Todos buenos.*

Genoveva y el coronel se miraron asombrados. Abel lo había pensado muy bien. Todo formaba parte de un maquiavélico plan para apropiarse de la Tierra. Desde el repentino apagón del túnel de luz —¿cómo lo habrá hecho?— debió de empujar a sus compañeros para que los humanos pudieran abatirlos mientras él se ponía a salvo en el coche de Genoveva. Sabía perfectamente cual era el escondite que debía utilizar. Quería ir al CEMIG, nada fue casualidad. Pero, ¿cómo hizo para que justo ese día Genoveva olvidara cerrar el coche? Era obvio que no habría dejado nada librado al azar. Su portentosa visión de *jefe* le debió de haber indicado cuál era el escondite ideal y llegar hasta allí. No era tanto a los humanos de la Tierra a los que quería engañar como a sus propios congéneres. Desertar de sus filas para adueñarse él solo de un planeta entero. Se ocultaría en un sitio seguro a esperar la desertificación total para convertirse, entonces, en el amo de la Tierra. Casi nada..

ABC utilizaba la expresión «adueñarse» con un dejo de avaricia, de codicia, un tono de sospecha, una insidia propia de la Tierra. Abel solo quería separar el Bien del Mal. ¿Por qué no creerle? Si alguna civilización iría por el espacio conquistando planetas desconocidos sería sin duda, la humana de la Tierra. ¿Acaso no es eso lo que sueñan?

En el aparcamiento del CEMIG, Abel estaba bien protegido. De no ser por los desconfiados Esfínter y Escroto, nunca lo habrían descubierto. ¿Qué cosa de Abel les habrá llamado la atención? No olía ni transpiraba. Tal vez algún ruido. Solo los perros lo sabían. El encuentro con Genoveva, ABC y los perros, o bien fue una casualidad que alteró sus planes o, bien, todo salía tal cual estaba previsto. ¿Qué habría sucedido si Abel estuviera aún en el maletero del coche? ABC creía que había hecho lo posible para ser descubierto. También podía haberlos matado a ambos ni bien levantaron la tapa del maletero y haberse refugiado en el CEMIG a la espera de salir al desierto del mundo. A nadie le hubiera extrañado alguna muerte más en esos momentos en que la justicia y toda la civilización estaban en cortocircuito. Continuaron:

—Eres inteligente Abel, como Dios.

—*Sí, como Dios.*

—¿Y nosotros?

—*Importar cuerno.*

—¿Eso es ser bueno?

—*Digo otra vez, ser bueno.*

—A nosotros nos pareces malo.

—*Ustedes hipócritas.*

—Y tú… ¿Podrás vivir en la Tierra?

—*Solo haber buenos en la Tierra.*

—¿Cómo matas a los humanos de la Tierra?

—*Lanzar veneno.*

—¡Fuiste tú…!

—*¡Sí ¡Jefe lanzar veneno!*

—Tu veneno no mata, fosiliza.

—*¿Fosiliza? Asimilar.*

—¿Y los cadáveres?

—*Asimilar carbono.*

—¿No queda nada?

—*Fosiliza solo carbono.*

—¿Cómo matas a los tuyos?

—*Golpear.*

—¿Harás eso con los malos?

—*Sí, matar, matar, matar lado malo.*

Abel se había enfervorizado. Parecía que le gustaba matar al Mal.

—Utilizas el Mal para hacer el Bien.

—*¡Je…! ¡Matar, matar! ¡Todos buenos!*

El coronel le hizo señas. Estaban en una vía muerta. Continuaron:

—¿Vivirán siempre en la Tierra?

—*Principio sí.*

—¿Y luego…?

—*Cuando muchos, viajar.*

—¿Viajar adónde?

—*Al espacio.*

—¿Para qué?

—*Buscar carbono.*

—¿Carbono? ¿No es suficiente vuestra energía?

—*Carbono energía para volar.*

—¿Dónde lo obtendrán para el primer viaje?

—*La Tierra.*

—¿No os lo lleváis todo?

—*Restos quedar.*

—Suficiente para una nave espacial.

—*Suficiente.*

—¿Cómo construyen sus naves?

—*No construir naves.*

—¿Cómo es eso?

—*No construir, conformar naves.*

—¿Qué material emplean?

—*No material.*

—¿De qué están hechas las naves?

—*Naves ser nosotros.*

—¿Cómo es eso?

—*Enchufar y arrollar. Yo primero.*

—Claro, eres el *jefe*... ¿Y luego?

—*Otros arrollar detrás.*

—¿Se enchufan...?

—*Sumar energía.*

—¿Cuántos?

—*Disco grande.*

—¿De cien kilómetros?

—*Energía decir basta.*

—¿Cómo se mueven?

—*El jefe sumar energía y volar.*

—Maravilloso! ¿Pueden volar por el espacio entonces...?

—*Gustar volar.*

El coronel guardó silencio, tragó saliva y miró a Genoveva. Ninguno podía hablar. Las gargantas estaban secas como si se hubieran *fosilizado*. La desesperación brillaba en sus miradas, pero ahora se mezclaba con la esperanza. La intensa emoción que los embargaba les impedía emitir sonidos. Aspiraron y espiraron varias veces hasta calmarse. El coronel, en un susurro imperceptible, con la voz quebrada por la emoción, casi sollozando, le dijo:

—Cariño... ¿Has entendido, verdad? No hay naves espaciales, son ellos mismos arrollados en espiral. Eso era la salchicha arrollada. Eso resultó ser la nave achicada. Los golpes mataron a unos cuantos y redujeron su tamaño. ¿Cómo no lo dedujimos? O formaban un gusano interminable o un disco. ¿Qué otra forma podían adoptar al enchufarse?

Genoveva se inclinó y le cuchicheó al oído.

—Sí, amor mío, he comprendido. Son vulnerables. Pero hay que averiguar más cosas. Ven, sigamos preguntando. Veo el Sol sobre el horizonte. Comienza tú.

—¿Cómo lo hacen ustedes? Nosotros no podemos.

—*Ser listos. Jefe volar. Todos tras él.*

—Ese eres tú: el *jefe*.

—*Yo, el jefe.*

—¿Dónde piensan ir la primera vez?

—*A Marte.*

—¿Qué harán en Marte?

—*Quitar carbono de ustedes.*

—¿Os alcanzará? ¿No será muy pronto?

—*Alcanzar primera vez.*

—¿Y luego?

—*Necesitar más naves.*

—¿Para qué?

—*Para ir más lejos.*

—¿Por qué más naves?

—*Naves sumar energía.*

—¿Cuántas naves necesitáis para volar...?

—*Una, dos, tres, cuatro.*

—Y los humanos de la Tierra ¿Adónde los llevan?

—*Humanos asimilados.*

—¿Cuándo los asimilan...?

—*Ni bien recoger.*

ABC no se pudo contener.

—¡Asesinos!

—*Humanos energía.*

El coronel contuvo las náuseas y miró a Genoveva.

Abel continuaba hablando, pero el coronel y Genoveva no veían ni oían nada. En la pantalla del ordenador se estaba escribiendo un texto que no era corto. ABC lo ignoró por completo. Hizo un guiño a Genoveva apuntando a la cocina. Se levantó y ella salió rodando tras él. Abel se quedó en su lugar con la vista fija en el interior del casco como si esperara una respuesta que no llegaba. ABC llegó tras la doctora, cruzó la puerta y la alzó en brazos. Ella le echó los suyos al cuello. El coronel se puso a danzar dando círculos alrededor de la mesa de la cocina. Los labios se unieron y los brazos apretaron más fuerte. Danzaron un buen rato en silencio. No querían hacer ni el más mínimo sonido de alegría. Luego el coronel apartó el rostro para decirle al oído:

—¡Vamos cariño...! Vamos a escribirle a *Volodita*. Hazlo tú, que eres su amiga.

ABC se percató de que la estaba sosteniendo en vilo. ¡Ella era tan liviana! Se apresuró a dejarla en la silla de ruedas y la besó en la frente. Genoveva rodó al ordenador. Comenzó muy ceremoniosa... *Al señor general Vladimir Sergéevich Popov, comandante en jefe de las fuerzas de la Tierra...*

Pero la intensa emoción que subía de sus entrañas le soltó los dedos. No podía elegir palabras ni estilo. Lo hizo a su manera.

Volvieron junto a Abel. La información estaba grabada. ABC consideró que era suficiente y apagó el ordenador... que volvió a encenderse 18 años después.

24 - Octubre, 2101... Volodia

En el refugio del EMC, los generales, respondiendo a una nueva convocatoria del comandante, y esta vez con carácter de urgente, se estaban reuniendo en el salón.

En la mesa había agua, coñac, vodka, café, leche, azúcar, edulcorante y abundantes pastelillos de crema recién hechos. Por el amplio ventanal se veía otro espléndido día de Sol radiante. Desde la llegada de los alienígenas, eran muy escasos los días nublados. Los generales sentían en las mejillas la calidez de los rayos solares, y el mismo sentimiento latía en sus corazones... ¡Qué hermoso había sido caminar por los verdes prados, aspirar el aroma de las flores, el de la leche fresca en las granjas, sentir el zumbido de las abejas, el bullicio de los niños en las escuelas, y ver a la gente enamorada...!

Los altos oficiales, intrigados por el motivo de la convocatoria, cuchicheaban entre sí. Algunos intentaban mostrarse fastidiados con el inquieto comandante que importunaba a cada rato, pero en el fondo sonreían satisfechos. La vida en el refugio era muy aburrida. ¿Habría otro informe estrambótico de escasa o nula utilidad militar?

El grupo estaba completo. La puerta se abrió una vez más, y el general Vladimir ingresó en la sala. Su aspecto había cambiado. Parecía diez años más joven. Se lo veía erguido y orgulloso. Sus ojos brillaban con furia guerrera. Vestía el uniforme de combate del Ejército ruso, detalle que llamó la atención. Hizo un descuidado gesto de saludo, dando a entender que estaban en plena campaña y no hacía falta el protocolo.

Con torpeza e impaciencia, asió la cafetera y se sirvió café en un pocillo y derramó un poco; le agregó un corte de leche, y derramó otro poco. Luego le añadió unas gotas de edulcorante. Tomó un pastelillo de crema —el más grande— y comenzó a masticarlo a lo bestia, entre ruidosos sorbos de su café cortado. Mientras tanto, miraba a los presentes..., que lo miraban a él. Abrió la boca para hablar, pero se atragantó con el pastelillo. Tosió para aclararse la garganta. Algunas migajas se escaparon de su boca, pero no llegaron hasta los generales. La gravedad terrestre, aún en funciones, se hizo cargo.

Volvió a toser. Llenó un vaso de agua e intentó beberlo, pero terminó derramando todo, el agua, el café y algunas migajas que quedaron libres. El general no se inmutó. Sin darle importancia, limpió las huellas del estropicio con una servilleta de papel. Se sirvió entonces un generoso vaso de vodka y lo bebió de un trago. Su rostro se iluminó de inmediato. Había recobrado su gallardía militar. Aspiró profundamente y comenzó a hablar.

—¡Camaradas! ¡Señora... y señores generales! He recibido nueva información. Tenemos una oportunidad. ¡Atacaremos!

Hubo un momento de silencio. El estupor era total. Los estrategas esperaban cualquier cosa menos eso. El uso del término «camaradas» les había sacudido la apatía.

—Si no es mucha molestia, general ¿Podemos saber algo del informe recibido? —dijo la infatigable general, señora Marjorie Esther Andrews, mientras estiraba su falda de lana escocesa y cruzaba las piernas enfundadas en brillantes medias de *nylon* negro. Por encima de ellas, lucía los infaltables calcetines rojos. Por encima de los calcetines calzaba flamantes sandalias de cocina de tacón bajo, azules y con coquetas tiritas de plástico.

—Pues verá usted, señora —respondió el comandante fijando la vista en la mujer—. No está redactado en un lenguaje profesional —en este punto se sonrojó un poco, pero los presentes no lo notaron—, sino, más bien, en un estilo coloquial, íntimo…, casi grosero.

—No importa, general Vladimir. Sabremos comprender. Léanoslo, por favor.

El comandante carraspeó, sacó del bolsillo de su guerrera un papel doblado y, con mucho cuidado, comenzó a desplegarlo. Dubitativo, miró la botella de vodka y optó por no tocarla. Paseó la vista por los presentes, se aclaró la garganta y leyó en voz alta:

Al general Vladimir Sergéevich Popov, comandante en jefe de las fuerzas de la Tierra.

¡Ataca, Volodia! ¡Los hijos de puta se los comen en el acto! ¡Se están dando un festín con nosotros! ¡Ataca, Volodia! ¡No hay naves espaciales! ¡Son ellos mismos arrollados en espiral! ¡Se enchufan y suman su energía! ¡Dispara, Volodia! ¡Balas… Balas de plomo! ¡A la antigua! ¡Misiles, no! ¡Hazlo a balazo limpio! Voltea una sola nave y las otras se irán. Menos de cuatro no pueden operar. ¡Ataca, Volodia! ¡Ataca y lloverá!

Todos permanecieron en silencio. El general Vladimir creyó que tendría que habérselas con los desconfiados de siempre y la engreída norteamericana encabezando la comitiva. Pero esta vez, estaba dispuesto a todo. Daría la orden con o sin el consentimiento de los carcamanes de su Estado Mayor. Era el único atisbo de esperanza en medio de tantos sinsabores. Esperaría solo unos segundos, por cortesía, hasta que la noticia fuera asimilada.

La señora y los señores generales, miembros del Estado Mayor Conjunto de la Tierra, la mayor autoridad constituida en las actuales circunstancias, seguían en absoluto silencio. Se oía, eso sí, el reprimido jadeo del aire al pasar por los pulmones. Los militares tenían el gesto adusto y el ceño fruncido. Con toda intención, apretaban los labios con fuerza para contener el grito que subía desde sus entrañas y pugnaba por estallar como un volcán.

De súbito, y sin abrir la boca, la señora general Marjorie Esther Andrews, representante de los Estados Unidos de América, se puso de pie con lentitud. Sin darle importancia al gesto, de un manotazo apartó los pocillos de café, el azúcar, los pastelillos de crema y las servilletas. Luego, se subió a la silla y de allí trepó a la mesa con un voleo de su falda escocesa. Desde las alturas, dando una vuelta en redondo, con los brazos en la cintura y dejándose admirar por los especímenes masculinos, enfrentó al resto de los generales. Su expresión huraña había cambiado. Ahora ladeaba la cabeza como Rita Hayworth en *Gilda* y sonreía con descaro.

Desde sus asientos y hasta donde les llegaba la vista, los generales pudieron comprobar que más allá de las sugestivas rodillas, había un par de muslos castrenses en buena forma dentro de las *pantys* de nylon negras y más allá aún; unas bragas rojas a tono con los calcetines. La señora general, sometida a la rígida disciplina militar, no era una mujer esplendorosa, pero su cuota de *sex appeal* no le faltaba. Cuando completó el giro, su boca se abrió en un mohín provocativo. La blanca dentadura refulgía enmarcada por el rojo de sus labios, a tono con los calcetines y las bragas. La garbosa generala, estirando los brazos hacia adelante, dobló el talle hasta que sus manos cogieron el ruedo de la falda escocesa. Entonces, la levantó y plegó a la altura de la cintura y comenzó a agitarla de un lado al otro. Los sugestivos muslos quedaban a la vista de los altos mandos. Por momentos, destellaba el rojo de las bragas. Enseguida, sin más trámite, se puso a canturrear y bailar el cancán. Sí, el famoso cancán, el del Moulin Rouge. La señora general, saltando en una pierna, levantaba y estiraba la otra apuntando a los intrépidos soldados. Sonreía provocativamente, ladeaba el rostro al compás y menaba la falda. Las sandalias de cocina, de plástico, con tiritas azules y los calcetines rojos, a tono con las bragas y por encima de las medias negras, adquirían, a criterio de los boquiabiertos generales, el efecto de un mortífero misil cargado de erotismo.

Todo eso sucedía a la vista del Estado Mayor Conjunto de la Tierra. Los agraciados saltos de la representante de los Estados Unidos de América alteraron el equilibrio de la robusta mesa de reuniones. Las tazas, cucharillas y platitos comenzaron a tintinear acompañando el ritmo de su baile. Entusiasmada con el improvisado acompañamiento musical, empezó a cantar... *¡Hurra, generales! ¡A las armas! ¡A darles por el culo a esos cretinos!*

Ante el manifiesto desenfado de la representante del mayor Ejército del mundo, los demás generales abandonaron toda compostura. Quienes cupieron sobre la mesa bailaron el cancán acompañando a la dama. La vajilla, única música disponible, se entrechocaba y caía al suelo con estrépito. La mesa temblaba. Los pastelillos de crema pasaron a las suelas y ropas de los bailarines. No importaba. Todo ruido era música y todo pastelillo, pintura. Los demás militares, ya fuera porque su edad no les permitía trepar a la mesa o porque había poco lugar, optaron por danzar en el suelo. Cada uno daba los pasos del baile tradicional de su país: samba, flamenco, tango, tarantela... El general representante de Francia tuvo que bailar La Marsellesa. El cancán se lo había apropiado la norteamericana.

El general Vladimir era el comandante. Podía imponer su autoridad y el orden, pero la sangre cosaca bullía en sus venas. Tras otro vaso de vodka, se olvidó hasta de su edad. Nada mejor para la ocasión que el tradicional *Kalinka-Malinka*. Con sorprendente agilidad y sin quitarse la gorra, trepó a la cabecera de la mesa, único sitio libre y se puso a zapatear de cuclillas. Con los brazos cruzados sobre el pecho, extendía una y otra pierna y gritaba como un cosaco: *¡Hey!... ¡hey!* Los faldones de su gorra se balanceaban al ritmo del baile. Nunca le había caído mejor el apelativo de... *el Sabueso*.

No duró mucho el jolgorio. La edad de los presentes no daba aire para demasiado tiempo y, por otra parte, la mesa, un mueble robusto sí, pero hecho de madera y no lo bastante reforzada para resistir una acción militar de esa envergadura se partió en dos y se fue a pique con gran estrépito. En el naufragio, arrastró la vajilla sobreviviente y ensució todo con la mezcla de crema, azúcar, café, leche y edulcorante. Algunos generales náufragos cayeron abrazados al esbelto cuerpo de la señora general Marjorie Esther Andrews. Esta, tumbada de espaldas en el suelo, aún sostenía en sus manos la falda escocesa. Sus muslos estaban salpicados de crema chantilly. Los intrépidos militares quisieron, en un principio, limpiar las manchas que, cual medallas al mérito, adornaban el cuerpo de la señora. Pero, temiendo que el gesto sufriera una errónea interpretación, optaron por ponerse de pie, juntar los talones y hacer la venia.

La cosa no pasó a mayores. Los generales eran muchos, y la señora, espabilada por el golpe, no estaba dispuesta a adoptar ninguna actitud que no fuese estrictamente militar. El apuesto comandante ruso se acercó para tenderle una mano y ayudarla a incorporarse. Los generales acomodaron sus uniformes, limpiaron las manchas de crema, sacudieron el polvo de las chaquetas, dirigieron una caballeresca mirada a la señora general, que aceptó las disculpas con una sonrisa, y reconoció, mientras limpiaba la crema chantilly de sus muslos y uniforme, que su comportamiento tampoco había sido muy presbiteriano.

Avergonzados, no quisieron llamar al personal de maestranza, y entre todos recompusieron la mesa, juntaron los restos de pastelillos, limpiaron el piso y la reunión volvió a sus cauces normales, si cabía la expresión. Se hizo el silencio, y el comandante tomó la palabra:

—Camaradas, recobremos la compostura. La información recibida es la única carta que podemos jugar. El asunto no es sencillo. Tendremos una sola oportunidad. La fosilización de la Tierra avanza minuto a minuto. Si fracasamos, dudo de que podamos preparar un segundo ataque. Todo el planeta estará entonces árido y desierto. Para salvar a la Tierra del *Unquadnilio,* solo precisamos de la lluvia y, para que llueva, solo precisamos ahuyentar a los alienígenas. Nuestras modernas armas electrónicas o las baterías lanzamisiles no sirven. Ya lo hemos comprobado. Acataremos según lo indicado en el informe de —estuvo a punto de decir Genoveva y ABC—… referencia. Recurriremos a las viejas ametralladoras. He confeccionado un borrador. Creo que está completo. Por favor, presten atención.

Los brillantes estrategas militares se dispusieron a escuchar y a tomar apuntes. Un ayudante aguardaba en la puerta con grabadores, hojas en blanco y bolígrafos. El general Vladimir le pidió un vaso de agua— ¡sí, de agua! —y lo bebió de un trago. Luego continuó.

—En primer término, haremos una recopilación de las fuerzas que podamos reunir. Nuestras bases están desmanteladas; el personal ha huido, está muerto, refugiado en alguna *manada* o ha sido asimilado. Usaré este vocablo ahora que sabemos lo que hacen con nuestros cuerpos. Pero no todo está perdido. Nuestras tropas, equipadas con mascarillas mojadas, pueden operar y reacondicionar los equipos.

¿Cuántos cazas de combate en condiciones operativas podemos reunir de forma inmediata? Las bases militares han sido saqueadas en busca de comestibles, pero los almacenes de suministros militares están intactos. Aeronaves no faltan; tampoco, armas, municiones y combustible. Es necesaria una revisión técnica, reaprovisionamiento y logística. Necesitamos reunir pilotos y personal técnico de tierra: ingenieros, mecánicos, ayudantes y operadores de aeropuerto. No sabemos cuántos pilotos militares hay vivos y dónde están. Conozco a ocho de ellos que se alojan en nuestro propio refugio. Pertenecen a la fuerza aérea de mi país. Quizás haya más; lo ignoro en este momento. También nos harán falta controladores de operaciones aéreas y expertos informáticos. Hay que considerar la particularidad de cada aeronave. Los cazas rusos no son como los norteamericanos o los franceses. No solo debemos convocar al personal idóneo, sino también a especialistas en cada tipo de avión de combate. El siguiente paso sería proveerlos de mascarillas húmedas y concentrarlos en las bases que designemos para lanzar los ataques. Estos tendrán que ser simultáneos. Hay un solo momento para hacerlo, y es cuando el enemigo recoge a las víctimas del día con sus tubos de luz. A esas horas, las naves se detienen a baja altura y permanecen inmóviles. Disponemos de seis minutos. En ese lapso debemos producir tal cantidad de bajas, que el suministro energético entre los integrantes del espiral quede cortado. La energía que sostiene a las naves se debilitará. Creemos que no podrán reaccionar con suficiente rapidez. Es probable que en los primeros segundos de ataque pierdan una parte de su asombrosa maniobrabilidad.

Estarían heridos, por decirlo así. Entonces es cuando debemos causarles un fuerte daño. Esperemos que, por lo menos, una de las naves no pueda seguir en el aire. No creo que haya muchas bajas de civiles en caso de caída. El mundo no está muy poblado en estos momentos. La operación no es moco de pavo, señora, y señores generales. ¡Atención! El enemigo no es de la Tierra. No repitamos errores de apreciación —los generales sonrieron al escuchar ese comentario—. Piensen en esto, por favor. Si no logramos voltear, por lo menos, una de las naves, ellos continuarán despojándonos de nuestra materia vital y habremos perdido la Tierra y nuestras propias existencias. Derribando una sola, las otras tres sufrirán un gran vacío de energía y tendrán que huir como única opción de supervivencia. Optarán por llevarse lo que han conseguido o arriesgarse a perderlo todo. Sabrán que los humanos de la Tierra ya no son las indefensas criaturas que encontraron en Marte hace miles de años. De todas formas, tendrán que suspender la devastación de la Tierra. Esta misión es la última esperanza que nos queda. Los pilotos no deben disparar a mansalva ni superponer disparos. El objetivo, valga la palabra, es desenchufarlos. No hay que desperdiciar ni una bala y tampoco matar a tontas y a locas. Más apropiado sería decir «destruir». El término «matar» es aplicable a criaturas orgánicas. Cada baja equivale a una cantidad desconocida de energía; a un enchufe roto. Si estas naves tienen cien kilómetros de diámetro y están formadas por extraterrestres arrollados como salchichas, son necesarios muchos miles para llegar a ese tamaño. Dotaremos a nuestros aviones de los cañones más veloces disponibles.

No es tan importante el calibre sino la cantidad de disparos. Presten atención a esto, señora, y señores. No habrá otro tipo de armas. Tenemos certeza de la efectividad de los disparos de bala en el cuerpo de estas criaturas. Así como su maldito *Unquadnilio* desarma nuestro apreciado ADN, un impacto de nuestras balas desarma su estructura molecular y los reduce a polvo. Hemos visto como eluden los misiles. Mi orden es excluirlos, aun los más pequeños aire-aire. Esta operación se hará a la antigua aunque requiera un poco más de tiempo. Así y todo, debemos apresurarnos. Cada día que pasa, la Tierra pierde materia orgánica a ritmo acelerado. Dos cosas más. Esta operación militar será identificada con el nombre de *Planeta Azul*. Y, desde ahora, este Estado Mayor Conjunto tiene carácter de asamblea permanente. Nos reuniremos de inmediato a solicitud de cualquiera de ustedes. ¿Alguna pregunta, señores? ¿Señora general? ¿Camaradas?

—Hay un importante detalle que no juega a favor nuestro, general Vladimir —acotó la general Marjorie Esther Andrews—. La energía de que dispone el enemigo es mucho mayor que la que suponemos. Nuestro ataque debe ser de saturación total.

Los presentes, que esperaban algo al estilo de las ínfulas de la norteamericana se quedaron pasmados al escucharla. Fue el propio comandante quien hizo la pertinente pregunta.

—¿Qué le hace creer eso, señora?

—Algo muy simple. Ellos se han nutrido de la energía que extrajeron de nosotros, que no ha sido poca. Si la Tierra los provee de energía por varios miles de años, es evidente que en este momento, luego de apropiarse de la mitad de nuestra biomasa, están bien abastecidos. El ataque debe ser demoledor para interrumpir el flujo energético entre sus miembros. No bastará liquidar a unos cuantos. Debemos aniquilar a millones.

El comandante en jefe era un soldado de honor. No podía menos que reconocer la perspicacia de la mujer de los calcetines rojos y las sandalias de cocina.

—¡Muy buena observación! Nuestro ataque será, pues, de saturación. A lo dicho por la general, agregaré lo siguiente: así como ellos han venido a proveerse de energía para miles de años, nosotros los privaremos de la misma por otros tantos.

Los presentes revisaron sus apuntes y consideraron que las cosas habían sido bien pensadas. Estando en reunión permanente, cualquier interrogante se resolvería en el momento. Un cerrado aplauso, dirigido tanto al general Vladimir como a la señora Marjorie Esther Andrews, puso punto final a la reunión.

—Cada uno de ustedes —concluyó el general Vladimir— consultará con su país, si es que alguien responde, a ver con qué armamento de las características mencionadas podemos contar. Nos veremos en dos horas. Sean discretos en sus comunicaciones. Estamos siendo vigilados. La suma de miles, millones de ojos y oídos están atentos a nuestras acciones. Usen códigos militares para las comunicaciones. ¡La Tierra pasa a la ofensiva!

En ese instante, uno de los ordenadores comenzó a titilar y a emitir un zumbido. El general Vladimir accedió al teclado.

—Es para mí... Un nuevo mensaje. Esperad un instante, no os retiréis.

Luego de un breve momento de lectura, el general apagó la aplicación, se puso de pie y enfrentó a los ansiosos estrategas. Su rostro no presagiaba nada bueno.

—Camaradas, señores generales, señora. No habrá más informes. Me acaban de notificar que hemos perdido a nuestra fuente de inteligencia. No tenemos otra alternativa que actuar con los datos que tenemos. Lo que habéis escuchado es toda la información disponible.

Gracias al uso de mascarillas empapadas en agua, los pocos equipos militares aún disponibles bajo mando y los numerosos voluntarios civiles se pusieron en marcha. Las puertas de los refugios se abrieron y comenzaron a salir combatientes equipados con esas mascarillas.

Se contaban con los dedos de la mano el número de *manadas* que aún mantenían comunicación con el EMC. En todas ellas improvisaron mascarillas con retazos de ropas, las empaparon en agua y se presentaron a luchar. Había de todo, pilotos, ingenieros, informáticos, enfermeras, controladores de vuelos, expertos veteranos en ametralladores...

Griegos y *bárbaros* marchaban del brazo. Eran la especie humana.

Al anochecer de ese día de esperanza, comenzaron a llegar datos estratégicos. En los Estados Unidos de América y Canadá había una dotación de 48 cazas Boeing F-22 armados con cuatro viejas baterías M61-Vulcan compuestas por 6 cañones rotativos con una cadencia de 6600 disparos por minuto cada uno. La Unión Europea aportaría 52 unidades del caza de última generación, recién incorporadas a sus fuerzas aéreas: el Lockheed Martín F-35, armado con cuatro baterías de seis cañones Gatling de 6800 disparos. Los rusos, orgullosos de su comandante, informaron al EMC que podría contar con 41 cazas Sujói PAK FA y 35 Sujói FGFA, la última palabra en aviones de combate rusos, equipados con 16 antiguos cañones de asalto PKM-18 de 6800 disparos por minuto y de una maniobrabilidad espectacular. China puso a disposición del EMC 32 aviones de combate Shenyang J-XX, armados con 12 cañones rotativos norteamericanos reacondicionados del tipo GAU-8 Avenger de 5800 disparos por minuto. La India ofreció 12 cazas HAL-16 armados con 8 cañones rusos MID-18 de 4500 disparos por minuto. Irán aportó 6 unidades de su avión caza Shafaq de diseño propio y en condiciones operativas. Su armamento era de origen ruso y constaba de 6 cañones con una cadencia de 4800 disparos por minuto.

En total, serían 194 cazas de última generación equipados con las más recientes versiones de cañones de alta velocidad. Esto daba un promedio de 48 aviones por nave alienígena —de un área de 785 km^2—. Parecía suficiente que cada atacante cubriera 16.18 km^2. La capacidad total de fuego de toda la Tierra en los cinco o seis minutos que duraría el ataque sería de 135 809 000 proyectiles.

¿Bastarían? En las bibliotecas de las academias militares no había ningún antecedente de combates con extraterrestres. Esta guerra, la única contienda de la humanidad, se haría a ciegas. Las libradas en el curso de la historia habían sido, después de todo, disputas de familia.

El uso de portaviones quedaba descartado. No así el de su flotilla área que despegaría con los barcos anclados en el puerto. No había tiempo ni condiciones para poner en estado operativo a esos gigantescos barcos. En la actualidad, se encontraban anclados en sus bases y en estado de abandono y sin vigilancia. Pese a todo, las *manadas* no habían causado daños importantes a la infraestructura militar. Solo asaltaban sus despensas en busca de alimentos y quizás se llevaban alguna que otra arma. Las de fuego no eran atractivas para las *manadas*. Preferían los machetes o cuchillos de grandes dimensiones. Salvo esos detalles, se podría afirmar que los barcos estaban en buen estado. Eso no indicaba que podían zarpar de inmediato. No había personal, ni suministros, ni proveedores disponibles.

En cambio, su dotación aérea podría ser utilizada desde el mismo puerto de asentamiento. Las aeronaves que se encontraran en la cubierta superior, bien equipadas de combustible y armamento, estaban en condiciones operativas y listas para despegar. En la gran Base Naval de San Diego, California —anclados y dejados a su suerte—, había dos grandes portaviones norteamericanos: el USS Nimitz (CVN-68) y el USS RR (CVN-76), además de otros barcos de guerra. Los aviones, amarrados a las cubiertas, 32 en total, podrían despegar sin que el barco se moviera del muelle. Fue todo lo que se pudo conseguir de la extensa flota norteamericana. Rusia estaba en similares condiciones. Solo podrían despegar de su vieja reliquia —el *Almirante Kuznetsov*, de la Flota del Mar del Norte en la base de Severomorsk—, 22 cazas navales Mikoyan MiG-29K armados con cañones rotativos AK477 de tan solo 5000 disparos por minuto. En total, había 54 aviones adicionales disponibles.

Los estrategas militares del EMC, abocados a la planificación de la operación *Planeta Azul,* sabían que la guerra debía ser definida en pocos minutos. En el supuesto de que el primer ataque fracasase, los extraterrestres quizá replantearían su estrategia para continuar apoderándose del carbono restante. Por un lado, algún daño sufrirían, y el flujo de energía, si bien podría permitirles conservarse en el aire, ya no lucirían su espectacular capacidad de maniobra. Las operaciones de captura de fósiles tendrían que hacerlas con más lentitud y a mayor altura. Los humanos de la Tierra, sabiendo que no existían las naves protectoras, sino que eran *naves vivas*, les dispararían donde las vieran. Ellos, por otra parte, salvo por el *Unquadnilio,* carecían de armas defensivas u ofensivas y de capacidad militar. De todos modos, una disminución de la capacidad operativa de las naves volvería todo más lento, pero no detendría la masacre. Mientras ellos continuasen en la atmósfera, controlarían las nubes y no llovería en la Tierra. El *Unquadnilio* terminaría su acción devastadora… un poco más tarde.

La Tierra sobreviviría algunos días más o podría salir victoriosa, pero no se sabía hasta qué punto eso sería bueno. No había alimentos y se ignoraba la actitud que adoptarían las *manadas.* Si se devorarían entre ellas o, bien, se solidarizarían como especie biológica y, de manera mancomunada, buscarían víveres. En los refugios aún había reservas de provisiones, pero debían destinarse, en primera instancia, a las tropas que entrarían en combate.

En caso de victoria, los primeros tiempos, hasta que la biomasa vegetal reiniciara la cadena trófica, serían muy difíciles. La única reserva de nutrientes eran los insectos y tampoco sobraban. El *Unquadnilio* también se había cebado con ellos. Pero de todas las especies biológicas, ellos eran los mayores sobrevivientes. Los humanos del espacio no les daban mucho valor, pero los de la Tierra los consideraban pura proteína. El *Unquadnilio* actuaba donde hubiera una sola molécula de ADN. No hacía distingos…

Tendrían que recurrir —al estilo de los de la Segunda Guerra Mundial—, a las viejas ametralladoras del siglo XX. El general Vladimir aconsejó a sus generales repasar las estrategias de esos combates, que no por antiguos eran menos válidos. Había que hacer el mayor número posible de disparos en un breve lapso de tiempo. La Tierra se jugaba a todo o nada.

La conducta de las naves era seguida y fotografiada desde los satélites. Para chupar sus cosechas descendían a dos mil quinientos metros. Succionar los cuerpos les consumía bastante energía como para hacerlo desde mayor altura. Ocupaban en la tarea entre 6 y 7 minutos, dependiendo de la cantidad de material. A veces, los *zombies* no habían terminado de juntarse y estaban algo desperdigados. El tubo de luz recorría entonces la zona como una aspiradora doméstica. En esos minutos, una flotilla de modernos cazas de combate, actuando en conjunto al mando de expertos pilotos, podría causarles un daño muy severo.

Luego de analizar la información recibida sobre los alienígenas, las conclusiones eran asombrosas. Todo sucedía en ellos a través de la suma de sus atributos vitales. El incremento de energía era colosal. A diferencia de los terrícolas, carecían de vida individual, pero su capacidad de sumarse era fabulosa. Uno solo, el *jefe*, disponía de la energía de millones.

El valor del primero de la lista es uno. Si viene otro, será el segundo y se suma con el primero. El resultado energético no sería dos, sino tres. El siguiente será el tercero, y la suma sería seis…, el cuarto será igual a diez y el quinto, a quince.

Trasladando este ejemplo a los millones que deben juntarse para formar una nave, la suma total, medida en *quantums* de energía, sería casi infinita y proporcionaría ese empuje y facilidad de maniobra que los caracterizaron desde el primer momento.

¿Para qué construir costosas y pesadas naves? Harían falta equipos y herramientas de la misma o mayor magnitud. Con los cuerpos acoplados era más que suficiente para conformar una poderosa nave espacial en estado vivo. Sería como decir que los bloques de las pirámides de Egipto se hubieran colocado en su lugar voluntariamente.

Estos alienígenas, luego de caminar enchufados como un largo gusano durante siglos, llegaban, en algún momento, al límite de su universo. ¿Qué hacían entonces? El que iba delante, futuro *jefe,* detenía la marcha. Los demás se iban enchufando a su alrededor. Cuando la potencia era suficiente. ¡A volar! ¿El oxígeno? Ni falta que hacía.

Con los sentidos, inteligencia y otros atributos aún desconocidos, hacían lo mismo: sumarlos. Todos los integrantes dotaban al *jefe* de poderes extraordinarios. Además, las cuatro naves se sumaban entre sí. No necesitaban radares o dispositivos de detección a la distancia. Nada de tecnología. Ellos mismos eran toda su civilización.

La suma de las visiones de miles de millones de ojos sería portentosa y muy superior al mayor telescopio de la Tierra. Así es como veían los misiles y así es como respondían a las preguntas de la Biblia: las estaban leyendo en ese momento. ¿Hasta dónde llegaría esa extraordinaria capacidad de ver? ¿Desde cuánta distancia podrían leer un libro de la Tierra? ¿Verían las pequeñas balas? Tal vez sí, pero no podrían esquivar una cantidad muy grande. Y con los otros sentidos, aunque no se supiera todavía cuáles eran, sucedería lo mismo. Los que fuesen, sumaban siempre la totalidad de sí mismos. Se podría decir que la Tierra era atacada por un solo individuo, un maligno guerrero todopoderoso. Quizás ellos fueran el propio Dios insertado en este universo. Quizás Dios sea también el resultado de una suma infinita.

El personaje que descendió a la Tierra frente a Alfonso XII, probablemente, sería el *jefe* supremo de las cuatro naves. El conducto salía del centro y él fue el primero en bajar. Los que venían detrás, que habían parecido ángeles o sardinas, eran una parte de los miembros de la gigantesca espiral. Si los humanos hubieran sabido entonces lo que sabían ahora, habría bastado con tirar de la punta para desenrollar toda la nave y dejarlos fuera de combate. Si se comenzaba tironeando del *jefe*, los demás nada podían hacer. Claro que sería una tarea de nunca acabar. De haberla emprendido en su momento, aún estarían desenrollando *aliens*. Tendrían que buscar un sitio para almacenarlos en línea recta y evitar que volvieran a arrollarse.

Cabía la pregunta. ¿Cómo se distribuía la energía? Todo comenzaba y terminaba en el centro del círculo: en el *jefe*. Los tubos de fotones salían del centro de la nave y por allí ingresaban los fósiles. El *jefe* asimilaría toda la energía a una temperatura elevadísima. Pasaría por su cuerpo y seguiría su viaje, recorriendo la espiral hasta el otro extremo. También debía volver por el mismo camino si el *jefe*, por ejemplo, reclamaba un incremento de energía para formar el conducto de fotones. La gigantesca espiral que conformaba lo que parecían *naves,* era un constante fluir de energía en ambos sentidos. Los *aliens* oían, veían y sentían todo... Cuando recogían su cosecha, el *jefe* asimilaba el carbono en el acto. El cuerpo fosilizado de las víctimas desaparecía convertido en energía pura. El tamaño y la masa de la *nave* no aumentaba, pero su energía se había incrementado. Y entonces... ¡qué maravilla!, comenzaba otro ciclo del carbono, como el de la materia orgánica, pero distinto...

—Ojala que nosotros, los hombres de la Tierra— decía el general Fabio Oliveira Nascimento, de la República Federativa del Brasil—, si sobrevivimos a esta experiencia, aprendamos la lección y sepamos sumarnos entre nosotros.

Concluía el estudio con una opinión desesperante y pesimista en algunos aspectos, pero optimista en otros. Aun carentes de cultura y tecnología, si a los humanos del espacio se los consideraba desde una perspectiva estratégica, resultaban invencibles. El poder del que disponían era infinito. Pero su capacidad intelectual no estaba a la misma altura. Tal cual fueron creados, así quedaron. La escasa cultura que exhibieron no parecía adquirida. Más bien, habría sido una donación del propio Creador. Con la extraordinaria visión que poseen habrán aprendido muchas cosas de la Tierra y de la cultura de sus humanos. No era descabellado suponer que habían leído de la misma Biblia que los prelados tenían en las manos antes de responder a sus preguntas. No había señales de que hubieran construido, paso a paso, una civilización al estilo humano de la Tierra. Quizás la propia cultura terrestre los había capacitado. Todo su poderío, superior a la ciencia y tecnología de la Tierra, se basaba en la suma de sus componentes. Eran auténticas manadas, pero manadas de verdad. En resumen, a imagen y semejanza de los dioses de la Tierra, eran muy brutos y también muy poderosos. El humano terrestre tenía un atributo: la inteligencia era capaz de elevarse sobre la divinidad.

La única estrategia para vencerlos o, por lo menos, para ahuyentarlos por unos siglos, sería desconectar los enchufes e interrumpir el flujo de energía. Si ellos sumaban de una manera ordinal, deberían restar de la misma manera. Destruyendo un enchufe, la interrupción del flujo energético podía equivaler a varios, muchos o ninguno. Se ignoraba cómo calcular, pues dependía del orden que cada baja tuviera en la gigantesca espiral. Sería conveniente disparar desde la periferia hacia el centro. Los acoplados en último orden provocarían los mayores incrementos de la suma. Cuántos más hubiera, mayor sería el resultado total. La salchicha se inicia en el primero. Los demás se van enchufando hasta que la energía dice «basta» y comenzaría a retornar. El primero, a partir del instante en que la recibiera, pasaba a ser *el jefe*.

Reunida toda la información, el EMC elaboró el plan de ataque definitivo. Las instrucciones se cursaron a las bases militares de todo el mundo.

Los generales eran conscientes de que semejante operativo se haría basado en una rudimentaria información confidencial llegada a las manos del general Vladimir, y que nadie sabía cuál era su origen. Era evidente que de alguna manera misteriosa, el cuarto *alien* había sobrevivido. Que quizás fue capturado. Que tal vez era un disidente que traicionó a los suyos. Que era probable que hubiera informado a los seres humanos. Nada se sabía de cierto, pero algunos detalles coincidían, como era el achicamiento de una de las naves, la toxicidad del agua y la ausencia de lluvia. El comandante Vladimir anunció a sus generales que escribiría un detallado informe para que fuera abierto tras comprobarse su muerte. Entonces, la humanidad, si quedaba alguien, conocería el origen de los informes secretos.

Por fin, se dispuso que el día jueves 20 de octubre de 2101 comenzara el ansiado ataque para liberar a la Tierra de sus nefastas visitas.

El general de división Franklin Russeldof Honoré, enterado de estos preparativos, vio llegada la oportunidad de recuperar su perdido prestigio. Luego de resignar el mando del EMC, tuvo el buen tino de sacar conclusiones. El error había sido confundir a un enemigo del espacio con uno de los habituales de la Tierra. Ahora se sentía mejor equipado y estaba dispuesto a demostrarlo. Así que no tuvo inconveniente en solicitar y recibir el mando de la flota aérea de los Estados Unidos. Además, pidió al EMC copia de toda la información existente sobre los extraterrestres.

25 - Octubre, 2101... Desayuno en la cama

Genoveva y ABC quedaron consternados por la muerte de Abel. De súbito, en menos de un segundo, todo el diálogo con la eternidad, todo el furor del infinito, se redujo a un pequeño cúmulo de polvo en el suelo del CEMIG. Una muerte que en medio de la agonía de la Tierra y roto el enlace cósmico, desnudó su propia insignificancia.

Pese a la frialdad emotiva que aparentaba, comprensible por su conformación inorgánica, Abel era fiel a sus convicciones. En su ingenuidad, quería realmente ser bueno, pero en el camino para lograrlo debía atravesar un territorio erizado de lanzas que él se empecinaba en ignorar, pero que no podía evitar sentirlas en su superficie. La visión de su fantasía sería como estar frente a frente con el Creador de todas las cosas. Era un juego a fin de cuentas. Eso bastaría para frustrar a un idealista de este o de cualquier mundo que buscase una respuesta a la eterna pregunta: ¿Dónde está el universo de verdad?

Allí, en el singular espacio en que habitualmente trascurriría la existencia de Abel, el Bien y el Mal estaban en planos diferentes y solo se juntaban al ingresar al espacio-tiempo. La relación entre ambos tendría que ser más confusa que para los humanos de la Tierra. ¿Por qué? Porque nadie sabía lo que era hasta que venía el otro y se acoplaba a su espalda o a su frente. Aun así, estando yuxtapuestos, solo podían saber que eran contrarios, pero no lo que era cada uno. Debían esperar a cometer una acción para definir la verdadera identidad. Pero las acciones podían ser buenas o malas según quién las juzgase y cuándo y cómo se las viera. La identificación definitiva del Bien y del Mal podría llevar muchos siglos y aún, como en los humanos de la Tierra, no estaría completamente resuelta.

Ser bueno o malo en medio de la soledad del infinito no significaba nada. No se podía saber quién era el anverso y quién, el reverso. Un espejo no servía. Era necesario un interlocutor, un juez, un amigo, un hermano, un árbitro, un enemigo o todo junto. En la mente de Abel se habría creado también el conflicto de no poder definirse a sí mismo. Sufría de la angustia de saber que jamás lo sabría.

Astuto como era, había concebido el quimérico plan de evadirse de los suyos y buscar una nueva existencia. Abel quería ser abeja, pero no, hacer miel. Aprovechó la salida de su gente al espacio, necesitada de repostar carbono, para venir a la Tierra, un planeta que le fascinaba por sus colores, sus aromas y sus elefantes.

La existencia de Abel, aunque fuera cruel decirlo, no tendría más alternativa que el imprevisto suicidio o la muerte antes del final. Era un bicho raro. No podía ser un eslabón en ninguna de las cadenas de las especies. Estaba solo como cualquier mesías. Quizás él, en lo más profundo de su conciencia, lo había entendido así desde el principio. Sabría que la descabellada empresa que intentaba llevar a cabo terminaría en la nada absoluta. La realidad recuperaría el terreno perdido, y nadie se acordaría del tipo que quiso ser bueno. Como colofón, sería señalado como la abeja que no quería hacer miel, y terminaría abucheado por todos los humanos del universo.

Así reflexionaba ABC —apasionado por los temas de moral, teología y conductas— sobre la compleja personalidad de Abel. Entusiasmado, le explicaba a la doctora sus puntos de vista, pero esta, acongojada por su muerte, no le prestaba atención.

—Solo teníamos sus dichos para saber que era bueno y no podíamos corroborarlos antes de dejar pasar unos cuantos siglos. Creo que se trataba más bien de un profundo anhelo de ser bueno, que de haberlo logrado en realidad. Abel, un niño a fin de cuentas, concibió un mundo a su medida. Pero, ¿y si hubiera fingido y, en verdad, fuera un malvado? ¿Qué me dices de eso, cariño? Si Abel fuera el Mal, tranquilamente podía presentarse como el Bien y contarnos un montón de patrañas. Y en el caso opuesto, tendría, por fuerza, que obrar mal para ser el Bien. Imposible saber quién era qué. Si vencemos en esta guerra, entonces Abel se considerará, al final, un tipo bueno. La Tierra le brindará un merecido homenaje y, quizás, algún iluminado edificará una iglesia sobre sus cenizas. En caso contrario, cariño, tendremos que tragar el cianuro, apretar el gatillo o revolcarnos desnudos entre los virus y las bacterias.

A pesar de haberse exhibido como un ser frío, insensible y despiadado, Abel se había ganado un pequeño lugar en el corazón de la directora del CEMIG, y es probable que también hubiera atravesado el duro caparazón del agente de la ESA.

Era esa fidelidad a sí mismo lo que les atrajo. Esa altiva jactancia de creerse el Bien universal. Esa ingenuidad de verse cara a cara con Dios, esa candidez de creer contar con su apoyo, esa audacia de mostrarse desafiante ante él y reprocharle su propio destino.

—¿Qué pasa contigo? Me has creado. ¿De qué te avergüenzas? ¿De mí o de ti?

Habría sido muy duro para Dios escuchar eso. Quizás fue en ese momento que estiró la mano para cortar el hilo de la existencia de Abel. Después de todo, solo Dios saca tajada de la muerte. Abel debía creerse el ungido para erigirse en el salvador de lo que Dios no había salvado: el resto del universo. La convivencia con Abel en el CEMIG había sido breve, pero se había integrado al extraño grupo familiar que formaban la doctora Genoveva, el coronel ABC, Esfínter, Escroto… y los de microrganismos.

Los perros lo habían aceptado y lo trataban con respetuosa cortesía. No lo meaban, señal de que lo consideraban un ser vivo. Tampoco lamían con efusividad su superficie. A lo más lejos que llegaban en su presencia, era agitar la cola.

Genoveva y el coronel habían aportado valiosísima información al EMC. Luego de informar a *Volodia,* comenzaron a abrigar ilusiones, sueños y anhelos de perpetuar su propia especie. Una llama de esperanza había sido encendida y brillaba todavía con timidez.

Así que mantuvieron largas y fantasiosas charlas, por no decir sueños, acerca del futuro del grupo familiar. Las tensiones pasadas habían dejado huellas en su equilibrio psíquico, de por sí bastante inestable. Si ya les era difícil un mínimo de armonía emocional con respecto a la Tierra. ¡Cuánto más les sería con respecto al cosmos infinito!

Dejarían las cepas de cultivos en el CEMIG y se irían con Abel, Esfínter y Escroto a un sitio desértico donde hubiera mucha arena, rocas y lava volcánica. Abel tendría alimentos en abundancia, y ellos, al contrario, deberían cultivarlos o comprarlos en algún *súper*... El Creador había sido más benevolente con esas criaturas. Estaban exentos de la necesidad de ganar el pan con el sudor de su frente. Parecía que no adquiría experiencia en eso de andar creando seres humanos. ¿Los crearía a tontas y a locas o cada especie humana sería resultado de una reflexión previa? ¿Qué significaba eso de *a su imagen y semejanza*? Si los humanos que se conocían hasta ahora dejaban mucho que desear, ¿cómo serían los que faltaba conocer?

En los universos por donde andaba Abel y su gente no habría nada que cultivar ni cazar. Todo lo que necesitaban —aunque no necesitaban nada— estaba al alcance de la mano, salvo por un solo detalle: si querían viajar por el espacio-tiempo, debían conseguir carbono. Estaba visto que nadie sería autosuficiente en el espacio. Para levantar vuelo, debían recurrir a la materia orgánica, fosilizarla, sintetizar el carbono y nutrirse de él. La expresión «levantar vuelo» no tenía sentido. Jamás habían estado en un cuerpo celeste. Ellos mismos lo eran. Nunca levantaban vuelo, sino que permanecían en vuelo. Por alguna razón desconocida, la fusión nuclear con que absorbían la energía de la materia no alcanzaba para viajar por el espacio. El carbono pondría en marcha un insólito metabolismo capaz de generar ingentes cantidades de energía. Una célula alberga más poder del que se creía.

Abel había sido un idealista de otros mundos. Un fuera de serie, un tipo que no seguía las pautas ni las seguiría jamás en ningún lugar del universo. Era uno de esos iluminados cuya conducta individual, si coincidía con las circunstancias de la historia, podía dar vuelta a un mundo entero aunque terminase en la cruz. El destino de Abel había sido el peor posible para un mesías: morir antes de ser crucificado.

Había querido implantar el reino del Bien a golpe de espada. Él decía que fue solo una vez y para matar a Caín. Creyó que con eso sería suficiente. No tenía, y ni siquiera la concebía, la astucia de los humanos terrestres para oscilar entre principios antagónicos. Matando al Mal, él debía ser bueno. No habría opciones.

Dios, más astuto, aplicaba la misma política del péndulo y fluctuaba entre uno y otro. Abel no podía lograr su quimérico objetivo y, además, conservar la vida. Por eso no temía morir. Sus sueños se prologaban más allá de su muerte. Creía que no era el único; que otros estarían soñando lo mismo que él. Tal era el destino de los idealistas. Claro que si los mesías murieran de muerte natural —la del Bien—, su existencia pasaría inadvertida. Lo que les daba la fama universal era la muerte violenta —la del Mal.

En la Biblia, el hermano envidioso y pecador asesinaba al bueno. Luego se arrepentía e intentaba cambiar de bando. Abel se habría preguntado: ¿Por qué el bueno tenía que morir a manos del malo? ¿Por qué no puede ser a la inversa? Sería un crimen más inteligente y no haría falta arrepentirse. Matar a Caín sería, después de todo, una buena acción. Ni en las puertas de la muerte habría comprendido Abel la paradoja del Bien y el Mal. Murió convencido de que su ideal era posible. A su manera, enfrentó al destino. ABC lo admiraba aun sabiendo que era un mesías frustrado y que nadie sabría nada de él. De haber futuro, Abel, un extraterrestre disidente, solo valdría como objeto de estudio.

Eso sí. Estaba muy atento a cuanto le rodeaba. Era como los niños, que escuchan todo lo que los padres creen hablar en privado. Comoquiera que fuese, su deceso les causó una profunda impresión. Más aún, cuando unos segundos antes, él mismo los responsabilizó.

Esa misma noche sucedió todo. Al regresar de la cocina, Genoveva y el coronel, luego de enviar el informe al general Vladimir, venían eufóricos por el buen resultado de los interrogatorios. En la Tierra, la esperanza ya no era solo una palabra. La pantalla del ordenador estaba oscurecida. Había quedado un texto escrito al que no le dieron importancia.

Sin quitarse el casco, Abel se puso de pie. Algo sucedía. Estaba inmóvil, con los brazos caídos al costado y la cabeza inclinada hacia el suelo. Los cables que lo unían al SESI no estaban tirantes. Había unas extrañas manchas redondas a sus pies. Era la primera vez que lo veían así. ABC, alarmado, se acercó para levantarle la barbilla y mirar el cuadrado rostro. La visión de sus facciones le causó un sobresalto. Su habitual cara de póker había desaparecido. Ahora era de desesperación. Los ojos parecían más grandes, más abiertos y miraban al vacío del espacio. Supuraban un líquido viscoso, parecido a la miel, que resbalaba con lentitud sobre el rostro y goteaba hasta el suelo. ¿Sangre? Imposible. Eran inorgánicos. ¿Lágrimas? Era la única explicación. Un cuerpo inorgánico, pero dotado de una ínfima dosis de emotividad, podría, en caso de un desequilibrio molecular, segregar alguna sustancia desconocida.

Quizás eran remanentes de todo el aceite que se bebió mientras estaba en el maletero, o quizás fuera una sustancia propia de ellos. No era el momento adecuado para analizarla. ABC, convencido de que Abel estaba llorando, se ubicó ante el SESI para dialogar. Genoveva, a todas luces preocupada, observaba en silencio. Abel estaba tieso y rígido. No se movió cuando ella le hizo señas de que se sentara. Parecía estar muy lejos de la Tierra.

—Abel... ¿Qué sucede?

—*Yo traidor.*

—¿Por qué lo dices?

—*He dicho cosas secretas.*

—¿A qué te refieres?

—*Informar a vuestro jefe.*

La directora y el coronel se quedaron pasmados. Salvo que sin entender nada, oyera el murmullo de voces y haya sacado conclusiones, sería cierto entonces lo que suponían; que oía y entendía las palabras. ¿Qué hacer ahora? No había excusas. Mejor dar la cara.

—Disculpa, Abel.

—*Vosotros engañar.*

—Perdona, Abel.

—*No buenos como Abel.*

— Fuimos buenos, pero no con Abel. Somos enemigos, ¿lo has olvidado?

—*Abel comprender, no servir.*

—El Bien nuestro puede ser el Mal de ustedes.

—*Abel comprender, no servir.*

— Perdónanos.

—*No poder perdonar.*

ABC le ofreció una pila nueva.

—Toma, Abel. Te hemos traído algo rico.

—*No algo rico. Abel morir.*

—¿Por qué dices eso?

—*Abel fracasado. Abel no matar a Caín.*

—¿Cómo es eso?

—*Si Caín matar Abel, Dios perdonar y humanos escribir Biblia.*

—¿Y...?

—*Si Abel matar Caín, hacer ridículo. Todos ríen y Dios también.*

—¡Hombre! ¡Qué va! No te lo tomes tan a pecho.

—*Dios no perdonar Abel.*

—¡No, Abel! Dios perdona a todo el mundo. Su negocio se basa en eso.

—*Dios reír Abel.*

—¿Reírse? ¿Por qué? ¿Qué has hecho?

—*Ser bueno.*

—¡Caramba! Eso es malo, Abel.

—*Dios castigar.*

—¡Hombre! ¿A quién le importa el perdón de Dios?

—*Abel sí.*

—¡Olvídate de Dios! ¡Él ya se olvidó de ti!

—*No olvidar.*

—Vivirás en la Tierra con nosotros.

—*No. Desaparecer.*

—Seremos amigos.

—*No. Estar solo.*

—Somos como tú: criaturas de Dios.

Abel guardó silencio. Alzó ligeramente el rostro y los miró con fijeza. En su extraña mirada había, esta vez, una tristeza desértica, profunda, inexplorada; una tristeza muy lejana, cósmica, galáctica. Abel entreabrió la boca, no estaba de adorno. ¡Por fin veían esa boca abierta! Pero no tenía dientes, era una simple línea divisoria como un buzón domiciliario. Abel, impasible, desamparado y con la boca abierta, los miraba. Había una pequeña bola entre sus labios. Brillaba y reflejaba la luz como las que ponen de artificio en las discotecas. En sus ojos había ahora una fatal decisión. Aterrados, ABC y Genoveva gritaron al unísono.

— ¡No, Abel! ¡No lo hagas!

Pero Abel lo hizo. Apretó la brillante bola con los labios. De inmediato, su chato cuerpecito de naipe se arqueó y enrolló sobre sí mismo. Una sorda implosión lo agitó. El cuerpo de Abel, la baraja, se estremeció en suaves, sucesivos y terribles espasmos. En menos de un segundo, pasó a ser un montículo de polvo en el suelo del CEMIG.

Desolados, Genoveva y el coronel se miraron sin poder creer lo que había pasado. El primer vínculo emocional con un ser extraterrestre había fracasado. La nobleza de espíritu de Abel no cabía en la Tierra, un lugar donde los mesías, inexorablemente, debían inmolarse.

La pérdida de Abel y la manera como se produjo los sumió en una desoladora perplejidad. De la enorme riqueza de cosas vitales que existían hacía unos segundos, solo quedaba un montoncito de polvo. Abel ni siquiera había comenzado la historia. Era como si Adán se hubiese desplomado sin siquiera echarle un vistazo a Eva. Claro, haciendo las cosas de esa manera, no serían de extrañar los resultados. Uno era de barro y el otro, de piedra.

Un tenebroso vacío inundó de repente la sala. Esfínter y Escroto olfateaban el montículo de polvo y gemían asustados.

Acongojados, informaron al general Vladimir que ya no contaban con su informante. Había muerto. El terrible silencio que reinaba ahora en el CEMIG solo permitía respirar.

Genoveva y el coronel no tenían nada que decirse. Desde el día en que se conocieron en el desayuno presidencial, pasando por el encuentro con Abel en el maletero, hasta el reciente desenlace, todo lo habían vivido juntos. La improvisada canción de cuna en medio del túnel estalló de súbito en sus mentes. Fue entonces, al verlo sumergirse en el arrullo de las voces humanas, indefenso como un niño, que comenzaron a amarlo.

Nunca pudieron considerarlo un enemigo. Trataban de convencerse de que los interrogatorios eran más curiosidad científica que otra cosa. Pero en su interior sabían, y eso los acongojaba al máximo, que haber presionado a Abel hasta arrancarle la información para salvar a la Tierra había sido como interrogar a un niño: una acción de inusitada hipocresía. Claro que era un niño con malvadas intenciones y no *importarle cuerno* sus protectores.

Inmersos ambos en un completo desconcierto, no tenían deseos ni siquiera de respirar, mucho menos de preocuparse del mundo. Ya lo habían hecho. Nada estaba ahora en sus manos, pero tenían pastillas somníferas. En silencio, tomaron una cada uno. El coronel cogió la silla de ruedas y se dirigieron al dormitorio. El silencio los aplastaba. Más aún al saber que no tendrían que estar atentos a lo que sucedía en el cuarto contiguo.

Despertaron tarde. El laboratorio estaba solitario y silencioso como todos los días, pero esa mañana, si es que era de mañana, parecía más solitario y silencioso que otras veces.

El coronel, renovado y deseoso de alegrar a Genoveva, saltó de la cama. Se le ocurrió agasajarla con un magnífico desayuno. Lo de «magnífico» sería ilusorio. Solo quedaban bizcochos de avena y leche en polvo. Ni azúcar, ni mantequilla, ni café, ni mermelada. Pero un coronel de fantasía, romántico y emprendedor, no se iba a desanimar por eso.

Genoveva, que se había acostumbrado a bastarse a sí misma desde hacía muchos años, no era propensa a desayunar en la cama. Su peculiar conformación física tampoco le era favorable para un momento de tanta intimidad. Así que se alegró sobremanera al ver a su organismo biológico favorito entrar en el dormitorio llevando una bandeja con el desayuno. No era una exquisitez lo que había en la bandeja, pero serviría para alegrar el ánimo más que el estómago. El coronel, tras buscar en Internet la imagen de una rosa, colorida, animosa y con espinas, se las ingenió para imprimirla. La recortó con cuidado, la roció con una gotas de L'Homme de Ives Saint Laurent y la colocó en la bandeja. La sensiblera doctora estaba conmovida. Tanto, que una vez terminado el desayuno y retirada la bandeja, olvidó sus pesares para abrazarlo y rodar juntos por el lecho.

A la expectativa de que algo sucediera entre ellos, se olvidaron de todo, menos de que estaban enamorados. Había necesidad de un gesto que inaugurara ese día. Un acto solemne, un sello que rubricara el contrato de amor que, párrafo a párrafo, habían estado escribiendo y esperaba la firma. Esa mañana estaban libres. La misión de salvar la Tierra estaba cumplida.

Todo descansaba ahora en Vladimir y los carcamanes del EMC. Pero Genoveva, frente a la inminencia de un acercamiento físico, volvía a sentirse avergonzada. Tendió una mano a ABC y se incorporó con su ayuda. Torpemente, dijo unas palabras más torpes aún.

—¿Quieres jugar al SESI...?

ABC no respondió en seguida. Ella estaba ahora, por decirlo así, sentada en la cama y se mantenía erguida sobre los muñones. El desgreñado cabello negro contrastaba con una expresión de desvalida doncella en su noche de bodas. Vestía un coqueto pijama de satén que dejaba ver una parte de sus caderas diferentes. ABC aspiró las fragancias que la rodeaban, el aroma del despertar y el aliento de sus entrañas. Ella, de dentro o de fuera, olía a mujer hermosa. ABC ya no temía a ese cuerpo, temía al suyo. Era el cuerpo de Genoveva y no lo comparaba con ninguno. Ni falta que hacía; no había dos iguales. En esa época de abundancia de extraterrestres, se le antojaba que ella también lo era. Provenía de un planeta liso y llano como una bola de billar. En un lugar así, las piernas no serían necesarias y sus habitantes nacerían con ruedas en lugar de piernas. ABC comprendió entonces la singularidad del cuerpo de Genoveva: era una extraterrestre. Estiró la mano y acarició con suavidad las redondeces que el pijama dejaba a la vista. Nada de huesos o músculos, pura carne flojita y tierna.

ABC, dispuesto a acometerla como un gorila, sentía en su entrepierna el llamado de la selva, tres cuartas partes de ternura y una de lujuria. Pero las proporciones debían ser a la inversa, según el mandato de la Naturaleza. El miedo a perder la erección, justo en el asalto de la caballería, lo venció de nuevo. No era el momento. Respondió:

—Vale, cariño mío... Juguemos.

Estaban solos. Esfínter y Escroto andaban dando vueltas por el complejo.

—No te levantes. Traeré el SESI a la cama.

ABC fue a la sala de estar. En silencio, para no ser oído por Genoveva, recogió las cenizas de Abel y las vertió en un pequeño táper de cocina. Indeciso, lo guardó en la nevera.

Regresó con la consola de juego y los cables. Ella, todavía un poco sorprendida, se quedó encantada con la innovación. ¡Jugar al sexo virtual en la cama! ¡Qué guay!

El coronel apagó la luz. La suave claridad de la habitación contigua era suficiente para colocarse los equipos. Con discreción, se introdujo en la cama contigua. No debían verse ni tocarse. Para estar igual que ella, se sentó sobre la cama en la postura del buda.

Guardó para sí el casco recortado y le entregó a ella el otro. La sombra de Abel revoloteaba por el dormitorio, pero ya no le hicieron caso. Ahora eran también alienígenas.

—¿Listo, cariño?

—Listo, cariño.

Ya estaban diseñadas las parejas. Se zambulleron en un torbellino de amor, sexo, concupiscencia y desmedida lujuria. El caballero de la chaqueta impresa y la sirena de tacones volvieron a encontrarse. La misma camisa vuelta a rasgar, las mismas escamas doradas, los ojos negros, las gafas italianas. No faltaba nada. El caballero fue violado de nuevo por la impetuosa sirena. Sus ropas quedaron hechas jirones en el verde césped que rodeaba la vertiente.

No tuvieron en cuenta que en el Estado Mayor Conjunto de la Tierra se estaba decidiendo la suerte del planeta. Tampoco consideraron que en otras partes del mundo, militares, pilotos, mecánicos, ingenieros, controladores, informáticos, todos apurados, enloquecidos y frenéticos, iban de aquí para allá preparando los aviones para librar la batalla de la especie humana.

Ni siquiera repararon en el tiempo. Pero la Tierra no entiende de las cosas del querer, y tampoco puede prescindir de su amado Sol, así que continuaba girando. Por fin, un poco turbados, esquivando sus miradas, hicieron un alto para todo lo que faltaba: orinar, comer, beber, lavarse, revisar el correo y accionar el piloto automático del CEMIG.

Ella permaneció en la cama. Se estaba acostumbrando. ABC, entumecido por su postura, se alegró de estirar las piernas. Preparó la comida, un plato congelado de lentejas con chorizo calentado en el microondas, un trozo de pan, agua y leche.

El postre lo buscaron en el mismo universo digital del que venían. Volvieron a sumergirse en el juego, alejados de toda realidad. Esfínter y Escroto, resignados a pasarse el día recorriendo el complejo de arriba abajo, retornaban cada tanto de sus correrías y contemplaban el insólito espectáculo. Dos humanos, cada uno en su cama y a su manera, gemían y gritaban en medio de tremendos espasmos y contracciones. Llevaban puesto un casco que les cubría el rostro, pero los perros sabían quiénes eran. Uno era el de su querida ama; el otro, el malvado que les quitaba buena parte de su cariño. Escroto y Esfínter se miraron, hicieron un gesto de resignación y se volvieron para dar otra recorrida...

Supieron de la existencia del tiempo cuando volvieron a sentir hambre. Sería de noche. El coronel se levantó en medio de la tenue penumbra y volvió a ponerse la misma bata descartable, trajo la silla de ruedas al costado de la cama, encendió la luz, besó a su amada en los labios y, con infinita ternura, le dijo:

—Iré a ducharme.

—Vale, cariño. No demores. Yo también quiero una ducha. Estoy fresca, pero hedionda. Las sábanas están hechas un asco, pero brillan de amor.

Aún quedaba una lata de atún, otra de maíz desgranado, una ración de lentejas con chorizo, el último trozo de pan, agua, leche y pienso para perros...

Última Parte

26 - Octubre 20, 2101... Planeta Azul

El 20 de octubre de 2101 tendría lugar la primera batalla por la supervivencia de la especie humana. Casi nada. No había oro, petróleo, uranio, territorios, cursos de agua u otras riquezas en disputa. Tampoco se podía decir que la Tierra estuviera atrapada en un agujero negro. No era ella la cautiva, sino sus habitantes.

Pero lo que estaba en juego era muchísimo más. Nada menos que liberarse del pesado yugo que el Creador le había impuesto al hombre: trasladarse de la Tierra a Marte y de Marte a la Tierra una y otra vez, arrastrando la tecnología adquirida, para comenzar de nuevo en cada ocasión. Debían cultivar la vida y la biodiversidad, volver fértiles las tierras estériles y reponer alrededor de cada planeta la atmósfera perdida en los saqueos. El peor suplicio del universo. ¿Qué mente que no fuera divina podría pergeñar semejante tormento?

¿Y todo para qué? Para que cada miles de años, los humanos preferidos de Dios —los *Devoradores de Planetas*—, volvieran a desalojarlos; devastaran la vida, se surtieran de carbono, dejaran un desierto, y obligaran a los licenciosos humanos a regodearse con el sexo para revivir su especie y comenzar un nuevo ciclo. Desde el mismo instante en que le dio la vida en Marte, Dios tuvo temor de la inteligencia y la soberbia del hombre... y también, la de su peligrosa compañera.

Los *Devoradores de Planetas* arrasaron Marte y los obligaron a exilarse en la Tierra para que comenzaran de nuevo. A lo de... *ganarás el pan con el sudor de tu frente*, le seguía... *y proveerás de carbono a mis hijos predilectos.* Tales eran los deseos de Dios.

Se comprenderá, pues, que la batalla en ciernes no era moco de pavo. No sería una contienda ni una guerra entre mundos, como se veía en las películas. Sería la ofensiva del hombre contra su Creador; del esclavo contra su opresor. La batalla de la supervivencia; de la emancipación del yugo; de la libertad.

A las cuatro de la mañana, los generales, que no ocultaban su nerviosismo, estaban reunidos alrededor de la vieja mesa de ceremonias. Pese a estar bastante destartalada por los ultrajes sufridos, se erguía gallarda y orgullosa para cumplir su misión de guerra. La tensión crecía a medida que la fecha se aproximaba. Bebían un café tras otro y se atiborraban de pastelillos de crema, que reclamaban a cada rato. El comandante supremo evitaba asistir a los debates para que discutieran con libertad y no se cohibieran con su presencia. Recluido en su habitación del refugio, el general Vladimir Sergéevich Popov, privado del amigo ecuestre, solo estaba acompañado de su vodka favorito. En solitario, se enfrentaba al destino que su alto cargo le había reservado. De sus decisiones dependía el futuro de la especie humana, pero solo la de la Tierra. Después de todo —reflexionaba—, los humanos, hastiados de luchar entre sí, tendrían que hacerlo ahora también contra otros humanos: los del espacio. ¿Sería verdad que fueron creados para que se destruyan mutuamente? ¿Sabría el Creador que esa conducta los llevaría tarde o temprano a la extinción total? ¿En eso consistía su proceder? Así lo pintan en la Biblia: un rencoroso padre que sacrifica a sus hijos para no ser destronado por ellos.

Vladimir, acongojado, comprobó con cuanta fidelidad los políticos imitaban a Dios. Ambos, con su discurso de libertad y bienaventuranza futura, no hacían más que predicar a los pueblos de la Tierra que se dejaran manipular. Y que esa era la razón de su existencia.

Los generales, en todas las reuniones habidas hasta el momento, revisaban sus notas, las comentaban y volvían a revisarlas. Poco a poco, las dudas se aclaraban y el plan de acción tomaba forma definitiva. Siguiendo la misma táctica que empleaban los alienígenas para la recolección de sus cosechas, la esfera terrestre fue dividida en cuatro sectores o husos esféricos de 90°. El primer sector comenzaba a partir del meridiano 18° E, que incluía las islas Canarias, el continente europeo, África y el Cercano Oriente. Ese sector sería el designado para la ofensiva. La inteligencia militar preveía que sería allí donde más tiempo se detendrían. El detalle tenía su importancia estratégica. Un minuto extra de acción de los cazas podía significar más de un millón de disparos.

El horario del ataque había sido elegido acorde con los hábitos de los alienígenas. Sería poco antes de la puesta del Sol. Cada atardecer, las cuatro naves —seguiremos llamándolas así— recorrían el planeta para recoger la cosecha del día y se ubicaban cerca de la Tierra. Conformar el tubo de fotones y ejercer luego una poderosa fuerza de succión para devorar a las víctimas debería de consumir una buena cantidad de energía. Hacerlo a baja altura significaría un gran ahorro. El enemigo, por otra parte, era muy metódico a la hora de la recolección. Comenzaban siempre desde el norte e iban descendiendo. No se sabía la razón por la que preferían el horario del crepúsculo ni por qué empezaban en el norte. Pero ya no había tiempo para averiguarlo. Después de todo, opinaban los estrategas, la portentosa visión de ellos precisaría de un mínimo de luz o, bien, podrían tener alguna percepción del campo magnético de la Tierra, o bien, les gustaba más proceder de una manera y no de otra.

Desde el punto de vista estratégico, planificar la operación Planeta Azul resultó bastante sencillo —se trataba de ataques aéreos sobre un blanco enorme y sin desplegar armas tácticas—, pero desde el punto de vista logístico, no lo fue tanto. Pese a la buena calidad de los traductores automáticos, la diversidad de idiomas constituyó la principal dificultad. En los refugios no había intérpretes especializados en todas las lenguas. En un operativo militar de tanta importancia, las órdenes debían ser entendidas a la perfección. Una sola letra errónea, una coma mal puesta, un plural innecesario, podría hacer fracasar todo. Muchas diferencias se habían resuelto unificando formularios diseñados para diferentes idiomas, tal como se estilaba en las oficinas de la Unión Europea. Los generales del EMC debían dominar, como mínimo, tres de las seis lenguas oficiales de la Naciones Unidas. Eso ayudaba bastante.

Siguiendo las instrucciones impartidas por el comandante, las reuniones estratégicas se hacían en los sótanos de los refugios, a puerta cerrada, en total oscuridad y en voz baja.

La posición de las naves enemigas, en el momento del ataque, no presentaba dificultades. Los satélites en orbitas polares no les perdían pisada. Por otra parte, eran tan grandes, que el piloto de un avión las percibiría ni bien se elevara sobre el horizonte, aunque no estuvieran a la vista desde tierra.

El crepúsculo acompañaría a la rotación de la Tierra y ellos no podrían estar en todos los sectores a la vez. Comenzaban en un meridiano unos minutos antes de la puesta del Sol y, al anochecer, terminaban en el contiguo. En total, empleaban veinte minutos en cada sector. Lo mismo que demoraba el Sol en pasar al siguiente huso horario.

Desplazándose hacia el oeste, en dirección inversa a la de la Tierra, siempre tendrían luz solar. Ese punto fue analizado a fondo. Los estrategas coincidieron en no darle importancia.

—Si ellos pueden volar hacia el oeste, pues nosotros también.

A juicio de militares, la organización social de esta especie humana de extraterrestres —que sumaba o restaba energía— era fascinante. Como quien esculpe una estatua, ellos esculpían la luz. Utilizaban los fotones como si de ladrillos se tratara.

Pero también, por otra parte, no eran una especie manufacturera como los de la Tierra, que construía cosas. No precisaban barcos, herramientas, aviones, automóviles, cocinas o lavadoras. Tampoco, por razones obvias, radares o equipos de visión nocturna. A diferencia de los terrícolas, ansiosos por distanciarse de la Naturaleza, ellos no se aferraban a grandes templos o imponentes pirámides. Toda su civilización se basaba en el uso colectivo de la propia energía, que sumaban, restaba o combinaban, según lo requirieran en cada situación. Eran laboriosas abejas del espacio, y todas, sin excepción, hacían miel. Las de la Tierra cedían su energía a la reina y las del espacio, al *jefe*. Ambas especies estaban emparentadas por una estricta conducta común. Claro que tampoco había vida individual: las abejas y ellos eran prisioneros de la especie. Quizás, el único disidente en milenios había sido el infortunado Abel. Pero, cada tanto y en todas las especies, era necesario uno. Si así no fuera, las abejas —y el resto de la biomasa— se preguntarían: ¿Qué estamos haciendo?

Miles de años atrás, los humanos de la Tierra habían lanzado un estentóreo grito de libertad que no pasaría de un estentóreo grito. Creyeron que diversificando sus conductas serían libres, pero solo expandieron las rejas de una prisión que contenía todas las conductas.

—En el perverso juego de la existencia —decía también la doctora Genoveva—, Dios era el más astuto. Nunca perdía el control. Las especies humanas, diseminadas por el universo, eran prisioneras del nefasto destino que las unía: destruirse mutuamente.

El metabolismo de los *aliens*, pequeños reactores nucleares, era inverso al de los terráqueos. En estos, los compuestos orgánicos daban lugar a desechos y la evolución les complicaba las cosas. Debían construir gigantescas redes de alcantarillado y plantas de tratamiento de residuos. Eso, sin contar cuánto tiempo de su vida trascurría en los lavabos. Los *aliens,* en cambio, obtenían la energía de la materia inerte y consumían una ínfima parte. No había desechos y tampoco baños. Quizás fuera aburrido, pero a todo era posible acostumbrarse.

La energía liberada de cada pequeño reactor nuclear, sumada a la de millones de ellos enchufados, debía ser colosal. Tanto como para volar por el espacio en línea recta sin tener en cuenta la gravitación universal u otras leyes cósmicas. *Ellos* iban donde les daba la gana.

Eso sí. Necesitaban, cada tantos miles de años —todo dependía del consumo—, reabastecerse de una especial energía que solo la proporcionaba la materia orgánica. La Tierra era un excelente botín. El carbono, que ya era fundamental para la vida orgánica, ahora resultaba serlo también para la inorgánica.

¿Que cómo hicieron para infectar la atmósfera de la Tierra? ¿Que de dónde salió la nube de *Unquadnilio*? Pues, según constaba en los informes del CEMIG, era muy sencillo: lo sumaban o restaban todo entre ellos. En baja concentración, el *Unquadnilio* estaba presente en sus cuerpos. Simplemente, tal como hacían con la energía, se lo pasaban de uno al otro y aumentaba su toxicidad. El sistema de enchufe funcionaba para todo y en ambas direcciones. El *Unquadnilio,* cuando llegaba al final de la espiral, que era también el principio, sería lo bastante virulento como para desarmar el ADN y diezmar la Tierra. El jefe solo tenía que expeler su mortífero veneno. Y lo más probable sería que lo hicieran por la boca.

Los tubos de fotones y la *bacteria* emergían del centro de las naves. A su vez, los fósiles ingresaban por el mismo lugar. Todo lo que entraba o salía de la nave pasaba por la boca del jefe. La temperatura alcanzada en ese instante sería suficiente para transformar los fósiles en energía. Sus conductas colectivas, arrollados en forma de naves, serían distintas de las individuales. Ellos reproducían, en milésimas de segundos, un proceso similar al de la gestación del petróleo, que en la Tierra necesitó de millones de años. El jefe lo era todo: el capitan, la sala de máquinas, el timón, la caldera y el computador. La sustancia tóxica que los *alienigenas* arrojaron a la atmósfera de la Tierra desde el cielo de Madrid no era otra cosa que la suma de sus propias secreciones. Por suerte, dirían algunos, eran inorgánicos.

La operación Planeta Azul, luego de seis minutos de continuos disparos, comenzaría y concluiría durante el crepúsculo. Los humanos de la Tierra habían sumado también sus fuerzas. La malherida humanidad se las había arreglado para organizar una embestida con los recursos que pudo reunir. No había más aviones que los disponibles. Habría sido demoledor un ataque en los primeros días, de haberse sabido lo que se sabía ahora.

Cuando comenzaba el atardecer en Europa, ellos iniciaban su recorrido. También era la región en la que más tiempo invertían en recoger el botín. No había razones para suponer que justo el día del ataque, cambiarían de táctica. Los aviones de los países alejados se fueron trasladando a las bases europeas. Volaban desde América o Asia hacia Europa y eran abastecidos en el aire. Estos vuelos, a la vista de los extraterrestres, también servirían, como bien dijera el general Vladimir, de distracción para que los enemigos se acostumbraran a verlos y no sospecharan la inminencia de una acción ofensiva. Los estrategas militares estimaban que la arrogancia dominaba a los *aliens*. Estarían convencidos de que en unos días más terminarían de exprimir por completo la Tierra. Si antes habían devastado Marte con éxito, debían creer ahora que los humanos de la Tierra también estarían inermes ante el *Unquadnilio*.

El personal civil y militar, provisto de mascarillas húmedas, trabajaba con heroísmo e intensidad acondicionando los aeropuertos europeos. Salvo los comestibles, había existencia del resto de insumos.

Los cazas de la flota de Estados Unidos y Canadá, los del área del Pacífico y los de China, India e Irán fueron concentrados en los aeropuertos españoles y de otros países de Europa. En España se eligieron las bases de Zaragoza, Cuatro Vientos y Talavera la Real; en Italia, la Base Aérea de Aviano; en el Reino Unido, la Base Aérea RAF Mildenhall y la RAF Lakenheath; en Alemania, la Base Aérea Spangdahlem y la gran Base Aérea de Ramstein, que también sería desinada como Centro de Operaciones.

La guerra estallaría sobre el continente europeo, que ya había sobrevivido a muchas. Al atardecer del día señalado, las *naves* enemigas descenderían sobre Europa y el norte de África. Si la orden no era dada en ese momento, el ataque se postergaría para el día siguiente, lo que representaría una desventaja, porque el siguiente ciclo horario estaba lejos de las bases.

Los cazas estacionados en los portaviones quedaban de reserva para el caso de que alguna *nave* no estuviera en condiciones de operar. La estrategia imponía tener en cuenta todas las alternativas. Una *nave* alienígena, eventualmente herida, podría sufrir, al pasar al siguiente huso horario, una segunda acometida por los cazas que despegarían de los portaviones.

Se decidió operar a mayor altura que las naves y disparar por encima de ellas. Los motivos eran importantes. Los cazas, lanzados en picada, podían hacer un rizo en vuelo, un *looping*, para volver a tomar altura y disparar de nuevo. En cambio, cabía la posibilidad de colisionar con los conductos de luz si los aviones hacían fuego desde abajo. El efecto del choque de un objeto material con un cuerpo lumínico se desconocía por completo y no era ese el momento de averiguarlo. Todos los alienígenas, para ejercer una poderosa succión en el interior del tubo, chuparían a través de la boca del jefe, como si de un sorbete se tratara. Un avión, interpuesto en un conducto de esas características, podría quedar, *prima facie*, completamente destrozado. Otro motivo, no menos importante, era que si la nave atacada caía a tierra de plano, su enorme tamaño no daría tiempo de escapar.

El ataque debía ser fulminante. Había que producir numerosas bajas para interrumpirles el suministro de energía y demorar, aunque fuera por unos segundos, su capacidad de reacción. Los estrategas no esperaban respuestas por parte del enemigo. No solo parecían carecer de armas sino también de capacidad o de actitud defensiva.

Era probable, decía el coronel ABC en su calidad de agente especializado en vida extraterrestre, que nuestra civilización sea mucho más antigua de lo que se

cree. Si la creación de la vida había comenzado en Marte, los humanos que lo habitaban se habrían sorprendido ante la llegada de los *Devoradores*... como los mayas
y los incas ante la de los españoles.

De seguro, para colonizar la Tierra, se habrían valido de una orden de Dios.
Fuera cierta o falsa, era un truco infalible. Luego de sus discursos intimidatorios,
habrían expulsado el *Unquadnilio*. Los humanos de Marte, altamente desarrollados
para entonces, al verse envueltos en una conflagración semejante, debieron haber
optado por enviar uno o dos vehículos tripulados a la Tierra para salvar la especie.
Claro que por más tecnología que trajeran consigo, en la Tierra había que empezar
todo de nuevo. Eso explicaría la aparición del *homo sapiens* y los asombrosos conocimientos de arquitectura, matemáticas y astronomía de las antiguas civilizaciones de la Tierra.

Quizás sean Marte y la Tierra los únicos planetas con carbono o, por lo menos,
los más próximos entre sí. Por lo que se sabía, el universo de donde provenían los
Devoradores... estaba más cercano a la Tierra y a Marte que del posible siguiente
planeta sospechoso de contener carbono. A los alienígenas no les importaba un
cuerno que los terrestres fueran más civilizados. La cultura, la ciencia y el arte no
formaban parte de sus intereses. Ellos poseían el *Unquadnilio* y, por lo tanto, eran
dueños y señores de toda vida orgánica. Sus vasallos terrestres, quisieran o no,
tendrían que proveerlos de carbono. Aunque, pensándolo bien, devoradores de
civilizaciones no faltarían en el universo.

—¿Qué se creen estos cretinos? ¿Que somos idiotas? ¿Que debemos servirles el
carbono en bandeja? —Quien así vociferaba era la enardecida general Marjorie
Esther Andrews— ¿Se creen que tenemos que pasárnosla entre Marte y la Tierra
trabajando a lo bestia para que los hijos de puta vengan a quedarse con nuestro
esfuerzo? ¡Pues a darles por el culo, señores!

Al atardecer del día 20 de octubre de 2101, el general de división Vladimir Sergéevich Popov, comandante en jefe del Estado Mayor Conjunto de la Tierra, dio la
orden de ataque. Las condiciones, tal cual estaban previstas, se presentaban favorables. Las naves enemigas, dispuestas a efectuar su rapiña diaria, estaban situadas
sobre el continente europeo y el norte de África. Habían comenzado a perder altura
y de su centro se estaba formando el globo de luz. Era el momento de cambiar la
historia. La Tierra se la jugaba a todo o nada.

Una nave sobrevolaba el norte de África; otra, Rusia, y las dos restantes, la península escandinava y el resto de Europa. La orden fue dada. Los aviones ya estaban con las turbinas rugiendo a pleno, despegaron de sus bases, treparon por la
atmósfera y se ubicaron encima de las tres europeas. En el punto de máxima elevación previsto, los pilotos programaron los cañones en disparo automático y se lanzaron en picada sobre el enorme objetivo.

Los terribles conductos de luz ya se habían desplegado y apuntaban a los lugares de concentración de fósiles. Parecían ajenos a la que se les venía encima. En
ese instante, un diluvio de balas comenzó a caer sobre las naves. Estas se estremecieron. Encima de cada una, 48 cazas de última generación, formados en escalo-

nes, disparaban sin cesar casi 300 000 balas por minuto: una torrencial catarata de plomo.

Se podían ver las bajas sin esforzarse mucho. Eran como manchas blancas que los impactos dejaban en la oscura superficie. Iban en aumento; tendían a agrandarse y aparecían por todas partes. Todos los disparos hacían blanco. El efecto se iba extendiendo. No aparecían de forma ordenada siguiendo las líneas de la espiral, sino dispersas en toda la superficie. A juicio de los estrategas, que observaban desde el refugio, no parecía ser un detalle de importancia. El único objetivo de los ataques era desenchufar alienígenas, dondequiera que se encontraran, y eso se estaba logrando. Los efectos de tanta cantidad de disparos debían ser demoledores. Los enchufes se cortaban. Las gigantescas naves se sacudían, pero no se movían de donde estaban ni intentaban huir. El primer resultado de los ataques fue el repentino apagón de los tubos de fotones que se retrotrajeron de inmediato a su lugar de origen. La cosecha de fósiles había sido interrumpida. La Tierra se anotaba un punto.

Los abnegados *zombies* que esperaban ser recogidos en tierra miraban hacia arriba como desconsolados pasajeros que habían perdido el avión. Las naves, encerrándose en sí mismas, como una tortuga en su caparazón, aguantaban la acometida de los terrícolas. No parecían alarmadas por las bajas. Lo importante para ellas serían los enchufes.

Los cazas llegaban al punto más bajo sin dejar de disparar. A un paso de estrellarse, interrumpían el fuego, hacían un *looping*, tomaban altura y volvían a caer en picada disparando sin interrupción. Las manchas blancas aumentaban y se diseminaban por la inmensa superficie. Los desmenuzados cuerpos inorgánicos caían a tierra como un fino polvillo. Los rayos solares del crepúsculo reverberaban en ellos y los teñían de reflejos dorados. Un espectáculo sobrecogedor. Una lluvia que no era de balas ni de agua, sino de polvo dorado de alienígenas se abatía sobre la Tierra. Numerosos enchufes se habían cortado. El flujo de energía se topaba con espacios huecos. La suma se había interrumpido.

Las naves se sacudían, pero seguían inmóviles. Estaban perdiendo energía a pasos agigantados. Los militares no se extrañaban de su actitud pasiva. Ya se sabía que no tenían armas. Parecían indecisas. Los sucesivos cortes del suministro les habrían impedido actuar con la rapidez y velocidad habituales. La acción militar estaba funcionando. El enemigo más destructivo que conociera la humanidad, era vulnerable. Los impactos desarmaban su estructura molecular. El polvo de sus cuerpos semejaba una cascada de arena sobre la tierra de la Tierra.

En el refugio del EMC, los generales no perdían detalle. Los cazas llevaban una cámara que registraba los disparos, mostraba sus efectos y, en el acto, enviaba el informe. Algunos comenzaron a aplaudir y a gritar ¡hurra! Otros conservaron la compostura.

La general Marjorie Esther Andrews, luego de su enardecida arenga, había caído presa de una encarnizada furia guerrera. El permiso solicitado al comandante Vladimir para incorporarse a la flota de ataque de su país le fue concedido de inmediato. Sin muchas más diligencias, obtuvo también el mando de un caza. Nadie sabía cómo iría vestida para el combate, pero todos coincidían en que las bragas, los labios y los calcetines rojos, cumplirían la misión de erigirse en el estandarte que guiaría a las huestes de la Tierra hacia la victoria.

Tras cuatro minutos de incesantes disparos, las sonrisas comenzaban a desdibujarse. Por un lado, la formación escalonada no había resultado muy efectiva. Al ingresar los aviones a un círculo perfecto como eran la naves, los disparos de la periferia se perdían hasta tanto el círculo no se fuera agrandando. En el punto medio de la *pizza,* donde el diámetro alcanzaba su máxima anchura, entonces sí que eran efectivos, aunque algo escasos. Al inicio sobraban balas y, al promediar el vuelo, faltaban; para luego volver a sobrar. No obstante, los efectos del ataque eran importantes y estaban a la vista. Las numerosas manchas blancas sobre la oscura superficie y la conducta vacilante, que contrastaba con su habitual insolencia, daban cuenta del daño sufrido.

Pero, por otro lado, y eso era lo peor, las naves habían cambiado de apariencia. Se volvieron transparentes. Igual se producían bajas, pero ya eran escasísimas.

Demasiado tarde comprendieron en el EMC la astuta estrategia de los alienígenas. Los generales se explicaban ahora el motivo por el cual, puesta la nave de canto sobre una ciudad, los rayos del sol incidían oblicuamente y atravesaban la estructura. Ellos, sin perder la formación en espiral y sin dejar de enchufarse, giraban sobre sí mismos y, de plano como estaban pasaban a ponerse de canto. Dado su diminuto espesor, en esa postura se volvían casi invisibles para los pilotos. La gigantesca espiral dejaba un abundante espacio libre en cada espira. Pasaban la luz y las balas. La superficie de las naves, sin haber perdido aún nada de su diámetro original y acusando muchos impactos de bala, era vacío, aire, atmósfera terrestre. Los proyectiles seguían de largo y llegaban a la Tierra. Pero no había nadie debajo. Tan solo unos pocos impactaban al azar en un blanco de menos de cinco centímetros de espesor. Ya era tarde para cambiar la formación o el estilo del ataque. El tiempo de acción había vencido. Las municiones fueron disparadas y el combustible se agotó. Los aviones debían regresar a sus bases. Las naves continuaban en el aire. Maltrechas, pero en el aire. No era fácil voltearlas. Los aplausos callaron y fueron reemplazados por exclamaciones de sorpresa al ver la reacción de los *aliens.* Las tres naves que estaban sobre el norte de Europa y de Rusia habían sufrido devastadores ataques. Pero continuaban en el aire. A los bandazos, pero en el aire.

Entonces, otra maniobra de los alienígenas sorprendió a los estrategas. Ni bien los aviones terrestres abandonaron el espacio para regresar a sus bases, volvieron a su estado anterior. Puestos otra vez de plano, comenzaron a enchufarse. Las manchas blancas desaparecían. Los cuerpos se buscaban para acoplarse: cada uno recibía el contacto del que le precedía y ofrecía el suyo al que le sucedía. La nave, ahora compactada, conservaba la conformación en espiral, pero su diámetro se había reducido. Era mucho más pequeña, pero la energía volvía a circular. Cientos de miles de sobrevivientes se habían enchufado de nuevo. Según estimaciones, de los 100 kilómetros originales de diámetro, habrían sufrido una merma de más o menos un 30 %. No era poco, pero aún se mantenían en el aire y en condiciones operativas. Realizaron algunas maniobras de elevación y descenso como si quisieran verificar su estado. Su capacidad continuaba igual, pero su ritmo se volvió más lento y pesado. Ya no eran las mismas. Carecían de esa jovialidad operativa del principio, pero seguían en el aire y no cejaron en su cometido. Los conductos de fotones, sin la celeridad de otras veces, comenzaron a formarse en sus entrañas. La incipiente bola de luz parecía bastante perezosa. El conducto demoró en apuntar hacia la Tierra. Avanzaba más despacio. Tras algunos minutos, llegó al sitio del encuentro. La interrumpida cosecha fue reiniciada. El carbono era lo más importante. Las bajas sufridas no les afectaban tanto como era de suponer. Eso sí. Hacían todo más lento. Los fósiles eran succionados con parsimonia, pero se los llevaban igual.

Se sabía, gracias al informe del CEMIG, que eran asimilados ni bien cruzaban el orificio central. La temperatura en ese punto debía ser elevadísima para descomponer el carbono y distribuirlo de inmediato entre los millones de *aliens* que aún quedaban en acción. Una gigantesca mesa en la que todos comían al unísono.

En la Tierra, muchos *zombies* aguardaban turno en los lugares de recogida. Parecía que, a diferencia de su habitual pesadez, se agitaban inquietos. ¿Temerían, acaso, ser abandonados?

Algo se había ganado, pero no quedaban más ases en juego. Tres naves habían reanudado su macabra tarea. ¿Tendrían noción de lo ocurrido? ¿No preveían que el ataque podría repetirse? Era posible que, después de todo, la conjetura de los estrategas acerca de su escaso coeficiente intelectual fuera acertada. Actuaban como un animal, que luego de ser castigado, volvía a comportarse igual. Ellos tenían una meta fija y estaban seguros de conseguirla. Nada de lo que podía ocurrirles mientras tanto les alteraría el ánimo.

Los ataques, en su objetivo primordial de voltear siquiera una sola nave, habían fracasado en tres de las cuatro. Seguían operativas y solo se ganó un poco de tiempo. Algunos fósiles quedarían sin recoger ese día, pero volverían al siguiente. Quizás se podrían reabastecer los aviones o recurrir a las flotas apostadas en los portaviones.

En cambio, el impacto psicológico sobre la sufrida humanidad había sido tremendo. Equivalía a una victoria. La Tierra había mostrado los dientes y algunos puntos fueron anotados. El alicaído ánimo de los terráqueos se había encendido de fiereza. Algunos generales entusiastas querían planear de inmediato otro ataque para el día siguiente. Los más mesurados aconsejaron paciencia. La operación Planeta Azul aún no había terminado.

La cuarta nave revoloteaba sobre el mar Mediterráneo, Grecia, Sicilia y el norte de África. Cuando planeaba sobre territorio argelino, fue atacada por los aviones que despegaron de las bases de Italia y España. Era la *jefa*, la de Abel, la que había oscurecido Nueva York y lanzado el *Unquadnilio*. Le correspondía a la Fuerza Aérea de los Estados Unidos, que estaba al mando del general Franklin Russeldof

Honoré, *el Zorro del Espacio*, según lo apodaron los historiadores. Este astuto militar se había preocupado de desarrollar, con la ayuda de sus ingenieros informáticos, un procedimiento de disparos guiados por computador. El sistema había dividido la superficie de la *pizza* en tantos sectores radiales como aviones tenía a su cargo. A cada uno le asignó un código que correspondía a un área de ataque. En la acción militar, los cazas se lanzarían también en picada, pero no dispararían a mansalva sobre el enorme blanco, sino sobre las áreas programadas, según el código de ataque de cada uno. Los disparos serían ordenados siguiendo la conformación de la espiral. Cada cañón de la escuadrilla comenzó a hacer fuego guiado por el sistema, y apuntaba al lugar del radiante que le correspondía. La aplicación seleccionaba también los blancos según la estrategia elaborada por el equipo informático del general Franklin Russeldof Honoré. El primer disparo impactaba en un enchufe, luego se interrumpía y dejaba un espacio libre. El próximo pulverizaba el siguiente enchufe. Una bala, un enchufe; un espacio en blanco; otra bala, otro enchufe. Cada disparo estaba separado del anterior por una fracción de segundo equivalente al cuerpo de un alienígena visto de plano. Uno era desenchufado, el otro quedaba a salvo, pero el siguiente caía y así sucesivamente. El taimado general dedujo que si las naves tenían tan solo cinco centímetros de espesor, los cuerpos solo podían estar enchufados de plano. Entonces había ideado la maniobra de impactar en un cuerpo si y en el otro no. Así se interrumpiría el flujo energético por partida doble. En los tres minutos iniciales, cada avión había logrado desenchufar 335 500 cuerpos. El resultado del ataque de la flota era de 13 084 500 enchufes cortados.

Vistas desde la sala del EMC, las bajas en la cuarta nave constituían un dibujo, una ordenada espiral de manchas blancas que se iba formando a gran velocidad desde la periferia hacia el centro. Tal como señalaron los estrategas de inteligencia militar, en una suma de números ordinales, los últimos del orden tendrían los valores más altos. En este caso, había que restar. El general había organizado su plan, puntillosamente, de acuerdo con esta indicación. Los demás generales observaban con admiración esta táctica y sus maravillosos efectos. Para festejar la genialidad del norteamericano, alzaron los brazos y gritaron ¡hurra!

En ese momento, sucedió el cambio. Los *aliens* se pusieron de canto y las balas iban al vacío. El *Zorro del Espacio*, que piloteaba el caza bautizado con su apodo, percibió la maniobra. A diferencia de las otras flotillas, sus aviones, gracias a los disparos programados, aún tenían municiones para dos minutos más. La orden fue dada en el acto. Los expertos pilotos, que caían en picada perpendicular suspendieron los disparos. Retomaron altura y volvieron al ataque, pero en un plano inclinado, el menor posible. Volando al ras, en un ángulo de 25º con respecto a la superficie de la enorme nave. Comenzaron a disparar de nuevo. No solo eso. Los cazas, en vez de cortar *la pizza* en una línea perpendicular por el centro, volaban en paralelo a la espiral disparando al sesgo. Describían una curva algo más amplia. Al llegar al centro, y aun a riesgo de chocar entre sí, se elevaban y regresaban a la periferia para lanzar una nueva tanda de disparos. La cuarta nave, al igual que las otras, estaba inmovilizada. No hacía nada. Los cazas podían demorarse, entonces, algunos segundos en retomar posiciones. El tubo de luz para la recogida de fósiles había sido retrotraído ni bien comenzara el ataque. La nave parecía un indefenso animal soportando un tremendo castigo...

La flotilla aérea describía otra vez una espiral algo mayor y se repetían las tandas de disparos programados. A una orden del general, se ordenaron en dos escuadrillas.

Dada la inclinación con que se efectuaban los disparos, una fila de cuerpos alienígenas no recibía balas. La primera andanada liquidaba una fila, quedaba otra a salvo y la siguiente era destruida. Los cañones de la que venía a continuación atacaban la fila que había quedado indemne en la anterior pasada. A partir de la primera, iban cayendo las otras. Ambas escuadrillas, que disparaban con meticulosa precisión, lograron desenchufar una gran cantidad de cuerpos, ya imposibles de calcular.

Los cazas, volando al sesgo, rodeaban el enorme diámetro. La munición restante fue muy bien aprovechada. Para mantener la línea de fuego en el ángulo previsto, los aviones debían subir un escalón en un momento del ataque para no estrellarse. Los dos minutos que duró el intenso fuego bastaron para recorrer la enorme espiral dos veces consecutivas.

Agotadas las municiones y el combustible, los cazas se elevaron y se dirigieron a sus bases. *El Zorro* no los acompañó. Prefirió mantener su posición para no perderse el espectáculo. No estaba solo. Otro avión de la flota se colocó a su lado. Era el pilotado por la general Marjorie Esther Andrews. Ambos habían cargado combustible suplementario. Mariposeando en el aire, contemplaban el resultado de la acción militar.

La nave alienígena estaba gravemente afectada. Comenzaba a tambalearse como un borracho. Intentó también compactarse para surtirse de energía. Las bajas habían sido tan numerosas que el reacoplamiento de los sobrevivientes demoró un buen rato. Cuando por fin pudieron enchufarse y restablecer la energía, el tamaño se había reducido a menos de la mitad. La pérdida de potencia era notoria. Solo quedaba un 40 % en el aire. El resto estaba convertido en una lluvia brillante de polvo crepuscular que caía sobre el norte de África.

Esta vez, la astucia del viejo general pudo más. La gravedad terrestre, libre de trabas, comenzaría a hacer de las suyas. La nave estaba a punto de caer. Se ladeó en un plano inclinado. Luego, estremeciéndose con violencia en cada intento, se ponía de canto intentando ganar altura sin conseguirlo. A los tumbos cruzó el Mediterráneo. Arrepentida, volvió a ponerse de plano y a cruzar otra vez el mar para ubicarse de nuevo sobre el desierto de Argelia y cambiar otra vez a la postura de canto.

Finalmente, en esa posición, muy cerca de la superficie, casi tocando tierra, comenzó a perder el resto de energía. Un diluvio de polvo gris caía de forma ininterrumpida sobre el desierto, cerca de Benoud, en Argelia. La nave se estaba desintegrando. La parte superior aún conservaba su forma circular, pero de la cintura para abajo, por decirlo así, el círculo se deshacía. Cada vez era más polvo gris y menos nave alienígena. Cada vez era más pequeña y el montículo de polvo, más grande. El Sol se ocultaba.

Una alta montaña de polvo alienígena, iluminada por el reflejo plateado de la Luna que recién entraba en escena, había surgido en el desierto de Argelia.

El general Franklin Russeldof Honoré nunca había sido una persona muy demostrativa. Era, más bien, introvertido y de espíritu reservado. Al mando de su avión insignia y con la única compañía de su colega Marjorie Esther Andrews, observaban el desenlace. Él no gritó ¡hurra!, ni hizo ninguna manifestación extemporánea. No solo era un tipo seco de carnes como el Quijote, sino también de ánimo. Colocó su rostro frente a la cámara que lo conectaba con el EMC y guiñó un ojo en señal de victoria. No se veía la posición de la boina.

Quién sí lanzó un grito salvaje, espeluznante, fue la señora general a bordo del otro avión. Por desgracia, se había quitado el casco y su grito no fue grabado, por lo que no pudo pasar a la historia. Se lo escuchó en vivo a través de la cabina y de la atmosfera del planeta. Fue un alarido que recorrería la vieja Tierra y formaría parte de los futuros textos escolares. La señora general, más extrovertida, era casi escandalosa.

El tenso silencio del EMC se interrumpió con otro espantoso grito que salió de la boca de los generales e hizo temblar las paredes del refugio. De inmediato, las miradas se volvieron a las imágenes que enviaban los satélites.

Las otras naves se habían reunido en un mismo punto de Europa cuya ubicación exacta, en medio de la confusión reinante, no fue posible confirmar. Sin el apoyo energético de la cuarta, y muy dañadas, se movían con dificultad y torpeza. Permanecieron unos segundos inmóviles como si estuvieran conferenciando. Luego se ubicaron una sobre otra, apenas separadas por una corta distancia. Para sumar sus fuerzas formaban una especie de emparedado.

Entonces, y en esa posición, se volvieron fugitivas. La gravedad terrestre estaba al acecho, dispuesta a no dejarlas escapar. Pero ellas siguieron de largo. Se empequeñecían cada vez más. Demoraron poco en perderse de vista. Más tarde desaparecieron también de los telescopios y se hundieron en la oscuridad del espacio infinito.

El grandioso espectáculo era presenciado en directo por la humanidad sobreviviente. Algunas *manadas* se habían concentrado en fincas o pueblos que disponían de energía eléctrica.

En todo el planeta se sintió el estentóreo ¡hurra! Probablemente, haya salido de la atmósfera y alcanzado a los fugitivos. Oído no debía faltarles. Los historiadores dijeron que la misma esfera terrestre se había estremecido con el grito, pero eso nadie se lo creyó.

En medio del entusiasmo y de la algarabía general, hubo un extraño detalle que no trascendió al público. Claro que aún no había prensa ni reporteros. El gobierno de Argelia había enviado de inmediato varias patrullas equipadas con mascarillas humedecidas al sitio donde se desmenuzó la nave. Aunque era por completo innecesario, se incluyó una ambulancia y un equipo de primeros auxilios. Benoud se encontraba en pleno desierto y allí estaba la nueva montaña de polvo extraterrestre. Los vehículos la rodearon.

Cuál no sería su sorpresa al encontrar, semicubiertos por el polvo y completamente destrozados, los restos de dos aviones militares de construcción humana. Había también un artefacto nuclear que no había sufrido golpes ni daños. Los militares argelinos no sabían de qué se trataba, puesto que nunca habían visto una bomba atómica. Sus colegas norteamericanos del EMC sí sabían: era una de las suyas. De inmediato despegó un helicóptero desde la base de Morón de la Frontera, en la provincia andaluza de Sevilla, España, para recogerla. La bomba fue retirada con el mayor secreto.

Las destrozadas aeronaves y el artefacto nuclear habían caído a tierra junto con el polvo de la nave. Por su manifiesta antigüedad, no podía formar parte de la flota atacante. ¿De dónde habrían salido? De los pilotos no se veía ni la sombra. Una inspección más detenida permitió identificar a los aviones como F-86F Sabre, un viejo caza bombardeo retirado del servicio activo en 1994. Su último destino, el sitio donde deberían estar y no estaban, eran los hangares de material en desuso de la base militar Luke, perteneciente a la Fuerza Aérea de Estados Unidos, en Phoenix, Arizona. De qué manera fueron puestos en funcionamiento, consiguieron cargar una bomba nuclear y volaron hasta una plataforma extraterrestre, era un tema que aún estaba en estudio. Con la portentosa visión de que se vanagloriaban los *aliens*, quizás supieran más ellos del asunto que los militares de la Tierra... que miraban para otro lado.

El astuto general Franklin Russeldof Honoré demostró tener bien ganado su apodo. Antes °de que comenzaran las murmuraciones, consiguió, nadie sabe cómo, que el EMC declarara desaparecidos en acción a dos pilotos norteamericanos. Sus afligidas y sobrevivientes viudas recibirían *post mortem,* la medalla al mérito militar y una pensión vitalicia. Los incipientes murmullos cesaron. En medio de la algarabía general, las flamantes viudas fueron olvidadas.

Casi de inmediato —nadie lo sabe con exactitud—, cuando aún la humanidad no se había repuesto de un impacto emocional tan grande, las nubes comenzaron a ocupar el cielo de la Tierra y una persistente llovizna se desató. No era una lluvia torrencial ni un diluvio. Más bien, según comentaron luego los meteorólogos, se trataba de *una reposición* del agua que había faltado durante tantos meses.

El general Vladimir Sergéevich Popov, Comandante en Jefe del Estado Mayor Conjunto de la Tierra, se apresuró, como primera medida, a enviar un escueto correo al CEMIG informando de la buena nueva. Sabía que dos abnegados seres humanos estaban allí, y —entre otras actividades— habían trabajado más duro que nadie por la salvación de la Tierra. *мои дему[18]..., Una nave abatida y tres en fuga. La Tierra se ha salvado gracias a vosotros. Está lloviendo en todo el mundo... Володя[19]*

Genoveva y el coronel se miraron. Él no dijo nada. Cogió la silla de ruedas y salió corriendo por el túnel hacia la cabaña. En su apuro por ir más rápido, inclinaba la silla sobre las ruedas traseras y dejaba en el aire las delanteras. La doctora Genoveva, en posición inclinada y sin cinturón de seguridad, era presa del pánico. Se aferraba con fuerza a los apoyabrazos para no caerse. El coronel no se fijaba en nada. Solo corría y corría. Cuando llegaron a la recepción, enderezó la silla. Ella respiró, aliviada. ABC activó la puerta interior.

En la habitación principal, cerraron la puerta tras de sí y accionaron el mando para salir al exterior. El aire puro de las cumbres del Pedraforca invadió el recinto. El Sol se estaba ocultando tras el horizonte. En medio de la parsimoniosa lluvia, las sombras de la noche parecían listas para el inminente asalto, pero la Luna les ganó la partida. Los dorados rayos del crepúsculo seguían reflejando la luz convertidos ahora en rayos de plata. Algunos hilos de agua penetraron en el CEMIG. El coronel empujó la silla y salieron al aire libre. Hacía calor o eso les parecía. Más bien estaban acalorados. La lluvia, hasta donde alcanzaba la mirada, caía sin apuro, con timidez, como pidiendo disculpas por haberse demorado tanto. El helicóptero del coronel seguía allí mismo donde había aterrizado. Estaba cerrado, intacto y tenía combustible. Eso sí, era pequeño. Solo cabían dos personas o una, y media más.

Él se arrodilló frente a ella. Estaban empapados. Las gotas que caían por las mejillas no eran de lluvia. Ambos estaban llorando, luego de la tensión de infinitas horas pasadas a pura civilización; el coronel, presa de un impulso salvaje, así como estaba, de rodillas, tomó a Genoveva, la levantó en el aire y, abrazándola con fuerza, la sacó de la silla de ruedas para dejarla mojada a su lado en la terraza del CEMIG y junto a su helicóptero. Presa de una feroz excitación, acarició su cuerpo —que no era mucho— y se zambulló en él. ABC, en medio de un incontrolable frenesí sexual, la besaba y acariciaba desde el negro y mojado cabello... hasta los muñones por donde el agua de lluvia se perdía en la tierra al no encontrar las piernas. Esta vez, las proporciones de amor y lujuria en ABC eran las correctas.

Ella comprendió y se desnudó sin vergüenza. Estaba orgullosa de su cuerpo. Era una sirena en medio del agua. Estaba en su elemento. ABC era un bizarro soldado, un erecto falo victorioso que se alzaba sobre la lluvia. Abrazados con frenesí, rodaron por la terraza, unieron sus labios, tropezaron con el helicóptero, unieron sus manos, sus ojos, sus pechos y unieron también sus genitales. Hicieron el amor en la terraza del CEMIG, bajo la lluvia, piel a piel, carne a carne. El ardiente varón, maravillado de sentirla entre sus brazos, penetró en el cuerpo de su amada. Ella era pequeña, pero pura vagina. Como un tubo de fotones, succionaba furiosamente el miembro del coronel. ABC era su carbono.

No se percataron de que un reducido grupo de sobrevivientes, restos desprendidos de alguna *manada*, se había acercado y los miraban. Eran dos mujeres y cuatro hombres, empapados, famélicos y harapientos. Miraban embobados lo que habían creído no volver a ver jamás. No hicieron ningún gesto mientras duraba el frenesí.

Tras el inevitable clímax, los empapados amantes se estremecieron en fuertes espasmos. Luego, ya calmados, miraron a su alrededor. Entonces, se vieron todos a la luz de la flamante luna plateada. En la mirada de los extraños había destellos de inteligencia. La civilización estaba de regreso. El coronel se puso de pie, levantó a Genoveva y la dejó en la silla de ruedas. Mojados y desnudos como estaban se acercaron a los extraños con la mano extendida, la sonrisa en los labios y las palabras en la boca. ABC se adelantó.

—La Tierra se ha salvado.

Todos se estrecharon las manos y se acercaron para estrechar las de Genoveva. Se presentaron. Una de las mujeres, doctora en informática, era de Grecia. La otra resultó ser la presidenta electa de Tailandia, que no había podido asumir el cargo. Un hombre, ingeniero de caminos, era oriundo de Bali; otro, médico ginecólogo, venía de Afganistán. Todos ellos, de *manada* en *manada,* habían llegado a España. El tercer hombre llevaba un montón de papeles en una bolsa de plástico. Era un prestigioso autor madrileño y había escrito un libro a la luz de las noches de luna, que ya no sería el último.

El cuarto sembró el desconcierto. Se acercó con la mano extendida.

—¡Doctora Genoveva! ¡Coronel ABC! ¡Cuánto me alegro de verlos!

Estrecharon su mano sin saber quién era. Genoveva lo miró con detenimiento. La lluvia arrastraba la mugre. Se trataba de un hombre joven. Parecía un tipo guapo, bien puesto. El agua corría por la tupida barba. Su mirada recién se estaba liberando del salvajismo y recuperaba su tinte civilizado. Entonces, ella lo reconoció. ¡Esos ojos grises!

—¡Mi teniente...!

27 - Noviembre, 2101... Epílogo

Humano o *humana* volvían a ser palabras propias de los habitantes de la Tierra.

A los pocos minutos de la persistente y cachazuda lluvia, que duró cuatro días, el ciclo del carbono comenzó a funcionar. Furiosa, la Naturaleza se revolvía lamiendo sus heridas. Alborozadas, las moléculas de ADN se daban la mano y se juraban infinidad de cosas... *hasta que la muerte nos separe*, decían. También formaban una espiral, pero vertical.

El *Unquadnilio* se eliminó de la atmósfera. Al entrar en contacto con el agua de lluvia, bullía unos instantes y desaparecía sin transformarse en otra cosa ni dejar rastros. Una excepción a la vieja ley de conservación de la masa[20]. No ingresó al ecosistema de la Tierra.

La montaña de polvo de Benoud, en Argelia, fue lavada a conciencia durante esos días. Roto el sistema de enchufes, el *Unquadnilio,* disperso y desorientado, andaba entre el polvo de los cadáveres sin saber sumarse por sí solo. Tampoco había ya ni en la Tierra —ni en sus inmediaciones— nadie con quien enchufarse. Los militares argelinos, presentes en Benoud durante la lluvia, grabaron el fascinante espectáculo que brindaba la Naturaleza y que la humanidad deseaba no volver a ver. La gran montaña de polvo extraterrestre, al ser lavada por el agua de la lluvia, bullía en frío como un caldero en el fuego. El evento no duró mucho, pero la filmación dio la vuelta al mundo. El *Unquadnilio* dejaba de existir sobre la faz de la Tierra.

Que los generales del EMC suspiraran aliviados no era de extrañar. Había sido el más mortífero veneno para la materia orgánica desde el inicio de la vida. Muchos filósofos afirmaron luego que semejante tóxico solo podía ser obra del mismo que creara la vida, como si quisiera impedirle su expansión. Opiniones vertidas por quienes, una vez pasado el peligro, se erigían en expertos. De todas formas, si en el universo había *Unquadnilio*, los astronautas y sus vehículos deberían lavarse con abundante agua antes de ser admitidos en la Tierra.

Bajo estrictas normas de seguridad, algunas pequeñas cantidades de polvo extraterrestre fueron conservadas en los laboratorios. Después de todo, formaba parte de la Naturaleza. Ocupaba el puesto 140 en la Tabla periódica de los elementos extendida.

Con sorpresiva rapidez, el mundo vegetal respondía al furor incontrolable de la vida. A toda máquina, las plantas arrancaban de nuevo. Agradecidas por la energía del Sol y de la lluvia, abrían, entusiasmadas, sus sedientas hojas para absorberlas. Recuperaban la magia de la fotosíntesis y devolvían a la Tierra el color y aroma de las flores, los frutos, las semillas, los cereales, las medicinas, los elefantes, y el pan de todos los días.

La atmósfera terrestre volvió a exhalar al espacio la inconfundible y legendaria fragancia que la distinguía de los demás cuerpos celestes.

Tampoco demoró la cadena trófica en reagruparse y poner las cosas en su lugar como en un restaurante giratorio. Los alimentos ocupaban sus sitios tradicionales para que todo el mundo, llegado su turno, pudiera servirse.

El viejo y querido ADN, nunca tan apreciado como en esos momentos, recobraba a buen ritmo su actividad biológica y académica. Las rejuvenecidas células asistían a sus cátedras y aprendían con rapidez cuál era su participación en el complejo mecanismo de la vida.

Todo ese enmarañado, salvaje y delicado conjunto de engranajes, que los hombres y mujeres de la Tierra llaman ecosistemas, comenzaban de nuevo a funcionar.

Las plantas, siempre en el origen de la vida, fueron las grandes protagonistas de la *Reconstrucción* de la biomasa terrestre. Algunos dijeron que se habían envanecido por los solícitos cuidados que recibían de los hombres. Tal como a las bellas astronautas de Marte, todos los caprichos les eran tolerados.

El agua, como antaño, era la encargada de llevar los milagros de un lado al otro del mundo. La Tierra no se repondría en un solo día y tampoco de un año para el otro. El golpe recibido había sido demoledor. Más de la mitad de la población mundial había desaparecido y la desertificación ocupaba dos tercios del planeta.

No obstante, luego de expulsar a los únicos enemigos de verdad, los humanos, en medio de una terrible escasez de alimentos y, aunque, en realidad, fueran inquilinos; se sentían otra vez dueños de la Tierra y, también, habitantes del universo.

Pero, la crisis alimenticia duró menos tiempo del que podría suponerse. El ambivalente y desconcertante equilibrio —o desequilibro— de la Naturaleza quedaba de manifiesto una vez más. Faltaban alimentos, pero también consumidores. Durante el período de la *Reconstrucción,* todo era muy confuso. No había datos o información fidedigna ni quien se preocupara de recogerlos u ordenarlos para elaborar estadísticas. En esa difícil etapa en que se iniciaba la nueva historia humana, más que en el hombre, que oficiaba de mero ayudante, la *Reconstrucción* estaba en manos de la Naturaleza, y esta, como se sabe, lleva sus propias estadísticas.

Tampoco había manifestaciones de ostentoso triunfalismo. La humanidad no estaba de ánimo para vanagloriarse de nada. Era cierto que había recuperado el hogar, pero también era cierta la expuesta fragilidad de una civilización con ansias de eternidad y de sólida apariencia, pero incapaz de cubrir su propia desnudez.

En realidad, la salvación de la Tierra ante criaturas ajenas al universo temporal se debía a la deserción de una de ellas afectada por una grave crisis existencial. Ante su impotencia por resolverla, había optado por inmolarse. Con su muerte, y esta vez de verdad, había salvado a la humanidad. ¡Un auténtico mesías! Pero eso tardaría algunos años en hacerse público.

La guerra de los mundos había sucedido y era probable que se repitiera alguna vez. El tiempo no era el mismo para todos los universos. En algunos, ni existía siquiera. La realidad había sido más estrambótica que la suma de todos los fantasiosos relatos sobre el tema.

Las *manadas* perdían su razón de ser ni bien la noticia llegaba a oídos de quienes, por estar aislados de todo, no habían presenciado el fantástico espectáculo de las naves fugándose de la Tierra. Su reducido tamaño ya no impresionaba a nadie.

A medida en que se iban sabiendo las cosas, los miembros de las *manadas* recobraban la compostura y los títulos académicos. Sin que nadie señalara qué conducta seguir, los grupos se dispersaban y tomaban los caminos de regreso. En tan solo cuatro, días, desaparecieron por completo. Eran mansos y complacientes peregrinos que regresaban al hogar.

Todos retornaban a los mismos atavíos culturales, pero estos ya no eran los mismos. Ni falta que hacía el disimulo. Quienes ayer atacaban, vejaban y devoraban seres humanos, ahora preferían mordisquear el pasto, comer insectos y predicar las buenas costumbres. Un salvaje caudillo de *manada* se convertía, de un día para el otro, en un amable y voluntarioso vecino.

Algunos intentaban sacar provecho y erigirse en factores de poder, pero quienes los obedecían ayer, los ignoraban hoy. La vieja conducta de seguir al líder ya no servía. Todos los que habían sido presas del espíritu de la malevolencia, ahora eran fraternos, amables y bondadosos. Los pecados y las virtudes se solidarizaban para ayudar a la Tierra y a sus ecosistemas: los nuevos recién nacidos bebés de la humanidad.

La vida adquirió un valor nunca alcanzado antes. Cualquier vida era valiosísima. La humana también. Ni un solo insecto era aplastado. El consumo de carroña no duró más allá de los primeros días de hambruna desesperada. La ingesta de insectos sería la mayor fuente de proteínas en los tiempos difíciles de la *Reconstrucción*.

Con excepción de las codiciadas mascarillas, abundaban los insumos en las farmacias de los hospitales. Había antibióticos, desinfectantes, vendajes, jeringas, medicamentos y utensilios esterilizados para curaciones o cirugía. En los renovados sanatorios, la medicina contenía todo intento de proliferación de epidemias.

Salvo el deterioro del material biológico las ciudades se encontraban en buen estado. Aunque muchas casas estaban y seguirían vacías, la gente retornaba a ellas. La infraestructura de las ciudades demoró más que la de la Naturaleza. Su recuperación fue más bien tardía. No había servicios sanitarios ni agua corriente ni energía disponible, y aún hedían a civilización putrefacta. Comparadas con las vicisitudes sufridas, estas pequeñas incomodidades ya no enfadaban a nadie, y los que regresaban colaboraban en las tareas de limpieza y en recuperar los sistemas de supervivencia.

No todas las fábricas o depósitos de alimentos habían sido saqueadas por las *manadas*. Solo las que encontraban al paso. De tanto en tanto aparecían algunas reservas. En Jabugo, España, por ejemplo, se descubrió un depósito subterráneo repleto de jamones listos para ser enviados a China. Pero los chinos ya no eran tantos y los jamones quedarían en España. En Argentina apareció un cargamento de carne congelada destinada a Inglaterra. La saborearon en todo el Cono Sur. En San Francisco, EE. UU., se encontró un contenedor frigorífico funcionando con batería propia y con sus precintos enteros. Estaba lleno de hamburguesas con destino a Japón, y que no había podido embarcarse. De los numerosos silos subterráneos de Rusia, Brasil, Argentina y EE. UU., donde se almacenaban cereales, algunos estaban libres de cadáveres en fermentación. Estos hallazgos eran la principal noticia de la *Reconstrucción*. La gente organizaba expediciones de *discovery* como en el siglo XIX..., pero de alimentos.

La rapidez con que se recuperaban los ecosistemas era motivo de admiración y respeto. El viejo espíritu de solidaridad entre plantas, animales, insectos e, incluso, humanos, regresaba con inusitada celeridad. Todos eran parte de una Naturaleza mezquina, ruin, salvaje, egoísta y obstinada como ninguna. La vida, la existencia, era lo que le interesaba preservar.

Las fábricas arrancaban con lentitud. Las empresas se dedicaban a cultivar los campos y repoblar las granjas. De todo lo que no fuera comestible, había *stocks* disponibles.

La vieja codicia pretendió hacerse un lugar en la recuperada economía, pero ya nada sería igual. Poseer bienes tenía ahora una sola motivación: conservar únicamente los que la Tierra concedía. Todos los demás eran préstamos, y habría que devolverlos.

Los transportes aéreos, terrestres y ferroviarios se restablecían de manera paulatina. Aún quedaba algo de petróleo en las refinerías y algunos pozos reiniciaron la producción. Tampoco había desesperación por el petróleo. El gran vaciamiento a que había sido sometida la Tierra dejaría una población poco adicta a viajar innecesariamente. No había demanda de nada que no fuera imprescindible o, por lo menos, necesario. Mucho tiempo después de la *Reconstrucción*, un par de zapatos seguía siendo más apetecible que un collar de perlas.

En el ámbito de la economía, las cosas se ubicaban en un nuevo nivel. Las grandes corporaciones, acostumbradas a un consumidor dócil y manejable, se encontraban ahora con otro concepto de consumo. La abundancia de bienes no representaba la abundancia de felicidad. La economía retornaría a los niveles artesanales previos a la Revolución Industrial del siglo XIX. Los países ya no se llamaban mercados y los consumidores volvían a ser personas.

Los recuperados campos fueron sembrados. La tierra parecía más fértil que nunca. Algunas especies habían sido exterminadas por las *manadas*... pero los reabiertos laboratorios conservaban el ADN de muchos animales de granja.

La Tierra estaba en marcha. Lenta, sí, pero persistente. El Apocalipsis duró solo 191 días, pero el golpe asestado a la humanidad había sido tremendo. Sus secuelas modificarían la historia y las futuras conductas humanas.

Los organismos de gobierno, prácticamente, no existían. Los países que no habían quedado acéfalos, estaban desquiciados. Los ejércitos, reconstruidas sus estructuras jerárquicas, se erigieron en ordenadores del desorden. A título provisorio, se hacían cargo de la administración pública hasta tanto se reconstruyeran las entidades gubernamentales.

Dos eran los más graves problemas a los que se enfrentarían las nuevas autoridades. El primero sería el total desquicio de los Registros Civiles. Las ausencias de población eran tantas y repentinas que amenazaban con un desbarajuste social y económico de gran magnitud. La realidad era tan aplastante, que no daba lugar a lamentaciones. Tampoco hubo demasiadas exhibiciones de codicia ni abundancia de pescadores en río revuelto. Había, eso sí, mucho respeto por la población ausente. No se sabía si llamarlos fallecidos, desaparecidos o faltantes. Se optó por este último término. Los lazos sociales o familiares se habían roto en su gran mayoría. Los casos de rencuentro con amigos, padres, hermanos o cónyuges fueron excepcionales. Los hombres y mujeres, privados de sus antiguos vínculos, comenzaron a relacionarse entre desconocidos. Los Ayuntamientos, que fueron los primeros organismos de gobierno en recomponerse, organizaban festejos con música y danzas para propiciar la formación de nuevos vínculos sociales. Fue notoria la disminución de los usuarios en las redes sociales, en los servicios de correos y en los teléfonos móviles.

Paradójicamente, eso fue lo que dio la punta del hilo. La población mundial estaba censada electrónicamente. La ausencia de *faltantes* en Internet, si bien fue trágica por un lado, por el otro, sirvió a los Registros Civiles para elaborar una lista provisoria sobre los legalmente fallecidos. Las listas de usuarios desconectados permitieron ordenar las sucesiones, estados civiles, paternidades, viudeces, herencias… Poco a poco, todo volvía a su lugar.

El Estado, en calidad de custodio transitorio, tomaba posesión de los bienes sin reclamar para reintegrarlos, en su oportunidad, al circuito del trabajo y la economía.

El otro gravísimo problema era el destino de los fósiles dejados en la Tierra. En su desordenada huida, los alienígenas habían abandonado la cosecha del último día. Nadie sabía qué hacer con ellos. Había suficiente cantidad para considerarlos una cuestión de ética. ¿Cómo catalogarlos? Seres humanos no eran; animales, tampoco; ni siquiera vegetales o insectos. Los biólogos estaban desorientados ante una especie suspendida entre la vida y la muerte. Un serio problema para la civilización humana, tan lejos y tan cerca de la desalmada Naturaleza.

Los *zombies* no se habían movido. Varios meses después de la victoria, seguían impasibles en los lugares de concentración. Nadie había reparado en ellos durante la *Reconstrucción*. Las nuevas autoridades tomaron cartas en el asunto. La única actitud de los *zombies* había sido de ir bamboleándose hasta los *corrales* de concentración. Allí se terminaba todo. Inmóviles y silenciosos, aguardaban una recogida que, esta vez, no llegaría jamás. No comían ni bebían. De no ser por el insoportable hedor que despedían, hubieran pasado inadvertidos por años. Era un olor desconocido, y no tenía comparación con ninguno otro. El detalle del hedor, pese a que las pruebas de laboratorio indicaban lo contrario, daba pábulo para afirmar que tenían vida. Los científicos dijeron que se debía a que no eran cadáveres en descomposición ni cuerpos en funcionamiento. Ni sangre ni gusanos. Petróleo crudo. Energía sin refinar.

Se dejaban conducir sin oponer resistencia. Trasladarlos fue una desagradable y dolorosa tarea que quedó a cargo de soldados, policías y voluntarios civiles. Fueron alojados o, mejor dicho, almacenados, en barracas militares vacías. Les daba lo mismo estar bajo techo que a la intemperie; pegados como sardinas en lata o sueltos en espacios amplios. Tal como eran puestos por el brazo humano, así se quedaban días, meses o años. No se movían ni hacían nada. El tema fue objeto de intensos debates. Era imposible identificarlos. Los intentos de algunos laboratorios por recomponer el ADN no tuvieron éxito. Los *zombies* no morían. La muerte natural podría tardar muchos años y nadie sabía si se produciría.

Consultada mediante referéndums la opinión de los sobrevivientes, se decidió darles el destino que les habían asignado los alienígenas. De acuerdo con la *Teoría de la Inmolación,* debían ser considerados cadáveres que optaron por dejar su energía en casa. Así que, en sucesivas etapas, fueron conducidos a las bodegas de barcos de transporte de cereales y entregados al océano. El mar haría lo que no hicieron los alienígenas. Reciclar el carbono.

Las tripulaciones de los submarinos atómicos subieron a la superficie ni bien las buenas nuevas llegaron a sus oídos. Alborozados por poder respirar aire puro, se unían a los festejos. Tenían provisiones y las compartían.

En el Parque del Buen Retiro de Madrid, junto al inefable Alfonso XII, estaba aún la pantalla luminosa dejada por *Los Visitantes.* Continuaba sostenida por la espiral ingrávida y, aparentemente, apagada. Ocupados como estaban todos celebrando la victoria, nadie la había visto iluminarse de nuevo durante esa misma noche del 20 de octubre de 2101. Empero, por la mañana siguiente y escrita en letras de gran tamaño aparecía una sola palabra:

Volveremos

La pantalla jamás se apagó, y la terrible palabra permaneció allí, inalterable, por muchos años... y aún debe de estar. Los expertos, tras evaluar la enorme cantidad de biomasa que se llevaron, afirmaron que demorarían 15 000 años en volver.

Analizados sus elementos, se supo que la espiral antigravitatoria estaba construida por los mismos alienígenas en estado embrionario; por bebés extraterrestres y sin pizca de *Unquadnilio.* La suma de sus fuerzas era menor que la de los adultos, pero suficiente para conservar la pantalla en el aire. Esta, a su vez, estaba hecha con cuerpos desecados; por individuos viejos que ya no elaboraban energía. Una pila gastada, un residuo nuclear ni bueno ni malo, carente de *Unquadnilio.* Su espesor se reducía al de un papel. Así y todo, muertos como parecían estar, no dejaban de sumar sus cuerpos y formar la pantalla luminosa. La poca energía residual recorría un circuito cerrado de ida y vuelta. No se perdía ni se transformaba.

La amenazadora palabra nunca se borró. Los gobiernos no la ocultaron y los hombres jamás la olvidaron. El lugar fue cercado y protegido. Por miedo al *Unquadnilio* se encerraron los elementos del espacio en una caja de cristal sostenida por un armazón de acero, y con la base sumergida en el estanque del Retiro y con cortinas de agua por todos sus lados.

Con el tiempo, se convirtió en el principal destino turístico del mundo. Eclipsó a viejos iconos como las Pirámides o el Taj Mahal. Los padres acudían con sus hijos a ver el símbolo del hito fundamental de la historia humana. Algunos veteranos intentaban hablar en voz baja en medio de la multitud de visitantes, pero se enorgullecían de que alguien los escuchara mientras les decían a sus hijos... *Yo estuve allí*. En seguida se reunía un montón de gente que hacía preguntas y pedía detalles. Los veteranos del espacio, los sobrevivientes, eran figuras muy admiradas y gozaban de mucho prestigio, pero no internaron convertirse en chamanes de la muchedumbre. Con el paso del tiempo, las frases escuchadas en voz baja irían cambiando... *Mi padre estuvo allí... Mi abuela estuvo allí*.

La beligerancia entre los humanos disminuyó en forma notable. Las fábricas de armamentos destinaban sus investigaciones a métodos de defensa y ataque derivadas de hostilidades provenientes de más allá de la atmósfera. Comprendieron, por fin, que de existir un enemigo, no estaría precisamente en la Tierra.

La colonia establecida en Marte había prosperado. Disponían de cultivos y animales de granja. Creyeron, en un momento, que estarían destinados a ser los únicos habitantes del sistema solar. Al enterarse de la buena nueva, enviaron un mensaje a la Tierra y se sumaron a los festejos. Las plantas en Marte crecían con una inusitada rapidez. Las cosechas funcionaban y ya había algunos excedentes de granos que se guardaban a la intemperie; era el sitio más seguro. Burlándose sin piedad de los terrestres, los humanos de Marte les decían que si necesitaban alimentos, solo tenían que pedírselos. El Pegasus I estaba en el mismo sitio del amartizaje. Disponía de poco combustible, pero llevando solo comestibles, podría llegar a destino aprovechando el empuje adicional de Marte y la atracción gravitatoria de la Tierra.

La tripulación femenina del Pegasus II, que al momento de la victoria ya estaba en órbita marciana y a punto de descender, se había integrado al resto de los colonos y formaba parte de la exigua población marciana. El operativo *Kharites* había resultado un éxito pese a la urgencia con que fue preparado. Los astronautas masculinos, ahora en franca minoría, estaban, no obstante, exultantes ante la nueva situación social de la colonia con el arribo de las mujeres. Mientras aún se encontraban en órbita marciana, ellos las aguardaban con mal disimulada impaciencia. Habían visto las encantadoras fotos de sus colegas y se creían en la cumbre del monte Olimpo, que con sus 22 kilómetros de altura era el volcán más alto del sistema solar. ¡Cómo no estarlo! El futuro se presentaba promisorio para ellos. Rodeados de las profesionales de mayor mérito y belleza de la Tierra, serían los sementales de la nueva humanidad marciana. En la Tierra, muchos suspiraban por su suerte. Pero esa euforia duró mientras no apareció el *Unquadnilio* y comenzara a diezmar a la población de la Tierra.

Tras la victoria, un breve mensaje oficial enviado desde la recuperada ISS, les recomendaba que no se entusiasmaran demasiado. A bordo del Pegasus II había suficiente semen congelado —genéticamente puro— como para poblar el sistema solar. Los enfervorizados astronautas, tan inquietos como estaría el bueno de Adán miles de años antes, respondieron que ellos también eran genéticamente puros y que todo se reducía a quién llegaba primero.

A las astronautas del *Kharites* les habían preparado una calurosa recepción. Su alojamiento había sido decorado con las primeras rosas cultivadas fuera de la Tierra. La ciencia y el útero, ya de por si compatibles, lo serían mucho más en Marte.

Por otra parte, los primeros bebés humanos gestados en el espacio estaban próximos a ver el sol marciano, el mismo de la Tierra. La astronauta española llevaba seis semanas de exitoso embarazo y se pavoneaba por todos lados —que tampoco eran muchos— mostrando su simpática pancita. La bióloga de la India, especialista en gestaciones bajo ingravidez, estaba grávida quien sabe desde cuándo, y la paquistaní, que, por supuesto, no se dejaba revisar, también… Todos aguardaban el singular momento.

En la ISS tampoco faltaba nada. El mismo Sol, la misma gente. Tan solo esperaban la construcción de un nuevo ascensor espacial. La última orden del general Vladimir fue la de juntar los restos de cohetes que se pudieran encontrar y aprestar un vehículo para llevarles suministros y agua potable cuanto antes.

La gran ventaja de contar con un comando militar único para todo el planeta había quedado de manifiesto. La antigua organización de las Naciones Unidas se hizo más fuerte que nunca después de la victoria con la inclusión del EMC como institución permanente.

La animadversión que los humanos de la Tierra comenzaron a sentir hacia otros humanos, dispersos en ignotos universos, trajo la ansiada unión entre todos los países. Los ejércitos se adiestrarían para sostener hipotéticas confrontaciones en el espacio. Caín o Abel..., el Bien y el Mal, el Orden o el Caos eran inamovibles, muriera quien muriera. En un futuro no muy lejano, los países dejarían de existir. La Tierra sería el único hogar de la especie humana.

Las viejas restricciones morales intentaron un retorno aprovechando la excusa del canibalismo y, a río revuelto, pretendieron resucitar los viejos mitos. El cristianismo resurgió como si nada hubiera pasado. Sin hacer alharaca y en silencio, los cardenales sobrevivientes —no eran más de tres— eligieron un nuevo Papa y se lanzaron a predicar las mismas conductas que tanto habían limitado la inteligencia de los hombres. Pero ahora, tras las terribles experiencias vividas, todos sabían quién era Dios, dónde estaba y qué se proponía. Ya no engañaba a nadie. No obstante, la religión no fue rechazada. Los hombres comprendieron que no era otra cosa que el instinto de la conducta. Algo así como tener una idea de qué hacer y cómo hacerlo. Eso sí, la aureola de misticismo que rodeaba a las religiones fue descartada. Las instituciones religiosas dejaron de adorar a un Dios que aborrecía a los humanos para ocuparse del propio hombre: de educarlo, cultivarlo y adiestrarlo para que todos fueran capaces, como Robinson Crusoe, de edificar un mundo de la nada sin depender del sermón de los domingos. Las iglesias, incluso las más famosas, se convirtieron en museos de arte y en centros de actividad cívica y social donde *la gente de la televisión* y *de las bibliotecas* podía practicar la laicidad y, por ende, el libre examen sin recibir inyecciones doctrinarias. Después del cataclismo de la humanidad, todos supieron que ninguna religión era obra de Dios.

El general de División, Vladimir Sergéevich Popov, se hizo acreedor a dos nuevos galardones creados en exclusiva para él por el Consejo de Seguridad de las Naciones Unidas: el título de *General del Espacio* y la *Medalla de Héroe de la Tierra*. En un gesto inusual de las autoridades en actos de tanta trascendencia, durante la ceremonia de condecoración se modificó, de manera oficial, su apodo, *el Zorro,* por el de *el Zorro del Universo*. El ruso, conmovido, conservó la compostura y se abstuvo de beber vodka y bailar como un cosaco en celo. Lo que sí hizo, fue enviar un guiño cómplice a la doctora Genoveva, que, apoltronada en su silla de ruedas, lo miraba con sus fulgurantes ojos negros. A su lado, el coronel ABC aplaudía a rabiar sin jactarse. No habían sido enemigos sino rivales en el amor de una brillante mujer.

El general de División Franklin Russeldof Honoré fue condecorado también junto a su equipo informático con sendas medallas a la Inteligencia Militar. Ambos quedaron incorporados como miembros honorarios del EMC. Recién entonces vino a saberse que el general Franklin Russeldof Honoré era el bienaventurado cónyuge de la señora general Marjorie Esther Andrews, que, como buena esposa y al mando de uno de los cazas triunfadores, había acompañado a su marido en la soledad del éxito. Cuando se supo el apodo con que fue bautizado su esposo, la gente se apresuró a extenderlo al matrimonio. Si el marido era *el Zorro del Espacio*, la esposa fue *la Zorra de la Atmósfera*.

No obstante su manifiesto valor en el combate, la señora general fue muy criticada a la hora de recibir la medalla. Vestía una falda corta color caqui que, por momentos, dejaba ver el rojo de las bragas; medias *pantys* negras brillantes, sandalias blancas de tacón mediano y calcetines rojos. Eso sí. Las sandalias eran de cuero. En fin, cosas que solo pasan en los Estados Unidos de América.

En cuanto a Genoveva y ABC, así como estaban, desnudos y llevando en sus manos las ropas mojadas, ofrecieron a sus nuevas y famélicas amistades lo único que quedaba en el laboratorio: pienso para perros.

—No hay otra cosa.

Los desnutridos sobrevivientes aceptaron encantados. Así que regresaron a por algunos paquetes. Luego la pareja se despidió y se trepó al helicóptero que aguardaba en la terraza. Las puertas del CEMIG se habían cerrado. Estaba en piloto automático. El coronel la subió a ella primero y luego la silla. Ya estaba acostumbrado a esa mujer con ruedas. Levantaron vuelo luego de descubrir, en el compartimiento de los pilotos, una maquinilla de afeitar, una lata de cerveza caliente y una bolsa de patatas fritas al aceite de oliva. Tuvo que abrirla ella porque la leyenda *abrir por aquí,* agravada con la de *abre fácil* impresa en el envase, dejaba a ABC fuera de combate. Masticando como cerdos, bebiendo cerveza caliente y él afeitándose en seco, se dirigieron a ver a los hijos del coronel. La gloria, las medallas y las pensiones vendrían después.

Cabe destacar que en la tramitación de las condecoraciones, había quedado al descubierto la confusión sobre el falso grado militar de ABC. En el salón de ceremonias, repleto de militares, no podría ser llamado a recibir la medalla como coronel. Por otra parte, todo el mundo lo conocía por ese apelativo. El inconveniente, que parecía insalvable, fue subsanado. ABC recibió el grado de coronel *honoris causa* del recién creado Ejercito de la Tierra. En medio de una lluvia de aplausos, entre los que se contaban los de sus hijos y los de Genoveva, pudo recibir la más alta condecoración de la Tierra y su pensión vitalicia.

En cuanto a la doctora, junto a la condecoración y la consabida pensión, fue nominada por el EMC como única candidata al premio Nobel de Biología. Los preciados galardones tuvieron que ser suspendidos ese año porque, ante el incierto futuro de la Tierra, los miembros de la Academia Sueca de Ciencias, desperdigados en los refugios o en las *manadas,* no habían podido reunirse. La entrega del galardón máximo de la ciencia quedaría para el próximo año. Además de las menciones honoríficas, se decidió, por unanimidad, bautizar al elemento 140 de la Tabla periódica de los elementos extendida con el nombre de *Genovian* en honor a quien lo había aislado por primera vez en la Tierra.

Muchos académicos, —de los de antes— dijeron que estaba bien aplicado el nombre, pues se trataba de dos venenos. El comentario fue tildado de ruin y nadie le prestó atención.

En el CEMIG quedaban Esfínter y Escroto a cargo de todo el complejo. Alimento no habría de faltarles.

28 - Enero, 2119... El final

El CEMIG estaba ahora en la ISS, en medio del espacio. La directora, una sugestiva mujer de 66 años, elegantemente calzada sobre sus tacones aguja, ya no iba en silla de ruedas. Ante la presión de su esposo y las dificultades para rodar en ausencia de su amada ley de gravedad, aceptó someterse a su propio descubrimiento. La placenta de una tigresa del zoológico de San Diego, California, EE. UU., aportó las vigorosas células madre que se necesitaban para domeñar a tan reacia paciente. Implantadas en el cuerpo de la directora, buscaron, entendieron y siguieron las instrucciones de su ADN. Célula a célula y, a partir del punto en que fueron cercenadas, comenzaron a construirse nuevos tejidos.

Genoveva lucía ahora dos hermosas piernas…, más jóvenes que ella. Debía festejar, pues, dos cumpleaños. Su gestación, bajo estrictos controles médicos, había durado lo mismo que un ser humano: treinta y seis semanas. Necesitó un año y medio de ejercitación para aprender a caminar, y dos años más, para calzar tacones de aguja. Pero todo sucedió en la intimidad del hogar.

Fue más difícil recomponer a la doctora que ir y venir de la ISS a la Tierra en el nuevo ascensor espacial de nanotubos de carbono. Los conductos de fotones estaban en estudio y recién serían realidad el próximo siglo.

Barcelona y Madrid estaban muy lejos. Un paseo por la selva de Guayana era lo habitual para los fines de semana que pasaban en la Tierra con los hijos del coronel, flamantes ingenieros aeroespaciales con destino en la nueva base de Kourou.

Las fechorías sexuales sucedían ahora en vivo y sin limitaciones. Hacerlo en la ISS, bajo condiciones de ingravidez, era sencillamente fabuloso. No hacía falta nada: ni cama, ni silla, ni alfombra, ni coche, ni mesa, ni ascensor espacial. Nada absolutamente. Es más: el miembro del ahora *coronel de la Tierra,* en ausencia de la gravedad, se erguía espontáneamente.

No obstante, entre los elementos que trajeron del antiguo CEMIG estaba el SESI. Pensaron que sería muy útil para asistir desde la ISS a eventos científicos o culturales de la Tierra y ¿por qué no? de otras partes.

Decidieron usarlo para concurrir a un curso de *Biología de Criaturas Extraterrestres,* dictado por la Universidad de Ciencias Naturales de Cydonia, Marte.

Luego de 18 años, ni bien encendieron el aparato y calzaron los cascos, apareció en la pantalla del ordenador el mensaje de Abel cuya lectura, cuando él ya había tomado su fatal decisión, habían salteado. Claro. Estaban ofuscados; era comprensible. Leyeron el mensaje. Era póstumo y el primer poema escrito por un extraterrestre.

Los esposos se abrazaron conmovidos. Aún conservaban en la nevera el táper de cocina con las cenizas del poeta en su interior. Un detalle que solo a ellos les pertenecía.

Yo jefe querer la Tierra
Espacio no escuchar canto de ruiseñores
y no ver planetas azules.
Vosotros de barro. Nosotros de piedra.
No cantar, no olores, no sabores.
No elefantes en el espacio grande.
Planeta bello como Tierra y su gente,
no haber ninguno.

REFERENCIAS

2 Saros es el período de 6585,32 días tras el cual la Luna y la Tierra regresan a la misma posición. Entonces se repiten los eclipses y es posible predecirlos.

3 La duración del día en Marte es casi igual que el de la Tierra, pero el año dura el doble.

4 En España, botella de champagne pequeña, individual

5 *Submarine Ship Ballistic Nuclear*   Submarino nuclear con misiles balísticos.

6 Gloria a Dios en las alturas y paz en la tierra a los hombres de buena voluntad. Lucas 2,14

7 ¡Hosanna al Hijo de David! ¡Bendito el que viene en nombre del Señor! ¡Hosanna en las alturas! Mateo 21-11.

8 Yo expulsaré a los amorreos, los cananeos, los hititas, los perizitas, los jivitas y los jebu-seos. No hagas ningún pacto con los habitantes del país donde vas a entrar, porque ellos serían una trampa para ti. Antes bien, derriben sus altares, destruyan sus piedras conme-morativas y talen sus bosques sagrados. (Éxodo, cap.34

9 Mateo, 22-14

10 Del segundo acto de la obra teatral *En Flandes se ha Puesto el Sol*, de E. Marquina.

11 Génesis 9:1-3

12 Acaso no está escrito, Mi casa será casa de oración para todos los hombres?, pero ustedes la han convertido en una cueva de ladrones (Marcos 11.17)

13 Los organismos pluricelulares poseen las mismas características de las de las células, pero su existencia les es concedida por la organización *autopoiética* de las células que los constituyen.

14 Un nanómetro equivale a una milmillonésima parte del metro. Un milímetro es igual a un millón de nanómetros.

15 Kharites (Las Gracias), Aglae, Eufrosine y Talía. Transmiten la alegría en el corazón de los hombres.

16 La suerte de la humanidad está echada.

17 Generación espontánea.

18 Hijos míos.

19 Volodia.

20 En toda reacción química la masa consumida de los reactivos es igual a la masa obteni-da de los productos. *Lavoisier*

www.ingramcontent.com/pod-product-compliance
Lightning Source LLC
Chambersburg PA
CBHW022137170626
46807CB00005B/1975